汉魏至唐五代小说佚文辑证

赵章超 著

人民出版社

责任编辑:陈寒节

文字编辑:孟令堃

装帧设计:朱晓东

图书在版编目(CIP)数据

汉魏至唐五代小说佚文辑证/赵章超 著.—北京:人民出版社,2017.9
ISBN 978-7-01-017153-1

Ⅰ.①汉… Ⅱ.①赵… Ⅲ.①古典小说-小说研究-中国-汉代
  -五代(907—960) Ⅳ.①I207.41

中国版本图书馆 CIP 数据核字(2016)第 317703 号

汉魏至唐五代小说佚文辑证

HANWEI ZHI TANGWUDAI XIAOSHUO YIWEN JIZHENG

赵章超 著

人 A 出 B 社 出版发行

(100706 北京市东城区隆福寺街 99 号)

北京中兴印刷有限公司印刷 新华书店经销

2017 年 9 月第 1 版 2017 年 9 月北京第 1 次印刷

开本:710 毫米×1000 毫米 1/16 印张:30

字数:471 千字

ISBN 978-7-01-017153-1 定价:90.00 元

邮购地址:100706 北京市东城区隆福寺街 99 号

人民东方图书销售中心 电话:(010)65250042 65289539

凡 例

　　本书小说之范围，以石昌渝主编《中国古代小说总目》这部目录研究
著作之《文言卷》为去取依据。

　　辑佚部分仿鲁迅《古小说钩沉》之例，仅辑佚文并作必要的辩证。

　　本书之汉魏至唐五代小说的辑佚作品取自明清以后之典籍，这些典籍
引用前代文献时张冠李戴、鲁鱼亥豕、以讹传讹，时或有之，这部分佚文
可信度尚需进一步审订。

　　考论部分是针对小说作者的生卒及小说成书时间的辨析，这些都是辑
佚的必要前提。另外是对小说作品真伪的辩证。

　　本书中自己的论断，凡易与他人相混淆者，一般以"笔者按"三字标
示之。

　　本书中所辑佚文用楷体标示，"□"处意为原文缺字。

　　本书名之"汉魏"是大概而言，也包括几部汉代以前的小说作品。

　　本书之辩证商略古今，斟酌同异，颇有以一得之智纠贤者千虑一失之
处，心思耳目所未周，挂漏讹误之处，博识君子，不吝赐教是幸焉。

内容摘要

　　对汉魏六朝及隋唐五代时期散佚的小说佚文的整理，从两宋时期就已开始，但真正取得较大成就是在明清时期及建国前后。同时也留下了不足之处，如版本的选择、前人辑佚成果的运用和误辑等。并且辑佚工作中，在求备、求真、对佚文的校勘注释和对与辑佚相关的文献考索方面还需要进一步推进。本选题首先是对汉魏六朝与唐五代文言小说佚文的整理，其次是对佚文的辨伪以及其他相关问题的考证。包含的作品有《古异传》《曹毗志怪》《祖台之志怪》《志怪》《幽明录》《异苑》《异记》《续异记》《燕丹子》《玄中记》《宋拾遗录》《述异记》《拾遗记》《神仙传》《刀剑录》《禽经》《冥祥记》《稽神异苑》《集异记》《郭子》《古今艺术图》《鬼神志怪集》《博物志》《东方朔传》《东方朔别传》《妒记》《魏晋世语》《近异录》《汉武内传》《汉武故事》《洞冥记》《孔氏志怪》《括地图》《西京杂记》《神异经》《列异传》《甄异传》《齐谐记》《续齐谐记》《说林》《独异志》《稽神录》《博异志》《传奇》《本事诗》《大唐奇事》《定命论》《定命录》《灵异记》《耳目志》《甘泽谣》《洽闻记》《杜阳杂编》《感定录》《干𦠄子》《广古今五行记》《会昌解颐》《教坊记》《开天传信记》《开元天宝遗事》《卢氏杂说》《明皇杂录》《穷神秘苑》《戎幕闲谈》《剧谈录》《谈绮》《续幽冥录》《玄怪录》《续玄怪录》《宣室志》《因话录》《原化记》《异录》等。

关键词：汉魏六朝与唐五代文言小说；辑佚；考证

Abstract

Compiling the lost story before Song dynast began in Song dynasty, and more achievements had been obtained after Ming dynasty. At the same time, some shortcoming had been left, and much more research works must have been carried forward. Then the first objective of this work is to compile the lost story, the second objective is textual research.

Keywords: The Story before Song Dynast; Compiling the Lost Story; Textual Research.

目 录

汉魏六朝与唐五代文言小说
辑佚研究的回顾与前瞻

一、前人对汉魏六朝与唐五代文言小说佚文的整理及不足之处

汉魏六朝与唐五代时期，中国古代文言小说从起源走向一个黄金时代，在古代文学史中有其重要的地位。但当时小说地位低下，作为古代文化传承者的正统文人，大多对之不屑一顾，导致其在流传过程中大量散佚。特别是其中的文言小说集，很少有完整保存者。对这一时期古小说的辑佚，最早可追溯到宋代，如《类说》中就有一些古小说的辑本。又据考索宋代已对《洞冥记》《稽神录》佚文进行搜集。

元明以来，对古小说进行辑佚的学者逐渐增加，如陶宗仪编《说郛》，陶珽重编《说郛》、陆采编《虞初志》对不少古小说佚文进行了辑录，据考证胡应麟对《搜神记》《搜神后记》的搜集整理等。清代汉魏六朝与唐五代小说散佚作品的整理，具有代表性者如洪颐煊《经典集林》对《汉武故事》《蜀王本纪》《汲冢琐语》等的辑录，马国翰《玉函山房辑佚书》对《博物记》《伏侯古今注》《俗说》《青史子》《宋子》《裴子语林》《郭子》《玄中记》《齐谐记》《水饰》《梦隽》等作品的整理，王仁俊《玉函山房辑佚书续编》与《补编》对《神仙传》《青史子》《汉武故事》《蜀王本纪》《括地图》《列仙传》《语林》《类林》《笑林》《同贤记》《卓异记》《幽明录》的搜集，《黄氏佚书考》对《伏侯古今注》《玄中记》的寻索，其他如《经籍佚文》《唐人说荟》等也对部分的汉魏至唐五代的小说作品佚文进行了考求。就单部作品来说，如四库馆臣对《金华子》，清代的几个刻本对

《博物志》，缪荃孙、徐鲲等对《三水小牍》，陶宪曾对《神异经》，《琳琅秘室丛书》对《续玄怪录》与《幽明录》，严可均对《蜀王本纪》与《琐语》佚文的整理。

尽管明清时期，古小说辑佚取得了不少成绩，辑佚之学也在清代趋于鼎盛，徐德明据《中国丛书综录》统计，辑佚之作在传世古籍中已达五千种之多。但学者治学，目的在于安民济世、治国经邦，经史辑佚方为正宗，小说与集部乃至子部其他部类相较，仍属不急之学，君子弗为，小说辑佚书所占的比例是很小的。再加上古小说散佚的文献范围非常广泛，子、史、集部都有，乃至于有小部分还在经部典籍中。且古人文献资料之获得，远不如今之方便。因此这一时期的辑佚是不具备全局性的，为后人留下的空间仍然很大。

近代以来，小说地位得以飞速提升，以前被认为是"惑乱人心"之"邪误异端"（《英宗实录》卷九十）、康熙判为"实能败坏风俗，蛊惑人心"①、被正统文人"鸩毒视之，妖孽视之"②的小说，梁启超却在《论小说与群治之关系》指出："欲新一国之民，不可不先新一国之小说；故欲新道德，必新小说；欲新宗教，必新小说；欲新风俗，必新小说。"其他很多学者也认为其是"正史之根""国民之魂"③，对古小说的辑佚也被重视起来。

对汉魏至唐五代小说佚文的搜集，首推鲁迅先生的《古小说钩沉》，这是迄今为止唯一的专门对古小说进行全面辑佚的著作，搜集自周迄隋的散佚小说 36 种 20 余万字，引用及参考古书约八十种，为功甚巨。鲁迅以外，还有《旧小说》对《八朝穷怪录》《纪闻》《神仙感遇传》，余嘉锡对殷芸《小说》等佚文的搜集。

1949 年以来，辑佚工作进一步发展。台湾学者王梦鸥、王国良、周

---

① 《圣祖实录》卷一百二十九。

② 黄霖、韩同文选注：《中国历代小说论著选》（上），江西人民出版社 1982 年版，第 258 页。

③ 黄霖、韩同文选注：《中国历代小说论著选》（上），江西人民出版社 1982 年版，第 409 页。

次吉等在对《本事诗》《冥祥记》《续齐谐记》《冤魂志》《列异传》《搜神后记》《洞冥记》《神异经》等书的研究中也进行了广泛的佚文搜集。大陆学者首推李剑国对志怪、传奇小说和宁稼雨对志人小说的佚文进行的大量整理。其次，中华书局与上海古籍等出版社印刷的一些古小说的辑校本如《博异志》，《集异记》，李宗为校点《纂异记》，汪绍楹校注《搜神记》《搜神后记》，程毅中点校《玄怪录·续玄怪录》，齐治平校注《拾遗记》，张永钦、侯志明点校《独异志·宣室志》，白化文点校《稽神录》《广异记》《三水小牍》《语林》，丁如明辑校《开元天宝遗事十种》，罗国威《〈冤魂志〉校注》，李剑国《新辑搜神记·新辑搜神后记》等，后都附了多少不等的佚文或者疑目。其他辑佚之作还有陈尚君、蒲向明、金程宇对《玉堂闲话》的搜集整理，罗宁《处常子〈续本事诗〉辑考》与《潘远〈纪闻谭〉辑考》，缪荃荪、林艾园、陈尚君、贾二强、房锐对《北梦琐言》的辑佚，王齐洲《〈汉书·艺文志〉着录之〈虞初周说〉探佚》、郑勇《〈冥祥记〉补辑》等。

这一时期古小说辑佚的价值，总体来说是很大的，特别是六朝的小说，绝大部分作品都已经散佚，古代小说研究者根本无法看到。很多的古小说失而复得，重新展现在研究者和普通读者眼前，都应归功于这些辑佚的学者。可以想见，如果没有这些前代学者的辑佚成果，我们很难想象六朝小说从20世纪以来会取得如此众多的研究成果，很难想象学者能写出一部像样的六朝小说史著作。

宋代以下的学者，对汉魏至唐五代小说辑佚研究的成果是突出的。但是此类文献研究，即使再高明的学者，也不可能做到十全十美。此就其不足之处，略作探讨，以就教于方家。

首先是对用以辑佚的书籍的版本有时选择不够好。文献研究对善本的要求尤其苛刻，但是由于种种原因，前之辑佚者选择古籍时没有用善本，而导致了一些错误。如鲁迅先生《古小说钩沉》辑《列异传》时，依据的可能是清代刻本或者是石印本《太平御览》，把《黄帝葬桥山》作为《列异传》佚文，但是几种《太平御览》的善本都注明其乃出自《列仙传》，

《列仙传》也有此则作品，此则作品显然应该从《列异传》删除。另外如周次吉先生据《齐民要术》卷十辑了《玉桃》这篇作品为《神异经》佚文，但是根据四部丛刊本《齐民要术》，《玉桃》篇乃引自《神农经》，且《太平御览》《事类赋》在引用此篇作品亦云出《神农经》，《玉桃》显然并非《神异经》佚文。因此在辑佚中，要尽一切可能用最好的善本，并尽量用不同的善本进行校勘，就会大大增加辑佚的可靠性。

其次，未能充分利用前人已有的辑佚成果。比如清代往往不同的学者都在对同一部小说如《博物志》等进行辑佚，但是常常未能注意到别人的研究成果，导致搜集的佚文相互重复。又如鲁迅先生的《古小说钩沉》中的《幽明录》《汉武故事》等，实际上前人已有比较完善的本子，尽管不如鲁迅先生搜集得全面。大概是为了搜集第一手资料，也或者是因当时在绍兴古籍获得不易，鲁迅先生未能注意到这一些前人成果。又如《郭子》，以鲁迅先生《古小说钩沉》本，搜集最完备。但《玉函山房辑佚书》据《世说新语》注以及《太平御览》《北堂书钞》《初学记》《艺文类聚》《白孔六帖》辑佚文七十余则，其中据《北堂书钞》卷九十七所引"博学之士"条和据《太平御览》《北堂书钞》所引"阮籍何如司马相如"及"饮酒读离骚即名士"条为《古小说钩沉》本所无。《玉函山房辑佚书》已辑有《裴子语林》，且较鲁迅《古小说钩沉》本为优。即使现在，这种局限也时时有之。其中原因也比较复杂，首先是一些学术刊物，没有加入国内的权威检索系统，以国内最为完备的《全国报刊资料索引》和CNKI学术期刊网而言，在全国颇有影响的《文献》杂志也是前几年才加入学术期刊网，载文质量很高的刊物《文史》，我们至今在这两大检索系统都仍然无法找到它的身影，其他类似情况的学术刊物不在少数，特别是一些地方性的学术期刊。大部分研究者自然无法看到其研究成果。其次，是高校文学院和一些研究所、学会主办的刊物以及学术会议论文集，流传范围有限，一般研究者根本无法看到，而其中是有一些很有价值的文章的。其三，是港、澳、台和美国、日本等地的论著，即使是内地几所一流大学的图书馆乃至国家图书馆，也未必收全，绝大部分的研究者更是难见其书。其四，一些行文目的与辑佚无关或关系不大的论文、书籍中包含有古小说佚文，如李剑国《唐前志怪小说史》和叶舒宪的一些文学人类学的著述，辑佚研究者常常对此重视不够。

其他应该注意的如误辑，鲁迅《古小说钩沉》本搜《幽明录》佚文二百六十余则，王国良考证，第六十三则《玉浆龙穴石髓》、第六十四则《张华将败》，《初学记》与《太平御览》诸书引用时出处都作《世说》；第二百一十七则《贾雍失头》，鲁迅注出《太平广记》卷三百二十一，但复勘各种版本，都不注出处；第二百六十七条《卢钧》，鲁迅未注出处，今查《太平御览》和《太平广记》，均云出《续异记》；第二百五十八条《徐长还录》鲁迅未注出处，今查《太平御览》和《太平广记》，均云出《世说》。这些作品原则上应该删除，不应列为《幽明录》作品。李剑国补辑任昉《述异记》佚文十余则，其中据《太平御览》卷十四所辑"有黑虹下乐辑营，少日辑病卒"条见于鲁迅先生《古小说钩沉》辑祖冲之《述异志》第三十二则，似当删除。据严杰《〈大唐传载〉考》，《说郛》卷三十八所辑《大唐传载》，实全为《隋唐嘉话》作品，今本《大唐传载》也混入《隋唐嘉话》作品有六条之多。未仔细核查原书而辑未散佚之作品者如《玉函山房辑佚书续编》之《神仙传》，所搜六则作品分别见于《神仙传》老子、蓟子训、左慈、栾巴、壶公、董奉，并未散佚。

分合未当者，如齐治平校注本《拾遗记》（中华书局1981年版），辑佚文十三则，第六与第十三条、第七与第十一条实为同一则佚文，应该合并。王国良《〈幽明录〉初探》检讨《钩沉本》时，以为第四则《臬天子国》与第五则《罂天子城》，"臬"与"罂"，形近而误，当为同一作品；又记皂荚树的两则作品，第一百九十九谓主人名为"虞晚"，第二百条作"虎晚"，也是形近致误，当分别合并。其他如范宁校注本《博物志》等也存在类似情况。

二、对汉魏六朝与唐五代文言小说辑佚研究的前瞻

汉魏六朝与唐五代文言小说的辑佚研究，仍然是今后古小说研究的重

要内容之一，此就将来研究的一些侧重点，谈一谈看法。

其一是"求备"，也就是要尽量辑出传世文献中全部的汉魏至唐五代古小说佚文。

尽管前人的成绩是显著的，但仍有待完善之处。如《古小说钩沉》，鲁迅先生资料来源丰富，佚文整理细致周详，但其搜集范围还不到周至隋这一时期小说作品总数的四分之一；况且仍有一些作品的佚文并未完备，如笔者就在四库系列书（指《四库全书》《续修四库全书》《四库未收书辑刊》《四库全书存目丛书》《四库禁毁书丛刊》）的子部、史部四十余种文献中就各搜集到《古小说钩沉》未备的《幽明录》《冥祥记》等书的几则到十余则不等的佚文。

又如李剑国先生《唐五代志怪传奇叙录》，体例是"叙录"，侧重于对唐五代志怪传奇小说作全面而概括的介绍，其在辑佚时主要是从《太平广记》《太平御览》《古今事文类聚》《北堂书钞》《艺文类聚》《绀珠集》《事类赋注》等一些相对常见的书中搜集佚文，并未进行大范围的佚文整理；另外对唐五代时期的志人小说则未加关注。而其他的辑佚成果都是某一学人零星地对一部或者几部作品的佚文辑录，尽管搜集比较完备，但相对于汉魏六朝与唐五代全部或部分散佚的300多种小说作品，仍然为数甚少。即使是辑佚比较精详的中华书局点校本，如《独异志》《杜阳编》《金华子》等，仍然有部分佚文需要进一步搜集；而其中如《博物志》《搜神记》据初步统计，笔者在四库系列的四十余种文献中搜集佚文都不少于四千字的篇幅。尽管其中有的是伪作，但无论是辑佚还是辨伪，都应该是辑佚研究的重要内容。

前之研究者已经搜集了一条至数十条不等的佚文如《许氏志怪》《本事诗》等，笔者也在四库系列的四十余种文献及《永乐大典》中找到了百余字到千余字不等的佚文。而研究者认为佚文无存的著作如《贾氏说林》《谈绮》，笔者也在四库系列的四十余种文献及《永乐大典》中找到了或几条或数十条的佚文。其他已经散佚而研究者并未进行佚文搜集的作品如《东方朔别传》《柳氏家学要录》《卢公家范》，都有数量多少不等的作品散佚在现存文献中。因此，进一步整理这一时期的古小说佚文是非常必要的。

　　在辑佚中应该注意的是，前人对汉魏至唐五代小说辑佚的文献查阅的不足之处，是主要从经史子集四部分类中的子部搜集佚文。而在子部，又主要注意了类书、释家及小说家类的作品，对如农家、医家、道家、杂家类的作品则相对注意不够。另外对史部的正史类注释、地理类中小说佚文的搜集较为注意，但是对别史、杂史、时令类文献中的佚文搜集则注意很少。特别是集部，由于受文学体裁思维的限制，对古人在诗、词、文作品注释中的小说佚文很少注意。这些则是今后辑佚中应该加以克服的。

　　辑佚还应该注意的是，公私目录及史志未著录的古籍不一定就已散佚，中国地域辽阔，民间典藏丰富，如《汉武故事》学者以为原书早佚，然惠栋《渔阳山人精华录训纂》卷六下尚据宋本《汉武故事》引汉武帝《秋风词》；宋李焘《续资治通鉴长编》，被认为明时已佚，但清初徐乾学却访得175卷。所以辑佚之典籍，六朝唐宋之书固然重要，但也不可忽视元明及清初之书。

　　其二是"求真"，即辨伪是今后辑佚中的重要内容。资料的可信性尤其重要，特别是六朝的小说，基本上是从后代类书、史部和集部注释中辑佚而来，有前代之作冠以后人名者，后代之作冠以前代名者，有同代不同小说间作品相互混淆者，有同一作品引作出数部小说者，古籍征引时张冠李戴的现象时时有之，对辑佚成果的辨伪工作非常必要。

　　这方面前人已取得了不少成绩。就整部作品的辨伪来说，如《四库全书总目提要》在评价一些六朝小说时，称之半真半伪之书。后来余嘉锡、鲁迅、汪辟疆等也对此多有所发明。而程毅中的《古小说简目》、李剑国的《唐五代志怪传奇叙录》，于书后专列伪书辨证，则堪为代表。又如范宁《关于〈搜神记〉》一文对题作干宝撰的八卷本《搜神记》的辨伪，通过考证该书卷四五人结义为兄弟条之"太原县"地名乃隋代方有，而魏府都护是唐代开始设置的官制，卷八出现的司勋员外郎一职也是唐代才可能有的，卷二出现的定州一名乃北魏天兴三年由安州更改而来的地名，卷七易州乃唐武德年间改定的地名，卷一出现的人物韦英乃南朝梁时人，卷四崔皓乃后魏时人，卷八志玄乃唐代僧人……从而证明八卷本《搜神记》绝非干宝所著。其他如蒲向明《〈开元天宝遗事〉诸问题探讨》考订该书非伪作（《天水师范学院学报》2008年第3期），吴冠文、潘婷婷、杨光皎、陶敏、李德辉对《大唐新语》真伪的争鸣，章培恒的《〈大业拾遗记〉、〈梅妃传〉等五篇传奇的写作时代》等。

就对具体的小说佚文的辨伪来说，如鲁迅在撰《古小说钩沉》时，就直接剔除了一些伪作。王国良的系列研究六朝志怪小说的著述，李剑国的《唐五代志怪传奇叙录》，都有不少内容论及于此。其他如黄东阳《"骑鹤上扬州"非殷芸〈小说〉佚文辨正》、胡可先《〈大唐新语〉佚文辨证》，据该书中华书局1984年版点校本的佚文，对《李秀才》一则进行辨伪，该则载李播典蕲州时事，胡首先据该书序辨明其所收作品自唐初至大历（766—779年）末，复考订李播典蕲州为838—841年，与《大唐新语》序言矛盾，故非该书佚文。

尽管辨伪方面的成果还是不少的，但是相对于数百种的汉魏至唐五代文言小说和数量众多的佚文，今后这方面仍然有着很多的问题需要不断去解决。况且即使是现有成果，如《鬻子》《云仙杂记》等是否是伪书？也有的并非定论，需要研究者进一步探索。

总之，辑佚要尽力做到不伪，不漏，不滥，不重。

其三，对佚文的校勘注释。

校勘往往对判别佚文的真伪有着关键的作用，如《白水素女》这一篇重要作品，究竟是属于《搜神后记》还是《搜神记》？汪绍楹先生校注时根据唐宋类书引用判断出首句"晋安帝时，候官人谢端"当作"晋安候官人谢端"，"帝时"二字乃明人在把《搜神后记》辑佚成书时不知道有"晋安"这一地名而臆加"帝时"二字，并进一步根据"晋安帝时"干宝已去世六十余年，而把《白水素女》归于《搜神后记》。王国良先生则根据古籍征引时无把此则作品引作《搜神后记》者而推论出它当属于《搜神记》的作品。此一类的校勘，都为我们提供了好的借鉴。

　　对前人及今人辑佚而成的古小说的校勘、注释，也是研究、推广古小说的必需的基础。这方面已经取得了一些成绩，如郑学弢对《列异传》等五种书的校注（文化艺术出版社1988年版），郑晚晴对《幽冥录》及附录的11则佚文的辑注（文化艺术出版社1988年版），周楞伽辑注的《裴铏传奇》（上海古籍出版社1980年版）和《裴启语林》（文化艺术出版社1988年版），王国良《六朝志怪小说考论》《汉武洞冥记研究》《颜之推〈冤魂志〉研究》，王梦鸥先生《唐人小说研究》三集之《〈本事诗〉校补考释》，在辑佚的同时，都对佚文进行了校释。单篇论文则有吴金华《〈搜神记〉校补》对汪绍楹本的订正，如《左慈》言慈施展神通，于铜盘注水，复于盘中钓出两尾鲈鱼，"公（指曹操）便自前脍之，周赐座席。"作者认为曹操主持宴会，不可能亲自前去烹调鲈鱼。据《后汉书·左慈传》的"操使目前脍之"和《太平御览》卷862引用该条作品作"操令目前切脍"，"使"与"令"同义，"目前"犹言当面，这句话的意思是曹操令厨师当众人之面做成鱼脍。本句"便"应作"使"，"自"应作"目"，即"公使目前脍之，周赐座席。"即都是形近之误……都是后出转精之作。其他如方一新《〈异苑〉词语校释琐记》、陈自力《〈虞初周说〉考辨三则》等。

　　但是仍然有很多类似的工作需要做。前人的著述如《说郛》三种、鲁迅先生的《古小说钩沉》的部分作品，以及今人的新的辑佚成果，大部分的作品需要做进一步的校勘注释。

　　其四，对与辑佚相关的文献考索也需要进一步推进。首选是古小说卷数的分合的考订，往往对小说的辑佚具有指导性作用。如《博物志》、《晋书》张华本传、《隋志》、新旧《唐书》、《宋史》等等都记录为十卷，现存版本中也有宋代的传刻本。因此一般来说，十卷本《博物志》不应该存在大面积散佚的情况。但是六朝至宋初的典籍中却偏偏存在大量十卷本《博物志》所没有的佚文。范宁先生于《博物志校证》一书中附佚作212则（且在校注作品时引用了大量更为详尽的异文）。而《博物志校证》的十卷正文才收作品323则。为什么会出现这一奇怪现象？《拾遗记》卷九以为原本四百卷，奏于武帝，帝以其采言浮妄且篇幅冗长，令删成十卷。如果《拾遗记》的记载准确，那么之所以存在大量的《博物志》佚文和异文，就应该是在删成的十卷本《博物志》流传的同时，此十卷以外的其他内容仍然以各种形式在典籍中保存、流传，比如历代类书的不断征引、历代经史子集四部文献注释的不断引用等，从而形成了《博物志》流传的复杂性。

但是对于《拾遗记》此种记载，前人多有辨疑。如刘知己《史通》卷十谓其"全构虚词，用惊愚俗"。余嘉锡《四库提要辨证》在论及此则记载时也说："王嘉《拾遗记》所记之事，杜撰无稽，殆无一语实录。"今人范宁在《博物志校证》之《前言》中也怀疑此记载之真实性。乃至有人否定作者的真实性，明韩敏《序董斯张撰广博物志》言："《博物》一书，文采不雅驯，断不出六朝人手，而况茂先？"清人纪昀撰《滦阳续录》卷四云："张华《博物志》更诬及尼山，不应悖妄至此，殆后人依托。"

笔者发现，南宋陈景沂《全芳备祖集》后集卷十二引《晋书》佚文言："张华进《博物志》，武帝嫌繁，令削之"。明韩敬序《广博物志》，也引《晋书》佚文："茂先汰三十乘，汇为一志，搜四百卷，仅存数篇"。考之《隋书·经籍志》，书名为《晋书》者凡六种，作者分别为王隐、虞预、朱凤、谢灵运、臧荣绪、萧子云，又谢沉、郑忠、沈约也撰有《晋书》。唐房玄龄等亦撰有《晋书》。以上两条记载不见于唐修《晋书》。六朝九人所修《晋书》已经散佚。上述材料据其内容及行文语言特点，当出自两家不同的六朝《晋书》，其时去晋未远，既然在国史中加以记载，应该具有真实性。也就是说《拾遗记》的记载是基本可信的，这就解决了《博物志》存在众多佚文的问题。

其他如陶敏《刘崇远及其著作考略》（《云梦学刊》2006年第6期）对《金华子》卷数分合的论证就对该书的辑佚有重要参考价值，类似的问题相对在六朝小说中比较多，同一种小说在史志及目录学著作中卷数有着比较大的差异，有的就需要研究者在佚文搜集时进行比较确定的论证。

其次，是作者生卒、作品成书时间等相关情况的考订。比如任何一位小说作者的生卒，都是判定佚文真伪的重要参考因素，鲁迅先生在《古小说钩沉》中，就据此未收近二十条《法苑珠林》所引的《冥祥记》的佚文，王国良《神异经考辨》也据此否定了数则《太平广记》《类说》等书所引用的《神异经》佚文。

考定作品成书时间的文献，如《列仙传》一般认为是西汉刘向所作，杨守敬《日本访书志》卷六、王青《〈列仙传〉成书年代考》根据该书《文宾传》有东汉地名"太邱"；《赤斧传》中的赤斧，与刘向基本上是同时代的人，而作品却叙述了刘向身后几代人所见的仙迹；《毛女》言汉成帝时人见毛女，又记载此以后百七十余年之事，成帝即位于公元前三十二年，则百七十余年后当为东汉顺帝时……而论定《列仙传》当成书于东汉永和至西晋大安年间。江蓝生《八卷本〈搜神记〉语言的时代》、汪维辉《从词汇史看八卷本〈搜神记〉语言的时代》、王锳《八卷本〈〈搜神记〉语言的时代〉补证》从该书运用了唐五代及北宋特有的语法规则、新词汇或词语的新义项，考定八卷本《搜神记》绝非晋代干宝所著。对于《本事诗》的成书年代，后代学者如陶敏等根据该书序定为光启二年，胡可先、童晓刚《〈本事诗〉新考》据该书载卢献卿作《愍征赋》，"今谏议大夫司空图为注之"一语，引证新旧《唐书》《司空图传》考其为谏议大夫乃景福年间事，较光启二年晚七年。其他如赵益《〈汉武帝内传〉与〈神仙传〉关系论略》，刘化晶《〈汉武故事〉的作者与成书时代考》，陈洪、王青《〈列仙传〉成书时代考》，魏世民《〈列异传〉〈笑林〉〈神异传〉成书年代考》，陈建梁《〈神异经〉成书年代平议》，章培恒《〈大业拾遗记〉〈梅妃传〉等五篇传奇的写作时代》，庄学君、拜根兴、房锐对《北梦琐言》成书时间的探索，都是这方面的代表作。但是更多作品如《茶经》的成书时间有五种观点，《燕丹子》《玉泉子》等一系列作品的成书时间却并没有得到解决。

就作者的生卒等基本生平资料问题来说，如李剑国、程毅中等也进行了不少的探讨，其他如曹小莉、谢忠明《〈国史补〉作者李肇卒年考证》对岑仲勉认为李肇卒于 836 年以前提出异议，指出《国史补》"李氏公惭

卿"条记载了846年的史实，"杜邠公下峡"条记载了860年的史实，且
《嘉定赤城志》载853、854年李肇曾为台州刺史，故其当卒于860年或者
稍后。但是仍然有相当多的问题需要解决。比如葛洪，历来歧说有三，刘
汝霖、陈国符、李剑国据《罗浮记》的记载和《晋书》《晋中兴书》的矛
盾，谓其卒于343年，终年六十一岁，钱穆谓其寿殆不出六十。然六朝以
下历代史志多有言其年八十一岁，笔者发现《江西通志》卷一百四据旧志
言其"升平间至鄱阳万山中"，"升平"乃晋穆帝年号，时间为357—361
年。王明也认为当以八十一说为可信。《神仙传》有的佚文必须以此来确
定。又如刘向、曹毗、韦绚、温庭筠的生卒年，《纪闻》作者牛肃和《剧
谈录》作者康骈（举进士年份、名、字等）、裴约言、李复言、刘崇远、
陆羽的基本生平资料，《启颜录》的作者是侯白还是另有其人，汉魏六朝
时期究竟有几种俗说，《西京杂记》的作者观点有五种之多，究竟哪一种
观点更恰当，各种观点之间有无内在联系？对李商隐的生卒争议也比较
大，而有享年四十七、五十和六十岁等多种观点。对陆羽生卒年的观点，
也有四种之多。温庭筠卒年有866年说、870年说和882年说。赵璘的生
卒年也无定论……仅以李剑国《唐五代志怪传奇叙录》来说，在作品全部
或部分散佚的文言小说中，据笔者粗略作统计，作者生年或卒年等基本资
料无知或存疑的就有六十人左右，作者姓名无知或有姓无名的不少于四十
人，这些都是小说辑佚的重要基础，需要研究者尽可能地去解决。《卓异
记》的作者也有李翱、陈翱和陈翰几种观点。《汉武故事》的作者，观点
有八种之多。《蜀王本纪》的作者有三种说法。其他还如《邺侯外传》与
《邺侯家传》是否为同一部书等，都有争论。

　　总之，汉魏六朝与唐五代文言小说的辑佚研究，一方面成绩是突出
的，但是另一方面仍然有着很多的问题需要进一步的研究，需要在整体上
的进一步的推进。

参考文献：

黄霖、韩同文选注：《中国历代小说论著选》，江西人民出版社1982

年版。

吴曾祺编:《旧小说》,上海书店1985年影印版。

范宁:《博物志校证》,中华书局1980年版。

罗宁:《处常子〈续本事诗〉辑考》,《西南交通大学学报》2007年第5期。

房锐:《〈北梦琐言〉辑佚》,《四川师范大学学报》2004年第6期。

王齐洲:《〈汉书·艺文志〉著录之〈虞初周说〉探佚》,《南开学报》2005年第3期。

章培恒:《〈大业拾遗记〉〈梅妃传〉等五篇传奇的写作时代》,《深圳大学学报》2008年第1期。

陈自力:《〈虞初周说〉考辨三则》,《广西大学学报》1998年第2期。

陶敏:《刘崇远及其著作考略》,《云梦学刊》2006年第6期。

赵益:《〈汉武帝内传〉与〈神仙传〉关系论略》,《古籍整理研究学刊》2002年第1期。

陈洪、王青:《〈列仙传〉成书时代考》,《文献》2007年第1期。

魏世民:《〈列异传〉〈笑林〉〈神异传〉成书年代考》,《明清小说研究》2005年第1期。

陈建梁:《〈神异经〉成书年代平议》,《古籍整理研究学刊》1995年第3期。

佚名《师旷》六篇

师旷之生平,《中国古代小说总目·文言卷》谓:"师旷乃春秋时晋国乐师,事晋平公,'以阴阳之学显于当世。熏目作瞽人,以绝塞众虑,专心于星算音律之中'(《拾遗记》卷三)。"卢文晖辑注《师旷》(上海古籍出版社 1985 年版）谓：“师旷，名旷，字子野。冀州南和人，是春秋时代晋国的主乐大师。史书无传，其生卒年不可考。他主要活动在晋悼公（前572—前558 年在位）、晋平公（前557—前532 年在位）时代，略早于孔子。他是个盲人，故自称盲臣或瞑臣。”

笔者按，师旷所生活之时代，《拾遗记》卷三载：“师旷者，或云出于晋灵之世，以主乐官妙辨音律，撰兵书万篇，时人莫知其原裔，出没难详也。”则其大概在晋灵公时出生。《史记》卷三十九载：“十四年，晋使六卿率诸侯伐秦，度泾，大败秦军，至棫林而去。十五年，悼公问治国于师旷，师旷曰：‘唯仁义为本。’冬，悼公卒，子平公彪立。”晋杜预撰《春秋释例》卷三载悼公与师旷对话：“晋侯问于师旷曰：‘卫人出其君，不亦甚乎！’对曰：‘或者其君实甚。良君将赏善而刑淫，养民如子，盖之如天，容之如地。民奉其君，爱之如父母，仰之如日月，敬之如神明，畏之如雷霆，其可出乎？夫君，神之主也，民之望也。若困民之主，匮神乏祀，百姓绝望，社稷无主，将焉用之，弗去何为？”刘向《新序》卷一也载此。《史记》卷二十四载：“而卫灵公之时，将之晋，至于濮水之上舍。夜半时闻鼓琴声，问左右，皆对曰‘不闻’。乃召师涓曰：‘吾闻鼓琴音，问左右，皆不闻。其状似鬼神，为我听而写之。’师涓曰：‘诺。’因端坐援琴，听而写之。明日，曰：‘臣得之矣，然未习也，请宿习之。’灵公曰：‘可。’因复宿。明日，报曰：‘习矣。’即去之晋，见晋平公。平公置酒于施惠之台。酒酣，灵公曰：‘今者来，闻新声，请奏之。’平公曰：‘可。’即令师涓坐师旷旁，援琴鼓之。未终，师旷抚而止之曰：‘此亡国之声也，不可遂。’平公曰：‘何道出？’师旷曰：‘师延所作也。与纣为靡靡之乐，武王伐纣，师延东走，自投濮水之中，故闻此声必于濮水之上，先闻此声者国削。’平公曰：‘寡人所好者音也，愿遂闻之。’师涓鼓而终之。平公曰：‘音无此最悲乎？’师旷曰：‘有。’平公曰：‘可得闻乎？’师旷曰：‘君德义薄，不可以听之。’平公曰：‘寡人所好者音也，愿闻之。’师旷不得已，援琴而鼓之。一奏之，有玄鹤二八集乎廊门；再奏之，延颈而鸣，舒翼而舞。平公大喜，起而为师旷寿。反坐，问曰：‘音无此最悲乎？'师旷曰：'有。昔者黄帝以大合鬼神，今君德义薄，不足以听之，听之将败。'平公曰：'寡人老矣，所好者音也，愿遂闻之。'师旷不得已，援琴而鼓之。一奏之，有白云从西北起；再奏之，大风至而雨随之，飞廊瓦，左右皆奔走。平公恐惧，伏于廊屋之间。晋国大旱，赤地三年。"可知其主要政治活动是在晋悼公、晋平公之时，而身历晋灵公（前620—前607年）、晋成公（前606—前600年）、晋景公（前599—前581年）、晋厉公（前580—前573年）、晋悼公（前572—前558年）、晋平公（前557—前532年）六代国君。

《说苑》卷十八载："晋平公出畋，见乳虎伏而不动，顾谓师旷曰：'吾闻之也，霸王之主出，则猛兽伏不敢起。今者寡人出见乳虎伏而不动，此其猛兽乎？'师旷曰：'鹊食猬，猬食骏鸮，骏鸮食豹，豹食驳，驳食虎。夫驳之状有似驳马。今者君之出，必骖驳马而出畋乎？'公曰：'然。'师旷曰：'臣闻之，一自诬者穷，再自诬者辱，三自诬者死。今夫虎所以不动者，为驳马也，固非主君之德义也，君奈何一自诬乎？'平公异日出朝，有鸟环平公不去。平公顾谓师旷曰：'吾闻之也，霸王之主凤下之。今者出朝，有鸟环寡人，终朝不去，是其凤鸟乎？'师旷曰：'东方有鸟名谏珂，其为鸟也，文身而朱足，憎鸟而爱狐。今者吾君必衣狐裘以出朝乎？'平公曰：'然。'师旷曰：'臣已尝言之矣，一自诬者穷，再自诬者辱，三自诬者死。今鸟为狐裘之故，非吾君之德义也，君奈何而再自诬乎？'平公不说。异日，置酒虒祁之台，使郎中马章布蒺藜于阶上，令人召师旷，师旷至，履而上堂。平公曰：'安有人臣履而上人主堂者乎？'师旷解履刺足，伏刺膝，仰天而叹。公起引之，曰：'今者与叟戏，叟遽忧乎？'对曰：'忧。夫肉自生虫，而还自食也。木自生蠹，而还自刻也。人自兴妖，而还自贼也。五鼎之具，不当生藜藿。人主堂庙，不当生蒺藜。'平公曰：'今为之奈何？'师旷曰：'妖已在前，无可奈何。入来月八日，修百官，立太子，君将死矣。'至来月八日平旦，谓师旷曰：'叟以今日为期，寡人如何？'师旷不乐，谒归。未几而平公死。乃知师旷神明矣！"如果此则记载属实，则晋平公去世时师旷犹在世，即以其生于晋灵公末年记，此时已超过七十五岁高龄了。前引《史记》卷二十四载卫灵公与晋平公相见事，卫灵公于前534年即位，在其即位两年后，晋平公即去世，而此时师旷犹在世，也可补证以上观点。

然《齐民要术》卷三载："黄帝问师旷曰：'欲知牛马贵贱？秋葵下有小葵生，牛贵；大葵不虫，牛马贱。'"《艺文类聚》卷八十一引："《师旷占》曰，黄帝问师旷曰：'吾欲知苦乐善恶，可知否？'对曰：'岁欲丰，甘草先生，甘草，荠也。岁欲苦，苦草先生，苦草，葶苈也'"……则师旷似乎和黄帝是同时代之人。但这种观点是缺乏先秦典籍的材料支持的。师旷作为一个富有传奇性的臣子，后代难免对其多有附会，所谓黄帝与师旷对话，皆是后世附会之辞，而非典实也。

师旷生平之另一疑点，在于是否如《拾遗记》卷三所载乃"熏目作瞽人"。汉代刘向《新序》卷一载："晋平公闲居，师旷侍坐。平公曰：'子生无目眹，甚矣！子之墨墨也！'"汉王逸撰《楚辞章句》卷十六载："师旷，圣人，字子野，生无目而善听"，皆可证师旷是先天的盲人而非后天之熏目作瞽人。《拾遗记》等六朝小说，其撰作标准是按照史书之实录原则，但是其资料来源中却有不少的民间传说与神话内容，故不可以尽据为史实。

师旷所任之官职，诸书记载亦复歧异。《拾遗记》卷三谓："师旷者，或云出于晋灵之世，以主乐官妙辨音律。"《淮南鸿烈解》卷一之汉高诱注："师旷，晋平公乐师。"则师旷只是晋国之乐官或乐师，并无高的政治地位。《尚史》卷四十六载："师旷字子野，为晋乐大师。"《春秋左传注疏》卷三十二载杜预注："师旷，晋乐大师子野。"《孟子注疏》卷七上之汉赵岐注谓："师旷，晋平公之乐太师至羽①也。"也与第一种记载差不多。《太平御览》卷四百七十四引皇甫士安《高士传》："亥唐者，晋人也。晋平公时，朝多贤臣，祁奚、赵武、师旷、叔向皆为卿大夫，名显诸侯。唐独守道不官，隐于穷巷。"《逸周书》卷九晋孔晁注"师旷，晋大夫"，则师旷曾任卿大夫之职。《册府元龟》卷七百四十一谓"师旷字子野，晋

---

① 笔者按，此处言师旷之字为"至羽"，与诸书言其字"子野"不同。

太师也",《增订韩非子校释》卷五载:"齐景公之晋,从平公饮,师旷侍坐。始坐,景公问政于师旷曰:'太师将奚以教寡人?'师旷曰:'君必惠民而已。'"太师一职,在东西周时为国之重臣,如《战国策笺证》卷五载:"臣闻始时吕尚之遇文王也,身为渔父,而钓于渭阳之滨耳。若是者交疏也。已一说而立为太师,载与俱归者,其言深也。故文王果收功于吕尚,卒擅天下,而身立为帝王。"《逸周书汇校集注》卷九载:"师旷见太子,称曰:'吾闻王子之语高于泰山,夜寝不寐,昼居不安,不远长道,而求一言。'王子应之曰:'吾闻太师将来,甚喜而又惧。吾年甚少,见子而慑,尽忘吾其度。"《诗经·小雅》谓:"尹氏太师,维周之氏。秉国之均,四方是维。天子是毗,俾民不迷。"皆可见太师职位之高。先秦典籍《淮南鸿烈解》卷九谓:"师旷瞽而为太宰,晋无乱政,有贵于见者也。虽盲而治,晋国无有乱政",《文子》卷上也谓:"皋陶暗而为大理,天下无虐刑,何贵乎言者也。师旷瞽而为太宰,晋国无乱政,何贵乎见者也。不言之令,不视之见,圣人所以为师也。民之化上,不从其言,从其所行。"皆言师旷为太宰。《周礼》卷二谓:"大宰之职,掌建邦之六典,以佐王治邦国",《通典》卷二十载:"太宰于殷为六太,于周为六卿,亦曰冢宰。周武时周公始居之,掌建邦之治。秦汉魏并不置。"以成书时间而论,以师旷为太师或太宰者皆多为先秦典籍,记载更具准确性。则师旷并非仅为一乐师。以古代典籍记载来看,师旷之政治见解、占卜事迹,皆与其非凡的音乐才华一样,为人所津津乐道,故其既为音乐家,也是政治家。

《师旷》六篇之内容。《汉书·艺文志》注谓:"见《春秋》,其言浅薄,本与此同,似因托之。"《后汉书》卷八十二上唐章怀太子李贤注"师旷之书"谓:"占灾异之书也。今书《七志》有师旷六篇。"则李贤所见《七志》所载与《汉书·艺文志》卷数一致。古代典籍引用中有《师旷占》一书,未知与此占灾异之《师旷》六篇有关系否。《太平御览·经史图书纲目》有《师旷占》一书,《太平御览》正文引书有《师旷占》,亦复有《师旷》。《太平御览》引书都是以书名或篇名引,故其卷八百三十七载"《师旷》曰,杏多实不虫者,来年秋善。五谷之先欲知五谷,但视五木,择其木盛者来年益种之"、卷九百十八载"《师旷》曰，古长吏乘车出入行步，道上有鸡飞集车上者，雄迁雌去"之"师旷"一般来说应该是书名。《艺文类聚》卷八十五载："《师旷占》曰，黄帝问师旷曰，杏多实不虫者，来年秋善。五木者，五谷之先，欲知五谷，但视五木，择其木盛者来年益种之。"以此而论，则《师旷占》与《师旷》有可能是同一部书。当然也有可能是《太平御览》编者偶尔将《师旷占》一书简称为《师旷》。

该书之佚文，《中国古代小说总目·文言卷》谓："《说文》鸟部鸳字释文引《师旷》曰：'南方有鸟名曰羌鸳，黄头赤目，五色皆备。'段玉裁疑即在小说家《师旷》六篇中（《说文解字注》），甚是。师旷长于博物，《汲冢琐语》中有师旷辨羣、摇，正与此相类。书当出战国，原书不传，佚文仅见一条。"笔者按，考之《说文解字》卷四上，其文曰："师旷曰，南方有鸟名曰羌鸳，黄头赤目，五色皆备。"《说文解字》引古代典籍，有时以人名引，有时以书名引，如《说文解字》卷一上谓"董仲舒曰，古之造文者三画而连其中，谓之王""孔子曰一贯三为王"，故《说文解字》卷四上之"师旷曰"之"师旷"既有可能是人名，也有可能是书名，因此不能确定该条是否为《师旷》六篇之佚文。

汉佚名《神仙传》

《中国古代小说总目·文言卷》谓："汉代神仙志怪集。著者姓名不详。未见著录。应劭《风俗通义·姓氏篇》佚文引《神仙传》三处片段。一记沃焦，二记东陵圣母，三记帛和。应劭卒年不能确考，约在建安九年之前；而帛和为东汉末年人，故知作者当与应劭同时，而其书又早于《风俗通义》。张华《博物志》卷五《药物》引《神仙传》记松脂入地化茯苓又化为琥珀事，卷九《杂说上》引《神仙传》记岁星降为东方朔事。"

　　首先辨析其从《风俗通义·姓氏篇》佚文所辑三条作品。王利器《风俗通义校注》（中华书局 1981 年版）之《姓氏篇》注谓："案《四库全书》《风俗通义》有附录一卷，乃从《永乐大典》'通'字韵中所载马总《意林》节本《姓氏篇》裒集而成者。嗣后，朱筠、钱大昕、卢文弨、严可均、张澍、顾三、姚东升、徐友兰、陈汉章、王仁俊，俱有辑补，而张澍并为之注焉；则应书此篇虽亡，经后人之钩沉辑佚，庶几可复旧观矣。然诸家俱以四声为次，固非应氏之旧，虽失本真，此亦无可如何者，吾亦时且从众焉。至其自相抵牾之处，亦颇为之是正，夫岂故为薄古哉，亦将以之信今云耳。篇名旧引多歧出，今从苏颂所见，定为《姓氏》，盖汉人亦习称姓某氏云。"可知王利器《风俗通义校注》之《姓氏篇》集古今之成，最称完备审慎。其《姓氏篇》之"沃氏"文曰："沃氏，太甲子沃丁之后"，并未引及沃焦，则是《风俗通义·姓氏篇》无此等文字。较早典籍引及沃焦者，唐代《元和姓纂》卷十"沃氏"条谓："《神仙传》：沃焦吴人"，在紧接此条之前一条分段引用有"《风俗通》：殷太甲子沃丁之后。"可证两条文字分别引自不同典籍，而不是《风俗通》一段文字中包含了"《神仙传》：沃焦吴人"这句文字。古来仙传纷纷，散佚作品较多，见本书"葛洪《神仙传》"部分论述。且书名不是《神仙传》而又引作《神仙传》者也颇有之，所以此条佚文很难说是汉代《神仙传》佚文。再看东陵圣母一条佚文，《风俗通义校注》之《姓氏篇》之"东陵氏"文曰："东陵侯邵平，子孙氏焉。"也未有东陵圣母相关文字。《古今姓氏书辩证》卷二"东陵"条谓："《风俗通》：秦东陵侯邵平之后；又齐景公时有隐居东陵者氏焉；《神仙传》有东陵圣母。"考之传世本之葛洪《神仙传》，确实有东陵圣母这篇作品，可确证其乃葛洪《神仙传》作品，而非汉代《神仙传》作品。《中国古代小说总目·文言卷》之所以产生误判，殆因《通志》卷二十六"东陵氏"条之引文谓："《风俗通》：东陵侯邵平子孙氏焉。又齐景公时，有隐居东陵，因以为氏。又东陵圣母，广陵人，适杜氏。"遂连带前文将东陵圣母一段文字认为汉之《神仙传》作品。再看第三条佚文"帛和"，《风俗通义校注》之《姓氏篇》之"帛氏"条曰："楚有帛州黎。"

也无帛和之相关文字，况且传世本之葛洪《神仙传》也有此篇作品，故此条也应删除。

其次，再看张华《博物志》所引佚文，除以上两条外，《博物志》卷五曰："《神仙传》曰，杂食者百病妖邪之所钟焉。"故传世本《博物志》所引为三条作品。

南越行纪

《中国古代小说总目·文言卷》载宁稼雨提要谓："汉代杂俎小说……《南越行纪》未见史志著录及传本。姚振宗《汉书艺文志拾补》据晋嵇含《南方草木状》所引佚文，录入诸子略小说家类。其一记耶悉茗花、茉莉花传入中国及为南方女子喜爱事，其二记海人登罗浮山顶采啖胡杨梅事。此二则虽为花木之事，然均有一定故事性，且可见当时中外物质文化交流之状。姚氏列入小说家类，亦无不可。姚振宗《拾补》以为陆贾两使南越，宜有此作。嵇含生于魏末，距汉未远，所见当得其真。"汉魏小说，标准宜宽，裁之小说不为无当。该书除以上两条佚文外，《广东通志》卷五十二引《南越行记》："牛鱼，方圆三丈，眼大如斗，口在胁中，露齿无唇，两肉角如臂，翼长六尺，尾长五尺"及"乌贼鱼，常自浮水上，乌见而啄之，乃卷取乌，故谓之乌贼。腹中血及胆正黑，可以书"两条作品。汉代南越正包括现在之广东，《南越行纪》作为该地域富有特色之著作，宜为其重视保存流传，此两条佚文行文特点也复与《南方草木状》所引佚文有相似性，故有可能是《南越行纪》佚文。

该书作者陆贾，《史记》《汉书》俱有传。其士履，《册府元龟》卷七百七十六载"陆贾劝陈平交欢太尉周勃，以此游汉廷公卿间，名声藉甚。孝文即位，为大中大夫。"《册府元龟》卷八百五载："汉陆贾，惠帝时为大中大夫，吕太后用事，欲王诸吕，贾自度不能争之，乃病免，以好畤田地善往家焉。"一言惠帝，一言孝文，前后时间相隔较远，官职却未变，似为有误。考之《史记》卷九十七载："高祖使陆贾赐尉他印为南越王……陆生卒拜尉他为越王，令称臣奉汉约。归报，高祖大悦，拜贾为太中大夫"，《史记》卷一百十三"高帝已定天下，为中国劳苦，故释佗弗诛。汉十一年，遣陆贾因立佗为南越王，与剖符通使，和集百越，毋为南边患害……及孝文帝元年，初镇抚天下，使告诸侯四夷从代来即位意，喻盛德焉，乃为佗亲冢在真定，置守邑，岁时奉祀。召其从昆弟，尊官厚赐宠之。诏丞相陈平等举可使南越者，平言好畤陆贾，先帝时习使南越。乃召贾以为太中大夫，往使。"《汉书》卷四十三与卷九十五记载同于《史记》，则知陆贾确实两为太中大夫，只不过第一次为太中大夫在汉高祖时而非《册府元龟》卷八百五载汉陆贾惠帝时为大中大夫。

括地图

　　该书有《玉函山房辑佚书补编》与《汉唐地理书钞》两种辑本，《玉函山房辑佚书补编》仅据《太平寰宇记》一百十五辑有"临蒸县东一百四十里有茶溪"一条作品。《汉唐地理书钞》据《太平御览》辑佚之"猩猩人面豕身知人名"当据《初学记》卷二十九辑佚，以后者成书在前数百年。

　　又《汉唐地理书钞》最后一条佚文为："夏桀无道，汤放之鸣条，三年而死。其子獯粥妻桀之众妾，避居北野，随畜移徙，中国谓之匈奴。"后注释谓"《史记·匈奴列传索引》引乐彦《括地谱》"，王谟之意，或谓《括地谱》即《括地图》。然考之六朝唐宋典籍，引《括地图》未有将作者题作乐彦者。《史记》三家注中特别是《史记索引》也颇引乐彦之语，《史记索引》也引有《括地图》，然也未在该书名前题作者为乐彦。且"谱"与"图"字形差异也较大，故在无确凿证据的情况下，不可以将《括地谱》认为是《括地图》。

《晋书》卷三十五谓："暨汉屠咸阳，丞相萧何尽收秦之图籍。今秘书既无古之地图，又无萧何所得，惟有汉氏舆地及括地诸杂图，各不设分率，又不考正准望，亦不备载名山大川。虽有粗形，皆不精审，不可依据。或荒外迂诞之言，不合事实，于义无取。"《中国古代小说总目》文言卷据此推测谓："所云《括地》杂图盖即本书。西晋张华《博物志》亦多取本书，如神宫、大人国、奇肱民、穿胸国、孟舒国民、无启民等，然则其出汉世无疑。又考班固《东都赋》有'范氏施御'语，注引《括地图》：'夏德盛，二龙降之，禹使范氏（按：《博物志》作范成光）御之以行，经南方。'则知书出西汉。西汉末年盛行谶纬书，中有《河图括地象》，又纬书《尚书刑德仿》云禹得《括地象图》，本书虽非纬书，但其出现与立题疑与此有关，殆西汉末人所撰。"

笔者按，汉代之《括地》杂图是否即《括地图》，实无确凿证据以证明之，故该书是否汉代典籍，还需存疑。张华《博物志》作品不少都标明引书出处，然传世本《博物志》作品并无一则明确标明出自《括地图》。如上所言神宫条，《博物志》作："神宫在高石沼中，有神人，多麒麟、灵芝、神草。有英泉，饮之眠三百岁乃觉，不死。去琅琊四万五千里。"《括地图》作："负丘之山上有赤泉，饮之不老；神宫有英泉，饮之眠三百岁乃觉，不知死。"文字有所差异。孟舒国民、大人国、奇肱民、穿胸国、无启民五条两书文字基本相同。仅据作品本身，实不足以证明是《括地图》引《博物志》，还是《博物志》引《括地图》。

上引《中国古代小说总目》文言卷之后部分意谓班固《东都赋》用《括地图》范氏施御的典故，该典故《括地图》有记载，则《括地图》必当在班固作《东都赋》之前即已行世，故推断为西汉末人所撰。然考之《左传》，引范宣子言"昔匋之……在夏为御龙氏"，则《左传》已载范氏御龙之事，而秦汉《左传》之注释及其他典籍必有乐为之附会者。班固

《东都赋》之典故既有可能出自《左传》，也有可能出自秦汉《左传》之注释及其他乐为之附会此事之典籍。故此实不能证明《括地图》为西汉末人所撰。况且《文选注》常常引用后世之书以解释前代之文，以《东都赋》注释为例，内容有曹魏贾逵《国语》注、晋代杜预《左氏传》注、司马彪《续汉书》等等。同理，唐代用以注释《东都赋》之《括地图》也完全可能是班固身后之书。

《玉函山房辑佚书补编》据《太平寰宇记》一百十五辑有"临蒸县东一百四十里有茶溪"一条作品。该条作品《汉唐地理书钞》据《太平御览》卷八百六十七辑佚"《括地图》曰：临城县东北一百四十里有茶山茶溪"，而注释谓"按此文当入《括地志》"。然考之唐代《茶经》卷下，引此作出处也作《括地图》，故唐宋诸书引之几乎无异词，不可以之为《括地志》作品①。唯《茶经》引此时地名作"临遂县"，考之汉唐之地理类典籍，并无"临遂县"之建置记载，则其必为"临蒸县"或"临城县"之误。临蒸县，《中国历史大辞典·历史地理》（上海辞书出版社 1997 年版，第 653 页）谓汉末建安中置，《元和郡县图志》卷二十九"衡阳县"条谓"本汉酃县地，吴分置临蒸县，属衡山郡。天宝初更名衡阳郡，县仍属焉"，记载微有不同，一谓东汉末年置，一谓三国时吴国置。再看临城县，《水经注》有"南江又南东迳宣城之临城县南"之句，《水经注集释订讹》卷二十九注谓："按吴分汉陵阳德二县地置临城县，其废址在今青阳县南"。由上可知，"临蒸县"或"临城县"为东汉末年至三国时期的地名，故《括地图》之创作不应早于这一时间。

然此书确实有部分作品或为三代之作。《艺文类聚》卷五引："《括地图》曰：天毒国最大最热，夏草木皆干死。民善没水以避日入时，暑常入

---

① 《舆地纪胜》卷五十五引此则作品作《括地志》，李剑国《唐前志怪小说史》第三章《两汉志怪小说》引此谓"此文不类《括地图》，必是《括地志》。"而赞同《汉唐地理书钞》的观点。然以汉魏六朝文风论，志怪作品也每多杂类正史之平实之笔，如《博物志》《搜神记》之类。况且此仅一句话，亦或为一篇作品之一部分，凭此判断其文风，证据也不够充分。况且唐代《茶经》与北宋初年之《太平御览》《太平寰宇记》引此俱作《括地图》，而以南宋中期之《舆地纪胜》来否定以上三书之记载，也不够允惬。《汉唐地理书钞》所引佚文与此特点相类似者还如据《太平寰宇记》所辑"镐泉是河眼，亦谓之镐池"，据《北堂书钞》所引"不周之国地寒"两条。

寒泉之下。"考之《史记》卷一百十六、《汉书》卷六十一、《后汉书》卷一百十八等,其时称印度为身毒、天竺、干毒等,无称作天毒者,是汉无天毒之称。考之《山海经》卷十八谓"天毒,其人水居",郭璞注:"天毒即天竺国,贵道德,有文书、金银、钱货,浮屠出此国中也。"则天毒为一较远古之称呼。意《括地图》也如《博物志》之类,乃选编前代典籍以成书者,而非独自撰作,这种情况符合汉魏六朝小说创作的传统。

唐宋诸书引作《括地图》而未为《玉函山房辑佚书补编》与《汉唐地理书钞》采入者,还有以下几则。

《路史》卷二十八引:"《括地图》云,豫州北七十里上蔡,古蔡国。县西南十里有故蔡城蔡山冈,故国也。"考之《史记正义》卷四,谓"《括地志》云,豫州北七十里上蔡县,古蔡国。武王封弟叔度于蔡是也,县东十里有蔡冈,因名也。"则《路史》所引似为《括地志》内容。

《路史》卷五谓:"实有季子,其性喜淫。昼淫于市,帝怒放之于西南,季子仪马而产子。身人也,而尾蹄马,是为三身之国。市特贸易众聚之处。张华所记本出《括地图》,季子乃其名尔。"

方士传

《方士传》,作者不详。清代姚振宗《汉书艺文志拾补》卷二小说类著录,并引佚文两则,一曰:"刘向《别录》曰:'《方士传》言邹衍在燕,燕有谷地美,而寒不生五谷。邹子居之,吹律而温气至,五谷生。今名黍谷。'"二曰:"刘歆《七略》曰:'《方士传》言邹子在燕,其游诸侯畏之,皆郊迎而拥彗。'"笔者按,考之载籍,第一则引自《艺文类聚》卷九,《太平御览》卷五十四载之,文字略有不同。第二则引自《文选注》卷四十。

姚振宗《汉书艺文志拾补》卷二复谓："按《史记·孟荀列传》云齐有三邹子，其前邹忌，先孟子。其次邹衍，后孟子。邹子适梁，梁惠王郊迎，执宾主之礼；适赵，平原君侧行避席；如燕，昭王拥彗先驱，请列弟子之座而受业，筑碣石宫，身亲往师之。其游诸侯见尊礼如此，与《七略》所言《方士传》语同。然则《方士传》当作于战国时，史公亦据以采摭欤？《北堂书钞》引《邹衍别传》亦当出是书。"

笔者按，据钱穆《先秦诸子系年》之《邹衍考》，邹衍曾仕于燕王喜，生当齐王建燕王喜之时，其时正是秦并六国一统天下之时，则或秦始皇初年邹衍也可能在世。考之《方士传》佚文，已将历史人物邹衍虚化为神仙形象，其虚化也当有一个过程，则一般当在秦汉之际或西汉时完成这一神化过程，故姚振宗以《方士传》作于战国之时的推测是不够合理的。

至于史公是否采摭《方士传》入《史记》，首先是无法判定《史记》与《方士传》究竟哪部书先撰作流传于世。其次，即使《方士传》成书在《史记》之前，《史记集解》卷二十八载"驺衍以阴阳主运显于诸侯，而燕齐海上之方士传其术不能通，然则怪迂阿谀苟合之徒自此兴，不可胜数也"，以及司马迁在《史记·汉武帝本纪》所体现出的对方士的憎恶之情，可见其对这类荒诞不经的神仙信仰是大不以为然的，则其撰作《史记》之时，参考《方士传》一类的著作也是很让人怀疑的。

又姚振宗以为"《北堂书钞》引《邹衍别传》亦当出是书。"考《北堂书钞》，其卷九十七总计引《邹衍别传》两条内容："《邹衍别传》云衍博学通明，才高志笃，当世无其类""《邹衍别传》云邹子博识善叙事，有禹益之鸿才，道深东海，名重西山。日月不能乱其晖，金玉无以比其贵"。可见《方士传》佚文为记事性的作品，《邹衍别传》为评说性的文字，仅就以上文字，确实难以找到二者之间的逻辑联系。

封禅方说

　　作者无考，袁行霈《〈汉书艺文志〉小说家考辨》认为"从书名看来，内容是关于封禅的方术，无疑是方士之言。最早记封禅之事的是《管子·封禅篇》。《管子》是战国及其后齐国的一批零碎著作的总集。齐国又是出方士的地方，武帝时方士多燕齐之士，小说《封禅方说》很可能是武帝时齐地方士献上的书。据《史记·封禅书》所载，武帝时方士之中说封禅最力的有公孙卿和丁公，都是齐人，《封禅方说》也许同他们有关。"（《文史》第七辑）

　　对于《封禅方说》的内容，不同人也有不同说法。杨树达《汉书管窥》谓："方说者，《史记·封禅书》记李少君以祀灶、谷道、却老方见上，亳人谬忌奏祠太乙方，齐人少翁以鬼神方见上，胶东宫人栾大求见言方之类是也。"李剑国《唐前志怪小说史》第三章《两汉志怪小说》谓："《封禅方说》从书名推测，当是方士言方术的，武帝曾在泰山行封禅典礼，《史记》中有《封禅书》言此事，并多载方术祭祀之事。虽可能有神仙方术之谈，但不会有志怪小说。"王齐洲《〈汉志〉著录之小说家〈封禅方说〉等四家考辨》认为"《封禅方说》是汉武帝时方士所言封禅之说，其内容包括封禅之故事、传说、意旨、仪礼、器物、方法等，可通过《史记·封禅书》知其大概。"（《兰州大学学报》社会科学版，2007年第5期）而陈自力则认为"其书名题曰'方说'，显然含有'说'的成分，亦即讲故事的成分，而不是单纯记载方术之作"，而径称《封禅方说》为"一部仙话式的早期志怪作品"。（《一部仙话式的早期志怪作品——〈封禅方说〉考辨》）

　　对于本书与佚文相关之问题，罗宁《〈黄帝说〉及其他〈汉志〉小说》

（罗宁撰《汉唐小说观念论稿》，巴蜀书社 2009 年版，之《附录一》）曾作如下论证："《封禅方说》十八篇，则是武帝时方士议论封禅之书。据《汉书·郊祀志上》记载，武帝自得宝鼎之后欲封禅，（此前李少君虽已有言，但实际上武帝是听了公孙卿的'小说'之后才有强烈的封禅想法）先是让公卿诸生商议，但诸儒不能明辩其礼，'天子既闻公孙卿及方士之言，黄帝以上封禅皆致怪物与神通，欲放黄帝以接神人蓬莱，高世比德于九皇，而颇采儒术以文之。'《封禅方说》应是这一时期的产物，其作者不可考，但可以肯定，作者也是公孙卿一流的方士，甚至其中就有公孙卿本人。余嘉锡云：'疑此十八篇皆方士之言，所谓封禅致怪物与神通，故其书名曰"方说"。'（《小说家出于稗官说》）《风俗通义·正失》引《封禅书说》，提及黄帝乘龙升天堕弓之事，其后又云：'孝武皇帝时，齐人公孙卿言："汉之圣者，在高祖之孙，今历正值黄帝之日，圣主亦当上封，则能神仙矣。"'这些本都是公孙卿所造'小说'（见前）。公孙卿既是引发武帝封禅的重要人物，又是参加讨论封禅礼仪的重要方士，他的说法自然会采入当时方士们所编的《封禅方说》。由此我们可以推断，《封禅书说》也就是《封禅方说》。"

对这一论断，陈自力《一部仙话式的早期志怪作品——〈封禅方说〉考辨》进行了评述辨析："这是一个颇为大胆的推测。不过要证明其可靠性，也相当困难。王利器、吴树平二先生校注《风俗通义》时，均将'封禅书说'标点为'《封禅书》说'，从《风俗通义》引书常有在书名后加一'说'字之例来看，王、吴二先生的标点应属无误。但《风俗通义》这段文字似乎并非引自《史记·封禅书》，而是另有出处。试说如下：（一）二者所记故事的基本内容虽然大体相同，但关于黄帝骑龙升天时地点的交代却颇为不同。《史记·封禅书》谓'黄帝采首山铜，铸鼎于荆山下，鼎既成，有龙垂胡髯，下迎黄帝'，《风俗通义》引曰'黄帝升封泰山，于是有龙垂胡髯下迎黄帝'。一为荆山，一为泰山。这种差异，恐怕并非应劭的笔误，而可能是《风俗通义》所引原书作者针对武帝封禅之举的有意改动。（二）《风俗通义》多次征引《史记》，皆标称'太史公记'或'太史记'，即使征引《史记·封禅书》中的文字，亦标称'太史公记'，并不径称'封禅书'，如卷八《祀典》'杀狗磔邑四门'条引'《太史公记》："秦德公始杀狗磔邑四门，以御蛊菑。"'吴树平先生《风俗通义校释》注云：'见《史记·封禅书》。'① 而卷二引黄帝故事却径称'封禅书'，与通例不符，确实让人怀疑其另有出处……据此推测，其所引黄帝升天故事，可能出自《史记·封禅书》之外的另一种与封禅有关的著作。倘真如此，这种著作极可能就是《封禅方说》。当然，由于材料阙如，一时还难以证实这种推断。但综合各方面材料加以考察，有一点可以肯定：这则有关黄帝骑龙升天的故事，以及《史记·封禅书》中所记载的蓬莱神山有不死之药等神怪故事，都曾被《封禅方说》所收录。"

笔者按，陈自力从两个方面引申论证了罗宁的观点。首先看其第一个论据，《史记》卷二十八《封禅书》载"古者封泰山禅梁父者七十二家"，具体列举了无怀氏、虙羲、神农、炎帝、黄帝、颛顼、帝喾、尧、舜、禹、汤、周成王等，其中前文很明确地记载了"黄帝封泰山，禅亭亭"。《史记》卷二十八《封禅书》言及泰山者约五十次，言及荆山者仅仅一次，《风俗通义》此处引文当是凭记忆而成，所以虽然引用的是《史记》卷二十八《封禅书》，但是却是将《史记·封禅书》前面的文字"黄帝封泰山，禅亭亭"与相隔较远的后面的文字"黄帝采首山铜，铸鼎于荆山下。鼎既成，有龙垂胡髯下迎黄帝"混到一起引用的。实际上，把《风俗通义》引文与所引其他书的原文相比勘，这种差异是比较常见的，《风俗通义》引文并不十分严谨。

再看第二个论据。陈自力之意在于《风俗通义》引文都是前后很规范一致的，如引《史记》，都是书其书名而不会书其某一卷的卷名比如《封禅书》之名。但考之《风俗通义》，其引文究竟是书书名还是卷名，常常也是很随意的。比如《风俗通义》之引儒家五经之《礼》经，第一种情况

---

① 笔者按，复按《风俗通义》原书，"杀狗磔邑四门"为《风俗通义》卷八之十七个小标题中的一个，并未注明其引自"太史公记"或"太史记"，也未注明引自任何其他典籍，当是作者自拟之标题。

是以"礼"指代《周礼》《仪礼》《礼记》。第二种情况是具体指出是三礼中的哪一部书,如引《仪礼》则标明为"仪礼",引《礼记》则标明为"礼记"。第三种情况是具体标出三礼中某一卷的卷名,而不标明其书名,如《风俗通义》多次所引之《礼乐记》,即为《仪礼》中一卷的卷名,《风俗通义》卷八所引的《月令》也是《礼记》一书的某卷的卷名而未标《礼记》书名,《风俗通义》卷七引《汉书》之《李广传》,径以"李广"标示之而未列书名。且后世典籍在引用《史记》卷二十八时也往往只注明引文出《封禅书》而并不标《史记》书名。

要之,以上两个论据皆不能证明其观点,在无确凿证据的前提下,不可以轻易地认为《风俗通义》所引之"封禅书说"即汉志收录之《封禅方说》佚文,况且"封禅书说"与"封禅方说"二名之"书"与"方"在字形上的差异是很大的,按照常理应劭是不可能把"封禅方说"误书为"封禅书说"的。

黄帝说

《黄帝说》,《汉志》小说家类收录,作者不可知。对于其创作时代,余嘉锡《小说家出于稗官说》(中华书局1963年版)揣测《汉志》小说家类所收作品班固之意为"自《伊尹说》至《黄帝说》,凡九家,皆先秦以前书",而余嘉锡自己则认为"先秦诸书既多依托,其可信者周考、青史子、宋子三家而已。"李剑国《唐前志怪小说史》之第二章《战国志怪小说与准志怪小说》态度则在疑信之间,仍将《黄帝说》放在先秦部分阐述。罗宁认为"《黄帝说》并非先秦时书,而是武帝时的方士伪托之作,它就是公孙卿在元鼎四年(前113年)所献的'札书'"。

对此书李剑国《唐前志怪小说史》之第二章《战国志怪小说与准志怪

小说》有详细辨析，此引用并讨论之。

"《黄帝说》四十篇，班注'迂诞依托'，当是志怪色彩较浓的准志怪小说，或许就是志怪小说也未可知。黄帝是重要的神话人物，传说极多，战国阴阳家、方术之士亦言必称黄帝。《史记·五帝本纪》谓'百家言黄帝，其文不雅驯，荐绅先生难言之'，足见其传说之迂怪。"

"《黄帝说》久佚，《隋书·经籍志》不载。汉末应劭《风俗通义》卷六《声音》、卷八《祀典》两处引《黄帝书》，颇疑即《黄帝说》。《黄帝书》：'泰帝使素女鼓瑟而悲，帝禁不止，故破其瑟为二十五弦。'谨按《黄帝书》：'上古之时，有荼与、郁垒昆弟二人，性能执鬼。度朔山上有桃树，二人于树下简阅百鬼。无道理妄为人祸害，荼与、郁垒缚以苇索，执以食虎。于是县官常以腊除夕饰桃人，乘苇茭，画虎于门，皆追效于前事，冀以御凶也。'"

"此引《黄帝书》显见不是《汉书·艺文志》道家类的《黄帝四经》《黄帝铭》《黄帝君臣》《杂黄帝》等。因为据班固注，《黄帝君臣》'与《老子》相似也'，《杂黄帝》'六国时时贤所作'，而《黄帝书》既非道家之言，又非贤者之语。也不是阴阳家类的《黄帝泰素》，因为它是'言阴阳五行，以为黄帝之道'的。也不是兵家阴阳书《黄帝》及数术书《黄帝阴阳》等。如果说《黄帝书》是西汉以后作品，为刘歆、班固所未及见，然《隋书·经籍志》亦无《黄帝书》或书名相近的其他书，所以《黄帝书》极可能就是'迂诞依托'的《黄帝说》。书名虽有一字之差，但极相近，说即书，书即说也，古书素无定名，故有此异。应劭注《上林赋》引有《伊尹书》，正为《汉志》之《伊尹说》，可证《黄帝书》确实是《黄帝说》的异称。应劭去刘、班未远，《黄帝说》还不会很快失传，得而见之，征而引之，不亦宜乎？"

笔者按，上引三段文字，第二段为观点，第三段为论据，此尝试对论据提出不同论证。首先，上引第二段之《风俗通义》卷六、卷八所引两段文字，其来源有可能出自《黄帝》而非《黄帝书》。考之《风俗通义》卷八有"《青史子书》说，鸡者东方之牲也"，此《青史子书》即《汉志》收录之《青史子》；又《风俗通义》卷九载"谨按《管子书》，齐公出于泽"，此之《管子书》即《管子》。与此引用相同者，如现存《管子》一书保存有刘向之序言谓："官禄大夫臣向言，所校雠中，《管子书》三百八十九篇"。同理，《黄帝书》很可能就是《黄帝》。考之《汉志》，记载有"《黄帝》十六篇，图三卷"，《汉志》后之说明谓"右阴阳十六家二百四十九篇，图十卷。阴阳者，顺时而发，推刑德，随斗击，因五胜，假鬼神而为助者也。"上引"泰帝使素女鼓瑟而悲，帝禁不止，故破其瑟为二十五弦"，阴阳家向有以五行对应五音之理论，更有通过乐音以辨王朝盛衰战争胜败个体吉凶之行为，故此段文字故也可能是《汉志》收录的《黄帝》一书的内容或其注释文字。上引《风俗通义》卷八"上古之时，有荼与、郁垒昆弟二人，性能执鬼"，鬼神思想也是阴阳家思想的组成部分，葛兆光《中国思想史》第一卷第二编第六节"战国时代的精英思想和一般知识：方术及其思想史意味"总结言："宇宙是一个彼此相连又和谐的整体，而且将天地人鬼贯通一串的是气、阴阳、五行、八方等等基本要素，那么，在天地人鬼之间就有共同的存在方式，天地人鬼之间也有可能发生神秘的但又是必然的联系和感应。"（复旦大学出版社 1998 年版）《风俗通义》卷八的荼与、郁垒昆弟可以说是葛兆光这段文字的一个很好的注释。《汉志》后之说明"假鬼神而为助"也说明了阴阳家与鬼神信仰的紧密联系，故《风俗通义》卷八这段文字也很可能是《汉志》收录的《黄帝》一书的内容或其注释文字，而非《汉志》收录的《黄帝说》的作品①。

其次，如果《风俗通义》所引《黄帝书》如同其引《尚书》《汉书》一样确实是一部书的完整的名称，也当与《黄帝说》不是一回事。李剑国谓"如果说《黄帝书》是西汉以后作品，为刘歆、班固所未及见，然《隋书·经籍志》亦无《黄帝书》或书名相近的其他书，所以《黄帝书》极可能就是'迂诞依托'的《黄帝说》。"尽管《隋书·经籍志》无《黄帝书》，

---

① 笔者按，《隋书》卷三十五谓"汉时诸子，道书之流有三十七家，大旨皆去健羡，处冲虚而已，无上天官符箓之事。其《黄帝》四篇、《老子》二篇最得深旨"，此当是别于《汉志》《黄帝》之另一书，其他或还有未见载籍而书名作《黄帝》的典籍存在。

但是先秦典籍《列子》卷一就已两次引用《黄帝书》，一曰："《黄帝书》曰：'谷神不死，是谓玄牝。玄牝之门，是谓天地之根。绵绵若存，用之不勤。故生物者不生，化物者不化。自生自化，自形自色，自智自力，自消自息。谓之生化形色智力消息者，非也。'"二曰："《黄帝书》曰'形动不生形而生影，声动不生声而生响，无动不生无而生有。形，必终者也。天地终乎？与我偕终。终进乎？不知也。道终乎本无始，进乎本不久。有生则复于不生，有形则复于无形。不生者，非本不生者也；无形者，非本无形者也。生者，理之必终者也。终者不得不终，亦如生者之不得不生。而欲恒其生，画其终，惑于数也。精神者，天之分；骨骸者，地之分。属天清而散，属地浊而聚。精神离形，各归其真；故谓之鬼。鬼，归也，归其真宅。天分归天，地分归地，各反其本。'"又《晋书》卷十一也引用"《黄帝书》曰：'天在地外，水在天外'，水浮天而载地者也"一段文字，其他引用《黄帝书》的宋及宋前典籍如《荆楚岁时记》、《隋书》卷十九、《礼经会元》卷四上、《论语全解》卷八、《两汉刊误补遗》卷一等，不一而足。

引作《黄帝说》的，则有唐代《备急千金要方》卷八十一："扁鹊云：'《黄帝说》：昼夜漏下水百刻，凡一刻人百三十五息，十刻一千三百五十息，百刻一万三千五百息，人之居世，数息之间。'"

要之，即使《黄帝书》乃一书之名称，笔者倾向于《黄帝书》与《黄帝说》是不同的两种书，这从古籍征引时同一条《黄帝书》的作品在不同典籍引用时作者绝不会同时又引作《黄帝说》也可以得到印证。尽管有的古籍有时无定名，但这种情况毕竟是极少数，一种书籍在一个相对固定的时间段里一般还是有一种相对固定的名称的。又谓《史记》之《上林赋》注引有《伊尹书》，正为《汉志》之《伊尹说》。然《伊尹书》究竟是否《汉志》之《伊尹说》，实无确凿证据以证明之，后文另将论述。故此点也不能作为《黄帝书》即《黄帝说》的证据。

古籍征引的另一种情况，则是把《黄帝书》作为古人依托黄帝所作的典籍的泛称，如宋代《寓简》卷五载"范文正公微时，尝慷慨语其友曰：

'吾读书学道，要为宰辅，得时行道，可以活天下之命。不然，时不我与，则当读'黄帝书'，深究医家奥旨，是亦可以活人也。'"此《黄帝书》当为《黄帝内经》。又《少室山房笔丛正集》卷十五言"高似孙谓子书起于鬻熊，此不然。《汉志》道家有《伊尹》五十一篇，黄帝书四种共三十八篇。"此黄帝书当指托名黄帝之书。《汉志》典籍托名"黄帝"者约二十部，其他未被《汉志》收录的托名黄帝的自当大大多于这个数字。

伊尹说

《汉志》著录谓"《伊尹说》二十七篇，其语浅薄，似依托也"。李剑国《唐前志怪小说史》第二章引《吕氏春秋》之《本味》篇，谓此篇中关于伊尹的内容乃小说《伊尹说》之作品。这一观点，主要依据余嘉锡《小说家出于稗官说》，今将嘉锡辨析移录于后，并作驳论。

嘉锡谓"王应麟《汉志考证》，以贾谊书及《史记》所称汤曰，为《天乙》书，殊无以见其必然也。然谓《吕氏春秋·本味》篇，为出于小说家之《伊尹说》，则甚确。翟灏《四书考异》条考三十一曰：'案，吕不韦书，有《本味》一篇，言有侁氏得婴儿于空桑之中，令烰人养之，是为伊尹。汤请有侁为婚，有侁以伊尹为媵送女。尹说汤以至味，极论水火调剂之事，周举天下鱼肉之美，菜果之美，和之美，饭之美，水之美者，而云非为天子不得具，割烹要汤之说，无如此篇之详尽者。其文若"果之美者，箕山之东有卢橘"，应劭《史记》注引之；"饭之美者，元山之禾，南海之秬"，许慎说文引之。所称书目，俱曰《伊尹》，不曰《吕览》。考班固《艺文志》，有《伊尹》二十七篇，列于小说家，盖吕氏聚敛群书为书，所谓《本味》篇，乃剟自《伊尹说》中，故汉人之及见原书者，犹标着其原目如此。'观翟氏所考，益足证明王说之确矣。《汉志》道家别有《伊尹》五十一篇，注云'汤相'，不言其依托，知此等浅薄之说，必出于小说家，非道家之伊尹书也。考伊尹为庖以干汤之事，《墨子·尚贤》上篇、《孟子·万章》篇、《庄子·庚桑楚》篇、《文子·自然》篇、《楚辞·惜往日》，以及《鲁连子》、《文选》卷四十七《圣主得贤臣颂》注引。皆载之，不知与伊尹说孰先孰后。惟《吕览》之为采自《伊尹说》，固灼然无疑。他若《韩非子·难言》篇、《史记·殷本纪》之出《吕览》后者，又不待论也。吕氏著书于始皇八年，此书尚在其前，当是六国时人合此类丛残小语，托之伊尹。其所言水火之齐，鱼肉菜饭之美，真闾里小知者之街谈巷语也，虽不免于浅薄，然其书既盛行一时，未必无一言之可采，故刘、班虽斥其依托而仍着于录，视为刍荛狂夫之议而已。鬻子师旷诸家，当亦类是矣。"

笔者按，王应麟《汉艺文志考证》卷七"《伊尹说》二十七篇"条与伊尹内容相关者有"司马相如赋注：'应劭曰《伊尹书》曰箕山之东青马之所有卢橘夏孰。'《吕氏春秋》：'伊尹说汤以至味'"，并未说《吕氏春秋·本味》篇出于小说家之《伊尹说》。《汉艺文志考证》卷七"《天乙》三篇"条也无"以贾谊书及《史记》所称汤曰，为《天乙》书"。考之该书其他内容，也无以上两种观点，则为嘉锡曲解王应麟文意。

复按翟灏《四书考异》，余嘉锡引其文在该书下编条考三十一《孟子·万章》上之"伊尹以割烹要汤"一句的注释文字中。其观点谓《史记》注及《说文解字》引作出自《伊尹》之文句与《吕氏春秋·本味》篇之相应文字一致，故《吕氏春秋·本味》篇当为小说《伊尹说》之作品。

此推论有可议者三。

首先，即使确如翟灏《四书考异》所谓《吕氏春秋·本味》篇即《伊尹书》，但是这并不能说明此《伊尹书》即《汉志》收录之《伊尹说》二十七篇。伊尹作为古代一个具有传奇性的政治家，相关著述不在少数，《伊尹书》完全可能是与《伊尹说》各自独立的典籍。

其次，翟灏《四书考异》对《吕氏春秋》卷十四《本味》的关于伊尹的内容的评价谓"《伊尹说》乃怪诞猥鄙之小说也"。考《本味》篇，其第一段文字叙述伊尹母亲化为空桑，空桑生伊尹，烰人养之成人，汤闻其贤，乃通过娶有侁氏为妻的方式得到伊尹，约一百四十字。第二段文字叙述贤主与能臣之鱼水关系，约二百三十字。第三段叙述伊尹"说汤以至味"，约五百字。考其内容，第一段和第三段完全可能来自不同的两种典籍。第一段文字虚构想象丰富，正统文人谓之"怪诞猥鄙"可以理解。但第三端文字正如余嘉锡所言，《墨子》《孟子》《庄子》《文子》《楚辞》等无不据以为典实，实为千古佳话，不可以谓为"怪诞猥鄙"。

《史记》注所引文字为"应劭曰：《伊尹书》：果之美者，箕山之东，青鸟之所，有卢橘，夏孰"笔者按，此条《说文解字》卷六上引作"《伊尹》曰：果之美者，箕山之东，青鸢之所，有枦橘焉，夏孰也"，《吕氏春秋》卷十四《本味》引作"果之美者，沙棠之实，常山之北投渊之上有百果焉，群帝所食。箕山之东，青岛之所有甘枦焉"，前后文字差异明显。另一条《说文解字》卷七上作"《伊尹》曰：'饭之美者，山之禾，南海之秏'"，《吕氏春秋》卷十四《本味》引作"饭之美者，山之禾，不周之粟"，第三句完全歧异，故《吕氏春秋》卷十四《本味》关于伊尹之引文很可能并非出自《伊尹书》。

又《说文解字》恰好也引用了《吕氏春秋》卷十四《本味》的关于伊尹的其他内容，一曰"吕不韦曰：'有侁氏以伊尹媵女'"，一曰"吕不韦曰：'汤得伊尹，燔以爟火，衅以牺豭'"，这两句引自《本味》篇的文句《说文解字》皆作"吕不韦曰"而绝不作"《伊尹》曰"或"《伊尹书》曰"，就进一步证明《本味》篇的有关伊尹的文句并非出自《史记》注和《说文解字》所引之《伊尹书》。

袁行霈《〈汉书艺文志〉小说家考辨》谓"严可均、梁玉绳都认为《吕氏春秋·本味》篇出自小说《伊尹说》。"考之严可均《全上古三代文·叙录》云《吕氏春秋·本味》篇"疑即小说家之一篇"。梁玉绳《吕子校补》云："岂《本味》一篇出于《伊尹说》欤？"皆为猜测之词，并未断言也。

刘向与《列仙传》

　　刘向，《列仙传》作者①，初名更生，字子政。对其享年及生卒年，诸家记载不一。《册府元龟》卷八百九十五载蜀谯周尝语陈寿曰："昔孔子七十二，刘向、扬雄七十一没"。（《海录碎事》卷九下引《蜀志》、明凌迪知撰《万姓统谱》卷五十八内容同此）清代吴修编《续疑年录》卷一谓"刘子政七十二，生元凤元年辛丑，卒元延四年壬子"。《玉堂嘉话》卷六谓"汉初入仕者不限年。如刘向、陈咸以八十为郎"，则又有至少享年八十之说。清代周寿昌《汉书注校补》卷三十一谓"其卒当在成帝元延四年"（续四库267册），《中国小说总目》之《文言卷》中《百家》与《列仙传》条总结前人观点："《历代名人年谱》谓生于元凤二年（前79年），卒于绥和二年（前7年）；《中国文学者生卒考》云生于元凤元年，卒于元延四年（前9年）"，列出自己的观点谓其生卒年为前77？—前6年，"历仕宣、元、成、哀四朝"，即于汉哀帝建平元年去世。王先谦《汉书补注》卷三十六据《汉书》刘向本传之"年七十二卒，卒后十三岁而王氏代汉"谓"钱大昕曰'依此推检，向当卒于成帝绥和元年'。叶德辉曰'《汉纪》云"前后四十余年"，案传言"卒后十三年王氏代汉"，则向卒于成帝

_____

　　① 《中国古代小说总目》之文言卷也将《百家》列为刘向小说作品。并据《艺文类聚》卷七十四所引《百家书》公输班画蠹头图形与《太平御览》卷九三五所引《百家书》宋城门失火殃及池鱼辑有两条作品。笔者按，宋城门失火殃及池鱼条作品《艺文类聚》卷八十及卷九十六实载之，时间上早于《太平御览》卷九三五所引。《艺文类聚》卷七十四文云"公输班之水见蠹，曰'见汝形。'蠹适出头，般以足画图之。蠹引闭其户，终不可得开。般遂施之门户，云人闭藏如是固周密矣。"《艺文类聚》卷八十及卷九十六文云"宋城门失火，自汲池中水以沃之，鱼悉露见，但就把之""宋城门失火，因汲池水以沃灌之，池中空竭，鱼悉露死。喻恶之滋并中伤良谨也"。其内容实为即事阐理之文，把体裁定为小说，实有商榷的余地。尽管《汉书》之《艺文志》把《百家》列为小说作品，但古代的小说观念与现代把小说作为文学体裁之一种的小说观念，实有较大差别，似不可引以为据。

建平元年，上推向生于昭帝元凤四年，自既冠擢为谏大夫，至此实四十余年，当以《汉纪》为是。吴修《续疑年录》亦推向生元凤四年，卒建平元年。盖莽代汉在孺子婴初始元年十二月，是年上距向卒正十三岁之后，钱氏误推不足据'"。(《续四库》269 册)(笔者按，"建平"实汉哀帝年号，非成帝也)周杲《刘子政生卒年月及其著述考辨》(《文学年报》1936 年第 2 期)和姜亮夫《历代人物年里碑传综表》都赞同叶德辉观点。钱穆《刘向歆父子年谱》持反对意见，根据《汉书》卷三十六记载刘向"年七十二卒，卒后十三岁而王氏代汉"为依据，推论"向生实在元凤二年，钱氏推不误"，"刘向卒在成帝绥和元年"(顾颉刚编著《古史辨》，上海古籍出版社 1982 年版，第五册《刘向歆父子年谱》，第 107 页、101 页)，《资治通鉴》卷三十二记载同于《汉书》卷三十六。清代王懋竑撰《白田杂著》卷五谓"刘向之卒，在成帝绥和二年"。

笔者按，前引王先谦观点，对论据理解不准确，导致得出刘向既冠至其去世任职朝廷时间为四十余年的错误观点。考之《前汉纪》卷二十七原文谓成帝"以向为中垒校尉。上欲用为九卿，辄为王氏所排。及在位，为大臣所抑，故终不迁大位，前后四十余年，年七十二卒，向卒后十三年王氏篡。"其言"在位"前后四十余年，当然是指刘向在朝中任职的时间，但不是既冠以后的任职时间，还包括既冠以前的为官时间。考之《西汉年纪》卷二十二记载为"初元二年春正月……堪、更生皆免为庶人……秋七月……上复征周堪、刘更生，欲以为谏大夫"，因刘向又被中伤而复"坐免为庶人"。《两汉诏令》卷九也记载了元帝《免萧望之等诏》："制诏丞相御史前将军望之傅朕八年，亡它罪过。今事久远识忘难明，其赦望之罪，收前将军光禄勋印绶。及堪、更生皆免为庶人。"该诏书标明的时间也是"初元二年秋"，与《西汉年纪》卷二十二相一致。《前汉纪》卷二十一记载也同于前两书。刘向自此"遂废十余年。成帝即位，显等伏辜，更生乃复进用，更名向。"(《汉书》卷三十六)考之《汉书》卷二十七中之上谓"竟宁元年，石显伏辜"，《前汉纪》卷二十三也载"竟宁元年……夏五月……石显及其党皆免官，显徙居故乡济南，忧懑不食，道病死。"《两汉笔记》卷七载"建始元年，石显迁长信中太仆，秩中二千。石显既失倚离权，于是丞相御史条奏显旧恶，及其党牢梁陈顺皆免官。显与妻子徙归故郡，忧懑不食，道死。"则刘向初元二年（前47年）春正月去职，复任职朝廷当在竟宁元年（前33年）或后一年的建始元年（前32年），其间时间间隔至少14年零几个月。又据《西汉年纪》卷二十一，五凤二年"吏劾更生铸伪黄金，系当死……安民上书入国户半赎更生罪，上亦奇其材，得踰冬减死论"，次年，"会初立穀梁春秋，征更生受谷梁，讲论五经于石渠"①，则其间又至少当有数月未任职。加在一起，则20岁既冠至七十二岁去世，中间再减去15年的时间，其任职时间实为大约37年，非叶德辉所谓四十余年。

然则是否《前汉纪》卷二十七记载错误？也非如此，《前汉纪》卷二十七之意是说刘向任职朝廷时间为四十余年，而非叶德辉所理解的刘向既冠后任职四十余年，其既冠后任职的37年加上其12岁以后至既冠任职辇郎等约8年，故其在职大约45年。又《汉书》刘向本传谓"上数欲用向为九卿，辄不为王氏居位者及丞相御史所持，故终不迁，居列大夫官前后三十余年"，此三十余年则指的是其既冠后任职大夫一类的官职的时间。

根据《汉书》卷三十六记载刘向"年七十二卒，卒后十三岁而王氏代汉"，其生卒年似乎是很容易解决的问题，但为什么自古至今这一问题始终争论不休？郝继东《刘向生卒年考》（《沈阳师范学院学报》2000年第6期）总结了其中的根本原因："'王氏代汉'的诠释却众说纷纭，大致有以下三种结论：一、此指孺子婴居摄元年（6年），此时王莽骄横无比，独揽大权。二、此指孺子婴居摄三年（8年），即王莽初始元年，他取代汉朝，登上帝位，把此年十二月定为自己建国初年的正月朔。三、此指王莽

---

① 笔者按，清代梅毓《刘更生年表》（丛书集成续编259—519）系刘向受谷梁于甘露三年，误。考之《汉书》卷八十八《儒林传》，谓蔡千秋、周庆等擅长谷梁，"乃以千秋为郎中户将，选郎十人从受。汝南尹更始翁君本自事千秋，能说矣。会千秋病死，征江公孙为博士。刘向以故谏大夫通达待诏，受谷梁，欲令助之。江博士复死，乃征周庆、丁姓待诏保宫，使卒授十人。自元康中始讲，至甘露元年，积十余岁，皆明习。"《西汉会要》卷二十六记载与此同。可知刘向受谷梁在甘露元年以前，而非甘露三年。钱穆《刘向歆父子年谱》论定为五凤三年，是。

始建国元年（9年），他正式建国号为新，完全取代了汉王朝。由于'王氏代汉'的这三种不同的解释，导致了刘向生卒年的推算……的三种结果。"

以上观点，以钱穆《刘向歆父子年谱》影响最大，此详列并引申论之。

先看其推论刘向生年的依据，穆谓《汉书·刘向传》载向"卒后十三岁而王氏代汉"，而"自绥和元年后十三年为孺子婴居摄元年，莽称假皇帝，《汉书》帝纪尽于平帝元始五年，无孺子婴。《王子侯表》《外戚恩泽侯表》《百官公卿表》皆及孝平而止，无记孺子婴者。此汉人以莽代汉在居摄元年之证也。又王莽班符命，亦言'汉氏平帝末年，火德销尽，土德当代。皇天眷然，去汉与新。'不更数孺子婴。《后汉》《杜笃传》亦谓'创业于高祖，祚缺于孝平，传世十一，历载三百，'亦不数孺子婴也①。或疑向年十二以父德任为辇郎为在地节四年德封阳城侯之岁，则《哀纪》除任子令应劭注《汉仪注》'吏二千石以上视事满三年，得任同产若子一人为郎。'德以元凤三年即为宗正，本始三年赐爵关内侯，不必于阳城封后乃得任子为郎矣。德传称德封阳城侯，宗家以德得官宿卫者二十余人，宗家乃同宗属之家，亦非谓其亲子，不得牵连为论。据此言之，向生在元凤二年信矣。"复引《汉书》卷二十二《礼乐志》刘向劝汉成帝宜兴辟雍，"成帝以向言下公卿议，会向病卒，丞相大司空奏请立辟雍。案行长安城南，营表未作，遭成帝崩，群臣引以定谥"，又据此论其卒年："按向传云：'向年七十二卒，卒后十三岁而王氏代汉，则向卒当在今年。成帝崩在明年三月。其二月，翟方进卒。'《孔光传》：'丞相方进薨，召左将军光

---

① 与钱穆思路相同者还有葛启扬《刘向之生卒及其撰著考略》（燕京大学历史学会编《史学年报》，1933年1卷5期），文谓"汉人以莽居摄为莽代汉，卒后十三岁，当由莽居摄之岁上推，而不当自莽即真之年前数。《汉书帝纪》尽于平帝元始五年，无孺子婴。《王子侯表》《外戚恩泽侯表》《百官公卿表》皆及孝平而止，无记孺子婴者。《成帝纪赞》曰，'建始以来，王氏始执国命，哀平短祚，莽遂篡位'，亦不数孺子婴。又《后汉书·公孙述传》引《谶记》谓'孔子作春秋为赤制，而断十二公，明汉至平帝十二代历数尽也。一姓不得再受命'。更明言汉尽平帝，不数孺子婴。凡此皆足以证明汉人视王莽代汉始于王莽居摄之岁。"然结论与钱氏不同，谓"刘向生于汉昭帝元凤元年辛丑，卒于成帝元延四年壬子。"

当拜，已刻侯印，书赞，上暴崩，即其夜于大行前拜受丞相博山侯印绶'，则是方进既卒，成帝未崩，其间未有丞相。《礼乐志》谓向病卒，丞相大司空奏请立辟雍，此丞相当为方进，而向之病卒，明在方进卒前也。《礼乐志》又云'成帝以向言下公卿议，会向病卒'。夫下其议以及于病卒，向之卒以及于丞相大司空之请，又及于丞相之卒，其间皆需时。方进卒在明年二月，向卒定在今年矣。《何武传》'成帝欲修辟雍，通三公官，即改御史大夫为大司空。'改三公官名，其议发自何武，或本与向请修辟雍同时，故史连缀为说。则向之请修辟雍，或者尚在今年春夏之间耶？"

笔者按，钱穆、葛启扬之推论，不可谓不精审，但何以钱穆等的学术成果常常不被采信呢，如梁战、郭群一编著的《历代藏书家辞典》（陕西人民出版社1991年版）确定其生卒为约前77—前6年，中华书局2004出版的《古汉语实用词典》也确定其生卒为约前77—前6年，还包括前面提到的发表于钱穆《刘向歆父子年谱》之后的著述，都与钱穆的观点并不一致。笔者认为其根本原因是钱穆的论证主要是基于其独到的学术眼光的一种推导，却几乎没有具有说服力的确凿的史实作为支撑。

而后之反驳钱穆等之观点最力者则为周杲《刘子政生卒年月及其著述考辨》，与钱穆的见解截然相反，周杲也是以《汉书》内容为据，从《诸侯王表》《王子侯表》《外戚恩泽侯表》举出了二十四个例子，如《诸侯王表》之"永始元年，王俚以云弟绍封，二十五年，王莽篡位，贬为公""建平四年，王永嗣，十二年，王莽篡位，贬为公"等等，而推论："此二十四例中，其所计年月，均以始建国元年为王莽篡汉之年。均显然加以'王莽篡位'四字。苟汉人以王莽代汉为在居摄元年，则此二十四例中，凡始建国元年所兴废之事，应书作王莽篡位之几年，（如《徐乡侯快表》）而不应简作'王莽篡位'。又《长沙定王发表》《广戚阳侯勋表》《广川惠王越表》皆称居摄或于居摄下云几年王莽篡位，而不称王莽篡汉居摄。以当时之事，莽固有代汉之势，而名号未改，汉祚犹存，孔子修《春秋》，首重其名，故隐公不书即位。孟坚汉人，自当以正名纪载为是。有可为汉惜者，且欲纪之，况子婴居摄之本为汉室末帝乎？更有进者，《汉书王莽传》曰：'九月，东郡太守翟义、都试勒车骑因发犇命，立严乡侯刘信为天子。移檄郡国，言莽毒杀平帝，摄天子位，欲绝汉室，今共行天罚诛莽，郡国疑惑，众十余万。莽惶惧不能食，昼夜抱孺子告祷郊庙，放大诰作策，遣谏大夫桓谭等班于天下，谕以摄位当反政孺子之意。'又莽奏太后曰：'陛下至圣，遭家不造，遇汉十二世三七之厄，承天威命诏臣莽居摄，受孺子之托，任天下之寄，臣莽兢兢业业，惧于不称。'是则莽在居摄之时，尚有畏惧，尚谓当反政孺子，尚谓臣莽兢兢业业。由此可知，莽在斯时，未显然以代汉自居也。莽尚以居摄为汉，孟坚安得遽以居摄为新；而孟坚之不以居摄为新，复由上二十四例之证可见。且除此二十四例外，《王子侯表》第三下，《松兹戴侯霸表》曰：'侯均嗣，王莽篡位，绝者凡百八十一人'。师古注曰：'此下言免绝者皆是也'。而考以下言免绝者之年，均在始建国元年，不在居摄。苟莽代汉为在居摄，则一切王子侯之免绝，宜在居摄元年。今反是，得谓之为代汉乎？考之年表，章章如此，而钱氏谓汉人以莽代汉在居摄元年，不亦惑乎？钱氏又曰：'汉帝纪尽孝平无孺子婴，是亦为汉人以莽代汉为在居摄元年之一证'。斯语也，骤闻之，若可信，然考之班氏帝纪之例，则又不然。高后非帝也，列之帝纪；少帝昌邑王帝也，弃而不列。如钱氏说，凡帝必有纪，则少帝昌邑王作何解之？按班氏之纪例不纯，不尽以帝为例，亦不尽以政出为准。盖若谓以帝为例，则吕后可除，而少帝昌邑王当加入；如谓以政出为准，则惠帝可废，而王莽当加入。若太史公《项羽本纪》然。臆班氏之意，既不以太史公之例为是，且为汉家断代之书，故不立莽纪，而子婴者，又为莽之傀儡，不成为君，故亦不立，而以居摄之政，入于莽传之中。然非以居摄即为莽代汉也。以此言之，钱氏之以帝纪尽孝平无孺子婴为汉人以莽代汉在居摄元年之证者，又不足据矣。钱氏又曰：'王莽班符命，亦言汉氏平帝末年，火德销尽，土德当代，皇天眷然，去汉与新，不更数孺子婴'。此则王莽对汉人之言，非汉人对汉之言也。推言之，莽在居摄之际，内以符命欺太后，假作畏惧；外以符命欺臣民，伪作忠荩。一方竭力宣传新当代汉之符命，一方竭力表示天命代汉而不忍代汉之虚情，其班符命，乃自作广告，不足为汉人以居摄为莽代汉之证。又钱氏据《孔光传》《礼乐志》，谓向当卒在绥和元年。如向当卒在绥和元年，则成帝以向言下公卿议，亦当在元年矣，何以一年而营表尚未作乎？按《礼乐志》称'成帝以向言下公卿议，会向卒'，而《艺文志》则称'会向卒，哀帝复后子歆卒父业'。以前之会向卒言，似卒在成帝时；以后之会向卒言，似卒在哀帝时，志中所记年月，多概言之，未足以为据也。钱氏之重要证件既如此，此外枝节，不辨自明。"

与周楞思路一致者尚有柏俊才《刘向生卒年新考》（《文学遗产》2012年第3期），其谓："《汉书》帝纪凡十一，始于高帝纪，终于平帝纪，似乎平帝刘衎是西汉最后一个皇帝，其实非是，孺子婴才是西汉最后一帝……孺子婴为傀儡皇帝，大权旁落，王莽是真正的实权派，但还不能说他'代汉'。就王莽本人来看，他也承认孺子婴是汉帝。《汉书·王莽传》云：'莽乃策命孺子曰："咨尔婴，昔皇天右乃太祖，历世十二，享国二百一十载，历数在于予躬。"'（《汉书》卷九九《王莽传中》，第12册，第4099页）'历世十二'，王莽认为孺子婴是汉第十二代天子。就王莽同时代人来看，他们并不认为此时王莽'代汉'。居摄元年四月，安众侯刘崇与张绍谋反王莽时说：'安汉公莽专制朝政，必危刘氏。'（《汉书》卷九九《王莽传上》，第12册，第4082页）'必危刘氏'者，一定会威胁王权也，言发展之趋势，并未言此时'代汉'。居摄二年（7年）九月，东郡太守翟义立严乡侯刘信为天子，移檄郡国言：'（王莽）毒杀平帝，摄天子位，欲绝汉室。'（《汉书》卷九九《王莽传上》，第12册，第4087页）'摄天子位'指去岁群臣进王莽'假皇帝'号而言。假者，代也。孺子婴即位时仅两岁，到是年也只有三岁，太后未临朝，则王莽摄政，'摄天子位'也就相当于后世的摄政大臣。欲者，想也。'欲绝汉室'，言王莽想灭绝汉室，这是居摄二年王莽未'代汉'之证。就古代史臣来说，他们也不认为居摄元年'王氏代汉'。李贤注崔舒《慰志赋》句'思辅弼以偷存兮，亦号咷以酬咨'云：'辅弼谓王莽辅政也。偷，苟且也。号咷，哀呼也。前书王莽策孺子婴为定安公，莽亲执孺子手，流涕歔欷也。'①则李贤认为王莽只是辅政大臣而已。"并列举了历史上曹操、萧道成、赵匡胤在东汉、刘宋、后周之情况与王莽类似，在他们独揽大权时，从未有人认为是代旧朝之始。而推论："据此，居摄三年（亦即初始元年，8 年）十二月，王莽代替汉朝，由此上溯十三年，即刘向卒于建平二年（前 5 年），其生年当在元凤五年（前 76 年），享年七十二岁。"

笔者按，周朖论辩的核心是"王莽篡位"的时间，考之纪年，无一不是证明了班固《汉书》及汉人认同的是始建国元年，而不是钱穆所说的居摄元年。客观言之，如以周朖的论据为准，则钱穆所引《汉书》内容似非班固之撰；以钱穆的论据为准，则周朖所引《汉书》亦似非班固之书。然则此正说明班固在王莽代汉的具体时间上，在《汉书》中有两种标准，导致此类材料皆不足以论定王莽代汉的具体时间。

然钱穆推测其时丞相为方进及刘向卒于丞相方进与成帝之前，在《西汉会要》卷二十五等②也都有明确记载，这就否定了之前有学者认为向卒建平元年和刘向"历仕宣、元、成、哀四朝"等观点，因为建平元年等的判断都是汉成帝去世后其继承者汉哀帝在位的时候，刘向当然已不在世。笔者以下尝试从这方面对钱穆的观点作进一步的阐述。

考之《史传三编》卷一，论曰"孝宣以甘露三年始立谷梁博士，是岁向年三十。"逆推则刘向生年正是元凤二年。非仅如此，谙熟于两汉掌故之宋王益之撰《西汉年纪》卷二十七也记载"绥和元年……十二月，丞相方进大司空武奏言：'古选诸侯贤者以为州伯，书曰"咨十有二牧"，所以广聪明烛幽隐也。今部刺史居牧伯之位，秉一州之统，选第大吏，所荐位高至九卿，所恶立退，任重职大。春秋之义，用贵治贱，不以卑临尊。刺史位下大夫，而临二千石，轻重不相准，失位次之序。臣请罢刺史，更置州牧，秩二千石，以应古制。'奏可。中垒校尉刘向卒。"则刘向卒于绥和

---

① 《后汉书》卷五二《崔骃传》，中华书局 1965 年版，第 6 册，第 1706—1707 页。
② 如《西汉会要》卷二十五谓"成帝时，犍为郡于水滨得古磬十六枚，刘向因是说上宜兴辟雍，设庠序，陈礼乐，隆雅颂之声，盛揖逊之容，以风化天下。成帝以向言下公卿议，会向病卒，丞相大司空奏请立辟雍，案行长安城南。营表未作，遭成帝崩，群臣引以定谥。"

元年十二月，以年七十二岁计，生年也正是元凤二年。

又汉荀悦撰《前汉纪》卷二十七载："绥和元年春正月，赦天下……十二月，罢刺史，置州牧，秩二千石。是岁犍为得石磬十六枚，议者以为善祥，刘向说上曰：'宜设辟雍……'上以向言下公卿，立辟雍。会向病卒，丞相大司空营表长安城南，将立辟雍，未及作。二年春正月，行幸甘泉宫、郊泰畤。二月壬子，丞相翟方进薨。是时荧惑守心，占者以为大臣当应之，以塞灾异。上召方进告之，方进不得已乃自杀。上秘之，加赠礼，亲临丧，赦天下。大水。平襄县有燕生雀，哺食至大，俱飞去。太仆厩马生角，在左耳前，围长各一寸八分。行幸河东，祠后土。三月丙午，帝崩于未央宫。"也进一步证明了《西汉年纪》卷二十七记载的准确性。

要之，钱穆根据《汉书》考订方进及成帝卒于刘向后以推测刘向卒年以及把刘向生卒年论定为昭帝元凤二年（前79年）生绥和元年（前8年）卒的结论是准确的。

关于文言小说《列仙传》是否为刘向所撰也是一个聚讼纷纭的问题。宋黄伯思撰《东观余论》卷下《跋刘向列仙传后》谓："司马相如云'列仙之儒居山泽间'，列仙之名，当始此①。传云刘向作，而《汉书》向所序六十七篇，但有《新序》《说苑》《列女传》等，而无此书。又叙事并赞不类向文，恐非其笔。然事详语约，辞旨明润，疑东京文也。"宋《直斋书录解题》卷十二言："《列仙传》二卷，汉刘向撰。凡七十二人。每传有赞，似非向本书，西汉人文章不尔也。《馆阁书目》三卷六十二人。《崇文总目》作二卷七十二人，与此合。"元方回《桐江续集》卷九言"刘向《列仙传》，非向所著。有曰'武之不达'，汉儒岂敢斥宗庙乎？"清代田雯撰《古欢堂集》卷三十七谓"《神异经》《列仙传》托名于东方朔、刘更生，近于荒诞，识者讥焉。"《四库全书总目》卷一百四十六也提出了一些非刘向所作的例证，被余嘉锡《四库提要辩证》卷十九《列仙传》条逐一

---

① 笔者按，《隋书》卷三十三谓"又汉时，阮仓作列仙图，刘向典校经籍，始作列仙、列士、列女之传。"《广川书跋》卷五载："刘向所说《列仙传》，自删秦大夫仓书中出之；洪又采其遗者。"《抱朴子内篇》卷一也谓："至于撰列仙传，自删秦太史。"据此言之，则"列仙"之称，秦汉之际已有之，非始自相如也。

反驳，其言凿凿，兹不列出。唯余嘉锡《四库提要辩证》卷十九认为"惟《提要》驳其总赞中引《孝经援神契》，为《汉志》所不载，此则颇中其病"，即余嘉锡认为此条可证明《列仙传》非刘向撰。

余嘉锡《四库提要辩证》卷十九复列出一系列可证明《列仙传》非刘向撰的证据："余考《涓子传》中言著天人经四十八篇，较之《汉志》之《蜎子》十三篇，溢出两倍有余，亦与《七略》自相违异。又案班固引'刘向言少时数问长老贤人通于事及朔时者，皆曰朔口谐倡辨，不能持论，喜为庸人诵说，故令后世多传闻者。'而此书《东方朔传》乃谓朔至宣帝初，弃郎以避乱世，后见于会稽。宣帝初既非乱世，且向生于昭帝元凤中，据吴修《续疑年录》卷一。若宣帝时，朔尚在会稽，则向年已长，正先后同世之人，安得谓之后世传闻？班固方据刘向之语，辨后世奇言怪语附着于朔之非实，而此传言朔置帻官舍，风飘之而去，又言智者疑其岁星精也，是真所谓奇言怪语，尚得谓为向之手笔乎？又《钩弋夫人传》云：'昭帝即位，更葬之，棺内但有丝履，故名其宫曰钩翼。后避讳改为弋。'按《汉书·外戚传》云：'拳夫人进为婕妤，居钩弋宫，生昭帝，号钩弋子，任身十四月乃生。上曰闻昔尧十四月而生，今钩弋亦然。'其事灼然如此，安得谓因死后丝履始号钩弋，且谓后因避讳改为弋，不知汉之讳翼者何人乎？此真里巷传闻之词，有识所不道，其为杜撰诬罔，虽有善辩者不能为之词矣。杨守敬《日本访书志》卷六云：'是书《汉志》不著录，《提要》据其总赞引《孝经援神契》、《涓子传·琴心》三篇、《老子传》称作《道德经》上下二篇，均与《汉志》不合。余谓不特此数端也，案《世说新语注》引《列仙传序》按见卷上之下《文学篇注》，无序字。历观百家之中，以相检验，得仙者百四十六人。其七十四人已在佛经，故撰得七十二人，可以多闻博识者遐观焉。各本皆脱此序。按此序即总赞，后人删去此数语耳，说见后。然称七十四人在佛经，此岂西汉人口吻①？又《文宾传》太邱乡人也，前汉无太邱县，后汉属沛国。《木羽传》钜鹿南和平乡人也，自注云："平字疑衍。"按《文选·魏都赋注》引无平乡二字。前汉南和属广平国，后汉改属钜鹿。又《瑕邱传》宁人也，两汉上谷郡有宁县，魏、晋以下省废。据此三证，似为东汉人所作。然又称安期先生为琅琊阜乡人。琅琊无阜乡县，据下文两称阜乡亭，则知非县名。又《骑龙鸣传》浑亭人也，则并不着郡县名。自注云浑亭无考。又《溪父传》南郡鄜人也，南郡无鄜县，有郢、䣙、三县，未知是何县之讹，按王照园注云："鄜字误，《太平御览》菜茹部引作编字是也。"嘉锡按案：《云笈七签》作南郡人，亦非。其为方士所托无疑。然自魏晋以下词人据为典要，何可废也。'杨氏所考，较之提要加详，只七十四人在佛经，岂西汉人口吻二语，已足中其要害矣。王照圆注已摘其《商邱子胥传》高邑人也，《后汉郡国志》常山国高邑，故鄗，光武更名。高邑之名，非前汉所有；可与杨氏说互证。综合诸说观之，此书盖明帝以后顺帝以前人之所作也。"昌彼得《说郛考》之《列仙传》条谓："唯其书汉志不载，疑出魏晋间方士所伪托。"

笔者按，以上论据，实不足以证明刘向不是《列仙传》作者，下一一依次驳论之。

《东观余论》卷下谓《汉书》向所序六十七篇，但有《新序》《说苑》《列女传》等，而无《列仙传》。历代载籍，无不汗牛充栋，其能入正史艺文志者，实不到百分之一。《汉书·艺文志》并非专门考述刘向一生著述之文，况且儒家思想为其正统指导方向，其不收载《列仙传》，实为情理中事。至于《四库全书总目》卷一百四十六谓"汉志所录皆因《七略》，其总赞引《孝经援神契》为汉志所不载"云云，也是同样的道理，虽然

---

① 清代姚际恒《古今伪书考》之《列仙传》条也谓"《汉志》载向《新序》、《说苑》、《世说》、《列女传》而无《列仙传》，可证其伪。殆因《列女》而有此《列仙》欤？其云'历观百家之中以相检验，得仙者百四十六人，其七十四人已在佛经，故检得七十二人，可以为多闻博识者遐观焉。'西汉之时，安有佛经？其为六朝人所作，自可无疑也。"武进顾实《重考古今伪书考》据东汉应劭曾引《列仙传》驳姚际恒以为六朝人作的观点。

《列仙传》的赞语引用了《孝经援神契》，即使这一赞语为刘向所作，也并不能说明刘向就一定会把这部书收入《七略》。况且班固对《七略》内容也非全盘吸收，据《汉书·艺文志序》，其乃在《七略》基础上"今删其要，以备篇籍"而成《汉书·艺文志》的。

《东观余论》又谓赞不类向文，《隋书》卷三十三载："《列仙传赞》三卷，刘向撰，鬷续、孙绰赞。《列仙传赞》二卷，刘向撰，晋郭元祖赞……《列仙赞序》一卷，郭元祖撰"，即已清楚标明《列仙传》之赞语非刘向为之。其他如《新唐书》《通志》《宋史》等都无不如此记载。但何以后人仍复聚诵不已呢？这大概是受《旧唐书》卷四十六错误著录为"《列仙传赞》二卷，刘向撰"误导的原因。

《直斋书录解题》卷十二仅仅从语言特点推论"西汉人文章不尔也"，理由不够充分，这是一个主观随意性很大的评论，不同人文章语言风格大不相同，不同人对文章语言风格的欣赏也大不同，在这个人眼里毫无价值的作品，另一个人或者认为是高水平的文字。故陈振孙的观点缺乏说服力。

《桐江续集》卷九言"刘向《列仙传》，非向所著。有曰'武之不达'，汉儒岂敢斥宗庙乎？"即谓《列仙传》不应该犯汉武帝之庙讳"武"字。两汉时期避讳并不严格，故武帝之后，汉人作为文章，并不避"武"字，例子不胜枚举，故不赘言。盖所谓"临文不讳"。具体可参见陈垣之作《史讳举例》及本书有关《西京杂记》之辨正部分。

余嘉锡《四库提要辩证》卷十九复认为《涓子传》中言著《天人经》四十八篇与《汉志》之《蜎子》十三篇在篇数上不合。嘉锡之意，认为《天人经》与《蜎子》当为同一部书。然《天人经》与《蜎子》即使是同一个人所作，从其书名即可看出很有可能是两种不同的书，安可认为其作品篇数应该相同？况且考之《列仙传》，谓"涓子者，齐人也"。考之《汉志》之《蜎子》十三篇注谓蜎子"名渊，楚人，老子弟子。"则涓子与蜎子原本两个不同的人，安可以其各自作品篇数不同证《列仙传》非刘向之作[①]?

又余嘉锡认为据《列仙传》之《东方朔》内容，刘向与东方朔同为汉宣帝时候之人，那么在刘向在《汉书》中就不该说出东方朔之行事"令后世多传闻者"这样的话。考之《汉书》卷六十五原文，一般标点为"刘向言少时数问长老贤人通于事及朔时者，皆曰：'朔口谐倡辩，不能持论，喜为庸人诵说。故令后世多传闻者。'"唯此句也可以标点为："刘向言少时数问长老贤人通于事及朔时者，皆曰：'朔口谐倡辩，不能持论，喜为庸人诵说。'故令后世多传闻者。"也就是说，"故令后世多传闻者"这句评价乃是班固所言，而非刘向问长老贤人时长老贤人所说，那么《汉书》与《列仙传》所载刘向之语就不存在上述矛盾了。况且这段语言中"刘向言少时数问长老贤人通于事及朔时者"之意，明显包含了刘向问问题的这个时候东方朔已经离世之意。嘉锡谓汉宣帝初年既非乱世，则《列仙传》就不该说其时朔"弃郎以避乱世"，一时代是太平还是乱世，不同人有不同标准。况且唐代类书如《艺文类聚》《初学记》引《列仙传》之《东方朔》篇并无"弃郎以避乱世"之句，则此句究竟为刘向之言抑或后人所加也还需存疑。对传世本《列仙传》是否为刘向原书，陈振孙《直斋书录解题》即谓："似非向本书。"以其作品多雷同于宋代类书等典籍所引而差异于六朝隋唐代典籍所引，本书倾向于传世本《列仙传》至少有部分作品是从宋代典籍辑补而成的。

余嘉锡复谓"班固方据刘向之语，辨后世奇言怪语附着于朔之非实，而此传言朔置帻官舍，风飘之而去，又言智者疑其岁星精也，是真所谓奇言怪语，尚得谓为向之手笔乎?"考之《汉书·东方朔传》，嘉锡所谓"班

---

① 类似者如四库总目提要谓"又汉志所录，皆因《七略》，其总赞引《孝经援神契》为汉志所不载，《涓子传》称其《琴心》三篇有条理，与汉志《涓子》十三篇不合。《老子传》称作《道德经》上下二篇，与汉志但称《老子》亦不合，均不应自相违异，或魏晋间方士为之托名于向。"笔者按，《列仙传》之涓子与汉志之蜎子为不同人，故两书所载之书非同一书，卷数不同是应该的，已如上文所辨。至谓汉志书名《老子》，《列仙传》载其书名《道德经》，一书原可以有不同版本，一书异名也是正常之事。

固方据刘向之语"云云，乃是因后人撰书喜托东方朔之名，故于《汉书》中详列朔之作品，复谓"凡刘向所录朔书具是矣，世所传他事皆非也。"况且所谓"奇言怪语"，也是一个主观性很强的概念，如刘向所撰之《五行传》，在我们现在看来，何尝不是奇言怪语的渊薮。何况刘向本来就是一位酷信神仙长生之说的人，如《汉书》等记载其酷信道教外丹之说，曾因以所谓仙法炼黄金，耗费了不少国家的钱财以后黄金没有炼成而获罪入狱之事，所以他绝对不会以方朔之事为怪力乱神。

又余嘉锡据《钩弋夫人传》之"昭帝即位，更葬之，棺内但有丝履，故名其宫曰钩翼。后避讳改为弋"反驳其荒诞无稽，可谓切中肯綮。然考之《三辅黄图》卷三引《列仙传》曰："钩弋夫人，姓赵氏，河间人，少好酒。病卧六年，右手钩卷，饮食少。望气者云：东北有贵人。推而得之。见召，姿色佳丽。武帝披其手，得玉钩，而手展。有宠生昭帝，姙娠十四月。上曰：'闻昔尧十四月而生，今钩弋亦然'。乃命所生门曰尧母门，所居曰钩弋宫。自夫人加婕妤。后得罪，掖庭狱死。及殡，香一月。昭帝即位，追尊为皇太后，更葬之，发六十二万人起云陵。其棺椁但有彩履"。并无余嘉锡所引的一段文字。其他如唐代《艺文类聚》卷六十二《北堂书钞》卷一百二十四和宋代《太平寰宇记》卷三十一，唐宋时代唯一有余嘉锡所引这一段话的，是宋代的《太平御览》卷一百三十六与卷一百四十四及《太平广记》卷五十九，且《太平御览》两卷的记载复与《太平御览》卷一百七十三"钩弋夫人齐人，病六年，右手拳。望气者云：东方有贵人气。推而得之。召到，姿色甚美伟。帝披其手，得一玉钩，而手寻展。故名其宫为钩弋宫"的记载前后矛盾。故一般而论，余嘉锡所引这一段话当为后代妄人所加，不足以成为《列仙传》非刘向所作的证据。这段多出来的话也证明《列仙传》至少部分作品为后人辑佚而成，且辑佚者去取也不甚高明。

再看杨守敬的系列论据。其一谓刘向"称七十四人在佛经，此岂西汉人口吻？"

杨守敬这段话的意思，即是说佛教入中国是东汉明帝时的事，西汉的刘向焉能见到佛经？《后汉书》卷八十八《西域传》载"世传明帝梦见金人，长大，顶有光明，以问群臣。或曰：'西方有神，名曰佛，其形长丈六尺而黄金色。'帝于是遣使天竺问佛道法，遂于中国图画形像焉。楚王英始信其术，中国因此颇有奉其道者。"韩愈《论佛骨表》也有"汉明帝时始有佛法"之语，故后世一般认为东汉明帝时为佛教开始传入中国之时，因此余嘉锡认为杨守敬的这段反驳的话非常有力地证明了《列仙传》非刘向所作。

然《后汉书》卷一百十八《西域传》载明帝君臣对话，对话时明帝之大臣怎么会知道西方有神曰佛？只有在佛教传入中国且有一些影响后，才会有这一段君臣对话。《世说新语》卷上之下引《魏略·西戎传》曰："天竺城中有临儿国，浮屠经云其国王生浮图，浮图者，太子也。父曰屑头邪，母曰莫邪。浮图者身服色黄，发如青丝，爪如铜。其母梦白象而孕，及生，从右胁出，而有髻，坠地能行七步。天竺又有神人曰沙律昔，汉哀帝元寿元年，博士弟子景虑受大月氏王使伊存口传浮屠经曰复豆者，其人也。"博士弟子景虑之接受佛教信仰，也当是佛教在中国有一定范围的传播后才有的事情。《世说新语》卷上之下又引《汉武故事》①曰："昆邪王杀休屠王，以其众来降，得其金人之神，置之甘泉宫。金人皆长丈余，其祭不用牛羊，唯烧香礼拜，上使依其国俗祀之。"此金人之神很可能就是佛教中的佛或菩萨，并且被汉武帝所认同，则武帝时佛教之传入中国，或已启其端倪，故杨守敬这段话实不足以证明《列仙传》非刘向所作。

况且杨守敬所引《列仙传序》"历观百家之中，以相检验，得仙者百四十六人。其七十四人已在佛经，故撰得七十二人，可以多闻博识者遐观焉"根本就不是刘向之语。前文驳《东观余论》时已辨明，《列仙传》分为本传和赞语两个部分，本传为刘向所作，赞语为郾续、孙绰、郭元祖等所作，且《隋书》卷三十三又明确记载了"《列仙赞序》一卷，郭元祖撰"，即晋代郭元祖为《列仙传》之赞和序的作者。《颜氏家训》卷下载"《列仙传》，刘向所造，而赞云七十四人出佛经。《列女传》，亦向所造，

---

①　笔者按，此处引用的《汉武故事》，为班固所作，具体论证参看本书《汉武故事》部分。

其子歆又作颂，终于赵悼后。而传有更始韩夫人、明德马后及梁夫人嫕，皆由后人所羼，非本文也。"也就是说，杨守敬所引的这一段《列仙传》的文字是其赞序部分的内容，并非是刘向所作。故余嘉锡据此推测《列仙传》"盖明帝以后顺帝以前人之所作也"的结论是不成立的。

杨守敬复根据《列仙传》中一系列地名为东汉所有而证明《列仙传》非刘向所作。首先，对于各传人物的籍贯，杨守敬总喜欢偏执地认为其一定是以人物所属郡县来介绍的，但是诚如他自己举例所说："又称安期先生为琅琊阜乡人。琅琊无阜乡县，据下文两称阜乡亭，则知非县名。又《骑龙鸣传》浑亭人也，则并不著郡县名"，那又为什么一定要把《列仙传》的所有人物所属地都尽量往郡县一方来解释呢？如其认为"《文宾传》太邱乡人也，前汉无太邱县，后汉属沛国"，《文宾传》传作品本身并未说他是太邱县人，但杨却一定要以东汉才出现的太邱县来硬套太邱乡。而实际上，"太邱"是一个比较常见的地名，《汉书》卷二十五上载"周显王之四十二年，宋大丘（按，"大"音"泰"）社亡"，颜师古注云："尔雅云：'左陵泰丘，谓丘左有陵者其名泰丘也。'郭璞云：'宋有泰丘'，盖以丘名此地也。"可见"太邱"这样的地名，在先秦时候就非鲜见。西汉之时，县下设乡邑，而此"太邱乡"，完全可能是县下之行政单位，故杨守敬作此论证是没有说服力的。又《北堂书钞》卷一百三十六引《文宾传》作："文宾，丘乡人，卖靴屦为业"，也从另一个角度说明文宾籍贯与东汉太邱县没有关系。

杨守敬根据《木羽传》"钜鹿南和平乡人"，该则作品似从《云笈七签》与卷一百八与《太平御览》卷九百二十五辑出，其引较《文选注》卷六所引多出后面三十六字，且前段文字也颇有与《文选注》所引不同者。又《文选注》卷六引作"木羽者巨鹿南和人也"，则此南和未必东汉之南和，或者西汉时及之前巨鹿另有地名为南和者。又《太平御览》卷三百六十一引此篇作"木羽巨鹿南祁乡人"，《太平御览》卷九百二十五引此篇作"木羽者巨鹿人"，以理而论，《太平御览》此两卷所引当出自两种不同的

《列仙传》①，这两种不同的《列仙传》或者其中一种为刘向之作，或者两种都非刘向之作，也未可知。

余嘉锡谓"《商邱子胥传》高邑人也"的阐释曲解了王照圆之意，洪颐煊为王照圆所校《列仙传》作序谓王照圆"据《后汉·郡国志》以'高邑'本作鄗，浅人误分为二"②，则《商邱子胥传》之高邑，非《列仙传》本文，本文乃"鄗"，"鄗"则是汉以前就有的地名。

又《谷春》篇出现成帝庙号，若不是后人改窜致是，亦或其不一定为刘向之作，乃他人所作混入《列仙传》之作品。

主要生活于东汉安帝、顺帝时期的王逸既已于《楚辞章句》卷三引《列仙传》，而桓帝、灵帝时期的应劭，《汉书注》中也保存了数条劭引用《列仙传》的内容，可见东汉时《列仙传》已相当盛行。《抱朴子·内篇》卷一也记载了《列仙传》为刘向所作，后魏郦道元撰《水经注》、梁释僧祐编《弘明集》、唐《法苑珠林》、陆元朗撰《经典释文》、《后汉书》李贤注、《初学记》都无不引作刘向《列仙传》，《隋书》卷三十三也谓"刘向典校经籍，始作列仙、列士、列女之传，皆因其志尚率尔而作，不在正史。"故在无确凿证据的情况下，不可以轻易否定刘向为《列仙传》之作者。

传世本之《赤松子》同于《太平御览》卷三十八，而与唐代类书《艺文类聚》《初学记》相去甚远；《宁封子》同于《云笈七签》卷八十五，而不同于《艺文类聚》卷八十、《初学记》卷二十三。其他类似情况颇夥，疑传世本从多宋代类书等典籍辑出。与隋唐典籍相较，今本《列仙传》文

---

　① 《列仙传》之同名书籍，历代纷纭繁杂，不易辨析清楚。举其大要，《南史》卷三十六载"（江）禄字彦遐……撰《列仙传》十卷行于世。"《太平御览·经史图书纲目》又载有《桂阳列仙传》，六朝唐宋时期典籍引作出自《列仙传》者也复不少，宋元及以后典籍复又以唐时期的人物作为《列仙传》的内容。明代《文渊阁书目》卷四著录《列仙传》达四部之多。《魏书》卷二十载安丰王猛之子延明"注《帝王世纪》及《列仙传》"，则南北朝时又有为《列仙传》作注者，而注释一般都要标明古今地名演变，注文流传过程中也常常容易与正文混淆，而后之编者往往也喜欢把编者所处时期的地名取代原书中古代地名，这或许也是《列仙传》地名在不同典籍征引时往往差异颇大的重要原因。

　② 王叔岷：《列仙传校笺》，中华书局 2007 年版，之附录一洪颐煊《列仙传校正序》。

字颇有拖沓处，不如隋唐典籍之简括明了。然隋唐典籍由于传承久远，文字又颇有错误处。

关于《列仙传》的佚文，余嘉锡《四库提要辨证》谓"此本止七十人，或以江妃二女为二人，然亦止七十一人。考《御览》三十八引《列仙传》曰：'王母者，神人也，人面蓬头发，虎爪豹尾，善啸穴居，名西王母，在昆仑山中。又三十九卷引《列仙传》曰马明生从安期先生受金液神丹，乃入华阴山中，合金神丹升天也。合此恰当七十二人之数，各本皆脱，附载于此。'今按王照圆《列仙传校正》，已据《广韵》羡字注引补羡门高，《广韵》羡字注云：'又姓，《列仙传》有羡门。'照圆因引《史记·封禅书》索引羡门高者，秦始皇使卢生求羡门高二语，补为《羡门传》。以为据《广韵》注则索引所说，即本传文。不知索引乃引《秦始皇本纪》之文，以证《封禅书》耳。以其具在本书，故不出书名，乃强指着《列仙传》，可谓妄矣。据《艺文类聚》灾异部补刘安。沈涛又据《史记·老子传》集解及《太平广记》卷七十六方士部所引，以为当有老莱子及赵廓传。今杨氏更补王母、马明生二人，合之乃得七十六人，转溢出于原数之外。所补虽皆有依据，但类书展转援引，书名每易讹误，无以决其是非也。"余嘉锡道出了辑佚辨误之难。此复依据唐宋元诸典籍引作《列仙传》而内容未见通行本及余嘉锡所引前人补充者，补作辑佚如下。至其作品是否刘向《列仙传》之作，则殊不敢必。

古异传

作者袁王寿，《隋书·经籍志》谓为"宋永嘉太守"，其他生平无所考。鲁迅《古小说钩沉》据《玉烛宝典》五及《事物纪原》十辑有《斫木》佚文一则。又《古今合璧事类备要》别集卷七十一、《韵府群玉》卷

十三、《证类本草》卷十九等引用《斫木》佚文时并作《古今异传》，则知此书又名《古今异传》。

　　鸿渐之宾，神仙之吏。（《五车韵瑞》卷九十）

曹毗志怪

　　鲁迅先生《古小说钩沉》辑有西域胡人辨劫灰事一则。

　　昆明池作二石人，东西相望，象牵牛织女。（《杜诗会粹》卷十五）

　　按，又见《读杜心解》卷四之二。

祖台之志怪

　　鲁迅先生《古小说钩沉》辑有作品十五则。《钩沉》本引作《杂鬼神志怪》的“孙弘常自云见鬼神”与“会稽郡常有大鬼”两条，重编《说郛》卷一百十七下引作祖台之《志怪录》。

志怪

诸书引作志怪而不能确定为何人所作者集于此。

大月支及西域胡有牛曰反牛，今日割取其肉三四斤，明日其肉已复，疮即愈矣。（《汇苑详注》卷三十四）

幽明录

鲁迅《古小说钩沉》本搜佚文二百六十余则，王国良《六朝志怪小说考论》之《〈幽明录〉初探》检讨《钩沉本》时，以为第四则《臬天子国》与第五则《睪天子城》、第一百九十九则与第二百条记皂荚树事当合并，第六十三则《玉浆龙穴石髓》、第六十四则《张华将败》、第二百一十七则《贾雍失头》、第二百五十八条《徐长还录》当存疑，第二百六十七条《卢钩》当删除，并据《类说》卷十一补辑《羊祜头风》《嵇康见鬼》两条作品，《中国古代小说总目》文言卷《幽明录》条李剑国据《分门古今类事》卷十七辑《滕公佳城》、据《古今图书集成·神异典》卷三百一十五辑《木客》两条佚文。就"施子然（即《卢钩》条）"一则，李剑国以为该条"《御览》卷九四八引无出处，《广记》卷四七三引作《续异记》（文不同）"。考四库全书本《御览》，该条出处为《述异志》。

玉案山有金华洞、太一湫。（《类编长安志》卷九）

　　巴国人种橘，收两大橘，如三斗盎。剖之，有二叟相对，身长尺余，象戏。一叟曰："橘中之乐，不减商山。但恨不得深根固蒂尔。"一叟曰："仆饥矣，须龙脯食之。"食讫，以水噀地，为二白龙而去。（《全芳备祖集》后集卷三）

　　按，《韵府群玉》卷十八、《五车韵瑞》卷六十、《五车韵瑞》卷一百十四、《历朝赋楷》卷五也载此。

　　晋乐广为河南尹，先是官舍多怪，前尹不敢处正寝。广居之不疑。尝户自闭，左右皆惊，广独自若。后穿壁得狸杀之，怪遂绝。"（《事词类奇》卷十六）

　　按，《类隽》卷十二也载此。

　　史悝女养鹅，鹅非女不食。一日，失女及鹅。追至一水，惟见女衣及鹅毛在水边。今名此水为鹅女溪。"（《夐史》卷九十四）

　　吴王墓在丰城县东四十里，《幽冥录》云吴大帝之祖也。（《舆地纪胜》卷二十六）

　　成帝建平元年，山阳得白兔，目赤如朱。（《绿萝山庄文集》卷一）

　　吴时，永康有人入山，得大龟，献之吴王。泊越石里桑下，中夜，闻水呼曰："元绪，奚尔？"龟曰："虽尽南山之木，不能烂我。"木曰："诸葛元逊博物，将祸及于我。"王得龟，烹之，不能烂。诸葛恪曰："宜用老桑木煮之。"樵人具述所闻。（《绿萝山庄文集》卷十）

　　按，《异苑》中有此作品，或为《绿萝山庄文集》作者误注出处。

　　蒋子文，广陵人也。嗜酒好色，挑挞无度。常自谓青骨，死当为神。汉末，为秣陵尉，逐贼至钟山下，贼击伤额，因解绶缚之，有顷遂死。及吴先主之初，其故吏见文于道，乘白马，执白羽，侍从如平生。见者惊走，文追之，谓曰："我当为此土地神，以福尔下民。尔可宣告百姓，为我立祠。不尔，将有大咎。"是岁夏，大疫，百姓辄相恐动，颇有窃祀之者矣。文又下巫祝："吾将大启佑孙氏，宜为吾立祠，不尔，将使虫入人耳为灾。"俄而有小虫如鹿虻，入耳皆死，医不能治。百姓愈恐，孙主未之信也。又下巫祝："若不祀我，将又以大火为灾。"是岁，火灾大发，一日数十处，火及公宫。孙主患之，议者以为鬼有所归，乃不为厉。宜有以抚之。于是使使者封子文为中都侯，次弟子绪为长水校尉，皆加印绶，为庙堂，转号钟山为蒋山，今建康东北蒋山是也。自是灾厉止息，百姓遂大事之。陈郡谢玉，为琅邪内史，在京城，其年虎暴，杀人甚众。有一人，以小船载年少妇，以大刀插着船，挟暮来至，逻将出语云："此间顷来甚多草秽，君载细小，作此轻行，太为不易，可止逻宿也。"相问讯既毕，逻将适还去，其妇上岸，便为虎取去。其夫拔刀大唤，欲逐之。先奉事蒋侯，乃唤求助。如此当行十里，忽觉如有一黑衣人为之导，其人随之，当复二十里，见大树。既至一穴，虎子闻行声，谓其母至，皆走出。其人即其所杀之，便挟刀隐树住。良久，虎方至，便下妇着地，倒牵入穴，其人以刀当腰斫断之。虎既死，其妇故活，向晓能语，问之，云："虎初取，便负着背上，临至而后下之，四体无他，止为草木伤耳。"扶归还船，明夜，梦一人语之云："蒋侯使助，汝知否？"至家杀猪祀焉。会稽鄮县东野，有女子，姓吴，字望子，年十六，姿容可爱，其乡里有鼓舞解神者，要之便往。缘塘行半路，忽见一贵人，端正非常，贵人乘船，手力十余整顿，令人问望子："欲何之。"具以事对，贵人云："我今正往彼，便可入船共去。"望子辞不敢，忽然不见。望子既拜神坐，见向船中贵人，俨然端坐，即蒋侯像也。问望子来何迟，因掷两橘与之。数数形见，遂隆情好。心有所欲，辄空中下之。尝思啖鲙，一双鲜鲤，随心而至。望子芳香，流闻数里，颇有神验，一邑共事奉。经三年，望子忽生外意，神便绝往来。

咸宁中，太常卿韩伯子某，会稽内史王蕴子某，光禄大夫刘耽子某，同游蒋山庙。庙有数妇人像，甚端正，某等醉，各指像以戏相配匹。即以其夕，三人同梦蒋侯遣传教相闻曰："家子女并丑陋，而猥垂荣顾，辄克某日，悉相奉迎。"某等以其梦指适异常，试往相问，而果各得此梦，符协如一。于是大惧，备三牲，诣庙谢罪乞哀。又俱梦蒋侯亲来降已曰："君等既已顾之，实贪会对。克期及，岂容方更中悔。"经少时，并亡。刘赤父者，梦蒋侯召为主簿，期日促，乃往庙陈请："母老子弱，情事过切，乞蒙放恕。会稽魏过，多材艺，善事神，请举过自代。"因叩头流血，庙祝曰："特愿相屈，魏过何人，而有斯举？"赤父固请，终不许，寻而赤父死焉。孙恩作逆时，吴兴分乱，一男子忽忽突入蒋庙，始入门，木像弯弓射之，即卒。行人及守庙者无不皆见也。中书郎王长豫，有美名，父丞相导，至所珍爱，遇病转笃，导忧念特至。正在北床上坐，不食已积日。忽见一人，行状甚壮，着铠持刀，王问："君是何人？"答曰："仆是蒋侯也。公儿不佳，欲为请命，故来耳。勿复忧。"王欣喜动容，即求食，食遂至数斗。内外咸未达所以。食毕，忽复惨然，谓王曰："中书命尽，非可救者。"言终不见也。出《搜神记》《幽明录》《志怪》等书。（《太平广记》卷二百九十三）

按《古小说钩沉》据《太平御览》卷三百五十九辑有蒋子文一则，然其中无以上内容。又《太平广记》卷四百七十三引自《搜神记》的《蒋虫》条，其末尾言："《幽明录》亦载焉"。其正文为：蒋子文者，广阳人也。嗜酒好色，挑达无度。每自言："我死当为神也。"汉末，为秣陵尉，逐贼至山下，被贼击伤额，因解印绶缚之，有顷而卒。及吴先主之初，其故吏见子文于路间，乘白马，执白羽扇，侍从如平生。见者惊走，子文追之，谓曰："我当为此地神，福尔下民。可宣告百姓，为我立祠，不尔，将有大咎。"是岁夏，大疾疫，百姓辄恐动，颇窃祀之者。未几，乃下巫祝曰："吾将大启福孙氏，官宜为我立祠。不尔，将使虫入人耳为灾也。"

俄而果有虫虺，入人耳即死，医所不治。百姓愈恐，孙主尚未之信。既而又下巫祝曰："若不祀我，将以大火为灾。"是岁，火灾大发百数，火渐延及公宫。孙主患之，时议者以神有所归，乃不为厉。宜告缮之。于是使者封子文为中都侯，其子绪为长水校尉，皆加印绶。为立祠宇以表其灵，今建康东北蒋山是也。自是疾厉皆息，百姓遂大事之。《幽明录》亦载焉。

蜀昌州牧任彦思家，忽闻空中有乐声，极雅丽悲切，竟日不休。空中言曰："与吾设食。"任问是何人，竟不肯言本末。乃与静室设之，如人食无遗。或不与食，即致破什器，虫入人耳，烈火四起。彦思恶之，移去回避，亦常先至。凡七八年，忽一日不闻乐声，置食无所餐。厅舍枏上血书诗曰："物类易迁变，我行人不见。珍重任彦思，相别日已远。"彦思尤恶其所题，以刀划之，而字已入木。终不知何鬼也。（《太平广记》卷三百五十四，四库本）

按，中华书局本《太平广记》此则作品未注明出处。

昔有鬼魂作人令匠补制旧靴者，约以戌日来取。诘旦，其子过匠肆见靴，认其为亡父所著也，惊而诘匠，匠曰："彼约我戌日来，盍伺之？"子至期往候其父，果至。见子，疾走不顾，子从之不能及，大哭曰："生为父子，何相绝之甚也？"其父曰："幽冥异路，相见何为？汝但能往学于太守，是吾幸矣。"子曰："彼贵我贱，安从而得其门？"父曰："汝书太守阴行二事投之，彼必汝见。"子如其言见太守，守亦惊曰："吾此二事，无人知之。"及问其故，信鬼神告之。（《滇略》卷四）

幽冥等录中，康何德次、李山龙入冥而返，说事皆验焉。（《宋高僧传》卷二十一）

盖尝究厥（指蚊）谱系，考于典集，实蚩尤之余孽。始涿鹿之诛殛，仅存肤血之遗余，致兹种类之蕃息。（《赵氏铁网珊瑚》卷五）

按，此又见《式古堂书画汇考》卷十八、《六艺之一录》卷四百五。

晋桓豁领荆州，有参军，爱其辩，罗而致之幕下，终亦无所委听。（《翠渠摘稿》卷四）

魏兴，李宣妻樊氏，义熙中，过期不孕，而额上有创，儿穿之以出，长为将。（《陕西通志》卷一百）

木客生南方山中，头面语言不全异人，但手脚爪如钩利。居绝岩间，死亦殡殓。能与人交易而不见其形也。今南方有鬼市亦类此。（《本草纲目》卷五十一下）

按，李剑国据《古今图书集成·神异典》辑有《木客》，然《古今图书集成》成书在《本草纲目》后，故此复辑之。

东昌县山岩间有物如人，长四五尺，裸身被发，发长五六寸，能作呼啸声，不见其形。每从涧中发石取虾蟹就火炙食。（《本草纲目》卷五十一下）

谢仁祖妾阿纪有国色，善吹笛。仁祖死，阿纪誓死不嫁。郗昙时为北中郎，设权诈，遂得阿纪为妾，阿纪终身不与昙言。（《天中记》卷四十三）

历阳郡乌江寺尼道容，苦行通灵，预知祸福，世传为增圣。咸安初。有乌巢殿屋。帝迎增圣问吉凶，令建斋礼忏，法席未终，群乌运巢而去。（《御定佩文韵府》卷二十之六）

董威得残缯帛，结以为衣，号百结裘。（《御定佩文韵府》卷二十六之六）

异　苑

关于本书作者，明胡震亨谓"字敬叔，彭城人"，按《太平御览》卷四百六十五引《异苑》卷四作品"晋时长安谣"作"刘恭异苑曰"，当为避讳而来。而《太平御览》卷四百三十七、卷四百三十八及它书引该书其作者作"刘敬升""刘世叔"等，都当为"刘敬叔"之误。关于作者的籍贯，《太平寰宇记》卷一百二十三作："刘敬叔，广陵人，撰《异苑》。"《江南通志》卷一百九十二载其为江都人，异于震亨之说用的是后世的地名。就该书的撰写时间，《册府元龟》卷五百五十五载："刘敬叔为给事，撰《异苑》十卷。"

传世本作品凡三百八十三条。为之辑佚辨伪者有清王仁俊《经籍佚文》、中华书局1996年版范宁点校本、李剑国《古小说文献的甄别、使用与整理——以〈异苑〉及〈搜神记〉为例》（《中国古代小说研究》第二辑）。《经籍佚文》据《太平御览》卷六百四十三辑陆欣事，据《通雅》卷二十一辑彭侯事（该则佚文范宁校点本《异苑》之《佚文》部分已作辨伪）。范宁点校本据《一切经音义》卷六辑有"水虫化蚊子"，据《初学记》卷三十辑有"远飞鸡""鸣鸿刀"，据《艺文类聚》卷九十六辑有"八阵图"，据《开元占经》卷七十三辑有"田镇"，据卷一百一十三辑有"义熙中童谣""任城民妇生儿"，据卷一百一十七辑有晋永嘉中生牛等事，据卷一百一十八辑有"建武妖马""李势时有马生驹"，据卷一百一十九辑有"石虎建武初"，据卷一百二十辑有"会稽有独姥"。据《太平御览》卷六百四十三辑有陆欣事，据《太平御览》卷八百八十八辑有鱼化虎事。据《路史》后纪卷九下辑有"八元"，据《太平广记》卷一百一十二辑有"释智行"，据卷一百三十七辑有"唐代宗帝临轩"（此两则佚文范宁已辨其伪)。李剑国《古小说文献的甄别、使用与整理——以〈异苑〉及〈搜神记〉为例》以及《中国古代小说总目·文言卷》之《异苑》条据《全芳备祖》后集卷二十九辑有"紫衣童子",据《古今同姓名录》卷上辑有"刘惔字处静",卷下辑有"二蔡邕,一字伯喈,一出《异苑》。"据《太平寰宇记》卷八十九辑有"交州阮郎"。李剑国《古小说文献的甄别、使用与整理——以〈异苑〉及〈搜神记〉为例》谓:"'台湾中国文化大学'中国文学研究所研究生吕春明的硕士论文《异苑校证》,从《续谈助》《北堂书钞》《太平御览》《一切经音义》《事物纪原》辑佚文八条。(与范宁所辑十五条相较)去其重复,合计十九条。"《异苑校证》一文未见。此复辑之。

石勒末年,谣曰:"一杯水,食者旨。石勒死,人不知。不信我语视盐池。"三月忽变而生泥,七月而勒死,池还如先。又曰符坚域中谣曰:"河水浊复清,符诏死新城。"又谣曰:"肩不过项。"及其南侵,其相王猛谏曰:"童谣有云'肩不过项',此不宜远行之征也。"不从,果败于寿春之项城。(《唐开元占经》卷一百一十三)

护军府军铠甲铮铮有声,遭王敦之变。(《唐开元占经》卷一百十四)

张仲师长尺二寸。(《物理小识》卷三)

交趾有菌,其叶涂人,举体菌生,随即腐烂。食之即笑不止,松叶解之。(《物理小识》卷六)

按,此又见《太平御览》卷九百九十八。

桓南郡好猎骋良马驰击,若飞飘所指,行阵不整,麋兔腾逸,参佐无不被击。(《太平御览》卷八百三十二)

《异苑》以为寒食始禁烟。(《诗话总龟》后集卷二十六)

按,此又见《韵语阳秋》卷十九。

珙,邑名。(《重修广韵》卷一)

按，此又见《五音集韵》卷一。

船神曰孟公、孟姥，利涉之所虔奉，商贾之所崇仰也。荆州送迎，恒烹牛为祭。桓宣武始镇陕西，不依旧法，发至洌州平乘中江而漂梢舵莫制，咒请立止。（《北户录》卷二）

有人家女病肿，以榜召医，皆不识。马嗣明问病由，云："曾以手拔麦穗，即有一小赤物，长二尺许，似蛇，入其手指中，因惊倒，即觉手臂疼肿。月余渐及半身，肢节俱肿痛不可忍。"嗣明处方治之，皆愈。（《医说》卷二）

按，此则及后三则引自《医说》的佚文皆作引自"刘颖叔《异苑》"，似乎与刘敬叔《异苑》别是一书。

钱镠年老，一目失明，闻中朝国医胡某者善医，上言求之。晋祖遣医泛海而往，医视其目。曰："尚父可无疗此，当延寿五七岁。若决瘘去内瘴，即复旧。但虑损福耳。"镠曰："吾得不为一目鬼于地下足矣。愿医尽其术以疗之，当厚报。"医为治之复故，镠大喜，厚赂医金帛宝带五万缗，具舟送归京师。医至镠卒年八十一矣。（《医说》卷四）

按，此又见《名医类案》卷七，钱镠乃五代十国时人，则此非《异苑》之文。

五石散不可服。医之为术，苟非得于心而恃书以为用者，未见能臻其妙。如术能动钟乳。按《乳石论》曰："服钟乳当终身忌术，五石诸般用钟乳为主，复用术，理极相反。"不知何谓。予以问老医，皆不能言其义。按《乳石论》云："石性虽温而体本冷，重必待其相蒸薄，然后发，如此则服石多者势自能相蒸，若要以药触之，其发必甚。五石散杂以众药，用石殊少，势不能蒸，须藉外物激之，乃发尔。如火少，必因风气所鼓而后发，火盛则鼓之，反为害，此自然之理。故孙思邈云五石散太猛毒，宁

服野葛，不服五石。遇此方即须焚之，勿为含生之害。又曰人不
服石，庶事不佳。石在身中，万事休泰。唯不可服五石散，盖以
五石散聚其所恶，激而用之，其发暴故也。"古人处方大体如此，
非此书所能尽也。况方书仍多伪杂，如《神农本草》最为旧书，
其间差殊尤多，医不可以不知也。（《医说》卷九）

按，据文中孙思邈所生活时代，则此非《异苑》之文。

孕妇欲产时，遇腹中痛，不肯伸舒，行动多是曲腰，眠卧忍
痛。其儿在腹中，不能得转，故脚先，出谓之逆产。须臾不救，
母子俱亡。但用乌蛇蜕一条，蝉蜕二七个，血余一个，以上三味
烧为灰，分为二服，温酒调下，并进二服仰卧，霎时其儿实时顺
生。或用小绢针于小儿脚心刺三七刺，急用盐少许涂刺处，实时
顺生，子母俱活也。（《医说》卷九）

宋王胡者，长安人也。叔死数载，元嘉二十三年，忽形见还
家，责胡以修谨有缺，家事不理，罚胡五杖。傍人及邻里，并闻
其语及杖声，又见杖斑，而不见其形，惟胡独得亲接。叔谓胡
曰："吾不应死，神道须吾算诸鬼录，今大从吏兵，恐惊损邻里，
故不将进耳。"胡亦大见众鬼纷闹于村外，俄而辞去曰："吾来年
七月七日，当复暂还，欲将汝行，游历幽途，使知罪福之报也。
不须费设，若意不已，止可茶食耳。"至期果还，语胡家人云：
"吾今将胡游观，观毕当还，不足忧也。"胡即顿卧床上，泯然如
尽。叔于是将胡遍观群山，备观鬼怪，末至嵩高山，诸鬼迎胡，
并有馔设，其品味不异世中，惟姜甚脆美。胡怀之将还，左右人
笑云："止可此食，不得将远也。"胡又见一处，屋宇华旷，帐筵
精美，有二少僧居焉。胡造之，二僧为设杂果槟榔等。胡游历久
之，备见罪福苦乐之报，及辞归，叔谓云："汝既已知善之当修，
返家寻白足阿练，此人戒行精高，可师事也。长安道人足白，故
时人谓为白足阿炼也。甚为魏虏所敬，虏王事为师。"胡既奉此

训，遂与嵩山上年少僧者游学，众中忽见二僧，胡大惊，与叙乖阔，问何时来此。二僧云："贫道本住此寺，往日不意与君相识？"胡复说嵩高之遇，众僧云："君谬耳，岂有此耶？"至明日，二僧不辞而去，胡乃具告诸沙门，叙说往日嵩山所见。众咸惊怪，即追求二僧，不知所在。（《太平广记》卷三百二十三）

人植茱萸者随所种之物而象之，百越人取蛤蟆合芋煮为羹。（《雅余》卷六）

阳山县有人行田间，忽遇一象以鼻卷之深山。见一病象，脚有巨刺，此人为拔去之。病者即起，以鼻掘出数条长牙，送人还本处。又晋郭文见一虎张口，口中有一横骨，文以手探去之，虎至明日，衔一鹿置郭堂中。（《闲书》卷之二）

齐顷公之弃也，狸乳而鹠覆之。（《续同书》卷二十二）

杨大芳妻谢氏亡，未敛，有一大蝶，色紫褐，自帐出飞，终日而去。周公谨有诗云："帐中蝶化真成梦，镜里鸾孤枉断肠。吹彻玉箫人不见，世闲难觅返魂香。"（《续同书》卷二十三）

按，周密字公谨，宋末元初人。"帐中蝶化真成梦"一诗见于《宋诗纪事》卷八十。故此则非《异苑》作品。

南阳道人刘骥之好游山泽。采药衡山，行数十里，有绝谷不得前。遥望三石囷，二囷闭一囷开，水深不可过。欲还失道，遇伐弓人，问途仅得还家。或说囷中皆仙灵方药，骥之欲再寻，终不知其处。（《事词类奇》卷五）

按，又《类隽》卷五也载此，文字较简略。

凡鸟四指，三向前，一向后。唯鹦鹉两指向前，两指向后。行则以口啄地，然后足从之。（《事词类奇》卷二十七）

周昭王时，九月并出，其色五彩贯紫微。王南巡，狩济江溺死。此其始。（《刘氏鸿书》卷一）

北齐有公主生，命乳母陈氏抚之，母携子俱入，主与子日弄玉环为戏。后其子以年长不许入宫，思主成疾，主约于祆庙相会。既至，陈子睡，主置玉环于怀而去。陈子醒，觉心火烈，祆庙遂焚。（《兰雪堂古事苑定本》卷五）

按，刘敬叔约卒于泰始（465—471 年）中，北齐建立于 550 年。此则当非佚文。

姚玉京年十六，失苑妇。居户有燕巢，常双飞，忽一日倾散。姚感其偏栖，乃以缕系其足。燕去，次年复来，犹带前缕。因为诗曰：“昔年无偶去，今春又独归。主人情意重，不忍更双飞。”后玉京死，燕至于坟上，悲鸣亦死。朝廷表为燕门节妇。（《兰雪堂古事苑定本》卷十二）

孙恪娶袁氏女，过瑞川欲游峡山寺。既至，献碧玉环于僧斋罢，野猿数十来迎。妇啸一声，化为猿而去。僧悟曰：“此玉环，吾曩时系于猿颈者，今不见二十年矣。”（《兰雪堂古事苑定本》卷十二）

宣大间产黄鼠，凡捕之者必畜松尾鼠数只，名夜猴儿。能嗅黄鼠穴，有则入啮其鼻而出。（《广事类赋》卷三十八）

金兰芝生冬山之阴，金石之间，饮其中之水，寿千岁。（《类腋》卷四）

粽，屈原之姊所作。（《新镌古今事物原始全书》卷十八）

按，又载于《佥史》卷八十。

叩头虫，形色如大豆，咒令叩头或吐血，皆从所教。杀之不祥，佩之令人相爱。（《虫荟》卷三）

按，此则又载《佥史》卷九十六，文字有详于《异苑》卷三者。

西山泽晴雨，出白光映野如昼晃，然忽不见。后垦其地，得

白蝙蝠千斤，其光灭。（《三农纪》卷九）

民家一铁锅底上起一铁泡，锤破，有一红虫走如飞，其嘴至硬。（《刘氏鸿书》卷八十一）

蜀州晋原县山亭中有大二石，各径二尺以来，出地七八寸。人或坐之，心痛往往不救。又名落星石。东边者生即灵验，西边者死。开诸石，无异色，并带青白也。（《蜀典》卷一下）

双鹭咒鼓飞于云末。（《均藻》卷四）

按，又见《广韵藻》卷六。

燕召使人入海求三山仙人不死之药，及到三山，反居水下。比至，迎风辄引船而去。（《汇苑详注》卷三）

西域有琉璃珠，投之水，虽深渊皆可见。有滴翠珠，如鸡卵色，映空而观，则末底一凝翠回转下。（《事言要玄》事集卷三）

建安有篑筜竹，节中有人长尺余，头足皆具。桃枝有虫，篑筜竹节中有物长数寸，正似世人形。俗说相传云竹人，时有得者。育虫谓竹鼬，竹皆有耳。（《事言要玄》物集卷一）

按，此详于《异苑》卷二原文。

有一人至都，中路身亡，初无凶告。通梦于其妻曰："吾行达彭城，不幸病死。因生前无善行，乃堕地狱，备经五苦。赖今月初十日禅定寺僧智兴鸣钟发响，声震地狱，同受苦者一时脱解。思报其恩，汝可具绢十匹奉之，并陈意。"及悟，人无信者。后十余日，凶问至，乃以绢奉兴。寺僧咸至，问兴曰："何缘鸣钟，乃有斯应？"兴曰："余无他术，见佛法藏传云：'罽腻咤王受苦，由鸣钟得停。及《增一阿含经》鸣钟作福。敬遵此事，勉力行之。严冬登楼，皮肉破裂，露手鸣椎，不以为苦。鸣钟之始，先发善念，愿诸贤圣，同入道场，同受法食。愿诸恶趣，闻此钟声，即时离苦而已。'"（《梦占类考》卷八）

　　药水在房州西四十里九室宫亭中，此宫大抵基址在巨石之上，唯药水一穴，径二尺已来，乃是土井。深三四尺，水常数寸，不耗不溢。故老相传云："昔有二鹊，栖于双柏之上，时饮此水。居人因取饮之，有疾皆愈。以淬刀剑，铦利倍常，因名'药水'。"双柏夹井，至今犹在。魏周之间，敕构宫宇，以其山有九处神仙洞室，因名九室宫。宫北五里有汤口村，昔有温汤，院宇崇丽，郡人浴于此。庐陵王在郡之日，爱女年幼，浴于汤中，遇疠而夭，自此汤泉涸竭，今为陵陆矣。初，女没之后，密梦于其父云："汤下阴暗，愿置灯以照之。"王命树九幽灯，昼夜照灼。今并泯灭，无复旧址。但号汤口村焉。（《剑筴》卷一）

　　按，文中"魏周之间"，当指西魏、北周，具体时间为 557 年前后，《异苑》作者刘敬叔约卒于泰始（465—471 年）中，故此当非《异苑》佚文。

　　高瓒取猫，从尾食之，肠肚俱尽，乃鸣唤不止。（《猫乘》卷二）

　　按，《太平广记》卷一百九十三载此，乃唐贞观中事，出处作《朝野金载》，故此当非《异苑》佚文。

　　十二棋卜，出张良，受法于黄石公，盖灵棋法也。以十二子分上中下掷之，据所得按法验之以考吉凶。（《事物考》卷二）

　　按，此可补《异苑》卷五。

　　紫姑，莱阳人，姓何名媚，字丽卿。寿阳李景纳为妾，其妻妒之，于正月十五日遂阴杀之于厕中。天帝悯之，封为厕神，故世人作其形夜于厕间迎祠，可占众事。（《群书考索事文玉屑》卷三）

　　按，此可补《异苑》卷五。

　　柳毅见龙女赭伞玲珑，红妆千万。（《五车韵瑞》卷六十八）

按，此唐传奇《柳毅传》中文字，非《异苑》之文。

产鹰雏为蛇所噬，雌鹰不能制。斯须，雄者领健鹘啄死其蛇。（《五车韵瑞》卷一百三十五）

何祇梦桑生井中，赵直占曰："桑字四十八，君寿恐不过此。"后如其言。（《文苑汇隽》卷二十三）

江夏城南铁佛寺有蜘蛛井，世传有红白二蜘蛛化为妖妇以媚人，故铸铁佛镇之。（《文苑汇隽》卷二十四）

按，明代《天中记》卷五十七、清代《湖广通志》卷七等书引用此则文字时，都有"唐时有红白二蜘蛛化为妖妇以媚人"等字句，故此当非《异苑》佚文。

宋吕相娶永兴女为妻，生子乳哺中，舅姑怒逐之。后相携幼子过永兴，见群妇同游，幼子扯住一妇号泣。相回顾，久之，认为幼子母。后相复为夫妇。（《古今记林》卷七）

淮南程干本富家子，三年间为水火焚荡，家业俱尽。妻茅氏连八年生十六男，父子相携行乞于市。前后贫富颠倒径庭，世所罕有。（《古今记林》卷十）

按，此则作品见于《南部新书》卷三，据李裕民《四库提要订误》考辨，所记主要为唐时故事，间及五代及北宋时事。故此当非《异苑》佚文。

梁武帝太清元年，丹阳有莫氏妻生男，眼在顶上，大如两岁儿。堕地言曰："儿是旱疫鬼，不得住。"母曰："汝当令我得过。"疫鬼曰："有上官，何得自由？母可急作绛帽，无忧。"母不暇作绛帽，以绛系发。自是旱疫者二年，杨徐衮豫尤甚，莫氏乡邻多以绛免，他处效之无验。（《古今记林》卷十九）

按，"太清元年"为547年，故此非《异苑》佚文。

王彦伯过吴，维舟中渚，登亭望月，倚琴歌《泫露》之诗。俄有一女郎披帷进，抚琴挥弦，其声哀雅。问何曲，曰："古谓楚明光也。惟嵇叔夜能之。自来传者，数人而已。"彦伯请受，女曰："此非艳俗所宜，惟岩栖谷隐可以自娱耳。"鼓而歌，歌毕止东榻，迟明辞去。（《古今记林》卷二十四）

费升为九里亭吏，夜有女子来寄宿，升弹琵琶，女和歌云："精气感暝昧，所降若有缘。嗟我遘良契，寄欣宵梦间。成公从弦起，兰香降张硕。苟云冥分结，缠绵在今夕。伫我风云会，正俟今夕游。中心虽未久，中念已绸缪。"及明，为群狗啮死，乃大狸也。（《古今记林》卷二十八）

按，此又见《广博物志》卷四十七。

魏明帝青龙中，取长安金秋承露盘，盘折，声闻数十里。金狄泣下，因留霸城。（《异林》卷九）

蛤有三，皆生于海。蛤蛎千岁，乌所化也。海蛤，百燕所化也。魁蛤，老伏翼所化也。（《异林》卷十四）

巴西张寻，梦庭生一竹，节相似，都为一门，以问竺法度，云："当略贵，但不得久。"果如其言。（《永乐大典》卷一万三千一百四十）

周昭王时，九月并出，其色五彩贯紫微。（《玉芝堂谈荟》卷二十）

粽，屈原姊所作。（《事物纪原》卷九）

东汉孙坚讨董卓，失利被创，坚坠马卧草中，军众分散，马还营鸣呼，军人随马至草中，乃得坚扶还营。（《山堂肆考》卷二百二十）

（水母，）《异苑》名石镜也。（《本草纲目》卷四十四）

疗河鱼之疾。（《本草纲目》卷四十四）

孙家奚奴治虎伤蛇噬垂死者，以气禁之，皆安。（《本草纲目》卷五十二）

苍天西北小阙，庖牺见之，恶不悦，冶铸五色石，合为一，乃以补之。（《纬略》卷八）

万亮为永康令严刻，人惮之，乃以桃木刻作亮身，烧柴煮汤，火炽，桃人自鼎跳出。（《职官分纪》卷四十二）

按．又载《天中记》卷三十四、《刘氏鸿书》卷四十一、《事言要玄》人集卷七。

萧惠明泰始初为吴兴太守，郡界有卞山，山下有项羽庙，相承云羽多居郡厅事，前后太守不敢上厅。惠明谓网纪云："孔季恭曾为此郡，未闻有灾。"因命盛设筵榻，接宾数日。见一人长丈余，张弓挟矢向惠明，既而不见。因发背，旬日而卒。（《天中记》卷十六）

一人数旦旦诣河边拜河水，如此十年，河侯、河伯遂与相见，与其白璧十双，教授水行不溺法。（《广博物志》卷六）

洛中一人失妻，管辂令与担豕人斗于东阳门，豚逸入一舍，突坏其墙，其妇出焉。（《广博物志》卷十九）

武胜公常于滩口见雷公逐一黄蛇，或以石投之，铿然有雷声。雷公飞去，得一剑，有文云："许旌阳斩蛟第三剑"也。（《广博物志》卷三十二）

孔愉获龟，放之遂作一鼎，刻其文曰"孔敬康鼎"，沉之于水。王羲之于九江作书鼎，高五尺，四面周匝书遍刻之，沉于水中，真隶书。宋王刘裕，晋永初三年从秦中还纪功，铸一鼎于九江，其文曰"沸秦洛伏"，大汉古篆书。宋文帝得虾鱼，遂作一鼎，其文曰"虾鱼四足"。顺帝升明元年，有人于宫亭湖得一鼎，上有古文"洵漠"二字。齐高祖讳道成，于斋中池内见龙，闻箫鼓音，遂埋一鼎，其文曰"龙鼎"，真书三足。梁武帝大通元年，于蒋山埋一鼎，其文曰"大通"，真书。又铸一鼎，书老子五千言，沉之九江中，并萧子云书。又天监二年安丰得一角灵龟，武帝遂作一鼎，投得龟处。陈武帝即位，铸一鼎，其文曰"元勋鼎"，沉于浙江。陈宣帝于太极殿中铸一鼎，其文曰"忠烈"，常侍丁初正书。（《广博物志》）卷三十九

按，《广博物志》引此内容分作八则，然部分内容已是刘敬叔身后事，当非《异苑》佚文。

余姚人虞洪入山采茗，遇一道士，牵三青羊，引洪至天台瀑泉，曰"吾丹丘子也。闻君善具饮，常思见惠。山中有大茗，可以相给。祈子他日有瓯牺之余，不相遗也。"因立奠祀。后常与家人往山，获大茗焉。（《广博物志》卷四十一）

滕景真在广州七层寺，元徽中罢职归家，婢炊，釜中忽有声如雷，米上芃芃隆起，滕就视，声转壮，甑上花生数十，渐长似莲花，色赤，有光似金，俄顷萎灭。旬日滕得病卒。（《广博物志》卷四十二）

桂阳太守江夏张辽叔高去郡，令家居买田，田中有大树十余围，扶疏盖数亩地，播不生谷。遣客伐之，六七血出，客惊怖，归具事白。叔高大怒："老树汁出，此何等血？"因自严行复斫之，血大流洒。叔高使先斫其枝，上有一空处白头公，可长四五尺，忽出往赴叔高。高乃逆格之，凡杀四头，左右皆怖伏地，而叔高恬如也。徐熟视，非人非兽也。遂伐其木。其年应司空辟侍御史兖州刺史，以二千石之尊过乡里，荐祝祖考，白日绣衣，荣

美如此。其祸安居。《春秋》《国语》曰："木石之怪夔魍魉物"，恶能害人乎？（《广博物志》卷四十二）

薛安祖天热舍树下，有鸷鸟逐雉，雉急投之，遂触树而死。安祖取至阴地，徐徐护视，良久得苏，放去。后夜，忽梦一丈夫衣冠甚伟，著绣衣曲领，再拜。安祖问之，曰："感君前日见放，故来谢德。"（《广博物志》卷四十五）

宋元嘉中，章安县人常屠虎至海口，见一蟹大如笠，脚长三尺，取食甚美。其夜，梦一少姬语云："汝噉我肉，我食汝心。"明日，其人为虎所食。商亮字子华，举孝廉到阳城，遇两虎争一羊，亮按剑直前斩羊，虎乃各以其一半去。时人为之谣曰："石里之勇商子华，暴虎见之藏爪牙。"（《广博物志》卷四十六）

洛洞穴中金宝交饰，明夺三光，中有神羊居之。（《升庵集》卷二十二）

异记

作者齐谐，建康（今江苏南京）人，生平事迹不详。

陆机在吴，后仕洛，戏语犬黄耳曰："家绝无书，汝能驰往否？"犬摇尾作声似应之。机为书盛以竹筒系颈，犬出驿路，走向吴。饥则入草噬肉，每经水辄依渡者掉尾向之，其人怜爱，因呼上舡。才近岸，则腾上速去。到机家取书看毕，犬又伺人作声如有所求，其家作书纳筒，仍驰还洛。后犬死，葬之，呼黄耳冢。（《韵府群玉》卷十一）

按，又《五车霏玉》卷二十六、《五车韵瑞》卷五十三载此。

庐塘有鲛鱼，五日一化，或为美异妇人，或为男子，至于变乱尤多。郡人相戒，故不敢有害心。鲛亦不能为计。后为雷电杀之，此塘遂涸。（《太平御览》卷七十四）

武康徐氏，宋太元中病疟，连沿不断。有人告之曰："可作数团饭出道头，呼伤死人姓名云：'为我断疟，今以此团与女。'掷之径还，勿反顾也。"病者如言，乃呼晋故车骑将军沈允，须臾有乘马导从而至，问："汝为何人？而敢名官家！"因传将去，举家寻觅，经日乃于塚侧丛棘下得之，绳犹在手，疟遂获瘥。（《太平御览》卷七百六十六）

有献胶于武帝者，帝以续弦，名鸾胶。（《汇苑详注》卷十六）

左卫将军王果被责，出为雅州刺史，于江中泊船，仰见岩腹中有一棺，临空半出，乃缘崖而观之，得铭曰："欲堕不堕逢王果，五百年重收我。"果叹曰："吾当葬此。今罪责雅州，固其命也。"乃窆而去。（《文苑汇隽》卷十四）

乔公有二女，大乔属孙策，小乔属周瑜。（《广事类赋》卷十七）

续异记

鲁迅《古小说钩沉》据《初学记》《白孔六帖》《太平广记》《太平御览》辑得佚文十一则。

有女子七夕于暗室见天门开，云气赫奕，因求富。及长，嫁于富家，累巨万。有贾客货其绢百匹，去而船覆溺，资货皆没。其女子偶开后房，见绢在其中，但湿耳。后贾客归，女子以绢归，笑验之乃信。（《文苑汇隽》卷二）

仁宗性至恕，一日晨起，语近臣曰："昨夜困不寐而甚饥，思食烧羊。"侍臣曰："何不降旨取索？"仁宗曰："比闻禁中每有取索，外面遂以为例。诚恐自此逐夜宰杀以备非时供应，则岁月之久，害物多矣。岂不忍一夕之馁而启无穷之杀也？"时左右闻之，有感泣者。（《汇苑详注》卷三十四）

按，此宋时事，非《续异记》佚文。

燕丹子

最早收录于《隋书·经籍志》，一卷，旧唐志作三卷。原书已佚，《四库全书》从《永乐大典》辑出，列于小说家存目类。孙星衍从纪昀处得抄本，方复流布于世。该书成书年代不详，争议很大。或以为先秦古籍，或以为秦汉之作，或以为南朝宋齐以前之作。

天下有道，遗黄服皂。（《类隽》卷三十）

马免人于难者，其死也葬之；以为牛有德于人者，其死也葬之。大车之荐，牛马有功犹不可忘。（《类隽》卷三十）

秦始皇置高渐离于帐中击筑。（《太平御览》卷六百九十九）

玄中记

本书清代以来不断有学者辑佚，而以鲁迅先生《古小说钩沉》本最完备，辑有作品七十一条，李剑国于《中国古代小说总目·文言卷》自杨慎《丹铅总录》卷四增补《黄帝臣》作品一条。

> 鲁班以石为禹九州图，今在格城石室山东地。（《太平御览》卷七百五十二）

按，此则四库全书本引作《玄中记》，考之四部丛刊本，"鲁班以石为禹九州图"条引作《述异记》，相邻的"奇肱氏善奇巧，能为飞车"条引作《玄中记》，而四库全书本刚好把这两条作品的引书互换，当为四库全书本之误。

> 神丘有火冗，光景照千里；昆仑有弱水，鸿毛不能起。（《雅余》卷三）

按，《焦氏类林》卷七也载此。

> 尧之臣尹寿作镜台之始。（《新镌古今事物原始全书》卷十九）

按，此则又见《群书类要事林广记》卷十一、《原始秘书》卷九，此较鲁辑为详。

> 常元载以鼻闻酒气便醉，人以为可治，即取针挑载鼻尖，出一小虫，曰："此酒魔也。闻酒即畏之。"是日，载径饮至二斗，五日倍是。（《刘氏鸿书》卷八十四）

按，又载《酒概》卷三。

大月支及西胡地有牛，今日割取其肉三五斤，至明日，其肉疮得合。不割则牛亦不壮，反生病。(《三农纪》卷八)

按，此较鲁辑为详。

金刚出天竺大秦国，一名切玉刀，削玉如铁刀削。大者长尺许，小者如稻米。欲刻玉时当作大金镮著手指间，以刻刀纳镮以刻玉。(《凉州异物志》)

昆仑者，上通九天，下通九州岛，万灵所都……西南出三十二里见山，一名天竺，一名仇池。其山四绝，悬崖上方仙宫八十顷，有石盐池，北有九子白鱼之池。又云仇池天竺宫者，十二福地之头；太白杜阳宫者，十二福地之足。(《类聚古今韵府续编》卷二)

吐谷浑桃大如石瓮。注：一石容十斛也。(《汇苑详注》卷三十二)

犀角置狐穴中，狐不敢归。(《事词类奇》卷二十八)

元封三年，大秦献花蹄牛，高六尺，尾环绕角，生四耳。(《事词类奇》卷二十八)

元封中，秦献牛，善走多力，使辇铜铁起望仙宫。迹在石上，背如花形，故阳开之外有花牛。(《事词类奇》卷二十八)

羬，胡羊也；羵，羊腊也。似羊，四尾九耳，目在背。(《事词类奇》卷二十八)

安宁州潮泉，一日三溢三醮。连州水下流有斟泉，一日十溢十竭。贵州城外有漏汋，一日百盈百竭应刻漏。(《事言要玄》地集卷八)

珊瑚树生大海中有玉处，其色红润，可为珠，间有孔者。出波斯国、狮子国。以铁网沉水底，经年取之乃得。出大秦西海

中，初生白，一年黄，三年赤，四年虫食啖。（《事言要玄》事集卷三）

按，此为鲁辑之一异文。

梓树之精化为青羊，生百年而红，五百年而黄，又五百年而色苍，又五百年而白。（《事言要玄》物集卷二）

相去京师五百里地面出双筋牛，能日行千里，苟晞每得之，以为异，杀而观之，其双筋如小竹大，自头挟脊着肉里，故外不觉。（《事言要玄》物集卷二）

山精如人，一足，长三四尺，食山蟹，夜出昼藏，其名曰歧，一曰超空，一曰狌，一曰飞龙。呼其名不敢为害。（《文苑汇隽》卷三）

按，此为鲁辑之一异文。

天下之多者水也，浮天载地：高下无所不至，万物无所不润。及其气流届石，精薄肤寸，不崇朝而泽合灵寓者，神莫与并矣。是以达者不能测其渊冲而尽其鸿深也。（《永乐大典》卷一万一千一百二十七）

按，此较鲁辑为详。

倒景者，日在下景在上也。故日之出入而东西皆有倒景。（《李诗钞述注》卷十一）

玛瑙出月氏国，非玉非石，自是一类。（《唐诗解》卷十五）

按，此详于《钩沉》本所辑。

宋拾遗录

　　宁稼雨辑其佚文以为"《初学记》引五条，《太平御览》引五条，陶珽合而收入重编《说郛》，共九条。"今复按原书，《初学记》卷七引张永开得铜斗、《初学记》卷十二引王华王昙首殷景仁刘湛四贤、《初学记》卷十四引桓温葬姑熟、《初学记》卷二十五引戴明宝不能禁大儿骄淫、《初学记》卷二十六引王悦辞饼。《太平御览》卷三百八十二引用何尚之颜延年少年好为嘲调、《太平御览》卷五百五十二引太祖尝召颜延之传诏、《太平御览》卷五百五十六引桓温葬姑熟、《太平御览》卷七百引戴明宝不能禁大儿骄淫、《太平御览》卷七百三十八引宋悫梦见青衣童子。两书共两篇作品重复，实引佚文八篇。重编《说郛》实收《宋拾遗录》作品九篇，其中"董偃常卧延清之室""苏秦张仪剥树皮为囊以盛天下良书""帝解鸣鸿刀赐东方朔""沐胥国人左耳中出青龙右耳中出白虎"四条作品为《初学记》《太平御览》所未收。

　　夫老庄者，道德之渊薮，仁义之坛场。（《北堂书钞》卷一百）

　　初，檀道济伐匈奴，大众未集而为虏所围数重。是时道济兵力甚寡，军中大惧，道济令士卒悉解甲勿动。既而道济白服乘舆徐出向围以长策，为虏所惮，虏相与谋曰："檀公令居死地，即白服，在军犹不惧，此伏兵诱我。"遂不敢战。（《北堂书钞》卷一百一十六）

　　袁愍孙，世祖出为海陵守，梦日堕身上，寻而追还，与机密。（《太平广记》卷二百七十六）

按，《天中记》卷一也载此。

重编《说郛》卷五十九下引《宋拾遗录》九则，其中以下四条为《初学记》《太平御览》所无。

董偃常卧延清之室，画石为床，石文如画，体甚轻，出郅支国。上设紫瑠璃帐、火齐屏风。

苏秦张仪二人假食于路，剥树皮为囊以盛天下良书。

帝解鸣鸿刀赐东方朔，朔曰："此刀黄帝时采首阳之金铸为此刀，雄者已飞，雌者独在。"

沐胥国人左耳中出青龙，右耳中出白虎。龙虎初出之时，如绳缘颊。手持面而龙虎皆飞，去地十余丈而云气绕龙，风来吹虎，俄而以手指挥，其龙虎皆还入耳。

江夏王义恭性爱古物，常遍就朝士求之。侍中何勗已有所送而王征索不已。何甚不平，常出行于道，遇狗枷败犊鼻，乃命左右取之还，以箱擎送之，笺云："承复须古物，今奉李斯狗枷、相如犊鼻。"（《因话录》卷四）

按，此又见《文苑汇隽》卷十六、《广滑稽》卷二十七、《捧腹编》卷五。

千牛刀，即人君防身刀也。其义取庖丁日解千牛而刀刃若新发硎之义。（《海录碎事》卷十四）

按，此又见《锦绣万花谷》前集卷十二、《旧唐书》卷四十四、《通志》卷五十五、《唐六典》卷二十五、《通典》卷二十八、《文献通考》卷五十八、《职官分纪》卷三十五、《新镌古今事物原始全书》卷四、《事物纪原》卷五。

豆腐之术，三代前后未闻此物。至汉淮南王安，始传其术于世。（《新镌古今事物原始全书》卷十八）

述异记

引书也作《述异志》，李剑国补辑任昉《述异记》佚文十余则，其中据《太平御览》卷十四所辑"有黑虹下乐辑营，少日辑病卒"条见于鲁迅先生《古小说钩沉》辑祖冲之《述异志》第三十二则，似当删除。又《中国古代小说总目·文言卷》之《述异录》条穆之文叙录称："唐代志怪小说集。著者姓名不详。未见著录。"并据《太平广记》辑有"昆仑紫瓜"一条佚文。本辑辨伪中的部分佚文当属此书。

王嘉传曰，嘉字子年。隐于倒兽山，符坚连征不赴，公卿已下咸躬往参请。（《晏公类要》卷二十七）

天台山有杏花六出五色，号仙人杏。（《永乐大典》卷二千六百四）

唐龙朝年已来，百姓饮酒作令，云："子母相去离，拗倒。"子母者，盖与盘也。连台者，连盘拗倒盏也。自后庐陵徙均州。于母相去离也。连台拗倒者，则天被废，诸武迁放之兆。（《永乐大典》卷二千六百五）

按，此唐事，非《述异记》作品。

唐孙秦守操，颇有古贤之风。尝于都市过，市铁灯台，既而命磨洗，即银也。秦巫往还之。（《永乐大典》卷二千六百五）

按，此唐事，非《述异记》作品。

光明台擎，灯烛之具也。下有三足，中立一干，形状如竹。逐节相承，上有一盘，其置一瓯，瓯中有可以燃烛。若燃灯则易

以铜缸，贮油立炬，镇以小白石而绛纱笼之。高四尺五寸，盘面阔一尺有五寸，罩高六寸，阔五寸。（《永乐大典》卷二千六百五）

凤花台，君山鹦鹉名也。（《永乐大典》卷二千六百五）

今乌江长亭，亭下有欢马塘，即当时乌江亭长舣舟待项王处。今阴陵故城九曲泽，泽中有项王村，即项籍迷失路处。项王失路于泽中，周回九曲，后人因以为立名。（《永乐大典》卷三千五百七十九）

天河之东有美女，天帝女孙也。机杼劳役，织成云雾天衣。天帝怜之，嫁与河西牵牛。是后竟废织纴，帝怒责归河东，使一年一度与牵牛相会。（《雅余》卷之一）

李昉名孔雀曰南容，一名孔都护，一名女禽。（《谷玉类编》卷四十五）

按，此"李昉"若为北宋人物，则此非《述异记》文字。

尧时越棠献千岁龟，龟背有斜斗文，记开辟以来事，帝录之，号龟历。（《蟫史集》卷九）

按，此又见《谷玉类编》卷四十九、《续同书》卷二十四、《埤雅广要》卷三十五、《韵府大全》卷八和《事词类集》卷二十九。

南海出千步香，佩之香闻于千步，草也。今海隅有千步草，是其种也。叶似杜若，而红碧相杂。又紫述香，一名红蓝香，又名金香，又名麝香草，出苍梧、桂林二郡界。（《青烟录》卷四）

郅支国贡马肝石百斤，常以水银养之。内玉柜中，金泥封其上。国人长四尺，唯饵此石而已。半青半白如今之马肝，舂碎以和九转之丹服之，弥年不饿渴也。以之拂发，白者皆黑。帝坐群臣于甘泉殿，有发白者以石拂之，应手皆黑。是时公卿语曰："不用作方伯，惟须马肝石"。此石酷烈，不和丹砂不可近发。

（《续博物志》卷二）

军行地无故生蟹，宜移居吉。（《续博物志》卷三）

数过国献能言龟，帝从东方朔之言，盛以青玉之匣，饮以承桂之露，置于通风台，问其言无不中。（《续博物志》卷十三）

吠勒国去长安九千里，在日南。人长七尺，被发至踵，乘犀象之车，乘象入海底取宝。宿于蛟人之舍，得泪珠则蛟所泣之珠也，亦日泣珠。（《续博物志》卷十五）

钱起宿驿，外有人咏曰："曲终人不见，江上数峰青"，咏者再四，怪之。其殿试《湘灵鼓瑟》，落句久不属，遂以此联之，因中选。（《类隽》卷二十四）

按，此唐时事，当非《述异记》佚文。

后汉钟离意为孔子修车，入庙，拭几席剑履。张伯除堂下草，土中得璧七，怀其一埋其六。床下有悬瓮，问户曹曰："夫子丹书莫敢发。"意启之得素书云："后世修吾书，董仲舒；护吾车，拭吾履，发吾笥，会稽钟离意；璧有七，张伯怀其一。"（《刘氏鸿书》卷二十九）

贞元中有处士周邯，文学豪俊之士也。因夷人卖奴，年十四五，视其貌甚慧黠，言善入水如履平地，令其沉潜，虽经日移时，终无所苦。云蜀之溪壑、潭洞，无不届也。邯因买之，易其名曰水精。邯自蜀乘舟下峡，抵江陵，经瞿塘滟滪，遂令水精沉而视其邃远。水精入，移时而出，多探金银器物。邯喜甚，每舣船于江潭，皆令水精沉之，复有所得。沿流抵江都，经牛渚矶，古云，最深处是温峤燕犀照水怪之滨。又使没入，移时复得宝玉。云甚有水怪，莫能名状，皆怒目戟手，身仅免祸。因兹邯亦至富赡。后数年，邯有友人王泽牧相州，邯适河北而访之，泽甚喜，与之游宴，日不能暇。因相与至州北隅八角井，天然盘石而甃成八角焉，阔可三丈余，旦暮烟云蓊郁漫衍百余步，晦夜有光如火红，射出千尺，鉴物若昼。古老相传云有金龙潜其底，或亢阳祷之亦甚有应。泽曰："此井应有至宝，但无计而究其是非耳。"邺笑曰："甚易。"遂命水精曰："汝可与我投此井到底，看有何怪异。泽亦当有所赏也。"水精已久不入水，欣然脱衣沉之，良久而出，语邺曰："有一黄龙，极大，鳞如金色，抱数颗明珠熟寐。水精欲劫之，但手无刃，惮其龙忽觉，是以不敢触。若得一利剑，如龙觉当斩之，无惮也。"邺与泽大喜，泽曰："吾有剑，非常之宝也。汝可持往而劫之。"水精饮酒仗剑而入，移时，四面观者如堵。忽见水精自井面跃出数百步，续有金手亦长数百尺，爪甲锋颖，自空拿攫水精，却入井去。左右慑栗，不敢近睹。但邺悲其水精，泽恨失其宝剑。（《刘氏鸿书》卷三十八）

按，此则唐时事，当非《述异记》佚文。

唐开元初，吏部尚书张镐贬宸州司户，先是镐之在京，以次女德容与仆射裴冕第三子前监田尉越客结婚焉。已克迎日，而镐左迁，遂改期来岁之春季。其年越客则束装南迈，以毕嘉礼。仲春距宸百里，镐知其将至矣。张斥在远方，抱忧惕，深喜越客遵约而至。因命家族宴于花园，而德容亦随姑姨妹游焉。山郡萧条，竹树交密，日暮众将归，或后或先，纷纭笑语。忽有猛虎出自竹间，遂禽德容跳入翳荟。众皆惊骇，奔告张。夜色已昏，计力俱尽，举家号哭，莫知所为。及晓，则大发人徒求骸骨于山野间，周回远近，曾无踪迹。是夕之前，越客行舟，至郡三二十里，尚未知妻之为虎暴。乃召仆夫十数辈登岸徐行，其船亦随焉。不二三里，遇水次板屋，屋内有榻，因扫拂即之憩焉。仆从罗列于前后。俄闻有物来自林木之间，众乃静伺，微月之下，忽见猛虎负一物至。众皆惶挠，则共阚喝之，仍大击板屋并物。其虎徐行，寻俯于板屋侧，留下所负物，遂入山间。共窥看云是人，尚有余喘。越客即令舁之登舟，因促使解缆，然后船中燃烛，熟视乃是十六七美女人也，容貌衣服固非村间之所有。越客深异之，则遣群婢看胗，虽发髻披散，衣服破裂而身肤无少损。群婢渐以汤饮灌之，即能微微入口。久之神气安集，俄复开目，与之言语，莫肯应。夜久，即有自郡至者，皆云张尚书次女，昨夜游园为暴虎所食，至今求其残骸未获。闻者遂以告于越客，即遣群婢具以此询德容，因号啼不止。越客既登岸，遂以其事列于镐，镐凌晨跃马而至，既悲且喜，遂与同归，而婚媾果谐其期。自是黔峡往往建虎媒之祠焉。（《刘氏鸿书》卷九十）

按，此唐时事，当非《述异记》佚文。

雪乃天上瑞木开花。（《兰雪堂古事苑》卷一）

昔有人寻河源，见一妇人浣纱，问之，曰："此天河也。"拾一石而归，问严君平，君平曰："此织女支机石。"（《兰雪堂古事苑》卷一）

西华山与首阳山本同一山，河神巨灵乃擘开之以通河流，其掌迹犹在焉。（《兰雪堂古事苑》卷一）

老子之母梦仙鹿触怀，既而有孕，乃生老子。（《兰雪堂古事苑》卷十二）

高辛时，蜀有人被人所掠，惟所乘马独归。母誓于众曰："有能得夫归者，妻以女。"马跃而去，负其夫还，悲鸣不止。夫知其故，曰："誓于人不誓于马。"马嘶鸣不已，射杀之，暴其皮于庭。皮忽蹶起卷女而去，数日尸朽，化为蚕，故称马头娘。（《兰雪堂古事苑》卷十二）

武功山有二杏树，各丈余，东花西实，至明年花实易向。（《广事类赋》卷二十九）

水晶李出天台。（《广事类赋》卷二十九）

旦露池西有灵池，方四百步，有连钱荇、浮根菱、倒枝藻。

浮根者，根浮水上，叶沉波底，实细薄皮甘香，叶半青半白，霜降弥美，因名青冰菱。（《广事类赋》卷三十三）

蠡台，孝王所筑于兔园中。回道似蠡，因名之。（《事词类奇》卷十五）

许顾言妾捶死一狗，妾忽作狗言。（《奁史》卷三十四）

庾邈与女子郭凝通谐社，约不二心，俱不婚聘。经二年凝忽暴亡。邈出，见凝云："前遇强梁，抽刀见逼，惧死从之，不能守节。为社神所责，心痛而绝。"（《奁史》卷五十九）

余杭收生妇王老娘半夜闻叩门声，急启，视则唤收生者也。有淡青色灯一对引之上船，其行如飞。至其家，坐蓐者乃一红衣妇人，称曰大娘，其姑称太太者，与收生妇共食，食毕临盆，产一子。其姑与银半锭，大娘又私赠银五钱，复以原舟送之归，天尚未明也。少寝，觉腹痛异常，呕吐狼藉，皆树叶也。因疑产子者非人。检其所赠，乃冥锱半锭也。唯大娘之银则朱提焉，疑为殓时受舍之物耳。（《奁史》卷六十一）

杨氏妇产儿后即孀居，有一外交相好甚笃。未几外交死，魂入其室与妇共寝，儿啼则魂下床匿于妇鞋中，儿睡复来交媾如人。（《奁史》卷六十七）

洋船素奉天妃娘娘，偶失风飘至一岛，岸沙皆金，同舟者凿取之。俄见山顶一金甲人舞剑而来，舟人大惧，共拜呼娘娘求救。忽天妃降一客，言曰："金山神为祸，我当救汝。"即持枪登樯杪与神拒敌，神不能胜而去。其客从樯端坠下，身无所损。（《奁史》卷九十八）

河冰合要狐先行。（《群书通要》卷五）

战国时，有民从征戍久不返，妻思而卒。既窆，冢上生木，枝叶皆向夫所在而倾，因谓之相思木。（《奁史》卷九十三）

黄帝设蚩尤于黎丘之由，掷其械于大荒中，化为枫木之林。（《三农纪》卷七）

穆王南征，其君子化为猿鹤，小人化为莎鸡。（《倘湖樵书》初编卷四）

进士赵颜于画工处得软障，图一妇人甚丽，颜曰："如何今生愿纳为妻。"画工曰："余神画也，此名真真，呼其名百日，昼夜不歇，必应。"以百家彩灰酒灌之即活。颜如其言，妇人果下障，言笑饮食如常。逾年生一子，其友曰："此妖也，余有神剑可斩之。"其夕，真真泣曰："妾南岳地仙也，为人画形，君又见呼，妾不夺君志，今忽疑妾，不可更住。"携其子上软障，呕出前饮百家彩灰酒。观障上，仍是故画，惟添一儿，皆是画焉。（《六岳登临志》卷二）

按，以"进士"这一名称而论，此当非《述异记》佚文。

刘洞微善画龙，一日有夫妇造门曰："龙有雌雄，其状不同。雄者角浪凹峭，目深鼻豁，鬐尖鳞密，上壮下杀朱火。雌者角糜浪，平目肆，鼻直，鬐圆，薄尾，壮于腹。"洞微曰："何以知之？"其人曰："身乃龙也，请公观之。"遂化作双龙而去。（《类聚古今韵府续编》卷一）

庐陵大山之间有山都，似人，裸身，见人便走。自有男女，长四五尺。常在幽昧之中，似魑魅鬼物。（《类聚古今韵府续编》卷五第五）

海上十洲，一曰瀛洲，上有青丘翠水，地生玉酒，饮之长生。（《类聚古今韵府》卷二十五）

按，此又见《异物汇苑》卷三十七。

翰林棋者王积薪，从明皇者西幸，寓宿深溪之家。夜静堂内无烛。妇姑对谈口弈。姑曰："子已北矣，止胜九枰耳。"迟明积

薪具礼以问，姑曰："是子可教以常势。"因指示攻守杀夺求应防
拒之法。曰："此已无敌人矣。"谢别而回顾，失向之家矣。自是
其艺绝伦，竭心较九枰之势，终不能得。（《五车韵瑞》卷一百四
十八）

按，此又见《五车霏玉》卷十四和《五车韵瑞》卷三十九，乃唐事，
非《述异记》文。

晋士元二年，秋雨连月，渠宝生鱼。（《新刻诗学事类》卷
三）

迁叟病虫齿，呻吟之声达于四邻。有道士过之，语曰："病
来于天，天且取子之齿以食飧骨之虫，而子拒之，是远天也。夫
天者子之所受命也，若之何拒之？"迁叟曰："诺，以齿与虫。"
惝然而寐，一夕而愈。（汇苑详注卷二十八）

按，《文苑汇隽》卷二十一也载之。然其行文语气大不类《述异记》
作品。

晋太和中，杨生养犬，甚爱之。后生饮酒行大泽中，时冬月
野火起，风又猛，生醉卧草中，狗号唤不醒。狗见火近，生身前
有一坑水，便走往水中，还以身洒水湿生身左右草。草沾水，火
遂灭，生觉方见。（《汇苑详注》卷三十四）

宋郭仲产为南郡从事，宅在枇杷寺南。其村亦名枇杷。元嘉
末，起斋屋，以竹为窗棂。竹遂渐生枝叶，长数丈，扶疏葱翠，
郁然成林，仲产以为祥。及孝建中，同义宣之谋被诛。（《祝氏事
偶》卷十五）

按，此可补《古小说钩沉》。

晋僧慧远住东林寺，每送客不过虎溪。一日与陶潜陆修静相
携共语，不觉踰之，三人大笑。后人于此建亭。远法师曰："东
南有香炉山，孤峰秀起，游气笼其上，则氤氲若烟。又西南有石

门山，状若双阙，壁立千仞，瀑布流焉。（《新纂事词类奇》卷
五）

钟离人顾思远，年一百十二岁，七子，年少者已六十，头有
肉角长寸许。穰城有人年一百四十岁，不能食，饮曾孙妇乳。荆
州人张元始年九十七方生儿，儿遂无影。至一百十六岁终，将
终，人人告别。又穷山林，处处履遍。尹雄年九十，鬓生角，长
寸半。（《新纂事词类奇》卷九）

符坚皇始四年，有长人见身，长五丈。语张靖曰："今当太
平。"新平令以闻，坚以为妖妄，召靖系之。是月霖雨，河渭泛
溢，满阪津监寇登于河中流得大屐一只，长七尺三寸，足迹称
屐，指长尺余，文深七寸。坚叹曰："覆载之中，何所不有？张
靖所见定不虚也。"乃赦之。（《新纂事词类奇》卷九）

按，《事言要玄》事集卷二、《文苑汇隽》卷九、《异林》卷五也载之，
可补《古小说钩沉》。

南平国兵在姑孰，有鬼附之。每占吉凶，辄先索琵琶，随弹
而言，事有验。或曰，是老鼠之精，名曰灵侯。（《新纂事词类
奇》卷十八）

晋安帝元兴中，岭南少年未婚，素无秽行。行道遇女甚丽，
谓少年曰："闻君自以柳季之俦，亦复有桑中之娱耶？"少年微有
动色，问姓，女曰："姓岳名琼，家在咫尺。"邀还尽欢。从弟突
入杖女，即化雌白鹤。（《新纂事词类奇》卷二十七）

汉宣成郡守封邵化虎食郡民。民呼曰："无作封使君，生不
治民死食民。"又云都区宝者，后汉人。居父丧，里人格虎，虎
匿其庐，宝以蓑衣覆藏之。里人寻踪问宝，宝曰："虎岂有可念
而藏之庐乎？"虎以故得免，时负野兽以报宝，繇此而知名。
（《新纂事词类奇》卷二十八）

鹿者仙兽，常自能乐性从其云泉，至六十年必怀琼于角下。角有斑痕，紫色如点。行或有涎出于口，不复能急走矣。（《新纂事词类奇》卷二十八）

谢灵运守永嘉，游石门洞，入沐鹤溪旁，见二女浣纱，颜貌娟秀，非尘俗态。以诗嘲之曰："我是谢康乐，一箭射双鹤。试问浣纱娘，箭从何处落。"二女渺然不顾。又嘲之曰："浣纱谁氏女，香汗湿新雨。对人默无言，何事甘良苦。"而二女微吟曰："我是潭中鲫，暂出溪头食。食罢自还潭，云踪何处觅。"吟罢不见，康乐遂回。（《新纂事词类奇》卷二十九）

世谓雁为孤而不曰双，燕谓双而不曰孤，以雁属乎阳，燕属乎阴，阳奇阴偶也。（《事言要玄》物集卷二）

寿五百岁谓神龟，寿万年谓灵龟。人谓先知君。（《事言要玄》物集卷三）

宋罗玙妻费氏，父悦为宁州刺史，费少而信诵法华经，数年不倦。后得病，忽苦心痛，阖门惶惧，属纩待时。费心念："我诵经勤苦，宜有善佑，庶不遂致死也。"既而睡，食顷，梦见佛从窗中援手以摩其心，应时都愈。（《梦占类考》卷二）

南野人伍寺之，见社树上有猴怀孕，便登树摆杀之。梦一人称神责以杀猴之罪，当令重谪。不半年，寺之病作，医不能疗，遂卒。（《梦占类考》卷三）

晋兴宁中，沙门竺法义在始宁保山。后得病积时日，就绵笃，遂不复治。数日昼眠，梦一道人来候其病，因为治之。刺出肠胃，湔洗脏腑，见有结聚不净物甚多。洗濯毕，还纳之，语义曰："汝病已除。"梦觉众患豁然，寻得复常。（《梦占类考》卷六）

周成王时，咸阳雨钱，终日不绝。（《泉志》卷八）

嵇康夜坐弹琴，有鬼自称黄帝臣伶伦。与之交好，授以曲，名广陵散。后康临刑，索琴弹之，叹曰："从此广陵散绝矣。"（《随园随笔》卷十一）

南海出熏肌香。（《儒函数类》卷五十）

晋文公出，大蛇当道如拱，文公使吏守蛇，反修德。吏梦天杀蛇曰："何故当圣君道？"觉而视蛇，则自死也。（《五车韵瑞》卷一）

辟寒香，外国所出，同昌公主有之。（《五车韵瑞》卷五）
按，此又见《广韵藻》卷三。

海上翁曰争得骊龙颔下珠？遭其睡也，使其寤当为齑粉。（《五车韵瑞》卷六十六）

汉董永家贫，欲葬母，路逢一妇人，求为妻，织绢三百匹与永，曰："我天之织女，君至孝，天帝令与君偿债。"凌空而去。（《五车韵瑞》卷一百七）

朽壤中甑化为丈夫，自称姓曾名瓦，独顾彦曰："此甑字也。"（《五车韵瑞》卷一百十六）
按，此又见《文苑汇隽》卷之二二。

晋元帝时有老姥每旦擎一器茗往市鬻之，市人竞买。自旦至暮，其器不竭，所得钱即散与路旁孤贫者。人或异之，执而系之于狱。夜擎茗器自牖间飞去。（《文苑汇隽》卷之二十二）

王侍中家堂前有鼠从地出，其穴侧生李树，花实俱好。此鼠精李也。（《文苑汇隽》卷之二十三）

熊衮性孝，家贫遭亲丧，天雨钱于其家。（《古今记林》卷一）

汉成帝时，宫中雨一苍鹿。鲁文公三年，秋雨螽于宋。（《异

林》卷十一)

　　媚草，鹤子草也。蔓生，色浅，紫带，形如飞鹤。春月生双蛾，虫食其叶。越女收养虫，老蜕为蝶，带之，号媚蝶。(《清异续录》)

拾遗记

　　齐治平校注本 (《中华书局 1981 年版》) 在注释中从《北堂书钞》《艺文类聚》《太平广记》《太平御览》《类说》《绀珠集》等书引用了不少佚文和异文。唯其辑校时有待商榷处，如卷一关于少昊的第一条注释所引《太平御览》中的佚文，当据《初学记》卷二十七；又卷六"宣帝地节元年"一段第六条注释据《太平御览》所辑"云渠粟"佚文，当据《初学记》卷二十七；"宣帝地节元年"一段第九条注释据《太平御览》卷八百四十一所辑佚文，当据《初学记》卷二十七，因后者成书在前。又卷二注释"昭王即位二十年"一段内容，第十条注释之佚文引自《太平御览》卷九百四十八，今复按，乃是《太平御览》卷九百八十四所引。

　　书末复从《太平广记》《太平御览》《类说》三书辑佚文十三则，辨伪三条，存疑一条，又第六与第十三条、第七与第十一条实为同一则佚文，被认为是《拾遗记》佚文者实际共七则。

　　唐宋类书征引也作《拾遗录》。《原始秘书》卷九引作《王嘉拾遗》，《类聚古今韵府续编》卷八，《汇苑详注》卷一、卷十八、卷二十七、卷三十一，《五车霏玉》卷十五也引作《拾遗》。

　　古籍与之书名相近者又有《大业拾遗记》、《大唐拾遗记》、明胡爌《拾遗录》、许载《吴唐拾遗录》。

　　周末大乱九鼎飞入天池。(《太平广记》卷二百二十九)

按，此为《拾遗记》卷二之异文。

晋永嘉二年，有鹜集于始安县。木矢贯之，铁镞，其长六寸有半。以箭计之，其射者当身长丈五六尺。（《太平广记》卷四百六十三）

按，此为四库本。中华书局点校本无出处。

汉昭帝游柳池，有芙蓉，紫色，大如斗。花素叶甘，可食。芬气闻十里之内，莲实如珠。（《艺文类聚》卷八十二）

夫老庄者道德之渊薮，仁义之坛场。（《北堂书钞》卷一百）

周穆王时，摩连国献鸾章锦幔，其锦文如鸾翔。（《北堂书钞》卷一百三十二）

按，《初学记》卷二十七、《太平御览》卷六百九十九、《锦绣万花谷》后集卷三十一、《新镌古今事物原始全书》卷十四、《广事类赋》卷二十七也载此。

黄河清而圣人生。（《北堂书钞》卷一百五十八）

说日月初明之时，又言今之世洪波冠天起。而天火灼石，土皆焦。谓尧汤之世是也。子能匡矣。（《北堂书钞》卷一百五十二）

昆山第八层有五色霞。（《太平御览》卷八）

又曰燕昭王坐祗明之室，升于泉昭之馆，此馆常有白凤白鸾递集其间。（《太平御览》卷一百七十四）

帝解鸣鸿刀赐东方朔，朔曰："此刀黄帝时采首阳之金，铸为此刀。雄者已飞，雌者独在。"（《太平御览》卷三百四十五）

按，四部丛刊本又注此则一出《洞冥记》。

无老国，其人皆千岁。百岁一老，齿落发秃。又年少，妪者

乳养，还复若幼稚。（《太平御览》卷三百七十一）

　　帝喾高辛氏娶于陬氏女，女生而发与足齐，坠地能言，乃纳于帝。（《太平御览》卷三百七十三）

　　沐胥国人忽复化为老叟，俄而即死，臭烂盈屋。人有除烧其骸骨，于粪土之中复还为人矣。（《太平御览》卷三百七十五）

　　北有浣肠之国，从口中引肠出，出而浣濯之，更递易其五脏。浣毕，啸傲而飞焉。（《太平御览》卷三百七十六）

　　广延之国，人长二尺。（《太平御览》卷三百七十八）

　　晋太康元年，孙皓送六金玺。云时无玉工，故以金为印玺。（《太平御览》卷六百八十二）

　　穆王起春宵之宫，西王母来焉，纳丹豹文履。（《太平御览》卷六百九十七）

　　魏咸熙二年，宫中夜夜有异，或吼呼惊人，乃有伤害者。（《太平御览》卷七百七）

按，此为《拾遗记》卷七之异文。

　　周穆王时紫罗文褥者，坛孙国献之。（《太平御览》卷七百八）

　　菓叶草高五丈，叶色如绀，叶形如半月之势，亦曰半月花。草无实，其质温柔，可以为席。（《太平御览》卷七百九）

按，此又见《锦绣万花谷》续集卷七、《汇苑详注》卷三十一、《类隽》卷二十一、《山堂肆考》卷一百八十二、《天中记》卷四十八、《事文玉屑》卷十六、《文苑汇隽》卷二十三、《广博物志》卷四十三。

　　乃命青金洪炉。青金洪者，出青零渊，石色皆如绀，中有金，铸为大炉。（《太平御览》卷七百五十七）

汉明帝夜燕群臣于华昭园，诏大官进樱桃，以赤瑕瑛为盘，赐群臣而去。其叶月下视盘，与樱桃共一色，众臣皆笑云是空盘。时帝使坐于廷中，欲以承露，诏使举烛复照，众坐，乃知盘中不空也，皆起拜谢为乐。（《太平御览》卷七百五十八）

按，此又见《太平御览》卷九百六十九、《五车霏玉》卷三十、《广事类赋》卷三十三。

夏鲧治水无功，沉于羽渊，化为玄鱼，大千丈。后遂死，横于河海之间。后世圣人以鱼为神化之物，以玄字合于鱼，为鲧字。（《太平御览》卷九百三十六）

按，此为《拾遗记》卷二之异文。又见于《太平御览》卷九百四十、《事类赋》卷二十九、《五百家注柳先生集》卷十四、《事词类奇》卷二十九。唯《事物纪原》卷八引此作："鲧治水无功，自沉羽渊，化为玄鱼。海人于羽山下修鱼祠，四时致祭。尝见瀺灂出水，长百丈，喷水激浪，必雨降。"

《拾遗志》《尚书》所谓蔡蒙旅平者蒙山也，在雅州，凡蜀茶尽出此。（《太平御览》卷八百六十七）

绛河去日南十万里，波如绛色，多赤龙、赤色鱼而肥美可食。上仙服得之，则后天而死。（《初学记》卷六）

东极之东，有和灵稻，言寒者食之则温，热者食之则体冷，茎多白。（《初学记》卷二十七）

东极之东，有琼脂粟，言质白如玉，柔滑如膏，食之尽寿不病。（《初学记》卷二十七）

东极之东，有龙枝之粟，言其枝屈曲似游龙，食之善走。（《初学记》卷二十七）

按，此可补《拾遗记》卷六"游龙粟"。

东极之东，有倾离豆，见日即倾叶，食者历岁不饥。豆茎皆大若指，而茎烂熳数亩。（《初学记》卷二十七）

按，此可补《拾遗记》卷六"倾离豆"。

汉武帝以珊瑚为床，紫锦为帷。（《初学记》卷二十五）

昆仑甘露，其味如饴，人君圣德则下。（《事类赋》卷三）

赵飞燕体轻，能掌上舞。（《事类赋》卷十一）

大虾长一尺，须可为簪。（《北户录》卷二）

积雪久不消，掘地得金羊玉马高三尺许。（《海录碎事》卷一）

山云草莽，水云鱼鳞，旱云如烟，雨云如波。（《海录碎事》卷一）

异国入贡，乘毛车甚快。（《海录碎事》卷五）

月支国进异香，汉武帝焚之，死者三日皆活。一曰返生香，一曰却死香。（《海录碎事》卷六）

有老人雪中访崔希真，希真饮以松花酒，老人云："花涩无味。"以一丸药投之，酒味顿美。（《海录碎事》卷六）

晋武于楼上以酒洒尘，名粘雨。（《海录碎事》卷十下）

能雕琢文书者谓之史匠。（《海录碎事》卷十八）

翟干佑与人玩月，人问月中竟何所有，干佑曰："随我手看之。"月规半圆，琼楼玉宇满焉。良久乃隐。（《施注苏诗》卷三十六）

按，《群书类编故事》卷一载此作："翟干佑，唐人。时元洲之南，以水精为月，刻瑶为兔。干佑与十许人玩月。或问月中果何所有。干佑曰：'随我手看之。'月规半圆，而琼楼玉宇满焉。"据此则乃唐事，非《拾遗记》佚文。此又载《五车韵瑞》卷六十、《古今事文类聚》前集卷二、《类聚古今韵府续编》卷三十五。

南方林邑有大蚌盈车，明珠至寸，不以为贵。（《记纂渊海》卷九十九）

按，此又见《事词类奇》卷二十九、《天中记》卷五十七。

小说有得九曲宝珠，穿之不得。孔子教以涂脂于线，使蚁通之。（《韵府群玉》卷十七）

宋元嘉七年五月，武陵山陨两石高丈余，如人。雕刻精奇，形如古石阙，占者云："武陵出天子。"其年八月，孝武始生后宫，十五年封武陵王，三十年即帝位。盖石立之应也。（《分门古今类事》卷一）

按，此为王嘉身后事，当非《拾遗记》佚文。

崔韶常暴卒复生，云见冥间列三榜，备书人间姓名，将相列金榜，其次列银榜，州县并列长铁榜。然则姓名不在三榜之列而区区奔竞，真痴绝也。（《分门古今类事》卷三）

按，以"三榜"之说的时间而论，则此条作品当非《拾遗记》篇什。

吕望钓于渭滨，获鲤鱼，剖腹得丹书曰："吕望封于齐。"夫瑞应之来，必因物以效灵，凭人而成象。星虹枢电，昭圣德之符；夜哭聚云，郁兴王之瑞。大者如此，小亦宜然。故目瞤灯花，陆贾曾言其应；云兴雨降，戴记尝喻其神。有开必先，斯古今之通论也，彼蔽于人而不知天者，谓吉凶无征，又乌足与语通方之士哉。（《分门古今类事》卷十五）

月支献猛兽，令作两目如天礚磹之炎光也。（《五百家注昌黎文集》卷四）

按，此又见《东雅堂昌黎集注》卷四。

　　江东俗号正月二十日为天穿日，以红缕系煎饼饵，置屋上，谓之补天穿。又谓之天饥日。（《岁时广记》卷一）

　　按，《事物异名录》卷二、《类隽》卷三、《典籍便览》卷一、《五车霏玉》卷二十二、《事词类奇》卷三、《事言要玄·天集》卷三、《五车韵瑞》卷二十六、《山堂肆考》卷一百九十四、《韵府群玉》卷十二、《古今事文类聚》前集卷六、《玉芝堂谈荟》卷二十一也载此。

　　西海致比翼之鸟。（《类腋》卷七）

　　三瞳国金币效国王之面，亦效王后之面。又云轩渠国货币同。（《钦定钱录》卷十四）

　　穆王时，渠国贡火齐镜，人语则镜响应。又秦始皇时，火齐国献宝镜，女子有邪心者，照之心悸。（《雅余》卷八）

　　绛河去日南十万里，波如绛色，多赤鱼赤龙，上仙服之。（《雅余》卷一）

　　按，又《典籍便览》卷一也载此。

　　燕昭王二年，海人乘霞献龙膏。（《谷玉类编》卷一）

　　骆宾王谓盛馔为炊金馔玉。（《谷玉类编》卷四十二）

　　按，此唐时事，非《拾遗记》作品。

　　琥珀一名江珠，松脂入地千年所化。色如血，执于布上，拭吸得芥子者，真也。又邓夫人伤脸，以獭髓调琥珀屑，灭斑痕。（《增修埤雅广要》卷三十一）

　　凡松树年久，下必有茯苓。（《续广博物志》卷十四）

　　山有玉者，木傍枝下垂，谓之宝苗。（《续广博物志》卷十五）

　　郁华又名郁仪，奔日之仙，故曰郁仪。与日月同居。（《类

隽》卷一）

烂石，色红似肺。烧之，香闻数百里。烟气升天，成香云，遍润则为香雨。（《类隽》卷一）

按，又《骈语雕龙》卷一、《汇苑详注》卷一、《事词类奇》卷一、《广韵藻》卷二载此。

广延国霜露绀碧，又有甘霜。（《类隽》卷二）

按，此又见《岁华纪丽》卷三、《骈字凭霄》卷十一，可补齐治平校注本佚文。

汉武帝以珊瑚为床，紫锦为帷。又武帝好微行，于池傍游宫，以漆乌柱，铺玄绨之幕，器服乘舆皆尚黑色。（《类隽》卷二十）

按，《事词类奇》卷十八也载此。

西域罽宾，武得二年遣使者献玻璃水晶杯。（《类隽》卷二十三）

周昭王时，涂修国献青凤丹鹤，各一雄一雌。以潭皋之粟饴之，以溶溪之水饮之。（《类隽》卷二十九）

晋文公烧山求子推，子推抱树，有一白乌从烟蔽之。推死，文公为之断火一月。（《类隽》卷二十九）

伏希氏造盾之始。（《新镌古今事物原始全书》卷十七）

汉元封五年，勒毕国贡细鸟，以方尺笼盛数百，大如蝇状。如鹦鹉，声闻数里。上得之，放于宫内，旬日不知所止，求不得，惜之甚。明年，此鸟复来，集于帷幄之上，或入衣袖，更名曰蝉鸟。宫人婕好皆悦之。（《刘氏鸿书》卷八十九）

太昊伏羲氏之母曰神母，居于华胥之神洲，履巨人迹，意有所动，青虹绕之，久而方灭，即觉有娠。历十二年而生伏羲，长

头修目，龟齿龙唇，眉有白毫，须垂委地，人曰岁星下临。以岁十二年一周天也。（《刘氏鸿书》卷九十六）

元和间，酌酒壶谓之注子。后仇士良恶其名，同郑注乃去其柄。安系名曰偏提。（《兰雪堂古事苑定本》卷十）

按，此唐时事，非《拾遗记》文。

昆仑山第八层有五色霞。（《广事类赋》卷第二）

庄宗爱姬生子，后心妒之。一日，元行钦侍上侧，上问曰："尔新丧妇，其复娶乎，吾助尔聘。"后捐爱姬请曰："帝怜行钦，何不赐之。"上不得已，阳诺之。后趣拜谢，行钦再拜起，顾爱姬已肩舆出宫门矣。庄宗不乐，称疾不出者累日。（《广事类赋》卷第十八）

按，此为五代时事，非《拾遗记》作品。

戴明宝大儿骄淫，为五色珠帘，明宝不能禁。（《广事类赋》卷二十八）

汉灵帝时，西域所献茵墀香，煮汤能辟厉，宫人用以浴浣。石叶香，其状叠叠如云母。（《广事类赋予》卷二十八）

沧州金莲花，其形如蝶，妇人竞采之为首饰。语曰："不戴金莲花，不得到仙家。"（《广事类赋》卷三十二）

汉武帝时，海中有人叉角，面如玉色，美髭髯，腰蔽椰叶。乘一叶红莲，长丈余。偃卧其中，手持一书，自东海浮来。俄为雾所迷，不知所之。东方朔曰："此太乙星也。"（《广事类赋》卷三十二）

元都有翠水，水中有菱状如飞鸡，谓之翻鸡菱。（《广事类赋》卷三十三）

容山下鳖能飞。（《广事类赋》卷三十九）

钟离春者，齐无盐邑之女，极丑，白头深目。自诣宣王，陈时政，王拜为后。(《五车韵瑞》卷七十九)

按，此又见《奁史》卷三十二。

柳休祖善卜筮。其妻病鼠瘘，积年不差。休祖卜得顾之复，按卦合得石姓人治之，当获灸鼠而愈也。既而乡里有奴，姓石，能治此病，遂灸头上三处，觉佳。俄有一鼠迳前而伏，呼犬噬之，视鼠头有三灸处，遂差。(《倘湖樵书》初编卷四)

汉景帝时，段孝直举孝廉，为长安令。孝直志性清慎，美声远闻。有所乘骏马一匹，日行五百里。雍州刺史梁纬，与帝连婚，时恃形势，每索此马。直答云："亡考所乘，不忍舍之。"纬因密构孝直受赃，收下狱，不令人通。直知不免，告妻曰："我屈死，汝各努力。但将纸三百张，笔十管，墨五挺，安我墓中，我自伸理。"家人收葬，如言。不经五十余日，景帝大会群臣，孝直于殿前上表云："天地虽明，讵悉无辜之老。日月垂照，必鉴有滞之人。且臣早忝宦途，颇彰清慎。寻以论迁剧邑，稍免瑕疵。不谓刺史梁纬，心纵贪婪，势连内戚，欲臣亡父之马，戮臣枉冤之刑。上诉皇天，许臣明雪。若不闻于陛下，罔以免此幽沉。弁梁纬行事二十一条，不依法令，一一条奏别状，以闻帝览。"奏讫，忽然不见孝直。遂收梁纬付狱，勘诘事，事不虚，敕将梁纬往孝直墓所，斩而祭之。仍追赠尚书郎，守长安令。(《倘湖樵书》初编卷四)

张永开玄武湖，古冢上得一铜斗，有柄。太祖访之士，何承天曰："此是新威斗。王莽王公亡，皆赐此物。一在冢内，一在冢外。(《寄园寄所寄》卷五)

裴航遇云翘夫人，与诗云："一饮琼浆百感生，玄霜捣尽是云英。蓝桥便是神仙窟，何必崎岖上玉京。"后过蓝桥，渴甚，至一舍，有老妪，揖之求浆。妪令云英以浆水一瓮饮之。裴欲娶

云英，姬曰得玉杵日当与航。得玉杵日，遂娶而仙去。（《新镌古今事物原始全书》卷十八）

按，此乃以唐代为背景创作的作品，非《拾遗记》文。

汉昭帝淋池中有五色鸳鸯。（《广事类赋》卷三十四）

精卫俗呼帝女雀。（《类腋》卷七）

孙坚母梦肠出绕腰，有神女为收内腹里。（《夈史》卷三十）

按，此为《拾遗记》卷八之一异文。

西王母奏环天之乐。环天者，钧天也。（《夈史》卷五十三）

宋子韦，世司天部，妙观星纬，梓慎裨灶之俦也。（《称谓录》卷十八）

按，此又见《事物异名录》卷八。

萧凤使玉门关，频频劝酒，谓兄曰："醉中庶分袂不悲。"（《五车韵瑞》卷九十六）

按，此又见《事物异名录》卷十三。

昆仑有祛尘风，衣服垢污，吹之则洁。（《群书通要》卷之二）

惠帝中，人有得毛长二丈，以示张华，华惨然曰："此谓海凫毛也，出则天下大乱矣。"（《事词类奇》卷十一）

舞者，乐之容也。自大垂手、小垂手，或象惊鸿，或如飞鸾。婆娑，舞态也；蔓延，舞缀也。（《事词类奇》卷十二）

按，行文特征及内容不似《拾遗记》。

瀛洲南有金鸾之观，中有宝几，覆以云纨之素。（《事词类奇》卷十七）

始兴县下流有石室，内有悬石，扣之声若磬。（《事词类奇》

卷十八)

鸿飞天首，积远难亮。越人为凫，楚人为鸢。或曰，人自楚越，鸿常一耳。（《事词类奇》卷二十七）

容山下有水，多舟，鱼鳖皆能飞跃。（《事词类奇》卷二十九）

樊哙披帷入见高祖，高祖踞洗以对郦生，当此之会，乃鼋鸣而鳖应也。（《事词类奇》卷二十九）

汉灵帝初平三年西域献此香。（《异物汇苑》卷十七）

按，此为《拾遗记》卷六之异文。

蜀蚕丛氏王蜀，教人蚕桑。作金蚕数千，每岁首出之，以给民家。每给一，所养之蚕必繁孳，罢即归于王。王巡境内，所止之处，民成市。蜀人因其遗事，每年春有蚕市也。（《事言要玄》天集卷三）

阖闾冢在吴县阊门外，葬以盘郢鱼肠之剑。三日，有白虎蹲其上，号曰虎丘。一说秦始皇东巡，至虎丘，求阖闾吴剑，忽有白虎出而拒之。始皇以剑击，不及，误中于石。其虎西走二十五里遂失，剑不能得。地裂为池。（《剑筴》卷三）

香云遍润则成香雨，皆灵雨也，俱可茶。和风顺雨明云甘雨。龙所行暴而淫者，旱而冻腥。而墨者及檐沥者皆不可食。（《茶史》卷二）

周穆王时，有冰荷出于冰鉴，火不能镕。（《花史·夏集》）

石蟹，其形似虾蟆而小，身长，两股如蟹。在草头飞虫之类而与蚯蚓交。（《晴川后蟹录》卷一）

庖牺造干，宋衷曰盾也。（《事物考》卷六）

瀛海南有金峦之观，饰以众宝。左悬则火精为日，刻黑玉为

乌。右以水精为月，刻青瑶为蟾兔。亦有神龙神凤徘徊其边。（《唐类函·天部》卷一）

灵帝初平三年，西域献石叶香。魏文帝时，题腹国献凤脑香。（《儒函数类》卷五十）

元鼎五年，郅支国贡马肝石。舂碎以和九转之丹，弥年不饥。（《骈字凭霄》卷二十四）

帝以金弹弹乌，碎其白光琉璃马鞍，甚悔之。李少君取续膏和猰膏接之，映日而视，初无损处。续膏一名都肤，形色如樱桃，言出于鞠陵之东，以其能接人骨，故以为名。妇人傅之肤色都丽，故又曰都肤也。宫人指甲破损辄用接之。故宫中语曰："枯容碎躯有都肤，折爪落发有接骨。"（《庶物异名疏》卷十四）

鲁连曰："权交者不久，货交者不亲。"（《五车韵瑞》卷二十九）

炀帝宫女争画长蛾，司官日给螺子黛五斛，号蛾子绿。（《五车韵瑞》卷三十二）

按，此又载《五车韵瑞》卷一百二十八。

太公初娶乌氏，读书不事产，乌求去。太公封于齐，求再合，太公取水一盆覆于地，令妇收水，惟得其泥。太公曰："其能离，更今覆水定难收。"（《五车韵瑞》卷四十五）

尧封呼华，华封人曰："请祝圣人寿。"尧曰："辞。"使圣人富，曰"辞。"使圣人多男子，曰"辞。多男子则多惧，富则多事，寿则多辱。"（《五车韵瑞》卷四十九）

周彦伦出为海盐令，欲还山，孔稚珪作《北山移文》。（《五车韵瑞》卷五十）

陈彭年翰林清秘，人谓其衔为"一条冰"。（《五车韵瑞》卷

五十一）

按，陈彭年宋人，此非《拾遗记》作品。

刘连州家有右军书，每纸背瘦虞题云："王右军六纸，二月三十日。"（《五车韵瑞》卷五十五）

卢光启每致书，一事别为一纸。朝士效之，里叠别纸自光始。（《五车韵瑞》卷五十五）

按，卢光启唐时人，此非《拾遗记》作品。

嵇康过王烈，共入山。烈见山裂得髓，食之。因携少许与康，已成青石，击之琤琤。再往视之，断山复合矣。（《五车韵瑞》卷五十五）

七德舞，秦王破阵舞。（《五车韵瑞》卷六十）

按，此唐事，非《拾遗记》作品。

杨再思命何阿令取容，被紫袍为高丽舞。乐动合节，满座鄙笑。（《五车韵瑞》卷六十）

按，杨再思唐时人，此非《拾遗记》作品。

夏侯玄倚柱读书，暴雨，霹雳破所倚柱，玄色无变。（《五车韵瑞》卷六十）

戴洪正每得密友，书于编简，焚香告祖考，号金兰簿。（《五车韵瑞》卷六十一）

魏夫人坛是一巨石，方丈余。其工润圆，其下尖浮，寄他石之工，凡一人试手推，即动。或人多致力，即屹然不动。游人至洁焚者，以一指点之，即微动。或云冲寂元君麻姑送夫人弃云在此，云遂化为石也。（《六岳登临志》卷二）

晋书述异传曰：王嘉传曰，嘉字子年，隐于倒兽山，符坚连

征不赴，公卿巳下咸躬往参请。(《晏公类要》卷二十七)

按，此乃叙述《拾遗记》作者王嘉事，非《拾遗记》作品。

一日洞冥记。帝解鸣鸿刀赐东方朔，曰："此刀黄帝时采首阳之金，铸为此刀。雄者巳飞，雌者独在。"(《玉海纂》卷十六)

按，又《事词类奇》卷十八、《异物汇苑》卷十五、《三才广志》卷一零五二载此。

遂明国有大树名遂，后世圣人至其国，息其下，有鸟啄，粲然火出。圣人感之，用小杖钻火。燧人氏河图云："伏羲禅于伯牛，钻木取火。"非也。白虎通谓之燧人。何钻木燧取火，遂人之始。(《原始秘书》卷九)

按，此又见《类隽》卷二十一、《永乐大典》卷三千七、《异林》卷九、《事词类奇》卷二、《汇苑详注》卷一，可补齐治平校注本佚文。

孙楚字子荆，将隐，谓王济曰："吾欲枕石漱流。"误说枕流漱石。济曰："何也?"楚曰："所以枕流者，欲洗耳也。漱石者，欲砺齿也。"(《姓源珠玑》卷一)

桓温生未期，温峤见之曰："此儿有奇骨。"使啼，闻声，曰："英物也。"晋哀帝加大司马，尝叹曰："男子不能流芳百世，亦当遗臭万年。"尚明帝女南郡公主。温平蜀，以李势妹为妾，主率数十婢持刀袭之。值李梳头，发垂地，徐结发，敛手曰："国破家亡，无心至此。君能见杀，尤生之年。"神色闲雅，辞气凄婉。主乃掷刀曰："我见汝尚怜，况老奴。遂善遇之。(《姓源珠玑》卷一)

按，又《古今合璧事类备要》前集卷三十、《汇苑详注》卷十、《事词类奇》卷九、《类隽》卷十、《韵府群玉》卷十八载此。而《山堂肆考》卷九十五所载更详细：桓温平蜀，以李势女为妾，尝着斋中。妻南郡主始不知，既闻，与数十婢拔白刃袭之。正值李梳头，发委籍地，肤色玉辉，不为动容，徐徐结发，敛手曰："国破家亡，无心至此。今日若能见杀，乃是本怀。"辞甚凄惋。主于是掷刀，前抱之曰："阿子，我见汝亦怜，何况老奴？"遂善待之。

王质采樵于石室山中，见二人弈棋，观之。以物如枣核，吞之不饥。局未终，谓质曰："斧柯烂矣。"回顾果烂。既归，无复时人。命名烂柯山。（《姓源珠玑》卷二）

居山有父老五人，方瞳玉面，握青筠，与父共谈天地五行之精。（《类聚古今韵府续编》卷一）

汉桓帝作九华扇。（《类聚古今韵府续编》卷二十九）

衔蝉，猫。（《均藻》卷一）

按，此又见《韵府群玉》卷五、《通雅》卷四十六、《诗传名物集览》卷四。

东极之东，有和灵稻，言寒者食之，则温热。热者食之，则体冷。茎多白。（《五车霏玉》卷二十九）

按，又《汇苑详注》卷三十一、《广韵藻》卷一载此。

丹丘千年一烧，黄河千年一清，皆至圣之君以为瑞。又曰黄河清而圣人生。（《骈语雕龙》卷一）

按，又《类隽》卷六、《诗学事类》卷五、《汇苑详注》卷三、《事词类奇》卷六载此。

列子曰，季梁病，谒卢医，曰："汝疾非由天，非由人，亦不由鬼。禀生受形，既有制之者，药其如汝何？"季梁曰："神医也。"重礼而遣之。其疾俄而自愈矣。（《事文玉屑》卷九）

按，此又见《诗学事类》卷十五。

康老子尝卖一锦褥，遇有一波斯见之，曰："此冰蚕新织也。暑月陈于座。满室清凉"。（《事文玉屑》卷二十二）

按，此又见《诗学事类》卷十八。

崔希乔转冯翊，岭有云如盖当其厅事前。须臾，五色杂错，遍于州郭焉。（《汇苑详注》卷一）

展青绡之帐。（《汇苑详注》卷二）

东极之东，有倾离豆，见日即倾叶。食者历岁不饥。豆茎皆大若指而绿，一崖烂漫数亩。（《汇苑详注》卷三十一）

沮涣二水，波纹皆若五色。彼人多文章，故名绩水。（《黔类》卷二）

粉水出房陵永清谷，取其水以渍粉，即鲜洁有异于常，故名粉水。（《黔类》卷二）

安定西陇道，其谷中有弹筝之声。行人过闻之，谓之弹筝谷。（《黔类》卷二）

员峤山有方湖，亶州有温湖，北方有石湖，其水恒冰。（《事词类奇》卷六）

裴雯守北平，一日得虎三十。一父老曰："此彪也。稍北有真虎，必败。"裴怒马趋之，有虎小而伏，据地大吼。裴马辟易，自是不敢射。（《五车韵瑞》卷六十一）

按，此又载《五车韵瑞》卷八十。

元和中有曹纲习琵琶，次有裴兴奴。纲善拢拨，兴奴长于拢捻。时人谓纲有右手，兴有左手。（《五车韵瑞》卷七十）

按，此唐时事，非《拾遗记》之文。

闽贾郁迁仙游令，有邑客遗果曰："某家新果，人众未知。"郁曰："古人畏四知。今君兄知弟知，是倍于古人也。"（《五车韵瑞》卷七十四）

秦皇七马有追风、白兔、蹑景、追电、飞翮、铜爵、晨凫。（《五车韵瑞》卷七十五）

按，又《五车韵瑞》卷一百六载此。

晋惠起居注有云母幌。（《五车韵瑞》卷七十六）

世祖微时，樊晔倾饼一筥。帝不忘，征为河东都尉。因戏曰："一筥饼，得都尉何如？"晔顿首辞谢。（《五车韵瑞》卷七十七）

韦逞母宋氏，得父《周官音义》，受业者百余人。（《五车韵瑞》卷八十）

宁食三斗葱，莫逢屈突通。宁食三斗艾，莫逢屈突盖。（《五车韵瑞》卷八十）

孟佗以葡萄酒一斗遗张让，得凉州刺史。（《五车韵瑞》卷八十）

张锦贵，虢州人，受虢州刺史。帝曰："令卿衣锦画游尔。"又欧公有昼锦堂记。（《五车韵瑞》卷八十一）

按，此宋时事，非《拾遗记》之文。

秦穆公梦至帝所，观钧天广乐。帝赐以策，秦遂昌。（《五车韵瑞》卷八十五）

龙阳君钓十余鱼而泣下。王问之，曰："臣始得鱼，甚喜。后得益多，臣遂欲弃前所得也。今臣得拂枕席，四海之内，美人甚多，闻臣得幸，褰裳趋者众矣。则臣亦犹前所得鱼，将弃矣。"（《五车韵瑞》卷八十九）

临邛费孝先传管辂轨革占术，或因字以决吉凶，或一字而数人占得之，其应不同。（《五车韵瑞》卷九十）

按，此宋时事，非《拾遗记》之文。

钱镠幼时戏一大树下，及贵后父老衣以锦，号衣锦将军。（《五车韵瑞》卷九十三）

按，此五代十国时事，非《拾遗记》之文。

伶玄买妾樊通德，谈赵飞燕姊妹事，以手拥髻，凄然泣下。（《五车韵瑞》卷九十五）

侯景之乱，所在荒饥，其绝粒久者，鸟面鹄形。（《五车韵瑞》卷一百七）

楚天大以缣赎罪。诏报曰："其还赎，以助伊蒲塞桑门之馔。"（《五车韵瑞》卷一百七）

邹忌问妻妾曰："我何如城北徐公美？"皆曰美。明日邹忌始知不如远矣。（《五车韵瑞》卷一百十五）

赫连勃勃造刚刀为龙雀大环，号大夏龙雀。（《五车韵瑞》卷一百四十二）

舜耕于历山，得玉历于河际之岩。舜知天命在己，体道不倦。（《五车韵瑞》卷一百五十）

至和八年，大轸国贡神锦被，冰蚕丝所织也，方二丈，厚一寸。其上龙文凤彩，殆非人工。（《五车韵瑞》卷一百五十一）

按，"至和"为北宋年号，故此非《拾遗记》之文。

濯鱼而待之雨。（《茹古略集》卷一）

禹铸九鼎。择雌金为阴鼎。雄金为阳鼎。太白星见九日不没。（《文苑汇隽》卷一）

毋丘俭使王颀追至海上，云得一破船，有一人生人项，有面。与语不晓，不食而死。秦始皇好神仙，有羽人乘舟浮黑水而至者，身长十丈，编毛为衣，两目如电，方耳出于项间，颜如童稚。（《文苑汇隽》卷十八）

隋大业中，有孙姓者，梦凤鸟集手上。以为善征，往问萧吉，吉曰："此极不祥之梦。"孙以为妄。后十余日，孙之母死。遣所亲往问所以，吉云："凤鸟非梧桐不栖，非竹实不食。所以止其手者，手中有桐竹之象。礼云：'苴杖竹也，削杖桐也。是以知必有重忧耳。'"（《文苑汇隽》卷二十一）

按，此隋时事，非《拾遗记》之文。

杜子美客耒阳，一日过江上，舟中饮醉。是夕江水暴涨，子美为水湍漂泛，其尸不知落于何处。玄宗思子美，诏求之。聂令乃积空土于江上曰："子美为白酒牛炙胀饫而死。"（《古今记林》卷十一）

按，此唐时事，非《拾遗记》之文。

吕蒙读书开西馆，以延杰髦，共相抗扬，识见日进。桥名西馆。至今存焉。（《古今记林》卷十六）

按，《广博物志》卷二十九也载此。

北有浣肠之国，尝从口中引肠出而浣濯之。更递易其五脏，浣毕啸傲而飞焉。（《是庵日记》卷十四）

按，此较《拾遗记》卷十为详。

帝喾娶陬氏女，女生而发与足齐。（《是庵日记》卷十四）

按，此较《拾遗记》卷一为详。

沐胥国术人尸罗者，时形渐短小。或化为老人，或化为婴儿，倏忽而死，烧之皮肉殆尽。葬骨于粪土中，久之复还为人矣。（《是庵日记》卷十四）

按，此可补《拾遗记》卷四相应内容。

丙吉曰：真人无影，老子亦无影。张处士曰神仙无影，然亦不尽然也。商王女昌容无影，周昭王舞女延娱延娟无影，燕昭王美人旋娟提谟无影，梁武帝无影。勃提国人衣羽毛无翼能飞寿千岁，日中无影。频斯国人多力不食五谷，亦无影。（《是庵日记》卷十四）

申弥国有火树，名燧木。屈盘万丈，云雾出于中间。折枝相钻，则火出。有鸟若鹗，以口啄树，灿然火出。圣人因取小枝以钻火，号燧人氏。（《异林》卷九）

曹子建七启步光之剑，陆断犀象。（《李诗钞述注》卷二）

渤海之东有五山，代与、员峤、方壶、瀛洲、蓬莱，台观皆金玉，所居之人皆仙圣。五山之根无所连着，常随潮波上下，往来不得暂峙。帝恐流于极，乃命禺强使巨鳌十五，举首而戴之，五山始峙而不动。（《永乐大典》卷二千二百五十六）

员峤山有陀移国，人长三尺，寿万岁。广延之国，人长二尺。（《永乐大典》卷二千九百七十八）

按，此又见《文苑汇隽》卷九、《是庵日记》卷十四、《异林》卷五。

凤洲豹林之玉华，则李真多主之。琼州博川之玉华，则王太极主之。（《永乐大典》卷六千六百九十八）

萧何为昴星精，项羽、陈胜、胡亥为三猾国，为木德。汉有大位，此其征也。（《永乐大典》卷八千五百二十六《昴星精》条）

岭外大答木兰皮国所产极异麦，粒长三寸，可窖地数十年不坏。（《永乐大典》卷二万二千一百八十二《极异麦》条）

东方朔得西那国玉枝以进，云人病则汗，死则折。老聃得之，七百年不汗。（《牧莱脞语》二稿卷一）

郑玄梦孔子谓曰："起！起！今年岁在辰，明年岁在巳。"既悟，以谶合之，命当终。谶曰："岁至龙蛇贤人嗟。"俄而果卒。

（《精华录训纂》卷九上）

梁氏女有容貌，石崇为交趾采访使，以真珠三斛买之，即绿珠也。（《谷水集》卷七）

李愍孙梦日坠身上，终典机密。（《玉芝堂谈荟》卷五）

汉盘陁国正在须山。自葱岭已西，水皆西流，世人云是天地之中。土人决水以种，闻中国待雨而种，笑曰："天何由可期也？"（《玉芝堂谈荟》卷十）

汉武宴未央宫，忽梁上有老翁长九寸，下稽首仰视屋，俯视帝足，忽然不见。问东方朔，朔曰："其名藻廉，水木之精也。陛下兴宫室，斩伐其居，故来诉耳。"帝为暂止。后幸河汾，闻水中歌声，前梁上翁及少年数人皆长八九寸，献一紫螺，中有物如脂，东方朔曰："此蛟髓也，以傅面，令人好颜色。"盖东方生之博物若此。（《玉芝堂谈荟》卷十三）

武帝以金弹弹鸟，碎其白光琉璃鞍。李少君取续膏和豨膏接之，映日而视，初无损处。续膏一名都脉，形色如樱桃，言出于鞠陵之东，以其能接人骨，故以为名。妇人傅之，颜色都丽，故又曰都脉也。宫中语曰："枯容碎躯有都脉。"（《玉芝堂谈荟》卷二十七）

石蟹形如蚱蜢而小，身长，两股如蟹，在草头能飞，蟊之类也，与蚯蚓交。（《山堂肆考》卷二百二十八）

柳休祖者善卜筮，其妻病鼠瘘，积年不瘥，垂命。休祖遂卜，得颐之复，按卦合得石姓人治之，当获鼠而愈也。既而乡里有奴姓石能治此病，遂灸头上三处，觉佳。俄有一鼠径前而伏，呼猫咋之，视鼠头上，有三灸处，妻遂瘥。（《名医类案》卷十）按，《医说》卷六引此作出《拾遗方》。

柳州昔相岭西麓下有潮井，广百亩，一日三涌三落。夔州开

县有三潮溪。(《天经或问》前集卷四)

吴郡有砚石山。(《砚笺》卷三)

汉武帝有透骨金，大如弹丸，凡物近之便成金色。帝试以檀香屑共裹一处，置李夫人枕旁。诘旦视之，香皆化为金屑。(《香乘》卷二)

荆州记曰，洞庭湖神遇客祈祷，能分风送南北船。一曰宫庭湖。(《纬略》卷十)

沐胥国术人名尸罗，常坐日中，渐渐觉其形小，或化为老人，或为婴儿。倏忽而死，臭烂盈屋。人有除烧其骸骨于粪土之中，复还为人矣。(《天中记》卷二十三)

按，此为《拾遗记》卷三之一异文。

先儒说禹时天下雨金三日，古诗曰："安得天雨金，使金贱如土。"周成王时，咸阳雨金，今咸阳有雨。而原秦二世元年，宫中雨金，既而化为石。汉惠帝二年，宫中雨黄金黑锡。又翁仲儒家贫力作，居渭川，一旦天雨金十斛于其家，由是与王侯争富。今秦中有雨金翁，世世富。(《天中记》卷五十)

按，《事言要玄》事集卷三、《四六霞肆》卷十一也载此。

洛阳翊津桥通翻经道场东街，其道场有婆罗门僧及身毒僧十余人新翻诸经，其所翻经本从外国来，用贝多树兼书，书今胡书体。贝多叶长一尺五六寸，阔五寸许，叶形似琵琶而厚大，横作行书，随经多少，缝其一边，帖帖然。(《天中记》卷五十一)

按，《玉芝堂谈荟》卷三十也载此。

汉建信侯娄敬晚得道，居好畤明月山北，能种金，其地曰种金平。(《广博物志》卷三十七)

石虎作云母五明金薄、莫难扇薄，打纯金如蝉翼，二面彩漆画列仙奇鸟异兽。云母帖其中，彩色明彻。虎出时用此扇挟乘舆。又有象牙桃枝扇，或绿沉色、或木兰色、或紫绀色、或作薄金色。（《广博物志》卷三十九）

齐郡函山有鸟，足青，嘴赤黄，素翼，绛颡，名王母使者。昔汉武登此山，得玉函长五寸，帝下山，玉函忽为白鸟飞去。世传山上有王母药函，常令鸟守之。（《广博物志》卷四十八）

汉延和三年春，武帝定西胡，月支国王遣使献香四两，大如雀卵，黑如桑椹。帝以香非中国所乏，以付外库。至始元元年，京城大疫，死者大丰。帝取月支神香烧之于城内，其死未三日者皆活，香气经三月不歇。帝信神香，乃秘录余香。一日函检如故而失神香也。此香出于聚窟州人鸟山，山多牛呞，闻之者心振神骇。伐其木根，于玉釜中者取汁，更以微香熟煮之如黑饴状，令可丸，名为惊精香。或名振灵丸，或名返生香，或名振檀香，或曰却死香，一种六名，斯皆灵物也。（《庚子山集》卷十六）

神仙传

本书两个版本系统：广汉魏丛书与四库全书本。广汉魏丛书本多出四库全书本者有老子、李仲甫、李常在、刘凭、苏仙公、成仙公、郭璞、尹思约、平仲节、董子阳、戴孟、陈子皇等十二篇作品。而广汉魏丛书本西河少女即四库全书本伯山甫之一部分内容，麻姑即四库全书本王远之一部分内容。《钦定四库全书总目》卷一百四十六谓："此本（指四库全书所据本）为毛晋所刊。考裴松之《蜀志先主传》注引李意期一条，吴志《士燮传》注引董奉一条，吴范、刘惇、赵达传注引介象一条，并称葛洪所述，近为惑众，其书文颇行世，故撮举数事，载之篇末。是征引此书，以《三国志》注为最古，然悉与此本相合，知为原帙。汉魏丛书别载一本，其文大略相同，而所载凡九十二人。核其篇第，盖从《太平广记》所引钞合而成。广记标题间有舛误，亦有与他书复见，即不引《神仙传》者，故其本颇有讹漏。即如卢敖若士一条，李善注《文选》《江淹别赋》、鲍照《升天行》，凡两引之，俱称葛洪《神仙传》，与此本合。因《太平广记》未引此条，汉魏丛书遂不载之，足以证其非完本矣。"对《钦定四库全书总目》的推论，余嘉锡《四库提要辩证》卷十九据梁肃《神仙传论》指出葛洪《神仙传》凡一百九十人（见后文）推论认为："疑葛洪之原书已亡，今本皆出于后人所掇拾，特毛本辑者用心较为周密耳。"此言得之，此类著作，前后经千余年流传，原书能保存者实属凤毛麟角。虽毛本《神仙传》辑者用心更为周密，但就具体内容来说，其与汉魏本实各有短长，汉魏本所记载人数更多，如老子篇，梁肃《神仙传论》已及之，而毛本却无。

　　该书在流传过程中后人多有增补，且书名相同或相近或相异者，如汉代佚名撰《神仙传》、刘向《列仙传》、六朝见素子撰《洞仙传》、五代杜光庭撰《仙传拾遗》与《王氏神仙传》及《墉城集仙录》、《新唐书》卷五十九载王方庆《神仙后传》十卷、唐沈汾撰《续神仙传》三卷、《证类本草》卷十四引有《感应神仙传》、《明史》卷九十八载成祖制《神仙传》一卷、《会稽志·会稽续志》卷五载李光撰《神仙传》十卷，大部分书的内容都大部或者部分散佚，且各书之间内容有交叉，古籍征引时往往都毫无区别地把引自以上书的内容称作出自《神仙传》，故葛洪《神仙传》的佚文流传情况比较复杂。又《文苑英华》卷七百三十九引唐代梁肃《神仙传论》谓："予尝览葛洪所记，以为神仙之道昭昭焉足征……按《神仙传》凡一百九十人予所尚者唯柱史广成二人而已，余皆生死之徒也。"据此则今流传之葛洪《神仙传》已散佚过半。《东坡全集》卷一百载唐代孙思邈文："孙真人著《大风恶疾论》曰：'《神仙传》有数十人皆因恶疾而得仙道，何者？割弃尘累，怀颍阳之风，所以因祸而取福也。'"《石门文字禅》卷二十四、《记纂渊海》卷五十六也有此内容。以时而论，此所论之《神仙传》很可能为葛洪所撰者。果真如此，而今本葛洪《神仙传》元无

"数十人皆因恶疾而得仙道"的作品，也可以进一步证明今本非足本。

　　且以上各种神仙传记类图书内容未必纯正，如《路史》卷十二记载："《神仙传》云：'赤松子服水玉，神农时为雨师，教神农入火。至昆山上王母石室随风雨上下，炎帝少女追之，俱仙去。及高辛时复为雨师。'列仙传云：'赤松子舆者，黄帝时啖百草花，不食谷，至尧时为木工。'"《说略》卷七也载此，然此两则作品都在传世本《列仙传》中。若据此立论，则今本《列仙传》混入了《神仙传》的内容。

　　《玉函山房辑佚书续编》辑有两种《神仙传》，盖以第一种所辑之文老子问孔子读《礼》书事为汉代之《神仙传》，而以第二种所辑五则作品为葛洪作《神仙传》。而实际上前一则见于葛洪《神仙传》《老子》篇，后五则作品分别为蓟子训、左慈、栾巴、壶公、董奉，都见于葛洪《神仙传》，并未散佚。又《中国古代小说总目》之《文言卷》《神仙传》条据《类说》卷三所辑之《九疑仙人》条，实为《神仙传》卷十《王兴》条内容之一部分，《青精先生》为《神仙传》卷一《彭祖》条内容之一部分，皆未散佚。又《中国古代小说总目》之《文言卷》《神仙传》条认为《类说》卷三的《东王父》乃五代杜光庭《仙传拾遗》中的作品，但是初唐《艺文类聚》卷七十四引之出处已作《神仙传》，故当为《仙传拾遗》抄录《神仙传》作品。又《中国古代小说总目》之《文言卷》《神仙传》条认为《类说》卷三的《陶隐居》乃五代杜光庭《仙传拾遗》中的作品，今复按，乃《太平广记》卷十五引《神仙感遇传》之文字。

　　《泰（太）山老父》《三洞群仙录》卷六作《太上老父》，《仙苑编珠》卷上把刘政引作"娄政"，刘京《仙苑编珠》卷中引作娄景，清（倩）平吉《仙苑编珠》卷下引作"倩平"。帛和《类隽》卷十二和《五车霏玉》卷十九、《事词类奇》卷十六引作"白和"。蓟子训《类隽》卷二十四和《汇苑详注》卷二十五、《事词类奇》卷十八引作"蒯子训"。黄敬《舆地纪胜》卷六十八引作"黄恭"。马鸣生《六岳登临志》卷六误作"马明生"。

　　干君者，北海人也，病癞数十年，百药不能愈。见市中一卖药公，姓帛名和，往问之，公言："卿病可护，卿审欲得愈者，明日鸡鸣时来会大桥北木兰树下，当教卿。"明日鸡鸣，干君往到期处，而帛公已先在焉，怒曰："不欲愈病耶？而后至何也？"更期明日夜半时。于是干君日入时便到期处，须史，公来，干君曰："不当如此耶？"乃以素书二卷授干君，诚之曰："卿得此书，不但愈病而已，当得长生。"干君再拜受书。公又曰："卿归，更写此书使成百五十卷。"干君思得其意，内以治身养性，外以消灾救病，无不差愈，在民间三百余年，道成仙去也。（《三洞珠囊》卷一）

按，此则又见《太平御览》卷九百五十八、《全芳备祖集》前集卷十九、《古今合璧事类备要》别集卷三十一、《山堂肆考》卷二百一、《三洞群仙录》卷四、《类隽》卷二十六、《五车霏玉》卷三十二、《汇苑详注》卷三十、《雅余》卷七。《艺文类聚》卷八十九引作：北海于君病，见市有卖药姓公孙帛，因问之。公曰："明日木兰树下当教卿。"明日往，授素书二卷，以消灾救病，无不愈者。

桂君者，徐州刺史也。病癫十年，医所不能治。闻干君有道，乃往见之。道从数百人，威仪赫奕，至门，干君不迎。入室，干君不起。桂君拜而自陈，干君问："子来何为？"桂君曰："无状抱此笃疾，从神人乞愈耳。"干君曰："子侍从乃众，吾谓子欲求劫道。子若信治病者，皆遣侍从，身留养马，可得愈也。"桂君即去从官，方留养马三年，亦不见治病，不知病愈也。（《三洞珠囊》卷一）

按，此又见《仙苑编珠》卷中。

墨容公服黄连得道，美门子服甘菊青实散得道。（《仙苑编珠》卷上）

长陵三老服阴炼气，乃得成道。又云：商山四皓服九加散饵漆得道。（《仙苑编珠》卷上）

　　渔人黄道真，武陵人。棹渔舟，忽入桃源洞。遇仙。（《仙苑编珠》卷上）

　　孔安常行气，服铅丹，年三百岁，色如童子。尝谓弟子曰："吾昔事海滨渔父，乃越相范蠡也。蠡数易姓名，哀我有志，授我秘方五篇，以得度世也。"（《仙苑编珠》卷中）

　　陈子皇者，年七十余，发白齿落，乃依方饵术断谷三年，发尽黑，齿更生，年二百三十仙去。（《仙苑编珠》卷中）

　　按，汉魏本《神仙传》卷十有陈子皇篇，但无以上内容。

　　肯来子服红泉而仙，洛下公服赤乌夜光芝而仙。（《仙苑编珠》卷中）

　　按，《通志》卷二十七、《万姓统谱》卷一百三十八载有洛下公。

　　张常服门天门冬仙去，飞孟子服四时散俱得仙。（《仙苑编珠》卷中）

　　东郭延年者，山阳人也，服灵飞散，能夜书。在暗室中，身生光明，照耀左右。又能见数十里内小物，知其形。在乡里四百余岁不老，一旦，有数十人乘虎豹来迎升昆仑也。（《仙苑编珠》卷下）

　　按，四库全书本和汉魏丛书本皆有《东郭延》篇，但都未载此则内容。

　　娄元纲服灵飞散得道。（《仙苑编珠》卷下）

　　郝容公服鹿角，秀眉公饵茯苓得仙。（《仙苑编珠》卷下）

　　按，此又见于《太平御览》卷九百八十九、《海录碎事》卷十三上、《施注苏诗》卷二十六。

　　商丘公服桃胶，青鸟公服九精散成仙。（《仙苑编珠》卷下）

按，《事类赋》卷二十六、《艺文类聚》卷八十六、《编珠》卷四、《类隽》卷二十八也载此。

离娄公服竹汁，白兔公服黄菁而俱得道。（《仙苑编珠》卷下）

按，此又见《太平御览》卷九百八十九、《类隽》卷二十七、（《广事类赋》卷三十二、《五车霏玉》卷三十二、《文苑汇隽》卷二十三、《广博物志》卷十二。《永乐大典》卷8526作：白菟公服黄精而侍仙。《艺文类聚》卷八十九作：离娄公服竹汁饵桂得仙，许由父箕山得丹石桂英，今在中岳。《太平御览》卷九百五十七同于此。

窦迁者，扶风人也。当西晋怀愍之时，王室浸微，中原振扰，年将筮仕，痛此乱离，遂慕羡门松桥之迹，奇峰邃洞靡不栖托，凝思至道，累经试难。一夕，神光照室，异香满谷，天乐渐进，侍官数百。有一真仙，项佩圆明，乘车而下。二女扶翊，群官后从，年三十余，虬髯鹤质，平都山阴长生也。愍以勤苦，授金液九丹之诀，盟传告誓，礼毕而去。（《三洞群仙录》卷一）

衡山有一道士，不示姓名，或问其姓，则曰："何。"问其名，则曰："何。"时人因呼为"何何尊师"。或问："师无言何以开悟后人？"曰："知不知，上不知，知病。谁能凿混沌之窍，而达自然之理邪？"遂杖蔾入山，而虎豹随之。司马先生曰：'此可谓才全而德不形者也。"后尸解，雷震，尸遂不见。（《三洞群仙录》卷四）

唐陈休复，号七子。贞元中，来居襄城。耕农采樵与常无异。多变化之术，好事少年五七人求学其术，勤勤不已。语未终，忽暴卒，须臾臭败，众皆惊走，莫敢回视。自此，少年不敢干之。昌明胡仿常师事之，将赴任，留钱五千为休复市酒。笑而不取，曰："吾金玉甚多，恨不能用尔。"以锄授仿，使之斫地，不二三寸，金玉钱货随斫而出。曰："人间之物固若是，但世人

赋分有定，不合多取，若用之岂有限约乎?"（《三洞群仙录》卷四）

按，此乃唐事，当为后人增入《神仙传》者。

王乔，字子晋。遇浮丘公，得仙。友人恒良遇子晋于缑山之上，谓良曰："七月七日我当升天，可与故人会别也。"至是，与故人群官登山，见子晋弃所乘马于涧下，升天而去。是时，群官拜别。回见所乘马，亦飞空而去。今名为拜马涧焉。（《三洞群仙录》卷四）

按，《列仙传》卷上有王乔篇，然无此内容。此又见《古今记林》卷十八。

吕尚，冀州人也。幼而智慧，预知存亡，避纣之乱，隐于辽东二十余年。西适周，匿磻溪垂钓，三年不获一鱼。比闾问曰："可已矣。"尚曰："非汝所知。"而获鱼，于腹中得兵铃之书，或云玉钤。文王梦得圣人，闻尚之贤，载归同治于周。功成告亡，开棺无尸，惟有玉钤六篇在棺中。（《三洞群仙录》卷四）

司马天师名承祯，字子微。女真谢自然，泛海诣蓬莱求师。至一山，见道士谓曰："天台司马承祯名在丹台，身居赤城，真良师也。自然遂还求之，得度。有弟子七十余人，一旦曰："吾于玉霄峰东望蓬莱，常有真仙降驾。今为青童君所召，须往矣。"俄顷蜕去。诏赠银青光禄大夫，谥正一先生。亲文其碑，有集行于世。（《三洞群仙录》卷十一）

按，《续仙传》卷上有此内容。此则《三洞群仙录》卷四引作：司马承祯善篆，别为一体，名为金剪刀书。隐居天台玉霄峰，号白云子。睿宗召见，既归，朝士赋诗送之，盈编，自号为《白云记》。《示儿编》卷十三、《会稽三赋》卷下、《东坡诗集注》卷二、《苏诗补注》卷二十六引此，也作《神仙传》。司马承祯乃唐时人，当以《续仙传》作品为是。

五代聂炼师，名绍元。筑室于问政山，不偶世俗，自号无名子。尝撰《宗性》，论修真秘诀，徐锴甚称赏，曰："吴筠施肩吾，无以过焉。"（《三洞群仙录》卷五）

按，此乃五代事，当为后人窜入《神仙传》者。

徐定辞，蓬州人。咸平中，隶役于郡国。辇帛入关，宿华阴客邸。遇夜，有书生自称东专者，揖定辞而坐，相得甚欢，留饮浃日。及告行，书生曰："吾陈抟也，以君非凡骨，故得邂逅于此。"定辞喜惧，因恳求异术。曰"术不贵异，但啬精神，不以好恶内伤，甚善。"于是，袖出药一刀圭，曰："君饵此，当寿百岁。"翌日访之，不复见。其后亦尸解矣。（《三洞群仙录》卷五）

按，据"咸平中"，乃宋代事，陈抟也是五代北宋初期人，故此非《神仙传》佚文。

黑山仙人犊子者，邺人也。居黑山，采松子茯苓饵之，已数百年。时壮时老，时美时丑，乃知其仙人也。都阳女者，生而连眉，耳细而长，众以为异俗，皆云天人也。会犊子求耦，都女悦之，遂留相奉。时出门，共牵犊耳而走，莫能追之。左太冲《魏都赋》曰："昌容练色，犊配连眉。"昌容事载别卷。（《三洞群仙录》卷六）

张老，扬州六合县园叟也。因娶比邻韦恕女为妻，一日，乃挈妻去，且曰："某土居山下有小庄，明旦且归，他年相思可令大兄往天坛山南相访。"去数年，绝无消息。韦念其女，令男义方访之。至天坛南，有昆仑奴迎拜，至一甲第，楼阁花木异常。见一人戴远游冠，朱履，仪状伟然，细视之，乃张老也。引入堂内见妹，且碧窗珠箔，服饰之盛，世所未见，进馔精美。留经日而别，赠金二十镒并一席帽，曰："兄若无钱，可于扬州北郊卖药王家取钱一千万，特以此信。"既归，五六年间金尽，访王老取钱，果留帽付钱，乃信真神仙也。（《三洞群仙录》卷六）

按，此又见《庅史》卷八。

严青，会稽人也。居贫，常于山中作炭。忽有一人与青语，临别授以一书，曰："汝骨相应得道。"并教以服石脑法。青自得神书之后，常觉有数十人侍从。时都督逢青夜行，因叱从兵录之，青亦叱其从神录之，都督与从者皆不得去。明旦，行人曰："此必是严公也。"家人往叩头谢过，乃放遣归。（《三洞群仙录》卷六）

按，四库全书本作严青，广汉魏丛书本作严清，内容简括，都未载此则内容。

郭璞好经术，博学有高才，而讷于言论。词赋为中兴之冠，好古之奇，尤妙于阴阳。有郭公者，客居河东，精于卜筮，璞从之受，公以青囊中书九卷与之，由是五行天文卜筮之术禳灾转福通致无方，虽京房管辂不能过也。璞门人赵载，尝窃青囊书，未及读而为火所焚。（《三洞群仙录》卷六）

按，广汉魏丛书本有《郭璞》篇，然无此则内容。

陈抟，字图南，号希夷先生。时遇金甲神人指隐华山。太宗皇帝召见，问曰："朕欲以尧舜之道治天下，可乎？"对曰："臣闻尧舜土阶三尺，茅茨不剪。陛下若能如此，正所谓今之尧舜也。"（《三洞群仙录》卷七）

按，又见《三洞群仙录》卷十：陈希夷先生一日谓门人贾升曰："今日有佳客至，速报。"少顷，一人衣褐青巾扣门，贾走报，其人已行。贾逐之，见一老人衣鹿皮，贾问："前老人去远否？"老人曰："此是神仙李八百，动则八百里。"而鹿皮老人亦不见。先生曰："老人者，乃太清得道白鹿先生也。今既不见，鹿皮者又去，吾不可久留。"乃返真。

两则内容互不相同，又《五车韵瑞》卷一百四也载此。然陈抟乃五代与北宋初年人，此则非《神仙传》文字。

　　和州南门外见一褴褛狂士卖葫芦子，云："一二年间，甚有用处。"卒无人晓其理。或时两手掩耳疾走，言风水声何太甚邪。孩童随之，时人呼为"掩耳先生"。来年秋，江水涨泛，淹没数百家。众人皆见狂士在水上坐一大瓢，两手掩耳大呼："风水声何太甚！"泛江而去。（《三洞群仙录》卷八）

　　王老，房州宜君县人也。居于村野，颇好道爱客。一旦有褴褛道士造门，王老与妻延礼之。居月余，道士俄遍身恶疮，王老为求医看疗益勤。道士言："不烦以凡药，但得美酒数斛浸之自愈。"王老乃为造酒，及熟，道士命贮以大瓮，自加药浸之，遂入瓮。二日方出，须鬓俱黑，颜复少年，肌若凝脂焉。仍令王老饮之，王老时方打麦，与其妻子并打麦人共饮，皆大醉。道士亦饮，云："可上天去否？"于是，祥风忽起，彩云如蒸，全家人物鸡犬一时飞去，空中犹闻打麦之声。今宜君县西有升仙村存焉。（《三洞群仙录》卷八）

按，此又载《五车韵瑞》卷三十六。

　　刘平阿，不示名字。汉末为九江平阿长，因以为号。行医救人，见人之病如己之病。后遇神人授以隐存之道，服日月精气，居方台馆，其颜色如玉。（《三洞群仙录》卷八）

　　曹德休，自言从东海青屿山来。游于江西，人见之三十余年，颜貌不改。有疾者以符药救之，无不愈。有一女，年二十余，将聘于人，忽有邪物所魅，百方治之，益甚。其父诣德休，具陈病状，德休曰："汝家居近山溪有潭穴，汝女春月闲步溪侧，为蛟所窥，以拘摄精魂入其穴矣。可将吾一符投于潭中，少顷有验。"投符后，忽见潭水翻涌，水中霹雳声。须史，有一物浮出，长二丈余，形如乌蛇，头若大杓，已劈死矣。女病亦寻愈。（《三洞群仙录》卷十）

　　施存真人，号浮胡先生。师黄芦子，得三皇内文，驱策虎豹

之术。隐衡岳石室山，每跨白豹出入。晋元康间白日腾升。（《三洞群仙录》卷十）

蜀有道士佯狂，俗号为灰袋，翟天师之弟子也。翟每戒其徒：勿轻此人，吾所不及。尝大雪中布衣褐入青城山，暮投兰若求宿。僧曰："贫僧一衲而已矣，天寒如此，奈何？"灰袋曰："一床足矣。"夜半，风雪益甚，僧意其卒，往视之，去床数尺气如蒸炊，流汗袒寝。未晓，不辞而去。曾病口疮数月，状若将死，村人素神之，因为设斋。斋散，忽谓众曰："试窥吾口中何物。"乃张口如箕，五脏悉露，莫不惊异。后不知所终。（《三洞群仙录》卷十）

蓟子训尝驾驴车与诸生俱诣许，下道过荥阳，止主人舍。而所驾之驴忽然卒僵，蛆虫流出，主遽白之子训，曰："乃尔乎？"方安坐饭食毕，徐出，以杖扣之，驴应声奋起，行步如初。（《三洞群仙录》卷十）

按，四库全书本和广汉魏丛书本皆有《蓟子训》篇，但都未载此则内容。

尹道全真人隐于衡岳，感上真降，谓之曰："白日升腾者，当有其材，而后成其道。汝受其一事而有冲举之望，斯乃勤苦所得尔，宿分所值矣。"遂授以五岳真形图，取其山之向背，泉液之所出，金宝之所藏，通而为之图。告曰："汝能自修奉，而获感应，乃知文始之裔，太和之族，世有神仙矣。"言讫而去，道全于晋永嘉中上升。（《三洞群仙录》卷十）

葛洪，字稚川。洪尝养牛，数为虎所暴。乃书符劾之，见一人自称高山君，白洪曰："虎狼为害，当已除之矣。"（《三洞群仙录》卷十）

按，又见《三洞群仙录》卷十四：葛洪，字稚川。本姓诸葛，远祖征江汉，次丹阳之句容，因止而叹曰："独我在此，何诸之有？"遂去诸字，葛姓之兴始于此也。究览典籍，尤好神仙。亲友荐洪才器，宜长国史，选为散骑常侍，洪固辞不受。加以年老，欲合丹药，闻交趾出丹砂，乃求为句漏令，遂将子侄俱行焉。

又按，《全芳备祖集》后集卷二十九也载此。又见《类隽》卷十三：葛洪自号抱朴子，抄《金匮药方》百卷，《肘后要急方总》四卷。

按，葛洪为《神仙传》作者，此非《神仙传》文字。

萧文常在市中为人补履，十数年，人皆不知其神仙也。只见其不老，好事者钦之，就求道术，不能得之。惟梁毋得其作火之法，一日，上三亮山与梁毋相别，列数大火而升。（《三洞群仙录》卷十一）

茅山黄尊师，学行甚高。开讲之次，众方云集，忽有一人排闼而呼曰："道士奴，天正热，聚众何为？何不入深山学道，敢漫语耶？"师不对。良久，色稍和，曰："岂非要钱修造乎？可尽取破釜杂铁来。"师如其旨，即命掘地为炉，以炽火销镕，取少药搅之。少顷，去火，已成白金矣。师感谢，笑而出门，不知所之。后有人见于京师，腰插一鞭，逐一骡，其去如飞，或目之为骡客。（《三洞群仙录》卷十二）

击竹子，不知其姓氏。在成都酒肆中手持一竹节相击，铿然有声，歌以和之，所歌辞旨皆合道意。如此十余年，一日，东市药肆语黄氏子曰："余知长者好道，今欲以诚奉托，可乎？"黄曰："愿闻其所须。"曰："我乞士也，在七里亭桥下。今病甚，且死，死之日幸火焚之，然慎勿触我心。"翌日，至桥下见之，击竹子欣然感谢，言讫而逝。黄为置衣衾，具棺敛焚于郊外，即闻异香馥郁，鸟鸣至晚，其心不化，且如斗大。黄氏子以日暮欲归，误以杖触其心，忽炮声如雷，人马惊骇。见有人长尺余自烟焰中，即击竹子也，手击其竹，嘹然有声，杳杳入云中而去。

（《三洞群仙录》卷十三）

　　法师韦节，后魏庄帝时为阳夏守，师道士赵通法师，遂还簪绂于朝，受三洞灵文，神方秘诀。后卜居华山之阳，人因号为华阳子。（《三洞群仙录》卷十三）

按，此乃葛洪身后事，为误窜入《神仙传》者。

　　五代时，江南道士谭紫霄有道术，能醮星象，禹步魁罡，禁制鬼魅。住庐山栖隐洞。时邺僧于溪浒创亭宇，有为顽石所碍，虽致工百倍不能平之。师往见，曰："斯固易矣。"以指捻诀以水噀之，命锤之，其石应手粉碎矣，一旦平焉。（《三洞群仙录》卷十五）

按，此乃葛洪身后事，为误窜入《神仙传》者。

　　宋桓闿，字清远，事陶隐居于茅山华阳馆十余年。立性端谨寂默，若无所为。一日，有二青童一白鹤自空而下，集于庭。隐居忻然而接，谓己当之。青童曰："太上所命者，桓先生也。"隐居默计门人皆无姓桓者，索之唯得执役闿焉，诘其所致，则曰："常修默朝之道已九年矣，故有今日之召。"闿服天衣驾白鹤升天。（《三洞群仙录》卷十五）

按，此乃葛洪身后事，为误窜入《神仙传》者。

　　介子推，晋人也，隐而无名。赵成子与之游，旦有黄雀在门上，晋重耳异之，与出居外十余年，劳而不辞。及还，介山有伯子者常来呼推曰："可去矣。"推乃从伯子游，后文公遣人以玉帛征，礼之而不去。（《三洞群仙录》卷十五）

　　田宣隐居鹤鸣山，遇一白衣神人，将一块石与之，曰："吞此可以不饥。"宣食之，自此得道，入山不出。（《三洞群仙录》卷十七）

　　古元之因饮酒而卒，三日再生，云游和神国。异花珍果四时不凋，田畴尽长大瓠，瓠中实皆五谷，甘香珍美，非中国稻粱之比。四时之气，常熙熙和淑，如二三月，国人日携游览之，歌咏陶然，暮夜而散。元之既苏，疎放人事，都忘宦情，游行山水，自号知和子，后不知所终。（《三洞群仙录》卷十八）

按，《姓氏急就篇》卷上也载此。

赤须子者，丰人云秦穆公时主鱼吏也。食松实天门冬，齿落复生，发堕更出。后去上吴山七十余年，莫知所之。（《三洞群仙录》卷十八）

按，此又见《三农纪》卷七。

苏林遇涓子，告之曰："欲作地上真人必先服食，当去三尸，杀灭谷虫。不去三尸而服食者，谷虽断而虫不死者，徒绝五谷，勤劳吐纳而虫生，求不死不可得也。"遂授之以三元真一之道，乃曰："非有仙箓者，不得授。此书秘密，非人勿传。"（《三洞群仙录》卷十九）

唐王处士者，洛阳尉王琚之侄，四郎也。琚赴调入京，过天津桥，四郎布衣草履，形貌山野。琚初不之识，四郎曰："叔今赴选，侄少物奉献。"即出金五两，色如鸡冠。"可访金市张蓬子计之，当领钱二百千。某比居王屋小有洞，今将家往峨眉山。"琚访之，则已行矣。金市果有蓬子，出金示之，惊喜："此道者王四郎所化金也，且无定价。"因如其数酬之。（《三洞群仙录》卷十九）

按，此乃葛洪身后事，为误窜入《神仙传》者。

毛女，字正美。隐华山，形体生毛。自言秦时宫人，后流亡入山，道士教食松叶，遂不饥寒，身轻如飞。陈抟常与游华山，樵人多见之。有诗赠曰："药苗不满笥，又更上危巅。回首归去路，相将入翠烟。"其二曰："曾折松枝为实栉，又编粟叶代罗

襦。有时问着秦宫事，笑捻仙花望太虚。"（《三洞群仙录》卷二十）

按，又见《骈字冯霄》卷之十五，此乃葛洪身后事，为误窜入《神仙传》者。

费长房学术于壶公，壶公问所欲，对曰："欲览尽世界耳。"壶公与之以缩地鞭，一缩千里，后化龙而去。（《兰雪堂古事苑定本》卷一）

按，四库全书本和广汉魏丛书本皆有《壶公》篇，但都未载此则内容。

后汉蓟子训与一老翁共摩挲铜狄，曰："适见铸此已五百年矣。"（《兰雪堂古事苑定本》卷五）

按，四库全书本和广汉魏丛书本皆有《蓟子训》篇，但都未载此则内容。

韩终服九节蒲，身体遂轻，蜕为仙而去。（《兰雪堂古事苑定本》卷十一）

李老君之母玉女，昼梦五色霞光入户，结如弹丸，流入口中，吞之，有孕，生老君。（《广事类赋》卷第二）

按，广汉魏丛书本《神仙传》《老子》篇言"其母感大流星而有娠"，然无此则内容。又见《三农纪》卷之一。

紫阳真人周义山入蒙山，遇美门子，名子高，古仙人也。乘白鹿执羽盖佩青旄之节，侍从十余玉女。义山再拜，乞长生要诀。美门曰："子名在丹台玉室，何忧不仙？"（《广事类赋》卷第二十五）

浮邱伯姓李，居嵩山。服黄精二十年，发白返黑，齿落更生，久之道成，白日飞升。（《广事类赋》卷第二十五）

有道士作神枕，枕有三十二窍，二十四窍应节气，八窍应八风。（《广事类赋》卷第二十七）

王琼妙于化物，方冬，以药栽桃杏数株。一夕繁英尽发，月余方谢。（《广事类赋》卷第三十）

志勤禅师在沩山，因桃花悟道，偈曰："自从一见桃花后，三十年来更不疑。"（《广事类赋》卷第三十）

益州北平山有白虾蟆，谓之玉芝，非仙才灵骨莫能致也。（《类腋》卷十）

蓉槎灵说曰："俗呼妻父为岳丈，以泰山有丈人峰也。而呼妻母为泰水，何耶?"（《奁史》卷十八）

按，此又见《汇苑详注》卷九。

陈子皇妻姜氏，年三百七十岁，颜如二十。（《奁史》卷五十七）

仙人渚，在武康县西四十里，昔沈羲得道之所。（《舆地纪胜》卷四）

毛公即刘根也，汉成帝时人，身衣毛长一二尺。有毛公井，有毛公坞。（《舆地纪胜》卷五）

王方平居昆仑、罗浮、括苍山，相连石壁上有刊字，科斗形，高不可识。（《舆地纪胜》卷十二）

黄岩山在黄岩县，神仙传王方平所号。（《舆地纪胜》卷十二）

仙翁指蛤蟆使节，皆应弦节，使止乃止。（《舆地纪胜》卷二十一）

在高邻县迎仙桥近东，曰泉亭，即王女井也。旧经云：东齐陕道光与其女居井旁炼丹，丹成，白日仙去。（《舆地纪胜》卷四

十三）

　　宿山图者，陇西人也。采药此山，服之羽化。（《太平寰宇记》卷七十四）

按，此又见《舆地纪胜》卷一百四十六、《蜀中广记》卷十一、《峨嵋山志》卷五。

　　唐公昉昔事李八百。昉患无酒，八百因以杖指望，酒泉涌出，故后人敬之立祠，在真符谷中。（《舆地纪胜》卷一百九十）

　　益州北平山有蛤蟆，谓之肉芝，王乔食之成仙。秋长山洞中有千岁余蟾蜍，见者得道，白日上升。（《蟫史集》卷十一）

按，此又见《事物异名录》卷四十、《通雅》卷二十一。

　　范蠡字少伯，鬼谷子姓王名诩，见《神仙传》。毛女字玉姜，见《神仙传》。（《万姓统谱·氏族博考》卷十四）

按，此又见《刘氏鸿书》卷三十、《强识略》卷三十八。

　　方坤字寂然，永康人。学道，有觉悟。一夕睡去，凡百日不起。自后常睡，命其徒曰：“我睡，慎勿叫动。”睡醒，知明日吉凶，毫厘不爽。年四十五，一日早，将炭于石笋上画为级而上，被邻居之童以手指，堕于地，后得解化。（《广事类赋》卷二十三）

　　汉成武丁与周昕居阁直，至年初元会之日，三百余人。令武丁行酒，酒巡遍讫，武丁忽以杯酒向东南噀之，众客愕然，昕曰：“必有所以。”因问其故，武丁曰：“临武县火，以此救之。”众客皆笑。明日司仪上事称：武丁不敬。即遣使往县验之。县人张济上书称：元日庆集饮酒，晡时，火忽延烧厅事，从西北起。时天气晴澄，南风竞烈，见阵云自西北直笋而上，径止县，大雨，火即灭。雨中有酒气。（《祝氏事偶》卷八）

按，此则《异林》卷四引作：后汉桂阳成武丁明照万物，兽声鸟鸣悉能解之。

《广事类赋》卷二十八引作：武成丁，闻群鹊噪而曰：市东车翻覆米，群鹊相呼往食。视之信然。

《厄林》卷五：《神仙传》成武丁、《益部耆旧传》杨宣并闻雀声而知覆车之粟。《厄林》卷五又复考辨此云：按《神仙传》："武丁随二人行不止，二人出玉函看素书，有武丁姓名，乃与药二丸令服之。还家，明照万物，兽声鸟鸣悉能解之。"亦未尝有授书事也。另《骈志》卷十也引此。

　　彭祖善养性，能调鼎，进雉羹于帝尧，尧食之，以寿考。（《广事类赋》卷三十五）

按，四库全书本和广汉魏丛书本皆有《彭祖》篇，但都未载此则内容。又见《诗学事类》卷二十二、《汇苑详注》卷三十三、《群书考索古今事文玉屑》卷二十三。

　　弄玉乘凤，若交乘龙。（《类腋》卷七）

　　萧静之掘地得一物，类人手，润泽而白，烹而食之。逾月，齿发再生。一道士云：此肉芝也。（《类腋》卷四）

　　葛仙公跣足，屈氏二女夜促成双履献之。（《奁史》卷四十一）

　　永乐县有无核枣，苏氏女食之，不食五谷，年五十嫁，颜如处子。（《奁史》卷八十二）

按，此又见《五车霏玉》卷三十、《五车韵瑞》卷七十三、《汇苑详注》卷三十二。

　　鹤观、云观、元坛、仙坛、洞府、璇台、灵宫、秘宇、元阙、紫馆，《神仙传》并道院之称。（《事物异名录》卷二十七）

　　右亲骑军得风恶疾，势不可救。遇异人授术，皂角烧为炭，蒸一时久，日晒为末食。浓煎大黄汁，调一匕饮之。旬日后，人

再不知所往。（《三农纪》卷六）

宋刘孝标世说注皆以接舆避楚王聘，夫妻入蜀，隐于峨眉，不知所终也。（《峨嵋山志》卷之五）

按，此葛洪身后事，非《神仙转》文字。

阴长生制黄表，写丹经四通。其一通以黄金之简刻而书之，封以白银之函，置蜀绥山。其文曰："有物有物，可大可久。采乎蚕食之前，用乎火化之后。成汤自上而临下，夸父虚中而见受。气应朝光，功参夜漏。白英聚而雪惭，黄酥凝而金丑。转制不已，神驱鬼骤。金与玉与天年上寿，无著于文诀之在口。"（《峨嵋山志》卷之七）

按，四库全书本和广汉魏丛书本皆有此内容，但没有如此详细。

汉张陵在富川丹炉山炼丹修道，晋永和九年九月九日，登白霞山，飞升。丹炉药白犹存。（《广西名胜志》卷三）

张楷，字超，一字公超。后汉时结庐华山之下，今称张超谷。超能为五里雾，学者如市，又称张超雾市。超每跨驴入长安，晚即携壶荷药，插酒而归。（《六岳登临志》卷四）

按，《仙传拾遗》卷五有此篇，然部分内容有异。此又见《天中记》卷二、《事言要玄》天集卷二，《事言要玄》多出"时关西人裴优，亦能作三里雾"一句。

燕济，字子微，汉明帝时人。隐居华岳三公山石室，服苍术黄精，常有黄白云覆其上。后辞别交支，乘云仙去。（《六岳登临志》卷四）

尹喜，号文始，关命尹周大夫也。占紫气西迈，当有道者遇之，出为函谷关令。未几，而太上度关，喜迎拜，授道德二经，约后会蜀之青羊肆。后入蜀，归栖于武当三天门下。今名曰：尹喜巖。涧曰：牛漕青羊，皆太上神化访喜之地。（《六岳登临志》

卷六）

尹轨，字公庆，太原人。文始真人弟子，服黄精。年百余岁入太和山，领杜阳宫太和真人。今为紫虚阳光道德箓真师。（《六岳登临志》卷六）

按，四库全书本和广汉魏丛书本皆有此内容，但没有如此详细。

唐李筌于嵩山虎口岩得黄帝阴符本经，缄以玉匣。（《嵩书》卷七）

按，此为葛洪身后事，非《神仙传》文字。

赤帝玉司君，讳景度。衣绛华丹衣，九色凤章，头戴太元飞神王符冠，手执九色之节。治南朱阳之台、洞天太元都、女青左宫，领南岳衡山仙官、地灵火精赤丙之兵、南极无崖之天、无鞅数劫无极无穷之宫，总统上真之权，悉隶赤帝玉司君。主人生死之命。籍知其讳，存其神，修行九年，致神草玉英不死之药，丹霞飞云下迎，兆身而上升。（《南岳总胜集》卷上）

此香烧之，能引鹤，大秦国南海山中，俱有之。（《雅余》卷八）

千年独鹤，未遂丹宵而暂逐鸡群也。（《新刻锦带补注》）

夫人姓魏名花存，家贫，任城人。晋司徒舒之女，少读庄老，性慕神仙。年二十四，父母抑而嫁之，归于太保椽南阳刘文。（《晏公类要》卷一）

故老相传云：东晋初，有裴氏姥，不知何许人。居此墩，采百花酿酒沽之，贫者与之。经数年，忽有三人至姥所，各饮数斗不醉，谓姥曰："余非常人，知姥当仙，故来相命回。"授药数丸，姥饵之，月余不知所在。（《晏公类要》卷一）

按，《西湖游览志》卷三引作：（仙姥）余杭人也，嫁于西湖农家，善采百花酿酒。王方平尝以千金过蔡经家，与姥沽酒，饮而甘之。是后群仙时降，因授药一丸以偿酒价，姥服化去。后十余年，有人经洞庭湖边见，卖百花酒者，即姥也。

又按，此又见《续同书》卷十五。《佥史》卷七十九载此作：仙母裴氏，余杭人，善采百花酿酒。王方平以千钱与姥，求沽酒，得五升。

玄俗赵，河间人也。卖药于市，日中无影，河间王即以女配之，俗夜去。（《晏公类要》卷七）

董奉吴时居此山，后服杏、金丹得仙。（《晏公类要》卷六）

按，四库全书本和广汉魏丛书本皆有《董奉》篇，但都未载此则内容。

王知远母初梦灵凤集，因而有娠。僧宝志曰："若生子，当为神仙。"宗伯遂生知远，其后谓弟子曰："吾渐游洞府，仙曹除吾为少室仙伯。"（《东莱先生分门诗律武库》卷五）

（符）鞭鬼神，一旦失符，为众鬼所杀。（《姓源珠玑》卷四）

按，四库全书本和广汉魏丛书本皆有《壶公》篇，但都未载此则内容。

唐刘洞庭秋来橘灿欲熟，酒贱鱼肥，吾愿放舟，傲荡君山湖川耳。（《类聚古今韵府续编》卷二）

按，此为葛洪身后事，非《神仙传》文字。

九州多山而泰华为岳，四方多川而江河为渎者，太华高而江河大也。泰山有老父，失其姓名。今人称人妇翁东曰泰山。不辨何所出。或者出此讹以传讹耶。（《类聚古今韵府续编》卷九）

马明先生随神女还岱，见安期生，语神女曰："昔者与女郎游，游于安息、西海之际。忆此已三千年矣。"（《类聚古今韵府续编》卷十六）

按，四库全书本和广汉魏丛书本皆有《马鸣生》篇，但都未载此则内容。

王母云神仙之书，受而不教，是谓天书。（《类聚古今韵府续编》卷二十三）

桂父常食桂叶。人知其神，尊事之。一旦，与乡曲别，飘然入云而去。（《类聚古今韵府续编》卷二十八）

葛仙翁与客谈，时天寒，翁口中吐火，满室皆热。（《典籍便览》卷上）

按，此又见《云迈淡墨》卷二。

王传学道，服黄连百四十年，气力如四十者。（《韵府群玉》卷五）

按，此又见《五车霏玉》卷十一。

烧之引鹤降，煞星辰，烧此香为第一。（《汇苑详注》卷三十一）

蓬莱山下有弱水之隔，一羽亦漏，非飞仙不能到。（《汇苑详注》卷三）

崔仙人入山，遇仙女，为妻。久之还家，得隐形术，潜游宫禁。上知，追捕甚急。逃还山中，追者在后，崔隔洞见其妻，告之，妻乃掷五色巾为桥以渡崔。（《汇苑详注》卷十二）

田鸾啖柏，号柏叶仙人。（《汇苑详注》卷三十一）

李白见天台司马子微，谓其有仙风道骨，可与神游八极之表，因著《大鹏赋》以自广云。（《汇苑详注》卷三十三）

按，此为葛洪身后事，非《神仙传》文字。

马明生随神女入室中，卧金床玉枕。（《事词类奇》卷十八）

按，本卷又作：马明生随神女入石室，金床玉几，弹琴，有一弦五音并奏。

仙家三宝：红蕖枕、碧瑶杯、紫玉函。（《事词类奇》卷十八）

谢玄卿遇仙，设食，有素麟、脂班、蟠髓。（《事词类奇》卷十九）

慎汝内，闭汝外，多智为败。我为汝遂于大明之上矣，至彼至阳之原矣，谓汝入于幽冥之门矣，至彼至阴之原矣。（《奇姓通》卷十三）

按，四库全书本和广汉魏丛书本本皆有《广成子》篇，但都未载此则内容。

安期先生者，琅琊阜乡人也。卖药于东海边，时人皆言千岁翁。秦始皇东游，请见，与语三日三夜。赐金璧，度数千万。出于阜乡亭，皆置去。留书，以赤玉舄一量为报。曰："后数岁求我于蓬莱山。"始皇即遣使者徐市、卢生等数百人入海，未至蓬莱山，辄逢风波而还。（《事言要玄》人集卷十二）

按，此又见《群书考索古今事文玉屑》卷二十：番禺东有涧，之中生菖蒲，一寸九节。安期生服之仙，去之，但留玉舄在耳。

始皇与龙女交，有孕，生儿，弃之沙滩。项梁收养之，长大有勇，能自曳其身，而飞数步，故名之曰羽。（《随园随笔》卷二十七）

东方朔遇老母采桑于白海滨。黄眉翁曰："此昔吾妻。吾却食吞气已九千余岁，目中瞳子有青光，能见幽隐之物。"（《五车韵瑞》卷一）

九转地凹名朱光云碧之胰。（《五车韵瑞》卷十一）

陶隐居末年眼有时而方。注：方瞳者千岁。（《五车韵瑞》卷三十六）

周贯，号木雁子。欲携李生同修仙道，不从。贯指煮药铛云："顽钝天教合作铛，饶他三脚岂能行。虽然有耳不听法，只爱人间恋火坑。"（《五车韵瑞》卷三十九）

按，此又见《五车韵瑞》卷一百四十一。

吕洞宾憩岳州白鹤寺，前有老人自松梢冉冉而下。曰："某松之精，见先生过，礼当候见。"吕因书壁云："独自行来独自坐，无限世人不识我。惟有城南老树精，分明知道神仙过。"（《五车韵瑞》卷四十）

按，此为葛洪身后事，非《神仙传》文字。

仲理居无终山中，合神丹作黄金五千斤，以谷百姓。（《五车韵瑞》卷四十八）

王琮为王屋令，念黄庭六千遍。入洞室，遇东极真人，与一桃核，大如数斗，云磨服之，愈疾延年。（《五车韵瑞》卷一百四十七）

绀瞳，绿发仙翁也。（《广韵藻》卷一）

凡男子得道者，名隶木公。女子得道者，名隶金母。木公即东王公，讳倪，字君明。天下未有人民时，秩二万六千石，佩杂绶，绶长六丈六尺，从女九千，以丁亥日死。金母即西王母，姓杨，讳回。治昆仑之墟，以丁丑日死，一曰婉衿。（《文苑汇隽》卷十一）

汉光武皇后亲属，从马明生学度，后于丰都山白日飞升。（《同姓名录》卷一）

汉宫嵩，元帝时师事于吉，服云母，数百岁面色如童，后入

宁峁山仙去。(《行年录·数百岁》)

按，《神仙传》卷七有宫嵩篇，然无此内容。

　　孔安国尝行气服铅丹，年二百岁色如童子。隐潜山，弟子随
之数百人。每断谷，入室一年半，复出，益少。其不入室则饮食
如常，与世人无异。(《行年录·二百岁》)

按，此又见《行年录·三百余岁》：孔安国谓弟子陈伯曰："吾受道以
来，服药三百余年。以其一方授崔仲卿，卿年八十四服，来已三十三年
矣。视其肌体气力甚健，须发不白，口齿完坚。子往与相见，事之。"陈
伯遂往事之，受其方，亦度世不老。又教数人，皆四百岁。后入山去。亦
有不度世者，由于房中之术故也。

此又见《异林》卷一：孔安国常行气服铅丹，年二百岁。安国弟子张
合妻，年八十六生一男。

　　浮丘伯姓李，隐嵩山，服黄精二十年，发白反黑，齿落更
生，久之道成，白日飞升。(《古今说林》卷十八)

　　白菟公服黄精而侍仙。(《永乐大典》卷8526)

　　赤松子者服水玉，神农时为雨师，教神农入火，炎帝少女追
言与之俱仙，高辛之时复为雨师。(《路史》卷三十九)

按，《路史》卷三十九复言"而《列仙传》有赤松子舆者，在黄帝时
啖百草华，不谷，至尧时为木工，故传谓帝借师之，又云尧师之，而道亦
有黄帝问赤松子中戒等经，此张良所以愿从之游，非末代之数矣"等语。
然上《路史》卷三十九所引《神仙传》内容已见于《列仙传》卷上，又
《列仙传》卷上有赤将子舆而非赤松子舆，但《路史》卷三十九却谓一为
《神仙传》作品，一为《列仙传》作品，不知何故。

　　(鹤鸣山)马底子白日得升仙之处。(《太平寰宇记》卷七十
五)

　　李膺记云："《神仙传》，瞿鹊子系龙于此(指系龙桥)。(《太

平寰宇记》卷七十五)

按,《蜀典》卷二也载此。

(洪阳洞) 洪阳先生所居洞府。(《太平寰宇记》卷一百九)

唐公房昔事李八百,公房患无酒,八百因以杖指崖,酒泉涌出,故后人敬之,立祠甚灵,号曰唐公房。(《太平寰宇记》卷一百三十八)

按,传世本《神仙传》之李八百(伯)无此内容。

夔字灵和,汉武时为文安令,好道,百姓为立祠。(《元丰九域志》卷二《赵君庙神》条)

神仙传有沃焦,吴人。(《姑苏志》卷三十五)

山下有严真观,乃君平父严子翔所翔,杨天意记之甚详,见《神仙传》。(《蜀中广记》卷九)

君在旌阳,连岁值饥,民困于赋税,多所流亡。君悉力救之,然犹不足。乃取神丹点石为金,杂诸瓦砾散后圃,役贫不能输者锄治其间,皆得金以充赋。郡大疫,多濒死,君出神方疗之,皆愈。自是蜀人祠而祀之,东南之民犹称之曰许旌阳。(《蜀中广记》卷七十三)

按,《稼村类稿》卷八谓:旌阳君云:"吾仙去后一千二百四十年,豫章之境,五陵之内,当出地仙八百人,郡江心忽生沙洲掩过沙井口者是其时也。"

怀安军真多化女人发之治是其处。(《蜀中广记》卷七十一)

老子苦县濑乡人。(《麈史》卷二)

《神仙传》每称心影不偏者可以成道。(《雪履斋笔记》)

周穆王会王母于瑶池,食素莲、黑枣、碧藕、白橘。(《类

说》卷三）

琴高既仙去，设祠奉之，时乘赤鲤来享。（《类说》卷三）

按，《中国古代小说总目》之《文言卷》《神仙传》条认为该条为《列仙传》作品，然古代文言小说后世作品抄袭前代者是很常见的，故对此类作品应该多斟酌。就本则作品而言，文义与《列仙传》有不同，《列仙传》仅记载了一次琴高诸弟子皆洁斋待于水傍设祠：（琴高）果乘赤鲤来出坐祠中，旦有万人观之，留一月余，复入水去。而《类说》卷三谓其"时乘赤鲤来享"。《晏公类要》卷七引《神仙传》：琴高，河间人也。入水三月，乘鲤而出，衣服不濡。内容与《列仙传》不同。故琴高仙事，当为《神仙传》和《列仙传》共有的一个题材。

王芝夜见一道士，随之行入西江水底，月光中不见泥沙，随自开路，旁一物如龙，又如蛇，长十丈许。道士曰："此水母也，见者长生。"（《玉芝堂谈荟》卷二十四）

汉神爵元年，东吴金华山世传多地行仙。有木客薪于山中，见两黄冠棋于松下，木客隅坐而窥之，黄冠棋自若也。良久欠伸欲归，俄失黄冠所在，而棋残之局在地未收。举手中斧视之，柄已烂坏。大惊疾驰出山，而陵谷已改，国邑非旧。问路人今为何时，有对者曰宋元嘉十三年也。于是木客太息，因隐于山中。（《少室山房笔丛正集》卷二十九）

按，此时间下及刘宋时代，非葛洪文字。

葛仙翁斩皂角树为杯用以盛酒，酒味益妙。（《编珠》卷三）

按，此又见《北堂书钞》卷一百四十八。

玉女投壶，天为之笑。（《艺文类聚》卷七十四）

按，《古今事文类聚》前集卷四引作：天公与玉女投壶，枭而脱误不接者，天为之笑，所以为电。《韵府群玉》卷十五、《东坡诗集注》卷二十、《三才广志》天道卷四十六同此。《事物异名录》卷一引此作：天为之笑，开口流光，所以为电。

又按，此又见《类隽》卷二、《古今合璧事类备要》前集卷三、《群书通要》甲集卷四、《群书类要事林广记》前集卷一。

　　董威辇，不知何许人，晋武末在洛阳白社中寝息，身上蓝缕，衣不蔽形。恒吞一石子，经日不食，或市乞佣作人，或往观之，亦不与言。时或著诗，莫知所终。（《艺文类聚》卷七十八）

按，此又见《太平御览》卷六百六十二。

　　焦先日入山伐薪以布施，先从村头一家起而复始。（《艺文类聚》卷八十）

　　康风子服甘菊花柏实散得仙。（《艺文类聚》卷八十一）

按，《白孔六帖》卷一百、《太平御览》卷九百九十六、《古今事文类聚》后集卷二十九、《全芳备祖集》前集卷十二、《记纂渊海》卷九十三、《古今合璧事类备要》别集卷三十九、《类隽》卷二十六《史氏菊谱》、《百菊集谱》卷三、《续广博物志》卷十四、《广事类赋》卷第三十二、《汇苑详注》卷三十、《事言要玄》物集卷一也载此。

　　葛玄冬为客设生枣及生瓜。（《艺文类聚》卷八十七）

按，此又见于《太平御览》卷九百七十八，不见于《神仙传》之《葛玄传》。

　　有青灯瓜，大如三斗魁。玄表丹里，呈素含红，揽之者寿，食之者仙。（《艺文类聚》卷八十七）

按，此又见《类隽》卷二十八、《广博物志》卷四十三、《续广博物志》卷十四。

　　王少年入学，家最远，往来先。流辈怪之，常见如提一木三尺余，至则挂屋间。流辈知，取者，后不见。（《艺文类聚》卷八十八）

容成公服三黄得仙，所谓雄黄、雌黄、黄金。(《初学记》卷二十七)

按，《类隽》卷二十三引此作：容成公服三黄得仙，所谓雄黄、雌黄、黄金。《赤气地镇图》云：黄金之气赤黄，千万斤以上光大若镜盘，金气发大上赤下青也。

又按，四库全书本有《容成公》篇，但未载此则内容。又见《事类赋》卷九、《骈语雕龙》卷四、《广韵藻》卷三、《行年录·二百岁》。

《神仙传》有皋落。(《元和姓纂》卷五)

钩弋君得仙道。(《元和姓纂》卷五)

按，《通志》卷二十九也载此。

秦有老阳子，白日升天。(《元和姓纂》卷七)

灌叔本汉太仆卿灌夫父，张孟尝为婴舍人，易姓灌氏。(《元和姓纂》卷九)

昔有夫妇隐此山，数百年化为两鹄。忽一旦，有一鹄为人所害，其一鹄岁常哀鸣。(《太平御览》卷四十二)

黄卢子者，姓葛名越，年二百八十岁，行及走马。王真者，上党人也。年七八十乃学道、服食、胎息之术，行及走马，力兼数人。河上公者，莫知其姓名也。又能行及走马，头上常有五色气高丈余。孔安者，鲁人也。行气服铅丹。有陈和者，乐安人也，重之，求事安，遂受其方，合药服之，二百余年，头色转黑，气力百倍，行及走马也。(《太平御览》卷三百九十四)

按，以上诸人《神仙传》多有其篇，然无以上内容。

李仲甫，颍川人。汉桓帝时卖笔辽东市，一笔三钱，如无钱亦与笔。(《太平御览》卷六百五)

按，《神仙传》有李仲甫篇，然无以上内容。此又见《记纂渊海》卷八十二。

　　吴睦，长安人。少为县吏，堂局枉陷，人民讼之。睦逃去，入山林，饥累日，行至石室，遇孙先生，令学种黍及胡麻，扫除驱使经四年，先生遂授其道，后复成仙去。（《太平御览》卷六百六十二）

　　紫清上宫九华安赐谓杨君曰："可寻解剑之道，作吉终之术，目尽出嘿之会、隐显之近。"（《太平御览》卷六百六十四）

　　壶公，谢元阳历人也，费长房师之。及道士李意期将两弟子去，积年，长房及两弟子皆隐变解化。（《太平御览》卷六百六十四）

　　鲍靓，字太玄，琅琊人，晋明帝时人。葛洪妻父阴君受其尸解法。一说靓上党人，汉司徒鲍宣之后。修身养性年过七十而解去。有徐宁者师事靓，宁夜闻靓室有琴声而问焉。答曰："嵇叔夜昔示迹之市而实尸解去。"（《太平御览》卷六百六十四）

按，《少室山房笔丛正集》卷二十七引此作：地下主者鲍靓。《广博物志》卷二十八引此作：鲍靓于晋惠帝永康年中于嵩山刘君石室清斋思道，忽有刻石三皇天文出于石壁，靓以绢四百尺告而受，后授葛洪。以其内容，当非葛洪《神仙传》文字。

　　中候上仙范邈字度世，旧名水，服虹景丹得道。撰《魏夫人传》。（《太平御览》卷六百六十九）

　　清虚真人王褒，字子登，前汉安国侯王陵七世孙。主仙道君以云碧阳水晨飞丹腴二斗赐褒服之，视见甚远，坐在立亡，役使群神。（《太平御览》卷六百六十九）

　　指虾蟆使舞，皆应弦节。使止乃止。（《太平御览》卷九百四十九）

按，此又见《山堂肆考》卷二百二十七。

　　刘刚未仙时，姮娥降，共语如人语，不解其意。又日刘刚未
仙时，姮娥降，共饮，留一明月杯云以示世人。（《太平御览》卷
七百五十九）

按，此又见《佥史》卷三十四、《佥史》卷七十八。

　　仙人用五色丝作续命幡，七安五色。（《太平御览》卷八百一
十四）

　　翁斩皂荚树，以杯承之，皆是好酒。（《太平御览》卷九百六
十）

　　刘元凤，南阳人，服芙蓉丹及鸡子丹。（《太平御览》卷九百
八十五）

　　张虚字子黄，辽人也，行素之道，年二百岁有少容，服九英
葐芝石象而成道也。又日子旧服赤乌散及夜光芝。（《太平御览》
卷九百八十六）

　　许由巢父服箕山石硫芝。（《太平御览》卷九百八十七）

按，《仙苑编珠》卷下引作：桑子林张虚并服雄黄，巢父许由并服石
桂英得道。《嵩书》卷七也载之。

　　羡门止中岳飡石蜜紫梁。（《太平御览》卷九百八十八）

　　黑宂公服黄连得仙。（《太平御览》卷九百九十一）

　　邓伯元王甫俱在霍山服青精饭。（《海录碎事》卷十三上）

按，此又见《补注杜诗》卷一、《施注苏诗》续补遗卷下、《天中记》
卷四十六。

　　有西门惠。（《通志》卷二十七）

按，《万姓统谱》卷一百二十七引作：西门惠，《神仙传》卜光武当为
天子。

桐君为庐著药录，白日升仙。（《通志》卷二十九）

按，《万姓统谱》卷一、《古今姓氏书辩证》卷一、《名贤氏族言行类稿》卷二也载此。

《神仙传》有青乌公。（《通志》卷二十九）

《神仙传》有章震，望出南郡。（《古今姓氏书辩证》卷十三）

按，《古今姓氏书辩证》卷十七、《万姓统谱》卷一百三十一也载此。

承蟾白日升天。（《古今姓氏书辩证》卷十七）

谢卿逢仙，设凤冠粟、龙睛稻、素麟脂、班螭髓。（《说略》卷十八）

按《周书异记》《神仙传》云：昔轩辕黄帝问道于广成子，受胎息于容成子，吐纳而谷神不死。获灵丹于浮丘公，遂思超溟渤游蓬莱，乃告浮丘公曰："愿抠衣躬侍修炼。"浮丘公曰："凡择贤而师，学必精奥，栖隐胜地，业则易成。炼金成丹，必假于山水。山秀水正则药乃灵。惟江南黟山，据得其中，云凝碧汉，气冠群山，神仙止焉。地无荤辛，境绝腥腐。古木灵药，三冬不凋。名花异果，四季皆有。山高木茂，可为炭以成药。迸泉直泻，状如飞布。下有灵泉清温，东夏无变。若能斋心洁己，沐浴其中，饮之灌肠，万病皆愈。"黄帝遂命驾，与容成子、浮丘公同游此山。山有三十六峰、三十六源、二十四溪、十二洞、八岩云。（《图书编》卷六十）

仙桃出苏耽仙坛，有人至心祈之，辄落坛上。或至五六颗，形如石块，赤黄色。破之如有核三重，研饮之立愈众疾，尤治邪气。（《骈志》卷十七）

张公以五百缗聘韦恕女。（《古今合璧事类备要》前集卷六十一）

登思仙之台，张绮罗之幕。（《古今合璧事类备要》外集卷四十九）

邓太师仙去，永乐有无核枣，人不可得，永乐道士侯道华窃无核食之。（《古今合璧事类备要》别集卷四十八）

按，《续仙传》卷上有侯道华事迹，然无此内容。此又见《韵府群玉》卷十一、《山堂肆考》卷二百六。

河中永乐县得无核枣有苏氏女，自少获而食之，不食五谷，年五十嫁，颜如处子。自乱离后，莫知其所。（《古今合璧事类备要》别集卷四十八）

人寿有至一百二十岁，非因修养，而致皆由禀受以得之。（《茅亭客话》卷四）

黄鹤楼在鄂州使宅之西南隅，唐阎伯程记云："《图经》载费祎登仙尝驾黄鹤，返憩于此，遂以名楼焉。并见于《神仙传》、《述异记》。（《庆湖遗老诗集》卷四）

禺强……《神仙传》曰北方之神。（《尔雅翼》卷三十一）

按，《列子》卷五引此作：北方之神名禺强，号曰玄冥子。

扛鼎之士。（《说文系传》卷二十三）

在建安南三十里，山多猕猴。按《神仙传》第十六升真元化洞天，昔有神仙降此山，曰："予为武夷君，统录地仙，受馆于此。由是得名。"（《方舆胜览》卷十一）

井泉玉女井，崔伯阳记在高邮县治之东。《图经》云东齐郏公道光与其女居井旁炼丹。（《方舆胜览》卷四十六）

袁真人于涟城得灵泉炼药，功成脱履而去，郡人为之立祠，又建迎仙阁。（《明一统志》卷十三）

少室山有自然五谷，甘果神芝仙药。周太子晋学道上仙，有千年资粮留于山中。下有石室，中有自然经书、自然饮食，与世无异。石室前有石柱，似承露盘。有石脂滴下，食之一合与天地毕。（《嵩阳石刻集记》卷下）

介象见市中门户有道家符，悉能读之，知其谬误。（《北堂书钞》卷一百三）

真人去世，多以剑代形，五百年后，剑亦能灵化。（《北堂书钞》卷一百二十二）

按，此又见《太平御览》卷三百四十四、《事类赋》卷十三、《事词类奇》卷十八。

黄石君者修彭祖之术，年数百岁犹有少容，亦学地仙，不求升云。（《初学记》卷二十三）

葛仙公凭桐木几于女几山学仙，得道后，几化为白麕，三足，时出于山上。（《白孔六帖》卷十四）

按，《古今合璧事类备要》外集卷五十、《增修埤雅广要》卷四十、《续同书》卷二十二、《类隽》卷二十、《诗学事类》卷十九、《事词类奇》卷十七、《五车韵瑞》卷五十五皆载此则。

服神丹三百岁，齿化为石。（《白孔六帖》卷三十）

按，《类聚古今韵府续编》卷三十八也载此。

有蔡少霞者，梦人遗书碑，略云："昔乘鱼车，今履端云，触空仰涂，绮辂轮囷。"其末题云："五云阁吏蔡少霞书。"（《锦绣万花谷》前集卷三十）

按，此又见《古今合璧事类备要》前集卷五十。而《补注杜诗》卷十引作：蔡少霞梦人请书新宫铭，有云："碧瓦鳞差。"

袁本初时，有神出河东，号度索君。兖州苏氏母病，往祷，见一人布衣高冠，谓度索君曰："昔庐山共食白柰未久，已三千年，日月易流，使人怅然。"去后，度索君曰："此南海君也。"
（《古今事文类聚》后集卷二十五）

按，此又见《全芳备祖集》后集卷八、《古今合璧事类备要》别集卷
四十四。

王夫人谓许长史曰："交梨火枣，是飞腾之药。要使生于胸
中。今君胸中荆棘扫除未尽，是以梨不生也。"（《全芳备祖集》
后集卷六）

绀瞳绿发，仙翁也。（《韵府群玉》卷一）

九转丹四名：朱光云碧之腴。（《韵府群玉》卷三）

按，《山谷内集诗注》卷六也载此：太真夫人曰："九转丹四名：朱光
云碧之腴。"

老子以商王阳甲十七年降胎，至武丁九年庚辰二月建寅十五
日卯时生……西出关自流沙，还授礼于孔子。在天以玉晨大道君
为师，在人间以常枞为师。（《广博物志》卷十二）

刘平阿行医术有功德，救人疾病如己之病。行遇仙人周正
时，授以隐存之道。（《广博物志》卷二十二）

戴孟本姓燕名济，字仲微，汉明帝时人也。入华山及武当
山，受裴君玉佩金珰经及受石精金光符，复有太微黄书，能周游
名山。（《广博物志》卷二十二）

真人姓尹氏名道全，天水人也。修洞真还神之道，佩五帝六
甲左右灵飞之符。天仙降而谓之曰："昔汉武帝亲受金母灵飞十
二事及五岳真形图，才得尸解而不能使形骨俱飞。尔得一而有升
天之望，岂非积功宿分所植耶？"道全曰："浅学无闻，愿示十二
事之目。"天真曰："一者五帝六甲左右灵飞之符，二者太一昆洞
东之文，三者丙丁入火九赤斑符，四者太阴六丁通真遁灵玉女之
箓，五者六戊太阳招真天策精之书，六者六已石精金光藏景录

形之诀，七者六庚素招摄役之律，八者六辛致黄水月华之法，九者壬癸六遁隐地八术，十者子午卯酉八禀十诀六虚威仪，十一者辰戌丑未地真曲素诀辞三五顺行，十二者寅巳申亥紫度炎光内视中央也。一者五岳山符，安镇方岳橛，召万灵太上真文也。二者五岳山跖神仙倒景俯视山川之跖窝，其曲折盘薄在地之势也。三者五岳山形，取其峰峦洞室之所在，神芝灵草之所生，高下丈尺等级之数，东西南北里舍之限也。四者五岳山骨，取其体之所像，枝干之所分，上法星文，下主人事之所起也。五者五岳山水冗贯之图，取其泉液之所出金宝之所藏地脉之通而为之图也。主符图吏兵官属各数万人，五岳之所总大山三百六十小山千二百并列仙曹职宰，可谓众矣。武帝虽得其法而不能专其戒，穷武玩兵，自毁其福，故不得与黄帝同功。今尔遇之，乃知文始之裔，大和之族，世有其人，吾当与汝期于九清之上。"言讫而去，真人以晋怀帝元嘉元年三月九日，有白云起于室中，三日不散。散而视之已失真人所在，但闻香气袭人。（《广博物志》卷二十二）

麒麟客有龙虎之姿。（《九家集注杜诗》卷七）

按，《文章正宗》卷二十三也载此。

王母所居，宝树万条，瑶干千寻，无风而音韵自响。（《九家集注杜诗》卷二十）

华盖山在伊洛间，《神仙传》昔周王子乔养道于华盖山，后升仙，号华盖君。天降玉棺于堂上，乔遂沐浴卧其中，由是尸解。（《集千家注杜工部诗集》卷五）

洞庭，神仙所居也。（《柸山集》卷三）

僧契虚造仙境，仙官谓之曰："子能伐三彭之仇乎？"（《东坡诗集注》卷八）

王母言蟠桃三千年一生实。（《东坡诗集注》卷二十六）

桂父常食桂叶，人知其神，尊事之。一旦与乡曲别，飘然入云而去。（《唐诗鼓吹》卷三）

按，《列仙传》卷上桂父，然内容与此异。

萧静之掘地得人手，润泽而白，烹而食之，曰肉芝也。（《施注苏诗》卷六）

浮丘伯隐居嵩山，久之道成，白日飞升。（《施注苏诗》续补遗卷上）

又龚圣者结庵于道人峰上，每乘龙往来。又张道陵游云绵洞炼丹，青龙白虎旋绕其上。（《施注苏诗》续补遗卷上）

按，《神仙传》有张道陵篇，然无此内容。

昆仑一名玄圃，一名积石瑶房，一曰阆风室，一曰华盖，一曰天柱。（《补注杜诗》卷六）

按，《山谷别集诗注》卷上、《东莱先生分门诗律武库》卷第五也载此。

曹博士逆风举帆。（《北山集》卷十一）

马明先生随神女还岱，见安期生，语神女曰："昔与女郎游于安息西海之际，意此未久，已二千年矣。"（《文选注》卷十六）

海上有三神山，曰蓬莱，曰方丈，曰瀛洲，谓之三岛。东方朔与友人书："不可使尘网名缰拘锁。怡然长笑脱去，十洲三岛相对，拾瑶草，吞日月光华，共轻举耳。"（《三余杂志》卷二）

按，《古今合璧事类备要》前集卷五十也载此，然无此详细。

刘晨、阮肇入天台采药，远不得返，遥望山上有桃树子熟，遂跻险援葛至其下，啖数枚，饥止体充，欲下山，以杯取水，有芜菁叶流下，甚鲜妍，复有一杯流下，有胡麻饭焉，乃相谓曰："此近人矣。"复渡山，出一大溪，溪边有二女子，色甚美。见二人持杯，便笑曰："刘阮二郎，捉向杯来。"刘阮惊，二女欣然曰："来何晚耶？"因邀还家，东西壁各有绛罗帐，帐角悬铃，上有金银交错。具馔，有胡麻饭、山羊脯、牛肉，甚美。食毕行酒，俄有群女持桃子笑曰："贺汝婿来。"酒酣作乐，夜各就一帐宿，婉态殊绝，款留半年。思归，女遂指示还路，乡邑零落已十世矣。（《续同书》卷十五）

按，此又载《三洞群仙录》卷十二、《广事类赋》卷第二十五、《三农纪》卷六。

刀剑录

《古今刀剑录》一卷，梁陶弘景撰。《水经注释》卷二十八谓："此等著录要为后人羼乱，不特《水经注》有依附，即《刀剑录》恐亦非隐居之旧也。"《四库全书总目提要》卷一百十五摘其内容之矛盾处："是书所记帝王刀剑，自夏启至梁武帝凡四十事，诸国刀剑自刘渊至赫连勃勃凡十八事，吴将刀周瑜以下凡十事，魏将刀钟会以下凡六事。然关张诸葛亮黄忠皆蜀将，不应附入吴将中。疑传写误，佚'蜀将刀'标题三字。又董卓袁绍不应附魏，亦不应在邓艾、郭淮之间，均为颠舛。至弘景生于宋代齐高帝作相时，已引为诸王侍读，而书中乃称顺帝准为杨玉所弑，不应以身历之事，谬误至此。且弘景于武帝时卒，而帝王刀剑一条乃预著武帝谥号，并直斥其名，尤乖事理"，而认为"疑其书已为后人所窜乱，非尽弘景之本文"，其内容"真伪参半"。

笔者按，行文颠舛之处，或正可以证明其内容并非全部旧本，乃后人在旧本基础上有所增补。其称顺帝准为杨玉所弑，考之《南齐书》卷一、《魏书》卷九十七，实为杨玉夫弑后废帝刘昱事，而非《古今刀剑录》所说的弑顺帝，其弑君时所用即后废帝刘昱自佩之刀。其事发生时间与顺帝在位时的升明元年为同一年，当为后世误记而混入《古今刀剑录》者，也或为后人传抄致误。至于"帝王刀剑一条乃预著武帝谥号，并直斥其名"，也当为后人改窜《古今刀剑录》所造成的，这类情况在古籍中比较常见。故四库馆臣认为其书为后人所窜乱的看法是正确的，即以《古今刀剑录》各本在蜀主刘备铸剑后有"房子容曰唐人尚书郎李章武，本名方古，贞元季年为东平帅李师古判官，因理第，掘得一剑，上有'章武'字。方古博物亚张茂先，亦曰蜀相诸葛孔明所佩剑也，乃改名师古，为奏请为章武焉。盖蜀主八剑之一也"一段文字而论，"贞元"为唐德宗年号，乃785—805年，与本段文字"唐人李章武"合，《太平御览》卷三百四十六在引用《古今刀剑录》的刘备内容时即无此内容，故此显非《古今刀剑录》文字，或为后人注释羼入正文。

《管城硕记》的一些记载也似乎支持《四库全书总目》的观点，而其内容实际谬误者。

《管城硕记》卷二十谓："'《刀剑录》前赵刘渊以元熙二年造一刀，长三尺九寸，文曰灭贼'。按晋怀帝永嘉二年十月，刘渊僭号，曰大汉，传和、聪、粲，皆仍汉号。后渊族子曜即位赤壁，改元光初，国号仍汉。至二年，其下奏言渊始封卢奴伯，曜又中山王，请改国号为赵，曜从之。以渊为前赵，非。"

笔者按，唐代典籍如《史通》《元和郡县制》、宋代典籍如《通志》对刘渊所创立的这一王朝均笼统称为前赵，并非称刘曜改国号后为前赵，改国号前为汉，《通志》卷四十一谓"刘渊都平阳，谓之前赵。"《魏书》卷六十七谓"（崔）鸿弱冠便有著述之志，见晋魏前史皆成一家，无所措意。以刘渊、石勒、慕容儁、苻健、慕容垂、姚苌、慕容德、赫连屈孑、张轨、李雄、吕光、乞伏国、仁秃髪、乌孤、李暠、沮渠、蒙逊、冯跋等并因世故，跨僭一方，各有国书，未有统一。鸿乃撰为《十六国春秋》，勒成百卷，因其旧记，时有增损褒贬焉"。《十六国春秋》之《前赵录》也将刘渊所创立的这一王朝均笼统称为前赵。陶弘景生活于456—536年，与崔鸿为同时代的人，所以陶弘景在《刀剑录》中称"前赵刘渊"为当时史籍之一约定俗成的名称，并无不妥之处。

《管城硕记》卷二十谓："《刀剑录》，'西凉李暠以永建元年造珠碧刀一口，铭曰百胜。'按李暠号建初，若永建则李恂也。暠第六子恂嗣兄立，在位一年。"然考之《太平御览》卷三百四十六，此则作品引作"西凉李暠玄威元造珠碧刀，铭曰百胜，隶书。"则所谓"永建元年"，当系后人传抄错误所致。《十六国春秋》卷九十一也记载建初二年"（李）暠造珠碧刀二口，铭其背曰百胜，隶书。"

《管城硕记》卷三十谓："按《刀剑录》，启子太康岁在辛卯三月春铸一铜剑，又曰殷太甲四年，岁次甲子，铸一铜剑，长三尺，文曰'定光'……《竹书纪年》帝太康元年癸未，四年陟，无辛卯。太甲元年辛巳，四年是甲申，非甲子也。其说都无足据。"

按，《刀剑录》所依据的历史纪年谓太康在位二十九年，《管城硕记》所依据的《竹书纪年》谓太康在位四年，当为文献漫灭古史传闻异词之故。则其分别据以推出的干支纪年自然迥异，而不能以此之是证彼之非。"殷太甲四年"一条也是同样道理，《刀剑录》谓殷太甲在位三十二年，《竹书纪年》谓太甲辛巳即位，在位十二年。《路史》卷二十三谓："《刀剑录》云：'太康二十九年，岁次辛卯，春铸一剑，上有八方，面长三尺一寸，头方。'盖废逐之后。然辛卯乃二十七年也。"则又是另一种文本。这种情况在古籍中比较常见，如郭沫若《青铜时代》即指出"周室帝王在位年代每无定说……例如有一位恭王，他的在位年代便有四种说法。有二十年说，有十年说，有二十五年说，更有十二年说。"周代尚且如此，则商代更不用说。

尽管传世本《古今刀剑录》有一些他书内容的窜入，但是考之《太平御览》卷三百四十三全文引用《刀剑录》，从夏启铸铜剑到齐王芳造剑，顺序全同于汉魏本。《太平御览》卷三百四十三接下来引用的吴国孙氏王朝，内容及顺序也与汉魏本同。《太平御览》卷三百四十三和卷三百四十六接下来引用的蜀国等内容，内容顺序与汉魏本相较，时有颠倒，如刘备与刘禅的内容中，又不伦不类地在二人之间插入南朝宋刘昱的内容，但是总体上文字也基本和汉魏本一致。这些都证明汉魏本应该是《古今刀剑录》的一个残本，除了少量文字外，绝大部分内容应该是原作内容。故《四库全书总目提要》认为其"真伪参半"的结论并不准确。

今以《汉魏丛书》本为底本以辑之。

夏少康三年、商太甲四年各铸铜剑一，其文曰"定光"。（《东观余论》卷上）

按，此条与《古今刀剑录》原文有不同。

又曰梁武帝萧衍天监元年即位，至普通中，岁在庚申，命弘景造神剑十三口，用金银铜铁锡五色合为此剑，长短各依剑洞术法。一曰凝霜，道家三洞九真，剑上刻真人玉女名字。二曰宫仪，备斋六宫，有剑神名无刃，刻宫宿星，皇后服之。三曰摛光，备非常御斩刺，长三尺六寸，上刻风伯雨师形名。四曰九天，出军行师，君执授将，长五尺，金镂作蚩尤神形。五曰伐形，刻符篆道家登真图口诀、六甲神，长五尺。六曰四目，突宫闹茵被卧，止小室帷帐中，长三尺五寸。七曰五威，灵光长二尺许，半身有刃，上刻星辰北斗天市天魁二十八宿，服此除百邪魑魅，去厌即伏用之。八曰风乌，有恶鸟鸣，起镇之。上有黄帝呪法、禹步形势用之。九曰司命，行刑煞罚者执之，赐万姓自裁者。十曰礼剑，生畜男子弧矢觳剑则用之。十二曰永昌，镇国安社用之，长七尺。十三曰闰剑，长六尺。所以作十三口，象闰月故也。取上元甲子时加斗魁，加岁正月旦合。合之取风雷雨震日止，环偏长八寸，文曰"服之者永治四方"，小篆文。（《太平御览》卷第三百四十三）

按，《剑筴》卷五也载此，文字基本一致。也缺第十一剑之名，或也引出《太平御览》。又《事类赋》卷十三、《玉海》卷一百五十一也引此，而文字为简略。

孙权遣张昭代周瑜为南郡太守，曾作一刀，背上有'荡寇将军'四字，八分书。（《太平御览》卷三百四十六）

按，此引文内容有异于汉魏本。

北燕冯跋太平八年造一刀，铭曰"太平"，隶书。（《太平御览》卷三百四十六）

按，《儒函数类》卷之一也载此。《儒函数类》引用了大量《古今刀剑录》之内容，唯此则逸出原书。又其引文多错乱，当凭记忆而成者。

汉宣帝询神爵元年，为隋侯剑立祠于未央宫中。（《剑筴》卷五）

魏太子丕造百辟宝剑，长四尺二寸，重一斤十有五两，淬以清漳，砺之礛磻，饰以文玉，表以通犀，光似流星，名曰蜚景。（《剑筴》卷五）

魏文帝既造飞景剑，又有流采、华铤二剑，各长四尺二寸，色似采虹。又有三匕首，一曰清刚，色似坚冰；二曰扬文，耀似朝日；三曰龙鳞，状似龙文。（《剑筴》卷五）

吴大帝有宝剑六，一曰白虹，二曰紫电，三曰辟邪，四曰流星，五曰青冥，六曰百里。（《剑筴》卷五）

按，《广博物志》卷三十二引作：吴大皇帝有宝刀三、宝剑六：一曰白虹，二曰紫电，三曰辟邪，四曰流星，五曰青冥，六曰百里。刀一曰百炼，二曰青犊，三曰漏景。

西凉武昭王李暠铸二剑，雄曰饮月，雌曰玉燕。欲其阴阳相感，故反名之。（《剑筴》卷五）

禽 经

对于师旷《禽经》，在流传过程中争论不绝的是关于其真伪的判断。南宋王楙撰《野客丛书》卷二十八谓："《禽经》，章茂深尝得其妇翁石林所书贺新郎词，首曰'睡起啼莺语'，章疑其误，颇诘之。石林曰：'老夫尝考之矣，流莺不解语，啼莺解语，见《禽经》。'仆因求之，《禽经》止一卷，不载所著人名。自汉《七略》、《隋经籍志》、《唐艺文志》、本朝《崇文书目》皆不载。观其洞究物理，殆非常人所为。观《埤雅》及诸书述《禽经》所载而今《禽经》无之尚数十条，如'鹤以怨望，鸥以贪顾，鸡以嗔视，鸭以怒睨，雀以猜瞿，燕以狂盱，莺以喜啭，乌以悲啼，鸢以饥鸣，鸽以洁唊，枭以凶叫，鸲以愁啸；鹅飞则蜮沉，䴔鸣则蚓结；鹊俯鸣则阴，仰鸣则晴；陆生之鸟味多锐而善啄，水生之鸟味多圆而善嗳；短脚者多伏，长脚者多立。'凡此在今书皆所不闻，疑《禽经》非全本。此语得之鲍夷白。仆又观之，如'鹭目成而受胎，鹤影接而怀卵，鸳鸯交颈，野鹊附枝，此见《变化论》；鹤以声交，鹊以意交，䴔鹊以睛交而孕，此见《尔雅疏》；鱼瞰，鸡睋；鸟无肺胃，蜃无脏，见《崇有论》。'此类甚多，皆《禽经》所当收者。鲍夷白谓禽经非后人作。仆考古今群书类目，并无《禽经》。又观《三国志》陈长文引《牛经》《马经》《鹰经》及诸《相印》《相笏》等经，谓皆出于汉世，独不闻《禽经》之说。今《崇文书目》载《马经》《鹤经》《驼经》《鹰经》《龟经》，亦无《禽经》，疑后人所作。《埤雅》谓师旷作。"

王楙认为是后人伪托，而与同时代的对《禽经》也有研究的鲍夷白观点正好相反。《野客丛书》卷十六还言及宋代另一个人的观点："洪驹父谓《禽经》称莺鸣嘤嘤，要是后人附合。"明周婴撰《卮林》卷三赞同以上观

点并进一步辑佚："余观世所传《禽经》一卷，无甚佳谈，而首有胡孝辕
序云：'隋艺文志是书不著撰人名氏，唐志始作师旷。'案隋唐志未有此
书，至郑氏《通志》乃有师旷《禽经》一卷，宋史艺文志师旷《禽经》一
卷，张华注。孝辕论笃者也，何宜疏谬如是。余谓《禽经》盖唐宋间好事
者作，元丰时陆佃作《埤雅》，淳熙初罗愿作《尔雅翼》，多所称引，然所
引皆今书所无，则勉夫疑为残缺者是也。《埤雅》引《禽经》曰：师旷
《禽经》：青凤谓之鹖，赤凤谓之鹑，黄凤谓之焉，白凤谓之鹔，紫凤谓之
鹙。又曰乾皋断舌则坐歌，孔雀拍尾则立舞，人胜之也。又曰一鸟曰隹，
二鸟曰雠，三鸟曰朋，四鸟曰乘，五鸟曰雇，六鸟曰鵭，七鸟曰鵙，八
鸟曰鸾，九鸟曰鸠，十鸟曰鹲。又曰陆鸟曰栖，水鸟曰宿，独鸟曰止，
众鸟曰集。又曰冠鸟性勇，带鸟性仁，缨鸟性乐。又曰山禽之味多短，水
禽之味多长；山禽之尾多长，水禽之尾多促。又曰鹰好峙，隼好翔，凫好
没，鸥好浮。又曰雕以周之，鹫以就之，鹰以膺之，鹖以撰之，隼以尹
之。又雏上无寻，鹦上无常，雉上有丈，鹥上有赤。又旋目其名鹗，交
目其名鸦，方目其名鸠。又曰雁曰翁鸡，曰鸳鹑，曰鸶。又曰霜傅强
枝，鸟以武生者少；雪封枯原，鸟以文死者多。又鹡鸰之信不如雁，周周
之智不如鸿。又鸿雁爱力，遇风迅举；孔雀爱毛，遇风高止。又曰鹅见异
类差翅鸣，鸡见同类拊翼鸣。又暮鸠鸣即小雨，朝鸢鸣即大风。又拙者莫
如鸠，巧者莫如鹊。又鹰不击伏，鹘不击姙。又鹊见蛇则噪，而贲孔见蛇
则宛而跃。又曰火为鸹，尢为鹤。又鹤爱阴而恶阳，雁爱阳而恶阴。又
曰乌向啼背栖，燕背飞向宿。又曰雀交不一，雉交不再。又□者不上桑
樱，活者不下苴。又鹅鸟不登山，鹬鸟不踏土。又夏鹊生鹑，楚鸠生鹗。
又曰鹭啄则丝掩，鹰捕则角弭。又曰淘河在岸则鱼没，沸波在岸则鱼涌。
《尔雅翼》引师旷《禽经》曰：鸟之小而鸷者皆曰隼，大而鸷者皆曰鹰。
又乌鸣哑哑，鸢鸣雝雝，凤鸣喈喈，凰鸣啾啾，雉鸣鷕鷕，鸡鸣咿咿，
莺鸣嘤嘤，鹊鸣唶唶，鸭鸣呷呷，鹄鸣咕咕，鹍鸣嗅嗅。又曰其足智谓之
跗，鸡谓之跖，鹰谓之骹，鵟谓之髊，雕谓之□。又却近翠者能步，却
近蒲者能踯。又曰鹤生三子一为鹤，鸠生三子一为鹗。又曰鹤老则声下而

不能高，近而不能蓼。又曰鹰鸡多秋生，雉鸡多冬死。又蜀不独宿，鹣必匹飞，鹍必单栖。又曰凰以鸣鸣凤，凤以仪仪凰。又曰朱鸢不攫肉，朱鹭不吞腥。又曰鹙好风，鸹好雨，鹅好霜，鹭好露。《埤雅》引之则作鸥好风，鹈恶雨，鹳好霜，鹭恶露。凡此皆今书所阙者。至如鹤以声交而孕，鹊以音交而孕，鸡鹊以睛交而孕，鸲鹆以趾交而孕，此已出《禽经》，今书有之。勉夫以为见《尔雅疏》，《疏》何尝有此语也。又鱼瞰鸡睨出王褒赋中，而附之《崇有论》。案《埤雅》蚌类引裴頠《崇有论》曰鸟无肺胃，蛤蜃无脏，蛭以空中而生，蚕以无胃而育。又萤类引《崇有论》曰：鸟无胃而生，萤无胃而育。今《晋书》逸民论无之，惟《艺文类聚》有引。《埤雅》两称词，复参错其误，则已审矣。且亦蠕动之类以为可补于《禽经》，斯不然矣。"

《四库全书总目提要》卷一一五总结以上两种观点，据王楙撰《野客丛书》卷二十八所引佚文而推论谓《禽经》流传中经人增删或散佚致"是楙所见者非北宋之本"。复论今本谓："又楙书中辨莺迁一条，引《禽经》莺鸣嘤嘤；辨杜诗白鸥没浩荡一条，引《禽经》凫善没，鸥善浮；辨叶梦得词睡起啼莺语一条，引《禽经》啼莺解语，流莺不解语，今本又无之。马骕《绎史》全录此书而别取《埤雅》《尔雅翼》所引今本不载者，附录于末，谓之《古禽经》。今考所载，楙已称《禽经》无其文者凡三条，其余尚有青凤谓之鹙，赤凤谓之鹑，黄凤谓之肃，紫凤谓之鹜。鹤爱阴而恶阳，雁爱阳而恶阴。鹤老则声下而不能高，近而不能蓼旅。旋目其名，方目其名鸠，交目其名鸦。鸟之小而鸷者皆曰隼，大而鸷者皆曰鸠。乌鸣哑哑，莺鸣嚹嚹，凤鸣喈喈，凰鸣啾啾，雉鸣嘈嘈，鸡鸣咿咿，莺鸣嘤嘤，鹊鸣喳喳，鸭鸣呷呷，鹄鸣皓皓，鹍鸣嗅嗅。郊近翠者皆步，却近蒲者能掷。朱鸢不攫肉，朱鹭不吞腥。鹙好风，鸹好雨，鹅好霜，鹭好露。陆鸟曰栖，水鸟曰宿，独鸟曰止，众鸟曰集。鹅见异类差翅鸣，鸡见同类抚翅鸣。雏上无寻，鹳上无常。雉上有文，鹨上有赤。暮鸠鸣即小雨，朝莺鸣则大风。鹡鸰之信不如鹰，周周之智不如鸿。淘河在岸则鱼没，沸河在岸则鱼涌。雕以周之，鹭以就之，鹰以膺之，鹊以擑之，隼以伊之。鸿雁爱力，遇风迅举，孔雀爱毛，遇雨高止。雁曰翁鸡，曰鸳鹑，曰鸢。鹰不击伏，鹘不击姙。一鸟曰佳，二鸟曰雒，三鸟曰朋，四鸟曰乘，五鸟曰雇，六鸟曰鹍，七鸟曰鸱，八鸟曰鸾，九鸟曰鸠，十鸟曰鹑。拙者莫如鸠，巧者莫如鹊。鹊见蛇则噪，而贲孔见蛇则宛而跃。山禽之味多短，水禽之味多长；山禽之尾多修，水禽之尾多促。衡为雀，虚为燕，火为鸦，亢为鹤。鹳生三子，一为鹤；鸠生三子，一为鹗。鹰好峙，隼好翔，凫好没，鸥好浮。干车断舌则坐歌，孔雀拍尾则立舞，人胜之也；鸾入夜而歌，凤入朝而舞，天胜之也。霜附强枝，鸟以武生者少；雪封枯原，鸟以文死者多。雀交不一，雉交不再。冠鸟性勇，带鸟性仁，缨鸟性乐。鹈鸟不登山，鹬鸟不踏土诸条。其中有两条为楙所摘引，余亦不云无其文。则今所见者又非楙所见之本矣。"即认为今本《禽经》又经后人改窜而不复原貌。

对这一看法，今人昌彼得提出了不同看法，其《说郛考》下篇之《书目考》之《师旷禽经》条认为："考尤袤《遂初堂书目》谱录类载有《禽经》，又《别本禽经》，是南宋初相传已有二本，百川学海所刻者，或其别本欤？"即根据《遂初堂书目》的记载而认为传世者有两个内容不同的《禽经》，其推论较《四库全书总目提要》更为合理。这与清代马骕撰《绎史》卷一百五十九中将《埤雅》《尔雅翼》所引而传世本《禽经》所没有的内容辑为《古本禽经》有异曲同工之妙。

《四库全书总目提要》卷一一五谓"考书中鹝鸲一条，称晋安曰怀南，江右曰逐隐，春秋时安有是地名？其伪不待辨。张华晋人，而注引顾野王《瑞应图》、任昉《述异记》，乃及见梁代之书，则注之伪亦不待辨……观雕以周之诸语，全类《字说》，疑即传王氏学者所伪，故陆佃取之。此本为左圭百川学海所载，则其伪当在南宋之末。"如昌彼得所言，《禽经》有两种，今所传本为后人伪托，故《四库全书总目提要》的辨伪是比较允当的。但是如果仅仅据南宋末年所编的百川学海收载了《禽经》就认为其伪在"南宋之末"，时间是不够恰当的。考虑到其部分内容确如《四库全书总目提要》所言全类《字说》，疑即传王氏学者所伪"，则伪在王安石为相以后应该是恰当的。

此再就《古本禽经》略作考述。正如前文所言，由于宋代以下至于四库馆臣，学者未能注意到有两种内容不同的《禽经》，故以其自见本立论，往往有所偏颇，但也留下了一些《古本禽经》的有价值的材料。如前文所言，南宋王楙《野客丛书》卷二十八记载其同时代的对《禽经》也有研究的鲍夷白谓《禽经》非后人作，则其必有所据，惜王书未列出证据。又四库本《太平御览》卷九百十四已引"《禽经》曰：山禽之咮多短，水禽之咮多长。山禽之尾多修，水禽之尾多促。林鸟以朝嘲，水鸟以夜。"则宋初典籍对其也有引用。清初吴景旭《历代诗话》卷三谓："《古今注》谓禽经称莺鸣嘤嘤，要是后人附会，非诗本意。"考之载籍名《古今注》者，一为汉代伏无忌撰《伏侯古今注》，一为晋崔豹《古今注》，一为五代马缟《中华古今注》，则又在《太平御览》之前。《绎史》卷一百五十九中也言《禽经》："世传此经师旷作，伪托也。或以为张华所作"，则其时人也认为有另一个《古本禽经》存在。《玉海》卷一百九十九载："师旷《禽经》一卷，晋张华注。按康成释'深衣'疏，谓其语出《禽经》。今此书无有。"《玉海》的记载一方面说明《古本禽经》其时已经散佚，故称"今此书无有"。其次又明确指出东汉的郑玄在注释儒家经典时引用了《古本禽经》的内容。要之，《古本禽经》的存在还是有脉络可寻的。

又《四库全书总目提要》以为"汉隋唐诸志及宋崇文总目皆不著录，其引用自陆佃《埤雅》始，其称师旷亦自佃始，其称"张华注"则见于左圭《百川学海》所刻考书中鹪鸪一条"。今按左圭《百川学海》之前，《直斋书录解题》卷十二作师旷《禽经》一卷，并已标明"称张华注"数字。又如前文所载，古代典籍引用《禽经》，也非始自《埤雅》。

下辑其佚文及注释。

　师旷《禽经》有鹭斯。（《稗雅广要》卷二十）

　鹰好峙，隼好翔，凫好没，鸥好浮。隼鹞属，盖迅疾之鸟。

（《类隽》卷二十九）

按，《雅余》卷之三也载此，可补四库提要所辑之《禽经》。

鹘拳坚处大如弹丸，俯击鸠鸽食之。见鸠鸽其拳随空中即侧身自下承之，捷于鹰隼。传云："击鸟先高抟，鸷之势也。"（《类隽》卷二十九）

鹭喙则丝偃，鹰飞则角弥，藏杀机也。（《类隽》卷二十九）

按，又《埤雅》卷七、《海录碎事》卷二十二上、《陆氏诗疏广要》卷下之上、《事词类奇》卷二十七也载此。

鹈鹕五色，尾有毛如船舵，小如鸦。（《类隽》卷二十九）

鹑无常居而有常匹，故尸子曰"尧鹑居"，庄子曰"圣人鹑居而鷇食"。（《类隽》卷二十九）

冠鸟性勇，带鸟性仁，缨鸟性乐。冠鸟若胄，带鸟若练鹊，缨鸟若绫鸟。（《蟫史集》卷一）

按，此可补四库提要所辑之《禽经》。又《蟫史集》卷三引《禽经》：练鹊名带鸟，性仁。

短脚者多伏，长脚者多立；脚近尾者好步，脚近臆者好掷；陆生之鸟味多锐而善啄，水生之鸟味多圆而善唼；短脚善唼，鹅雁之类是也；长脚善啄，鹳鹤之类是也。（《蟫史集》卷二）

按，此可补四库提要所辑之《禽经》。又《事词类奇》卷二十七也载此。

鹳俯鸣则阴，仰鸣则晴。仰鸣则晴，是有见于上也；俯鸣则阴，是有见于下也。夫文"雚"见为"观"，盖取诸此。（《埤雅》卷六）

按，此可补四库提要所辑之《禽经》。又《嘉泰会稽志》卷十七、《毛诗名物解》卷七、《蟫史集》卷二也载此。

南方有鸟，名曰羌鹜，赤身赤首，五色皆备，而冠亦五色。

一名世乐。此鸟见年丰而民安。西域有灵鹫山。(《新镌古今事物原始全书》卷二十六)

按，《事言要玄》物集卷二也载此。

　　淮南谚曰："鸡寒上树，鸭寒下水。"验之皆不然。有一媪曰："鸡寒上距，鸭寒下嘴。""上距"谓缩一足，"下嘴"谓藏其喙于翼间。(《刘氏鸿书》卷九)

　　鹅伏随日，朝首东而暮西。雁性随阳，秋宾南而春北。鹊立顺风而东向，鹬乘逆风而退飞。乌翅重于将雨，蚊喙破于既秋。鸢朝鸣而大风，鸠暮鸣而小雨。月虚而鱼脑减，雪盛而蝗子沉。(《刘氏鸿书》卷八十九)

按，又《毛诗名物解》卷七、《钦定鸟谱》卷七也载此。《物理小识》卷十一引作：鹅溯月而伏随日，鸭伏随月，斑鸠哺子，朝从上下，暮从下上。

　　练鹊一名带鸟，俗名寿带鸟。似山鹊而小头，上披一带，雌者短尾，雄者长尾。(《类腋》卷七)

按，《事物异名录》卷三十五也载此。

　　鹤以声交而孕，曰皋禽，亦曰露禽。注：露下则鹤鸣也。(《事物异名录》卷三十五)

　　又曰鸬鹚能敕水，故宿水而物不害；鸩能巫步禁蛇；啄木遇蠹以嘴画字成符而蠹自出；鹊有隐巢木，鸷鸟不能见；燕衔泥避戊巳日，则巢固而不倾；鹳有长水石，固能于巢中养鱼而水不涸；燕恶艾，雀欲夺其巢则衔艾于巢中。(《雅余》卷之三)

　　又以胿谶风，以鼀谶雨；鹊知风，蚁知雨。(《雅余》卷之三)

按，《强识略》卷三十一也载此。

鹳飞则霜，鹭飞则露。其名以此。步于浅水，好自低自昂，如舂如锄之状，故曰舂锄。（《谷玉类编》卷四十五）

杜鹃啼苦则自悬于树，自呼曰谢豹，一曰思归。乐鸟状如鸠而惨色，三月则鸣，其音曰："不如归去"。（《事词类奇》卷二十七）

人探巢取鹳子，六十里旱。能群飞激云，云散雨歇。其巢中以泥为池，有长水石，故含水满池中，能养鱼而不涸。及畜蛇以哺其子。（《事词类奇》卷二十七）

莺鸣嘤嘤，故名。其色黄而带鬖，故有黄鹂诸名。淮人谓之黄伯劳。（《钦定鸟谱》卷四）

周周之智不如鸿，垂头屈尾，饮于河侧，颠必以一头附他鸟然后可饮。（《庶物异名疏》卷二十四）

海月，按，《禽经》谓三十足。（《庶物异名疏》卷二十八）

鸠一名郭公。（《绿萝山房诗集》卷七）

玄鹤胎生羽化而为仙。（《绿萝山房诗集卷十六》）

鹤一百六十年雌雄相感而孕。鹊巢避太岁，识岁多风则去高木巢旁枝。（《周易函书约存·周易函书别集》卷十五）

燕相背而飞，相向而宿，故飞有上下之异。（《诗演义》卷二）

乌向啼背栖，燕背飞向宿。（《六家诗名物疏》卷九）
按，《埤雅》卷八引作：乌向啼背栖，燕背飞向宿。

形似鹳鸲，但鹳鸲喙黄，伯劳喙黑。（《六家诗名物疏》卷二十九）
按，《丹铅余录》卷一引较详细：伯劳飞不能翱翔，直刺而已。形似鸎鸹，但鸎鸹喙黄，伯劳啄黑，以此别之。

蜀不独宿。（《尔雅翼》卷二十四）

按，此又见《六家诗名物疏》卷三十一。

者不上桑，樱活者不下荏。言鸟之食含桃者乃不下顾荏耳。（《尔雅翼》卷七）

具足鸳谓之蹼，鸭谓之蹼，鸡谓之跖，鹰谓之骹，鸷谓之骵，鴠谓之闟。（《尔雅翼》卷十七）

按，《书叙指南》卷十四引作：鸭足下曰蹼，鸡足下曰跖。

同力，鹑鸟，千岁为鸠，老则愈毒。同力即鸠也。（《天中记》卷五十九）

练鹊名带鸟，似山鹊而小，头上有披带，雌者短尾，雄者长尾。（《山堂肆考》卷二百三十七）

南方有鸟名曰羌鹜，黄头赤目，五色皆备。（《古今韵会举要》卷二十四）

冥祥记

本书以王国良《冥祥记研究》所收作品最完备。该书在《古小说钩沉》辑本的基础上自《释门自镜录》增辑作品《释僧妙》一条，并对《古小说钩沉》所没有收录的《法苑珠林》的十九条作品（《周宣帝宇文赟》《王㦉》《张善》《弘某》《朱贞》《乐盖卿》《杜嶷》《羊道生》《张皋》《周文帝宇文泰》《虞陟》《季孙》《张绚》《裴植》《万纽于中》《真子融》《文宣帝高洋》《刘某》《陈武帝陈霸先》）作了辨伪考证。其《冥祥记研究》

所列依据是齐陆杲于和帝中兴元年（501 年）所作的《系观世音应验记》序已提及王琰《冥祥记》，进一步判断："王琰《冥祥记》完成齐和帝中兴元年之前。因此，梁朝以后事，照理不应载入。吾人推测鲁迅未将《周宣帝宇文赟》等十九则置于《冥祥记》，最主要的原因是当中的十八个故事都发生在梁武帝普通元年（520 年）之后，"另一则《王奂》与《冥祥记》主旨不合。

但是宋《册府元龟》卷五百五十五载："王琰为吴令，撰《春秋》二十卷，《冥祥记》十卷。"《隋书》卷三十三载："《宋春秋》二十卷，梁吴兴令王琰撰。"都可见王琰在南朝梁以后曾为官，并进一步补充了《冥祥记》的内容。关于王琰在梁为官之事，明董斯張《吴兴备志》卷十四引用前代地理典籍："《图经》云晋尚书郎陆迈、宋贺道力、梁尚书郎江淹、王琰皆为吴兴令。"关于王琰在南朝梁时进一步补充了《冥祥记》的内容，也可以在佚文中找到蛛丝马迹，《法苑珠林》卷一百十四引《冥祥记》谓："前齐永明中，扬都高座寺释慧进者，少雄勇游侠。"所谓"前齐"，显然是入梁以后的语气。也就是说，中兴元年乃《冥祥记》初稿完成之时，此后仍有补作，此在古小说中也是寻常之事。

基于此，笔者认为鲁迅先生所剔除的《王奂》《弘某》《朱贞》《裴植》《万纽于中》《真子融》六条有商榷的必要，故列其文于后并一一考辨之。

《冥祥记研究》复谓"《法苑珠林》卷六引录《司马文宣》《王胡》《李旦》《郑鲜之》四则，并注云'出《冥报记》'。今查《太平广记》卷六二引《郑鲜之》，注出《宣验记》；卷三二三引《王胡》，未注出处；卷三二五引《司马文宣》、卷三八二引《李旦》，并注'出《冥报记》'。以上四则，并记刘宋时事，既不见于存世的唐临《冥报记》，也与唐氏书所录起自南北朝末，迄于唐宗永徽之断限不合。周氏《古小说钩沉》，并将上述四则辑入《冥祥记》中，不无道理。"

按，以上将四条作品辑入《冥祥记》的理由不充分，首先，因唐临《冥报记》已有部分作品散佚，不能因"不见于存世的唐临《冥报记》"就断定非《冥报记》作品。其次，唐氏《冥报记》未言其作品起自南北朝末，以古本《冥报记》来说，其卷上《梁武帝》篇所记载即萧衍即帝位时事，距南朝陈灭亡早八十余年，故以"唐氏书所录起自南北朝末"为由否定四条作品为《冥报记》所有也不能成立。《郑鲜之》一条在《太平广记》卷一六二，人名为"郑鲜"而非"郑鲜之"，据《宋书》等史籍，当为《太平广记》卷一六二误掉一"之"字。就《冥祥记》引前代小说如引《幽冥录》之赵泰与石长和，引《观世音应验记》之竺长舒、窦传、吕竦、徐荣、竺法义，引《续观世音应验记》之徐义，引《灵鬼志》之张应，引《宣验记》之程道慧与程德度，惜《宣验记》两篇作品仅节存，但是就节存部分，在文字上也与《冥祥记》程道惠、程德度篇大部分相同，情节结构则完全一致。而《太平广记》卷一六二引自《宣验记》之《郑鲜之》一条与《法苑珠林》卷六出自《冥祥记》之《郑鲜之》，在文字上迥异，情节结构也完全不同，故《冥祥记研究》认为后者源自《宣验记》的判断应该是不准确的。四库本《太平广记》卷三百二十三引《王胡》，注出《异苑》。

对《司马文宣》《王胡》《李旦》《郑鲜之》四则作品的归属，前代学人多所辨析。清末杨守敬《日本访书志》将之辑录为《冥报记》佚文。岑仲勉、方诗铭则提出不同意见，方诗铭在《杨辑〈冥报记〉佚文辨伪》一文指出，"《珠林》六引《宋司马文宣》《宋王胡》《宋李旦》《荥阳郑宣之》四验，最后一验说：'右三验出《冥报记》也。'所列目录，百卷本无《荥阳郑宣之》。杨氏（指杨守敬）所据为百卷本，根据目录，似以《宋李旦》和《荥阳郑宣之》应合为一验，故（杨守敬）将此四条都列入《冥报记》辑本一目录中。岑仲勉说：'连上计之实四验，"四"可讹（意指《珠林》"右三验出《冥报记》"乃"右四验出《冥报记》"之讹也），安见"冥报"非"冥祥"之讹，杨（守敬）固谓《珠林》《广记》往往误"冥报"为"冥祥"，其理一也。四条均未著所见，若《王胡》条云："元嘉末，有长安僧释昙爽来游江南，具说如此也。"是记宋时所闻，其断非临书，益无庸疑矣。'岑氏疑'冥报'为'冥祥'之误是对的。除他所举的理由外，《珠林》在《荥阳郑宣之》条后即引《唐眭仁蒨》，说：'右一验出《冥报记》'。如果前三条也出自《冥报记》，则可在《睦仁蒨》条下径说'右四验出《冥报记》'，不必前面说'右三验出《冥报记》'，接着又说'右一验出《冥报记》'了。可证前面所说'右三验出《冥报记》'，《冥报记》实为《冥祥记》之讹。但此误由来已久，《广记》三二五所引《司马文宣》、三八二所引《李旦》均作《冥报记》。"（本段引文括号内文字为笔者所加）李剑国《唐五代志怪传奇叙录》观点同此。

按，因其记宋时所闻，就判断非唐临书不够正确，说已具前。至谓前三条也出自《冥报记》，则可在《睦仁蒨》条下径说"右四验出《冥报记》"，不必前面说"右三验出《冥报记》"，接着又说"右一验出《冥报记》"而证《冥报记》实为《冥祥记》之讹，理由尤为不当。考《珠林》此类情况时时有之。以引《冥祥记》来说，《珠林》卷十七在前面引了十四则《冥祥记》作品后在最后一则《窦传》后注"右十四验出《冥祥记》"，紧接《窦传》的是《张兴》和王琰的《冥祥记》序两篇作品，而在《冥祥记》序后注云"右二验出《冥祥记》"，并没有因为紧相连接的十六篇作品都出自《冥祥记》而在《冥祥记》序后注"右十六验出《冥祥记》"。就《珠林》引《冥报记》来说，如其卷六十四首先引一则"代州王姓好败猎"，文末注云"出《冥报记》"；紧接着引了三条作品，在第三条后注云"右四验出《冥报记》"；紧接着引一则"唐曹州武城人方山开"，文末注云"出《冥报记》"；紧接着再引一则"唐汾州孝义县悬泉村人刘摩儿"，而没有于"刘摩儿"篇末注云"右七验出《冥报记》"。类似情况在古籍引用中并非罕见，无烦多引。复认为此误由来已久，《太平广记》所引《司马文宣》、三八二所引《李旦》均作《冥报记》是因此致误也不能说服人。《太平广记》编撰时《冥报记》和《冥祥记》应还存世，编者无用转引《珠林》，故《太平广记》所引《司马文宣》、三八二所引《李旦》均作《冥报记》，正可以证明此二条原本就是《冥报记》作品。

《冥祥记研究》复谓："《法苑珠林》卷九五引录《竺法义》《罗玙妻》，卷一一一引《竺法义》、卷三二五引《王文明》，同样都注'出《述异记》'。周氏《古小说钩沉》，将《竺法义》《罗玙妻》两则辑入《冥祥

记》,《王文明》一则辑入《述异记》'。《竺法义》记法义感心疾,日就绵
笃,因归诚观世音,昼眠,梦见一道人为刳出肠胃,湔洗腑脏,因得痊愈
事。文末附记云:'自竺长舒至义六事,并宋尚书令傅亮所撰。'可证此则
乃王琰转录自《观世音应验记》。《罗玙妻》文末附记云:'玙从妹即琰外
族曾祖尚书中兵郎费愔之夫人也,于时省疾床前,亦具闻见。'也可以证
明本则乃《冥祥记》遗闻之一。至于《王文明》一则所记乃王氏家庭凶兆
灾祸事,与佛教信仰无关,归入《述异记》是也。"

　　按,以上文字疑有脱文,考《珠林》卷九五引《竺法义》、《罗玙妻》、
《王文明》,注"右此三验出《述异记》"。然《竺法义》一篇,《珠林》卷
十七引此篇时出处为《冥祥记》,八十七字;《珠林》卷九五引作《述异
记》,一百六十九字,二者相较,详略非常悬殊。而《冥祥记》和六朝时
其他小说在作同一个题目的小说时,其共通的特点则更为简洁明了。《太
平广记》卷一百十引《竺法义》作出《述异记》,文字与《珠林》卷九五
同。故《珠林》卷九五、卷十七所引《竺法义》,当分别确定为《述异记》
和《冥祥记》的作品更为恰当。《罗玙妻》一篇,《珠林》卷十七在引时文
字与《珠林》卷九五小异,出处为《冥祥记》,是《古小说钩沉》本据
《珠林》卷十七辑有此条为《冥祥记》佚文,复因《珠林》卷九五在引
《述异记》时也及此篇,故将之定为《冥祥记》作品。然《太平广记》卷
一百九作出《述异记》,《蜀中广记》卷九十作出任昉《述异记》。故此篇
作品也当视为《冥祥记》与《述异记》共有更为恰当。六朝小说中此类情
形较多。《冥祥记研究》认为鲁迅之所以将《竺法义》《罗玙妻》列为《冥
祥记》而非《述异记》佚文,乃因其与佛教信仰相关。而《王文明》一则
所记乃王氏家庭凶兆灾祸事,与佛教信仰无关,故归入《述异记》,这种
猜测是很有道理的。但考之《古小说钩沉》本南朝齐祖冲之《述异记》,
辑自《珠林》卷四十六的胡庇之宣扬皈依佛教以却邪鬼,辑自《太平广
记》卷三百二十三的陶继之枉杀人遭恶报,辑自《太平广记》卷三百二十
三的朱泰宣扬人死神魂存……六朝已是佛教信仰兴盛之时,一般小说作品
或多或少都会有作品涉及,故以此为标准来判断作品的归属是不够恰

当的。

王国良《冥祥记研究》还对鲁迅先生未收的《太平广记》的八条作品（《孙敬德》《薛孤训》《嶲州县令》《明相寺》《周眕奴》《孙回璞》《赵文若》《杨师操》）作了辨伪考证，阐述公允。然其谓"《明相寺》记晚唐时事"，未知据何以立论。

> 齐琅邪王奂，仕齐至尚书左仆射，甚信释典，而妒忌之深，便妄怒。尝在斋内使爱妾治髭，忽有乌衔黄梅过庭而坠。奂猜妾有密期，掷果为戏。使奴出外觇视，遇见一士向篱私游。奴即往捉。而此人言瞋污媒，便迤逦走。奴还白之。奂谓弥用有实，苦加核问。妾备自陈，终不见察。即遣下阶笞杀之。妾解衣誓曰："今日之死，实为枉横。若有人天道，当令官知。"尔后数见妾来诉怨。俄而出为雍州刺史，性渐狂异，如有凭焉。无故打杀小府长史刘兴祖，诬其欲反。为御史中丞孔稚珪所奏。世祖遣中书舍人吕文显、直阁将军曹道刚领齐仗兵收奂。奂子彪素称凶剽，及女婿殷叡遂劝奂曰："曹、吕今来，不见真敕，恐为奸变。政宜录取，驰以奏闻。"奂纳之，便配千余人仗，闭门拒守。彪遂取与官军战，彪败而走。宁蛮长使裴叔业于城内举兵攻奂斩之。时人以为妾之报也。（《法苑珠林》卷七十五）

按，对于《古小说钩沉》辑本《冥祥记》未收《王奂》一篇，王国良《冥祥记研究》认为"《王奂》所记是死后报冤事情，与《冥祥记》专录崇佛诵经、立塔造寺显效灵验的主旨不合。"然考之《古小说钩沉》辑本《冥祥记》，其《赵泰》篇载泰死后见善恶报应事，其《宋沙门道志》篇载道志监守自盗，因此遂"积旬余而得病，便见异人以戈矛刺之，时来时去，来辄惊噭，应声流血。初犹日中一两如此，其后疾甚，刺者稍数，伤痍遍体，呻呼不能绝声。"与《王奂》篇内容非常相似。此类宣扬善恶因果报应的内容，在《古小说钩沉》辑本《冥祥记》中近20篇，实为本书主要内容之一。可见当为鲁迅先生漏辑，此复辑之。

宋时弘农华阴潼乡阳首里人也。服八石，得水道仙，为河伯。《幽明录》曰："余杭县南有上湘，湘中央作塘。有一人乘马看戏，将三四人至岑村饮酒，小醉暮还。时炎热，因下马入水中，枕石眠。马断走归，从又悉追马。至暮不返。眠觉，日已向晡，不见人马。见一妇来，年可十六七。一女郎再拜：'日既向暮，此间大可畏。君作何计？'问：'女郎姓何？那得忽相闻。'复有一年少年，可十三四，甚了了，乘新车，车后二十人至，呼上车，云：'大人暂欲相见。'因回车而去。道中路骆驿把火，寻城郭邑居，至便入城，进厅事。上有信幡，题云'河伯信。'见一人年三十许，颜容如画。侍卫繁多，相对欣然。敕行酒炙，云：'仆有小女，乃聪明，欲以给君箕帚。'此人知神，敬畏不敢拒逆。便敕备办，令就郎中婚。承白已办，送丝布单衣及纱袷、绢裙、纱衫裈、履屐，皆精好。又给十小吏，青衣数十人。妇年可十八九，姿容婉媚。便成。三日后大会客拜合。四日云：'礼既有限，当发遣去。'妇以金瓯、麝香囊与婿，泣涕而分。又与钱十万，药方三卷，云：'可以施功布德。'复云：'十年当相迎。'此人归家，遂不肯别婚，辞亲出家作道人，所得三卷方者，一卷脉经，一卷汤方，一卷九方。周行救疗，皆致神验。后母老迈，兄丧，因还婚宦。"（《法苑珠林》卷七十五）

按，此则末注出《搜神记》。此则后一则作品即《王奂》，《王奂》末注云"右二验出《冥祥记》"，则《王奂》与此则皆为《冥祥记》文字，当为《冥祥记》摘引《搜神记》和《幽明录》者。《冥祥记》有部分作品乃摘自前代典籍。

梁武帝欲为文皇帝陵上起寺，未有佳材。宣意有司，使加求访。先有曲阿人姓弘，忘名，家甚富厚。乃共亲族多赍财货，往湘州治生。遂经数年，营得一筏，可长千步，材木壮丽，世所罕有。还至南津，南津校尉孟少卿希朝廷旨，乃周加绳墨。弘氏所赍衣裳缯彩，犹有残余，诬以涉道劫掠所得。并劾造作过制，非商估所宜，结正处死。没入其官，筏以充寺用。奏遂施行。弘氏临刑之日，敕其妻子，可以黄纸百张，并具笔墨置棺中也。死而有知，必当陈诉。又书少卿姓名数十吞之。可经一月，少卿端坐，便见弘来。初犹避捍，后稍款服，但言乞恩，呕血而死。凡诸狱官及主书舍人，预此狱事及署奏者，以次殂没。未出一年，零落皆尽。皇基寺营构始讫，天火烧之，略无纤芥。所埋柱木，入地成灰也。(《法苑珠林》卷七十八)

按，《弘某》条据《资治通鉴》卷一百五十七，发生于536年。

梁棱陵令朱贞以罪下狱。廷尉平虞㻋考核其事，结正入重。贞遣相闻与㻋曰："我罪当死，不敢祈恩。但犹冀主上万一弘宥耳。明日既是墓日，乞得过此奏闻，可尔与不？"㻋答曰："此于理无爽，何为不然，谨闻命矣。"而朱事先入明日奏束，㻋便过客共饮致醉，遂忘抽出文书。且日，家人合束内衣箱中。㻋复不记。比至帝前，顿足香橙上，次第披之，方见此事。势不可隐，便尔上闻。武帝大怒曰："朱贞合死，付外详决。"贞闻之，大恨曰："虞㻋小子欺罔将死之人。鬼若无知，故同灰土。倘其有识，誓必报之。"贞于市始当命绝，而㻋已见其来。自尔后时时恒见。㻋见来，甚恶之。又梦乘车在山下，贞居山上推石压之。月余日，除曲阿令。拜之明日，诣谢章门阙下。其妇平常于宅暴卒，㻋狼狈而还。入室哭妇，举头见贞在梁上。㻋曰："朱棘陵在此，我妇岂得不死。"言未讫而屋无故忽崩，㻋及男女婢使十余人，一时并命。右丞虞骘是其宗亲，经始丧事。见还，暂下堂避之，仅得免难。(《法苑珠林》卷七十八)

按，《朱贞》条据其内容只知道事情发生于梁武帝时，具体年代则不可考。

梁庐陵王在荆州时，尝遣从事量括民田。南阳乐盖卿亦充一使。时公府舍人韦破虏发遣诫敕，失王本意。及盖卿还，以违误得罪。破虏惶惧，不敢引衍，但诳盖卿云："自为分雪，无劳诉也。"数日之间，遂斩于市。盖卿号叫，无由自陈。唯语家人以纸笔随敛。死后少日，破虏在槽上看牛，忽见盖卿挈头而入。持一碗蒜虀与破虏。破虏奔走惊呼，不获已而服之。因此得病，未几而死。（《法苑珠林》卷七十八）

按，《乐盖卿》条言及"梁庐陵王（萧绩）在荆州时"，考《梁书》卷三，庐陵王绩为安北将军西中郎将荆州刺史乃中大通四年即 533 年事，大同元年即 535 年复以安北将军庐陵王续为安南将军江州刺史。据《梁书》卷二十九，大同五年复为江州刺史。以王国良推断王琰可能出生于宋孝武帝孝建元年（454 年）计，如果王琰寿命八十余岁，则以上作品就很有可能是其所创作。此姑以存疑。

　　梁裴植随其季叔叔业自南兖州入北，仕于元氏，位至尚书。植同堂妹夫韦伯鼎有学业，恃叔业气，自以才智，常轻陵植。植憎之如仇。后于洛下诬告植谋为废立。植坐此死。百许日，伯鼎病，向空而语曰："裴尚书死，不独见由，何以怒也。"须臾而卒。万纽于中者，北代人，仕魏世为侍中领军。明帝勋戚专权在内。尚书仆射郭祚、尚书裴植乃共劝高陵阳王雍出中。中闻之，逼有司诬奏其罪，矫诏并杀之。朝野愤怒，莫不切齿。二年中得病，见裴郭为祟，寻死。（《法苑珠林》卷七十八）

按，《魏书》卷九载延昌四年"八月乙亥领军于忠矫诏杀左仆射郭祚尚书裴植"，《魏书》卷七十一载"京兆杜陵人韦伯昕学尚有壮气，自以才智优于裴植，常轻之。植疾之如仇……延昌末，告尚书裴植谋为废黜。植坐死后百余日，伯昕亦病卒，临亡见植为祟，口云：'裴尚书死，不独见由，何以见怒也？'"可见裴植死于延昌四年即 515 年，以王国良推断可能出生于宋孝武帝孝建元年（454 年）计，其时王琰为六十二岁，将这一材料组织到《冥祥记》是完全合情合理的。《万纽于中》也当为《冥祥记》中作品，理由同上则。

齐真子融，齐世尝为井陉关检租使。赃货甚多，为人所纠。齐主欲以行法，意在穷治，乃付并州城局参军事崔瑗与中书舍人蔡晖共考其狱。然子融之事，皆在赦前。瑗等观望上意，抑为赦后。子融临刑之际，冤诉百端。既不见理，乃誓曰："若此等平吉，是无天道。"后十五日，崔瑗无病暴死。经一年许，蔡晖卧疾，肤肉烂堕都尽，苦楚百许日，方殂。（《法苑珠林》卷九十一）

按，《真子融》条所记为南齐之事，显然为《冥祥记》作品。

释昙凭姓杨，犍为南安人，少游京师，学转赞，止白马寺。言调甚工，而过且自任，时人未之推也。于是专精规矩，更加研寻，晚遂出郡，翕然改观，诵三本起经，尤善其声。后还蜀，止龙渊寺，巴汉怀音者皆崇其声范，每梵音一吐，则象马悲鸣。因制造铜钟于未来，常有八音四变庸，蜀有铜钟，始于此也。（《蜀典》卷二）

唐吴王文学陈郡谢宏敞，妻高阳许氏，武德初，遇患死，经四日而苏，说云："被二三十人拘至地狱，未见官府，即闻唤，虽不识面，似是姑夫沈吉光语音，许问云：'语声似是沈丈，何因无头？'南人呼姑姨夫，皆为某姓丈也。吉光即以手提其头，置于膊上，而诚许曰：'汝且在此，勿向西院。待吾为汝造请，即应得出。'许遂住，吉光经再宿始来，语许云：'汝今此来，王欲令汝作女伎。倘引见，不须道解弦管，如不为所悉，可引吾为证也。'少间，有吏抱案引入，王果问解弦管否，许云不解，沈吉光具知。王问吉光，答云：'不解。'王曰：'宜早放还，不须留也。'于时吉光欲发遣，即共执案人筹度，许不解其语，执案人云：'娘子功德虽强，然为先有少罪，随便受却，身业俱净，岂不快哉！'更东引入一院，其门极小，见有人受罪，许甚惊惧，乃求于主者曰：'平生修福，何罪而至斯耶？'答曰：'娘子曾以不净盌盛食与亲，须受此罪，方可得去.'遂以铜汁灌口，非常苦毒，比苏时，口内皆烂。吉光即云：'可于此人处受一本经，记取将归，受持勿怠，自今已去，保年八十有余.'许生时素未诵经，苏后，遂诵得一卷。询访人间，所未曾有。今见受持不阙，吉光其时尚存，后二年，方始遇害。凡诸亲属，有欲死者，三年前并于地下预见，许之从父弟仁则说之。(《太平广记》卷三百八十六 3077)

按，此则中有"武德初"等言，乃唐事，非《《冥祥记》文。李剑国《唐五代志怪传奇叙录》据《法苑珠林》及明抄本《太平广记》辑为《冥报记》佚文。

　　精诚之至感于天地，故死而更生，在常礼之外，非礼之所处。刑之所裁断以还开冢者。(《西晋文纪》卷二十)

按，此谓《搜神记》卷十五所载晋武帝世，河间郡有男女私悦，许相配，适寻而男从军积年不归，女家父母逼女另嫁，另嫁后女寻病死，其男戍还，不胜其情遂发冢开棺，女即苏活。因负还家。后夫闻而相讼，王导奏以还前夫开冢者。

　　沙门安能开者，北人也。尝见蜈蚣长三尺，自屋堕地，旋徊而去。(《太平御览》卷九百四十六)

稽神异苑

《稽神异苑》，关于本书的一个重要的问题则是它与《穷神秘苑》的关系。宋晁公武撰《郡斋读书志》卷三下谓："《稽神异苑》十卷，右题云南齐焦度撰。杂编传记鬼神变化及草木禽兽妖怪谲诡事。按焦度南安氏也，质讷朴戆，以勇力事高帝。决不能著书。又卒于建元四年，所纪有梁天监中事，必非也。唐志有焦路《穷神秘苑》十卷，岂即此书而相传之讹与?"

对于《郡斋读书志》这一观点，程毅中、李剑国提出了反对意见。《中国古代小说总目》文言卷《稽神异苑》条谓："按《南齐书》、《南史》有《焦度传》，仕宋、齐二朝，齐高帝时官至淮陵太守、游击将军，永明元年（483年）卒（按：公武云建元四年卒乃据《南史》误断）。焦度乃粗暴武夫，史言其性甚详，以其为本书作者必误。而《穷神秘苑》晚唐焦璐撰（一作潞，《读书志》作路，讹），《太平广记》等引佚文十二条，除《鹤民》一条《广记》卷四八〇引作《穷神秘苑》而《永乐大典》卷三〇〇〇引作《稽神异苑》外，其余无一相合，自是二书。但二书由于书名撰名相近卷数相同，在流传中常相混，《宋史·艺文志》小说类著录焦潞《稽神异苑》十卷，即是把《穷神秘苑》误作《稽神异苑》。本书记有梁事，故疑书出陈、隋间。"

笔者按，考之《稽神异苑》现存作品，未见有梁代事迹。复查《南史》卷四十六《焦度传》言其祖名文珪，也似非无诗书之家所能名者。又谓度"少有气干"。《南史》卷二十三载其主王景文被无端冤杀时，"焦度在侧，愤怒发酒覆地曰：'大丈夫安能坐受死？州中文武可数百人，足以一奋'也非斗大的字不识一个的赳赳武夫所能言，然焦度必非《稽神异苑》作者，理由如次。

《类说》卷四十引《稽神异苑》之"康王庙神女"条注出《六朝录》（《类说》卷四十《稽神异苑》之"东海女姑"也注出《六朝录》），古代史籍，通常以三国吴，东晋，南朝宋、齐、梁、陈六个建都于建康的王朝称为六朝。则卒于南齐永明元年（483年）的焦度安可预知？

《类说》本《稽神异苑》又引孙景安《征途记》两则，据《魏书》卷九，北魏神龟（518—520年）年间，"幽州大饥，民死者三千七百九十九人，诏刺史赵邕开仓赈恤"。复据《魏书》卷九十三载赵邕在幽州贪纵，草菅人命，朝廷"遣中散大夫孙景安研检事状，邕坐处死，会赦得免"

事。若《征途记》作者孙景安即《魏书》卷九十三之孙景安，则焦度也多半不可能见到其书。

又《类说》本《稽神异苑》之"东海女姑"条载："《六朝录》曰，书生萧岳至延陵泊舟季子庙前，有一女从三四侍女，以秋橘掷岳，因舟中命酒，将晚别去。岳入庙见东壁第二座之女，细视之而笑，乃所见之女也。画旁题云东海女姑"。此条《太平广记》卷二百九十六引《八朝穷怪录》也载之而内容为详，其开篇曰："齐明帝建武中，有书生萧岳自毗陵至延陵季子庙前泊舟。"齐明帝萧鸾建武年间乃 494—498 年，也是焦度身后事。

又《类说》本《稽神异苑》之"虹化为女子"条载："《江表录》：首阳山有晚虹下饮溪水，化为女子。明帝召入宫，曰：'我仙女也，暂降人间。'帝欲逼幸而难其色，忽有声如雷，复化为虹而去。"此条《太平广记》卷三百九十六引《八朝穷怪录》也载之而内容为详，其开篇曰："后魏明帝正光二年夏六月，首阳山中有晚虹下饮于溪。"正光二年为 521 年，焦度离世已近四十年。

《永乐大典》卷 7328 引"魏唐永尝恍惚见厅东壁下一妇人，长尺余，来谓永曰：'妾有一儿一女，皆及婚嫁，投君求婿，可乎？'永知是妖，乃许之。召匠造木人，男女各长一尺。来日，妇人复出，永谓曰：'我已求获新妇及女婿。'其妖甚喜，乃谢曰：'女婿何氏？'永曰：'段氏。'又曰：'新妇何氏？'亦姓段氏。言讫，妇人与木人俱拜谢永，入穴中。"唐永，北魏人，《北史》卷六十七有传，谓其"正光中为北地太守"，正光乃北魏孝明帝年号，为 520—525 年。《北史》卷六十七又谓其"大统元年拜东雍州刺史"，大统元年为 535 年。以唐永面对妖妇人之从容不迫，自是成年以后之事，卒于 483 年的焦度恐怕是难以闻见到其事的。

笔者复认为，否定《郡斋读书志》的观点，而认为《稽神异苑》与《穷神秘苑》是两部书的论述不够妥帖。

首先，如果是六朝人的著作，何以《隋书·经籍志》和新旧唐志以及北宋书目都没有著录，而突然出现于南宋《郡斋读书志》中。并且唐代及北宋的类书等众多典籍无一引用，编于绍兴年间的《类说》才开始进行引用。这些都说明六朝创作《稽神异苑》的可能性是极小的。

其次，《稽神异苑》与《穷神秘苑》也非如李剑国所言，"除《鹤民》一条《广记》卷四八〇引作《穷神秘苑》而《永乐大典》卷三〇〇〇引作《稽神异苑》外，其余无一相合"，如《类说》卷四十题引自《稽神异苑》的"康王庙神女"条，《玉芝堂谈荟》卷三十五引作《穷神秘苑》。《类说》本《稽神异苑》之"刘子卿居庐山"，《玉芝堂谈荟》卷三十五引作《穷神秘苑》。又《天中记》卷五十七引"刘子卿居庐山"作《穷神秘苑》，当是将"稽神异苑"与"穷神秘苑"两个书名混在一起而称"稽神秘苑"的，类似的还有《天中记》卷五十二引《类说》本《稽神异苑》之"榴环"条也称出自"稽神秘苑"。宋尤袤撰《遂初堂书目》也引有"稽神秘苑"，这些都或可证明"稽神异苑"与"穷神秘苑"经常是混用的。

其三，《宋史》卷二百六著录焦潞《稽神异苑》十卷，正可以证明《稽神异苑》与《穷神秘苑》是同一部书，而非如李剑国《唐五代志怪传奇叙录》所解释的："《宋志》之焦度《稽神异苑》，若非焦度《稽神异苑》之讹，则必焦璐《穷神秘苑》之误。考明陈士元《江汉丛谈》卷二《解佩》引焦潞《稽神异苑》唐咸通中萧遘事（见后），则知宋志所著录之本世果有之，书名《稽神异苑》者乃《穷神秘苑》之误也。"根据古籍引用的情况，焦璐也作焦潞或焦路，同音致误在古籍中很常见，而焦璐或焦潞与焦度之间，则是音近致误，这种情况也非鲜见，如以葛洪《神仙传》的引用为例，泰（太）山老父《三洞群仙录》卷六误作《太上老父》，《仙苑编珠》卷上把刘政误引作"娄政"，刘京《仙苑编珠》卷中误引作娄景，帛和《类隽》卷十二和《五车霏玉》卷十九、《事词类奇》卷十六误引作"白和"。同理，焦度也是焦璐或焦潞之误。

要之，《郡斋读书志》的观点不可以轻易否定，《文献通考》卷二百十五之赞同《郡斋读书志》的观点也应该是经过深思熟虑的。

《中国古代小说总目》文言卷《穷神秘苑》条谓："焦璐（？—868年），一作潞，未知孰是。咸通九年（868年）为徐泗等州观察判官、副使，庞勋军抵宿州，时宿州缺刺史，摄州事，决汴水以阻庞北进。宿将乔翔战败，宿州陷，遂奔徐州。庞陷徐，璐与观察使崔彦曾等被杀。"《穷神秘苑》条复据此立论："考明人陈士元《江汉丛谈》卷二《解佩》引焦潞《稽神异苑》咸通中萧遘自右史窜黔南事……萧遘窜黔南在咸通十一年（据《旧唐书—萧遘传》及《懿宗纪》），时焦已卒二年，则此本复经后人窜乱，已非旧观。"

此论是也。是书所引皆前代典籍题材，如《吴郡志》卷四十七所引之"刘元"，《异苑》卷六有相同题材。《施注苏诗》卷二十八引陈实与子侄造荀爽父子事《异苑》、《世说新语》有相同题材。吴王女紫珪与韩重事《搜神记》有相同题材。傅亮见物面广三尺、石龟耗仓事事、朱郭夫妻铜釜事、任诩卜巫师而数脱难事《异苑》有相同题材。考之李剑国所辑《稽神异苑》与《穷神秘苑》，即使以现存文献寻索，也基本上是全部都可以在前代典籍中找到同类题材，即《郡斋读书志》卷三下谓其"杂编传记鬼神变化及草木禽兽妖怪谲诡事"，而没有作者自己独立创作的作品，自然唐咸通中萧遘事一类作品是本书所不会有的。

《稽神异苑》，李剑国以为《类说》卷四十摘录十四条，《永乐大典》《吴郡志》《施注苏诗》引十四条，佚文凡二十八条。而后三书未标明引文的具体卷数。今复按三书，《吴郡志》卷四十七引白蛇化姑苏男子遍扰居民和宋刘元北归仕魏累青州刺史两事，《施注苏诗》卷二十八引陈实与子侄造荀爽父子事。《永乐大典》卷2256引吴王女紫珪与韩重事、卷2345引《稽神异苑》和《洞冥记》毕勒国贡细鸟事、卷2345引《稽神异苑》和《搜神记》飞涎鸟事、卷2806傅亮见物面广三尺事、卷7328引魏唐永遇妖妇人长尺余事、卷7518引石龟耗仓事、卷8527引豫章人好食蕈事、卷13136复引吴王女紫珪与韩重事、卷14536引韩凭夫妇相思树事、卷14912引朱郭夫妻铜釜事、卷14912引薛愿家虹吐金满釜事、卷19636载任诩卜巫师而数脱难事，除去吴王女紫珪与韩重一事重复，共十四事。

唐咸通中，萧遘自右史窜黔南，过三峡次秭归，梦神曰："我黄麾神也。佑公出此境。"（《蜀典》卷三）

西域有鼠，二耳，大者如兔，小者如常鼠，额皆白。商贾过其国不祈祀，则啮人衣裳。（《异物汇苑》卷三）

有人见积雪久不消，掘地，见藏中有金牛。（《异物汇苑》卷四）

中朝有人畜铜澡盆，朝夕恒如人扣，盖盆与洛钟宫商相应，朝夕撞钟，故声相应。（《异物汇苑》卷四）

集异记

《集异记》，南朝宋郭季产撰，《古小说钩沉》据《太平御览》《北堂书钞》《太平广记》《艺文类聚》辑佚十一则，李剑国《中国古代小说总目·文言卷》《集异记》条据《太平广记》增辑《朱休之》、《张华》两则。

《中国古代小说总目·文言卷》之南朝宋郭季产《集异记》条谓"本书史志无著录，《太平御览经史图书纲目》有郭季产《集异记》（又列《集异记》，亦郭书）。"按，《太平御览》卷三十二引唐薛用弱《集异记》徐佐卿化鹤事，则《太平御览》所载非郭季产一人之作。

晋夏侯玄为司马景王所忌，杀之。玄族设祭，见玄来灵座，脱头置其旁，悉取果食酒肉以内颈中，既毕，还自安言曰："吾得诉于上帝，司马子元无嗣也。"（《玉芝堂谈荟》卷十三）

干宝父葬，婢闭墓中。后祔葬开冢，婢犹活，言其父常以饮食诒婢，与寝处如平生。宝因此作《搜神记》。（《说略》卷五）

吴主邓夫人为如意伤颊，血流啼叫，太医云得白獭髓杂玉与琥珀附之，当灭此痕。遂以百金购得白獭合膏而瘥，但琥珀太

多，犹有赤点如痣。（《本草纲目》卷五十一下）

乐安章沉病死，未殡而苏云："被录到天曹，主者是其外兄，断理得免。见一女同时被录，乃脱金钏一双，托兄以与主者，亦得还，遂共燕接。女云家在吴，姓徐名秋英。"沈后寻问，遂得之。女父母因以女妻沈。（《天中记》卷四十九）

按，《太平御览》卷七百十八引此，出处作《甄异记》，当为《天中记》作者误注出处。

京兆田真兄弟三人分析财产，赀皆均平，堂前紫荆树议分为三。明日，将锯之，其树即枯死。真见之大惊，谓诸弟曰："树本同枝，闻将分析，所以憔悴。是人不如木也。"因悲不自胜，遂不复锯树，树应声而活。兄弟相感，复合财同住，称为孝门。（《倘湖樵书》初集卷四）

按，《闲书》卷之二也载此。

蒋苈婺州人，往行都赴省，就鹤桥桂妓馆安下待试。店前孟官人家，有女名丽娘，每于帘后见蒋苈，私慕之，谓侍婢曰："如得此人为夫，平生愿足！"蒋试罢便回，丽娘思之成疾，骨立如柴。母问其故，丽娘具道之，言讫泪下。母告其父，父呼店主人问赴省者何人，店主人曰："蒋苈，婺州人也，某亦识其家。"父即令店主人为媒，星夜招至。数日与蒋生同来，而丽娘已死三日矣。父具告其实，蒋亦惆怅而归。其晚宿于旅舍，见一女子至曰："我丽娘也。大人遣媒，既而追悔，始言我死。劳君远来。"遂共寝。次早辞曰："我为君而死，从此永诀矣。"（《续同书》卷六）

张瞻将归，梦炊臼中。问解梦者王生，言："君归不见妻矣。臼中炊，无妇也。"及归，妻果卒。（《诗学事类》卷十六）

鲁般，敦煌人，巧作造化。尝怨吴人杀其父，于肃州城南作

一木人，举手指吴，吴大旱三年。卜者曰般所为也。贵物谢之。断其指，即日，其吴大雨。（《三农纪》卷之二）

一士贫，种绿豆，耘草，忽有蝇飞集其首而鸣。以为异，求卜，卜者曰："绿豆者，收其老而遗少。昔朱斤除中书，即时有飞蝉集冠之兆。今科必发。"后果应。（《三农纪》卷之三）

一妇性至孝，家甚贫，夫早死，妇养姑甚谨。时年遭蝗，谷贵，妇惟种南瓜一畦，妇采食稺叶，以其瓜奉姑。又量其可货者易米以养。虫亦不害，□实亦繁。中有一瓜□熟，妇□归剖之，内子尽暴黄金，时人以为孝应所致。号其居曰金瓜。（《三农纪》卷之四）

马均，大巧人，削竹作人语。时天旱，人皆酒与此竹人语，天须臾大雨。（《三农纪》卷之七）

一士子讲，天师肩有童子捧茶，士躬身授之。天师见甚诚敬，命童子见，乃本处龙神也。因值日班期。士归，一日，有秀才来访师，当日童子约往，士辞不能，秀士与一物，自是往来相好。一日，园中花下有数猫见戏耍，士求一乌者于人，觉有难色，强与之，特畜于家。一日，风雷大作，腾去。士询其故，乃行雨黑龙也。（《三农纪》卷之九）

一人客货远方，怏怏闲步道亭，见一老携一小儿泣，行客怪问故，曰："欠人债，以子鬻还。"客悯，以金偿债。夫妇感，来拜寓所，惊曰："我处土俗，养蛊致利。凡养蛊家不畜鸡。观容已中毒也。"客怖曰："奈何？"妇云："吾家有荔荠，食之可自无害。"（《三农纪》卷之五）

薛用弱《集异记》附之。

对于薛用弱之仕履，相关资料很少，论者略有不同。李剑国《唐五代志怪传奇叙录》谓："《新唐志》注云：'字中胜，长庆光州刺史。'《三水小牍》卷下云：'弋阳郡东南有黑水河，河漘有黑水将军祠。大和初，薛用弱自仪曹郎出守此郡，为政严而不残。'弋阳郡即光州，此称大和初与长庆不合，相差数年（长庆四年为824年，大和元年为827年）。按《新唐志》所注乃据《集异记》题署或原序，疑《三水小牍》有误。"

程毅中《唐代小说史话》第六章同样据《新唐志》注和《三水小牍》卷下推论谓："如果两种说法都有依据的话，那么薛用弱就是从长庆末到大和初都在弋阳任官。"

关于本书的撰成时间，李剑国《唐五代志怪传奇叙录》据《新唐志》注进一步引申谓该书是其在光州刺史任上所撰："本书《符契元》云仆射马总时为刑部尚书，中疾而没。据《旧唐书》，马元和十四年检校刑部尚书，长庆三年八月卒，赠右仆射。是知本书殆成于长庆四年。"《唐五代志怪传奇叙录》在判断古籍征引出自《集异记》的作品是薛用弱还是陆勋所撰时，有的就以长庆前后作为依据。

又《唐五代志怪传奇叙录》所辑佚文之32—34条《郑郊》《李揆》《韦仙翁》为中华书局1980年点校本所无。

刘方玄宿巴陵馆厅，其西有巴篱。（《通雅》卷三十八）

润州鹤林寺有杜鹃花高丈余，相传贞元中，有僧自天台移栽之，以钵盂药养其根，植于寺中。时或见二女子，红裳艳妆，游于花下，俗传花神也。周宝镇浙西，一日谓道人殷七七曰："鹤林之花，天下奇绝。常闻道者能作时花，今重九将近，能开此花乎？"七七乃往寺中，夜二女谓殷曰："妾为上帝司此花，今与道者开之。然此花不久归阆苑矣。"时方九月，此花烂漫如春，宝等游赏屡日。花俄不见，后兵火焚寺，树失根株。归苑之事信然。（《山堂肆考》卷十三）

汾阴侯生死，以一镜授王度，径八寸，麒麟鼻，龟龙凤虎布四方，外八卦，内十二辰，二十四隶字，承日则文影入见于面，持却百邪，云："吾闻黄帝铸十五镜，第一径尺五寸，以法满日。

此为第八度。隋御史尝自为记。(《路史》卷十四)

食谨勿多,多则生病。饱勿多卧,卧则心荡。心荡多失性,
食多生病,则药不行。(《医说》卷七)

按,《医说》卷七引此作出《集异说》。按,前引狄梁公,也作出《集
异说》,狄梁公为薛用弱《集异记》中作品,故辑此则于此。

红牙敲彻总寻常,指点倾城在末行。歌到玉门杨柳句,诸君
端合拜胡郎。(《少室山房集》卷七十八)

郭 子

《郭子》,《少室山房笔丛正集》卷三谓:"《郭子》三卷,隋世或存或
亡,今率湮没无考。"未知其据何以言。考之《隋书》卷三十四:"《郭子》
三卷,东晋中郎郭澄之撰。"又《旧唐书》卷四十七载:"《郭子》三卷,
郭澄之撰,贾泉注。"《新唐书》卷五十九载:"贾泉注《郭子》三卷,郭
澄之。"则该书唐代犹存,非《少室山房笔丛正集》卷三所谓:"隋世或存
或亡"。

原书散佚,今存《无一是斋丛钞》本、《玉函山房辑佚书》辑本和鲁
迅先生《古小说钩沉》本,也非《少室山房笔丛正集》卷三所谓"今率湮
没无考"。其中以鲁迅搜集最完备。《玉函山房辑佚书》据《世说新语》注
以及《太平御览》《北堂书钞》《初学记》《艺文类聚》《白孔六帖》辑佚文
七十余则,其中据《北堂书钞》卷九十七所引"博学之士"条和据《太平
御览》、《北堂书钞》所引"阮籍何如司马相如"及"饮酒读离骚即名士"
条为钩沉本所无。《古小说钩沉》本也据上述诸书及《续谈助》搜集佚文,
"将军王敦起事"条(据《御览》卷六百八十二)、"雷尚书"条(据《御

览》卷二百十二）、"刘真长云"条（据《书钞》一百四十八）、"会稽王来"条（据《书钞》七十）、"晋抚军云"条（《续谈助》四）、"简文云"条（《续谈助》四）、"许玄度在西州讲"条（《书钞》九十八）、"承指辟王蓝田为掾"条（《书钞》六十八）、"萍之依水"条（据《御览》卷一千）为《玉函山房辑佚书》辑本所无。

傅嘏字兰石，为尚书，大小无不总。（《太平御览》卷二百一十二）

按，四库全书本《太平御览》引作《郭子》，而四部丛刊本《太平御览》引作《傅子》。

钟雅自左右丞桓寻从吏部为常侍，常快恨之独处已以廉。（《职官分纪》卷六）

马均大巧，能削竹作人语。时天下大旱，人皆将酒与此竹人，语天下须臾雨也。（《广博物志》卷三）

古今艺术图

《隋书·经籍志》著录有《古今艺术》二十卷，《历代名画记》卷三著录《古今艺术图》五十卷，作隋炀帝撰。

北方戎狄爱习轻趫之能，每至寒食为之。后中国女子学之，乃以彩绳悬树立架，谓之秋千。或曰本山戎之戏也，自齐桓公北伐山戎，此戏始传中国。一云正作秋千，字为秋迁，非也。本出自汉宫祝寿词也，后世语倒为秋千耳。（《事物纪原》卷八）

按，《荆楚岁时记》、《艺文类聚》卷四、《事类赋》卷四、《太平御览》

卷三十、《靖康缃素杂记》卷八、《原始秘书》卷九、《广事类赋》卷二、《类隽》卷四、《岁华纪丽》卷一、《事词类奇》卷之四也载此。《诗学事类》卷十六引此作品作《古今艺术》。

鬼神志怪集

石昌渝《中国古代小说总目·文言卷》据《杜工部草堂诗笺》卷三一注引酿千日酒事一则。此复据诸书辑得如下一则。

昔有周擥者家贫，夫妇夜田，天帝见而怜之，问司命曰："此可富乎？"司命曰："命当贫，有张车子钱可以借之。"乃借而与之，期曰："车子生，急还之。"田者稍富利，及期，夫妇辇其赇以逃。同宿路，逢夫妻寄车下宿，夜生子，问名于夫，夫曰："生车间，可名车子也。"从是所向失利，遂以贫困。（《刘氏鸿书》卷四十）

博物志

《博物志》，晋张华所撰志怪小说集。对于其成书，《拾遗记》卷九以为原本四百卷，奏于武帝，帝以其采言浮妄且篇幅冗长，令删成十卷。对于此种记载，前人多有辨疑。如刘知己《史通》卷十谓其"全构虚词，用惊愚俗"。余嘉锡《四库提要辨证》在论及此则记载时也说："王嘉《拾遗记》所记之事，杜撰无稽，殆无一语实录。"今人范宁在《博物志校证》

之《前言》中也怀疑此记载之真实性。乃至于否定作者的真实性，明韩敏《序董斯张撰广博物志》言："《博物》一书，文采不雅驯，断不出六朝人手，而况茂先？"清人纪昀撰《滦阳续录》卷四云："张华《博物志》更诬及尼山，不应悖妄至此，殆后人依托。"

笔者认为，《拾遗记》的记载基本可信。首先，南宋陈景沂《全芳备祖集》后集卷十二引《晋书》言："张华进《博物志》，武帝嫌繁，令削之"。明韩敬序《广博物志》，也引《晋书》佚文："茂先汰三十乘，汇为一志，搜四百卷，仅存数篇"①。明代天启年间唐琳刻快阁本《博物志》，其序也谓"史称张华读书三十车，作《博物志》四百。武帝以为繁，存十卷。"既然是"史称"，则其内容绝非依据《拾遗记》而是历史典籍。又《古今事文类聚》别集卷二引唐代殷文启注谓"晋张华读三十车书，作《博物志》四百卷，武帝以为繁，只作十卷"。

其次，应该联系当时对志怪志人小说的创作态度来理解而不是以后世对小说的观念来看问题。实际上，六朝人是把我们视之为志怪志人小说的作品作为史书来创作的，因此他们完全根据的是实录的标准，以严肃认真的态度来写作的。梁代萧绮在《拾遗记序》中指出该书"言匪浮诡，事弗空诬"②。如《冥验记》《冥祥记》等等都是"记经像之显效，明应验之实有"③。从干宝《搜神记》序中也可以看出，他完全是按照信以传信、疑以传疑的修史原则在编一部鬼神的历史，时人亦赞之："卿可谓鬼之董狐。"④刘知己《史通》中讲到："晋世杂书，谅非一族，若《语林》《世说》《幽明录》《搜神记》之徒……唐朝所撰《晋史》，多采以为书"⑤。明人胡震亨在《搜神记引》中也说："刘昭《补汉志》、沈约《宋志》与《晋

---

① 考之《隋书·经籍志》，书名为《晋书》者凡六种，作者分别为王隐、虞预、朱凤、谢灵运、臧荣绪、萧子云。又晋陆机、唐房玄龄等亦着有《晋书》。以上两条记载不见于唐代所修《晋书》。六朝七人所修《晋书》已经散佚。上述材料据其内容及行文语言特点，当出自两家不同的六朝《晋书》，其时去晋未远，既然在国史中加以记载，应该具有真实性。

② 王嘉：《拾遗记》，中华书局1981年版，卷首序。

③ 鲁迅：《中国小说史略》，上海古籍出版社1998年版，第32页。

④ 《四部丛刊初编》子部《世说新语》卷下之下，第129页。

⑤ 《四部丛刊初编》史部《史通》卷五，第32页。

书·五行》，皆取录于此（指《搜神记》）"。《四库全书总目》论及"取
刘义庆《世说新语》与刘孝标所注一一互勘，几于全部收入（《晋
书》）"①而从名噪一时的裴启《语林》仅因记谢安话不实，遂被废弃一
事，也可以看出其时人对志怪志人小说实录的要求是异常苛刻的。正因为
他们是以撰史的神圣态度来进行写作，所以其时进行志怪志人小说写作的
人常常都是颇有地位的人物，连皇帝也进行志怪小说之写作。时代普遍的
实录态度也从另一侧面证明《拾遗记》卷九对于《博物志》卷数及相关情
况的记载应该是慎重的。

　　又《太平御览》卷一千记载："《博物志》曰：晋武帝欲观书，司空张
华撰《博物志》进武帝，帝嫌烦，令削之，赐侧理纸万张。"如果此则记
载无误，则说明在《博物志》成书上奏武帝后，仍然在继续增改作品。

　　就《博物志》的流传来说，一种观点是《说郛》卷四十一下引宋代朱
胜非《秀水闲居录》言："张华《博物志》世止十卷，事多杂出诸书，或
本书久佚后人掇拾为之耳。"《四库全书总目》卷一百四十二《博物志》提
要谓"考裴松之《三国志》注《魏志太祖纪》《文帝纪》《濊传》《吴志孙
贲传》引《博物志》四条，今本惟有《太祖纪》所引一条而佚其前半，余
三条皆无之。又江淹《古铜剑赞》引张华博物志曰'铸铜之工不可复得，
惟蜀地羌中时有解者。'今本无此语，足证非宋齐梁时所见之本。又唐要
载显庆三年太常丞吕才奏按张华博物志曰'白雪是泰帝使素女鼓五弦曲
名，以其调高，人遂和寡'；又张彦远《历代名画记》引张华《博物志》
曰'刘褒汉桓帝时人曾画云汉图，人见之觉热。又画北风图，人见之觉
凉'，今本皆无此语；李善注《文选》引张华《博物志》十二条，见今本
者九条，其《西京赋》注引'王孙公子皆古人相推敬之词'一条，《闲居
赋》注引'张骞使大夏得石榴，李广利为贰师将军伐大宛得蒲陶'一条，
《七命》注引'橙似橘而非，若柚而有芬香'一条，则今本皆无此语。段
公路《北户录》引《博物志》五条，见今本者三条，其'鹡鸰一名鸡鹎'
一条，'金鱼脑中有麩金，出功婆塞'一条，则今本皆无此语。足证亦非

①　《四库全书总目》，中华书局1965年版，第405页

唐人所见之本。《太平广记》引《博物志》'郑宏沉酿川'一条，赵彦卫
《云麓漫钞》引博物志'黄蓝张骞得自西域'一条，今本皆无之。晁公武
《读书志》称卷首有《理略》，后有《赞文》，今本卷首第一条为地理，称
《地理略》，自'魏氏曰'以前云云，无所谓《理略》《赞文》，惟《地理》
有之，亦不在卷后。又赵与峕《宾退录》称张华《博物志》卷末载湘夫人
事，亦误以为尧女，今本此条乃在八卷之首，不在卷末，皆相矛盾，则并
非宋人所见之本。或原书散佚，好事者掇取诸书所引《博物志》，而杂采
他小说以足之。故证以《艺文类聚》《太平御览》所引，亦往往相符。其
余为他书所未引者，则大抵剿剟《大戴礼》《春秋繁露》《孔子家语》《本
草经》《山海经》《拾遗记》《搜神记》《异苑》《西京杂记》《汉武内传》
《列子》诸书，饾饤成帙，不尽华之原文也"。

　　笔者按，历代典籍与公私书目都无不记载有《博物志》，如《晋书》
张华本传、《隋志》杂家类、新旧《唐志》小说家类、《宋史·艺文志》杂
家类等等，现存版本中也有宋代的传刻本，并且以上诸家都记录为十卷。
因此一般来说，十卷本《博物志》不应该存在大面积散佚的情况。但是
《三国志》裴松之注、《水经》郦道元注、《齐民要术》、《后汉书》刘昭注、
《一切经音义》、《昭明文选》李善注、《史记》三家注、《艺文类聚》、《北
堂书钞》、《太平御览》等六朝至宋初的典籍中存在大量十卷本《博物志》
所没有的佚文。清人为辑录佚文者，有《四库全书总目》关于《博物志》
的提要、王谟《博物记》一卷（《汉唐地理书钞》）、周心如《博物志补
遗》二卷（《纷欣阁丛书》）、钱熙祚《博物志佚文》一卷（《指海》）、陈
穆堂《博物志补遗》一卷（《博物志疏证》）、马国翰《博物记》一卷
（《玉函山房辑佚书》）、王仁俊《博物志佚文》一卷（《经籍佚文》）。今
人范宁先生总其大成，于《博物志校证》一书中附佚作212则（且在校注
作品时引用了大量更为详尽的异文）。而《博物志校证》的十卷正文才收
作品323则。一种比较合理的解释是：在删成的十卷本《博物志》流传的
同时，此十卷以外的其他内容仍然以各种形式在典籍中保存、流传，比如
历代类书的不断征引、历代经史子集四部文献注释的不断引用等，从而形

成了《博物志》流传的复杂性。同样地道理，也不能像《四库全书总目》那样用某一时代典籍引文为今本《博物志》所无，遂判断今版本非某一时代之版本。

又《四库全书总目》以为今本不符合《郡斋读书志》之记载，考之《郡斋读书志》卷三下之"《博物志》十卷"条谓："右晋张华茂先撰，周日用注。载历代四方奇物异事，首卷有《地理略》，后有赞文"（《丛书集成续编》本），则《四库全书总目》所据《郡斋读书志》非善本，脱去一"地"志。考之今本《博物志》，卷首正为《地理略》。又《四库全书总目》谓"《赞文》，惟《地理》有之，亦不在卷后。"《郡斋读书志》卷三下之"《博物志》十卷"条并未言《赞文》在卷后，而是谓"后有赞文"，考之今本《博物志》，卷首《地理略》后有"赞曰：地理广大，四海八方。迢远别域，略以难详。侯王设险，守固保疆。远遮川塞，近备城隍。司察奸非，禁御不良。勿恃危陌，恣其淫荒。无德则败，有德则昌。安屋犹惧，乃可不亡。进用忠直，社稷永康。教民以孝，舜化以彰。"与《郡斋读书志》所言完全一致。故《四库全书总目》以此驳今本《博物志》非宋本不能成立。

又《四库全书总目》谓湘妃条作品位置不符合《宾退录》所载，考之《宾退录》卷五，《四库全书总目》所引"卷末"一词《宾退录》作"末卷"，为《四库全书总目》引文错误，复据错误引文立论。若以"末卷"指最后几卷，则湘妃条作品在第八卷也还说得过去。亦或《宾退录》作者所见《博物志》为残本，乃以第八卷为末卷也。

又《四库全书总目》谓今本部分作品乃辑自《艺文类聚》等类书之《博物志》佚文，今本其他作品则为剽窃《列子》《搜神记》《异苑》诸书，"饾饤成帙"，则尤为谬说。若今本为伪造本，则何以解释历代公私书目之著录？或认为历代目录众口一词对该书一致伪造？

又四库馆臣在《傅子》一书的《提要》中论及"《博物志》《搜神记》皆经后人窜改，已非原书。"

明代杨慎在《丹铅余录》之《摘录》卷七和《总录》卷十一载"汉有

《博物记》，非张华《博物志》也。周公谨云不知谁著。考《后汉书》注始知《博物记》为唐蒙作。"对此古今学者多所辩驳，然明方以智对此表示赞同，其《通雅》卷三谓："升庵言张华作《博物志》，汉前已有《博物记》。元瑞因类书有载《博物记》言魏郭后事，证非汉人。夫安知汉前不更有《博物记》邪？茂先续之耳，李石又续之。"而王世祯《古夫于亭杂录》卷三也载："东汉末有议郎张华，与蔡邕同以博奥著，在茂先之前。今人止知茂先著《博物志》耳。右见从伯文玉《笼鹅馆集》，惜不记出处"。

又有否定作者为张华者，如《春明梦余录》卷六十四："按《博物志》四百卷，武帝嫌其冗，命删为十卷，即于御前赐青铁砚、麟角笔、侧理纸万番。茂先学识为当代所推，其所著《博物志》，王者视之若河图大训，意必有三代之制作，圣贤之谟训，非止于奇闻异见也。今之所行，荟撮浅说，必非华旧。盖晋室东迁，五车遭厄，秘书所藏，尽为乌有，华志宁独存耶？隋史载在经籍志者，当时已指为赝书。其在于今，又恶知其果同隋氏本否也。"姚际恒《古今伪书考》也认为"此书浅猥无足观，绝非华作。"

范校本据《政和证类本草》卷十五所辑169条佚文"枫树生菌，人食即令人笑不止，饮土浆屎汁愈"即范校本卷三第117条作品的后半部分，未佚。

范宁本分合不当者如卷四第167、168则作品，据《太平御览》卷九百七十九当为同一则作品。据《太平御览》卷六百四十三所辑之第128条作品"夏曰念室，殷曰动止，周曰稽留，三代之异名也。又犴犴者，亦狱别名。"当据《初学记》卷二十辑；据《本草纲目》卷十八所引第200条佚文"九真一种草，似百部，但长大尔。悬火上令干，夜取四五寸切短含咽，汁主暴嗽，甚良，名为嗽药。"当据《证类本草》卷九辑，因后者成书在前。

范宁本据《本草纲目》卷四十九所引"啄木鸟，此鸟能以嘴画字，令虫自出。"乃宋代李石《续博物志》卷六文字，《博物志》与《续博物志》

两书《本草纲目》俱有征引，盖此处偶误用书名尔。

又其据《锦绣万花谷》卷十六所辑之"小儿五岁曰鸠车之戏，七岁曰竹马之戏"，当是沿袭《类说》卷二十三引文错误（具体辨析见李剑国《唐五代志怪传奇叙录》有关林登《续博物志》的叙录）把他书内容误作林登《续博物志》作品，而范宁在辑校时又误把此作为张华《博物志》作品。

此后搜集佚文者，有祝鸿杰《〈博物志校证〉补校》（载《文献》1994年第1期），从《太平御览》等书搜辑比范校本更详尽或准确的作品凡七则。笔者在近年的文言小说研究中，考索诸书，复得佚文如下。

> 又习啖野葛至一尺，亦得少多饮鸩酒。（《三国志·魏书》武帝纪第一）

按，《三国志》此处所引共三部分，第一部分《博物志校证》第1则佚文据此辑，第二部分内容为魏武帝招四方术士，见《博物志校证》卷五第178、179则内容，第三部分内容即上所辑者，《博物志校证》据《北堂书钞》卷二十辑而引文不准确，文略于此，且时间在《三国志》注释后。又《太平御览》卷九十三所引三部分内容与此同。此也见《初学记》卷九引。又《韵府群玉》卷十六所引复详于此：曹操习啖野葛，能多少饮酖酒。刘元城曰："杨此声以诳人，欲其无害己也。"

> 南方有落头民，其头能飞。以耳为翼，将晓，还复着体。吴时往往得此人也。（《太平广记》卷四百八十二）

按，《太平御览》卷三百六十六也载此。

> 酒树出典逊国，名椇酒。（《太平广记》卷四百六）

> 太仆朱浮言："诏书云百官皆带王莽时绶，又不齐，因前表长安故绶工李涉等六家所织绶，不能丙丁文如组状。募能图画绶丙丁创度，赐缣五十四。（《北堂书钞》卷一百三十一《长安故工不能丙丁文》条）

六安都尉留应，募能为丙丁文，谨处武库给食，留应思念讽诵发狂，三十日病愈，今文已成，请赐留五十疋。（《北堂书钞》卷一百三十一《六安都尉能丙丁》条）

按，《太平御览》卷六百八十二、《东汉文纪》卷七也载此则及上则，为同一条作品。

辽东赤粱，魏武帝以为粥。（《北堂书钞》卷一百四十四）

闽越江北诸夷噉猕猴鳝也。（《北堂书钞》卷一百四十六）

胡椒酒，古人于岁朝饮之。（《北堂书钞》卷一百四十八《胡椒酒》条，四库本）

代郡以北，五月山望阴犹宿雪，六月尽，八月未复雪也。（《北堂书钞》卷一百五十二）

石蕃，卫官也，皆能负石沙。（《北堂书钞》卷一百五十九《石蕃负沙》条，四库本）

按，《太平御览》卷三百八十六载此，末句作：有勇力，背负千二百斤沙。《太平御览》卷七十四也载此则。

泗水陪尾，盖斯阜矣。石穴吐水，五泉俱导，泉穴各径尺余，水源南侧有一庙，松柏成林，时人谓之原泉祠，非所究也。（《太平御览》卷六十三）

酒泉延寿县南有山石，水出处如莒，地为沟。（《太平御览》卷七十五）

黄帝仙去，其臣思恋罔极，或刻木立像而朝之，或取其衣冠而葬之，或立庙而四时祠之。（《太平御览》卷七十九）

按，此可补《博物志校证》卷八第266则"黄帝登仙"条。

河东有山泽，近盐沃土之人不才，汉兴，少有名人。（《太平御览》卷一百六十三）

缪民，其肺不朽，百年复生。(《太平御览》卷三百七十六)

石蕃，卫臣也。有勇力，背负千二百斤沙。(《太平御览》卷三百八十六)

按，《太平御览》卷七十四、《文选章句》卷十四也载此。范校本据《文选注》卷三十五辑，略于此。

临邛有火井，深六十余丈，火光上出，人以筒盛火行百余里，犹可燃也。(《太平御览》卷八百六十九)

按，"临邛有火井"事，已具《博物志校证》卷二第 85 则作品，然无此则内容。

越巂之国，老者时化为虎，宁州南见有此物。(《太平御览》卷八百八十八)

按，《博物志校证》卷二第 71 条作品人化虎事，范宁先生已具《太平御览》卷八百八十八、卷八百九十二作校正，然未辑入此部分内容。

猵如马，自腰以下似蝙蝠，毛似獭，大可五六斤。淳同乡人吉武景福中征辽东时，运船至于海中，有猵獭跳上船，船人皆谓海神，共叩头敬礼船左。武令人云："但鱼耳，可烹而食之。"(《太平御览》卷九百十二)

按，"景福"为唐昭宗年号，则此非《博物志》文字。

江阳县北有鱼穴二所，常以二月八月出鱼，鱼曰丙穴。(《太平御览》卷九百三十七)

远方诸山出蜜蜡处，其处人家有养蜂者，其法以木为器，或十斛、五斛，开小孔，令才容蜂出入，以蜜蜡涂器内外令遍，安着檐前或庭下。春月，此蜂将作窠，生育时来过人家园垣者，捕取得三两头，便内着器中。数宿出蜂，飞去寻将伴来还，或多或少。经日渐溢，不可复数。遂停住。往来器中，所滋长甚众。至夏开器取蜜蜡，所得多少随岁中所宜丰俭。卢氏曰："春至秋未始有蜜，晚者至冬，余所见。今云夏，未详其故。"（《太平御览》卷九百五十）

按，此校《博物志校证》卷十第 314 条作品与 107 则佚文详细。范宁曾据《太平御览》卷九百五十所引校注，然大概所见版本有异，仅补入"其处人家有养蜂者，其法"十字，也未注意到卢氏之注，故此复辑之。《古今事文类聚》后集卷四十八也载此。

成都、广都、郫、繁、江原、临邛六县生金橙，似橘而非，若柚芬香。夏秋冬或华或实，大如桃，小者或如弹丸。或有年春夏秋冬华实竟岁。（《太平御览》卷九百七十一）

野芋食之煞人，家芋种之三年不收，后旅生亦不可食。（《太平御览》卷九百七十五）

按，《尔雅翼》卷六、《天中记》卷五十三也载此。

狼臁民与汉人交关，常夜市，以鼻齅金，知其好恶。（《事类赋》卷九）

按，四库本《事类赋》此则引作《博物志》，北京图书馆古籍珍本丛刊本《事类赋》引作《异物志》。又《艺文类聚》卷八十三、《太平御览》卷七百九十与八百十一、《海录碎事》卷十五引此俱作《异物志》，固当为《异物志》作品。

槐生五日曰兔目，十日曰鼠耳。（《绀珠集》卷四）

抟谷，《尔雅》：鸠名。（《绀珠集》卷四）

姊归，《高唐赋》：子归别名。①（《绀珠集》卷四）

按，《记纂渊海》卷九十七也载此。

田鹝，鹪鸱别名。（《绀珠集》卷四）

庸渠，相如赋：水鸟名。（《绀珠集》卷四）

（杜衡）一名土杏，云其根一似细辛，叶似葵，故《药对》亦为似细辛是也。（《史记索隐》卷二十六）

按，《博物志》卷四有“杜衡乱细辛”之句，然无以上内容。

（望夷）宫在长陵西北长平观道，东临泾水，作之以望北夷。（《前汉书》卷三十六）

按，《长安志》卷三也载此。

鸡、鹊、鹄、鸔，见张茂先《博物志》。鸔音翟，亦雉之美者，此四鸟并美采质。（《宋书》卷六十七）

按，《博物志》卷四有“山鸡有美毛”之说，其他三种则未见今本《博物志》。

昆吾炼纲赤刀，切玉如泥。（《资治通鉴前编》卷八）

妻土敬氏曰：“炎融遗腹而生欢头，为尧司徒。《汲冢书》、《博物志》。（《路史》卷十五）

川为陵，山复于下。（《路史》卷二十三）

华氏方正日远，邪人专政禁之，生乱而亡。六韬作莘氏，又博物志。（《路史》卷二十九）

----

① 按，《类说》卷二十三也载此则内容，注出唐代林登《续博物志》，李剑国在辩证此则及其他《类说》卷二十三注出唐代林登《续博物志》的二十一条作品时说：“此二十二条亦正杂取诸书，断非林登。疑曾慥《类说》编排错乱所致”。然此则较之同时代或稍早的《绀珠集》也引作出《博物志》，又古籍征引时《续博物志》常引作《博物志》，唐与宋相对来说相去不远，故此则当为林登《续博物志》中作品。又前则“槐生五日曰兔目，十日曰鼠耳”同此。

傅岩在县北。(《后汉书》卷二十九)

颠轮,在县盐池东,吴城之北,今之吴坂。(《后汉书》卷二十九)

解县有智邑。(《后汉书》卷二十九)

臼,季邑,县西北卑耳山,县西南齐桓公西伐所登。(《后汉书》卷二十九)

耿乡有耿城。(《后汉书》卷二十九)

闻喜县治涑之川。(《后汉书》卷二十九)

永安有吕乡,吕甥邑也。(《后汉书》卷二十九)

王屋山在东,状如垣。(《后汉书》卷二十九)

解县东九十里,有郇瑕之阨,贾季迎公子乐于陈,赵孟杀诸郇瑕。(《后汉书》卷二十九)

桃林在湖县休与之山。(《后汉书》卷二十九)

陕陌,二伯所分。(《后汉书》卷二十九)

西汉水出新安,入洛。(《后汉书》卷二十九)

龙门山有韩原,韩武子采邑。(《后汉书》卷二十九)

安陵氏,故安陵君也。(《后汉书》卷三十)

湖陆,苟水出。(《后汉书》卷三十一)

剌有勇王亭,即勇士蔺丘欣。(《后汉书》卷三十一)

淮水入城(姑幕)东南五里,有公冶长墓。(《后汉书》卷三十一)

县南地名即垂。(《后汉书》卷三十三)

澹台灭明之子溺于江,弟子欲收葬之。灭明止之曰:"蝼蚁

何亲，鱼鳖何仇？"弟子曰："何夫子之不慈乎？"对曰："生为吾子，死非吾鬼。"遂不收葬。（《新刊诗学事类》卷十七）

按，此可补校证本卷八第 284 则。

　　一戊巳日皆土，故燕之往来避社而嗛土。① 齐人呼鳦，盖取其鸣自呼，故曰鳦也。一名玄鸟，盖取其色，故曰玄鸟也。一名鹍鸱，庄周所谓鹍鸱者也。鸟莫知于鹍鸱，目之所不宜处，不给视，虽落其实，弃之而走。其畏人也，而袭诸人间，此燕安之道也，故其字又为燕安之燕。（《类隽》卷二九《忌土》条）

按，《事言要玄》物集卷二也载此，《类聚古今韵府续编》卷之二十九引《博物志》言：燕，安也，喜也，息也。鳦鸟亦作□。又飞燕，马名。齐曰燕，梁曰鳦，又名天女。作巢避戊巳日。烧燕肉而致龙。

《博物志校证》卷四第 162 条为：人食燕肉，不可入水，为蛟龙所吞。《博物志校证》第 105 条佚文据《事类赋》辑，仅十七字，内容与上所辑佚文有不同处；《博物志校证》第 186 条佚文作：烧燕肉而致龙。

　　鸿雁大略相类，以仲秋而来宾，一同也。鸣如家鹅，二同也。进有渐而飞有序，三同也。雁色苍而鸿色白，一异也。雁多群而鸿寡侣，二异也。雁飞不过高山而鸿薄云表②，三异也。毛有粗细，形有大小。又曰鸿毛为囊，可以渡江不漏。（《蟫史集》卷二）

按，明代典籍《事言要玄》物集卷二、《陆氏诗疏广要》卷下之上、《六家诗名物疏》卷十三也载此。而宋代之《毛诗名物解》卷八、《埤雅》卷六引《博物志》，仅有"鸿毛为囊，可以渡江不漏"一句。四库全书本《太平御览》卷九百十六引《博物志》：鸿雁三同三异，秋来宾，一同也；鸣如家鹅，二同也；进有渐而飞有序，三同也。雁色苍而鸿色白，一异

---

① 《事言要玄》物集卷二作：故燕之往来避社，嗛土避戊巳日，则巢固。
② 《事言要玄》物集卷二"云表"后复多出"故曰周周之志不如鸿"数字。

也；雁多群而鸿寡侣，二异也；雁飞不过高山而鸿薄云汉，三异也。

鹊巢开口背太岁也。先儒以为鹊巢居而知风，蚁穴居而知雨。如岁多风，鹊则去乔木居低枝，故能高而不危也。是以知风之自而作巢，知太岁之所在而开其户。（《蟫史集》卷三）

按，此可补《博物志校证》卷四第 125 则。又《类聚古今韵府续编》卷之三十六引《博物志》言：鹊巢开口背太岁，赤姑附乌鹊南飞。

枭食母，獍食父。（《蟫史集》卷五）

海獭、海牛、海马等皮在陆地，皆候风潮犹能毛起。（《蟫史集》卷六）

唐公房合宅登仙，鸡犬皆去，唯鼠恶其不净，一日三易其肠。（《蟫史集》卷之六）

按，此与《博物志校证》本第 80 条佚文互有异同，可以相互补充。

蚝龙，长一丈，一名土龙，鳞甲黑色，能横飞不能上腾，其声如鼓。（《蟫史集》卷之六）

萱草号忘忧草，又曰宜男草。妇人有孕，佩其花则生男，故以之比母氏。（《兰雪堂古事苑定本》卷十一）

慎氏有树名雒常，若中国有圣人代立，则其树生皮可为衣。周武王、成王时，曾遣使入贡。（《兰雪堂古事苑定本》卷十一）

聚窟洲有返魂草曰震檀，人死，得其草置尸旁即活，又名却死香。（《兰雪堂古事苑定本》卷十一）

侧挂，鹢鸟也，又名盍旦。诗云"相彼盍旦"。（《兰雪堂古事苑定本》卷十二）

果然，猿属，黑头有髯。剑南人收一果然而数十果然皆至，

盖果然不忍伤共①类，聚族而群啼，虽死不去。此兽状而仁心，薄俗有不如者。（《兰雪堂古事苑定本》卷十二）

鹭小不踰大，飞有次序，百官缙绅之象。（《广事类赋》，卷三四）

鹦鹉出陇西，能言鸟也。人若以手抚拭其背，则瘖哑矣。（《广事类赋》，卷三五）

鼍象龙形，或作蟕。（《广事类赋》卷三九）

虾一名沙虹，小者如鼠妇，大者如蝼蛄。（《广事类赋》，卷三九）

天地四方皆海水相通，地在其中，盖无几也。（《雅余》卷一）

北方有冰万里，厚百丈。鼷鼠在冰下土中食草。毛长八尺，可为褥却风寒；肉重万斤，可以作脯。其尾可以致鼠。（《雅余》卷一）

灵狸一体自为阴阳，故能媚人。（《雅余》卷二）

古诸器物异名，屃赑，其形似龟，性好负重，故用载石碑。螭蚴，其形似兽，性好望，故立屋角②。蒲牢，其形似龙而小，性好吼叫，有神力，故悬于钟之上。宪章，其形似兽，有威，性好囚，故立于狱门③。饕餮性好水，故立桥头。蟋蜴形似兽，鬼头，性好腥，故用于刀柄④。螭蛱，其形似龙，性好风雨，故用于殿脊⑤。螭虎，其形似龙，性好文彩，故立于碑首⑥。金猊，

---

① 按，此当为"其"字之误。
② 《强识略》卷之三十九此处多一"上"字。
③ 《强识略》卷之三十九此处多一"上"字。
④ 《强识略》卷之三十九此处多一"上"字。
⑤ 《强识略》卷之三十九此处多一"上"字。
⑥ 《强识略》卷之三十九此作"故立于碑文上"。

其形似狮，性好火烟，故立于香炉盖①。椒图，其形似螺蛳，性好闭口，故立于门②，今呼鼓子，非也。蚖蛴，其形似龙而小，性好立险，故立于护朽③。鳌鱼，其形似龙，好吞火，故立于屋脊④。兽吻，其形似狮子，性好食阴邪，故立门环⑤。金吾，其形似美人首，鱼尾，有两翼，其性通灵不睡，故用巡警。出《山海经》、《博物志》。（《问奇类林》卷之二十八）

按，《强识略》卷之三十九、《菽园杂记》卷二、《正杨》卷四、《玉芝堂谈荟》卷三十三也载此，且也言引自《山海经》、《博物志》两书。又《艺林伐山》卷九、《说略》卷三十也载此。

《菽园杂记》作者陆容在引用此则佚文时特别于文后注明其"尝过倪村民家，见其杂录中有此，因录之以备参考……然考《山海经》、《博物志》皆无之。《山海经》原缺第十四、十五卷，闻《博物志》自有全本，与今书坊本不同，岂记此者尝得见其全书欤？"明陈耀文则对此表示怀疑，其在《正杨》卷四谓："夫山海记于伯益，博物志于张华。方其未缺之时，汉晋以来并不见于引证。独倪村民家乃得见其全书，陆公无乃亦失于折衷乎？"

王子山与父叔师到泰山从鲍子真学算，到鲁赋《灵光殿》，归渡湘水溺死。王文考，名延寿，一字子山也，南郡宜城人。子山梦赋序曰："臣弱冠尝夜寝，见鬼物与臣战，遂得东方朔与臣作骂鬼之书。臣遂作赋一篇叙梦，后人梦者读诵以却鬼，数数有验，臣不敢蔽其词。"（《水经注笺》卷三十八）

按，此可补范校本卷六第211则及第124则佚文。

山鸡有美毛采，自爱其色，终日映水，目眩则溺。翟雉长

---

① 《强识略》卷之三十九此处多一"上"字。
② 《强识略》卷之三十九此处多一"上"字。
③ 《强识略》卷之三十九此处多一"上"字。
④ 《强识略》卷之三十九此处多一"上"字。
⑤ 《强识略》卷之三十九此处多一"上"字。

尾，雨雪降，惜其尾，栖树杪不敢下食，往往饿死。盖文之溺物也如此。然则士之涉世，不能忘己之美而至于以文灭质者，亦已惑矣。羽物之色，莫美于鹜，以其美毙焉。互物之味，莫美于鳖，以其美毙焉。是以物恶有其美也。《禽经》曰："霜傅强枝，乌以武生者少；雪封枯原，乌以文死者多。"（《埤雅》卷九）

异文：翟雉长尾，雨雪，惜其尾，高树杪不敢下食，往往饿死。商人置雉尾舟中以候阴晴，天当晴则尾直竖，将雨则尾下垂。（《事言要玄》物集卷二）

按，此又见于《增修埤雅广要》卷二十，可补校证本卷四第 126、127 则。

毛者，血之余也。天雨之如马鬣，亦兵象也。人有得兔毛长三丈，张华曰："此海兔毛也，出则天下乱。"（《增修埤雅广要》卷三十七）

后魏孝文帝登位初，有魏城人元兆，能以九天法禁绝妖怪。先邺中有军士女，年十四患妖病，其家以女来谒。元兆曰："此疾非狐狸之魅，是妖画也。今天下有至神之妖，有至灵之怪，有在陆之精，有在水之魅，汝但述疾状，是佛寺中壁画，四天神魅也。"其女之父曰："某前于云门黄花寺中东壁画神下乞恩，又女常惧此画之神，因夜惊魇，梦恶鬼来持女而笑，因此得疾。"兆曰："故无差。"因忽与空中人语，亦闻空中有应对之音。良久，兆向庭嗔云："何不速曳来？"咸闻有风雨之声乃至，兆大笑谓其女曰："汝自辨其状形。"兆令见形，左右见三神皆丈余，各有双牙长三尺，露于唇口外。衣青赤衣，又见八神俱衣赤，眼眉并殷色，共扼其神，直逼轩下。蓬首目赤，大鼻方口，牙齿俱出，手甲如鸟，两足皆有长毛，衣若豹鞸。其家人谓兆曰："此正女常见者。"兆令前曰："汝本虚空而画之所作耳，奈何有此妖形？"其神应曰："形本是画，画以象真，真之所示，即乃有神。况所画之上，精灵有凭，可通臣，所以有感。感之幻化，臣实有罪。"兆大怒，命侍童取罐瓶受水淋之，尽而恶神之色不衰。兆更怒，命煎汤以淋，须臾，神化如一空囊，然后令掷去空野，其女即愈。复询黄花寺僧云敬，曰："此寺前月中一日昼晦，忽有恶风玄云，声如雷震绕寺，良久，闻画处有擒捉之声，有一人云：'势力不加，不如速去。'言迄风埃乃散。此处一神如洗。究汝所说，正符其事。"兆即寇谦之师。（《刘氏鸿书》卷八十四）

按，此为张华生后之事，且其语言也与《博物志》之简括赅要不同，非张华《博物志》之作品。

晋元康中，梁国女子许嫁而夫婿经年不归，女家更强以适人，寻病亡。夫还，问女所在，竟至墓所开棺，女遂活，因与俱归。后婿闻之，诣官争之。王导曰："此非常事，不可以常理断之，宜还前夫。"（《刘氏鸿书》卷三六）

按，此则佚文明确标示时间为"晋元康中"，即为晋惠帝司马衷时，若确实为《博物志》作品，则说明张华晚年对此书仍有增补。"元康"为291年3月至299年，张华卒于300年，即永康元年。但此则佚文语气则似回忆多年以前之事，或非《博物志》之佚文。

纣烧铅锡作粉，谓之胡粉。（《夌史》卷七十四）

按，此可补范校本卷四第142则。

剡溪古藤甚多，可造纸，故人即名纸为剡藤。（《事物异名录》卷二十一）

按，《五车韵瑞》卷四十三《剡溪藤》条也载此。

镜神名曰紫珍。（《事物异名录》卷二八）

师旷曰："岁欲流，流草先生。流草，蓬也。"（《事物异名录》卷三一）

杜蘅，一名土杏。(《事物异名录》卷三一)

樱桃，一名牛桃，一名英桃。(《事物异名录》卷三四

虾一名沙虹。(《事物异名录》卷三十八)

鲛鲉即石首鱼。(《事物异名录》卷三十八)

胎生者眼胞自上而瞑，卵生者眼胞自下而瞑，湿生者眼无胞，化生者眼无窍。蛾无目，蟒圆目，鸐旋目，鸠方目，鱼目不瞑，鸡好邪视，龙不见石，鱼不见水。雀夕瞀，鸱□盲。猫睛当午，敛纵如线。鹗目遇夜，明察毫末。马夜行，其目光所照三丈。虎夜行，一目放光，一目看物。(《寄园寄所寄》卷七)

狻猊，兽中最大者。龙头马尾虎爪，长四十丈，善走，以人为食。遇有道之君即隐藏，否即出食人。(《寄园寄所寄》卷七)

河州有禽名骨托，状如鹏，高三尺许，以名自呼，能食铁石。郡守每置酒，辄出以乐坐客。或疑铁石至坚，非可食之物，乃取三寸白石，系以丝绳，投其前，即啄而吞之。良久牵出，视石，已烂如泥矣。(《寄园寄所寄》卷七)

似蟹而小，世传汉醢彭越，以赐诸侯。九江王英布猎，得不忍视，尽以覆江中化为此，故名彭越。(《寄园寄所寄》卷七)

秔乃谷之至硬者，得浆易化。秔者，硬也，堪作饭。粘者，糯也，堪作酒。今之酿酒为糯是矣。为饭者乃不粘稻，反以呼粘，是以秔为粘也。北人以稷以稻称谷，随方言谬矣。□似麦，先扁而后圆，成□六节，中空。约二尺余抽茎吐穗，散□□各分，如黄瓜子，而皮有皱糙纹。遇午花开壳□，过午花收壳合。嫩青，老黄而坚。种有水陆，南方上下多宜水秔，北方平泽多宜□。种有早中晚三等，有白黄赤黑各色，有大小长短，有□□芒异族。米有坚松赤白乌紫大细四长之殊。味有香否，软硬各别，性有寒温异赋。南北稻名不一，其形随水土所化，而苗茎粒米更

变。(《三农纪》卷之三)

虎啸生风，龙吟云起，磁石引号号一拾芥。桂得葱而软，树得种而枯茂，监可员垒卵，愿□可以王盆。漆得蟹而解，麻得漆而涌。其在爽之相关感也。(《三农纪》卷六)

按，本则佚文颇多难解，实为后世传写致误。《山谷外集诗注》卷十二引《本草序例》云：虎啸风生，龙吟云起。磁石引针，虎魄拾芥。漆得蟹四散，麻得漆而涌，桂得葱而软，树得桂而枯。戎盐累卵，獭胆分杯。其气爽有相关感者，多如此类。当据以校之。

楮胶团册愿金石之漆，叶可饲畜，子可入药，皮瓤可缉毡，又造纸坚柔。(《三农纪》卷六)

九窍者胎生，在辰为丑，在宿为牛，在卦为坤，性缓而和厚，力大而□重。北日□，南日犊；北日牯日□，北日□日□。(《三农纪》卷之八)

按，此可补《博物志校证》卷四第118条。

六九五十四，主时人王豕。故四月而生，生子颇多，食物甚寡，最易畜养。长喙大耳，九窍四足，竖鬃岐蹄。形有大小，色有黑白花。苍皮可造鼓，骨组肋少肉多肤薄。青充徐淮者耳大，燕楚者皮坚，□雍者足短，豫产者味短，辽东者头日倾，南者黑日花，耳小足短。(《三农纪》卷八)

白须摄去，焆蜡治者，再出则黑。(《三农纪》卷八)

按，宋李石《续博物志》卷十有类似作品，而文字不同，未知此则是张华佚作否。

神置床远蚤鼠，焚驼粪辟蚊，戢方书：黄荆□艾药鳗鱼骨鳝骨雄黄，其末以纸卷条，烧辟蚊蚋。以青盐水洗床帐簟枕，可永绝臭虫。或焚蜈蚣，或焚羊角，亦可绝。(《三农纪》卷之九)

夜藏饮食于器中，覆之不密，失欲盗之不自，至环器而走，泪落器中，人食之，黄症遍身如腊状。方书云："得猫骨烧，存性至除日子时服效。"（《三农纪》卷九）

按，宋李石《续博物志》卷九有此条，而没有最后一句，未知此则是张华佚作否。

每寅日刮足甲去足疾。（《三农纪》卷之十）

海南人谓龙眼为荔枝奴。（《锦绣万花谷》前集卷三十六）

玄英，青阳节也。（《新刻锦带补注》）

五月云如大火，生桂林之上。（《新刻锦带补注》）

鹏抟一举九万里，若未遇时，不免暂藏之燕子为侣；君子学未超，如雕未有翼也。（《新刻锦带补注》）

大丈夫学则绮服有□，金璋无失，志气成身也。（《新刻锦带补注》）

寒气凝唇，君子自避而冷寒气。（《新刻锦带补注》）

是花皆五出，惟雪有六出，为之水生，为之一数，六在降水下凡间为雪，所以有六出之花也。"（《新刻锦带补注》）

此城有东吕乡东吕里，太望公所出也。吕母固即旧屯集之所。（《晏公类要》卷四）

按，此可补《博物志校证》第27则佚文。

蜀南沉黎高山中有物似猴，长六尺，能人行，名曰玃。路人妇人辄盗之入穴，呼之谓□□。西蕃部落最畏之也。（《晏公类要》卷八）

按，此为《博物志校证》卷三第94则之异文。

秦蒙恬造（笔），又曰舜造笔。（《原始秘书》卷九《什物器

用门》

按，《姓源珠玑》卷之一则引《博物志》言：《始制笔义》云："舜制笔，恬更制之。"《弇州四部稿》卷一百五十七也载此。此可补《博物志校证》第68则佚文。

狻猊，一名白泽，似虎，正黄，有翼，尾端耸毛大如斗，铜头铁巴，食虎豹。（《类聚古今韵府续编》卷之二）

孟光嫁梁鸿，始传粉墨。乃更为椎髻者，布衣耕作而□。（《类聚古今韵府续编》卷之三十九）

孔雀尾多变色，或红或黄，喻如云霞，其色无定①。人拍其尾则舞。尾有金翠，五年而后成。始生三年，金翠尚小，初春乃生，三四月后复凋，与花萼俱衰荣。雌者不冠，尾短无金脆。人取其尾以饰扇拂②。生取则金翠之色不减，南人取其尾者握③刀蔽于丛竹潜隐之处，伺过急斩④其尾，若不即断⑤，回首一顾，金翠无复光彩。性颇妒忌，自矜其尾，虽驯养已久，遇妇人童子服锦彩者必逐而啄之。每⑥欲山栖，先择置尾之地。故欲生捕者候雨甚往擒之⑦，尾沾而⑧重不能高翔，人虽至，且爱其尾，恐人所伤，不复骞扬⑨也。（《埤雅》卷七）

按，《九家集注杜诗》卷十三、《补注杜诗》卷十三、《增修埤雅广要》卷十九、《新纂事词类奇》卷之二十七、《类聚古今韵府续编》卷之十九、《异物汇苑》卷之二、《古诗解》卷八《焦仲卿妻作》注释、《山堂肆考》

---

① 《新纂事词类奇》卷之二十七此处多出"故名文禽"四字。
② 《新纂事词类奇》卷之二十七此句首多"雄者"二字。
③ 《新纂事词类奇》卷之二十七此字作"持"。
④ 《新纂事词类奇》卷之二十七此字作"断"。
⑤ 《新纂事词类奇》卷之二十七此四字作"否则"二字。
⑥ 《新纂事词类奇》卷之二十七此字作"凡"。
⑦ 《新纂事词类奇》卷之二十七此句作"南人生捕者候雨擒之"。
⑧ 《新纂事词类奇》卷之二十七此字作"雨"。
⑨ 《新纂事词类奇》卷之二十七此字作"翔"。

卷二百三十八也载此。又《博物志校证》本第 154、176 条佚文也有类似内容，然极简略。《古今韵会举要》卷十一引此略有不同：孔雀尾有金翠，出罽宾国。

张骞使外国还，乃得胡桃种。陈昌者薄皮多肌，阴平者大而皮脆。实亦有房，瓤白味甘。（《增修埤雅广要》卷二十五）

按，此可补《博物志》卷六第 240 条。

太岁在金，穰；在水，毁；在木，饥；在火，旱。六六岁旱。十岁一人饥。（《典籍便览》卷一）

汝水名燕泉，山东南过县北，又过颍川郏县南，又过定陵县北，又过郾县北，历汝南上蔡、平兴、原鹿等县，南入于淮。（《典籍便览》卷一）

按，《博物志校证》卷一有"汝出燕泉"之句。

凡水有石硫黄，其泉则温，或云神人所暖，主疗疾。有砒石处亦有汤泉，浴之有毒。西之新丰，北之广平，皆有温泉。新阳惠泽中有温泉，近望白气如烟，状如绮。疏又如车轮双辕，人传有玉女乘车投此。翁源县灵池山有温泉，为八泉之一。庐江无为军汤泉为四胜之一。和州有温泉阔大，极暖，亦有白气。新安黄山温泉狭小，绝无硫黄气，是朱砂泉。春时水作微红色。郴县温泉，田资灌溉，冬种夏熟。（《典籍便览》卷一）

按，此可补《博物志校证》第 183 条佚文。又《广韵藻》卷四 223 - 616 - 7 载此。

酒泉延寿县出泉水，有肥如肉汁，取着器中，黑如凝膏。可燃。方人谓之石漆，或曰水肥，又曰石液。（《均藻》卷一）

按，此可补校证本第 4 则佚文。

灵胥，涛神也。吴相伍子胥为吴王夫差所杀，浮之于江，其

精魄遂为涛之神焉。(《汇苑详注》卷之三)

按，此较校证本第82条佚文文字颇有相异处。又《书叙指南》卷十四引此，仅"涛神曰灵胥"五字。

《释名》曰：纸，舐也，谓平滑如舐石也。古者以缣帛衣书，长短随事截之，名曰幡纸。改其字从系，贫者无之。或用蒲写书，则路温书截蒲是也。至后汉蔡伦剉故布捣抄作纸，义其字从系从氏，所谓蔡侯纸是也。又魏人河间张揖，上《古今字诂》，其巾部云："纸，今帋。"则其字说中之谓也。一云伦捣故鱼网作纸，名纸。后人以生布作纸，系如故麻纸。以树木皮作纸，名谷纸，一名赫号。注，赫号，小纸也。(《汇苑详注》卷之二十二)

孔雀不匹偶，但以音影相接便有孕。亦与蛇偶。又云因雷声而孕。又云雄鸣上风、雌鸣下风而孕。(《汇苑详注》卷之三十三)

山有夔，形如鼓，一足；泽有委蛇，短毂长辕；河精长人鱼身，非河伯也。百岁精化为女人，名曰知。(《强识略》卷之三十八)

按，《集千家注杜工部诗集》卷五引此作：一足曰夔，魍魉也。

(曹参)字紫敬。《史记》注：字敬伯。(《古隽考略》卷之二《人名类》)

按，此为《博物志校证》卷六第201条之一异文。

前汉有佷子者，家赀万金，自小不从父言。父临亡，意欲葬山上，知子不从，反曰："必葬我渚下石□上。"佷子曰："我素悖父，当从此语。"尽散家财积土绕之，成一洲，长数百步。元康中始为水所坏。(《新纂事词类奇》卷之八)

按，《天中记》卷十七也载此，文末多"佷子前汉人也"数字。

昔有夫妻将别，破镜，人执其半以为信。其妻与人通，其镜化为鹊，飞至夫前，其夫乃知之。后铸镜以鹊安背，自此始也。（《新纂事词类奇》卷之十七）

杉鸡黄冠青绶，常在杉树下。头上有长黄毛如冠，头及颈正青，如垂缨。（《新纂事词类奇》卷之二十七）

象育外国，九真与日南各有雌雄，其雌死百有余日，其雄泥土涂身，独不饮酒食肉。问其所以，辄流涕若有哀状[①]。（《新纂事词类奇》卷之二十八）

按，《博物志校证》卷三第 90 则有此，内容有相异处，故此复辑之。又《事言要玄》物集卷二第 203—469 页也载此。

孙权时，永康有人入山遇一大龟，即束之归。龟便言曰："游不良，为时君所得。"人甚怪之，载出欲上吴王。夜泊越里，缆船于大桑树，宵中树呼龟曰："劳乎元绪，奚事尔耶？"龟曰："我被拘系，方见烹脔。虽尽南山之樵，不能溃我。"树曰："诸葛元逊博识，必致相苦。令求如我之徒，计从安出？"龟曰："子无多辞，祸将及尔。"树寂而止。既至建业，权命煮之，焚柴万车，语犹如故。诸葛恪曰："燃以老桑树乃熟。"献者乃说龟树共言。权发使伐树煮，龟立烂。（《新纂事词类奇》卷之二十九）

食叶者有绪而蛾，凡蛾类先孕而后交。盖蛹者蚕之所化，蛾者蛹之所化。一名魄蛾，一名罗。又云，蚕，阳物也，恶水湿。（《新纂事词类奇》卷之三十）

异文：食叶者有绪而蛾，凡蛾类先孕而后交。盖蛹者蚕之所化，蛾者蛹之所化。《荀子》曰："蛹以为母，蛾以为父"是也。蛹一名□，蛾一名罗。孙炎云："□即雄，蛹即雌。罗即雄，蛾

---

① 《事言要玄》物集卷二此句作"辄流涕焉"，且后有"象被伤则群党相扶将去，则向南跪拜，鸣三匝，以木覆之"二十余字。

即雌。"（《蟫史集》卷之十）

按，《博物志校证》卷五第189则有"食桑者有绪而蛾"之句。《埤雅》卷十引《博物志》：食桑者有绪而蛾，蛾类者先孕而后交。盖蛹者蚕之所化，蛾者蛹之所化。

并州刺史毕执送故汉渡辽将军范明友鲜卑奴，年二百五十岁，言语饮食如常人。（《事言要玄》人集卷九）

按，此可补校证本卷七第261则。

有兽缘木，文似豹，名虎仆。毛可以取为笔。岭外尤少兔，人多以鸡雉毛作笔，亦妙。故岭外书札多体弱。然而笔亦利其锋。至水干墨紧之后，须卷然如茧焉。（《事言要玄》事集卷二）

按，《五车韵瑞》卷一百二十四《虎仆》条、《笔史内编》之《属籍》第三也载此。

张华有白鹦鹉，华每出行还，辄说童仆善恶。后寂无言，华问其故，鸟云："见藏瓮中，何由得知？"公后在外，令唤鹦鹉。曰："昨夜梦恶，不宜出户。"公犹强之。至庭，为鹞所抟，教其啄鹞足获免。（《事言要玄》物集卷二）

商丘子有养猪法，卜式有养羊法。（《事言要玄》物集卷二）

按，此不同于《博物志校证》第142条佚文。

东海有物，状如凝血，纵广数丈，正方圆，名曰鲊鱼，无头目，无腹脏，所处则众虾附之，随其东西南北。越人煮食之。《本草》，蜡，一名樗蒲鱼，生东海，如韬，大者如床，小者如斗，无腹胃眼目，以虾为目，虾动蛇沉，故曰水母。目虾如驱驴之与相假矣。广州谓之水母，闽人谓之蛇。（《事言要玄》物集卷三）

按，此可补《博物志校证》卷三第111条。

铅为青金，纣烧铅，作粉之始。锡者，银色而铅质，古称铅为黑锡。（《新刊古今事物原始全书》卷九）

屈卢之矛，繁弱之弓，皆古异宝。矛有三角，名曰叴。（《新刊古今事物原始全书》卷十七）

按，此又见《五车韵瑞》卷十二、《广韵藻》卷一《屈卢》条。

江南射工虫，长一二寸，口有弩形，以气射人影，能杀人。一名蜮，一名短狐。《左传》云："蜮含沙以射人影，鲁庄公十八年，有蜮。"（《新刊古今事物原始全书》卷二八）

按，此可补《博物志校证》本卷三第102条。

君山，洞庭之山是也。帝之二女居之，曰湘夫人。帝女遣精卫至王母取西山之玉印，印东海北山。庾穆之《湘州记》云："昔秦皇欲入湘观衡山而遇风浪溺败，至此山而免，因号君山。"《荆州图经》云："湘君所游，故曰君山。"有神，祈之则利涉山。下有道，与吴包山潜通。上有美酒数斗，饮者不死。（《舆地纪胜》卷六十九）

按，此可补《博物志校证》本卷六第219与卷八第289条。

山如修眉横羽。（《舆地纪胜》卷一百四十六）

地名石橝，故生杨梅。（《嘉泰吴兴志》卷二十）

博陵崔书生，住长安永乐里。（《唐两京城坊考》卷二）

按，《中国历史地名大辞典》载："永乐里，一作永乐坊……唐长安城内诸坊之一。"故此则当非张华《博物志》佚文。

酸桶七月出穗，蜀谓之呈，呈音穗，其字从一从凵从土，与主客之主不同。（《蜀典》卷七）

按，又《蜀典》卷九也载此。

交让树，两树相对，一树枯则一树生，如是岁更，终不俱生俱枯也。出岷山，在安都县。（《蜀典》卷九）

雁夜栖山泽中，千百为群，有一雁不瞑以警众也。师旷《禽经》曰："群栖独警。"（《谷玉类编》卷四十五）

梁萧思遇居虎邱东山，一日雨中闻扣门声，开问之，见一美女二青衣奴并神仙之姿。女云从浣溪来，思遇曰："得非西施乎？"女曰："先生何以知之？"思遇曰："不必虑怀，应就寝耳。"及天晓将别，女以金钏子一只留诀，挥涕而去。（《续同书》卷十六）

按，以时代而论，此当非张华《博物志》之作品。

陶八八，不知何许人，颜真卿典郡江南，八八请谒于道，出碧霞丹授之曰："七十之年，君当有厄，如有即吉。他日待我于罗浮山可矣。"及李希烈作乱，真卿为卢杞所陷，令单车问罪，至泗水忽遇八八，笑谓曰："吉，吉！"遂指嵩少而去。未几，希烈僭号，真卿被害，归葬偃师北山。后有洛阳商人至罗浮，见两道士围棋，树下一道士谓曰："寄有家书，幸达我舍。"立札一封，题寄偃师北山颜家。商人归诣偃师，问所居，即茔庄也。守冢苍头得书惊骇，曰："此先太师笔也。"因致书于子若孙，选吉发冢，幽宫阒然。共往罗浮迹之，手谈故处，石枰仅存而已。（《罗浮山志汇编》卷四）

按，宋李石《续博物志》载有颜真卿事，文字内容与此不同。以时间而论，上则又非张华《博物志》之内容，有可能为唐代林登《续博物志》之篇章。

后补者：博物志天宝中，陈仲弓于洛阳清化里假居一宅，井中有毒龙（即得夷则镜事）。（《续同书》卷十九）

君子国人衣冠带剑，使两虎，民衣野丝，子礼让不争。土千里，多薰（或作"堇"）华之草，民多疾风气，故人不蕃息。好让，故为君子国。一曰在肝榆之尸国。（薰草朝生夕死。大极山西有采华之草，服之乃通万里之言。）（《剑筴》卷八《君子剑》条）

按，此较范宁《博物志校证》卷二第51条作品为详细。又范宁校勘记已辨析"薰华"即"木堇之华"，此则佚文之"或作'堇'"三字可证范说为是。而《博物志校证》卷四第152条作品为"槿花朝生夕死"亦即本则佚文之"熏草朝生夕死"，可见今本《博物志》有的内容已经窜乱。

齐人田及之能为千日酒，饮过一升，醉卧千日。有故人赵英饮之，踰量而去，其家以尸埋之。及之计千日当醒，往至其家，破冢出之，尚有酒气。（《酒概》卷三）

按，此则之前一则引文即刘玄石千日酒事，并注出《博物志》。

县东北海边植石，秦所立之。东门赣榆，本属琅邪。（《三才广志》卷一一三六）

北方地寒，冰厚三尺，气出口为凌。（《唐类函》卷十一）

鹊一名飞驳，形类鸦而差小，嘴尖，足爪黑，头背深绿色，臆胁白，翮与尾黑白相间。（《骈字凭霄》卷二十一《飞驳》条）

按，《五车韵瑞》卷一百二十九《飞驳》条、《广韵藻》卷六《飞驳》条也载此。《韵府群玉》卷十七所引略于此：鹊一名飞驳。

三蝬似蛤。（《骈字凭霄》卷二十二《蒯》条）

南海有鬒鱼，斩其首干之，捶去其齿而更复生，三乃已。（《骈字凭霄》卷二十二《蒯》条）

蛹者蚕之所化，蛾者蛹之所化。一名魂蛾，一名罗。（《骈字凭霄》卷二十二《蒯》条）

按，《毛诗名物解》卷十二载：《博物志》曰："食桑者有蛹而蛾，蛾类皆先孕而后交。"盖蛹者蚕之所化，蛾者蛹之所化。荀子曰："蛹以为母，蛾以为父"是也。蛹一名魄蛾，一名罗。范宁《博物志校证》据此辑有"食桑者有蛹而蛾，蛾类皆先孕而后交"，《骈字凭霄》卷二十二《蒯》条当据《毛诗名物解》卷十二此条误把后文辑为《博物志》文字。

　　舜崩苍梧之野，二妃娥皇女英追之不及，至洞庭湘山，泪下染竹即斑。妃死为湘水之神。（《群书考索古今事文玉屑》卷二十一《斑竹》条）

按，《李诗钞述注》卷一、《读杜诗愚得》卷二《奉先刘少府新画山水障歌》注释、《读杜诗愚得》卷十七《湘夫人祠》注释、《玉台新咏》卷八、《唐诗解》卷二十三《湘妃怨》注释也载此。此为《博物志校证》卷八第267条作品之一异文。

　　秋云罗帷是织女采玉茧织成者。（《五车韵瑞》卷三十二《秋云罗》条）

　　月中有黄，悉大如日幢，名曰飞黄。（《五车韵瑞》卷三十八《月中黄》条）

　　张华剑在匣内常鸣，华曰："此雌剑。雌雄者未全，故鸣。"（《五车韵瑞》卷三十九《剑精》条）

　　蜻蜓以亭午则停，故名青亭。（《五车韵瑞》卷四十二《青亭》条）

按，此又见《广韵藻》卷三《青亭》条。

　　天晴则鸠呼妇，雨则逐之。（《五车韵瑞》卷四十五《晴雨鸠》条）

　　清角琴，黄帝琴。（《五车韵瑞》卷四十八《清角琴》条）

　　楚庄王鼓绕梁琴。（《五车韵瑞》卷四十八《绕梁琴》条）

　　雷焕掘丰城县狱，得石函，有宝剑曰龙泉、太阿。（《五车韵

瑞》卷五十一《太阿函》条)

卓文君琴名绿绮。(《五车韵瑞》卷五十五《绿绮》条)

雷焕得双剑,以西山北岩石上拭之,光彩艳发。张华以华阴赤土送焕拭剑,倍益精明。(《五车韵瑞》卷六十《华阴赤土》条)

按,《陕西通志》卷九十八引此则作《续博物志》。

吴斗牛间常有紫气,张华以问豫章人雷焕,焕曰:"宝剑之气上达于天,在丰城。"华补焕为丰城令,焕掘狱四丈余,得石函,有双剑,刻题曰龙泉曰太阿。(《五车韵瑞》卷一百二十七《双剑埋狱》条)

按,《五车韵瑞》卷四十《剑精》条也载此。

孟光嫁梁鸿,始傅粉墨,乃更为堆髻,着布衣操作而前。(《五车韵瑞》卷一百五十四《傅粉墨》条)

杜鹃凡鸣皆向北。(《五车韵瑞》卷一百五十四《杜鹃鸣向北》条)

中国者,天下八十分之一,有海环者九,谓之九环。(《广韵藻》卷二《九环》条)

县南也,名即潞本国。(《永乐大典》卷一万一千八百八十八《上党》条)

菖蒲一名菖歇。(《文选章句》卷四)

西河郡鸿门县亦有火井祠,火从地出。(《文选章句》卷五,285-696-1)

澹台字子羽,赍千金之璧于河,河伯欲得之,波浪急起,两蛟夹舟。子羽怒曰:"欲取吾璧,可以义,不可以勇!"以剑斩蛟,浪乃止。子羽投璧于河,三投三归之,子羽毁璧而去。(《孙

月峰先生评文选》卷三)

博物志则言（夔）形如鼓而知礼。（《尔雅翼》卷十八）

羿与凿齿战于畴华之野，羿持弓，凿齿持矛，羿杀之。或曰河伯溺杀人，羿射其左目，风伯坏人屋室，羿射中其膝。旧云帝誉尧时各有羿，羿乃善射之号也。（《通志》卷三上）

按，此又见《资治通鉴外纪》卷二注释。

张骞出使西域，得涂林安石国榴种以归，故名安石榴。（《农政全书》卷二十九）

按，此为范校本第四十四条作品之一异文。

凡诸饮水疗疾，皆取新汲清泉，不用停污浊暖，非直无效，固亦损人。（《证类本草》卷五）

按，《太医局诸科程文格》卷一也载此。

张骞乘槎穷河源，严君平占客星犯牛斗。（《天原发微》卷三上）

按，此乃误引《博物志》者，前人多所辩证，而以《渔隐丛话》前集卷十一集其成：苕溪渔隐曰：《缃素杂记》《学林新编》二家辨证乘槎事大同小异，余今采摭其有理者共为一说。按张茂先《博物志》曰："旧说天河与海通，近世有人居海上者，每年八月见浮槎来，不失期。赍一年粮，乘之而去。十余日中，犹观星月日辰。自后茫茫，亦不觉昼夜。奄至一处，有城郭屋舍甚严，遥望宫中有妇人织，见一丈夫牵牛渚次饮之。惊问曰：'何由至此？'其人说与来意，并问此是何处，答曰：'君至蜀郡访严君平，则知之。'因还后，以问君平，君平曰：'某年月日，有客星犯牵牛宿。'计年月，正是此人到天河时也。"所载止此而已，而《荆楚岁时记》直曰张华《博物志》云："汉武帝令张骞穷河源，乘槎。经月而去，至一处，见城郭如官府，室内有一女织，又见一丈夫牵牛饮河，骞问云：'此是何处？'答曰：'可问严君平。'织女取榰机石与骞而还。后至蜀。问君平，君平曰：'某年月日，客星犯牛斗。'所得楮机石为东方朔所识，并其证焉。"案骞本传及大宛传，骞以郎应募使月氏，为匈奴所留十余岁得还，骞身所至者，大宛、大月氏、大夏、康居，而传闻其旁大国五六，具为天子言其地形所有，并无乘槎至天河之说，而宗懔乃附会以为武帝张骞之事，又益以楮机石之说，何邪？子美夔府咏怀诗曰："途中非阮籍，槎上似张骞。"又秋兴诗曰"奉使虚随八月槎"，如此类，前贤多用之恐非实事。

蜀文翁名党，字仲翁。（《杨公笔录》）

尧造围棋以教子丹朱。或云舜以子商均愚，故作围棋以教之也。其法非智不能，有高下，临局下子则见其愚智也。（《事实类苑》卷五十四）

按，范校本第70则佚文据元代胡三省《资治通鉴》注释辑，《事实类苑》卷五十四引文较之详细且时代在前，故此复辑之。

周曰囹圉齐曰囷诸是也。（《春秋公羊传注疏》卷二十三）

之乎为诸。（《论孟集注考证·论语集注考证》卷四）

东方君子国，熏草华朝朝生华也。（《说文系传》卷二）

按，又《古今韵会举要》卷五、《韵府群玉》卷四、《雅余》卷之六、《汇苑详注》卷之三十一也载此，此为《博物志》卷二第51条作品之一异文。

按，《古今韵会举要》卷三也载此条：林氏国之珍兽也，作驺吾，一曰安也，助也，又度也。

郪瞞长二丈也。（《说文系传》卷十二）

（獭）头如马头，腰已下似蝙蝠，毛嫩，犬可五斤，俗作猵。（《说文系传》卷十九）

按，此有异于范校本第208条佚文。

令仪狄,《博物志》言禹时人。(《鲍氏战国策注》卷七)

钩吻叶似亮葵,并非黄精之类。(《证类本草》卷十)

按,《本草纲目》卷十七下引《博物志》有:钩吻蔓生,叶似凫葵是也。

桓叶似柳,子核坚,正黑,可作香缨,用辟恶气,浣垢。(《证类本草》卷十四)

按,此又见《本草纲目》卷三十五下。

青牛道士封君达,陇西人也。服黄连五十余年,又入乌鼠山服泷。百余岁后还乡里,视之如年三十者。常骑青牛,闻有疾病殆死者,无论识与不识,以药治之,应手而愈。后入玄丘山仙去。出《神仙传》及《博物志》(《医说》卷一)

胡粉石灰等,分水和涂之,以油纸包,烘令温暖,候末燥间洗去,以油润之,黑如漆也。(《本草纲目》卷八)

人间往往见细石形如小斧,名霹雳斧,一名霹雳楔。(《本草纲目》卷十)

菊有两种,苗花如一,惟味小异,苦者不中食。(《本草纲目》卷十五)

昆仑赤水出其东南陬,河水出其东北陬,黑水出其西北陬,刺水出其西南陬。河水入东海,三水入南海。(《识遗》卷二)

莺曰搏黍。(《示儿编》卷十五)

天地四方皆有海水相通,地在其中,盖无几也。四海之外皆复有海,东海共称渤海,亦谓之沧海。南海之别有涨海,西海之东有青海,北海之别有瀚海。(《记纂渊海》卷七)

按,《九家集注杜诗》卷二载此,文略。又《古今事文类聚》前集卷十五、《古今合璧事类备要》前集卷八、《五车韵瑞》六十三《渤海》、《五车韵瑞》六十三《渤澥》条也载此。

又明代《山堂肆考》卷二十载此更详细：天地四方皆与海水相通，地在其中盖无几也。四海之外皆复有海，东海之别有渤海、溟海、员海，通谓之沧海。南海之别有涨海，西海之别有蒲昌海、蒲类海、青海、鹿浑海、阳池海。北海之别有瀚海，瀚海之南有渤鞮海、伊连海，凡四海，通谓之裨海。裨海外复有大瀛海环之。又海曰朝夕池，一云天池，一云大壑。海神曰海若。

传记戚夫人善为翘袖折腰之舞，歌出塞入塞望云之曲。（《记纂渊海》卷七十八）

汉武帝赐青铁砚，是于阗国所献。（《记纂渊海》卷八十二）

成都、广都、郫、新繁、江源、临邛六县生给橙，夏秋冬或华或实，大如樱桃，小者或如弹丸，或有年华实竟岁。（《记纂渊海》卷九十二）

孟尝为合浦太守，郡境旧采珠以易米食。先时二千石贪秽，使民采珠，积以自入，珠忽失去。合浦无珠，饿死者盈路。孟尝行化，一年之间，去珠复还。合浦民善游，采珠民年十余岁便教入水。官禁民采珠，巧盗者蹲水底剖蚌，得好珠吞而出。（《古今事文类聚》续集卷二十五）

按，《增修坤雅广要》卷四一也载此。

黄帝问师旷曰："吾欲知苦恶，可知乎？"对曰："岁欲丰，甘草先生，甘草，荠也。岁欲苦，苦草先生，苦草，葶苈也。岁欲恶，恶草先生，恶草，水藻也。岁欲旱，旱草先生，旱草，蒺藜也。岁欲疫疾，病草先生，疾病草，艾也。（《全芳备祖集》后集卷十）

按，《古今合璧事类备要》别集卷五十五、《类隽》卷二六《岁生》条、《群书考索古今事文玉屑》卷二十《草善恶》条、《新刊诗学事类》卷十一也辑此，文字微有不同。

大宛马嗜苜蓿，汉使张骞因采葡萄、苜蓿种归。（《全芳备祖集》后集卷二十六）

按，《古今合璧事类备要》别集卷六十也载此。

人有得兔鸟毛长三丈以示张华，华见曰："不然，此谓海兔毛也，出则天下乱。"（《古今合璧事类备要》别集卷六十九）

按，此又见《韵府群玉》卷三、《韵府群玉》卷五、《天中记》卷五十八。

中国者，天下八十分之一。有海环之者九，谓之九环。（《韵府群玉》卷四）

河图记曰，百代之后，地高天下；千代之后，天可倚杵。（《韵府群玉》卷九）

镜神曰紫珍。（《韵府群玉》卷十六）ｖ偓佺好食松实，能飞行，逐走马。以松子遗尧，尧不能服。松者，横也，时受服者皆至二三百岁。（《天中记》卷五十一）

河图天地南北三亿三万五千五百里，东西二亿三万三千里。（《楚辞补注》卷三）

按，此详于范校本《博物志》第一条作品。

海上有风山，春风所出。（《九家集注杜诗》卷十九）

抱朴子：周穆王南征，一军尽化。君子为猿为鹤，小人为虫为沙。伏谓猿虫，飞谓沙鹤。事亦出博物志。（《五百家注昌黎文集》卷四）

欲得好玉用合桨，于襄乡县旧穴中凿取，大者如魁斗，小者如鸡子。（《文选注》卷四）

按，此又见《六臣注文选》卷四。

王余，鱼其身半也。俗云越王鲙鱼未尽，因以残半叶水中，为鱼，遂无其一面，故曰王余也。（《文选注》卷五）

（解县有白城），向季邑。（《古文苑》卷十七）

杜宇啼苦，则悬于树，自呼曰谢豹。（《三体唐诗》卷三）

禁食鲤鱼，浮萍解之。（《伤寒论条辨》卷九）

积油万石，则自然生火。晋泰始中武库火，积油所致也。库有汉高祖斩蛇剑、王莽头、孔子履，尽焚焉。（《山堂肆考》卷二十三）

尧时土阶三等，有草生庭，名曰蓂荚草。十五日已前，日生一叶。十五日已后，日落一叶。若小尽则一叶厌而不落。尧观之以知旬朔。（《山堂肆考》卷二百二）

按，《类隽》卷二六也载此。

须卜居涎云，王昭君之女也。昭君名嫱，一作樯。（《名疑》卷三）

潮系日月，若鼎之沸。（《物理小识》卷二）

（戚朐）县东北海边植石，秦所立之东门。（《后汉书》卷三十一）

李肩吾，字通。（《说略》卷十五）

（羽山）俗谓此山为惩父山。（《禹贡说断》卷二）

东方朔传

　　熊明《〈东方朔传〉考论》(《鞍山师范学院学报》2003年第1期)辑有佚文数十则，并以为与《东方朔别传》当为同一部书，故典籍引作《东方朔别传》者亦辑于此文中。《中国古代小说总目·文言卷》之《东方朔别传》条宁稼雨认为"《世说新语》刘孝标注及唐宋类书均有征引，与《东方朔传》分别列目，似为二书"。此依宁氏之说辑为两书。因《中国古代小说总目·文言卷》未作系统整理，此依照熊明《〈东方朔传〉考论》所作辑佚为底本，复作补辑。熊辑有漏误，同一条佚文多次为各书所引者也未作合并整理。据《太平御览》卷三百三十八与卷五百九十三所辑两条、《北堂书钞》卷一百二十一与卷一百四十五所辑三条都乃《汉书》卷六十五《东方朔传》中文字，并非本书佚文。又其辑自《太平御览》卷三百九十一者实为两则。辑自《御览》卷五百七十五者实与辑自《世说新语·文学》篇、《初学记》卷十六和《白孔六帖》卷六十二者为同一则佚文，而以《初学记》所引为详细且成书时代在前。据《太平御览》卷四百五十七与卷九百六所辑《东方朔别传》也为同一篇作品，而以《太平御览》卷四百五十七所引为详细，《艺文类聚》卷九十五所引内容相似，作《东方朔传》。据《太平御览》卷八百二十五与卷九百八十四所辑为同一篇佚文。据《艺文类聚》卷九十七与《太平广记》卷一百七十四所引射覆条为同一作品。据《太平御览》卷九百二十三与《说郛》卷四渴求饮事为同一作品。据《北堂书钞》卷四十五、卷一百五十七和《艺文类聚》卷七十二与《太平御览》卷六百四十三、卷八百一十八、卷八百四十五、《事类赋》卷十七所辑《别传》也为同一篇作品，而《御览》卷六百四十三所引最为详细，然《艺文类聚》卷七十二之"后属车上盛酒，为此也"为卷六百四十三所无。据《艺文类聚》卷一、《北堂书钞》卷一百五十、卷一百五十六与《太平御览》卷八所辑为同一篇作品，然其中《北堂书钞》卷一百五十六引作《东方朔别传》（《北堂书钞》一百五十续四库本作《东方朔传》），其他书作《东方朔传》。又据《艺文类聚》卷二十四、《太平御览》卷四百五十七所引与《事类赋注》卷二十三为同一题材作品，然后两书引作别传，《御览》所引最详细。又其据《初学记》卷一与《太平御览》卷八所辑为同一条作品。其据《艺文类聚》卷八十七、《太平御览》卷九百六十五与《齐民要术》卷十、《事类赋注》卷二十六、《太平广记》卷一百七十四所引"枣"条为同一作品，《艺文类聚》卷八十七也引之。又据《太平御览》卷四百八十五与《齐民要术》卷十所引《木堇》条为同一题材作品，《太平御览》引作《别传》。又其据《太平御览》卷九百七十所引佚文与《艺文类聚》卷八十六所引基本一致，然《艺文类聚》所引作《东方朔传》，《太平御览》作《东方朔别传》。又据《北堂书钞》卷一百二十四、《太平御览》卷三百五十二、卷九百五十四、《初学记》卷二十八一条与卷三十两条、《事类赋注》卷十九与卷二十五所引鹊鸣事为同一条作品，根据辑佚规则，当以《北堂书钞》卷一百二十四所引为准；又《太平御览》卷九百二十一在引用相似内容时作出自《东方朔别传》。又其据《艺文类聚》卷九十三、《初学记》卷二十九与《事类赋注》卷二十一所辑"马"条为同一作品，以《艺文类聚》卷九十三所引为优。其据《世说新语·排调》所辑之作品也当据《太平御览》卷三百五十二者为优。

　　武帝问朔何知鸟之雌雄，对曰："雄左翼加右，声高；雌右翼加左，声小。又烧毛纳水中，沈者雄，浮者雌。鹿初生，鼻边有缺者雄；鹤初生，眼旁有红点者雄。蜂尾有歧者雌，锐者雄。鹝雄者班，雌者黄。猿雄者黑，雌者黄。雄赤为翡，雌青为翠。鸽雌乘雄，鸜雌负雄。蟋蟀双尾者雄，三尾者雌。"（《续广博物志》卷十三）

　　按，《艺文类聚》卷九十也载之，然文字较此简略。

又曰孝武元封三年，作柏梁台，召群臣有能为七言者，乃得上坐。卫尉交戟禁不时。(《太平御览》卷三百五十二)

武帝好方士，朔曰："陛下所使取神药者，皆天地之间药，不能使人不死。独取死人药。天上药能令人不死耳。"上曰："天何可至？"朔曰："臣能上天。"既辞去，出殿门，复还曰："今臣上天，似谩诞者。愿得一人为信验。"上即遣方士与朔俱，期三十日而返。朔等辞而行，日日过诸侯传饮。方士昼卧，朔遽呼之曰："若极久不应我，何耶？今者属从天上来。"方士大惊，乃具以闻上。问朔，朔曰："诵天上之物，不可称原。"上以为面欺，诏朔下狱问之。左右方提去，朔啼泣对曰："使须几死者再。"上曰："何也？"朔对曰："天公问臣下：'方人何衣？'臣对曰：'衣虫。''虫何若？'臣对曰：'虫喙颒颒似马，色邠邠类虎。'天公大怒，以臣为谩。使使下问，还报名曰蚕。天公乃出臣。今陛下苟以为诈，愿使人上天问之。"上大惊曰："善，欲以喻我止方士也。"(《刘氏鸿书》卷一百七)

按，熊辑据《太平御览》卷八百二十五与卷九百八十四辑有此则内容，文字有相异者，然作《东方朔别传》。

我之帝所甚乐，与百神游于钧天，广乐九奏，万舞。(《广事类赋》卷十)

乙者，勾止也。乙字义见《东方朔传》。(《事物异名录》卷十三)

帝降西王母，朔窥之，母曰："此儿三偷吾桃，昔为太仙宫令，擅用雷电，激波扬风，蛟龙陆行，黄雀宿渊，九潦丈人言于太上，遂谪人间。后乘云龙飞去，不知所之。"(《姓源珠玑》卷之六)

东方朔别与弟子俱行，渴甚，令弟子扣道边家门而不知其室

主名，呼不应。朔复往，见博劳飞集李树上，朔曰："主人当姓李名博，汝呼当应。"果然。（《汇苑详注》卷三十）

按，熊辑据《太平御览》卷九百二十三辑有此则作品，然作《东方朔别传》。

东方朔别传

武帝幸甘泉宫，长安道中有猛兽，朔令壮士百人，皆着髦头，护驾还宫。（《北堂书钞》卷一百三十）

汉武帝对群臣曰："相书云：'鼻下人中长一寸，年百岁。'"东方朔因在侧大笑。有司奏不敬，方朔免冠云："臣诚不敢笑陛下，实笑彭祖面长耳。"帝问之，朔曰："彭祖年八百岁，果如陛下之言，则彭祖人中长八寸，以此推之，则彭祖面长一丈余矣。"（《捧腹编》卷八《面长一丈余》条）

按，又《文苑汇隽》卷十六、《古今记林》卷十四载此。

汉武帝时，未央宫前殿钟无故自鸣，三日三夜不止。诏问太史待诏王朔，朔言："恐有兵气。"更问东方朔，朔曰："臣闻铜者山之子，山者铜之母，以阴阳气类言之，子母相感，山恐有崩弛者，故钟先鸣。易曰：'鸣鹤在阴，其子和之。'精之至也。其应在后五日内。"居三日，南郡太守上书言山崩，延衷二十余里。（《事言要玄》人集卷十）

按，熊明据《北堂书钞》卷一百八辑有此则，较此为略。《广事类赋》卷十五也载此，文字与熊辑有相异处。

　　郭舍人曰："愿问朔一事，朔得，臣愿榜白；朔穷，臣当赐帛。"曰："客从东方，且歌且行。不从门入，踰我垣墙。游戏中庭，上入殿堂。击之拍之，死者攘攘。格斗而死，主人被创。是何物也？"朔曰："长喙细身，昼亡夜存。嗜肉恶烟，为指掌所扪。臣朔愚憨，名之曰蚊。舍人词穷，当复脱裈。"（《广事类赋》卷四十）

按，又《焦氏类林》卷之七也引此则，文字与此有相异处。

　　蚊髓傅面，令妇人好颜色。又主易产。（《莶史》卷七十四）

　　汉武游上林，见一好树，问东方朔，对曰："名善哉"。帝阴使人识其树。后数岁，复问朔，朔曰："名为瞿所。"帝曰："朔欺人矣。名与前不同，何也？"朔曰："夫大为马，小为驹；长为鸡，小为雏；大为牛，小为犊；人生为儿，长为老。且昔为善哉，今为瞿所，少长生死，万物成败，岂有定哉？"（《事言要玄》物集卷一）

　　汉武帝祠甘畤，有神雀下，群臣皆上寿，东方朔独不贺。帝曰："朔何不贺？"曰："此所谓巫雀，非神雀也。或有巫者为国作害。"卒有巫蛊之事，果应。（《古今记林》卷二十七）

按，熊明据《太平御览》卷七百三十五辑有此则，作出《东方朔传》，文字有相异处。

　　东方朔于上前射覆中之，郭舍人巫屈，被榜。朔曰："南山有木名为柘，良工材之可以射，射中人情如掩兔，舍人数穷，可不早谢？"上乃抟髀大笑也。（《广滑稽》卷十九）

按，《太平御览》卷三百九十一两处引此，文字略异，一作：朔与上前射覆中之，郭舍人巫屈，被榜，上辄大笑。一作：南山有木名为柘，良工采之，可以射。射中人情如掩兔，舍人数穷，何不早谢？'上乃搏髀大笑也。

妒 记

《妒记》，南朝宋虞通之撰。鲁迅《古小说钩沉》辑有佚文七条。对于该书的散佚有亡于唐与亡于宋两种观点，《中国古代小说总目》文言卷认为"《隋书·经籍志》杂传类著录虞通之《妒记》二卷。宋以后书目未录，此书当亡于宋。"《少室山房笔丛正集》卷二十谓"六朝宋虞之有《妒记》一卷，至唐不传。而宋王某补之，今所补者又不存矣。"然《太平御览》之《经史图书纲目》有《妒记》一书，则《中国古代小说总目》文言卷之观点似更为恰切。该书后世屡有续之者，《通志》卷六十五、《新唐书》卷五十八有王方庆撰《续妒记》五卷，《郡斋读书志》卷三下有《补妒记》一卷，《郡斋读书志》谓该书"不知何人辑传记中妇人严妒事以补亡，自商周至于唐初。"《文献通考》卷二百十六有京兆王绩编《补妒记》一卷，《直斋书录解题》卷十一作者同，然作"八卷"，称其内容"自商周而下迄于五代史传所有妒妇皆载之"，则似与《郡斋读书志》卷三下所载《补妒记》别是一书。《千顷堂书目》卷十二复载有杨若曾《妒记》十卷。

　　冯衍妻任悍忌，惟一婢，发无钗，泽面无脂粉。（《佥史》卷七十四）

魏晋世语

　　作者郭颁，"颁"有时讹作"颂"或"顺"。《隋书》卷三十三载该书为"晋襄阳令郭颁撰"，《通志》卷六十五同此。据刘孝标注《世说新语》卷中之上，谓"郭颁，西晋人，时世相近，为《魏晋世语》，事多详核，孙盛之徒皆采以著书"。而《三国志》裴松之注、《世说新语》刘孝标注、《水经注》、《初学记》、《艺文类聚》所引本书内容，最迟者也皆为西晋时事，则谓郭颁西晋人当无误。因避唐太宗李世民讳，本书古籍引用时又作《魏晋代语》或《魏晋俗语》。《三国志·魏志》卷四注谓"颁撰《魏晋世语》，蹇乏全无宫商，最为鄙劣。以时有异事，故颇行于世，干宝、孙盛等多采其言，以为晋书。"《中国古代小说总目·文言卷》以为"《魏晋世语》现存佚文较少。《世说新语》刘孝标注引十六条，《水经注》引六条，《初学记》引五条，《北堂书钞》引七条，《艺文类聚》引二条，《太平广记》引一条。所引最多者为《三国志》裴松之注，共引八十八条。"今复按原书，《三国志》裴松之注所引九十二条；《世说新语》刘孝标注引十五条，其中有五条与裴松之注重复；《水经注》引六条，其中有两条同于裴松之注所引；《初学记》引五条，其中有三条同于裴松之注所引；《北堂书钞》引去其重复，凡二十六条，其中有五条同于裴松之注所引；《艺文类聚》引两条，其中有一条同于裴松之注所引；《太平广记》卷一百三十九引一条，同于《初学记》卷二十九所引白犬条而文字为详细。今略依其引书时间先后较其详略于此复辑之，并作辩证。又复于《太平御览》辑得七则（《太平御览》中与前之书引用重复的十五条不计算在内），其他书辑得数则。

本文定稿后，复于学术期刊网上见到 2007 年兰州大学严红彦硕士论文《〈三国志〉裴注中所见〈魏晋世语〉考述》，从《三国志》注辑佚文九十一条，其附录一辑录《三国志》裴注未收之佚文三十二则，去其重复，略依时间先后，计《世说新语》刘孝标注四条，《水经注》三条，《初学记》两条，《艺文类聚》一条，《太平御览》七条，《太平广记》一条，《古今姓氏书辩证》卷十九计一条，《简斋集》卷十六计一条，《骈志》卷十三一条，《升庵集》卷七十二一条，《经义考》卷二百四十辑"隗禧字子牙，京兆人，黄初中拜郎中。年八十余，以老处家，就之学者甚多。鱼豢尝从问《左传》，禧答曰：'欲知幽微，莫若易人伦之纪，莫若礼多识山川草木之名，莫若诗左氏直相斫书，不足精意也。'蒙因从问诗，禧说：'齐韩鲁毛四家义，不复执文，有如讽诵。'又撰作诸经解数十万言，未及缮写而得聋，后数岁病亡也。"据《经义考》卷二百八十八辑"黄初之后，扫除太学之灰炭，补旧石碑之缺坏。"据《春秋战国异辞》卷一与《格致镜原》卷四十二共引"王子乔"一条，本文据《北堂书钞》卷一百二十二辑。据《续编珠》卷一辑"裴仆射善谈，时人谓之谈林"。据《御定渊鉴类函》卷三百九十二辑三条，一为"又曰华歆能剧饮，至石余不乱。众人微察，常以其整衣冠为异。又曰乌桓东胡俗能作白酒，而不知作曲蘖，常仰中国。"一为"白子高少好隐沦之术。尝为美酒给道客，一旦有四仙人赍药集其舍求酒，子高知非凡，乃欲取他药杂之，仙人云：'我亦有仙药。'于是宾主各出其药，仙人谓子高曰：'卿药陈久，可服吾药。'子高服之，因随仙人飞去。子高仙酒至今称之。"一为"诸阮皆能饮酒"，本文据《北堂书钞》卷一百四十八辑。《御定渊鉴类函》卷三百九十二复引《世语》有"王凌表满宠年过耽酒，不可居方任。帝将召宠，给事中郭谋曰：'宠为汝南太守豫州刺史二十余年，有勋方岳。及镇淮南，吴人惮之。若不如所表，将为所窥。可令还朝，问以方事以察之。'帝从之。宠既至，进见，饮酒至一石不乱。帝慰劳遣还"、"王孝伯曰：'名士不须奇才，但使常得无事饮酒读离骚，便可称名士。'《御定渊鉴类函》一书小说引文多有非引自原书者，舛误颇多，不可轻信。据《格致镜原》卷二十二辑"嵩山北有大穴"，本文据《北堂书钞》卷一百四十四辑。据《格致镜原》卷八十七辑"武帝时，幽州有狗，鼻行地三百余步。"据杭世骏《三国志补注》卷三辑"郭颁《世语》、干宝《晋纪》并言中牟城北有层台，故魏任城王筑"。据余嘉锡《世说新语笺疏》贤媛第十八辑"王以围棋为手谈。故其在哀制中，祥后客来，方幅会戏"。其中据《太平广记》所辑之"世语曰青鹳鸣时太平"之"世语"犹言"世俗人说"，"世语"非书名。此句话节自王嘉《拾遗记》，当删除。据《简斋集》卷十六所引之"（世传顷年都下市肆中有道人，携乌衣椎髻女子，买斗酒独饮，女子歌词以侑，凡九阕，皆非人）世语：或记之：以问一道士，道士惊曰：此赤城韩夫人所制，水府蔡真君法，驾导引也。乌衣女子，疑龙云：得其三，而亡其二，拟作三阕。"括号内的文字严红彦未引用，也是割裂文意而误辑的作品（其他部分作品之辨伪详后之正文）。其附录二列出了《说郛》所收之《魏晋世语》作品。

出于《三国志注》者凡九十二条。

（曹）嵩，夏侯氏之子，夏侯惇之叔父。太祖于惇为从父兄弟。（《三国志》卷一）

玄谓太祖曰："君未有名，可交许子将。"太祖乃造子将，子将纳焉，由是知名。（《三国志》卷一）

按，《世说新语》卷中之上刘孝标注载此。

太祖过伯奢。伯奢出行，五子皆在，备宾主礼。太祖自以背卓命，疑其图己，手剑夜杀八人而去。（《三国志》卷一）

按，《北堂书钞》卷二十同此。

中牟疑是亡人，见拘于县。时掾亦已被卓书；唯功曹心知是太祖，以世方乱，不宜拘天下雄俊，因白令释之。（《三国志》卷一）

按，《水经注》卷二十二同此。

陈留孝廉卫兹以家财资太祖，使起兵，众有五千人。（《三国志》卷一）

岱既死，陈宫谓太祖曰："州今无主，而王命断绝，宫请说州中，明府寻往牧之，资之以收天下，此霸王之业也。"宫说别驾、治中曰："今天下分裂而州无主；曹东郡，命世之才也，若迎以牧州，必宁生民。"鲍信等亦谓之然。（《三国志》卷一）

嵩在泰山华县。太祖令泰山太守应劭送家诣兖州，劭兵未至，陶谦密遣数千骑掩捕。嵩家以为劭迎，不设备。谦兵至，杀太祖弟德于门中。嵩惧，穿后垣，先出其妾，妾肥，不时得出；嵩逃于厕，与妾俱被害，阖门皆死。劭惧，弃官赴袁绍。后太祖定冀州，劭时已死。(《三国志》卷一)

按，《太平御览》卷三百七十八、《稗史》卷三十二载此。

昂不能骑，进马于公，公故免，而昂遇害。(《三国志》卷一)

旧制，三公领兵入见，皆交戟叉颈而前。初，公将讨张绣，入觐天子，时始复此制。公自此不复朝见。(《三国志》卷一)

公时有骑六百余匹。(《三国志》卷一)

讽字子京，沛人，有惑众才，倾动邺都，锺繇由是辟焉。大军未反，讽潜结徒党，又与长乐卫尉陈祎谋袭邺。未及期，祎惧，告之太子，诛讽，坐死者数十人。(《三国志》卷一)

《曹瞒传》及《世语》并云桓阶劝王正位，夏侯惇以为宜先灭蜀，蜀亡则吴服，二方既定，然后遵舜、禹之轨，王从之。及至王薨，惇追恨前言，发病卒。(《三国志》卷一)

太祖自汉中至洛阳，起建始殿，伐濯龙祠而树血出。(《三国志》卷一)

帝与朝士素不接，即位之后，群下想闻风采。居数日，独见侍中刘晔，语尽日。众人侧听，晔既出，问：“何如？”晔曰：“秦始皇、汉孝武之俦，才具微不及耳。”(《三国志》卷三)

(秦)朗子秀，劲厉能直言，为晋武帝博士。(《三国志》卷三)

并州刺史毕轨送汉故渡辽将军范明友鲜卑奴，年三百五十岁，言语饮食如常人。奴云：霍显，光后小妻。明友妻，光前妻女。(《三国志》卷三)

又有一鸡象。（《三国志》卷三）

世语及《魏氏春秋》并云：此秋，姜维寇陇右。时安东将军司马文王镇许昌，征还击维，至京师，帝于平乐观以临军过。中领军许允与左右小臣谋，因文王辞，杀之，勒其众以退大将军。已书诏于前。文王入，帝方食栗，优人云午等唱曰："青头鸡，青头鸡。"青头鸡者，鸭也。帝惧不敢发。文王引兵入城，景王因是谋废帝。（《三国志》卷四）

大将军奉天子征俭，至项；俭既破，天子先还。（《三国志》卷四）

王沈、王业驰告文王，尚书王经以正直不出，因沈、业申意。（《三国志》卷四）

按，此又载《文选章句》卷二十一，文字有相异处。

初青龙，中石苞鬻铁于长安，得见司马宣王，宣王知焉。后擢为尚书郎，历青州刺史、镇东将军。甘露中入朝，当还，辞高贵乡公，留中尽日。文王遣人要令过。文王问苞："何淹留也？"苞曰："非常人也。"明日发至荥阳，数日而难作。（《三国志》卷四）

按，此又载《太平御览》卷二百一十五。

太祖下邺，文帝先入袁尚府，有妇人披发垢面，垂涕立绍妻刘后，文帝问之，刘答："是熙妻"。顾览发髻，以巾拭面，姿貌绝伦。既过，刘谓后"不忧死矣"！遂见纳，有宠。（《三国志》卷五）

按，又《奁史》卷三十二载此。

绍步卒五万，骑八千。（《三国志》卷六）

表死后八十余年，至晋太康中，表冢见发。表及妻身形如

生，芬香闻数里。（《三国志》卷六）

鲁遣五官掾降，弟卫横山筑阳平城以拒，王师不得进。鲁走巴中。军粮尽，太祖将还。西曹掾东郡郭谌曰："不可。鲁已降，留使既未反，卫虽不同，偏携可攻。县军深入，以进必克，退必不免。"太祖疑之。夜有野麋数千突坏卫营，军大惊。夜，高祚等误与卫众遇，祚等多鸣鼓角会众。卫惧，以为大军见掩，遂降。（《三国志》卷八）

（夏侯）咸字季权，任侠。贵历荆、兖二州刺史。子骏，并州刺史。次庄，淮南太守。庄子湛，字孝若，以才博文章，至南阳相、散骑常侍。庄，晋景阳皇后姊夫也。由此一门侈盛于时。（《三国志》卷九）

（夏侯）和字义权，清辩有才论。历河南尹、太常。渊第三子称，第五子荣。从孙湛为其序曰："称字叔权。自孺子而好合聚童儿，为之渠帅，戏必为军旅战阵之事，有违者辄严以鞭捶，众莫敢逆。渊阴奇之，使读项羽传及兵书，不肯，曰："能则自为耳，安能学人？"年十六，渊与之田，见奔虎，称驱马逐之，禁之不可，一箭而倒。名闻太祖，太祖把其手喜曰："我得汝矣！"与文帝为布衣之交，每燕会，气陵一坐，辩士不能屈。世之高名者多从之游。年十八卒。弟荣，字幼权。幼聪惠，七岁能属文，诵书日千言，经目辄识之。文帝闻而请焉。宾客百余人，人一奏刺，悉书其乡邑名氏，世所谓爵里刺也，客示之，一寓目，使之遍谈，不谬一人。帝深奇之。汉中之败，荣年十三，左右提之走，不肯，曰："君亲在难，焉所逃死！"乃奋剑而战，遂没阵。（《三国志》卷九）

（曹）肇字长思。（《三国志》卷九）

（杨）伟字世英，冯翊人。明帝治宫室，伟谏曰："今作宫室，斩伐生民墓上松柏，毁坏碑兽石柱，辜及亡人，伤孝子心，

不可以为后世之法则。"(《三国志》卷九)

爽兄弟先是数俱出游，桓范谓曰："总万机，典禁兵，不宜并出，若有闭城门，谁复内入者?"爽曰："谁敢尔邪!"由此不复并行。至是乃尽出也。(《三国志》卷九)

初，宣王勒兵从阙下趣武库，当爽门，人逼车住。爽妻刘怖，出至厅事，谓帐下守督曰："公在外。今兵起，如何?"督曰："夫人勿忧。"乃上门楼，引弩注箭欲发。将孙谦在后牵止之曰："天下事未可知!"如此者三，宣王遂得过去。(《三国志》卷九)

宣王使许允、陈泰解语爽，蒋济亦与书达宣王之旨，又使爽所信殿中校尉尹大目谓爽，唯免官而已，以洛水为誓。爽信之，罢兵。(《三国志》卷九)

初，爽梦二虎衔雷公，雷公若二升碗，放著庭中。爽恶之，以问占者，灵台丞马训曰："忧兵。"训退，告其妻曰："爽将以兵亡，不出旬日。"(《三国志》卷九)

按，《北堂书钞》卷一百五十二第28条同此。

初，爽出，司马鲁芝留在府，闻有事，将营骑斫津门出赴爽。爽诛，擢为御史中丞。及爽解印绶，将出，主簿杨综止之曰："公挟主握权，舍此以至东市乎?"爽不从。有司奏综导爽反，宣王曰："各为其主也。"宥之，以为尚书郎。芝字世英，扶风人也。以后仕进至特进光禄大夫。综字初伯，后为安东将军司马文王长史。(《三国志》卷九)

按，此又载《太平御览》卷二百一十五。

玄世名知人，为中护军，拔用武官，参戟牙门，无非俊杰，多牧州典郡。立法垂教，于今皆为后式。(《三国志》卷九)

按，《北堂书钞》卷三十四、《北堂书钞》卷六十四同此，又载《太平御览》卷二百四十。

丰遣子韬以谋报玄，玄曰："宜详之耳"，而不以告也。（《三国志》卷九）

大将军闻丰谋，舍人王羡请以命请丰："丰若无备，情屈势迫，必来，若不来，羡一人足以制之；若知谋泄，以众挟轮，长戟自卫，径入云龙门，挟天子登凌云台，台上有三千人仗，鸣鼓会众，如此，羡所不及也"。大将军乃遣羡以车迎之。丰见劫迫，随羡而至。（《三国志》卷九）

翼后妻，散骑常侍荀廙姊，谓翼曰："中书事发，可及书未至赴吴，何为坐取死亡！左右可共同赴水火者谁？"翼思未答，妻曰："君在大州，不知可与同死生者，去亦不免。"翼曰："二儿小，吾不去。今但从坐，身死，二儿必免。"果如翼言。翼子斌，杨骏外甥也。晋惠帝初，为河南尹，与骏俱死，见晋书。（《三国志》卷九）

玄至廷尉，不肯下辞。廷尉钟毓自临治玄。玄正色责毓曰："吾当何辞？卿为令史贵人也，卿便为吾作。"毓以其名士，节高不可屈，而狱当竟，夜为作辞，令与事相附，流涕以示玄。玄视，颔之而已。毓弟会，年少于玄，玄不与交，是日于毓坐狎玄，玄不受。（《三国志》卷九）

按，《世说新语》卷中之上第4条同此，内容稍详细：玄至廷尉，不肯下辞。廷尉钟毓自临履玄。玄正色曰："吾当何辞？为令史责人邪，卿便为吾作。"毓以玄名士，节高不可屈，而狱当竟，夜为作辞，令与事相附，流涕以示玄。玄视之曰："不当若是邪？"钟会年少于玄，玄不与交，是日于毓坐狎玄，玄正色曰："钟君何得如是？"

允二子：奇字子泰，猛字子豹，并有治理才学。晋元康中，奇为司隶校尉，猛幽州刺史。（《三国志》卷九）

经字（彦伟）彦纬，初为江夏太守。大将军曹爽附绢二十匹令交市于吴，经不发书，弃官归。母问归状，经以实对。母以经典兵马而擅去，对送吏杖经五十，爽闻，不复罪。经为司隶校尉，辟河内向雄为都官从事，王业之出，不中经，竟以及难。经刑于东市，雄哭之，感动一市。刑及经母，雍州故吏皇甫晏以家财收葬焉。（《三国志》卷九）

按，此又载《太平御览》卷八百一十四、《太平御览》卷八百一十七。

寓少与裴楷、王戎、杜默俱有名京邑，仕晋，位至尚书，名见显着。子羽嗣，位至尚书。（《三国志》卷十）

按，此又见《世说新语》卷下之下，排调第二十五。

模，晋惠帝时为散骑常侍、护军将军，模子胤，胤弟龛，从弟疋，皆至大官，并显于晋也。（《三国志》卷十）

植妻衣绣，太祖登台见之，以违制命，还家赐死。（《三国志》卷十二）

融二子，皆龆龀。融见收，顾谓二子曰："何以不辞？"二子俱曰："父尚如此，复何所辞！"以为必俱死也。（《三国志》卷十二）

琰兄孙谅，字士文，以简素称，仕晋为尚书大鸿胪。（《三国志》卷十二）

太祖遣使从事王必致命天子。（《三国志》卷十三）

世语称荟贵正。恒字敬则，以通理称。昆，尚书；荟，河南尹；恒，左光禄大夫开府。澹子轶，字彦夏。有当世才志，为江州刺史。（《三国志》卷十三）

恂字子良，有通识，在朝忠正。历河南尹、侍中，所居有称。乃心存公，有匡躬之节。昺令袁毅馈以骏马，知其贪财，不受。毅竟以黩货而败。建立二学，崇明五经，皆恂所建。卒时年四十余，赠车骑将军。肃女适司马文王，即文明皇后，生晋武帝、齐献王攸。（《三国志》卷十三）

遇子绥，位至秘书监，亦有才学。齐王同功臣董艾，即绥之子也。（《三国志》卷十三）

初，太祖乏食，昱略其本县，供三日粮，颇杂以人脯，由是失朝望，故位不至公。（《三国志》卷十四）

按，此又载《太平御览》卷八百六十二。

晓字季明，有通识。（《三国志》卷十四）

嘉孙敞，字泰中，有才识，位散骑常侍。（《三国志》卷十四）

初，济随司马宣王屯洛水浮桥，济书与曹爽，言宣王旨"惟免官而已"，爽遂诛灭。济病其言之失信，发病卒。（《三国志》卷十四）

放、资久典机任，献、肇心内不平。殿中有鸡栖树，二人相谓："此亦久矣，其能复几？"指谓放、资。放、资惧，故劝帝召宣王。帝作手诏，令给使辟邪至，以授宣王。宣王在汲，献等先诏令于轵关西还长安，辟邪又至，宣王疑有变，呼辟邪具问，乃乘追锋车驰至京师。帝问放、资："谁可与太尉对者？"放曰："曹爽。"帝曰："堪其事不？"爽在左右，流汗不能对。放蹑其足，耳之曰："臣以死奉社稷。"曹肇弟纂为大将军司马，燕王颇失指。肇出，纂见，惊曰："上不安，云何悉共出？宜还。已暮，放、资宣诏宫门，不得复内肇等，罢燕王。肇明日至门，不得入，惧，诣廷尉，以处事失宜免。帝谓献曰："吾已差，便出。"献流涕而出，亦免。（《三国志》卷十四）

按，《初学记》卷十一、《太平御览》卷二百二十、《太平御览》卷九百一十八 3—6、《太平御览》卷九百十八也载此。

昭字子展，东平人。长子巽，字长悌，为相国掾，有宠于司马文王。次子安，字仲悌，与嵇康善，与康俱被诛。次子粹，字季悌，河南尹。粹子预，字景虞，御史中丞。（《三国志》卷十六）

就子敳，字祖文，弘毅有干正，晋武帝世为广汉太守。王浚在益州，受中制募兵讨吴，无虎符，敳收浚从事列上，由此召敳还。帝责敳："何不密启而便收从事？"敳曰："蜀汉绝远，刘备常用之。辄收，臣犹以为轻。"帝善之。官至匈奴中郎将。敳子固，字符安，有敳风，为黄门郎，早卒。敳，一本作勃。（《三国志》卷十八）

修年二十五，以名公子有才能，为太祖所器。与丁仪兄弟，皆欲以植为嗣。太子患之，以车载废簏，内朝歌长吴质与谋。修以白太祖，未及推验。太子惧，告质，质曰："何惠？明日复以簏受绢车内以惑之，修必复重白，重白必推，而无验，则彼受罪矣。"世子从之，修果白，而无人，太祖由是疑焉。修与贾逵、王凌并为主簿，而为植所友。每当就植，虑事有阙，忖度太祖意，豫作答教十余条，敕门下，教出以次答。教裁出，答已入，太祖怪其捷，推问始泄。太祖遣太子及植各出邺城一门，密敕门不得出，以观其所为。太子至门，不得出而还。修先戒植："若门不出侯，侯受王命，可斩守者。"植从之。故修遂以交构赐死。修子嚻，嚻子准，皆知名于晋世。嚻，泰始初为典军将军，受心膂之任，早卒。准字始丘，惠帝末为冀州刺史。（《三国志》卷十九）

按，《北堂书钞》卷六十九、《北堂书钞》卷一百四、《太平御览》卷七百五也载此则。

（阮）浑以闲澹寡欲，知名京邑。为太子庶子。早卒。（《三

国志》卷二十一）

按，《世说新语》卷中之下后当与此为同一篇作品，附原文于此：浑字长成，清虚寡欲，位至太子中庶子。

母邱俭反，康有力，且欲起兵应之，以问山涛，涛曰："不可。"俭亦已败。（《三国志》卷十九）

魏王尝出征，世子及临淄侯植并送路侧。植称述功德，发言有章，左右属目，王亦悦焉。世子怅然自失，吴质耳曰："王当行，流涕可也。"及辞，世子泣而拜，王及左右咸歔欷，于是皆以植辞多华，而诚心不及也。（《三国志》卷二十一）

瓘与扶风内史炖煌索靖，并善草书。瓘子恒，字巨山，黄门侍郎。恒子玠，字叔宝，有盛名，为太子洗马，早卒。（《三国志》卷二十一）

景王疾甚，以朝政授傅嘏，嘏不敢受。及薨，嘏秘不发丧，以景王命召文王于许昌，领公军焉。（《三国志》卷二十一）

《世语》称宣以公正知名，位至御史中丞。宣弟畅，字世道，秘书丞，没在胡中。著《晋诸公赞》及《晋公卿礼秩故事》。（《三国志》卷二十一）

阶孙陵，字符徽，有名于晋武帝世，至荥阳太守，卒。（《三国志》卷二十二）

刘晔以先进见幸，因谮矫专权。矫惧，以问长子本，本不知所出。次子骞曰："主上明圣，大人大臣，今若不合，不过不作公耳。"后数日，帝见矫，矫又问二子，骞曰："陛下意解，故见大人也。"既入，尽日，帝曰："刘晔构君，朕有以迹君；朕心故已了。"以金五饼授之，矫辞。帝曰："岂以为小惠？君已知朕心，顾君妻子未知故也。"帝忧社稷，问矫："司马公忠正，可谓社稷之臣乎？"矫曰："朝廷之望；社稷，未知也。"（《三国志》

卷二十二）

悌字孝威。年二十二，以兖州从事为泰山太守。初，太祖定冀州，以悌及东平王国为左右长史，后至中领军，并悉忠贞练事，为世吏表。（《三国志》卷二十二）

钦字子若，斑字子笃。钦泰始中为尚书仆射，领选，咸宁四年卒，追赠卫将军，开府。（《三国志》卷二十二）

俊二孙：览字公质，汝阴太守；犄字公彦，尚书，晋东海王越舅也。览子沈，字宣弘，散骑常侍。（《三国志》卷二十二）

案本志，宣名都不见，惟魏略有此传，而世语列于名臣之流。（《三国志》卷二十三）

敞字泰雍，官至卫尉。毗女宪英，适太常泰山羊耽，外孙夏侯湛为其传曰："宪英聪明有才鉴。初文帝与陈思王争为太子，既而文帝得立，抱毗颈而喜曰："辛君知我喜不？"毗以告宪英，宪英叹曰："太子代君主宗庙社稷者也。代君不可以不戚，主国不可以不惧，宜戚而喜，何以能久？魏其不昌乎！"弟敞为大将军曹爽参军。司马宣王将诛爽，因爽出，闭城门。大将军司马鲁芝将爽府兵，犯门斩关，出城门赴爽，来呼敞俱去。敞惧，问宪英曰："天子在外，太傅闭城门，人云将不利国家，于事可得尔乎？"宪英曰："天下有不可知，然以吾度之，太傅不得不尔！明皇帝临崩，把太傅臂，以后事付之，此言犹在朝士之耳。且曹爽与太傅俱受寄托之任，而独专权势，行以骄奢，于王室不忠，于人道不直，此举不过以诛曹爽耳。"敞曰："然则事就乎？"宪英曰："得无殆就！爽之才非太傅之偶也。"敞曰："然则敞可以无出乎？"宪英曰："安可以不出。职守，人之大义也。凡人在难，犹或恤之；为人执鞭而弃其事，不祥，不可也。且为人死，为人任，亲昵之职也，从众而已。"敞遂出。宣王果诛爽。事定之后，敞叹曰："吾不谋于姊，几不获于义。"逮钟会为镇西将军，宪英谓从子羊祜曰："钟士季何故西出？"祜曰："将为灭蜀也。"宪英曰："会在事纵恣，非持久处下之道，吾畏其有他志也。"祜曰："季母勿多言。"其后会请子琇为参军，宪英忧曰："他日见钟会之出，吾为国忧之矣。今日难至吾家，此国之大事，必不得止也。"琇固请司马文王，文王不听。宪英语琇曰："行矣，戒之！古之君子，入则致孝于亲，出则致节于国，在职思其所司，在义思其所立，不遗父母忧患而已。军旅之间，可以济者，其惟仁恕乎！汝其慎之！"琇竟以全身。宪英年至七十有九，泰始五年卒。（《三国志》卷二十五）

按，此又载《太平御览》卷一百四十八。

王凌表宠年过耽酒，不可居方任。帝将召宠，给事中郭谋曰："宠为汝南太守、豫州刺史二十余年，有勋方岳。及镇淮南，吴人惮之。若不如所表，将为所窥。可令还朝，问以方事以察之。"帝从之。宠既至，进见，饮酒至一石不乱。帝慰劳之，遣还。（《三国志》卷二十六）

伟字公衡。伟子长武，有宠风，年二十四，为大将军掾。高贵乡公之难，以掾守阊阖掖门，司马文王弟安阳亭侯干欲入。干妃，伟妹也。长武谓干曰："此门近，公且来，无有入者，可从东掖门。"干遂从之。文王问干入何迟，干言其故。参军王羡亦不得入，恨之。既而羡因王左右启王，满掾断门不内人，宜推劾。寿春之役，伟从文王至许，以疾不进。子从，求还省疾，事定乃从归，由此内见恨。收长武考死杖下，伟免为庶人。时人冤之。伟弟子奋，晋元康中至尚书令、司隶校尉。宠、伟、长武、奋，皆长八尺。（《三国志》卷二十六）

淮妻，王凌之妹。凌诛，妹当从坐，御史往收。督将及羌、胡渠帅数千人叩头请淮表留妻，淮不从。妻上道，莫不流涕，人人扼腕，欲劫留之。淮五子叩头流血请淮，淮不忍视，乃命左右追妻。于是追者数千骑，数日而还。淮以书白司马宣王曰："五子哀母，不惜其身；若无其母，是无五子；无五子，亦无淮也。今辄追还，若于法未通，当受罪于主者，觊展在近。"书至，宣王亦宥之。（《三国志》卷二十六）

按，《世说新语》卷中之上载此。

黄初中，孙权通章表。伟以白衣登江上，与权交书求赂，欲以交结京师，故诛之。（《三国志》卷二十七）

顾字孔硕，东莱人，晋永嘉中大贼王弥，顾之孙。（《三国志》卷二十八）

毌丘俭之诛，党与七百余人，传侍御史杜友治狱，惟举首事十人，余皆奏散。友字季子，东郡人，仕晋冀州刺史、河南尹。子默，字世玄，历吏部郎、卫尉。（《三国志》卷二十八）

甸字子邦，有名京邑。齐王之废也，甸谓俭曰："大人居方岳重任，国倾覆而晏然自守，将受四海之责。"俭然之。大将军恶其为人也。及俭起兵，问屈髯所在，云不来无能为也。俭初起兵，遣子宗四人入吴。太康中，吴平，宗兄弟皆还中国。宗字子仁，有俭风，至零陵太守。宗子奥，巴东监军、益州刺史。（《三国志》卷二十八）

是时，当世俊士散骑常侍夏侯玄、尚书诸葛诞、邓扬之徒，共相题表，以玄、畴四人为四聪，诞、备八人为八达，中书监刘放子熙、孙资子密、吏部尚书卫臻子烈三人，咸不及比，以父居势位，容之为三豫，凡十五人。帝以构长浮华，皆免官废锢。（《三国志》卷二十八）

司马文王既秉朝政，长史贾充以为宜遣参佐慰劳四征，于是遣充至寿春。充还启文王："诞再在扬州，有威名，民望所归。今征，必不来，祸小事浅；不征，事迟祸大。"乃以为司空。书至，诞曰："我作公当在王文舒后，今便为司空！不遣使者，健步赍书，使以兵付乐綝，此必綝所为。"乃将左右数百人至扬州，扬州人欲闭门，诞叱曰："卿非我故吏邪！"径入，綝逃上楼，就斩之。（《三国志》卷二十八）

黄初末，吴人发长沙王吴芮冢，以其砖于临湘为孙坚立庙。芮容貌如生，衣服不朽。后豫发者见吴纲曰："君何类长沙王吴芮，但微短耳。"纲瞿然曰："是先祖也，君何由见之？"见者言所由，纲曰："更葬不？"答曰："即更葬矣。"自芮之卒年至冢发，四百余年，纲，芮之十六世孙矣。（《三国志》卷二十八）

按，《樵书》二编卷八、《雅余》卷二、《妥先类纂》卷十六、《水经注》卷三十八载此。

邓艾少为襄城典农部民，与石皆年十二三。谒者阳翟郭玄信，武帝监军郭诞元奕之子。建安中，少府吉本起兵许都，玄信坐被刑在家，从典农司马求入御，以艾、苞与御，行十余里，与语，悦之，谓二人皆当远至为佐相。艾后为典农功曹，奉使诣宣王，由此见知，遂被拔擢。（《三国志》卷二十八）

师纂亦与艾俱死。纂性急少恩，死之日体无完皮。（《三国志》卷二十八）

咸宁中，积射将军樊震为西戎牙门，得见辞，武帝问震所由进，震自陈曾为邓艾伐蜀时帐下将，帝遂寻问艾，震具申艾之忠，言之流涕。先是以艾孙朗为丹水令，由此迁为定陵令。次孙千秋有时望，光禄大夫王戎辟为掾。永嘉中，朗为新都太守，未之官，在襄阳失火，朗及母妻子举室烧死，惟子韬子行得免。千秋先卒，二子亦烧死。（《三国志》卷二十八）

按，此又载《太平御览》卷二百三十九。

初，荆州刺史裴潜以泰为从事，司马宣王镇宛，潜数遣诣宣王，由此为宣王所知。及征孟达，泰又导军，遂辟泰。泰频丧考、妣、祖，九年居丧，宣王留缺待之，至三十六日，擢为新城太守。宣王为泰会，使尚书钟毓调泰："君释褐登宰府，三十六日拥麾盖，守兵马郡；乞儿乘小车，一何驶乎？"泰曰："诚有此。君，名公之子，少有文采，故守吏职；猕猴骑土牛，又何迟也！"众宾咸悦。后历衮、豫州刺史，所在有筹算绩效。（《三国志》卷二十八）

按，《广事类赋》卷三十八、《谷水集》卷四、《初学记》卷二十九、《太平御览》卷二百五十九、《太平御览》卷九百十载此。

司马景王命中书令虞松作表，再呈辄不可意，命松更定。以经时，松思竭不能改，心苦之，形于颜色。会察其有忧，问松，松以实答。会取视，为定五字。松悦服，以呈景王，王曰："不当尔邪，谁所定也？"松曰："钟会。向亦欲启之，会公见问，不敢饕其能。"王曰："如此，可大用，可令来。"会问松王所能，松曰："博学明识，无所不贯。"会乃绝宾客，精思十日，平旦入见，至鼓二乃出。出后，王独拊手叹息曰："此真王佐材也！"（《三国志》卷二十八）

按，《晏公类要》卷二十一、《初学记》卷十一、《北堂书钞》卷一百三、《艺文类聚》卷四十八、《太平御览》卷二百二十也载此。重编《说郛》卷五十九上引此，后复有"卞伯玉赴中书，诗曰：'跃鳞龙凤池，挥翰紫宸里。'杜夷字行齐，为儒林祭酒，皇太子凡三至夷舍，执经问义"之句。

有关卞伯玉的内容为后人混入，理由如次。首先，据唐陆德明撰《经典释文》卷一："卞伯玉，济阴人，宋东阳太守黄门郎"，则卞伯玉为南朝宋时人，西晋时的郭颁不可能记载其事。其次，考《瀛奎律髓》卷二载有魏知古《春夜寓直凤阁怀群公》一诗："拜门传漏晚，寓省索居时。昔重安仁赋，今称伯玉诗。鸳池满不溢，鸡树久逾滋。夙夜怀山甫，清风咏所思。"注释文字谓："西汉中书有令、仆射、丞郎；魏置中书通事郎；晋改为中书侍郎；东晋改为通事郎，寻改为中书郎；隋改中书郎省为内侍省，又改为内书监；唐初改为内史省，龙朔二年改为西台，光宅初改为凤阁，开元改为紫薇，世称凤阁鸾台者，即古中书门下省也。知古为凤阁侍郎，故引潘赋、卞诗。卞伯玉赴中书郎诗有云：'大方信包含，优渥遂不已。濯鳞龙凤池，挥翰紫宸里。'鸡栖树'事出郭颁《魏晋世语》。""鸡栖树"事见前引《三国志》第五十五条引文。故此注文仅言"鸡栖树"事出郭颁《魏晋世语》，非谓前文皆出《魏晋世语》。而后之读者，未细辨文意，以为卞伯玉及"鸡栖树"事皆出郭颁《魏晋世语》，导致了重编《说郛》卷五十九上之错。

按，杜夷事又见《类腋》卷一。

夏侯霸奔蜀，蜀朝问"司马公如何德？"霸曰："自当作家门。""京师俊士？"曰："有钟士季，其人管朝政，吴蜀之忧也。"（《三国志》卷二十八）

会善效人书，于剑阁要艾草表白事，皆易其言，令辞指悖慢，多自矜伐。又毁文王报书，手作以疑之也。（《三国志》卷二十八）

世语称实博辩，犹不足以并裴、何之流也。（《三国志》卷二十九）

备屯樊城，刘表礼焉，惮其为人，不甚信用。曾请备宴会，蒯越、蔡瑁欲因会取备，备觉之，伪如厕，潜遁出。所乘马名的卢，骑的卢走，堕襄阳城西檀溪水中，溺不得出。备急曰："的卢：今日厄矣，可努力！的卢一踊三丈，遂得过，乘桴渡河，中流而追者至，以表意谢之，曰："何去之速乎！"（《三国志》卷三十二）

按，《太平御览》卷八百九十七、《类隽》卷三十、《广事类赋》卷七、《谷玉类编》卷四十七、《裁纂类函》卷一百五十二也载此。

时蜀官属皆天下英俊，无出维右。（《三国志》卷四十四）

按，《诸葛忠武书》卷六引此作："时蜀官属皆天下英俊，无出维右。既构邓艾，艾槛车征，因将维等诣成都，自称益州牧以叛。"

维死时见剖，胆如斗大。（《三国志》卷四十四）

按，《蜀典》卷四也载此。

引自《世说新语》注者，除去与他书重复者，凡十则。

（王戎父）浑字长原，有才望，历尚书、凉州刺史。（《世说新语》卷上之上，德行第一）

魏太祖以岁俭禁酒，融谓酒以成礼，不宜禁。由是惑众，太祖收，法焉。二子龆龀，见收顾谓二子曰："何以不辟？"二子曰："父尚如此，复何所辟？"（《世说新语》卷上之上，言语第二）

（陈）本字休元，临淮东阳人。（《世说新语》卷中之上，方正第五）

（向）雄有节概，仕至黄门郎，护军将军。（《世说新语》卷中之上，方正第五）

（卢）志字子通，范阳人，尚书珽少子。少知名，起家邺令，历成都王长史，卫尉卿、尚书郎。（《世说新语》卷中之上，方正第五）

淮字始立，弘农华阴人。曾祖彪、祖修有名前世。父罴，典军校尉。淮，元康末为冀州刺史。荀绰冀州记曰："淮见王纲不振，遂纵酒，不以官事规意，消摇卒岁而已。成都王知淮不治，犹以其名士，惜而不遣，召为军咨议祭酒，府散停家，关东诸侯欲以淮补三事，以示怀贤尚德之事，未施行而卒，时年二十有七矣。（《世说新语》卷中之下，赏誉第八）

允二子，奇字子太，猛字子豹，并有治理。（《世说新语》卷下之上，贤媛第十九）

经字彦伟，清河人。高贵乡公之难，王沈、王业驰告文王，经以正直不出，因沈、业申意。后诛经及其母。（《世说新语》卷下之上，贤媛第十九）

会善学人书，伐蜀之役，于剑阁要邓艾章表，皆约其言，令词旨倨傲，多自矜伐，艾由此被收也。（《世说新语》卷下之上，巧艺第二十一）

太祖下邺，文帝先入袁尚府，见妇人披发如垂涕立绍妻刘后。文帝问知是熙妻，使令揽发，以袖拭面，姿貌绝伦。既过，刘谓甄曰："不复死矣。"遂纳之，有宠。（《世说新语》卷下之下，惑溺第三十五）

引自《水经注》者，除去与他书重复者，凡四则。

晋文王之世，大鱼见孟津，长数百步，高五丈，头在南岸，尾在中渚。（《水经注》卷五）

按，《偁湖樵书》二编卷十二也载此。

璠曰京有小索亭，世语以为本索氏兄弟居此，故号小索者也。（《水经注》卷七）

按郭长公世语及于宝晋纪并言中牟县故魏任城王台下池中有汉时铁锥，长六尺，入地三尺，头西南指不可动，正月朔自正，以为晋氏中兴之瑞，而今不知所在。（《水经注》卷二十二）

张绣反，公与战，败。子昂不能骑，进马于公，而昂遇害。（《水经注》卷三十一）

引自《初学记》者，除去与他书重复者，凡两则。

郭颁魏晋俗语曰，长沙王乂封常山王，至国掘井，入地四

丈，得白玉，玉下有大石，其上有灵龟，长二尺余。（《初学记》卷五）

郭颂魏晋俗语曰，太康七年，天郊坛下有白犬，高三尺，光色鲜明，恒卧，见人则去。（《初学记》卷二十九）

按，此又载《太平御览》卷九百四。

晋武帝太康七年，郊坛下有一白狗，高三尺，光色鲜明，恒卧坛侧，觉见人前则去。骑督王琬，以骏马追之。狗徐行，马不可及，射又逃。琬去复还，郊丘非狗所守，后遂大乱。又武帝时，幽州有狗，鼻行地三百余步。帝不思和峤之言而立惠帝，以致衰乱。（《太平广记》卷一百三十九）

引自《北堂书钞》者，除去与他书重复者，凡二十一则。

何晏为吏部郎，时宾客盈坐，闻王弼来，倒履迎之。（《北堂书钞》卷三十四）

王敦字处仲，太傅东海王越收罗士物，闻其名，召以为主簿。（《北堂书钞》卷六十九）

按，此则四库本《北堂书钞》引作《世语》，续四库本《北堂书钞》引作《世说》，此为东晋事，当为四库本有误。

王东亭为桓宣武更作白事，无复同本。（《北堂书钞》卷六十九）

按，此则四库本《北堂书钞》引作《世语》，续四库本《北堂书钞》引作《世说》，此为东晋事，当为四库本有误。

孙楚为大司马石苞记室参军，不敬府主，楚负才，檄苞曰："天子命我也。"（《北堂书钞》卷六十九）

张免除新丰令，治为三辅第一。（《北堂书钞》卷七十八）

裴仆射善谈，时人谓之谈林。（《北堂书钞》卷九十八）

按，此则四库本《北堂书钞》引作《世语》，续四库本《北堂书钞》引作《世说》，当为四库本有误。

曹爽与明帝少同砚书。（《北堂书钞》卷一百四）

按，此又载于《太平御览》卷六百五。

诸葛亮、兄瑾、弟诞并有令名，各在一国。人以为蜀得其龙，吴得其虎，魏得其狗。（《北堂书钞》卷一百十五）

按，此则四库本引作《世语》，续四库本引作《世说》，内容亦见《世说新语》，当为四库本有误。

诸葛武侯与司马宣王治军渭滨，克日交战，宣王戎服莅事，使人视武侯，独乘素舆，葛巾毛扇，指麾三军，随其进止。宣王叹曰："诸葛君可谓名士矣。"（《北堂书钞》卷一百十五）

按，此则四库本引作《世语》，续四库本引作《世说》，当为四库本有误。

魏武征袁本初，治装，余有数十斛竹片，咸长数寸，众并谓不堪用。太祖意甚惜，思所以用之，谓可以为竹甲盾而未显其言。驰使问杨德祖，德祖应声而答，与帝意正同，众服其辨悟。（《北堂书钞》卷一百二十一）

按，此则四库本引作《世语》，续四库本引作《世说》，当为四库本有误。

王子乔墓在京陵，战国时，人有盗发之者，睹无所见，惟有一剑停在穴中，欲进取之，剑作龙鸣虎吼，遂不敢进，俄而径飞上天。（《北堂书钞》卷一百二十二）

按，此则四库本引作《世语》，续四库本引作《世说》，当为四库本有误。

前辈人忌日不饮酒作乐，王世将以忌日送客至新亭，主人欲

作音乐，王便起去，持弹往卫洗马墓下弹鸟。（《北堂书钞》卷一百二十四）

按，此则四库本引作《世语》，续四库本引作《世说》，当为四库本有误。

愍怀太子好卑鸡、小马、小牛，置田舍令左右骑，断羁勒令坠马。（《北堂书钞》卷一百二十六）

按，此又载《太平御览》卷三百五十九。

司马宣王从辽东还，有老人寒冻于路，乞一襦，公惟与之酒。左右曰："官不少襦，何不赐之。"公曰："襦，官物，人臣无私施。"（《北堂书钞》卷一百二十九）

按，此条一引作《世说》。

诸葛亮之次渭滨也，关中震动，魏明帝深惧，晋宣王战，乃遣辛毗为军司马。宣王既与亮对渭而阵，亮设诱，诡谲万方，宣王果大忿愤，将应以重兵。亮遣间谍觇之，还曰："有一老夫，毅然杖黄当军门立，军不得出。"亮曰："必辛佐治也。"（《北堂书钞》卷一百三十）

按，此则四库本引作《世语》，续四库本引作《世说》，内容亦见《世说新语》，当为四库本有误。

盛法济者，有男年二十岁，得疾经年不愈，有神来语，言床席不净，神何处坐。济曰："有漆巾箱甚净，神何不入中。"神曰："大佳。"乃出箱中物，因内新果于箱中，微觉有声，以盖覆之，闻箱中动摇，即持之，可五升米重。便取果出于铁锅煮之，百余沸。出，乃成灰，其男服灰即愈。（《北堂书钞》卷一百三十五）

按，此又载《绿萝山房文集》卷十一。《太平御览》卷七百十一引此作《世说》，四库本引作《世语》，续四库本引作《世说》，当为四库本有误。

嵩山北有大穴，晋初有一人误坠穴中，行十许日，有草屋，中有二人围棋，傍有白浆一杯，坠者告以饥渴，棋者曰："可饮此。"坠者饮之，气力十倍，归问张华，华曰："此玉浆也。"（《北堂书钞》卷一百四十四）

按，此则《太平御览》卷八百六十一、《太平广记》卷十四引此皆作《世说》，或为后来传抄《北堂书钞》者误注出处。

桓公有参军石倚，食蒸而不能共，桓公故不设箸，而倚终不放，举坐笑公云："同盘不能相救。"（《北堂书钞》卷一百四十五）

按，此则四库本引作《世语》，续四库本引作《世说》，当为四库本有误。

秦缪公使贾人载盐于卫，诸贾人使百里奚引车，秦穆公观盐，因得见百里奚。（《北堂书钞》卷一百四十六）

按，《世说新语》卷上之上引此作《说苑》，四库本引作《世语》，续四库本引作《说苑》，并已辨明某一《北堂书钞》版本引作《世说》之误，故四库本有误。

白子高少好隐沦之术，尝为美酒给道客，一旦有四仙人赍药集其舍求酒，子高知非凡，乃欲取他药杂之，仙人云："吾亦有仙药。"于是宾主各出其药，仙人谓子高曰："卿药陈久，可服吾药。"子高服之，因随仙人飞去。子高仙酒至今称之。（《北堂书钞》卷一百四十八）

诸阮皆能饮酒，常与宗人共集，不复用常杯，以大盆盛酒，围坐相向大酌。（《北堂书钞》卷一百四十八）

按，此则四库本引作《世语》，续四库本引作《世说》，当为四库本有误。

引自《艺文类聚》者，除去与他书重复者，凡一条。

太康八年，凌云台上生铜。（《艺文类聚》卷八十四）

按，此又载《太平御览》卷八百一十三。

复从《太平御览》辑得除去与他书重复者佚文七则。

魏武将见匈奴，自以形陋不足雄远国，使崔季珪代当，自捉刀立床头。坐既毕，令间谓曰："魏王何如？"匈奴使答曰："王雅望非常。然床头捉刀人，此乃英雄也。魏王闻之，驰遣杀此使。（《太平御览》卷九十三）

按，此则作品四部丛刊本《太平御览》引作《世语》，四库全书本《太平御览》引作《世说》。

安定梁鹄善八分书。初，为吏部尚书，太祖求为洛阳令，鹄以为北部尉。鹄避地荆州，太祖定荆州，太祖求鹄，鹄乞以书赎死，乃令书信幡宫门题。（《太平御览》卷二百一十四）

按，此又见《天中记》卷三十一。此则作品四部丛刊本《太平御览》引作《世语》，四库全书本《太平御览》引作《世说》。

王子猷作桓温车骑参军，桓谓王曰："卿在府久，此当相断理。"初不答，直高视，以手版柱颊云："西山朝来，致有爽气。"（《太平御览》卷二百四十九）

又曰郝隆为桓公南蛮参军，三月三日作诗不能者罚酒三升。隆初以不能受罚，既饮，览笔便作。其一句云："娵隅跃清池"。桓问："'娵隅'是何语？"答云："蛮名鱼为'娵隅'。"桓公曰："作诗何以为蛮语？"隆答曰："千里投君，始得为府参军，那得不作蛮语？"（《太平御览》卷二百四十九）

又曰庾公造周伯仁，曰："君何所欣悦而忽肥？"庾曰："君复何所忧惨而忽瘠？"伯仁曰："吾无所忧，直是清虚日来，滓秽日去。"（《太平御览》卷三百七十八）

按，此则作品及以上王子猷、郝隆两则作品皆为东晋时事，故当非《世语》作品。

子日沐令人爱，卯日沐令人白头。按，人之爱憎，头之白黑，在乎自然。但使嫫母子日沐，能令人爱耶？使十五童子卯日沐，能令发白耶？（《太平御览》卷三百九十五）

按，此则四库本《太平御览》引作《世语》，丛刊本《太平御览》引作《论衡》。

卫瓘大康永熙中，家人炊饭，堕地尽化为螺，出足而行。瓘终见诛。（《太平御览》卷九百四十一）

又从他书辑得佚文并作辩证如下。

武昌望夫石状如人，相传女子望夫而化为石。（《奁史》卷三）

贾充使伎女服袿褶。（《奁史》卷六十三）

王右军访羊欣，□□□□墨书练裙而去。（《绿萝山房文集》卷十四）

按，王右军羲之乃东晋时人，故此非《魏晋世语》作品。

殷仲文读书若半袁豹，则笔端不减陆士衡。（《丹铅余录·续录》卷六）

按，殷仲文乃东晋时人，故此非《魏晋世语》作品。

刁协迁尚书令，诏曰："尚书令协，抗志高亮，才鉴博朗，朕甚喜之。"（重编《说郛》卷五十九上）

范宁字武子，少好学，多所通览。拜中书郎，专掌四省，居职多所献替，有益政道。（重编《说郛》卷五十九上）

按，《宋书》卷十四载："孝武太元十一年九月，皇女亡及应烝祠，中书侍郎范宁奏：'案《丧服传》，有死宫中者三月不举祭，不别长幼之与贵贱也'"等事，太元乃东晋皇帝司马曜年号，太元十一年即386年，故本则作品为东晋时事，非《魏晋世语》作品。

> 孔衍字舒元，鲁国建，与庾亮俱补中书侍郎，于时中兴肇建，庶事草创，衍经学博通，又练旧典朝仪轨制，多取正焉。由是元明二帝皆亲爱之。（重编《说郛》卷五十九上）

按，据《晋书》卷九十一《孔衍》本传，以上记载乃东晋事，元明二帝也分别为东晋第一、第二个皇帝，故此非《魏晋世语》作品。

> 刘超字世踰，迁中书舍人。时台省初建，内外多事，超出纳书命以忠慎称，理身清苦，衣不重帛。（重编《说郛》卷五十九上）

按，据《晋书》卷七十刘超本传，其为中书舍人乃东晋事，故此非《魏晋世语》作品。

> 徐邈字景山，以儒素重好学，尤善经传。烈宗始览典籍，招延礼学之士，后将军谢安举邈应选，补中书舍人，专在西省，撰正五经音训，学者宗之。每预顾问，辄有献替，多所补益，烈宗甚爱之。（重编《说郛》卷五十九上）

> 孙盛字安国，为秘书监加给事中，笃尚好学，自少至长，常手不释卷。既居史官，乃著《三国阳秋》。（重编《说郛》卷五十九上）

按，孙盛撰述曾据《魏晋世语》，据《晋书》卷八十二孙盛本传，上载为东晋事，故此非《魏晋世语》作品。

> 郭璞太兴元年奏《南郊赋》，中宗嘉其才，以为著作佐郎。殷浩北伐，江逌为长史，迺取数百鸡，以长绳连脚，皆系火，一时驱放，飞过堑，集于羌营，火皆燃。（重编《说郛》卷五十九上）

按，太兴乃东晋元帝司马睿年号，故此非《魏晋世语》作品。

北海高士矫应。（《元和姓纂》卷七）

按，《通志》卷二十七也载此。

魏文帝时，有周阳成能占异。（《通志》卷二十六）

按，此又见《古今姓氏书辩证》卷十九。

爰宗为郡守，南界有刻石，爰至其下燕，有人于石下得剪刀者。众咸异之，主簿对曰："昔长沙桓王尝饮饯孙洲，父老云：'此洲狭而长，君当为长沙。'事果应。夫三刀为州，今得交刀，君亦当为交州。"后果作交州。（《骈志》卷十三）

按，《太平御览》卷二百五十九引此作"《世说》"，《天中记》卷三十四也同，盖《骈志》所注出处有误。

虞松弱冠有才，景初二年，从司马懿征辽东，檄文露布皆其所作。懿还，辟为掾，时年二十四。（《经典稽疑》卷上）

王长史谢仁祖同为王丞相掾，在坐，长史云："谢掾能作异舞。"王公命为之，谢便起舞，神意甚暇。王公熟顾，谓诸客："使人思安丰"。（《职官分纪》卷五）

按，此为东晋事，故此非《魏晋世语》作品。

有人诣王太尉，遇安丰、大将军、丞相在，往别屋，见绣平子。还语人曰："今日之行，触目琳琅珠玉。"（《锦绣万花谷》前集卷二十三）

按，此为东晋事，故此非《魏晋世语》作品。

王戎和峤同时遭大丧，俱以孝称。王鸡骨支床，和哭泣备礼。武帝谓刘仲雄曰："卿数省王、和不？闻和哀苦过礼，使人忧之。"仲雄曰："和峤虽备礼，神气不损。王戎虽不备礼，而哀毁骨立。臣以和峤生孝，王戎死孝。陛下不应忧峤，而应忧戎。"

（《天中记》卷二十一）

潘阳仲见王敦小时，谓曰："君蜂目已露，但豺声未振耳。必能食人，亦当为人所食。（《天中记》卷二十二）

按，此为东晋事，故此非《魏晋世语》作品。

孙子荆年少时欲隐，语王武子当"枕石漱流"，误曰"漱石枕流"，王曰："流可枕石可漱乎？"孙曰："所以枕流，欲洗其耳。"（《天中记》卷二十二）

顾长康拜桓宣武墓，作诗云："山崩溟海竭，鱼鸟将何依？"人问之曰："卿凭重桓乃尔，哭之状其可见乎？"顾曰："鼻如广莫风，眼如悬河决溜。"（《天中记》卷二十二）

按，此为东晋事，故此非《魏晋世语》作品。以上自"王长史谢仁祖同为王丞相掾"一则至此凡六条作品，皆见于《世说新语》，该书古籍征引时又简称"世说"，"说"与"语"形近易致误，故皆当非《魏晋世语》作品。

锺毓兄弟警悟过人，每有嘲语，未尝屈蹶。毓语会："闻安陆能作调，试共视之。"于是与弟盛饰共载，从东门至西门。一女子笑曰："车中央殊高。"二锺都不觉，车后一门生云："向已被嘲。"锺愕然，门生曰："中央高者，两头羝。"毓兄弟多须，故以此调之。（《天中记》卷二十二）

范宣年八岁，后园挑菜，误伤指，大啼。人问："痛耶？"答曰："非为痛也。但身体发肤，不敢毁伤，是以啼耳。"宣洁行廉约，韩豫章遗绢百匹，终不肯受。后韩与范同车，就车裂二丈，韩云："宁可使妇无裈也？"范笑而受之。（《天中记》卷四十九）

按，此乃《世说新语》作品，当引文误注出处。

吴兴徐长凤与鲍南海有神明之交，欲授以秘术，先谓徐宜有约誓，徐誓以不仕，于是受箓。常见八大人在侧，能知来见往，才识日异，县乡翕然有美谈，欲用为县主簿。徐心悦之，八神一朝不见七神，余一神，倨傲不如常。徐问其故，答云："君违誓，不复相为使。身一人留，卫篆耳。"徐乃还篆，遂退。（《广博物志》卷十四）

按，《太平广记》卷二百九十四引此，出处作《世说》，当为《广博物志》编者误注出处。

近异录

《近异录》，南朝宋刘质撰。李剑国辨陶珽重编《说郛》卷一一八载其《近异录》四条，乃取自《夷坚志》，非本书作品。按，此四条作品后之典籍如《佩文韵府》《南宋杂事诗》等都当作《近异录》作品数有引用。

汉武内传

前人研究中，本书争论的一个焦点是关于《汉武内传》后部分淮南王、公孙卿、稷丘君等人的传记究竟为原书之内容还是后人所增附。《玉海》卷五十八引《中兴书目》："《汉武帝内传》二卷，载西王母事。后有淮南王、公孙卿、稷丘君八事，乃唐终南玄都道士游岩所附。"《云谷杂纪》卷二："淮南等事，自是唐道士王游岩所附也。"《续谈助》卷四乃至坐实为"此书游岩之徒所撰也。"孙诒让《札迻》卷十一在反驳淮南王等人的传记为游岩所附这一错误结论的同时指出："盖淮南王八事旧本已附后，非游岩所增"。《中国古代小说总目·文言卷》之《汉武内传》条谓："诸人（指淮南王等）既已引于《三辅黄图》、《艺文类聚》、《后汉书》注、《初学记》等，则所附者当为唐前人"，几乎都认为淮南王等传记乃后人增入，非原书固有。此尝试反驳之。

首先，认为淮南王、公孙卿等所谓八事为后人增附的观点，即认为淮南王、公孙卿等八篇仙传非《汉武内传》所固有，其中如《中国古代小说·文言卷》还从唐宋典籍具体考证出了八事即淮南王、稷丘君、公孙卿、鲁女生、封君达、李少君、王真、钩弋夫人八篇仙传。但实际上在唐宋时期的《艺文类聚》、《后汉书》注、《初学记》、《两汉博闻》、《太平御览》、《太平广记》、《事类赋》等书所引注出《汉武内传》之仙传除了《中国古代小说·文言卷》所列八人外，至少还有东郭延（年）、东方朔、茅盈三人。《汉武内传》已经部分散佚，故合理的推测是，原书实际的仙传数量应该还不止此数。故以上论证是站不住脚的。

其次，之所以自古及今不少人认为淮南王、公孙卿、稷丘君等仙传为后人增附，是因为这些传记与汉武帝关系不大或者没有关系，这种想法也是不正确的。同时期的作品如《汉武故事》中"汉成帝为赵飞燕造服汤殿，绿瑠璃为户""高皇庙中御衣自箧中出，舞于殿上，冬衣自下在席上。平帝时，哀帝庙衣自在匣外""东方朔生三日，而父母俱亡，或得之而不知其姓；以见时东方始明，因以为姓。既长，常望空中独语。后游鸿蒙之泽，有老母采桑，自言朔母。一黄眉翁至，指朔曰：'此吾儿。吾却食服气，三千年一洗髓，三千年一伐毛；吾生已三洗髓三伐毛矣"，与汉武帝基本上没有任何关系，但鲁迅先生仍据宋代典籍辑为《汉武故事》的佚文。传世本的《汉武帝洞冥记》中，此类情况则更多。

其三，产生以上争论的根本原因，乃是对王游岩跋的误读。此将《续谈助》本《汉武内传》跋全文录出另作标点，并作分析。

"右钞世所传《汉孝武皇内传》，其言浅陋，又什有五六皆增赘《汉武故事》与《十洲记》，其上卷之末有云：'右从淮南王至稷邱君。凡八事附之：案《神仙传》淮南仙事的指，又不出八公定何姓氏。据《刘根真人传》，颍川掾吏王珍问刘君曰：'闻神丹不可仓卒求，不审草木药何者为良？'君曰：'昔淮南八方（一作"公"）各服一物，以得数百岁，而命神丹，而升天太清。韩众服菖蒲，赵他子服桂，衍门子服五味子，羡门子服地黄，林子明服石韦，杜子微服天门冬，仕子季服茯苓，阳子仲服远志。此诸君并已登真，降授淮南王，道成能变化自在。持此故事，天升定矣。'今因此传末，并八公所氏以明之焉。予以唐天宝五载景戌岁十月十五日，中南山居玄都仙坛大洞道士王游岩绪附之矣。'"

前之学者标点首句皆作"右从淮南王至稷邱君凡八事附之。"即把"八事"理解为前面附录有淮南王等人的八篇传记之意。笔者认为，"右从淮南王至稷邱君"是对前文仙传的总结，而"凡八事附之"是引出后文的"八事"。"案《神仙传》"以后文字是对前面"凡八事附之"的具体阐述。所谓"八事"，乃是指八公服食不同药物的八件事，即韩众服菖蒲，赵他子服桂，衍门子服五味子，羡门子服地黄，林子明服石韦，杜子微服天门冬，仕子季服茯苓，阳子仲服远志。因为在《汉武内传》的卷上的关于淮南王的传记中，没有记载八公服食八种不同的药物而成仙的事迹及八公姓氏，所以在上卷结束的地方道士王游岩随手把它补充到了卷末。故其后文言"今因此传末，并八公所氏以明之焉。"即在传末把"八事"与八公姓氏一起附上。并以一句"王游岩绪附之矣"以补充交待呼应跋首的"凡八事附之"一句，是王游岩在阅览该书时于卷上之末的空白处增添了前述一小段文字。

而前之学者在断句时，首句作"右从淮南王至稷邱君凡八事，附之。"遂以为"八事"乃指前文有人把八篇不属于《汉武内传》内容的淮南王等人的仙传放到了上卷之末。这种标点的不合理之处体现在，根据前引《续谈助》跋文，有"其上卷之末有云"字样，也就是说，王游岩的这段文字是附在上卷之末尾，如果淮南王至稷邱君等传记真是后人附加上的，也只可能在卷下之末另增加纸张以附之，怎么可能附在卷上呢。一是卷上之末不可能有空间容纳八篇传记，二是不合情理，因这些传记确实有部分与汉武帝没有任何关系，如果非全书本来内容，何以凭空附加呢？

要之，既然包括史书在内的各种唐宋典籍都将淮南王等仙传作为《汉武内传》来引用，那么这些仙传就应该是《汉武内传》的有机组成部分，在无确凿证据的情况下不可以判定淮南王、稷邱君等非原书内容，为后人所增附。

本书研究的另一个焦点是关于作者及创作时间的争论。一题作班固，昌彼得《说郛考》卷七谓"其题班固撰者，实始于明人。"一题作郭宪，乃钱熙祚误读《玉海》卷五十八所引《中兴书目》内容而致，余嘉锡等已辨析清楚。《少室山房笔丛正集》卷十六谓："《汉武内传》，不著名氏。详其文体，是六朝人作，盖齐梁间好事者为之也。"《四库全书总目》卷一百四十二人为："其殆魏晋间文士所为乎"。清代钱熙祚《汉武帝内传校勘记》认为："大约东晋以后浮华之士，造作诞妄，转相祖述。其谁氏所作，不足深究也。"李丰楙认为"《汉武内传》则迟至东晋孝武帝末叶，始由王灵期等在另一造构上清经风潮中撰成行世。"[①]《中国古代小说总目·文言卷》之《汉武内传》条题作"（汉魏）佚名撰"。现存文献中指出《汉武内传》作者最早的为宋晁载之《续谈助》卷一《洞冥记跋》引唐代张柬之言"昔葛洪造《汉武内传》、《西京杂记》"，余嘉锡《四库提要辨证》卷十八《汉武帝内传》条以此为依据，认为"张柬之语必非无据，证以《抱朴子》所言，与此书相出入，尤觉信而有征，当从柬之定为葛洪所依托……日本人藤原佐世《见在书目》杂传内，有《汉武内传》二卷，注云'葛洪撰'。佐世书著于中国唐昭宗时，是必唐以前目录书有题葛洪撰者，乃得据以著录。是则张柬之之言，不为单文孤证矣。"

以上诸说中，明人题班固撰者，《四库全书总目》卷一百四十二已驳之"《汉书·东方朔传赞》称好事者取奇言怪语附著之朔，此书乃载朔乘龙上升，与传赞自相矛盾，其不出于固灼然无疑"，可谓切中肯綮。

《中国古代小说总目·文言卷》认为《汉武内传》为汉魏时人作，但作者不可能为汉代之人，理由如次。其一《汉武内传》有不少的内容是汉代以后的内容。如鲁女生传记中言封君达将五岳真形图传左元放，左元放

---

① 李丰楙：《六朝隋唐仙道类小说研究》，台湾学生书局1986年版，第二章第36页。

即左慈，已是汉魏之交的人。尹轨传言其西晋光熙元年入太和山中事①，王真传中有魏武帝及西晋"惠、怀之际"时事，刘京传中有魏黄初三年事。

其次，《汉武内传》对汉武帝多所丑化，不可能被汉代统治者所容忍，也不可能有人敢冒此大不韪。如传中汉武帝自称"德泽不建，寇盗四海。黔首劳毙，户口减半。当非其主，积罪邱山""彻小丑贱生，枯骨之余""臣受性凶顽"，王母贬汉武帝"此子淫暴"，上元夫人贬汉武帝为"淫浊之尸"……此类语气，实不类汉代人所作。

笔者以为，诸家之说，以余嘉锡最为言之成理。然此说与钱熙祚、李丰楙等认为是东晋所作以及胡应麟认为是"齐梁间好事者为之"的局限在于，西晋郭象的《庄子注》卷三已引用："《汉武内传》云西王母与上元夫人降帝，美容貌神仙人也"。再综合作品内容，笔者以为当是西晋人作品，之所以被题作葛洪，亦如《西京杂记》，本非葛洪自撰之书，但是由于葛洪曾编辑传播之，遂被误会为洪作。

《汉武内传》另一个值得讨论的问题则是作品的题材来源，《云谷杂纪》卷二谓"韩子苍云：《汉武内传》，予反复读之，盖依仿《武帝故事》而增加之"。《中国古代小说总目·文言卷》谓："本书内容敷演《汉武故事》中王母降武帝的故事，原不足四百字，此传则增饰墉宫女子王子登传王母命，诸侍女奏乐歌唱，上元夫人应命来降，王母和上元对武帝论服食长生、神书仙术、授以仙书神符等情事，人物由武帝、王母、东方朔三人增至十数人"。又晁载之《汉孝武内传跋》也持这一观点。笔者认为，不同典籍，由于主题不同，对同一题材的处理详略自然也不同，不能认为后出之书对同一题材的处理总是后出者为详。前出之书对某一题材处理详细而后出之书对该题材处理简略的例子在古籍中实非鲜见。正如本书考证，

①　笔者按，丛书集成本《汉武帝内传》作尹轨"晋元熙元年入南阳太和山中"，元熙为东晋恭帝司马德文年号，为419—420年。考之葛洪《神仙传》卷九，有尹轨传记，谓"晋永康元年十二月，道洛阳城西一家求寄宿"，永康元年为300年。则从永康元年至元熙，已约一百二十年，于理不合。考《太平御览》卷八百十二，引《神仙传》文曰"光熙元年间，公度到南阳太和山中"，则知元熙系光熙之误。

传世本《汉武故事》乃齐代王俭所撰，而《汉武内传》乃西晋时作品，故不存在《汉武内传》依仿《武帝故事》的情况。

该书最完备者是《守山阁丛书》钱熙祚校本，除前部分较诸本为详细外，附录有武帝闻王母说十洲、钩弋夫人、稷邱君、淮南王、李少翁、公孙卿、鲁女生、封君达、李少君、东郭延、尹轨、蓟子训、王真（涉及魏武帝时事）、刘京（有魏黄初中事），其后复据《太平广记》卷五十六辑有"上元夫人"、据《太平御览》卷一百七十八辑有"渐台"、据《太平御览》卷一百八十七和卷八百一十三辑有"上起神屋"、据《太平御览》卷七百辑有"李夫人既死"、据《太平御览》卷九百九十七辑有"削冰令圆"、据《证类本草》卷六辑有"武帝上嵩山"、据《初学记》卷一辑有"东方朔为岁星"、据《太平御览》卷八百五和《初学记》卷二十七辑有"长州一名青邱"，共计 8 则佚文。

　　太上之药有玄光梨。（《齐民要术》卷十）

按，此又见《初学记》卷二十八、《艺文类聚》卷八十六、《太平御览》卷九百六十九、《白孔六帖》卷九十九、《事类赋》卷二十七、《补注杜诗》卷十八、《谷玉类编》卷四十四、《说略》卷二十七、《山堂肆考》卷二百五、《广博物志》卷四十三。

　　西王母降，帝设瑶琼酒。（《北堂书钞》卷一百四十八）

按，"瑶琼酒"守山阁本作"葡萄酒"，在王母所列之诸仙药中，有"瑶琼酒"。

　　又曰嵊州霜甘。又曰员峤之山名环丘，有冰蚕，以霜雪覆之然后作茧。其色五采，织为衣裳，入水不濡；以投火，经宿不燎。唐尧之代，海人献以为黼黻。（《太平御览》卷十四）

　　有紫桂宫，太上丈人君处之。（《太平御览》卷六百七十四）

按，《海录碎事》卷十三上载此作：王子登紫桂宫见太上丈人。

　　仙之上药，有圆丘红李。（《太平御览》卷九百六十八）

按，此又见《事类赋》卷二十六、《记纂渊海》卷九十二、《类腋》卷五《员邱》条。

鹦鹉食。（《太平御览》卷九百九十五）

西王母谓帝曰："神药上有连珠之酱、玉津金酱，中有元灵之酱。"（《白孔六帖》卷十六）

按，《北堂书钞》卷一百四十六载：西王母谓帝曰："神药有元灵之酱。"《类隽》卷十八《三名》条、《古今合璧事类备要》外集卷四十七、《韵府群玉》卷十六载此。

西王母戴胜。胜，花也。（《白孔六帖》卷九十五）

老子西游，省太真王母，共食玉门之枣，其实如瓶。（《本草乘雅半偈》卷二）

按，此又载《类隽》卷二十八《玉文》条。

七月七日，上于承华殿斋，忽有一青鸟从西方来集殿前，上问东方朔，朔曰："此西王母欲来也。"（《古今事文类聚》前集卷三十四）

按，《古今合璧事类备要》前集卷五十、《广事类赋》卷二十五《青鸟常飞》条也载此。

西王母以玉箱杖献武帝。（《奁史》卷八十五）

按，此当为误引，今本《汉武内传》有：帝冢中先有一玉箱、一玉杖，此是西胡康渠王所献，帝甚爱之，故入梓宫中。

黄眉翁谓东方朔曰："吾却食服气，三千年一洗髓，三千年一伐毛，吾今已三伐毛三洗髓矣。"（《兰雪堂古事苑定本》卷八）

西王母云："元昌城玉女，夜出玉光如火。"（《奁史》卷八十八）

《香谱补遗》云：昔沈推官者，因岭南押香药纲，覆舟于江上，几坏官香之半。因刮治脱落之余，合为此香而鬻于京师。豪家贵族争而市之，遂偿值而归，故又名曰偿值香。本出《汉武内传》。（《香乘》卷十四）

有博山香炉，西王母遗帝者。（《香乘》卷二十六）

西王母降，蒸婴香等。（《演繁露》卷十三）

按，此又载《纬略》卷六。

炼丹以赤者为风实，白者为云子。（《通雅》卷三十九）

《汉武内传》以为武帝射石没羽。（《玉芝堂谈荟》卷六）

《汉武内传》有兜末香。（《玉芝堂谈荟》卷二十八）

玉门之枣，其实如瓶。（《玉芝堂谈荟》卷三十五）

西王母降集灵台，佩辟寒之玉。（《编珠》卷三）

武帝内传又有青虚。（《路史》卷二）

《战国策》，有献不死药于荆王中，射士夺而食之，王欲杀，士对曰：“若杀臣，是死药矣。”遂不杀。《汉武内传》则以为东方朔。帝欲杀之云云。（《路史》卷三十七）

按，此又载《名疑》卷三。

西王母与上元夫人降帝，美容貌，神仙人也。（《庄子注》卷三）

按，此又见《经典释文》卷二十六、《补注杜诗》卷三十。

榑生海东，日所出。（《说文系传》卷十一）

鲁生女乘白鹿从王母而去，故曰白鹿龛。（《关中胜迹图志》卷十一）

昔西王母汉武受图银刀尾，尾今乃其余衍。（《异鱼图赞》卷

二)

东方朔曰:"臣尝上天,天公谓:'下方人何衣?'曰:'衣虫。''何若?'曰:'啄类马,色类虎,名曰蚕。'今陛下苟以为诈,愿使人上天问之。"(《龙筋凤髓判》卷二)

仙掌承露。(《韵府群玉》卷七)

帝坐神明台,果则有涂阴紫梨。(《天中记》卷五十二)

李少君以祠灶却老,方见上,尊之,少君乃言祠灶则致物,而丹砂可化为黄金。(《唐音》卷一)

上元夫人曰:"承阿母相邀诣刘彻家,不意天灵至尊,下降于至浊。不审比来起居何如。(《能改斋漫录》卷二)

按,今本此乃青真小童之言,非上元夫人语,盖《能改斋漫录》偶误。

宣帝即位,尊孝武庙为世宗,行所巡狩,郡国皆立庙告祠世宗庙。日有白鹤集后庭。(《太平御览》卷九百十六)

景帝梦高祖谓己曰:"王美人生子,可名为彘。"以乙酉年七月七日旦生武帝于猗兰殿。(《记纂渊海》卷二)

汉武故事

《汉武故事》一书,《四库全书总目提要》谓:"案《汉武故事》一卷,旧本题汉班固撰,然史不云固有此书。隋志著录传记类中,亦不云固作。晁公武《读书志》引张柬之《洞冥记》跋,谓出于王俭,唐初去齐梁未远,当有所考也。所言亦多与《史记》《汉书》相出入,而杂以妖妄之语。

然如《艺文类聚》《三辅黄图》《太平御览》诸书所引甲帐珠帘、王母青雀、茂陵玉椀诸事称出《汉武故事》者，乃皆无之。又李善注《文选·西征赋》，引汉武故事二条，其一为柏谷亭事，此本亦无之。其一为卫子夫事，此本虽有之而文反略于善注。"对于作者为班固之说，《资治通鉴考异》卷一已认为乃后人托名班固，清人黄廷鉴及余嘉锡等根据《汉武故事》中有："长陵徐氏号仪君，善传朔术，至今上元延中，已百三十七岁矣，视之如童女……京中好淫乱者争就之。翟丞相奏坏风俗，请戮尤乱恶者。今上勿听，徙女子于度燉煌，后遂入胡，不知所终。"嘉锡考谓："元延者，汉成帝年号也。班固后汉人，时代不相及，安得称成帝为今上。是班固撰之说，可不攻自破。"从而进一步否定了班固之说。

余嘉锡《四库提要辨正》卷十八谓："《玉海》卷五十一引《崇文目》云：'五卷，班固撰。本题二篇，今世误析为五篇。'题班固者，实自此始，宋志因之……盖唐以前本不题班固……至宋以后传本之题班固，则浅人所为，非其旧也。"

按，东晋时葛洪作《西京杂记跋》，已云"洪家复有《汉武帝禁中起居注》一卷，《汉武故事》二卷"，而王俭为南朝齐代人，《四库全书总目》仅据张柬之《洞冥记》跋就认为王俭之作，实不能解释东晋葛洪之记录《汉武故事》的事实。《三辅黄图》（陈直认为该书初本成于东汉末曹魏初期，今本为中唐以后人所作）卷五已引作"班固《汉武故事》"，非始自宋也。又宋郭茂倩《乐府诗集》卷五十四已引曰："班固《汉武帝故事》曰：'淮南王安好神仙，招方术之士，能为云雨。百姓传云淮南王得天子，寿无极。帝心恶之，使觇王，云能致仙人，与共游处，变化无常。又能隐形飞行，服气不食。帝闻而喜，欲受其道，王不肯传，帝怒将诛焉。王知之，出令与群臣，因不知所之。"则班固作《汉武故事》，历代典籍俱载之，实不可以轻易否定。

至于其中的内容"长陵女子号仪君"条，当因《汉武故事》是原文抄录前代典籍以成，不能因为此则材料显示的是汉成帝时候的作品，就把作者定为成帝之时。此类情况古书时或有之，如宋代史书《班马异同》，卷十二"自申屠嘉死之后,景帝时开封侯,陶青桃侯,刘舍为丞相。及今上武帝,时柏至侯,许昌平棘侯,薛泽武强侯",卷二十"孝景崩,今上武帝初即位",卷三十"今上武帝时,禹以刀笔吏积劳,稍迁为御史"等,一方面在转述司马迁之语时原文照录称汉武帝为"今上",另一方面又以后代人的口吻称其去世以后的庙号"武帝",我们不能据此就认为《班马异同》为汉代的史籍。

在班固和王俭之前,扬雄甘泉赋"翠玉树之青葱",已用《汉武故事》"玉树"之典故,可见在《汉武故事》正式成书前,其内容已在其他典籍中流传,《汉武故事》和《西京杂记》等书一样,是抄掇前人载籍而成的一部书。《隋志》也当正是因为该书如同《西京杂记》等书一样,非作者独立自撰之书,而未列作者。

而孙诒让《札迻》卷十一(续四库1164册)据《西京杂记》葛洪序"洪家复有《汉武帝禁中起居注》一卷、《汉武故事》二卷,世人希有之者,今并五卷为一帙,庶免沦没焉",推测"疑《内传》即《起居注》,《汉武故事》似亦即今所传本,盖诸书皆出稚川手,故文亦互相出入也。"余嘉锡《四库提要辨正》卷十八赞成王俭一说,复认为"疑葛洪别有《汉武故事》,其后日久散佚,王俭更作此以补之。"

按,葛洪序仅言其家有《汉武故事》,而未言是自撰之书,以其行文语气,当非葛洪自撰,故孙诒让之推测似属无稽。而嘉锡遂坐实葛洪实自撰有《汉武故事》,就更不够恰当。然葛洪既然将三书放在一起,则内容上当有相似之处。以《西京杂记》而言,其书除少部分内容为神仙虚诞之说外,大部分内容乃是对史事的记载,《汉武故事》也当似之,而主要是对朝廷法令制度的记载(详说见后),故葛洪所著录当为班固之书。

然复考清钱曾《读书敏求记》,其卷二《汉武故事》条谓:"一是锡山秦女操绣石书堂本,与新刻颇异。一是陈文烛晦伯家本,又与秦本互异。今两存之。"《四库总目》云:"两本今皆未见。"钱曾既言"颇异",则其内容差别当很大,即清初尚有两种不同的《汉武故事》,由于书名相同,此两部书从唐代以下的征引者,对相互的内容乃至作者或者时有混淆。复考今之传世佚文，如后文辑自《西汉年纪》的作品，文字平实雅正，当属班固所编者。而内容多虚构诞幻者，当为王俭所编。

再看历代著录，《隋志》著录于旧事篇，把《汉武帝故事》与《汉魏吴蜀旧事》《晋宋旧事》《晋建武故事》《晋修复山陵故事》等归属于此类。根据其遴选标准，旧事篇乃是"古者朝廷之政，发号施令，百司奉之，藏于官府，各修其职守而弗忘。《春秋传》曰：'吾视诸故府，则其事也。'《周官》：御史掌治朝之法，太史掌万民之约契与质剂以逆邦国之治。然则百司庶府各藏其事，太史之职又总而掌之。"则故事类乃是指记载朝廷法令、制度、章程的典籍，为史书之一种。开元年间所撰之《唐六典》卷十也是将《汉武故事》放在"纪朝廷政令"的旧事类典籍中，新旧《唐书》因之。也当为班固之作。

李剑国《唐前志怪小说史》谓："仔细对照，传世本《汉武故事》与《汉书》多有不合之处，如《汉书·外戚传》载栗姬、钩弋夫人皆失宠而死，《故事》则称栗姬自杀，钩弋自知死日而卒；《公孙弘传》载弘有瘿，年八十，终丞相位，《故事》却作尸谏自杀。尽管《故事》采逸闻非实录，但这些基本史实不应在班固一人之手自相抵牾。"且不论以上作品是否为班固《汉武故事》的内容，即使是，史家著述中因后世传闻异词而疑以传疑的情况是比较常见的，况且即使是一人自著之书，由于材料来源不一，而导致前后矛盾，即使是在《史记》与《汉书》中也是不可避免的。不可以此为标准来否定作者为班固。

鲁迅先生《古小说钩沉》本辑有佚文五十三条，最称完备。此以《钩沉》本及《中国古代小说总目·文言卷》李剑国对《钩沉》本的考辨为据，辑佚如下。

> 七月七日，上御承华殿，有二青鸟来集殿前，上问东方朔，朔曰："西王母欲来。"有顷母至，时南窗下有窥看，帝惊问何人，母曰："是汝侍郎东方朔，性滑稽，我邻家小儿也。"（《三洞群仙录》卷七）

按，此则文字与钩沉本颇有相异处。

帝以端午日取蜥蜴置之器，饲以丹砂，至明年端午，捣之以涂宫人臂，有所犯则消没，不尔则如赤志，故名守宫。（《类隽》卷四）

按，此则《埤史》卷九十六也载之，注出《汉武故事》而文字大异：守宫，虫名，以器养之，食以丹砂，体尽赤。捣治万杵，以点女人体，终身不灭，若有房室之事即脱，言可防闲淫逸，故谓之守宫。又《事言要玄·天集》卷三也载此。

李少君言上曰："祠灶则致物，致物而丹砂可化为黄金，黄金成以为饮食器，则益寿，益寿则仙者可见。"于是天子始亲祠灶。（《类隽》卷十一）

按，又《事词类奇》卷之十五也载此。

汉武帝喜游天下，忽见一坑，遣使者视之，知深几丈。使者还对，坑深不知几丈。武帝曰："朔多智，使往视其深浅。"方朔对曰："坑深一百二十丈。"武帝曰："先生何以知之耶？"朔曰："臣到，以大石投坑中，倾耳而听之，久久乃到，僇僇有声，九九八十一，六六三十六，以此知之。"（《刘氏鸿书》卷八十三）

昆明国以虾须织为帘，上献武帝，其须长丈余。（《兰雪堂古事苑定本》卷十二）

武帝为胶东王，年数岁，长公主抱问曰："儿欲得妇否？"曰："欲得。"指女阿娇："好否？"笑曰："若得阿娇，当作金屋贮之。"后立为皇后，因妒废居长门宫，以黄金百斤奉司马相如，作《长门赋》以悟上，后复得幸。（《广事类赋》卷四）

按，此在内容上有异于《钩沉》本《汉武帝故事》相关内容。

钩弋夫人姓赵，少时手拳。帝披其手，得一玉钩，手遂展开。后生昭帝。（《广事类赋》卷四）

按，此在内容上有异于《钩沉》本《汉武帝故事》相关内容。又《埤史》卷五十二也载此，后句作：而手寻展，因为藏钩之戏。又《事词类奇》卷之四也载此。

上林苑名果有缃核紫文桃、霜桃、金城桃。（《广事类赋》卷三十）

西王母歌玉兰之曲，上元夫人歌玉昭。（《奁史》卷五十五）

西王母仙药有太玄之酪。（《奁史》卷七十九）

汉武帝招凉阁中玉姝以青琉璃为扇。（《奁史》卷八十四）

汉武夕坐，有神女至，散明天发日之香。（《奁史》卷九十）

帝曰："尝闻鼻下长一寸是百年人。"方朔笑曰："彭年寿年七百，鼻下合长七寸耳。"（《开颜集》卷下）

西王母命侍女许飞琼鼓震灵之簧。（《奁史》卷五十四）

汉武起招仙阁以处异姝，编翠羽麟毫为帘。（《奁史》卷八十五）

西王母以紫锦为帷。（《奁史》卷八十五）

筑通天台，去地百余丈，望云雨悉在其下。去长安三百里，望见长安城。黄帝以来，祭天圜丘处。武帝祭太乙，上通天台，舞八岁童女三百人，置祠祀招仙人，祭太乙。令人升通天台以候仙人，天神既下祭所，若大流星，乃举烽火而就竹宫望拜。上有承露仙人，掌擎玉杯承云表之露。（《玉海纂》卷之十八）

按，鲁迅先生《古小说钩沉》据《三辅黄图》卷五辑有此则佚文，由于《三辅黄图》已将原文略有改动，使"武帝祭太乙"以下内容也不似《汉武故事》之内容，故鲁迅先生在这些内容后注曰："疑亦出《汉武故事》。"此条佚文则证明鲁迅先生的推测是正确的。

角抵者，六朝时所造。（《原始秘书》卷十）

玉堂内开十二门，皆陛陛咸以玉为之。门匕三层，台高十余丈，椽首薄以璧为之，因名璧门。（《类聚古今韵府续编》卷之

八）

平西将军庾亮送橘，十二实共一蒂，为瑞异，群臣毕贺。（《类聚古今韵府续编》卷之三十三）

按，又《诗学事类》卷二也载此。

帝息于延凉室，卧梦李夫人授帝蘅芜之香，帝惊起而香犹着衣枕，历月不歇。帝弥思涕，乃改延凉室为遗芬梦堂。（《事言要玄·事集》卷三）

上林献枣，上以枝击未央前殿槛呼朔曰："朔来，朔来！先生知此箧中何物？"朔曰："上林之枣，四十九枚。"上曰："何以知之？"朔曰："呼朔者上也；以枝击槛，两木林也；曰'朔来，朔来'者，枣也；叱叱者，四十九也。"（《事言要玄·物集》卷一）

十月五日，上灵女庙，连臂蹋歌。（《渔洋山人精华录训纂》卷六上）

帝斋于寻真台，设紫罗荐。夜二更后，西王母至。（《玉台新咏》卷五）

按，此可补《钩沉》本。

上每对群臣自叹曰："乡时愚惑，为方士所欺。天下岂有仙人？尽妖妄耳。节食服药，差可少病而已。"（《大事记续编》卷一）

兰殿，后所居之殿。（《绀珠集》卷九）

按，据其行文语气，当为《汉武故事》之注释文字。

星辰动摇，东方朔谓民劳之应。（《渔隐丛话》前集卷十）

按，重编《说郛》卷八十一、《仕学规范》卷三十九、《诗人玉屑》卷七、《九家集注杜诗》卷三十一、《集千家注杜工部诗集》卷十六、《九家集注杜诗》卷三十也载此。

　　水木之精如老翁，长八九寸，名藻廉。（《玉芝堂谈荟》卷十三）

按，此又见《说略》卷十九。

　　端午日以器养之，食以朱，朱体尽赤，所食满七斤。至明年端午，捣万杵，以点女人肢体，终年不灭，惟房室则灭，故号守宫。（《玉芝堂谈荟》卷二十九）

　　帝于甘泉作储胥观以避暑。（《编珠》卷二）

　　帝行幸河东，祠后土，顾视帝京忻然，中流与群臣饮燕，帝欢甚，乃自作秋风辞："秋风起兮白云飞，草木黄落兮雁南归。兰有秀兮菊有芳，怀佳人兮不能忘。泛楼船兮济汾河，横中流兮扬素波。箫鼓鸣兮发棹歌，欢乐极兮哀情多，少壮几时兮奈老何。"（《乐府诗集》卷八十四）

按，此为作品之一异文，又见《玉海》卷二十九、《骈志》卷五、《西汉年纪》卷十六。

　　穿昆明池底黑灰，东方朔曰："可问西域道人。"知是劫灰。（《说略》卷十八）

　　后名阿娇，即长公主嫖女，也曾祖父婴，堂邑侯，传至午，尚长公主生后也。（《史记》卷四十九）

　　太子长而好书学，善史录。窦太后好黄帝老子言，帝及太子诸王诸窦不得不读老子尊其术。太子独能解其意，每在太后前议论，太后大悦，每叹服，以为胜帝，而太子心弗好也。每还太子宫，常取儒书读之，又好名法之术，畏太后不敢言也。（《西汉年纪》卷九）

　　不然《武帝故事》何以先载仲舒对策，而始以举孝廉继之

耶？（《西汉年纪》卷十一）

初，王太后亲田蚡而疏盖侯，卫皇后冒母姓，天下化之，皆爱母党而不爱父族。同母异父兄弟则相穆，同父异母即如路人。上又以太后故爱修成君，赏赐过于长公主。儿宽谏曰："夫禽兽知母而不知父，至于匈奴亦然，此悖乱之道也。皇后外家比有此事，天下化之，陛下又随而效之，臣惧风俗大坏，伤绝天理。弗起而救之，臣恐四夷有轻中国之心。愿陛下察之。"上乃下诏曰："礼，异父昆弟无服，异母昆弟期何者？本末异明，所爱者一也。今或为异父昆弟功期，而弗为同父昆弟服，疏其所亲，亲其所疏，岂天地之性，圣人制礼之意哉？自今有不为异母昆弟服者，坐之。（《西汉年纪》卷十五）

太子兵败，南奔覆盎城门。（《西汉年纪》卷十七）

上愈恨，召朔问其道，朔曰："陛下自当知。"上以其神人，不敢逼也。（《北堂书钞》卷十二）

按，此可补《钩沉》本"巨灵"条，四库本此则完整无缺。

民不胜痛。（《北堂书钞》卷四十一）

宣帝立孝武庙于东宫，告祠日，见白虎衔肉置殿前，白龙夜见，神光满殿如秋月。（《北堂书钞》卷八十七）

银璧。（《初学记》卷二十四）

七夕，王母降，履玄琼文凤之舄。（《海录碎事》卷五）

西将军庾亮送橘，十二实共一蒂，为瑞异，群臣毕贺。（《古今事文类聚》后集卷二十七）

按，此则作品《太平御览》卷九百六十六引作《建武故事》，"建武"为东晋元帝年号，庾亮即其时人，故此系《古今事文类聚》后集误引。

李果为洛阳令公正，吏民畏之。有刘兼者夜宿村邸，闻户外

曰："古今正人李令，见其行事，令人破胆。我辈可于他县血食。"开户视之无人，乃鬼神也。(《记纂渊海》卷六十四)

西王母曰："东方朔为太山仙官，太上使至方丈勑三天司命，朔但务山水游戏，擅弄雷电，激波扬风，致令蛟螭陆行，山崩海竭，太上谪斥，使在人间。(《天中记》卷二)

张宽字叔文，汉时为侍中，从祀于甘泉。至渭桥，有女子浴于渭水，乳长七尺。上怪其异，遣问之，女曰："帝后第七车知我所来。"时宽在第七车，对曰："天星主祭祀者斋戒不严，即女人星见。"(《太平广记》卷一百六十一)

按，《施注苏诗》续补遗卷下、《长安志》卷十六、《何氏语林》卷二十一。

河间王来朝，与言鬼神，王笑上无端，又非上征伐，常陋上所为。上遣医持药酖之，王贤明，天下悲之。上秘其事，厚葬之。(《类说》卷二十一)

高皇庙中御衣自箧中出，舞于殿上。冬衣自下在席上。平帝时，哀帝庙衣自在匣外。(《集千家注杜工部诗集》卷一)

洞冥记

《洞冥记》，志怪小说，其作者，唐代以来多题作郭宪。郭宪字子横，东汉光武帝时人。

然关于《洞冥记》的作者和撰作时间，宋代以来颇有争议。

明胡应麟《四部正伪》卷下云："《洞冥记》四卷，题郭宪子横撰，亦恐赝也。宪事世祖，以直谏闻，忍描饰汉武、东方朔事以导后世人君之欲？且子横生西京末，其文字未应遽尔！盖六朝假托，若汉武故事之类耳。（后汉书，宪列方技类，后人盖缘是托之。）"清纪昀《四库全书总目》卷一四二《洞冥记》提要云："此书所载，皆怪诞不根之谈，未必真宪手。又词句缛艳，亦迥异东京，或六朝人依托为之。清王谟《洞冥记》跋云：'宪，汝南人，所谓关东郭子横也。出处大节，俱见本传，徒以巽酒厌火一事，降入方术，是固拟人不于其伦已。好事者因依为此记，并托宪自序。……此书殆即祖述神异经、十洲记而作者也。'"

严懋垣《魏晋南北朝志怪小说书录》云："《洞冥记》……所载，皆神奇物异，服饵仙丹之说，亦以东方朔为凭借，谓为郭宪之作，殊不敢必。其文词华艳，间多夸饰，与东汉之文迥异；然亦绝无齐梁作风之靡丽，故疑是魏晋间文士所为。"

另一派观点则认为是南朝梁元帝所作。

宋晁载之《续谈助》卷一《洞冥记》跋云："张柬之言，随其父到江南，拜父友孙义强、李知续，二公言似非子横所录。其父乃言，后梁尚书与岳阳王启，称'湘东昔造《洞冥记》一卷'。则《洞冥记》，梁元帝时所作。"清苏时《学爻山笔话》卷七云："后梁尚书蔡天宝上岳阳王启，言湘东昔造《洞冥》一卷。案，天宝与湘东同时，而所言若此，必非妄谈。然则今之《洞冥记》，实出梁元帝手，而藉名郭宪云。"余嘉锡四库提要辨证卷十八云："宋晁载之《续谈助》卷一，录《洞冥记》廿余条。载之跋云……据其所考，则此书出于六朝人所依托，非郭宪所撰，唐人已言之矣。其所引蔡天宝与岳阳王启，唐去六朝不远，必无舛误。唯蔡天宝应作蔡大宝……大宝叙其耳目所闻见，其言最可征信。然则此书实梁元帝作也。"近人周次吉、叶庆炳、陈兆祯等，并接受余氏所考订梁元帝作《洞冥记》的说法。

今人李剑国则对以上观点持反对意见，其《唐前志怪小说史》云："郭宪作《洞冥记》不应有疑。《隋志》虽仅题郭氏未言名号，但唐时普遍以为《洞冥记》撰人系郭宪。……看他的自序，言之凿凿，并无纰漏，不似伪作。郭氏好方术，与《洞冥》主旨正合。"

《唐前志怪小说史》复谓："晁公武《郡斋读书志》卷九《汉武故事》下，引张柬之《书洞冥记后》，《续谈助》引张语盖即此跋。张氏所据乃蔡大宝《与岳阳王启》，此启已佚，不知其云梁元帝造《洞冥记》所据者何？考《金楼子·著书篇》，元帝自列生平著述三十八种六百七十七卷，并无《洞冥记》，所以很难说《洞冥记》系元帝造。余嘉锡以为元帝托名郭宪故不录，理由也难成立。一个声威赫然的帝王，实在没有必要去冒名小小的郭宪来著书。梁陈间人顾野王曾作《续洞冥记》一卷，我怀疑蔡大宝所谓湘东造《洞冥记》一卷，盖野王之续作。野王曾仕梁，与湘东王同时，时人或误传为湘东王作耳。"

对以上论述，王国良逐一进行了反驳。其反驳第一段谓：

"按，今本《洞冥记》序，一则云："宪家世述道书。推求先圣往贤之所撰集，不可穷尽；千室不能藏，万乘不能载，犹有漏逸。"再则云："汉武明俊特异之主，东方朔因滑稽浮诞以匡谏，洞心于道教。"然而"道教"一词，必起于东汉末期，张陵等人创立教派之后，甚至更晚（东汉顺帝时为126—132年，张陵创立五斗米教，灵帝时为168—172年，张角创太平道，作为一种有组织的道教与是成立。道教一词之确立，目前所知，以魏书卷一一四所载"谦之守志嵩岳，精专不懈，以神瑞二年十月乙卯，忽遇大神乘云驾龙，导从百灵，仙人玉女左右侍卫，集止山顶，称太上老君，谓谦之曰，往辛亥年，嵩岳镇灵集仙宫主表天曹称，自天师张陵去世已来，地上旷诚修善之人，无所师授，嵩岳道士上谷寇谦之，立身直理，行合自然，才任轨范，首处师位，吾故来观汝，授汝天师之位，赐汝云中音诵新科之诫二十卷，号曰并进言，吾此经诫自天地开辟以来，不传于世，今运数应出，汝宜吾新科，清整道教，除去三张伪法。"使用较早）。郭宪何能预知？至于"道书"之意义，固可用以泛指一切有关道术之书，更合理的解释则指道教经典。唯其数量居然达到"千室不能藏，万乘不能载"的地步，恐怕是在道教典籍编撰累积到相当可观的程度，才可能出现的景况，决非东汉初期的人所能理解。假如这篇序文，真是六朝以来相传之旧貌，则撰者绝不会是东汉郭宪了。

其次，《汉武帝洞冥记》卷二第三则，载汉武帝与东方朔在灵庄殿的对答，汉武帝问朔曰"汉承唐运，火德天统"云云，其实，有关五德行序的问题，在西汉曾有水德、土德的争议，到西京末季，王莽意图篡汉，始以汉为火德，自谓得土德，火德销尽，土德当代之。其后光武中兴，建武二年（26年）春正月，起高庙、建社稷于洛阳，立郊兆于城南，始正火德，色尚赤。郭宪活在西汉末、东汉初，性好阴阳术数，不可能忽略五行图谶等重大问题，当然也不会任意借汉武帝之口，说出"汉承唐运，火德天统"这种与事实不符的话来。比较可能的情况是，后代文人学士，距汉已远，印象中仅仅知汉代应属火德，于是编造出汉武帝、东方朔的这一段对话，而抹杀了真相。

再者，卷二第十九则，载李充负五岳真形图见汉武帝事。五岳真形图属于道教秘籍，它的前身应该是中国古老的地理图形，可作为入山指南。道教建立之后，将其吸收，并彻底道教化，因而产生了五岳真形图及相关的神话。根据近代学者的研究，它是在六朝时期的长江流域形成的。西汉李充固然无法拥有五岳真形图，东汉初年的郭宪也无从知道五岳真形图之事。"

王国良反驳第二段谓：

"按，蔡大宝为岳阳王使江陵，事在梁武帝太清三年（549年），大宝与岳阳王启，言及湘东王著述，必在此时。启中言湘东昔造《洞冥记》，则时代当在太清之前。考顾野王生于梁武帝天监十八年（519年，至太清三年，方三十一岁，是否已撰《续洞冥记》，不得而知。且大宝既亲见湘东王，并为之注解所制玄览赋，则不应该将《洞冥记》撰者张冠李戴。大宝岳阳王启，今虽不传，唯周书卷四十八、北史卷九十三，并谓大宝有文集三十卷，初唐时期尚存于世，则张柬之之父言必非空穴来风了。"

笔者于此就王国良的观点逐一进行辩驳。

首先，其据《洞冥记》序对"道教"、"道书"两个关键词语的含义和出现时间的确定有误。道教一词之确立，并非是迟至《魏书》卷一一四所载的神瑞二年（415 年）才出现，且最开始的含义也并非是一种宗教。《艺文类聚》卷十九引司马彪《续汉书》："李燮拜京兆，诏发西园钱。君上封事，遂止不发。吏民爱敬，乃谣曰：'我府君，道教举。恩如春，威如虎。刚不吐，弱不茹。爱如母，训如父。'"（《太平御览》卷二百五十二与《册府元龟》卷六百八十一也载此）据《册府元龟》卷六百七十四，此为东汉灵帝时事。道教一词的出现，应该比这更早。此之"道教"，当指伦理教化一类的德政，与宗教无关。

又《洞冥记》序里的"道书"也非指道教之书。《后汉书》卷一百十八称楚王英、汉桓帝信奉的佛教典籍为道书，《论衡》卷二十八谓："淮南王作道书，祸至灭族"等，都可看出，所谓道书，当为记事明理养生之书的统称。其实道教典籍的撰作是一个逐渐发展的过程，即使是在六朝以后，《通志》卷六十七载："《隋朝道书总目四卷》：经戒三百一部九百八卷，饵服四十六部一百六十七卷，房中十三部三十八卷，符箓十七部百三卷。"道教之书也并没有发展到《洞冥记》序所说"千室不能藏，万乘不能载"的地步，这也从另一个侧面证明《洞冥记》序里的"道书"不是指道教之书。

其次，王国良认为西京末季，王莽意图篡汉，始以汉为火德，自谓得土德，火德销尽，土德当代之。这一观点也不准确。《前汉纪》卷三谓："二月甲午，皇帝即位于氾水之阳，以十月为正，从火德，色尚赤，以应斩白蛇神母之符。尊王后曰皇后，太子曰皇太子。"《西汉会要》卷二十七载汉高祖刘邦赞："汉承尧运，德祚已盛。断蛇著符，旗帜尚赤，协于火德自然之应得天统矣。"都可以证明高祖建汉时即以汉为火德。故郭宪说出火德天统也为情理中事。与此思维相同者还如《中国古代小说总目·文言卷》之《赵飞燕别传》条判断西汉伶玄《赵飞燕外传》之创作时间谓："《赵飞燕外传》中有'祸水灭火''汉为火德'这类只有东汉人才能说出的话，因而断非出自西汉，疑为东汉以下人作。"

其三，王国良对于五岳真形图出现的时间的论证也不够准确。虽然五岳真形图属于道教秘籍，但是它的前身应该是非道教所属的五岳真形图。

《清秘藏》卷下记载有汉五岳真形三瑞四灵蟠螭龙凤镜各一，《云笈七签》卷七十九载有东方朔所作的《五岳真形图序》一篇，都可证五岳真形图至迟在汉代就已出现。

《抱朴子》内篇卷四谓："余闻郑君言道书之重者，莫过于三皇文、五岳真形图也。古人仙官至人尊秘此道。非有仙名者不可授也。"此书写作据东汉灭亡二百余年，既然称古人尊崇五岳真形图，则至少汉魏时人才适合成为"古人"。

《遵生八笺》卷八和《图书编》卷五十九所绘之道藏和唐代镜模等之五岳真形图，形制较简单，具有原始信仰的朴质特征，也可从侧面证明其保留了汉前的传统。

记载郭宪为《洞冥记》的作者，现存文献最早出现在隋杜公瞻所编类书《编珠》卷四："郭子横《洞冥记》曰：'有龙肝瓜，长一尺，花红叶素，生于冰谷，所谓冰谷素叶瓜。'"《隋书》经籍志题郭氏撰。其他唐代典籍如刘知几《史通》、司马贞《史记索隐》等俱题郭宪撰。宋代典籍《册府元龟》卷五百五十五载："郭宪为光禄勋，撰《汉武洞冥记》一卷。"《册府元龟》选材苛刻，非雅正之籍不录。故郭宪之为《洞冥记》的作者，应该没有太大的问题。

至于后人据宋晁载之《续谈助》卷一《洞冥记》跋谓《洞冥记》为梁元帝所作，其立论依据一方面属单文孤证，另一方面是张柬之父与其友人孙义强、李知续闲谈时偶尔涉及，原不一定征实文献，故不可以轻易相信。

《洞冥记》，其书部分散佚，以王国良《汉武〈洞冥记〉研究》最为详备，其不但在下编的校释中引用了大量的佚文和异文，而且在书末还从《太平御览》、《事类赋》、《类说》、《香谱》诸书辑有佚文十八则。今以此为底本复作辑佚如下。

　　一姓十三人也。（《艺文类聚》卷十一《天皇氏》条）

　　按，《太平御览》卷七十五作：天皇十二头，一姓十二人也。

霍山下有洞台，司命君府也。中有神盘瓜、灵瓜，食之者至玄也。（《艺文类聚》卷八十七《瓜》条）

《汉武洞穴记》言，秦始皇遣徐福将童男女入海求蓬莱神山及仙药，止此洲不还，世传今日本国是也。东方朔云："山有不死之草，人死三日，以草覆之即活。"（《舆地纪胜》卷十一）

按，《汉武洞穴记》当为《洞冥记》之误。又见《绿萝山房诗集》卷四、《绿萝山房诗集》卷二十一。

黄帝采首山之铜以铸刀，始以木为盾，以革为饰，谓之刀室，即今之刀鞘也。（《新刊古今事物原始全书》卷之十七）

按，此为卷三之异文。

顿逊国有酒树似安石榴，采花汁停瓮中，数日成酒。（《焦氏类林》卷之七）

东方朔云，东海大明之墟，有釜山。山出瑞云应王者符命，如尧有赤云之祥，黄帝有黄云之瑞，故曰合符应于釜山。（《玉海纂》卷二十二）

中书令王珉，有一胡沙门瞻珉风采，曰："使我后生得为此人作子，愿亦足矣。"后珉生一子，始能言便解外国语，绝国珠贝，生所未见，即识其名。咸谓沙门前生。（《类聚古今韵府续编》卷之七）

楚昭王登握日之台，得神鸟所衔洞光之珠，以消烦暑，谓之招凉珠。（《事词类奇》卷之三）

汉武帝起招仙之台于明亭宫北（明亭宫者，甘泉宫之别名也），于台上撞碧玉之钟，挂黎愚之磬，吹霜条之籁，唱来云依日之曲，使台下听而不闻管弦之声。（《事词类奇》卷之十五）

按，此较通行本《洞冥记》或详细或相异处三十余字。

裂叶风，八月风也。（《骈字冯霄》卷之十一）

唐进士李华读书于开觉寺，时夜将半，闻窗外有人吟诵声。华就窗隙间视之，见红裳女子步庭砌间，诵诗云："金殿不胜秋，月斜石楼冷。谁是相顾人，牵衣吊孤影。"华爱其吟，因具衣冠出而邀之。女子遂相顾揖，诣华书室共坐。女子自称云："我为四明夫人也。"及将晓，辞去，华蹑其后，见其入至佛座前长匾前遂不见。来言之于寺僧，有老僧曰："此是灯之精也。此已数百年矣。四明夫人者，屡有人见之。"（《重刊增广分门类林杂说》卷十三注出《洞冥录》）

按，以时间而论，此非《洞冥记》之内容。

许栖岩于蜀栈路绝险处，马失俱坠。适有积叶，得不损伤，而无路可上。久之，人马皆饥，马跑落叶于地，得大栗一枚如拳。割而食之，乃数日不食。（《重刊增广分门类林杂说》卷十五）

按，许为唐时人，此非《洞冥记》之内容。

舜即位，有矮耳贯胸之民来献珠虾。（《绿萝山房诗集》卷二十五）

吴王于宫中作海灵馆、馆娃阁，铜沟玉槛。宫之楹榱皆珠玉饰之。（《姑苏杨柳枝词》）

孔氏志怪

鲁迅先生《古小说钩沉》有辑本，作品凡十则。李剑国《中国古代小说总目·文言卷》"孔氏志怪"条以为辑自《西阳杂俎》卷四之"落民"当为干宝《搜神记》文字，宜删。

> 长孙绍祖行陈蔡间，日暮，有人家呼宿房内，闻弹箜篌声。窥之，见一少女明烛独处，微调之，女亦忻然，因与会合。将曙，挥泪与别，赠以金缕小合子。出门百余步，顾视，乃一小坟也。（《续同书》卷十六）

> 卢志于众座问陆士衡："陆逊、陆抗是君何物？"答曰："如君于卢毓、卢挺！"士龙失色。既出户，谓兄曰："何至于此，容彼不相知也。"正色曰："我父祖名播海内，宁有不知？鬼子乃敢尔！"（《事言要玄·人集》卷十二）

按，此为较鲁迅先生所辑卢充文字多出的内容，虽然注出《孔氏志怪》，但文字复与刘孝标以《孔氏志怪》所注《世说新语》卢充篇一致，当为《世说新语》混入者。

括地图

《玉函山房辑佚书补编》据《寰宇记》卷一百十五辑有佚文《茶溪》一则，《汉唐地理书钞》据《太平御览》《事类赋注》《艺文类聚》《初学记》《太平寰宇记》等书辑有34条。然其据《太平御览》所辑之"神丘有火穴，光照千里"条当据《艺文类聚》卷八十，其据《太平御览》所辑之"猩猩人面豕身，知人名"条当据《艺文类聚》卷九十五和《初学记》卷二十九。又《汉唐地理书钞》据《太平御览》卷八百六十七所辑之"临城县东北一百四十里有茶山茶溪"条，复认为此条"当入《括地志》"，未知其据何以言。此复据它书，辑得佚文如下。

天池有兽如兔鼠，皆以其背飞，名飞兔。以背上毛飞也。
（《类聚古今韵府续编》卷之二）

按，《汉唐地理书钞》据《事类赋注》辑有此则佚文，然不如此详细。又《汇苑详注》卷三十四、《事词类奇》卷之二十八、《类隽》卷三十、《蟫史集》卷之五也载此。

豫州北七十里上蔡，古蔡国。县西南十里有故蔡城、蔡山冈，故国也。（《路史》卷二十八）

凡天下之泉，三亿三万三千五百一十有九，其在遐荒绝域，殆不得而知。（《事词类奇》卷之六）

西京杂记

《西京杂记》之作者，有刘歆、葛洪、吴均等说，如《郡斋读书志》卷二上言"（《西京杂记》）江左人或以为吴均依托为之。"《南史》卷四十四言萧贲撰《西京杂记》六十卷。清代浦起龙《史通通释》卷十谓："《西京杂记》，新旧唐志：葛洪撰，二卷。按伯厚《纪闻》谓是吴均及萧贲依托。"对吴均一说，《四库全书总目提要》以为"然庾信指为吴均，别无他证。段成式所述信语，亦未见于他书。"予以了否定。余嘉锡《四库提要辨证》复云："按陶宗仪《说郛》卷二十五，（据涵芬楼排印明钞本）钞有梁殷芸《小说》二十四条，而其中引《西京杂记》者四条，与今本大体皆合，唯字句互有长短。考《梁书》芸传云：'大通三年卒，（大通三年十月，改元中大通，芸盖卒于十月以前）时年五十九。'而《文学吴均传》云：'普通元年卒，时年五十二。'两者相较，均虽比芸早死九年，而其年齿实止长于芸者二岁。二人仕同朝，同以博学知名，虑无不相识者。使此书果出于吴均依托，芸岂不知，何至遽信为古书，从而采入其著作中乎？是则段成式所叙庾信之语，固已不攻自破。"

《西京杂记》书后有一跋语："洪家世有刘子骏《汉书》一百卷，无首尾题目，但以甲乙丙丁纪其卷数。先父传之。歆欲撰《汉书》，编录汉事，未得缔构而亡，故书无宗本，止杂记而已，失前后之次，无事类之辨。后好事者以意次第之，始甲终癸为十帙，帙十卷，合为百卷。洪家具有其书，试以此记考校班固所作，殆是全取刘书，有小异同耳。并固所不取，不过二万许言。今抄出为二卷，名曰《西京杂记》。以裨《汉书》之阙尔。后洪家遭火，书籍都尽，此两卷在洪巾箱中，常以自随，故得犹在。刘歆所记，世人希有，纵复有者，多不备足。见其首尾参错，前后倒乱，亦不知何书，罕能全录。恐年代稍久，歆所撰遂没，并洪家此书二卷不知出所，故序之云尔。"[①]

对此前人多所争议，因争议关涉本书作者，故此详细辨列之。陈振孙《直斋书录解题》卷七持否定看法："按洪博闻深学，江左绝伦，所著书几五百卷，本传具载其目，不闻有此书，而向歆父子亦不闻尝作史传于世，使班固有所因述，亦不应全没不著也。殆有可疑者，岂惟非向、歆所传，亦未必洪之作也。"唐代颜师古在《汉书》卷八十一的注释中也认为"今有《西京杂记》者，其书浅俗，出于里巷，多有妄说。"

明黄省曾在汉魏丛书本《西京杂记》序中则提出相反的观点："汉之西京，惟固书为该练，非固之能尔，亦其所资者缮也。仲尼约之宝书，马迁鸠诸国史，因本而成，在古皆然也。暇得葛洪氏《西京杂记》读之，云为刘子骏所撰，以甲乙第次百卷，考比固作，殆是全取刘书，有小异同耳。洪又抄集固所不录者二万许言，命曰《西京杂记》。予于是始知固之《汉书》，盖根起于子骏也。乃遡忆其所不录之故，大约有四，则猥琐可略，闲漫无归，与夫杳昧而难凭，触忌而须讳者也。其猥琐者，则霍妻遗

---

① 在本专题的撰写过程中，复发现郑州大学 2006 年师婧昭硕士论文《〈汉武故事〉研究》，其从《野客丛书》《开元占经》《艺林汇考》《说略》《编珠》《蒙求集注》《御定渊鉴类函》《格致镜原》《关中胜迹图志》《广东通志》《北堂书钞》《记纂渊海》等书辑有佚文 15 则。

衍之类是也。其闲漫者，则上林异植之类是也。其杳昧者，则宣狱佩镜、秦库玉灯之类是也。而其触忌者，则庆郎、赵后之类是也。凡若此者，披金置沙，法所删弃矣。"明孔天胤在嘉靖本《西京杂记》序中、明柯茂竹在《秦汉图记》中都对该跋表示认同。

清代两种观点仍然在不断交锋，《四库全书总目》考证以为"考《晋书·葛洪传》，载洪所著有《抱朴子》《神仙》《良吏》《集异》等传，《金匮要方》《肘后备急方》并诸杂文，共五百余卷，并无《西京杂记》之名，则作洪撰者自属舛误。特是向歆父子作《汉书》，史无明文。而以此书所纪与班书参校，又往往错互不合，如《汉书》载文帝以代王即位，而此书乃云文帝为太子；《汉书》载广陵王胥、淮南王安并谋逆自杀，而此书乃云胥格猛兽绝脰死，安与方士俱去；《汉书·杨王孙传》即以王孙为名，而此书乃云名贵，似是故谬其事，以就洪跋中小有异同之文。又歆始终臣莽，而此书载吴章被诛事，乃云章后为王莽所杀，尤不类歆语；又《汉书·匡衡传》'匡鼎来'句，服虔训'鼎'为'当'，应劭训'鼎'为'方'，此书亦载是语，而以鼎为匡衡小名，使歆先有此说，服虔、应劭皆后汉人，不容不见。至葛洪乃传，是以陈振孙等皆深以为疑。"既否定了《西京杂记》为葛洪撰，也否定了为刘歆撰。然《抱经堂丛书》本卢文弨《新雕西京杂记缘起》提出反驳意见："始余所欲校梓者，以汉魏为限断。今此书或以为晋葛洪著，或以为梁吴均伪撰，而何梓为？余则以此汉人所记无疑也。《说苑》《新序》，其书皆在刘向前，向校而传之，后人因名二书为刘向著。今此书之果出于歆，别无可考，即当以葛洪之言为据。洪非不能自著书者，何必假名于歆？书中称'成帝好蹴鞠，群臣以为非至尊所宜，家君作弹棋以献'，此歆谓向家君也。洪奈何以一小书之故，至不惮父人之父，求以取信于世也邪？若吴均者，亦通人，其著书甚多，皆见于《梁书》本传。知其亦必不屑托名于刘歆，且其文即俊拔有古气，要未可与汉西京埒，则其不出于均又明甚……至陈振孙疑向、歆父子不闻作史，此又不然。历朝撰造，裒然成编，所云百卷，特前史官之旧，向传之歆，歆欲编录而未成，其见于洪之序者如此，本不谓其父子皆尝作史也。"

《演繁露》卷十二认为："(《西京杂记》)文气妩媚，不能古劲，疑即葛洪为之。"《少室山房笔丛正集》卷十四："《西京杂记》本葛稚川所传而以伪刘歆。"《通雅》卷首一认为"《西京杂记》本葛洪作而以伪刘歆。"

余嘉锡《四库提要辨证》赞同以上观点，并进行了详细论证："《隋志》不著撰人名氏者，盖以为此系葛洪所钞，非所自撰，故不题其名。唐人之指为葛洪者，即据书后洪自序，非臆说也。颜师古不信其书，故以为出于里巷耳。宋晁伯宇《续谈助》卷一《洞冥记》后引张柬之之言云：'昔葛洪造《汉武内传》《西京杂记》，虞义造《王子年拾遗录》，王俭造《汉武故事》，并操觚凿空，恣情迂诞。而学者耽阅，以广闻见，亦各其志，庸何伤乎？'柬之此文，专为辨伪而作，而确信为葛洪所造。《史通·杂述篇》曰：'国史之任，记事记言，视听不该，必有遗逸。于是好奇之士，补其所亡，若和峤《汲冢纪年》，葛洪《西京杂记》，顾协《琐语》，谢绰《拾遗》，此之谓逸事者也。'是则指为葛洪者，并不只于段成式、张彦远。"(笔者按，开元二十四年作序的《史记正义》之《梁孝王世家》注释中，已复指出该书作者为葛洪。)并进一步驳斥《直斋书录解题》与《四库全书总目提要》考《晋书·葛洪传》并无《西京杂记》之名："今考《抱朴子·外篇·自叙》云：'凡著《内篇》二十卷，《外篇》五十卷，碑、颂、诗、赋百卷，军书、檄、移、章表、笺记三十卷，又撰俗所不列者为《神仙传》十卷，又撰高尚不仕者为《隐逸传》十卷，又抄五经、七史、百家之言、兵事方伎、短杂奇要三百一十卷，别有目录。'《晋书》本传亦云：'又钞五经、《史》、《汉》、百家之言、兵事方技、短杂奇要三百一十卷，别有目录。'即是《自叙》之语。洪既尝钞百家及短杂奇要之书，则此书据洪自称，亦是从刘歆《汉书》中钞出，安见不在三百一十卷之中。特因别有目录，《自叙》不载其篇名，本传遂承之耳。且多至三百余卷，其书当有数十种，既非切要，而必胪列不遗，史家亦无此体，未可遽执本传所无，遂谓非洪所作也。《册府元龟》卷五百五十五曰：'葛洪选为散骑常侍，领大著作，固辞不就。撰《神仙传》十卷，《西京杂记》一卷。'《元龟》之例，止采经史诸子及历代类书，不取异端小说。其言葛洪撰

《西京杂记》，必别有本，可补本传之阙矣。"并认为宋人"黄伯思、程大昌二人，在南、北宋间考证颇为不苟，均信为葛洪所作，然则未可据晁、陈二家之语便断其伪也。"

余嘉锡《四库提要辨证》复论其非源自刘歆之书："余考《文选》潘安仁《西征赋》云：'长卿、渊、云之文，子长、政、骏之史。'以政、骏与司马子长并言，称之为史。似刘向父子曾续《太史公书》，然李善注只引《汉书》：'向著《疾谗》《摘要》《救危》及《世颂》凡八篇，又著《五行传》《列女传》《新序》《说苑》。歆著《七略》。'并不言别有史书。至《史通·正史篇》云：'《史记》所书年止汉武，太初以后，阙而不录。其后刘向之子歆及诸好事者，若冯商、卫衡、扬雄、史岑、梁审、肆仁、晋冯、段肃、金丹、冯衍、韦融、萧奋、刘恂等相次撰续，迄于哀、平间，犹名《史记》。'《后汉书·班彪传》云：'武帝时，司马迁著《史记》，自太初以后，阙而不录。后好事者颇或缀集时事，然多鄙俗，不足以踵继其书。'注云：'好事者，谓扬雄、刘歆、阳城衡、褚少孙、史孝山之徒也。'刘知几与章怀所叙续《史记》之人，互有不同，而皆有刘歆。是唐人相传，有此一说，然不知其所本。窃意向、歆纵尝作史，亦不过如冯商之续《太史公》，成书数篇而已。（商书见汉志，仅七篇。）使如洪序所言，歆所作《汉书》已有一百卷，则冯衍为后汉人，晋冯、殷肃（注云：固集作段萧。）并与班固同时，（固传载固奏记东平王苍，尝荐此二人。）何以尚须续作。洪序云：'考校班固所作，殆是全取刘书。'此又必无之事。班固于太初以前，殆是全取《史记》，又用其父班彪所作后传数十篇，已不免因人成事。若又采刘歆《汉书》一百卷，则固殆无一字，何须潜精积思至二十余年之久，永平中受诏至建初中乃成乎？"并据《汉书·叙传》谓："是《汉书》者，固所自名。断代为书，亦固所自创。今洪序乃谓刘歆所作，已名《汉书》，是并《叙传》所言亦出于刘歆之意，而固窃取之矣。此必无之事也。"

按，此尝试驳论之。

记载刘歆续汉史非仅《史通》、《后汉书·班彪传》注，由唐玄宗下令编订的《唐六典》卷九也谓司马迁继承父志修成《史记》，迁去世后，而续之者有"冯商、刘歆、扬雄等"，这些都是很严肃的历史著作，不能因为书中未注出处就怀疑其真实性。况且《史通》等未标明出处正说明这是当时认同的一种通识，无须特别注明。《汉书》卷三十六也载刘歆"典儒林史卜之官"，续汉史固是其分内事。嘉锡所云葛洪序言"歆所作《汉书》已有一百卷"，则是对葛序的误读，葛序言"洪家世有刘子骏《汉书》一百卷，无首尾题目，但以甲乙丙丁纪其卷数。先父传之。歆欲撰《汉书》，编录汉事，未得缔构而亡，故书无宗本，止杂记而已，失前后之次，无事类之辨。后好事者以意次第之，始甲终癸为十帙，帙十卷，合为百卷。"，则显然是刘歆欲修成汉史，而积累了很多资料笔记，但最终并未完成这一宏愿。所谓一百卷乃是后来的好事者所分，与刘歆无关。葛洪谓班固全取刘书，乃是指内容上的借鉴，非谓文字上抄录刘歆的杂记。洪序中所谓汉书，犹言汉史，是对汉代史书的统称，非指专书。否则序言中也不可能说该资料无首尾题目仅仅是杂记而已了。

　　况且班固《汉书》里运用刘歆的续汉史的资料是异常明显的，《汉书》律历志第一班固明言取自刘歆所作，该书他处引用刘歆之言者更是不在少数，如清代齐召南考校《汉书》时就指出："按班书十志，半取于刘歆，惟五行志时纠刘歆之失。"（四库本《前汉书》卷二十七中之上考证）诚如颜师古在《韦贤传》第四十三的注释中评价班固在《汉书》中对资料的来源，文字的去取，非出己者无不标明出处，谓："《汉书》诸赞皆固所为，其有叔皮先论述者，谓固亦具显以示后人，而或者固窃盗父名，观此可以免矣。"

　　又葛洪是一个虔诚的道教信仰者，《三国志·张鲁传》讲到早期道教教义，列在最前面的内容就是"皆教以诚信不欺诈"。又道教经典《太上老君戒经》所认定的作为持身之本、持法之根的五戒，其中一条即是戒妄语，不可能不对葛洪有约束作用（按，此书一般认为是南北朝作品，即葛洪身后。但是道教戒律发展有一个过程，在葛洪的时代，也应该有相似的约束信仰者的戒律）。其《抱朴子内外篇》内篇卷三谓"道士尤应以忠信快意为生者也"，《抱朴子内外篇》外篇卷一谓"履信思顺，天人攸赞"等，都可以看出"信"在葛洪思想中的重要地位。而《抱朴子内外篇》内篇卷一所列修道者的种种禁忌，其中就有"欺伪诳诈"、"憎拒忠信"、"以伪杂真"，犯了此类罪过就会"司命夺其算纪，算尽则死"，且往往还会殃及子孙。因此其序言不可能是伪造。

嘉锡认为"冯衍为后汉人，晋冯、殷肃（注云：固集作段萧。）并与班固同时，（固传载固奏记东平王苍，尝荐此二人。）何以尚须续作。"理由也不够充分，对同一朝代的历史，不同的人同时或先后撰述，在古代并非罕见，如写晋代历史的断代史，从晋代开始到唐代初年，仅以《晋书》命名者就有八种，其他还有如《晋阳秋》《晋史草》一类的著作至少也还有好几种。

"况文帝以代王即位，明见《史记》。此何等大事，岂有传讹之理。刘歆博及群书，以汉人叙汉事，何至误以文帝为太子（见卷三）。故葛洪序中所言刘歆《汉书》之事，必不可信，盖依托古人以自取重耳。至其中间所叙之事，与《汉书》错互不合，有不仅如《提要》所云者。明焦竑《笔乘》续集卷三云：'《西京杂记》是后人假托为之。其言高帝为太上皇思乐故丰，放写丰之街巷屋舍，作之栎阳，冀太上皇见之如丰然，故曰新丰。然《史》记汉十年，太上皇崩，诸侯来送葬，命郦邑为新丰。是改郦邑为新丰，在太上皇既葬之后，与《杂记》所言不同。'此事与《史》《汉》显加刺谬，不仅小有异同矣。然其事亦非葛洪所杜撰。《文选》卷三十鲍明远《数诗》注引《三辅旧事》曰：'太上皇思慕乡里，高祖徙丰、沛商人，立为新丰也。'《隋志》地理类有《三辅故事》二卷，注云晋世撰。两《唐志》故事类均有韦氏《三辅旧事》一卷。章宗源《隋书经籍志考证》卷六，据《后汉书·韦彪传》，帝数招彪入，问以三辅旧事礼仪风俗之语，以为即彪所撰。虽不知然否，然自是东晋以前古书，故葛洪得钞入杂记也。其他亦往往采自古书，初非全无所本者……沈钦韩《汉书疏证》卷三十二云：'《西京杂记》，葛洪所序，其大驾卤簿，杂入晋制，如枚、邹诸赋，非闾巷所能造也。'孙诒让《札迻》卷十一亦云：'《西京杂记》，确为

稚川所假托。'二人皆博学深思者，而其言如此，其必有所见矣。"又就
《西京杂记》言司马迁下狱死一事立论谓："此乃卫宏《汉书仪注》之文，
见《太史公自序集解》，（平津馆本《汉旧仪》无此条。）葛洪钞《旧仪》
入《杂记》耳。其上文言武帝置太史公位在丞相上，《杂记》作下。亦
《旧仪》之语。（《汉书·司马迁传》注及《御览》职官部引，见平津馆本
补遗。）可见《杂记》是杂采诸书，托之刘歆，又可见其记事多有所本，
不皆杜撰也。"对卢文弨《新雕西京杂记缘起》作为《杂记》源自刘歆汉
书证据的"成帝好蹴鞠，群臣以蹴鞠为劳体，非至尊所宜。帝曰：'朕好
之，可择似而不劳者奏之。'家君作弹棋以献，帝大悦，赐青羔裘、紫丝
履，服以朝觐。"这条作品，余嘉锡以为是葛洪钞《七略》之兵书略《蹴
鞠新书》条下之文。又认为"或问杨雄为赋，雄曰：'读赋千首，乃能为
之。'"乃钞桓谭《新论》之文，"以新论著于后汉，既托名刘歆，不欲引
之，故不言桓谭闻，而改为或闻。采掇之迹，显然可见。"

　　此尝试驳论之。

　　按，宋代吴仁杰《两汉刊误补遗》就指出了一些《汉书》中前后矛盾
之处，但是显然不能以此为据否定《汉书》的作者是班固。此类长篇大著
的史籍，出现一些前后矛盾的情况是正常的，也是时过境迁传闻异词的必
然结果。况且葛洪在自己的序中已讲明这一资料性质的杂记确实有"首尾
参错，前后倒乱"的缺点。又嘉锡认为《西京杂记》卷三"文帝为太子，
立思贤苑以招宾客"，而天下共知文帝未尝为太子，是由代王直接继承帝
位的。此实四库馆臣与嘉锡断句有误。正确的语序应该是"文帝为太子
（即后来的汉景帝）立思贤苑，以招宾客"。熟于两汉掌故的王益之所撰
《西汉年纪》卷五的记载比较清楚："春正月，（文帝）立子启为太子，以
张相如为太子太傅，为太子立思贤苑以招宾客。"汉代原有此传统，《汉
书》卷六十三也记载汉武帝为太子立博望苑使通宾客。在《史记》与《汉
书》的文帝本纪中，群臣请立太子，文帝在诏书及对话中反复强调的选择
标准"贤圣有德之人"、"多贤及有德义者"中就是把"贤"放在第一位
的，所以为其子立思贤苑也是情理中的事。

　　就新丰地名而言，本是后人追记之事，以后出地名代替郦邑也是为简洁，《西京杂记》行文中本无修成后即名之曰新丰之意。如《史记》卷七载"当是时，项羽兵四十万，在新丰鸿门；沛公兵十万，在霸上。"不能因此责怪司马迁以后出的地名来记载发生在汉王朝建立前的鸿门宴一事。为太上皇建新丰，非仅《三辅旧事》有载，据《汉书》卷二十八上，东汉应劭也对此有记载，可见原是汉人津津乐道之事，又很好地体现了儒家的孝亲观念，故刘歆载之，也是情理中事。

　　关于大驾卤簿杂入晋制，考沈钦韩《汉书疏证》，在卷三十二下《匡鼎来》条，惟言《西京杂记》所记之大驾卤簿杂入晋制，而没有论据。《西京杂记》言司马迁下狱死一事，《太平御览》卷六百四《文部》二十引，非职官部。言葛洪钞《旧仪》，也仅是猜测。

　　"成帝好蹴鞠"条也是首先认定了葛洪作伪，然后强加以"葛洪钞《七略》之兵书略《蹴鞠新书》条下之文"的论断。首先，《七略》散佚后留存于后世的作品并无以上"成帝好蹴鞠"条的内容，故其推测无据。其次，考之裴骃《史记集解》卷六十九引刘向《别录》曰："蹴鞠者，传言黄帝所作，或曰起战国之时。蹋鞠，兵势也，所以练武士知有材也，皆因嬉戏而讲练之。"可见，蹴鞠原来是训练士兵提高战斗力的有力措施，而作为一国之君，汉成帝因此被群臣劝阻，据《别录》内容刘向当然也是其中之一，因此才提出以弹棋代替蹴鞠的英明之举，刘歆把它收到写作汉书的初稿里，也就情理之中了。

　　扬雄言："读赋千首，乃能为之"一条，嘉锡谓出之《新论》，其猜测尤为无理。《扬子云集》卷四之《答桓谭》原有云："大谛能读千赋，则能为之。谚云伏习众，神巧者不过习者之门。"且《后汉书·桓谭传》谓谭"能文章，尤好古学，数从刘歆、扬雄辩析疑异"，而《汉书》记载刘歆常从扬子云学作奇字以及嘲弄其《太玄》《法言》为覆酱瓿之作来看，二人的关系应该算是亲密，则刘歆记载扬雄"读赋千首，乃能为之"既有可能是从二人日常生活中所听，也可能是看扬雄作品时所得。

　　要言之，葛洪序中之言是属实的，未可轻易否定。余嘉锡的观点有其局限之处。

　　作品中有的内容也可以与班固《汉书》互相发挥。如《汉书》卷八十七下载："巨鹿侯芭常从雄居，受其《太玄》、《法言》焉。刘歆亦尝观之，谓雄曰：'空自苦！今学者有禄利，然尚不能明易，又如玄何？吾恐后人用覆酱瓿也。'雄笑而不应。"《西京杂记》卷二载："扬雄读书，有人语之曰：'无为自苦，玄故难传。'忽然不见。雄著《太玄经》，梦吐凤凰集玄之上，顷而灭。"《艺文类聚》卷八十五载扬雄《答刘歆书》曰："天下上计孝廉及内郡街卒会者，雄常把三寸弱翰笔，赍油素三尺，以问其异语，归即以铅摘次之，铅椠二十七岁于今矣。"《西京杂记》卷三谓："扬子云好事，常怀铅提椠，从诸计吏，访殊方绝域四方之语，以为裨补《輶轩》所载"。如此之类，都可看出刘歆与《西京杂记》之间的紧密关系。然该书在流传过程中亦或确实有其他典籍部分作品的混入。黄云眉《古今伪书考补正》引李慈铭曰："其显然乖误者：如云霍光妻遗淳于衍蒲桃锦散光绫走珠等，为其第宅，奴婢不可胜数；按《汉书》言衍毒许后，出过见显，相劳问，亦未敢重谢衍，且此时方有人上书，告诸医侍疾无状，显恐急语光，署衍勿论，岂有为起第宅厚相赂遗之理！又云太史公迁作《景帝本纪》，极言其短，及武帝之过，后坐举李陵，下迁蚕室，有怨言，下狱死；按迁作《史记》，在遭李陵祸之后，《史记》《汉书》俱在明文，《汉书》又言迁被刑之后，为中书令，尊宠任职，故有报故人任安一书，而云下狱死，纰缪尤甚！"此段文字之前复引李慈铭曰："序言班固《汉书》全出于此，洪采班书所未录者，得此六卷；然其中如赵飞燕女弟昭阳殿一段，付介子一段，又皆班书所已录。稚川之言，固未可信。"笔者按，考之《汉书》卷九十七下，内容与《西京杂记》卷一内容重复者有"（飞燕）弟绝幸为昭仪，居昭阳舍，其中庭彤朱而殿上髹漆切皆铜沓冒，黄金涂白玉阶，壁带往往为黄金釭，函蓝田璧、明珠翠羽饰之，自后宫未尝有焉"，五十余字。而《西京杂记》卷一相关内容二百三十余字，详略迥异。另一不同者在于《西京杂记》卷一地点作"昭阳殿"，《汉书》作"昭阳舍"。复考付介子，本传在汉书卷七十。《西京杂记》卷三载"傅介子年十四，好学书，尝弃觚而叹曰：'大丈夫当立功绝域，何能坐事散儒！'后卒斩匈奴使者，还拜中郎。复斩楼兰王首，封义阳侯。"《汉书》仅载其斩匈奴使者还拜中郎及复斩楼兰王首封义阳侯事，故与《西京杂记》相比差异也较大。则李慈铭此驳论理由是不够充分的。

葛洪跋言《西京杂记》两卷"二万许言"（此句《直斋书录解题》引作"二万余言"），《汉魏丛书》本《西京杂记·序》言"今所传且失其半，又非洪之故简矣。"中华书局1985年点校本《西京杂记》仅约一万三千字，则其在流传过程中，业已部分散佚。又昌彼得《说郛考》之《西京杂记》条载"此本不题撰人。所录六条率记唐事，当非葛洪所伪之《西京杂记》。谨按其文，悉出宋曾慥《类说》。首二条为《两京杂记》之文，末四条则为《秦京杂记》。当系辗转传抄，误两为西，并脱《秦京杂记》书题也。"则知该书在引述中又常与《两京杂记》、《秦京杂记》相混淆。

本书《类说》卷四摘录四十九条。陶珽《重编说郛》卷六十六摘录六十条作品。

　　汉武修上林苑，群臣各献其果树，有合枝李、朱李、黄李、青房李、燕李、猴李、沉朱李、浮素李。（《艺文类聚》卷八十六）

按，沉朱李、浮素李两种为多出今本《西京杂记》者。

　　汉明帝时，常山献巨桃核，其桃霜下花，至暑方熟。使植园林。（《艺文类聚》卷八十六）

按，此为东汉事，非《西京杂记》之文。

　　武帝平百越，以为园圃，民献橘柚。（《艺文类聚》卷八十六）

　　上林苑有魁栗、双栗、楒栗、榛栗。（《艺文类聚》卷八十七）

按，此为《西京杂记》卷一之异文。

又曰赵飞燕为皇后,其女弟上遗回风席。(《太平御览》卷七百九)

按,《类隽》卷二十一《云母》条、《诗学事类》卷十九也载此。

赵飞燕为皇后,其女弟上遗合浦圆珠珥。(《太平御览》卷七百十八)

赵飞燕为皇后,女弟在昭阳殿遗书曰:"今日嘉辰,贵姊懋膺洪册,上椒三十条以陈踊跃,金花紫罗面衣、织成襦、罗帷、罗幌、罗帐、罗幈。(《太平御览》卷八百一十六)

按,此为《西京杂记》卷一之异文。《奁史》卷八十七也载此。

东京龙兴观有古松,树枝偃倒垂。相传云已经千年,常有白鹤飞止其间。蔡孚赋《偃松篇》,玄宗赐和御书,刻石记之,公卿咸和焉。(《太平御览》卷九百五十三)

按,《记纂渊海》卷九十五也载此,此唐时事,非《西京杂记》文。

唐东都仁和坊有许钦明宅。尝有人于许氏厅事,冬夜燃火读书。假寐,闻虫鼠行声,密视,见一老母,通体白毛,上床就炉,炙肚搔痒,形容短小,不类于人。客惧,猝然发声大叫,妖物便扑落地,绝走而去。客以宅舍墙高,无从出入,乃呼一奴持火,院内寻索。于竹林中,见一大石,发石,得一白猬,便杀之。(《太平广记》卷四百四十二)

按,此唐时事,非《西京杂记》文。

青城县产虚中枣,无核而味酸甘,可止疟。(《续广博物志》卷十四)

瑞云曰庆云,曰景云。云五色曰庆,庆云或曰卿云。云外赤内青谓之矞云,云二色曰矞,亦瑞云也,以律反。雨云曰油云,孟子曰油然作云。雪云曰同云,诗云上天同云,雨雪纷纷。同云

谓云阴竟天，同为一色。云师曰屏翳。（《初学记》卷一）

按，《古今事文类聚》前集卷三、《古今合璧事类备要》前集卷三载此而较简洁。《太平御览》卷八载与此同。《类隽》卷一《云名》条载：祥瑞之云曰庆云，亦曰卿，亦曰景，外赤内黄曰矞，雨曰油，雪曰同。又《群书通要》卷之四，《西都杂记》云：瑞云曰庆云曰景云，外赤白青谓之矞云，雨云曰油云，雪天曰同云。又《典籍便览》卷一也引此条：瑞云曰庆云，曰景云。云五色曰庆。或曰卿云。云外赤内青谓之矞云，云二色曰矞，亦瑞云也。矞，以律反。雨云曰油云。孟子曰："油然作云，沛然下雨。"雪云曰同云。诗云："上天同云，雨雪雰雰。"同云，谓云阴竟天，同为一色。云师曰屏翳。吕氏春秋曰："屏翳曰雨师。"《唐类函》卷二也载此及下则。

云将亦云之师。司马彪注《庄子》："将，云之主师。"（《太平御览》卷八）

按，《绿萝山房文集》卷一也载此。

汉武昆明池养鱼往往飞去。后刻石为鲸鱼致水中，乃不飞去。每至雷雨，鲸鱼鸣吼。（《太平御览》卷五十二）

按，又《类隽》卷五《吼鲸》条、《事词类奇》卷之五、《山堂肆考》卷十九也载此。

梁孝王游于忘忧之馆，进诸游士，各使为赋。隐设易迁馆、贞台，有女贞二人为主，一曰张微子，二曰傅礼和。（《太平御览》卷一百九十四）

西都京城街衢京吾专禁夜行，惟正月十五日夜勅许金吾驰禁，造火各一日。（《类隽》卷三《驰禁》条）

按，又《群书通要》甲集卷六载：正月十五夜，勅许金吾不禁。又《类聚古今韵府续编》卷之二十九、《类腋》卷七《金吾禁》条也载此则作品。惠庄谓朱云论辩口吃，不能对，指其胸曰："口虽不能剧谈，而此中

多有。"（《类隽》卷十四《剧谈》条）

按，与点校本第 47 则文字有不同处。

　　燕昭王设麟文席，散荃芜香。（《类隽》卷二十一《麟文》条）

　　汉时紫奈大如升，曰脂衣奈，核紫花青，研之有汁，可染。或着衣，不可浣也。（《类隽》卷二十八《脂衣》条）

　　赣县有葛姥祠。（《舆地纪胜》卷三十二）

　　汉大驾卤簿有节，十六在左右。（《新刊古今事物原始全书》卷八）

　　汉大驾有罕罩在左右。（《新刊古今事物原始全书》卷八）

柘弹落金丸。（《新刊古今事物原始全书》卷十七《弹》条）

　　李广猎一小虎，断其臂为枕。（《新刊古今事物原始全书》卷十九《枕》条）

按，此与点校本第 122 则有异。

　　高迈作《长明灯颂》，云："一笼而四时长花，满室而终岁不夜，名曰长明灯。"（《新刊古今事物原始全书》卷十九《灯》条）

按，高迈及《长明灯颂》为唐人唐作，故此非《西京杂记》文。

　　王侍郎家鼠穴生李树，花实并美，名鼠精李。（《新刊古今事物原始全书》卷二十四《李花》条）

　　后汉黄昌为州佐，时妻归宁，中途遇贼所掠，不知去向。后迁蜀郡守，妇因其子犯罪诣郡白讼，昌疑不类蜀人，问之，曰"妾某州佐黄昌妻，贼掠卖此。"昌曰："汝夫何以识之？"妇曰："夫左足心有黑子。"昌出左足示之，相互悲泣，遂为夫妇。（《刘氏鸿书》卷三十六）

按，此又载《古今记林》卷七、《是庵日记》卷十三。

鲁总范妻凡许嫁数人，每至亲迎之夕，其夫辄死。一夕梦人谓曰："田头有鹿迹，田尾有日炙，乃汝夫也。"后嫁，乃悟其梦。（《姓源珠玑》卷之二）

按，《刘氏鸿书》卷四十四《梦》条也载此。曾崇范（上误作"鲁总范"）妻乃南唐时事，故此则非《西京杂记》文。

卓文君眉不加黛，望之如远山，号远山眉。（《兰雪堂古事苑定本》卷五）

按，《原始秘书》卷六载此作：司马相如妻卓文君眉如远山，时人效之画远山眉。又《夜史》卷七十三载之。

秦始皇有方镜甚异，照人灼见心胆。凡宫中女子有邪心者，照之即胆悸心动，亦偏侧不正。（《兰雪堂古事苑定本》卷十）

杨万年少有侠气，好田猎，家有犬名青骹，价值百金。（《兰雪堂古事苑定本》卷十二）

按，此详于《西京杂记》卷四。

元夕燃九华灯于南山上，照见百里。（《九家集注杜诗》卷二十九）

按，又《山堂肆考》卷一百八十三、《广事类赋》卷二十八《若乃九微九华》条、《五车霏玉》卷之二十上、《杜诗会萃》卷十七、《读杜心解》卷五之三、《古诗解》卷十、《广事类赋》卷二也载此条。

太液池西有汉武帝曝衣楼，七月七日，宫女出后衣曝之。（《广事类赋》卷三《曝衣楼上看鹊驾之初填》条）

按，又见《广事类赋》卷二十六《曝衣》条、《杜诗荟萃》卷十五。

秘阁图书，皆表以牙签，覆以锦帕。（《古今事文类聚》别集卷三）

按，此又载《九家集注杜诗》卷二十九、《韵府群玉》卷十六、《五车韵瑞》卷一百十二、《广事类赋》卷十二《牙签压架》条。

孝成帝玩弄众书，善扬子云，出入游猎，子云乘从。又以桓君山多藏书，待诏门下。时人语曰："玩扬子云之篇，乐于居千石之官；挟桓君山之书，富于续猗顿之财。"（《广事类赋》卷十二《桓谭既富而多藏》条）

成帝时，有荐扬雄文似相如者，召雄待诏承明之庭。正月从上幸甘泉，还，奏《甘泉赋》。赋成，梦口吐白凤。（《广事类赋》卷十二《扬雄凤白》条）

按，《蜀典》卷二《杨庄》条载：蜀人杨庄诵杨雄文字于成帝，成帝好之，以为似相如。可补此篇。

李延年妹有绝色，延年侍上，作佳人绝世之歌。武帝招见之，得幸，号李夫人。（《广事类赋》卷十七《绝代佳人》条）

元鼎六年，破南越。起扶荔宫以植所得奇草异木。（《广事类赋》卷二十六《葡萄扶荔》条）

武帝怜太子无辜，筑望思台，亦名思子台。（《广事类赋》卷二十六《或名思子》条）

武帝建柏梁台，群臣能赋七字者赐上座。（《广事类赋》卷二十六《柏梁雄伟》条）

成帝乘舆中屏风画纣醉踞妲己，上指曰："纣为无道，至于是乎？"班伯对曰："所谓众恶归之，纣之不善，不如是之甚也。"（《广事类赋》卷二十八《微言班伯》条）

神仙上药，有员邱红李。（《广事类赋》卷二十九《员邱分红实》条）

常山献巨桃，霜下始花，至暑方熟。（《广事类赋》卷三十

《霜下成阴》条)

　　汉明帝时，常山献三桃树，其霜下花，至暑方熟。又上林苑有霜桃。(《绿萝山房诗集》卷二十六)

按，此条《艺文类聚》卷八十六载之，依据其前以括后的引书体例，当出《拾遗记》。《太平御览》卷八百二十四引此条正作《拾遗记》。然四库全书本《艺文类聚》卷八十六此条引出《西京杂记》，大概误判《艺文类聚》引书体例为后以括前致误，遂造成《广事类赋》等引述之误。

　　汉成帝与飞燕泛舟太液池，以沙棠为舟，云母饰于鹢首，一名云母舟。(《奁史》卷八十六)

　　后始加大号，婕妤上二十六物，使侍儿郭语琼拜上，内有枕前不夜珠一枚。(《奁史》卷八十八)

　　赵昭仪有四玉镇，皆达照无瑕缺。(《奁史》卷八十八)

　　赵飞燕为皇后，其女弟在昭阳殿，上襚三十五条，内有独摇宝莲一铺。(《奁史》卷九十二)

　　郗皇后性妒忌，武帝初立，未及策命，因怒忽投殿庭井中，众趋井救之，后已化为毒龙。(《奁史》卷九十六)

按，此为南朝梁时事，非《西京杂记》之文。

　　赵广汉教吏为缿筒，若今盛钱藏瓶为小孔，可入而不可出。(《群书通要》己集卷四《缿筒》条)

　　长安大明宫宣政殿，每夜见数骑衣鲜丽游其间，高宗使巫祝刘明奴、王湛然问其所由，鬼云，"我是汉楚王戊太子，死葬于此。"明奴等曰："按《汉书》，戊与七国反，诛死无后，焉得有子葬于此？"鬼曰："我当时入朝，以路远不从坐。后病死，天子于此葬我，《汉书》自有遗误耳。"明奴因许与之改葬，鬼喜曰："我昔日亦是近属，今在天子宫内，出入不安，改卜极为幸甚，今在殿东北，入地丈余。我死时天子殓我玉鱼一只，今犹未朽，必以此相送，勿见夺也。"明奴以事奏闻，有敕改葬苑外。及发掘，玉鱼宛然见在。以此其事遂绝。（《群书类编故事》卷十二《玉鱼》条）

按，此又载于《九家集注杜诗》卷三十、《锦绣万花谷》前集卷二十七、《古今事文类聚》前集卷五十六、《古今合璧事类备要》前集卷六十六、《类编长安志》卷八、《读杜诗愚得》卷十二、《文苑汇隽》卷四，为唐时事，非《西京杂记》之文。

物定仓收贮，五谷各定其性，物不湆坏。（《类编长安志》卷八）

皇城尚书省都堂南门道东有古槐，垂阴至广，祠部呼为水厅，言其清冷也。相传其树夜深有丝竹之音，省郎有入相者。俗呼谓之音声树。（《类编长安志》卷八《音声树》条）

按，据《类说》卷四，此《秦京杂记》文。

汉廷尉扶嘉，胸忍人也。初，嘉母于汤溪水侧遇龙后生嘉，长占吉凶，巧发奇中。高祖为汉王时，与嘉相遇，嘉劝定三秦。高祖以嘉志在扶翼，赐姓扶氏，为廷尉，食邑胸忍。嘉临终有言曰："三牛对马岭，不出贵人出盐井。"志引未注书名。（《蜀典》卷二）

司马相如将聘茂陵女子为妾，文君乃作《白头吟》以自绝，相如感之，乃止。其词略云："晴如山上雪，皎若云间月。闻君有两意，故来相决绝。"又云："凄凄重凄凄，新娶不须泣。愿得一人心，白头不相离。"（《东莱先生诗律武库》卷第十五）

按，此较中华书局《西京杂记》点校本卷卷三第84条作品为详。又《补注杜诗》卷十九、《古今事文类聚》后集卷十四、《韵府群玉》卷八、《诗学事类》卷十二也载此，文字微有不同。《读杜诗愚得》卷四、《杜诗注解》卷四、《风雅翼》卷七、《山堂肆考》卷九十四也载此。《风雅翼》卷十载此略详：司马相如将聘茂陵人女为妾，文君作白头吟以自绝，相如乃止。"皑如山上雪，皎若云间月。闻君有两意，故来相诀绝。今日斗酒会，明旦沟水头。躞蹀向沟上，沟水东西流。凄凄复凄凄，嫁女不须啼。愿得一心人，白头不相离。竹竿何袅袅，鱼尾何簁簁。男儿重意气，何用钱刀为。"

刘歆问扬子云，子云以为游夏之徒所记以解释六艺，刘向谓史佚教其子以《尔雅》。或言仲尼所增，或言子夏所益，或言叔孙通梁文所补。（《玉海纂》卷之四）

按，此为中华书局《西京杂记》点校本卷三第71则之异文。

前汉杜子春临终作文，命刻石埋于墓前，恐墓志因此起矣。又谓昔吴季札之丧，孔子铭其墓曰："呜呼，有吴延陵季子之墓。"（《原始秘书》卷八）

宗连长，长安富人，季女贤而有色，欲求贤婿。时赵元叔豪宕，家徒四壁，宗以女妻之，与奴婢二十余口，马十余匹，金帛巨万，遂为富人。（《姓源珠玑》卷之一）

富弼宋庆历中资政殿学士，封郑公，留守西京。府园牡丹盛开，问邵尧夫曰："此花几时开尽？"曰："来日午时。"明日，乃会客验其言。饮毕无恙，须臾，群马风逸蹄啮，花丛尽毁。（《姓源珠玑》卷之四）

按，此为两宋时事，非《西京杂记》之文。

司马相如字长卿，成都有升仙桥，将东行，题柱曰："不乘驷马车，不复过此桥。"汉文帝时为文园令，著子虚赋。汉武帝读之曰："恨不与此人同时。"（《姓源珠玑》卷之六）

尝养一鹅，随远听经。及远入京，鹅昼夜鸣躁不已。弟子送入京，至门径入公房。每讲经，即入堂伏听。若闲谈则鸣翔而

去。如是六年，晋义熙十三年，师八十四，鹅忽悲鸣不入室，二旬，远公卒。（《姓源珠玑》卷之六）

按，以其时及行文语体，当非《西京杂记》之文。

郭秀过巫峡，爱十二峰，立马久之。叹曰："吾昔年买山水图，疑其妄妆景色。今日亲见之，胜彼图十八九矣。"（《类聚古今韵府续编》卷之一）

汉武帝欲伐滇南，北人不惯水战，乃凿昆明池以习水战。中致二石人相对，以像牵牛织女。（《类聚古今韵府续编》卷之二）

按，此为中华书局《西京杂记》点校本卷一第 2 条作品之一异文。又《诗荟萃》卷七"水战"一句后复有《西京杂记》卷六之内容"中有戈船楼船数百艘"。以理而论，《诗荟萃》卷七所引更符合原貌，可证今本《西京杂记》部分内容已经窜乱。

汉故事，诸王出合，则赐博山香炉。（《类聚古今韵府续编》卷之五）

凫葵生水中。《尔雅》云："莣葵，颇似葵而小，叶似蘩，有毛。"（《类聚古今韵府续编》卷之八）

董仲舒坟在长安，人为致敬，过者必下马，名下马陵。后人讹为蛤蟆陵焉。（《类聚古今韵府续编》卷之八）

按，又《古今事文类聚》前集卷五十八、《古今合璧事类备要》前集卷六十七、《五车韵瑞》卷十八、《古今记林》卷二、《日知录》卷二十四、《绿萝山房文集》卷七、《绿萝山房文集》卷二十也载此。

张歧欲娶妾，其妻曰："予试诵白头吟，妾当听之。"歧惭悚而止。（《类聚古今韵府续编》卷之十七）

鲍照诗："奉君金卮之美酒，玳瑁宝匣之雕琴，七彩芙蓉之羽帐，华光葡萄之锦衾。"（《类聚古今韵府续编》卷之十七）

按，此在刘歆身后，非《西京杂记》文。

自蔡至庆丞，相府客馆丘墟而已。自公孙贺、刘屈牦时，坏以为马厩车库奴婢室也。（《类聚古今韵府续编》卷之二十二）

按，此可补点校本卷四第 92 条作品。

大宛以葡萄为酒，富人藏酒至万余石，久者数十岁不败。汉使以其实来，于是离宫别馆尽种葡萄。史□扶风孟佗以葡萄酒一斗遗张让，让以佗为凉州刺史。（《类聚古今韵府续编》卷之二十五）

汉尚书令仆丞郎月给瑜糜墨，大小二枚。（《锦绣万花谷》前集卷三十二）

按，《事物异名录》卷二十一《糜丸》条引作：尚书令仆臣郎月给输糜墨大小一枚，一名糜丸，见《东观汉记》。《记纂渊海》卷八十二、《广博物志》卷三十、《典籍便览》卷三、《山堂肆考》卷一百七十七也载此。

花之奇有姚黄魏紫，乃姚家黄牡丹魏家紫牡丹也。（《诗学事类》卷九）

按，《群书考索古今事文玉屑》卷十九、《山堂肆考》卷一百九十七也载此。此唐时事，非《西京杂记》文。

太常博士掌仪注定谥议。（《汇苑详注》卷十四）

按，此唐时事，非《西京杂记》文。

汉时乌哀国有紫奈大如升，甜如蜜，曰脂衣奈。核紫花青，研之有汁可染。其汁着衣则不可洗。（《汇苑详注》卷三十二）

杨王孙名贵，病且终，先令其子曰："吾欲裸葬以反吾真，必无易吾意。死则为布囊盛尸，入地七尺。既下，从足引脱其囊，以身亲土。"又答祁侯书有曰："夫死者众生之化，而物之归者也。归者，得至化者，得变是物各反其真也。其尸块然独处，岂有知哉？裹以被帛，隔以棺椁，肢体络束，口含玉石，欲化不得，郁为枯腊。千载之后，棺椁朽腐，乃得归土就其真宅。由是言之，焉用久客？"祁侯曰："善！"遂裸葬。(《祝氏事偶》卷十四)

按，此为《西京杂记》点校本卷三第66条作品之一异文。

齐刘瑱妹为鄱阳王妃，王为明帝所诛，妃追伤成疾。瑱令陈郡殷倩画鄱阳王与宠姬照镜状如欲偶寝以示妃，妃唾之，骂曰："故宜早死！"于是病亦除差。(《事词类奇》卷之九)

汉武帝太液池上有避风台。(《事词类奇》卷之十五)

长安市人语各不同，有葫芦语、锁子语、纽语、练语、三折语，通名市语。(《事词类奇》卷之十六)

按，此《秦京杂记》文。

汉武帝起招灵阁，以翠羽麟毫为帘。(《事词类奇》卷之十八)

修弥国有马如龙，腾虚逐日，或藏形于空中，唯闻声。(《事词类奇》卷之二十八)

西京化度废寺有礓石，径三尺余，孔穴通连若栏椅楼台之状，号曰蚁宫。昔有于中见蚁金色，其大若蜂动逾，因掘地及泉，得此石焉。(《事词类奇》卷之二十八)

按，《文苑汇隽》卷二十四也载此。《旧唐书》卷七载武则天时，于化度寺门设无遮大斋，又《旧唐书》卷十八下载唐宣宗时，改化度寺为崇福寺，故知本条作品当为唐代之事。又《天中记》卷五十七、《格致镜原》卷六引此则作品，正作《两京记》，故当为《两京杂记》之作品。

董仲舒著书不称子者，意殆自谓过诸子也。仲舒梦蛟龙入怀，乃作《春秋繁露》词。(《事言要玄·事集》卷一)

按，此可补《西京杂记》卷二。

神爵三年春，起乐游苑。（《事言要玄·事集》卷三）

按，《天中记》卷十五引此作：宣帝乐游庙亦名乐游苑，亦名乐游原，基地最高，四望宽敞。注出《西京新记》。

汉制：宗庙八月饮酎，用九酝太牢，皇帝侍祠。以正月旦作酒，八月成，名曰酎，一曰九酝，一名醇酎。张晏曰："至武帝时，因八月尝酎，会诸侯庙中出金助祭，所谓酎金也。"武帝作无愁酒，饮之令人无忧。（《事言要玄·事集》卷四）

按，此可补点校本《西京杂记》卷一第三条作品。

天下入计孝廉及郡卫卒会者，雄尝把三寸弱翰赍油素四尺以问其异，语即以铅摘次之。（《骈字冯霄·序注释》）

京城龙华寺南有流水屈曲，谓之曲江。在秦时为宜春苑，汉时为乐游苑。（《补注杜诗》卷二）

按，又《唐诗解》卷三十、《九家集注杜诗》卷二、《九家集注杜诗》卷十八、《补注杜诗》卷十八、《五百家注昌黎文集》卷三、《三体唐诗》卷一、《御批资治通鉴纲目》卷四十六、《五车霏玉》卷之十九也载此。"京城龙华寺"为唐时地名，此非《西京杂记》文。

汉宣帝时，江淮饥馑，人相食，雨谷。三秦魏地亡谷二十顷。（《筠斋漫录》卷五）

昭阳殿织珠为帘，绣柱，柱帷绣作黄鹄文。（《杜工部七言律诗》上卷）

按，此可补《西京杂记》卷二。

分为八校，左四右四，山斋杨氏八校尉，所以自列于城门校尉之后，而中垒校尉亦别掌北军，垒门内外不属金吾也。（《类笺唐王右丞诗集十卷》卷一）

合德上皇后，有菱花大镜一枚。（《绿萝山房诗集》卷二）

按，又《绿萝山房诗集》卷七也载此。

武帝幸河东，亡书三箧，唯张安世能诵之，且得其事。后获亡书校，无所遗。（《绿萝山房文集》卷十九）

按，《绿萝山房诗集》卷十八、《绿萝山房诗集》卷二十九也载此。

东海有孝妇，少寡无子，养姑甚谨。姑恐妨其嫁，自缢死。吏捕孝妇，妇诬服，郡中枯旱三年。后太守至，自祭孝妇冢，因表墓，天立大雨。（《绿萝山房文集》卷一）

帝游昆明池，见大鱼衔钩，取放之。后于池上得明珠一双。（《绿萝山房文集》卷三）

武帝葬茂陵，尝现形曰："吾今日失势，奈何使人陵上磨刀？"（《绿萝山房文集》卷四）

建章宫门庭诡异，门千户万。（《绿萝山房文集》卷十）

按，又《绿萝山房文集》卷十二载此。

妃嫔当御者御银环。（《绿萝山房文集》卷十）

始皇陵下锢三泉。（《绿萝山房文集》卷十三）

张放以银作外栏。（《绿萝山房文集》卷十九）

义门盖冢中之门。（《绿萝山房文集》卷二十）

闽越王献高帝白鹤黑鹤各一双。（《文选章句》卷一）

景帝为太子，文帝亦尝为立思贤苑以招宾客。（《续问奇类林》卷之三）

按，此可补《西京杂记》。

诏令尚书赐杨雄笔墨观书石室。（《事类赋》卷十五）

按，《山堂肆考》卷一百七十七也载此。

骑奴与丽竖通。（《均藻》卷一）

按，又见《广韵藻》卷一。

崔绍暴卒复生，见冥间列榜，书人姓名。将相金榜，其次银榜，州县小官，并是铁榜。（《群书考索古今事文玉屑》卷十）

按，据《类说》卷四，此为《两京杂记》之文。

宣帝时雌鸡化为雄，元后统政之故。（《五车韵瑞》卷二）

咸阳旧墙内曰内人斜，葬宫人处。（《五车韵瑞》卷三十四）

灯花出钱贴，故拜之。（《五车韵瑞》卷三十四）

汉武时，异国献短人，长七寸。东方朔曰："此巨灵，王母差来告陛下求道之法尔。"（《五车韵瑞》卷四十二）

宣帝上林中雁足灯，制度极佳。（《五车韵瑞》卷四十三）

王美人七月七日生。王母于倚兰殿谓帝曰："七月七日我当来。"帝至日燃九华灯。（《五车韵瑞》卷四十三）

武帝登之罘，犹大海山。（《五车韵瑞》卷四十六）

箜篌二十五弦。（《五车韵瑞》卷四十六）

汉时谓随使出疆为少从。（《五车韵瑞》卷八十六）

前汉作巴渝都卢角抵之戏。（《五车韵瑞》卷九十八）

长安五陵人以柘木为弹，珍珠为丸，以弹鸟雀。（《五车韵瑞》卷一百三）

按，《韵府群玉》卷十五也载此。

温室在未央殿北，武帝所建。（《五车韵瑞》卷一百三十一）

弃妻子，后有见于会稽，变姓名，为吴市门卒。（《五车韵

瑞》卷一百三十五）

　　浮根菱，根浮水上，叶沉波下，霜降弥美，因名青冰菱。（《广韵藻》卷三）

　　又有望仙九鬟髻，芙蓉归云髻。（《广韵藻》卷五三）

　　燕昭王设麟文席，散荃芜香。（《广韵藻》卷六）

　　西都京城街衢有执金吾（官名），晓暝传呼以禁止夜行。唯正月十五夜勅金吾弛禁，前后各一日，谓之放夜。（《古今记林》卷三）

　　晋华林园有仙人枣，核细如针。（《异林》卷十二）

　　上林苑有胭脂梅。（《永乐大典》卷二千八百一十）

　　西京外郭城朱雀街东第三桥，皇城之东第一街进业坊，隋无陋寺之故地。武德初废，贞观三十年，高宗在春宫时，报其母文德皇后为之祈福，即其地建寺，故名慈恩。南院临黄蕖，竹木森，为京城之最。西院浮图六级，高三百尺。永徽三年，沙门玄奘所立，浮图内有梵本诸经数十匣。浮图前东阶立太宗皇帝撰《三藏圣教叙》及高宗皇帝《述圣记》二碑，并褚遂良书。中和中，中书舍人李肇《国史补》："进士既捷，列名于慈恩寺塔，谓之题名。"（《锦绣万花谷》后集卷二十八）

　　按，《资治通鉴》卷一百九十九、《锦绣万花谷》后集卷二十六、《唐诗解》卷六、《三体唐诗》卷四也载此，此唐时事，非《西京杂记》文。

　　以黄金为刹。（《锦绣万花谷》后集卷二十八）

　　按，此又见《补注杜诗》卷三十四。

　　武帝于池中置二石人相，对以象牵牛织女。又刻石为鲸鱼，每雷雨，鱼常鸣吼，鬐尾皆动。（《古今事文类聚》续集卷九）

　　温室以椒涂壁，被之文绣，香桂为柱，设火齐屏风、鸿羽

帐，规地以阗宾甈甀。（《三辅黄图》卷三）

按，《笺注评点李长吉歌诗》卷一、《天中记》卷十三、《香乘》卷十、《关中胜迹图志》卷四和《类编长安志》卷二也载此。

观前有龙尾堆。（《太平寰宇记》卷三十）

汉成帝赵皇后报赵婕妤以云锦五色帐、沉水香、玉壶，婕妤泣怨帝曰："非姊赐我，死不知此器。"帝谢之，诏益州留三年输，为婕妤作七成锦帐，以沉水香饰之。（《蜀中广记》卷六十七）

司马相如作《玉如意赋》，梁王悦之，赐以绿绮之琴、文木之几、夫余之珠。（《蜀中广记》卷七十）

西京杂记曰蛮柤。（《齐民要术》卷十）

汉时池苑种兰以降神，或杂粉藏书衣中主辟蠹者，皆此兰也。（《本草乘雅半偈》卷三）

按，《本草纲目》卷十四也载此。

夫都卢寻橦，缘竿之伎也。（《能改斋漫录》卷六）

按，《书叙指南》卷九作：上竿曰寻橦。《事物异名录》卷二十六《寻橦》条引作：寻橦，今之缘竿者。

南越尉佗献汉高帝龙眼树。（《疑耀》卷二）

劫灰，道家谓之尘。（《名义考》卷二）

西京杂记称薄蹏。（《通雅》卷三十二）

按，《说略》卷二十二载此作：《杂记》称薄蹏，注云："小纸也"。《弇州四部稿》卷一百七十也载此。

异国献短人，东方朔问曰："巨灵，如何叛？阿母今健否？"（《类说》卷四）

武帝为太子，方数岁，陈长主欲以女配帝，曰："阿娇好否？"帝曰："若得阿娇，当以金屋贮之。"主喜，即以配帝。阿娇，陈后小字也。（《类说》卷四）

东方朔临终，曰："天下无知我者，惟历官大任公知之。"帝召问之，曰："岁星不见十八年，此夕方出。"（《类说》卷四）

按，《翰苑新书》前集卷六十四、《汇苑详注》卷二十、《群书考索古今事文玉屑》卷一、《广博物志》卷二也载此。

按《西京杂记》，妇人乳长三尺者，北斗中第七星，东方朔知之。又汉武帝祀甘泉，有女子浴于渭，乳长七尺，帝后第七车张宽知之。九真女子赵姬乳长数尺。冯宝妻冼氏亦乳长二尺，暑热则担于肩上。（《玉芝堂谈荟》卷十四）

按，《弇州四部稿》续稿卷一百五十九也载此。

黄帝有玉一组，治为墨海，其文曰"帝鸿氏之砚"。（《玉芝堂谈荟》卷二十八）

按，此又见《说略》卷二十二。

帝游太液池，帝御流波文縠无缝衫，后衣南越所贡云英紫裙碧琼轻绡。（《玉芝堂谈荟》卷二十八）

按《西京杂记》云，斩蛇剑长七尺，晋太康中，武库火飞去。又载石勒耕地，得一刀，铭曰："石氏昌"，篆书。（《说略》卷十七）

按，《弇州四部稿》卷一百六十三也载此。此与葛洪《西京杂记》在时间上相矛盾，或为萧贲《西京杂记》中作品。

《西京杂记》载马肝石。（《说略》卷十八）

按《三辅旧事》《西京杂记》诸书，阿房宫前殿东西三里，南北五里，前庭中可受十万人，车行酒骑行炙，千人倡，万人

和。(《说略》卷二十)

按,《弇州四部稿》卷一百六十六也载此。

汉马鲂为安帝所宠,赐紫艾绶。(《山堂肆考》卷三十七)

按,此东汉事,非《西京杂记》文。

秘书省厅事前有陨星石,隋自咸阳移置于此,王邵作《瑞石颂》以赞美之。唐秘书省有落星石,及薛少保稷画鹤,贺监草书,郎余令画凤,相传为四绝。元和中,韩公武为秘书郎,挟弹中鹤眼,时谓五绝。(《山堂肆考》卷五十八)

按,《古今事文类聚新集》卷二十九、《古今合璧事类备要》后集卷三十六载此而文字为略,此非汉事,非《西京杂记》文。

黄叔度弟子无间生李玄曰:"淮南王读书三壁,文如贯虹。"(《山堂肆考》卷一百二十六)

诏令尚书赐扬雄笔墨,观书石室。(《山堂肆考》卷一百七十七)

属玉,水鸟名。天子以柏梁灾,为厌胜故,上林诸观多以水鸟名观。观即馆也。(《弇州四部稿》卷一百五十八)

按班固《武帝故事》云,上至海上,考竟诸道士尤妖妄者百余人。西王母遣使曰:"欲见神人而先杀缪吾,与帝绝矣。"使至之日,东方朔死,上疑,问使者,云:"朔是木帝精,为岁星下游人间以观天下,非陛下臣也。"《西京杂记》亦云。(《渔隐丛话》后集卷五)

炭又姓,《西京杂记》:有长安炭虬也。(《重修广韵》卷四)

按,《通志》卷二十九引作"长安有炭虬",此又见《姓氏急就篇》卷上、《万姓统谱》卷一百一、《古今韵会举要》卷二十一。

兵火曰劫烧。(《洪武正韵》卷十六)

　　成帝时，朱云上书请以尚方斩马剑斩张禹，上欲杀之，云攀折殿槛。《西京杂记》云攀折玉槛。（《后汉书》卷一百十一）

　　（洛山）上有石墨可书。（《方舆胜览》卷二十）

　　贞观中，秘书监魏征详验汉蔡邕三字石经数段，尝有永泰中相国马孙上字。（《墨池编》卷一）

　　按，此唐时事，非《西京杂记》之文。

　　左仆射韦安石，三从兄待价右仆射，从侄巨源右仆射，一门三仆射，衣冠之盛，无以加也。（《白孔六帖》卷七十一）

　　按，此似记载的唐代史实，非《西京杂记》之文。

　　膳部在省东隅。（《锦绣万花谷》前集卷十二）

　　隋王家之财泉埒于王侯，有子五人，各立一院，栋宇崇显邑里，号为五堂王家。（《锦绣万花谷》后集卷二十三）

　　燕昭王设鳞文席，散荃芜香。鳞文者，错杂宝饰席为云雾鸾凤者也。（《锦绣万花谷》续集卷七）

　　羡门盖冢中之门。（《古今事文类聚》前集卷五十八）

　　按，《古今合璧事类备要》前集卷六十七、《事物异名录》卷十也载此，《西京杂记》卷六有“幽王冢甚高壮，羡门既开，皆是石垩”之语，则此则当为《西京杂记》之注文。

　　枚皋为赋善于东方朔，上有所感，辄使赋之。为文敏疾，受诏辄成，故所赋者多。司马相如善为文而迟，故所作少而善于皋。（《古今事文类聚》别集卷五）

　　按，此为《西京杂记》卷三之一异文。

　　唐考功郎外郎厅事有薛稷画鹤，宋之问为赞。（古今事文类聚新集，卷十一）

按，此条为唐时事，非《西京杂记》之文。又《事物异名录》卷十四《鹤厅》条、《类聚古今韵府续编》卷之十五、《古今合璧事类备要》后集卷二十七也载此，文字微有不同。

拾遗立紧、评事出紧、赤尉坐紧，紧者，以其御思按覆弹射不法也，故俗号三紧官。又大理刑狱之司，自卿以下，每以明详法理者为之，吏部参注拾遗评事，皆以才望清高标格孤秀者署之，俗号为三紧官。（《古今事文类聚新集》卷二十七）

按，《黄眉故事》卷六《选三紧官》条载此有所不同：拾遗立紧，以其立在北省之次献可替否也。评事出紧，以其衔恩覆按弹射不法也。赤尉坐紧，以其坐于厅事举察奸事也。入仕之路，历是三官（谓拾遗评事赤尉），方以为荣。又《翰苑新书》前集卷十二，《翰苑新书》前集卷二十二，《翰苑新书》前集卷五十九，《山堂肆考》卷五十二，《汇苑详注》卷十三，《汇苑详注》卷十四、卷十五，《兰雪堂古事苑定本》卷二，《韵府群玉》卷十，《儒函数类》卷九，《群书考索古今事文玉屑》卷十，《五车韵瑞》卷六十五也有此条作品。按，此为《两京杂记》文，所记为唐时事。

李藩未第，有僧告曰："公是纱笼中人。"藩问其故，曰："凡宰相，冥司必立其像，以纱笼护之。"后果至台辅。（《记纂渊海》卷七十一）

按，据《类说》卷四，此为《两京杂记》之文。

内厨五鼎，外膳二肴。（《记纂渊海》卷八十三）

唐自武德以来，宰相宽厚，以陆象先为标首；词翰以姚元崇为标首；文学以张说为标首；决遣以张义正为标首。（《古今合璧事类备要》后集卷十三）

按，此又见《翰苑新书》前集卷二，此唐时事，非《西京杂记》之文。

《类要》《西京杂记》：省内本统经史及太史历象之职，后并为别曹，惟主写书校勘而已，自是门可设罗。（《翰苑新书》前集卷二十四）

按，此当唐事，非《西京杂记》之文。

松有五鬣七鬣之名。（《东坡诗集注》卷九

按，《韵府群玉》卷二十也载此。

韦玄成为丞相，言孝文太后寝祠园宜如礼勿复修，奏可。后岁余，上寝疾，梦祖宗谴罢郡国庙，上少弟楚孝王亦梦焉，上召问匡衡，议欲复之，衡深言不可，后上疾连年，遂尽复诸所罢寝庙，园皆修祀如故。（《天中记》卷二十三）

汉武帝元封五年，自浔阳浮江亲射蛟，江中获之九子。瓠子决，有蛟龙从九子自决中逆土入河，渍沫流波，凡数十里。（《天中记》卷五十六）

按，此较《西京杂记》卷二为详细。

张仪苏秦佣书，遇圣人之文，无题记则以墨书裳内股里，夜还折竹写之。（《广博物志》卷二十九）

曹曾鲁人也，本名平，慕曾参之行，改名为曾。家财巨亿，事亲尽礼。为客于人家，得新味，则含怀而归。不畜鸡犬，言喧嚣惊动于亲老。时亢旱，井池皆竭，母思甘清之水，曾跪而操瓶，则甘泉自涌，清美于常。学徒有贫者皆给食，天下名书，上古以来文篆讹落者，曾皆刊正，垂万余卷。及国难既夷，收天下遗书，于曾家连车继轨，输于王府。诸弟子于门外立祠，谓曰曹师祠。及世乱，家家焚庐，曾虑先文湮没，乃积石为仓以藏书，故谓曹氏为书仓。（《广博物志》卷二十九）

按，《古今记林》卷十六也载此。

昆明池中有弋檀舟。(《广博物志》卷四十)

汉廷尉扶嘉，朐人也。初，嘉母于汤溪水侧遇龙，后生嘉，长占吉凶，巧发奇中。高祖为汉王时，与嘉相遇，嘉劝定三秦，高祖以嘉志在扶翼，赐姓扶氏，为廷尉，食邑朐。嘉临终有言曰："三牛对马岭，不出贵人出盐井。"(《广博物志》卷四十九)

武帝于曲江头大营亭馆以为燕赏之地。(《李太白集分类补注》卷八)

太极殿前有金井栏。(《李太白集分类补注》卷十九)

有翡翠帘。(《补注杜诗》卷三十四)

金銮西南曰长安殿，长安北曰仙居殿，仙居西北曰麟德殿，此殿三面，故以三殿名，唐三殿即麟德殿也。一殿而有三面，故名。开元元年引吐蕃使宴于三殿，杜审言有《蓬莱三殿侍宴诗》，李庾《西都赋》："启九重，开三殿。齿群官于次坐，召公族于内宴。"(《四六标准》卷三十九)

按，此唐时事，非《西京杂记》之文。

咸阳旧墙内曰内人斜，即宫人斜，盖古葬宫人之处也。(《唐音》卷十)

乐游园汉宣帝所立，唐长安中太平公主于原上置庭游赏，其地四望宽敞，每上巳、重阳，士夫于此祓禊、登高，车马填塞，朝士词人赋诗，翌日传于京师。(《唐诗品汇》卷二十八)

按，《兖史》卷五十八、《五车韵瑞》卷十九也载此，乃唐时事，非《西京杂记》之文。

神异经

对于该书的作者，学者一致的看法是后人假托东方朔所为，没有什么争议。但是对张华是否为该书注释者，则有不同意见。

《四库全书总目》在否定东方朔为作者的同时，又认为："晋书张华本传，亦无注《神异经》之文，则并华注，亦似属假借。"

今人王国良一方面指出了《神异经》与张华《博物志》在内容上的诸多相同之处，另一方面也认为张华作注"史无明文，不敢遽然肯定"，且"张氏编博物志，搜罗引用古籍甚夥，今可考者，有归藏、左氏传、韩诗外传、周官、大小戴礼记、尚书考灵曜、尚书中侯、诗含神雾、孝经援神契、河图玉板、河图括地象、山海经、穆天子传、逸周书、史记、神农本草经、孙子、晏子春秋、新书、淮南子、论衡、新论、典论等二十余种，唯独未引神异经，实在不可思议。"而倾向于四库馆臣的观点。

这一观点之局限，首先在于认为《晋书》人物本传无相关记载，则当未注释《神异经》。历代著述，无不繁复，正史并非目录学著作，所收录的只是其中一小部分的代表之作。同样的对于作为时代大文豪的张华，对其平生作品，《晋书》张华传仅"华著博物志十篇及文章并行于世"一句以进行概括。所以在张华注释《神异经》这一前提下，史书未加记载也是正常的事情。

又王国良认为张华《博物志》引书二十余种，唯独未引神异经，不可思议。考张华《博物志》所引书，涵盖了经、史、子三部作品，张华之前的这三部的典籍，也不可谓不浩瀚，《博物志》引书二十余种书在当时典籍中的比例，也不过沧海一粟。比如志怪名作《列异传》《列仙传》等，我们都无法在现存《博物志》作品中找到踪迹，其未引《神异经》内容，也不足奇怪。

况且根据史籍记载，张华原书四百卷，晋武帝司马炎认为其浮夸虚诞，令删削，张华遂删除绝大部分内容而成十卷本的《博物志》（详见本书《博物志》部分）。可以说据《神异经》现有内容，都是属于晋武帝认为应该删除的内容，所以我们在《博物志》中找不到《神异经》的作品，也就不足为奇了。

且北魏郦道元（约460—527年）《水经注》卷一已记载有"张华叙东方朔神异经"，其时据张华去世约200年。稍后的贾思勰《齐民要术》卷十两次引用张华注释《神异经》的具体内容。两人据张华去世时间不是很远，应该是有所据依。

其后《隋书》经籍志收录了张华所注的《神异经》一卷，作为当时最权威的目录文献，也不可以轻易否定。且怀疑张华为《神异经》注者，也是迟至清代才有人提出来。

所以张华注释《神异经》这一论断，在无确凿证据的情况下，不能草率否定。

对于该书的撰作时间，有两汉时期和两汉以后两派观点。后者如清乾隆间，纪昀等撰《四库全书总目》卷一四二小说类《神异经》提要云："观其词华缛丽，格近齐梁，当由六朝文士影撰而成，与洞冥、拾遗诸记并出。"

今人周次吉先生撰有《神异经研究》一书。周氏亦引汉书东方朔传、赞为论辨的基础，并指出在后汉许慎、郑玄，西晋杜预，东晋郭璞诸人的著作中，皆未尝引用神异经；又采裴启语林记辛恭静、司马道子两人引述东王公、西王母以相调戏事，作为内在证据。因此，推论所谓东方朔《神异经》，不但不是两汉作品，甚且非晋初著述，而是东晋末年，由某个方术之士写下的。

另外一些学者认为东汉末服虔注解左传，既然引用过《神异经》，则此书最迟在汉灵帝时期已经出现了。

清乾隆间，段玉裁著《古文尚书撰异》，卷一云："《神异经》疑是伪作，未必东方朔所为，张华所注也。而服氏注左氏传梼杌，亦引《神异经》，则自汉有之矣。学者阙疑可也。"

清光绪中，陶宪曾撰神异经辑校，赞同段玉裁之观点，其自序云："知此书者，馔箸于两汉，而流衍于六代，乃经史之考镜，而辞赋之渊峦也。"

近代胡玉缙著《四库提要补正》，卷四二"神异经"条云："案文十八年左传'谓之浑敦'。孔疏云：'服虔案神异经云："梼杌，状如虎，毫长三尺，人面，虎足，猪牙，尾长丈八尺，能斗不退。饕餮，兽名，身如牛，人面，目在腋下，食人。"'是其书自汉已有之，与汉书东方朔传云'后世好事者，取其奇言怪语，附著之朔'合。"余嘉锡四库提要卷十八"神异经"篇同此。

而当代总结前人之大成，最具说服力者则为台湾学者王国良《神异经研究》所进行的论证，其驳斥段玉裁、陶宪曾、胡玉缙、余嘉锡等谓："东汉中，许撰说文解字。安帝建光元年（121年），慎已病，由其子冲上书并献说文解字。书云：'六艺群书之诂，皆训其意。而天地鬼神、山川草木、鸟兽虫蚰、杂物奇怪、王制礼仪、世间人事，莫不毕载。'今考说文所引群书及诸家说法甚多，却未引东方朔说，而《神异经》所载的草木、鸟兽、杂物，以及不少罕见的字词，也未曾收录。许慎应该不曾见到这部书。"

"东汉末叶，服虔撰左氏传解谊。今原书失传。清代学者喜事辑佚，袁钧辑春秋传服氏注、马国翰、黄奭辑春秋左氏传解谊，并收录左氏文公十八年传孔颖连疏所引'服虔案神异经'云云一段文字。清朝以来的学者，大都相信服氏引用了神异经。西荒经的文字，解释梼杌一词。但左氏传所提四凶中的浑敦、穷奇、饕餮，也分别见于神异经的西荒经、西北荒经、西南荒经，服氏却不引，乃转而援用山海经。这种作法，颇令人不解。服虔到底有否看过神异经，并引用之以解释左氏传，单由唐代学者辅引的孤证就下论断，似嫌轻率。"

"从郭璞江赋的用典，以及葛洪抱朴子的引述，我们的推断是：最迟在西晋末年，神异经即已问世，并稍见流通。此后，东晋顾凯之撰启蒙记，有'如何随刀而改味'之句；刘宋初，裴松之注三国志，援引神异经以释火浣布。等到北魏郦道元、贾思勰相继引用，此书已南北并见流行了。"

笔者认为，首先王国良关于《说文解字》的论据不够合理。许慎之子许冲虽谓"六艺群书之诂，皆训其意。而天地鬼神、山川草木、鸟兽虫蜮、杂物奇怪、王制礼仪，世间人事，莫不毕载。"实有夸张之意，据许慎撰《说文解字叙》，全书篇幅不超过十五万字，怎么可能毕载天地鬼神、山川草木、鸟兽蜮虫、杂物奇怪、王制礼仪，世间人事。很简单的例子，比如《山海经》的动植物，至少绝大多数在《说文解字》里是无法找到的。即使是当时一些名家名作里的文字，如贾谊《鹏鸟赋》的"鹏"字，枚乘《七发》的"稻""莠"等字，《上林赋》的"龓""縦"等等，《说文解字》里也无从找到。所以即使是许慎见到了《神异经》，而如王国良谓《说文解字》里对《神异经》所载的"草木、鸟兽、杂物，以及不少罕见的字词，也未曾收录"，也是正常的事情。况且实际情况并非如此，如《神异经》的旱魃，《说文解字》卷九上载之，其他《神异经》里的动植物如蚕、鮒、饕餮、梨等等，都可以在《说文解字》里找到，虽然无法证明《说文解字》是引用的《神异经》。因此，王国良据《说文解字》立论说东汉中期《神异经》没有被创作出来的观点是不够恰当的。

又王国良对东汉末叶服虔撰《左氏传解谊》引用《神异经》的文字表示怀疑理由也不够充分。虽然服虔引用《神异经》的文字是晚至清朝时才被辑佚出的，但是引用这段文字的孔颖达《春秋左传注疏》作为经典之作却是历代传承不绝的。孔颖达生卒年为574—648年，出生于世代书香官宦之家，博学多才。《隋书·经籍志》著录有服虔撰《春秋左氏传解谊》三十一卷，也就是说，在孔颖达的时代，服虔撰《春秋左氏传解谊》是并未散佚的，这就让孔颖达《春秋左传注疏》引服虔撰《左氏传解谊》的准确性更具说服力。

又王国良谓"清朝以来的学者，大都相信服氏引用了《神异经·西荒经》的文字，解释梼杌一词。但左氏传所提四凶中的浑敦、穷奇、饕餮，也分别见于神异经的西荒经、西北荒经、西南荒经，服氏却不引，乃转而援用《山海经》。这种作法，颇令人不解。"

服虔之熟谙《山海经》，是有据可查的，《山海经广注》卷三引服虔注释《山海经》之"芍药"为"辛怡"，《山海经广注》卷九引服虔注释《山海经》之青邱国："在海东三百里"等等，都可以非常明确地证实这一点。

然按王国良据以立论的《左传注疏》卷二十，服虔注"穷奇"谓"共工其行穷，其好奇"，与《山海经》"其状如牛猬毛，名曰穷奇，音如嗥狗，是食人"之穷奇毫不相关。《左传注疏》卷二十，服虔注"饕餮"谓"《夏官》为缙云氏"，也与《山海经》内容无涉。

《左传注疏》卷二十引服虔注"四凶"唯一与《山海经》有关的，是"浑敦"，注文为"服虔用《山海经》以为欢兜，人面马喙"，即从读音相近的角度推测《左传》的"浑敦"即《山海经》之"欢兜"，而《神异经》关于"浑沌"这一部分的内容与《山海经》迥异，并不能像《山海经》那样提供相同或者相似的内容来解释《左传》的"浑敦"的含义，所以服虔在此选用《山海经》而非《神异经》内容来进行注释也就顺理成章了。而王国良的说法也就不能成立。

按王仁俊《玉函山房辑佚书续编》辑有《春秋左氏传服氏注》一卷，内容与"四凶"无涉。

复按黄奭辑《春秋左氏传解谊》原书，据《史记》之《五帝本纪》注"穷奇"引《集解》服虔曰："谓共工氏也，其行穷而好奇"等，行文并未言注出《山海经》。复按《山海经》"其状如牛猬毛，名曰穷奇，音如嗥狗，是食人"之穷奇毫不相关，也与服虔所注风牛马不相及。

黄奭据《史记正义》所辑之饕餮的内容也与《山海经》内容无涉。

且也非如王氏所谓四凶里服虔只引了梼杌，据《能改斋漫录》卷七："又按汉服虔引《神异经》云'饕餮，兽名，身如羊人，面目在腋下，食人'。"则再一次证明了服虔在自己著作中征引过《神异经》，可确定为无疑义之事，而《神异经》之为两汉人撰作，为确定之事。

清陶宪曾《神异经辑校》、王仁俊《经籍佚文》、周次吉《神异经研究》曾先后钩稽佚文。总其大成者为王国良《神异经研究》，一方面对前人之辑佚进行了辩证，另一方面从《史记正义》《太平御览》《一切经音义》《集韵》《太平广记》《事类赋》等书辑得佚文十则。明朱谋㙔《水经注笺》卷十三引作东方朔《神异传》，《舆地纪胜》卷十八引作东方朔《神异记》，此复辑佚如下。

> 毒药有五物，一曰狼毒，占斯解之；二曰巴豆，藿汁解之；三曰黎，卢汤解之；四曰天雄、乌头，大豆解之；五曰班茅，戎盐解之。又一曰钩吻，黄精不相连，根苗独生者是也。二曰鸠，状如雄鸡，生中山。三曰阴命，赤色苍术悬其子山海中。四曰海姜，状如鹅，亦生海中。五曰鸩，黑头赤喙，亦曰螭蝛，生海中，雄曰蝛，雌曰螭。（《雅余》卷之六）

按，《庶物异名疏》卷二十三《占斯》条也载此，内容仅止第一句。

> 东王公与玉女投壶，更投十枝，一千二百枝为一百二十梟，设有入不出者，天帝为之唏嘘。（《雅余》卷之二）

按，此较王国良《神异经研究》所校释之《东王公》条为详细。

> 西海上有人乘白马，朱鬣白衣朱冠，从十二童子，驰马如飞，名曰河伯使者。其所至之国，雨水滂沱。（《续广博物志》第一《天地大爷》）

按，《刘子威杂俎》卷之一也载此。

> 奇肱有两头之鸟，互人有六首之。（《续广博物志》卷十三）

> 江南有吐蚊之鸟，塞北有蚊母之草，南中有产蚊之木。又江南有小桃红草，生麦田内，结实如桃形，椒粒大小，中有小虫二，蠢然能动，桃熟则飞。乘其将熟时焙干研末，为伤科圣药。（《续广博物志》卷十三）

> 雀芋状如雀，置干地反湿，置湿地反干。飞鸟触之堕，走兽

遇之僵。(《续广博物志》卷十四)

东方之大者有海鱼焉,行海者一日逢鱼头,七日逢鱼尾,鱼产则百里水为血。(《刘氏鸿书》卷九十二)

东荒女采衣,西荒女碧衣,皆无缝。(《兖史》卷六十二)

西荒母戴金胜。(《兖史》卷六十八)

王者施德惠则甘露降于草木。一名天酒,一名仁泽。(《事物异名录》卷一)

筋,蚌蛤类,有小蟹大如榆荚,筋开甲食,蟹亦出;合甲,蟹亦入。为筋取食,终始不离。(《事物异名录》卷三十八)

朔游吉云之地,武帝曰:"何名吉云?"朔曰:"其国俗常以云气占吉凶,吉则满室五色云起照人。著于草,皆成五色露。露味甘。"帝曰:"可得否?"朔乃东走,至夕而还,得玄黄青露,盛以琉璃器,授帝。帝遍赐群臣,得露尝者,老者皆少,疾病皆愈。(《雅余》卷之一)

按,《洞冥记》卷二有此内容,文字也基本一致,故此当为《洞冥记》内容,而作者误注出处。

椒是玉衡星精,人服之身轻能老。柏是仙药,故元日进椒柏酒。桃者五行之精,厌伏邪气,制百鬼,故元日服桃汤、造桃板着户,谓之仙木。(《雅余》卷之一)

海上有人,年年八月见水面有浮槎。因乘而泛之,经月始至一处,见城郭如官府,一妇人浣沙河侧,一丈夫牵牛饮河水。问之,妇人乃与石一块,曰:"可归问严君平即知也。"后访至君平处,示以石问之,曰:"此织女支机石也。"(《捷用云笺》卷之二)

杨大年云:狨之形似鼠而大,毫长作金色,生川陕深山中,人以矢射杀之，取其尾为卧褥鞍被坐毡。猱甚爱惜其尾，既中毒，即啮断其尾以掷之，恶其为身害也。盖轻捷善缘木，猿之类。（《类聚古今韵府续编》卷之十九）

按，杨大年似为宋人，则此则非《神异经》文。

猰，兽名，形如狮子，北方大荒中所出，咋人则疾，名曰猰。猰者，恙也。食人虫也，善食人心。上古之时，尝入人室屋，黄帝杀之。故今人无忧疾，谓之无恙，盖取此义。（《汇苑详注》卷三十四）

按，此为王国良《神异经研究》下编《中荒经》第九条作品之一异文。又《事言要玄·物集》卷二也载此。

余姚人卢洪入山采茗，遇一道士牵三青羊，引洪至天台瀑布泉，曰："吾丹丘子也，闻子善具饮，常思见惠。山中有大茗，可以相给。祈子它日有瓯牺之余，不相遗也。"因与家人往，获大茗焉。（《事词类奇》卷之五）

广延国人长二尺，陀移国人长三尺，寿万岁。（《事词类奇》卷之九）

昆仑有三角，正北角名阆风巅，正西角名玄圃台，正东角名昆仑宫，皆西王母之治所，真官仙灵之所宗……又云西王母所居昆仑之圃，阆风之苑，有城千里，玉楼十二，左带瑶池，右环翠水。又积金为天墉城，上安金台玉所。有轩辕台，射者不敢西向，畏台也。（《事词类奇》卷之十四）

昔有夫妇分别，破镜各执半以为信。其妻与人通，镜化鹊飞去。后人铸镜为鹊安背上自此始。（《奁史》卷七十三）

《神异经》注：今天下不雨而有电，是天笑也。（《事物异名录》卷一）

列异传

　　本书《古小说钩沉》辑有作品凡五十则，王国良《列异传研究》删除其中误辑者两则，据《太平御览》、《艺文类聚》等增补张辽斫杀白头翁及韩凭夫妇化鸳鸯事两则。又李剑国谓"列异传中任城公孙达、汉中栾侯二事发生在高贵乡公甘露中，王臣事在魏明帝景初中，王周南事在齐王正始中，弦超事在齐王嘉平中，皆出文帝之后。论者常以此证明列异非魏文撰。按此五事大多为其他志怪书所载，疑诸书征引时错题书名，或者是流传中他文羼入亦未可知。以此为证，未见其妥。在没有发现确实证据前，还是属之魏文名下比较合适。"任城公孙达、汉中栾侯二事，考之载籍，年号为"甘露"者在三国之前还有西汉宣帝前53年至前50年，以任城公孙达、汉中栾侯两则作品内容本身，实不易判别其究竟为西汉时事还是三国时事，如就作品地名而言，据《资治通鉴大辞典》，则西汉已置有任城县，则"任城"作为地名当更早一些。"陈郡"也为秦汉时就有的地名。

　　　　韩凭为宋康王舍人，妻何氏美，王欲夺之，乃捕舍人。何氏作《乌鹊歌》以见志，其词云："南山有鸟，北山张罗。乌自高飞，罗当奈何？"俄而凭自杀，妻与王登台，遂投台下而死。遗书于带，愿以尸与凭合葬。王怒，使人埋之，冢相望也。宿昔，有文梓生于二冢，旬日而大，合抱屈曲，体相连接，根交于下。又有鸳鸯，雌雄各一，恒栖树，交颈悲鸣。宋人悲之，号其木曰相思树。（《广事类赋》卷十八）

　　按，又《广事类赋》卷三十四也载此，文字微有不同处。《类腋》卷七、《夜史》卷九十四也载此。此则作品鲁迅先生《古小说钩沉》之《列异传》未辑，王国良《六朝志怪小说考论》之《列异传研究》据《艺文类聚》卷九十二、《分门集注杜工部诗》卷九、《文选集注》卷九辑有此则佚文，前两书引此则佚文，并仅三十余字，《文选集注》卷九引用此篇作品也仅十余字，故此复辑之。

又云与老子俱之流沙之西，不知所终。（《谷水集》卷十四）

秦召公子无忌，无忌不行，使朱亥奉璧一双。秦王大怒，将朱亥着虎圈中，亥瞋目视虎，眦裂血出溅虎，虎终不敢动。（《太平御览》卷八百六）

甄异传

诸书引用或作《甄异记》《甄异录》《甄异志》等，鲁迅《古小说钩沉》辑有佚文十七则，李剑国复据《艺文类聚》卷四四辑"陈都尉"，据谈恺刻本《太平广记》卷二七六辑有《桓豁》。《笑笑录》卷三有两则题为《甄异集》者，似乎不是本书佚文。

章沉病死，将殡而舒，云被录到天曹，主者是外兄，断理得免。初到时，有少年女子同被录，女子见沉事散，知有力助，乃脱金钏一双，托沉与主者求救。沉即为请之，并进钏物。良久出语沉，已论秋英亦同遣去。秋英即此女之名也。于是俱去。脚痛疲顿，殊不堪行。会日暮，止道侧小舍，而不见主人。沉共宿嬿接，更相问次。女曰："我姓徐，家在乌门，临渎为居。门前倒枣树即是也。"明晨各去，遂并活。沉至乌门，依此寻索徐氏，因问徐翁秋英何在，翁云："君何知小女名？"沉因说昔年魂相见之由，而秋叶已先说之。徐翁试令侍婢数人递出示沉，沉曰"非也。"乃令秋英见之，则如旧识。徐氏谓为天意，遂以妻沉。

（《夤史》卷七十）

按，《古小说钩沉》据《太平御览》第七百十八卷辑有此则佚文，然仅七十余字，情节不够清晰，故此复辑之。

晋元康初，中夜见有人坐武康县楼上，身长数丈，垂膝至地。县令会稽贺循知之，曰："此地本防风氏之国，其防风氏之神乎？"遂立庙于县之东。（《嘉泰吴兴志》卷十三）

前唐李元明，尝在床上卧，时夜半，忽闻人呼云："元明，元明！"久乃出应，有二人便牵将去，入屋下，舍去，不知所在。至逾时，鲜所见，徐扪所坐床，是棺木，四壁皆是冢。恐怖不安，欲去，难如升天，不复能出。家人左右索，不知所往，因率领仆从，乃共大呼其名。元明于冢中闻，遥应之，乃凿门出之。（《太平广记》卷三百二十一）

按，《太平广记》中华书局1961年版本此则无出处，四库全书本引作《甄异录》，当以此作品前一篇及后一篇作品都出自《甄异传》之故。然文中有朝代"唐"，则又当非《甄异传》之文。

齐谐记

《齐谐记》，《玉函山房辑佚书·子编小说家类》与鲁迅先生《古小说钩沉》并辑有作品十五条，以《钩沉》本为优。其中"蚕神降陈氏宅"条《玉函山房辑佚书》混入较多《异苑》的文字。又《中国古代小说总目·文言卷》之《齐谐记》条自《全唐文》卷七二九辑"钱塘神梓华"、自《法苑珠林》卷六二辑"刘龄"两篇作品。

隋侯入山见蛇伤，以药封之。蛇衔明珠径寸以报，夜光烛

室。（《绿萝山房文集》卷十二）

獭似狐而小，青黑色，水居食鱼。（《新镌古今事物原始全书》，卷二七）

续齐谐记

《续齐谐记》，通行本凡十七条作品，王国良《〈续齐谐记〉研究》复从诸书辑有"天台遇仙""王敬伯""五色石""伍子胥""万文娘"五篇作品，最称完备。

屈原五月五日投汨罗水，楚人哀之，至此日以竹筒子贮米，投水以祭之。汉建武中，长沙区曲忽见一士人，自云三闾大夫，谓曲曰："常年为蛟龙所窃，当以楝叶塞其上，以彩丝缠之。此二物蛟龙所惮。"曲依其言。今五月作粽，并带楝叶五花丝，遗风也。按此盖楚俗旧有此说，故祭昭王祭屈原并用其法耳。区曲之言，或后人故神其说。（《茶香室丛钞》卷十）

按，此较王国良先生校释之《五彩丝粽》一则多出三十余字。（参见王国良：《续齐谐记研究》，台北文史哲出版社1987年版，第44—46页）

楚大夫屈原遭谗不用，是日投汨罗江死。楚人哀之，乃以舟楫拯救。端阳竞渡，乃遗俗也。（《新镌古今事物原始全书》，卷二引《续齐谐记》）

黄雀变黄衣少年，持玉环赐杨宝曰："俾尔寿至九十三而终。"（《广事类赋》卷二三引《续齐谐记》）

按，此可补《续齐谐记》之《华阴黄雀》。

　　袁文荣公薨，子陛升将葬公，惑于风水之说。常州有黄某者，阴阳名家也。一时公卿大夫奉之如神。黄性迂怪，又故意狂傲，自高其价，非千金不肯至相府。既至则掷碗碎盘，以为不屑食也。拆屋裂帐，以为不屑居也。陛升贪其术之神，不得已，曲意事之。慈溪某侍郎坟在西山之阳，子孙衰弱，黄说袁买其明堂为葬地。立券勘度毕，从西山归，已二鼓矣。入相府，见堂上烛光大明，上坐文荣公，乌帽绛袍，旁二僮侍，如平生时。陛升等大骇，皆俯伏，文荣公骂曰："某侍郎我翰林前辈，汝听黄奴指使，欲夺其地。昔汝祖葬高曾，是何等存心；汝今葬我，是何等存心？"某不敢答。公乃怒睨黄骂曰："贱奴以富贵利达之说，诱人财，坏人心术，比娼优媚人取财，复为下流。"令左右捶其面。二人皆惕息不能馨。文荣公立身起，满堂灯烛俱灭，了无所见。次日，陛升面色如土，焚所立券，还地于某侍郎家。黄受捶处，满身白蚁，缘领啮襟，拂之不去，久乃悉变为虱。终黄之世，坐卧之处，虱皆成把。（《妥先类纂》卷之五）

说林

　　作者孔衍，字舒元，孔子二十二世孙，《晋书》本传以其"太兴三年卒于官，年五十三"，则当生于269年，卒于321年。所撰《孔氏说林》。《陈书》有姚察《说林》十卷，《新唐书》卷五十九有张大素《说林》二十卷。此三书《中国古代小说总目·文言卷》认为已佚，未见引文。现将古籍引作《说林》者集之于此（古籍征引时又时有与《韩非子·说林》和《淮南子·说林训》相混淆者）。

　　范启云："韩伯康似肉鸭。"（《世说新语》卷下之下刘孝标

注）

按，又见《广事类赋》卷三十六引，此当为孔衍《说林》文字。

　　鱼怀珠而鳞紫，鹿带玉而角班。（《续广博物志》卷十五）

　　河伯宴伯禹于河上，献宜土四时宝花珊瑚树五十株，人间所无奇宝不可胜数，禹悉不受，惟受河图及大龟、珊瑚两株而行，将珊瑚树树之于舜明堂左右。及禹受禅，树上五色气光明烛天。禹崩，启践祚，四时花开如故。及太康荒逸，弗恤国政，树死。（《倘湖樵书》初编卷一）

按，《闲书》卷二载此，文字略，《骈字冯霄》卷十八也载此，文字颇有相异处，且有讹误不通处。

　　陈仲子立节而饿死，接舆逃楚聘而易姓名，申徒狄抱石而沉于河，鲍焦弃疏而立槁，此洁志行而忘功名者也。颜啄聚，梁父之大盗也，而为齐忠臣。段干木，本晋国之大驵也，而为文侯师。孟卯妻，其嫂有五子焉，相魏以宁其危而解其难。景王溢酒被发而御于妇人，威服诸侯。此屈小节而伸大略者也。故守己欲严而用人欲广，忠恕之道也。（《问奇类林》卷十三）

　　玄胡子曰："甚哉，世之衰也，家有市而国都不与焉。莫亲于父子而以失业相怨，莫懿于兄弟而以气势相陵，莫昵于妻妾而以丰约为悲欢，莫狎于奴仆而以盛衰为向背，又何驵侩之足云乎？故遽不治田，尝见诮让矣。身为天子而与仲比力，乃翁亲执扫除之役，此父子之市也。结发游学四十余年，身不得遂，及为齐相，遍召昆弟数之曰：'始我贫时，昆弟不我衣食；今吾相齐，迎我或千里。'乃与之绝。母复入门，此兄弟之市也。卖薪自给，耻而乞去，出守会稽而夫妻伏谒道左，随以诣郡，此妻妾之市也。从游至燕，嗛不得意，欲去易水之上者数也。既去，贵显赐金不及而自言，此奴仆之市也。于乎，世之不为此辈者少矣。一

家尚然，又况责之交游之末乎？彼魏其之引绳批根，翟公之书门泄愤，亦浅之乎为见也。"（《问奇类林》卷二十三）

琴始五弦，舜所弹也。尧善之，加二弦以合君臣之恩。蔡邕益之为九弦。弹一弦者。马明生所遇女也。无弦者，陶元亮所自寓也。（《琴经》卷十一）

世人悦于听众乐而无味于琴者，悦其声之滔耳。乐用七音二变。与宫征联用。故声滔而悦耳。琴用五音，变法甚妙，且罕联用他调，故音虽雅正，不宜于俗。（《琴经》卷十一）

桓公有主簿善别酒，有酒辄令先尝。好者谓青州从事，恶者谓平原督邮。青州有齐郡，从事言到脐；平原有鬲县，督邮言在鬲上住。（《酒概》卷一）

戴仲若春日携双柑斗酒，人问何之，答曰："听黄鹂声。此俗耳针砭，诗肠鼓吹。"（《酒概》卷三）

遗腹子不思其父，无貌于心也；不梦见像，无形于目也。《南史》梁豫章王综恒梦东昏自挈其首，对综如此非一，则又何说？（《清白士集》卷二十二）

尾生与妇人期，不来。水至，抱梁而死。（《五车韵瑞》卷三十五）

姜庆诞子，李林甫作手书庆之，曰："闻有弄獐之喜"。客视之掩口。（《五车韵瑞》卷三十五）

圣人行于水，众人行于霜。注：霜履有迹，故众人行之。（《五车韵瑞》卷三十七）

伯伐仇由，道不通，乃铸大钟遗仇由之君。大喜，乃纳之，七月而仇由亡矣。（《五车韵瑞》卷七十三）

有人谢惠羊者曰："损惠蹲鸱。"盖平日误读"芋"为"羊"

也。(《五车韵瑞》卷九十五)

独异志

　　《独异志》,唐李冗①撰,是一部志怪而兼志人的小说集。《新唐书》卷五十九著录为李亢《独异志》十卷,《宋史》卷二百六同。该书文风质朴,言简意赅,为唐代小说之近六朝者。其在流传过程中部分散佚,今存之最完备者为张永钦、侯志明先生点校本《独异志》,中华书局1983年版(后简称点校本),凡三卷,加上从《太平广记》等书所辑39则佚文,共有431则作品。《唐五代志怪传奇叙录》列其作品共430则,其中《好道拜枯树》《辅唐山》《云程》三则为点校本所无。今查阅诸书,复得佚文如下。

　　独孤信三女俱为后,各生周、隋、唐一朝天子。长生周武帝,次生隋炀帝,次生唐高祖。从古女贵未有甚于独孤氏者,盖不止为人间之瑞。(《刘氏鸿书》卷三六)

　　又独孤信三女,各生一朝天子,长生周武帝,次生隋炀帝,次生唐高祖。从古贵女未有如独孤氏者。其次则唐苗夫人,其父太师,其舅张河东嘉贞,其夫张延赏,其子张弘靖,其孙张次宗,其婿韦皋。(《笔记小说大观》,台北新兴书局有限公司1981年版,二十三编,第一册,《玉芝堂谈荟》卷二,《三女各生一朝天子》条)

---

　　① 李剑国考证以为是李亢,参见石昌渝主编:《中国古代小说总目·文言卷》,山西教育出版社2004年版,第69页;李剑国:《唐五代志怪传奇叙录》,南开大学出版社1993年版,第770—771页。

按，此条可补充上条内容。

独异记载后周独孤信三女为后，各生周、隋、唐一朝天子。长生周武帝，次生隋炀帝，次生唐高祖。又唐郭太后贵极一代，绵联八朝帝王。代宗外孙，德宗外甥，顺宗新妇，宪宗皇后，穆宗之母，敬宗文宗武宗三宗之祖母，此皆极奇。郭盖汾阳之流庆，独孤何德而致是？（《续问奇类林》卷之二）

李德裕尝邀同列宴语，时景景赫曦，缙绅交扇不暇。既延入小亭，列坐开樽，烦暑都尽。良久，觉清飔凛冽，如涉高秋，极欢而罢。比出户，则火云烈日，爀然焦灼。好事者求亲信察问之，云此日以金盆贮白龙皮，水浸置于座末。龙皮本新罗僧得于海中鱼鬣，以遗德裕。及李南迁，于思溪沉溺，使昆仑没取之，不可得矣。又韦澳、孙宏同在翰林，盛暑，上在太液池中宣二学士。既赴召，中贵人颇以缔绤为讶，殊未悟。及就坐，但觉寒气逼人，熟视有龙皮扇在侧。（《笔记小说大观》，台北新兴书局有限公司1981年版，二十三编，第二册，《玉芝堂谈荟》卷二十六，《龙皮扇》条）

按，此较中华书局本卷上第八则详出二十余字。

焦侥氏长三尺，短之极，西蛮人也。（《鸿书》卷七十四）

按，此可补《独异志》卷中《要离赢极》条，《鸿书》此则标题为《短人·瘦人·长人》，"短人"指焦侥氏，"瘦人"指要离，"长人"内容无见。

东都有人养鹦鹉，以其慧甚，施于僧。僧教之，能诵经。往往架上不言不动，问其故，对曰："身心俱不动，为求无上道。"及其死，焚之有舍利。（《鸿书》卷八十九）

邹凤家巨富，尝因嫁女，邀请朝士往临礼，席备极华丽。及女郎出，侍婢围绕，绮罗珠翠，乘曳履钗，尤艳丽者至数百人，

众皆不知谁是新妇。(《夌史》卷五)

钩弋夫人得幸武帝生昭帝，年五岁，帝欲立之，乃谴责夫人。夫人死云阳宫，时暴风扬尘，百姓感伤。《史记》、《独异志》。夫人姓赵氏。(《夌史》卷十一)

汉灵帝时，洛阳一女子两头四臂。(《夌史》卷二十六)

晋太元中，南郡忻(一作"州"字)陵县有枣树，一年忽生桃、李、枣三种花子。(《倘湖樵书》二编，卷十)

李德裕奢侈，每食一杯羹，其费约钱三万，杂珠玉宝贝雄黄朱砂煎汁为之。过三煎即弃其滓。爱饮惠山泉，置水递数千里运。后迁谪，卒于崖州。(《倘湖樵书》二编，卷十)

按，此可补中华书局点校本《独异志》卷下《李德裕奢侈》条，详出二十字。

唐宰相王涯，庭穿大井，以珍珠琼璧投置水中，汲水供饮，后肉色并如金，时人目为金身宰相。(《谷玉类编》卷十七)

按，此可与中华书局点校本《独异志》卷下第 327 条互为补充。

余尝考《独异志》，见曹操无道，置发丘中郎将、摸金校尉数十员，天下冢墓，无问新旧，发掘。骸骨横草野，人皆悲伤。其凶酷残忍如此。乃疑死后冢必见发，遂作七十二疑冢。至遗命复作《登铜雀台》"望吾西陵墓田"，谲语以欺人，而真冢竟无有知者，终逃发掘。(《问奇类林》卷之二十五)

按，此可补中华书局点校本《独异志》卷中第 188 则，详出近 50 字。

商邱女木兰，花姓，代父从征，身被戎装凡十三年，同行者不知为女也。有《木兰篇》，或云是韦元放作，又云是曹景作。杜牧之有《木兰庙》诗。(《续同书》卷六)

按，此可补中华书局点校本《独异志》卷上第 54 则。

《独异志》言禹妻化石，剖腹而生启。魏黄初五年，汝南屈雍妻王氏生男，从右胁下水腹上出，而平和自若，数月创合，母子无恙。李势末年，马氏妊，从胁生，子母无恙。宋武帝时，武宁杨欢妻妊，女从股中生。李宣妻樊氏，义熙中怀妊过期不孕，而额上有创，儿穿之以出，长为将。后魏肃宗熙平二年，并州人韩僧真女从母右胁而出，胡太后令付掖廷养之。宋莆田尉舍有人妻生男，从股髀出，创合，母子无恙。（《说略》卷五）

胡秉实，武昌人，子死而身亦死，但心微温耳。后数日苏，曰："将钱来给送者。"其家问故，曰："阎王检簿曰：'汝某郡别驾寿几何，有四子皆晚得，今尚未也。然汝误来，即命马卒送之归。当来时，更借与钱，期见偿。'书字马卒手上，恐忘之。"而公从其屋天窗转至床顶上，跃下取钱劳卒，亦偿借钱。阴司亦贵此阿堵耶？（《钱通》，卷十九）

按，此则本无出处，然本书引用体例为前以包后，而前则注出《独异志》，故此则或当为《独异志》佚文。

华佗治一人病腹中攻痛十余日，鬓发堕落，佗曰："是脾半腐，可剖腹治也。"使饮药令卧，破腹就视，脾果半腐坏。以刀断之，割去恶肉，以膏傅之即瘥。（《名医类案》卷六）

《华佗别传》曰，琅琊有女子，右股上有疮，痒而不痛，愈而复作。佗曰："当得稻糠色犬系马，顿走出五十里，断头向痒。"乃从之，须臾有蛇在皮中动，以铁横贯引出，长三尺许。七日愈。（《名医类案》，卷九）

《造父王良观象赋》云："仰见造父，爰及王良。注：'造父五星在传舍河中。造父，周穆王御，死，精上为星。王良五星在奎北。王良者，晋大夫，善御九方之子。良一名邮，无正为赵简子御，死，精托于星，为天帝之驭。'官韩阳《天文要集》曰：'造父洗马，缮勒衔镳。'《史记》曰：'王良策马，车骑满野。'"

北斗三台并流。周厉王时，北斗与三台并流不知其所。厉王没后，两主星复见。（《天中记》，卷二）

相州刺史宅旧凶，王道坚、李使君、朱希玉前后为太守，皆不生出郡城，苟不留死则贬。开元中，张嘉佑初至郡，便有鬼祟备极扰乱，佑不之惧，往观之，见一女子云："已是周故大将军相州刺史尉迟府君女，往者杨坚篡夺，回死王事，一门遇害，合家六十余口骸骨在此厅下，欲白于人，悉皆惧死。明公幸垂顾盼佑。"许诺他日以礼葬于厅后，便以厅为庙，岁时祷祀焉。佑有女年八九岁，家人欲有所问，则令启白神，必有应。神欲白佑，亦令小女出见，以为常也。后三年，嘉佑入拜大金吾，至吴兢，加以冕服。其后皆荣迁云。《纪闻》《广异记》《独异志》。（《天中记》卷十六）

按，此可补点校本卷下第 292 则《张嘉佑》。

稽神录

《稽神录》，有中华书局 1996 年版白化文点校本最称完备，收作品凡二百二十九条。

待制查道奉使高丽，见沙中一妇人双袒，髻鬟纷乱，肘后微有红鬣。查命人扶于水中，妇人拜手感恋而没，乃妇人鱼也。又谢仲玉见妇人出没波中，腰以下皆鱼也。（《增修埤雅广要》卷二三《妇人鱼》条）

按，此又见《黄眉故事》卷十，然引作《述异记》。

东女国，西羌别种，俗以女为王，与茂州邻，有八千余城。

所居名康延州，中有弱水南流，用牛皮为船以渡。户口兵万人，散山谷，号曰宾就。有女官号曰高霸，平议国事。在外官僚并男夫为之，五日一听政，王侍左右女数百人。王死，国中多敛物，至数万，更于王族中求令女二人而立之，大者为大王，小者为小王。大王死则小王位之，或姑死妇继，重妇人而轻丈夫，文字同于天竺。（《倘湖樵书》初编卷三）

博异志

中华书局点校本辑有佚文二十三则。

白敏中游岳，东之嵩岩，遇李白，授素书一轴曰："读此可辨九天禽语，九地兽言。"后验，果然。（《六岳登临志》卷三）

唐州押衙崔庆成抵黄华驿，夜见美人掷书云："川中狗，百姓眼，马扑儿，御厨饭。"庆成不对。后丁晋公见之曰："川中狗，蜀犬也；百姓眼，民目也；马扑儿，爪子也；御厨饭，官食也。乃'独眼孤馆'四字。"（《增修百埤雅广要》卷三六）

按，《古今谭概》卷三十亦载此则，注出《博异志》。然丁晋公为北宋之丁谓，据此则此则当为伪作。亦或前半部分为唐人之作，后半部分为后来增补者。

传奇

原书久佚，为搜集佚文者先后有王梦鸥、王国良、程毅中诸先生，而李剑国集其成，于《唐五代志怪传奇叙录》辑有佚文三十四条。古籍引之书名稍异者《汇苑详注》卷二、《事言要玄·天集》卷三、《文苑汇隽》卷二引吴彩鸾事引出处作《传奇录》。此复考索诸书，辑得佚文如下。

成自虚雪夜于东阳驿寺中遇苗介立吟诗曰："为惭食肉主恩深，日晏蟠蜿卧锦衾。且学志人知白黑，那将好爵动吾心。"次日视之，乃一大驳猫也。（《文苑汇隽》卷二十四）

按，《闲书》卷之二、《猫乘》卷二也载此。

王勃所至，时人请托为文，金帛丰积，人谓之心织笔耕。（《谷玉类编》卷二十五）

唐末刘训者，京师富人。梁氏开国，尝假贷以给军。京师春游，以观牡丹为胜赏，训邀客赏花，乃系水牛数百在前，指曰："此牛氏黑牡丹也。"（《广滑稽》卷二十六）

按，此事间及于五代之梁，当非传奇作品。

本事诗

通行本作品四十一则，王梦鸥《〈本事诗〉校补考释》据《太平广记》

等辑有七则。古籍引用时多有将其与清徐釚《续本事诗》相互混淆者。《刘氏鸿书》卷五十七、《诗学事类》卷十五引作《本事》，《群书通要》乙集卷二、《类聚古今韵府续编》卷十七引用本书作《本事传》。

　　顾况在洛闲游，苑中水上得大梧一叶，有诗云："一入深宫里，年年不见春。聊题一片叶，寄与有情人。"况亦题一叶，泛之上流，曰："花落深宫莺亦悲，上阳宫女断肠时。帝城不禁东流水，叶上题诗寄与谁？"后有客寻春苑中，又得叶上一诗，以示况，云："一叶题诗出禁城，谁人酬和独含情。自嗟不及波中叶，荡漾乘春次第行。"后况娶宫人韩氏，成婚后，于况书箧得前叶，惊曰："此妾所题也。向日妾亦于水中得一叶。"况索观之，即况所题者。（《奁史》卷七）

按，此较诸书多出"后况娶宫人韩氏"以后四十余字。

　　定定，顾子家婢也。初虽以色见宠，仍令它适，后乃遇于东城外，顾盼呜咽，不忘旧情。（《奁史》卷二十）

　　小虎者，顾秀才女也。年十二被卖于季家作婢，以从嫁董文友。后悉其由来，遂择于王秀才。董母亲为笄髻，行礼送之，恐人以婢子故轻之也。无何，王秀才死，转为村人妇。自悼命薄，时时念主人恩曰："不如长作董家婢。"（《奁史》卷二十）

　　吴人呼妓为生。（《奁史》卷二十一）

　　吴兆榕城小妓奇奇歌："奇奇十二发垂肩，腕伸膝上谁不怜。鸦头髻样望如堕，杏子衫新红欲然。"（《奁史》卷二十一）

　　范较书双玉，秦淮女子。文舍人有"相逢恨少珠千斛，问字云从玉一双"之句。（《奁史》卷二十一）

　　赵今燕号连城，张幼于赋七夕诗赠之云："翠帐红妆送客亭，佳人眉黛远山青。试从天上看河汉，今夜应无织女星。"由是今燕名重北里。（《奁史》卷二十一）

金陵有十二名姬，而当时所传文彩风流，以女侠自命者，湘兰最著。(《耷史》卷二十一)

徐于与妓徐三善，三许嫁于，于尽其赀力为庀衣鞋镜奁。归有日矣，于卧病，三忽遣苍头持书至，于喜发现之，则片纸诀绝，已尽窃其赀夜奔武弁矣。(《耷史》卷二十一)

陈海樵与教坊歌伎赵燕如善，时缀小词唱诸曲中，世目为青楼渠师。(《耷史》卷二十二)

张二本娼家女，归李伯华，年十八死。伯华有诗云："触物伤情双泪流，余香犹染旧鲛绡。"(《耷史》卷二十二)

天津妓红兰本浙东名家女，送孙旸归江南诗："情泪好随潮水去，送君双桨到姑苏。"(《耷史》卷三十一)

林初文夫人王氏名婞，字美君，关白之美君寄夫诗云："海寇无端欲弄兵，满廷文武策谁成。儿夫自有终军志，未必中朝许请缨。"亦女侠矣也。(《耷史》卷三十八)

杨牧王驿皆薛逢同年也，牧作相，王作诗曰："须知金印朝天客，同是沙堤避路人。威凤偶时皆瑞圣，潜龙无水谩通神。"牧大衔之。王拜相，逢作诗云："昨日鸿毛百钧重，今朝山岳一毫轻。"驿又怨之。(《类聚古今韵府续编》卷三十七)

按，又《骈语雕龙》卷一、《绿萝山庄文集》卷四载此，较略。

李逢吉性强愎猜忌，好危人。刘禹锡有妓甚丽，李一旦阴计约会夺之，刘愤懑作四章以拟四愁云："玉钗重合两无缘，鱼在深潭鹤在天。得意紫鸾休舞镜，能言青鸟罢衔笺。金盆已覆难收水，玉轸长抛不续弦。若向蘼芜山下过，遥将红泪洒穷泉。"云云。(《事言要玄》人集卷九)

刘伯刍巷口有鬻饼者，每当炉讴歌。一旦刘怜其贫，贷以万钱，自是不闻歌声，心计转粗，不暇唱渭城矣。(《事言要玄》事

集卷四）

大唐奇事

李剑国先生据《太平广记》辑有佚文十二则。

唐晅娶张氏，病卒，晅感而赋诗。一夕，闻暗中若泣声，初远渐近。晅云："倘是十娘子之云，何惜一相见。"俄命灯烛，立阼阶之北，晅趋前执手，叙生平甚悉，妻遂裂带题诗，至天明而没。（《戊史》卷六十六）

杨妃梦与明皇游骊山，至兴元驿，方对食，后宫忽告火发。仓卒出驿回望，驿木俱为烈焰。俄有二龙，帝跨白龙，其去若飞；妃跨黑龙，其行甚缓。左右无人，唯一蓬头干面，物貌不类人，望帝去甚远，触一危峰，沉烟雾中。闻目则独自一室干面物云："某此峰神也，有一骑来，授记益州牧蚕元后。倏然梦觉，翌日渔阳叛书至，帝至马嵬驿，妃子死。帝云："梦今有应矣。与朕游骊山，骊与离同；方食火发，失食之兆；火，兵器也，驿木俱焚，驿与易同，加木于旁，杨字也。吾跨白龙，西游之象；彼跨黑龙，阴暗之理。独行无左右之助，一骑马也，峰神乃山鬼也，果死于马嵬乎。当授益州牧，蚕，元后牧养也。养蚕所以致丝也，益旁加系，驿字也。帝后梦至剑夫。（《剑筴》卷十）

定命论

陈州刺史王当有女择婿，袁天纲曰："惟果毅姚某有贵，子嫁之。"从其言，乃元崇也。（《五车韵瑞》卷八十）

按，《定命录》也有相似内容。但本书也有《定命录》引文，且"论"与"录"字形相去甚远，当非作者误把《定命录》引作《定命论》。

定命录

李剑国《唐五代志怪传奇叙录》据诸书辑佚作品六十八则。引者往往与《续定命录》相混淆。《奁史》卷四《李行修》、《祝氏事偶》卷十四《吴少诚》引作《定命录》皆实为《续定命录》。

张说母梦玉燕投怀，遂生说。为唐名相，封燕公。（《梦占类考》卷三）

按，此较李剑国辑为详。

太宗之代，有秘记云，唐三代之后即女主武王代有天下，太宗密召李淳风以询其事，淳风曰："臣据玄相推算，其兆已成。然其人已生在陛下宫内，从今不踰四十年，当有天下，诛杀唐氏子孙，殆将殲尽。"帝召宫人阅之，令百人为一队，问淳风，云在某队中。又分为二队，淳风云："在某队中，请陛下自拣择。"

太宗不识，欲尽杀之。淳风曰："天之所命，不可废也。王者不死，虽求恐不可得。且据占已长成，已是陛下眷属。更四十年，又当衰老，老则仁慈。其于陛下子孙或不甚损。今若杀之，即当复生变为男子，更四十年，亦堪御天下矣。少壮严毒，杀之为血仇，即陛下子孙无遗矣。太宗遂止。（《刘氏鸿书》卷三十五）

按，此较李剑国所辑《李淳风》为详细。

汴州节度李忠臣，尝因奏对，德宗曰："卿耳甚大，贵人也。"忠臣对曰："臣闻驴耳甚大，龙耳即小。臣得非驴耳耶？"上大笑。（《捧腹编》卷八）

按，又见《事言要玄》事集卷二、《广滑稽》卷二十八。

灵异记

李剑国《唐五代志怪传奇叙录》据诸书辑佚作三则，存疑二则。古籍征引时往往与雍洛《灵异小录》和《罗浮灵异记》相混淆。

梓州有阳关神，即蜀车骑将军西乡侯张飞也。灵应严暴，州人敬惮之。龙州军判官王延镐纳成都美妓人霞卿，甚宠之，携之赴官，经阳关神祠前过，霞卿暴卒。唯所生一女，非延镐之息，倍哀悯之。一日传灵语，具云，为阳关神所录，辞而得解，从此又同寝处。写其貌而凭之，至于盥漱饮食皆如生。乃曰："俟我嫁女，方与君别。"延镐将更娶，告之，鬼亦许焉。乃娶沈彦循女，自是或女客列坐，即有一黑蝴蝶，翩翩掠筵席而过，卒以为常。其后延镐为新津令，方嫁其女，资送甚备，自是无闻。（《太平广记》卷第三百五十四）

天宝初，诏道士申大芝祭山，欲寻朱明洞。以藤笼石斛垂一人下洞，约五丈余，却出云下，视无底，日月星辰无不备焉。（《舆地纪胜》卷九十九）

陈大家贫好施，有一僧每来求食，三载供待如初。僧指庭中金缨树曰："此处造一佛堂，当有报应。"陈不信。至夜，见一白鼠雪色缘其树，陈言于妻子曰："众言有白鼠处即有藏。"遂掘之，得白金五十锭。（《茶香室丛钞》卷二十三）

鲛人从水出，寓人家，卖绡将去，从主人索一器，泣而成珠满盘以与主人，故曰"泉客慷慨以泣珠。"（《谷玉类编》卷四十）

耳目志

《唐五代志怪传奇叙录》据《太平广记》、《说郛》辑有佚文十四条，并对《孔帖》卷五十八所引注出《耳目记》之《旌节花》作了辨伪考证。又指出《广百川学海》、《五朝小说》等所编选的二十三条题作唐张鷟的《耳目记》，乃全录《古今说海》之《朝野金载》而妄改其名者。

海山微茫而隐见，江山严厉而峭卓，溪山窈窕而幽深，塞山童赭而堆阜。（《刘氏鸿书》卷五）

按，此又见《绿萝山房诗集》卷二、《绿萝山房文集》卷十九、《绿萝山房诗集》卷二十四。

王庭凑尝召五明道士卜卦，掷三钱皆舞。又汉京房，始以钱代龟蓍，从简易也。（《广事类赋》卷十五）

孟光举案齐眉，俗直谓几案耳。吕少卫云，案乃古碗字，故

举与眉齐。张衡四愁诗："何以报之青玉案。"谓青玉碗也。(《事物异名录》卷十九)

立秋日，梧叶即落。故古词云："梧桐一叶落，天下尽皆秋。"(《无情痴》卷二)

赵王镕命马彧使于燕，刘守光命韩定辞馆之时，赵之酒妓转转者，一代名姝无比，韩之所眷也。每当酒席，马频目之，韩曰："昔文公分季隗于赵衰，伯符辍小乔于公瑾，盖惟名色可奉名人。所虑娟妇不胜贤者顾瞩，愿垂一咏，故得奉之。"彧即命笔援毫，文不停辍，作转转之赋。其首曰："玳筵既启，雅乐斯陈。雾卷罗幕，苍攒锦茵。有西园之工客，命南国之佳人，貌逞婵娟，纵玉韶而倾国。步移缥缈，蹴罗袜以生尘。"彧载以归。(《姬事类偶》卷下)

按，此又见于《黔类》卷四、《事词类奇》卷十三。

武宗五年，患心热之疾。青城山邢道士，以赤城山之青芝，太白溪南紫光花梨所合青丹二粒，愈之。邢辞去后，帝疾复作。诏求紫花梨，时桓州节度使王达尚春寿公主，公主即会昌女弟，闻真定李今有一株，即遣就加封检。及秋实，公主手选进之。某记室李遵来，作进梨表云："紫花开处擅美，春林缥蒂。悬时回光，秋浦离离。玉润落落，珠圆甘不待尝，脆难胜口。(《事言要玄》物集卷一)

春山融冶而如笑。(《绿萝山房诗集》卷二)

甘泽谣

原书已佚，后人从《太平广记》等书辑有《懒残》《魏先生》《红线》《许云封》《韦驹》《素娥》《圆观》《陶岘》《聂隐娘》九篇作品。

焦遂，天宝中长安酒徒，时好事者为作饮中八仙歌曰："知章骑马似乘船，眼花落井水底眠。汝阳三斗始朝天，道逢曲车口流涎。恨不移封向酒泉，左相日兴费万钱。饮如长鲸吸百川，衔杯乐圣称避贤。宗之潇洒美少年，举觞白眼望青天。皎如玉树临风前，苏晋长斋绣佛前。醉中往往爱逃禅，李白一斗诗百篇。长安市上酒家眠，天子呼来不上船，自称臣是酒中仙。张旭三杯草圣传，脱巾露顶王公前，挥毫落纸如云烟。焦遂五斗始卓然，高谈雄辩惊四筵。"（《类要》卷二十八）

柳恽十余岁，日者曰："儿相夭且贱，为浮屠可缓死。"诸父欲从其言。恽曰："去圣教为异术，不若速死。"学愈笃，位至宰相。（《事词类奇》卷十二）

洽闻记

李剑国《唐五代志怪传奇叙录》据诸书辑有作品四十一则。

悉恒国、恒干国出好马。（《太平广记》卷四百三十五）

汉章帝时，蜀郡王阜为益州太守，治化尤异，神马四匹出滇池河中。（《太平广记》卷四百三十五）

按，此则未注出处，据其引书规律，当出《洽闻记》。

韩重女玖英，遇贼执之。玖英乃奔投粪秽之中，以口饮粪。贼舍之而去。（《古事苑》卷五）

光武时，辛继隐居华阴。有鸟头长五尺，鸡首，燕颔，蛇颈，鱼尾，备五色而多青，栖于庭树，旬时不去。弘农太守以闻群臣，咸以为凤。太史令蔡衡曰："凡象凤者有五色，多赤者凤，多青者鸾，多黄者鹓雏，多紫者鸑鷟，多白者鹄。此鸟多青，乃是鸾鸟。非凤也。"（《广事类赋》卷三十四）

按，此详于《太平广记》所引。

南广水南二百里漏，天穹年密雨，不见日月。（《续同书》卷十七）

安州城门石龛，神尧皇帝读书，以枝插石上，槐树生焉。（《晏公类要》卷九）

石季龙自襄国王邺，二百里中，四十里辄立一宫。金华殿有季龙皇后浴堂，又种双长生树，冬月不凋。叶大，常八月生花。花白，赤子大如橡子。时人谓之曰西王母长生树。（《晏公类要》卷十三）

汉末有张公，居养犬不吠。孙坚微时经过，犬吠之。乌桌公谓坚云："君其有异象乎？"及坚贵，欲报之荣位金玉，非公所好。张箪捕鱼为乐，坚为作九里箪。及死立庙亭，在盐官比三十里。贞观年间改义亭。（《晏公类要》卷二十七）

虾蟆大者名田父，好食蛇。遇蛇则衔其尾，久之，蛇尾后数寸，皮虽不损而肉已尽也。旭按："此特似虾蟆耳，并非大虾蟆也。"（《虫荟》卷三）

按，此可补缺。

著太玄经者二人：杨雄、杨象。醉乡日月，人之姓名。有折字为反切者，二人矢引翙、金欠钦。字画相类者二人，田甲、李季。（《儒函数类》卷三）

上清为洞玄，灵宝为洞真，三星为洞神，故曰三皇。（《儒函数类》卷十一）

景帝有三冤臣焉：大夫错、丞相亚夫、临江王荣。（《儒函数类》卷十二）

王禹备序孟宾子诗："古之诗人有三水部：何逊、张籍、孟宾子。"（《儒函数类》卷十二）

宗悫母志载其妹名钟尷。《北史》尧暄本名钟葵。时有于劲者亦字钟尷。（《儒函数类》卷十二）

释皎然诗有四深、二废、四离。四深，谓气象氛氲深于体势，意度盘薄深于作用，用律不滞深于声韵，用事不直深于义类。二废，谓虽欲废巧尚直而神思不得直，虽欲废言尚意而典丽不得遗。四离，谓欲道情而离深僻，欲经史而离书生，欲高逸而离间远，欲飞动而离轻浮。（《儒函数类》卷十六）

宋元统二年，勒封临安五神：一曰显聪昭圣孚仁福善王，二曰显明昭圣孚义福顺王，三曰显正昭圣孚智福应王，四曰显直昭圣孚爱福惠王，五曰显德昭圣孚信福庆王。临安人，号曰五显。（《儒函数类》卷二十）

按，"元统"为金之年号，此则当非《洽闻记》作品。

陆氏五论，一论仇耻未复，二论愿至尊德乐道之诚，三论知人之难，四论事当驯致而不可骤，五论人主不当亲细事。《尉缭子》一曰庙胜之论，二曰受命之论，三曰踰限之论，四曰深沟高垒之论，五曰举陈加刑之论。（《儒函数类》卷二十）

按，"陆氏五论"指宋代陆九渊之论，此则当非《洽闻记》作品。

八神马：騕褭、飞黄、天马、步景、駃騠、赤兔、龙马、汗血。（《儒函数类》卷二十八）

兖州府东平州九泉：独山泉、铁钩嘴泉、安圈泉、席桥泉、吴家泉、坎河泉、张胡郎泉、王老沟泉、芭头山泉。汶上县二泉：龙关泉、补当山泉。滋阳县六泉：阙当泉、城西新泉、负瑕泉、东日泉、蒋诩泉、城东新泉。以上泉俱入汶水。邹县三泉：柳青泉、江村泉、鳝眼泉。曲阜县十八泉：达泉、车辋泉、归泉、潺声温泉、运珠泉、青泥泉、埠下泉、横沟泉、新安泉、南新泉、万柳庄泉。泗水县二十三泉：泉林泉、卞庄泉、潘波泉、吴家泉、黄阴泉、鲍村泉、杜家泉、蒋家泉、东岩石缝泉、赵家泉、龟阴泉、曹家泉、西岩石缝泉、岳陵泉、黄沟泉、珍珠泉、石河泉、大玉泉、三角湾泉、壁沟泉、柘沟泉、卢城泉、小玉泉。滕县十八泉：别沟泉、绞沟泉、赵沟泉、辛庄桥泉、南豹突泉、玉花北豹突泉六泉俱汇于昭阳湖，三山泉、玉灌泉、南石桥北蒋沟泉五泉俱入薛河俱出金沟口，黄沟泉、百冢河泉、三家沟泉、黄家泉、龙湾泉、温水泉、魏庄泉七泉合流俱至徐州流成小河入巨河。宁阳县十泉：龙鱼泉、龙港沟泉、张家蛇眼泉、金马庄泉、古城泉、鲁姑泉、朴当山泉、柳青泉、暖泉。平阴县一泉。柳沟泉。以上泉俱入汶水。济南府泰安州三十四泉：下张狗跑泉、滔湾泉、报恩泉、柳林胡家泉、双林马黄沟泉、水磨泉、曲沟清泉、西张铁佛寺泉、栗林周家泉、嵧峪顺河泉、新店鲤鱼沟泉、嵧峪北滚泉、新店板桥沟泉、羊舍泉、羊舍斜沟泉、西南张家泉、山阴水泊泉、柴城东西二柳泉、宫裏浊河泉、南村龙湾泉、泉下村木头湾泉、力里力沟泉、佯村上泉、朔蒋沟泉、马蹄沟泉、臭泉、良辅龙堂泉、龙谢泉、旧县马儿沟泉、南村梁家泉、黄前谷家泉、皂泥泉、范家沟泉、天封泉。新泰县十四泉：南师家泉、五峰泉、北鲍泉、南陈泉、西都泉、古河泉、划社

泉、零查泉、和庄泉、公家庄泉、孙村泉、崖头泉、张家泉、西
周泉。肥城县七泉：咸水泉、董家泉、臧家泉、吴家泉、王家庄
泉、清泉、新开臧家泉。以上泉俱入汶水。莱芜县十泉：郭郎
泉、牛王泉、湖眼泉、鹏山乌江泉、莲花池泉、镇里泉、小龙湾
泉、半壁店泉、王家沟泉。青州府蒙阴县五泉：伏牛峪泉、泉河
泉、顺德泉、鲁家泉、官桥泉。以上泉俱入沂水。（《儒函数类》
卷五十六）

汾阳有天池，在燕京山上，周回八里，阳旱不耗，阴霖不
溢。故老常言："有人乘车风飘坠地，有人获车轮于桑干泉。后
魏孝文帝以金珠穿鱼七头，于此池放之，后于桑干泉得穿鱼。犹
为不信，又以金缕拖羊箭射着此鱼，久之又于桑干泉得所射箭。"
（《文苑汇隽》卷四）

按，此可补《燕原池》。

杜阳杂编

《奁史》卷八十七引作《杜阳杂记》，《奁史》卷八十九作《杜阳杂
录》，《倘湖樵书》卷三、卷七引作《杜阳杂篇》，《猫乘》卷六引作《杜阳
杂志》，李剑国据《太平广记》二三七、卷四〇四补辑《李璋》、《肃宗朝
八宝》，据《白孔六帖》卷三补辑《却火锥》三则，其中据《白孔六帖》
卷三辑《却火锥》，殆为本书卷三"却火雀"之讹，当非佚文。

李吉甫德宗时，义阳、义章二公主薨，诏起祠堂于墓，百二
十楹，费数万计。会永昌公主薨，有司又请，帝命减义阳之半。
吉甫曰："德宗一切之思，不可为法。"（《类隽》卷八）

按，此又见《汇苑详注》卷八。

梁武时造寺，萧子云飞帛大书"萧"字。寺至今一字在焉。李约之见之，破产买归东洛，建一小室以玩之，号萧斋。（《类隽》卷十一）

按，此又见《广事类赋》卷十三、绿萝山房文集卷十三。

白乐天在忠州，为荔枝图寄朝士。姻旧或干以财，率不答，但尽荔枝图与之。（《类隽》卷二十八）

按，此又见《文苑汇隽》卷二十三。

李泌谓肃宗曰："臣绝粒无家，禄位茅土，皆非所望，要为陛下帷幄运筹。收复京师后，但枕天子膝睡一觉，使有司奏客星犯帝座，一动天文足矣。"上大笑。及南幸扶风，每顿，必令泌领元帅兵先发。清行宫，收管钥，奏报，然后肃宗至保定。稍懈，泌先于本院寐，肃宗入院登床捧泌首置于膝。良久而觉，上曰："天子膝已枕矣。克复之功，当在何时？"泌遽起，谢恩曰："是行也，以臣观之，假九庙之灵，乘一人之威，当如郡名，必保定矣。"（《鸿书》卷五十四）

芸草，古人藏书谓之芸香是也。采置书帙中，去蠹；置席下，去蚤虱。栽围亭间，香闻数十步。似豌豆，微小丛生。秋间，叶上微白如粉，江南谓之七里香。（《鸿书》卷八十八）

明皇友爱，殿贮设五幄与诸王处，号五王帐。又设长枕大被，达花萼相辉之楼。（《广事类赋》卷二十七）

观察使扬收，造白檀香亭子。（《广事类赋》卷二十八）

越隽国有吸华丝，凡华著之，即不坠。用以织锦。汉时，国人奉贡，武帝赐丽娟二两，命作舞衣。暮宴于花下，舞时故以袖拂落花，满衣都着，舞态愈媚。谓之百花舞衣。（《蜀典》卷八）

龙文香，武帝时外国所献。（《青烟录》卷四）

笋曰玉板，师曰竹胎。（《典籍便览》卷八）

按，此又见《疆识略》卷三十九、《古隽考略》卷五。

纸之妙者，则越之剡藤苔笺。剡溪藤海中苔，皆可作纸。晋武侧理纸，张子年陟厘纸，皆水苔为之。（《事词类奇》卷十七）

按，此又见《谷水集》卷十。《韵府群玉》卷九载作：侧理纸，南越以海苔为纸，其理倒侧，故名。

返诸林邑之野，归尔梁山之隅。时在偃兵，岂婴乎燧尾。上惟贱贿，宁惜乎焚躯。（《事词类奇》卷二十八）

代宗为儿时，玄宗每命取上清珠，以绛纱裹之，系于颈上。其珠即罽宾国所贡，光明洁白，可照一室。视之有仙人玉女云鹤绛节之象摇动其中。及上即位，宝库中往往有神光异气。开元十年，大安国寺僧开柜阅宝物，得一珠状如片石，赤色。有西域胡人以四千万买之。问其故，胡人曰："贞观初通好来贡此珠后，吾国念之，今幸得之。此水珠也，每军行休时，掘地二尺埋之，水泉立至，故军行常不水。自亡珠后，行军每苦渴。僧命掘土藏珠试之，果然泉涌。（《事言要玄》事集卷三）

顺昆明国贡有漱金鸟，形如雀而色黄。饴以真珠，饮以龟脑。鸟常吐金屑如粟。（《骈字冯霄》卷二十一）

大历中，高邮百姓张存，以踏藕为业。常于陂中见早藕，稍大如臂，遂并力掘之。深二丈，大至合抱。以不可穷，乃断之。中得一剑，长二尺，色青无刃。存不识之，邑人有知者，以十束薪获焉。其藕无丝。（《剑筴》卷三）

有龙瓜薤，长九尺，色如玉。煎之为膏，和紫桔作丸，服一粒，千岁不饥。（《骈字冯霄》卷二十四）

郑诗语多俳谐，世号郑五歇后体。昭宗署为同章事，搔首曰："歇后郑五作宰相，时事可知矣。"（《五车韵瑞》卷八十）

唐陆羽善茶经，时鬻茶者，为羽形置炀突间，祀为茶神。（《五车韵瑞》卷一百二十五）

贞元中，康昆仑琵琶第一手，僧善本请弹一曲，及弹曰："本领何杂。"（《五车韵瑞》卷一百五十七）

兰陵萧静之，掘地得物，类如人手，肥润而红，乃肉芝也。烹而食之，踰月，发再生，力壮貌少。（《文苑汇隽》卷二十三）

唐元载妻王氏，字韫秀，缙之女也。少有识量，节概亦高，载被戮，上令入宫，备册管箴规之任。王叹曰："王家十三娘子，二十年太原节度使女，十六年宰相妻，谁能书得长信昭阳之事？得罪亦幸矣。"坚不从命。或云上宥其罪。或云京兆笞而毙之。（《行年录·三十六岁》）

元载妻王氏，字韫秀，缙之女也。亲属以载夫妻皆乞儿，厌薄之。其后载到京屡陈时务，深符上旨，擢拜中书。肃代两朝宰相，贵盛无比。内外亲属悉来谒贺。韫秀安置闲院，忽因晴景，以青紫丝条四十条各长三十丈，皆施罗纨绮绣之饰。每条绦下排金银炉二十枚，皆焚异香。香至其服，乃命诸亲戚西院闲步。韫秀问是何物，侍婢对曰："今日相公与夫人晒曝衣服。"王氏谓诸亲曰："岂料乞索儿还有两事盖形粗衣也。"（《广滑稽》卷二十五）

同昌公主有白犀梳一千七百枚。（绿萝山房文集卷二）

杜牧梦人书"皎皎白驹"四字，曰："过隙也。"俄而炊甑裂。牧曰。不祥也。尽取其稿焚之。果卒。（《绿萝山房文集》卷九）

感定录

《感定录》，李剑国《唐五代志怪传奇叙录》据《太平广记》和《分门古今类事》辑有佚文二十三则。

　　唐每岁上巳，许宫女于兴庆宫前与骨肉相见。（《会史》卷十一）

　　唐太宗在孕，语声达于外。生时庆云弥漫数里，上属于天，二龙戏于门外水中，三日乃冲天而去。（《行年录·初生》）

　　按，此可补《太平广记》卷一三五引《唐太宗》佚文。

干馔子

《唐五代志怪传奇叙录》据诸书辑有佚文五十则。

　　李适之有蓬莱盏、海山螺、舞仙螺、匏子卮、慢卷荷、金蕉叶、雨蟾儿。（《韵府大全》卷六）

广古今五行记

　　李剑国《唐五代志怪传奇叙录》据《太平广记》《太平御览》《姬侍类偶》《广博物志》等书辑有佚文 183 则，其中三则存疑，一则伪作。李辑第七十八则当为《安阳王氏》而非《安阳黄氏》。

　　梁衡山侯萧泰镇襄阳时，虎甚暴。村门设槛，机发，民以火烛之，见一老道士，自陈云："从村告乞还，误落槛里。"共开之，出槛即化虎而去。（《续同书》卷二十二）

　　李剑国《唐五代志怪传奇叙录》辑此则作《五行记》。

　　唐汝颍人韦讽，治地园中，见人，发掘深尺余，得一妇，云是讽祖女奴，名丽容，为主母见妒，生埋于此。冥司遣还再活，在地下已九十年。（《异林》卷五）

　　魏文帝为美人薛灵帝筑台高三十丈。列烛，台下远近望之，如列星坠地。又为铜表志里数行者歌谣云云。铜表志道是："土上出金，列烛如星。"是火照台也。汉火德，魏土德。火伏而土兴，土上出金。是魏灭而晋兴之兆。晋以金德王故也。（《古今风谣》卷一）

会昌解颐

《唐五代志怪传奇叙录》据诸书辑有佚文十四则。

贞元中，进士贾全虚者，黜于春官。春深，临御沟而坐，忽见一花流至全虚之前，以手接之，香馥颇异。旁连数叶，上有诗一首，笔迹纤丽，言词幽怨。诗曰："一入深宫里，无由得见春。题诗花叶上，寄与接流人。"全虚得之，悲想其人，涕泗交坠，不能离沟上。街吏颇疑其事，白金吾奏其实，德宗亦为感动，令中人细询之，乃于翠筠宫奉恩院王才人养女凤儿者。诘其由，云："初从母学《文选》、《初学记》，及慕陈后主、孔贵嫔为诗。数日前临水折花，偶为宫思。今败露，死无所逃。"德宗为之恻然，召全虚授金吾卫兵曹，以凤儿赐之。车载其院资，皆赐全虚焉。（《黔类》卷四）

绍兴甲寅乙卯间，刘麟导金人南侵。时车驾驻平江，有赵九龄者，策士也，请决淮西水以灌营。上不能用，而金人已侦知之矣。已而韩世忠得金酋约战书曰："闻江南欲决淮西水以灌吾军。"书到，明日金人即退师。当时但知却敌之功，而不知九龄之力，盖阴庇之也。（《倘湖樵书初编》卷四）

按，此宋时事，非本书作品。

教坊记

昌彼得《说郛考》据《类说》辑得佚文和较传世本详细的作品凡十一条，并推断"盖传本已非全帙，乃出陶宗仪《说郛》节本而莫自知耳"。

傀儡子，起汉祖平城之围。其城一面即冒顿妻阏氏，兵强于三面。陈平访知阏氏妒忌，造木偶人，运机关舞埤间。阏氏望见，谓是生人，虑下城冒顿必纳，遂退兵。史迁但云秘计，鄙其策下耳。后翻为戏，其引歌舞有郭郎者，髡发，善优笑，凡戏场必在排儿之首。（《鸿书》卷八十六）

按，《古今记》卷十七也载此。

彭城王义康有罪放逐，会稽公主，姊也，尝与帝宴洽中席，起拜流涕曰："车子恐不为陛下取容。"车子，义康小字也。帝因封余酒寄义康曰："昨与会稽姊饮乐，忆弟，故附所饮酒。"往遂宥之。（《奁史》卷十六）

昔阴康氏，次葛天氏，元气肇分，灾沴未弭，民多重腿之疾，思所以通利关节，是始制舞。然则舞自阴康氏始也。（《原始秘书》卷六）

开天传信记

此书完备者有丁如明辑校《开元天宝遗事十种》本（上海古籍出版社1985年版），除正文 32 则外，复据《说库》辑有六则作品附在《补遗》中以存疑。宁稼雨《中国古代小说总目·文言卷》考索以为此六则作品乃《说库》误将《历代小史》本前列《卓异记》窜入者。《太平广记》或引作《开天传记》。

杨贵妃曾为李白捧砚。（《奁史》卷四十八）

方言船首谓之合同，或谓之艅艎，艅艎即鹢首也。（《事物异名录》卷十七）

汉胡广以恶月生，父母恶之，藏于葫芦中，弃之河流。岸侧居人收养之，及长有盛名，父母欲收之。广以为背其所生则害义，背其所养则忘恩，两无所归，以其托葫芦中生乃姓胡云。（《东莱先生诗武库》后集卷九）

永新县乐家女开元末进入宫，因以永新名之。籍于宜春院，善歌能变新声。遇高秋朗月，台殿清虚，喉啭一声，响传九陌。明皇一日赐大酺于勤政楼，观者数十万众，喧哗聚语。上怒欲罢宴，高力士奏请永新出楼歌一曲，必可止喧。上从之，永新乃撩鬓举袂，直奏慢声，至是广场寂寂，若无一人。又云大历初，有才人张红者，本与父唱歌丐于衢路。因过将军韦青所居，青闻其歌喉嘹亮，仍有美姿，即纳为姬。当有乐工自撰一曲，将进御，先印可于青。青潜令红于屏风后听之，暗记其节拍。乐工歌罢，青入问红，红曰："已得之矣。"青出绐曰："予有女子弟，久曾唱此，非新曲也。"即令隔屏唱之，一声不失。乐工大惊，寻达上听，即日召入宜春院，宫中号为记曲娘子，寻为才人。（《事词类奇》卷第十二）

唐僧一行姓张氏，聪明绝人。玄宗既召见，谓曰："卿何能？"对曰："惟善记览。"玄宗因诏掖庭，取宫人籍以示之。周览既毕，覆其本，记念精熟，如素所悉读。数幅之后，玄宗不觉降御榻为之作礼，呼为圣人。初，一行幼时家贫，邻有王姥前后济之，约数十万，一行常思报之。至开元，一行承玄宗敬遇，言无不从。未几，会王姥儿犯杀人狱未具，姥请一行求救，一行曰："姥要金帛，当十倍酬也。君上执法，难以情求如何。"王姥戟手大骂曰："何用识此。"僧一行从而谢之，终不顾。一行心计浑天寺中工役数百，乃命空其室，内徙一大瓮于中央，密选常住奴二人，授以布囊，谓曰："某坊某角有废园，汝向中潜伺。从午至昏，当有物入来。其数七者，可尽掩之。失一则杖汝。"如言而往，至酉后，果有群猪至，悉获而归。一行大喜，令置瓮中，覆以木盖，封以六一泥，朱题梵字数十。其徒莫测。诘朝中使叩门急召，至便殿，玄宗迎问曰："太史奏昨夜北斗不见，是何祥也？师有以禳之乎？"一行曰："后魏时失荧惑，至今帝车不见。古所无者，天将大警于陛下也。夫匹夫匹妇不得其所，则陨霜赤旱。盛德所感乃能退舍。感之切者，其在葬枯出系乎？如臣曲见，莫若大赦天下。"玄宗从之。又其夕太史奏北斗一星见，七日而复。王姥儿遇赦得免。（《异闻类纪》卷一）

按，此又见《古今记林》卷一。

天宝中，兴庆宫小龙常游于宫苑南沟水中。（《读杜诗愚得》卷十三）

唐贞元中，许敬、张闲同读书于偃月山，书堂两间，人据其一，中隔有丈，许西而张东，各开户牖。初敬遽相劘励，情地甚狎，自春徂冬，各秉烛而学。一夜二更，忽有一物，推许生户而入，初意其张生，而不之意。其物已在案侧立，及读书徧，乃回视，方见一物，长可五尺余，虎牙狼目，毛如猿玃，爪如鹰鹯，服豹皮裈。见许生顾盼，乃叉手端目，并足而立。许生恐甚，遂失声，连叫张生相救。如是数百声，张生灭烛，柱户佯寝，竟不应之。其物忽倒行，就北壁火炉所，乃蹲踞视。许生呼张生不已，其物又起，于床下取生所用伐薪斧，却回而坐，附火复如初。良久，许生安心定气而言曰："余姓许名敬，辞家慕学，与张闲同到此，不早谒诸山神，深为罪耳。然浮俗浅识，幸勿责之。"言已，其物奋起，叉手鞠躬，唯唯而出。敬恨张生之甚也，翌日，乃撤书而归。于是张生亦相与俱罢，业竟不成。（《太平广记》卷三百六十五）

开元天宝遗事

对于该书的真伪，前代学者多所辩驳。宋代洪迈《容斋随笔》卷一言："《开天遗事》托云王仁裕所著，仁裕五代时人，虽文章乏气骨，恐不至此。姑析其数端以为笑，其一云姚元崇开元初作翰林学士，有步辇之召。按元崇自武后时已为宰相，及开元初三入辅矣。其二云郭元振少时美风姿，宰相张嘉贞欲纳为婿，遂牵红丝线，得第三女，果随夫贵达。按元振为睿宗宰相，明皇初年即贬死，后十年嘉贞方作相。其三云杨国忠盛时，朝之文武争附之以求富贵，惟张九龄未尝及门。按九龄去相位十年，国忠方得官耳。其四云张九龄览苏颋文卷，谓为文阵之雄师。按颋为相时，九龄元未达也。此皆显显可言者，固鄙浅不足攻，然颇能疑误后生也。"《少室山房笔丛正集》卷十六以为："《开元天宝遗事》称王仁裕，

《容斋随笔》辩之详矣。余按仁裕为伪蜀学士，所著有《玉堂闲话》，今尚载《广记》中。而《开元遗事》绝不经见，其书浅俗鄙陋，盖效陶氏《清异录》而愈不足观者。仁裕能诗，《西江集》至万首，今一二散见《闲话》中，虽卑弱，尚可吟讽，书事亦清婉，但乏气骨，不应至是。以浅陋，故世或好之，今尚传云。"

笔者按，北宋司马光《资治通鉴考异》也引作"王仁裕《天宝遗事》"，苏轼诗歌中已有《读开元天宝遗事三首》，北宋之《靖康缃素杂记》卷八及注杜诗，对此书都有引用，南宋以来文献也引用不绝而流传至今，固可证明该书非如洪迈所言之不堪至此，自有其独特韵致。宋代王应麟《玉海》及《宋史》也定为王仁裕之书，固对此不可轻易怀疑。

对于前人的疑惑，《四库全书总目》辨证说："盖委巷相传，语多失实，仁裕采摭于遗民之口，不能证以国史，是即其失。必以为依托其名，则事无显证。刘义庆《世说新语》，刘孝标注往往摘其抵牾，要不以是谓不出义庆手也，故今仍从旧本题为仁裕撰焉。"应该说是公允的评价。

《类说》卷二十一摘录八十一条，完备者有上海古籍出版社1985年版《开元天宝遗事十种》本，收录作品一百四十六则。然《郡斋读书志》所录版本为四卷，作品一百五十九条。则传世本已有部分散佚。《韵府大全》卷五引作《遗事》。此以上述古本为基础进行辑录。

> 都城上元造面茧，以官位高下帖之茧中探之。（《白孔六帖》
卷四）

按，此又见《古今事文类聚》前集卷七，《古今合璧事类备要》前集卷十五后多出"以高下相胜为戏笑"数字。

> 有书生谒李林甫云管子文，后化为管。（《锦绣万花谷》前集
卷三十二）

按，此又见《古今合璧事类备要》前集卷四十六、《频罗庵遗集》卷十六、《五车韵瑞》卷十八、《五车韵瑞》卷五十七、《绿罗山庄文集》卷四。

王鲁为当涂宰，渎货为务。会部民连状诉主簿贪贿，鲁即判曰："汝虽打草，吾已蛇惊。"（《古今事文类聚》别集卷十一）

汝阳王琎尝戴砑绢帽打曲，上自摘红槿置帽上。极滑，久而方安。曲终花不坠，以为能，曰："花奴资质明莹，必是神仙中谪堕来也。"（《全芳备祖集》前集卷二十）

按，《五车韵瑞》卷六十六载此作：汝阳王琎尝戴砑硝帽打曲，上自摘红槿置帽上，极滑，久而方安。曲终花不坠，唤曰花奴。又《古今合璧事类备要》别集卷三十三、《山堂肆考》卷二百一、《汇苑详注》卷三十、《五车韵瑞》卷一百十和《五车韵瑞》卷一百三十七也载之。

唐玄宗正月十五夜于殿中撒出闽中红锦荔枝令宫人拾之。（《全芳备祖集》后集卷一）

按，此又见《古今合璧事类备要》别集卷四十、《绿萝山房诗集》卷十八。

唐明皇得合欢柑，与宰臣分食之，又令工画为图。（《全芳备祖集》后集卷三）

唐李白布衣知名，明皇下诏召就金马，降辇步迎，如见绮皓，置之金銮殿，出入翰林。（《古今合璧事类备要》后集卷二十二）

是时禁中初重木芍药，明皇在沈香亭，谓左右曰："对名花，赏妃子，岂可用旧乐，急就翰林命李白进新乐章。"白应诏，挥笔立成，其一章曰："名花倾国两相欢，独得君王带笑看。解释春风无恨恨，沈香亭北倚栏干。"（《古今合璧事类备要》后集卷二十二）

宫中有六更，君王得晏起。（《韵府群玉》卷七）

玄宗幸洛，时属炎暑，上曰："姚崇多计。"令力士探，回奏曰："崇方纱饰乘小驷，按辔木阴。"上乃命小驷，顿忘繁溽。

（《天中记》卷五）

明皇中秋夕赐贵妃金钗钿合。（《唐音》卷三）

贵妃嗜荔枝，当时涪州致贡，以马递驰载，七日七夜至京，人马多毙于路，百姓苦之。（《诗林广记》卷六）

玄宗与贵妃避暑骊山宫，夜半妃独侍上，上与誓曰："愿世世为夫妇如牵牛织女也。"（《记纂渊海》卷二）

明皇命李龟年持金花笺宣赐李白。（《记纂渊海》卷八十二）

女伶谢阿蛮善舞凌波曲。（《记纂渊海》卷八十九）

崔元徽采药夜回，风月佳爽，有白衣引红裳者曰季氏陶氏，色皆姝丽，芳馨袭人。（《韵府群玉》卷六）

按，又见《花编》卷二、《类聚古今续编韵府大全》卷十三、《五车韵瑞》卷二十六。

明皇在东都，遇正月望，移仗上阳宫，大陈灯影。时有巧匠毛顺，结缯彩为灯楼二十间。（《谷玉类编》卷二）

正月十五日造火蛾儿。（《古今合璧事类备要》前集卷十五）

按，此则又见《山堂肆考》卷八、《闲书》卷四、《类聚古今韵府续编》卷二和《强识略》卷二。

杨国忠每食，使众妾分执肴馔，名肉台盘。（《续同书》卷六）

明皇食柑凡千余枚，皆缺一瓣，问进柑使者，云中涂尝有道士嗅之，盖罗公远也。（《古今事文类聚》后集卷二十七）

按，此条又见《姓源珠玑》卷二、《诗学事类》卷十、《汇苑详注》卷三十二、《儒函数类》卷一、《事文玉屑》卷二十、《五车韵瑞》卷一百十七和《文苑汇隽》卷二十三。

仲女未嫁，帝问之，对曰，万事已备，但未得客。帝曰，知汝所不能致一人，必宋璟也。（《姓源珠玑》卷二）

虢国夫人，杨贵妃姊也。自有美艳，不施妆粉，素淡而朝，乐天诗云："虢国夫人承主恩，平明上马入金门。却嫌脂粉污颜色，淡扫蛾眉朝至尊。"有夜明枕置堂中，红光照室。（《姓源珠玑》卷五）

崔元徽，东洛有宅。元欲入嵩山采药，四宅有白衣红裳者，自谓姓李，命坐月下已，皆殊绝，芳香袭人。平旦视之，乃李树下也。（《类聚古今韵府续篇》卷二）

严续相公歌姬、唐镐给事通犀带皆一代尤物，唐有慕姬之色，严有欲带之心，因呼卢之会，出妓解带，较胜负于一掷，举坐屏气，六骰数巡，唐彩大胜，唐乃酌酒，命美人歌一曲而别，相君怅然遣之。（《古今事文类聚》后集卷十六）

按，此又载《古今合璧事类备要》前集卷五十四、《文苑汇隽》卷八、《山堂肆考》卷九十九、《黄眉故事》卷三之《以妾赌带》条。

开元中，赐边衣制自宫中，有军校袍中得一诗云："留意多添线，含情更着绵，今生已过了，重结后生缘。"持诗白帅，帅以闻。明皇问之，有一宫人自言万死，即以嫁得诗者曰："为汝结今生缘。"（《韵府大全》卷十一）

按，又见《五车韵瑞》卷二十六。

开元中，考功员外郎李昂，主俊秀科。昂生刚急，集贡士曰："文之美恶，悉知之矣。如有请托，当悉黜之。"既而昂外舅荐李权于昂，昂怒，召权庭数之，又斥权章句之疵。权曰："鄙文不臧已闻命矣。执事诗云：'耳临清渭洗，心向白云闲。'今天子春秋鼎盛，不揖逊于下，而洗耳何哉。"昂诉于执政朝廷，以郎官权轻。自是改用礼部侍郎。（《韵府大全》卷十四）

上在东都，遇正月望夜，移仗上阳宫，大陈灯影，设庭燎，自禁至于殿庭，皆设蜡炬，连属不绝。时有方都匠毛顺巧思，结创缯彩为灯楼二十间，高一百五十丈，悬珠玉金银，微风一至，锵然成韵。（《古今事文类聚》前集卷七）

按，又见《汇苑详注》卷二、《韵府大全》卷十六。

上元夜登楼，贵戚宫人以黄柑遗近臣，谓之传柑宴。（《类府大全》卷二十九）

宫漏有六更，君王得宴起。（《典籍便览》卷一）

按，又见《汇苑详注》卷二、《古隽考略》卷一和《五车韵瑞》卷三十九。

明皇时，遇春雨初晴，命取羯鼓，临轩纵击，回视柳杏皆发。上笑曰："此不唤我作天公，可乎？"（《绿罗山庄诗集》卷十七）

按，此又见《五车霏玉》卷三十、《诗学事类》卷二十、《五车韵瑞》卷十五两处引用。

唐明皇游月宫，见天府榜曰："广寒清虚之府"，素娥十余人，皓衣乘白鸾，舞于桂树之下。（《诗学事类》卷九）

按，又见《两山墨谈》卷二、《事文玉屑》卷十九、《五车韵瑞》卷一百三十四、《新增埤雅广要》卷六。

君看生女作门楣。（《诗学事类》卷十七）

明皇赐安禄山什物，有银丝筿篱。（《汇苑详注》卷四）

玄宗听政之暇，从禽自娱，又于蓬莱宫侧立教坊，以习倡优曼衍之戏。酸尉袁楚客以为天子春秋方壮，恐从禽好郑将荡上心，乃引由余太康之义，上疏以讽之，高宗纳焉。（《汇苑详注》卷十五）

　　上诏两神策治曲江昆明作采霞亭，令公卿得列舍堤上。（《汇苑详注》卷二十三）

　　按，又见《事词类奇》卷十五。

　　安禄山李林甫稍厚之，引至中书，覆以已袍。（《汇苑详注》卷二十七）

　　杨贵妃生于蜀，好嗜荔枝，南海荔枝胜于蜀者，必欲生置之。乃置驲传驶送数千里，已至京师，其色味未变。每岁飞驰以进。（《汇苑详注》卷三十二）

　　明黄每于禁苑中见黄莺，呼之为金衣公子，又呼为红树歌童。（《汇苑详注》卷三十三）

　　唐玄宗与贵妃避暑骊山宫，七夕夜半，妃独侍上，上凭肩密相誓，心愿世世为夫妇。（《事词类奇》卷四）

　　华清宫中除供奉汤池外，别有长汤池十六所，嫔御之类浴焉。（《事词类奇》卷六）

　　唐庆隆坊南，地变为池。中宗常泛舟厌其祥，帝即位，作《龙池乐》。（《事词类奇》卷六）

　　建灯楼，上在东都，遇正月望夜，移仗上阳宫，大陈灯影，设庭燎。自禁至于殿庭，皆设蜡炬，连属不绝。时有方都匠毛顺巧思。结创缯彩为灯楼二十间。高一百五十丈，悬珠玉金银，微风一至，锵然成韵。（《古今事文类聚》前集卷七）

　　按，此又见《锦绣万花谷》前集卷三十二、《频罗庵遗集》卷十六、《五车韵瑞》卷十八、《五车韵瑞》卷五十七和《绿罗山庄文集》卷四。

　　明皇命方士以药傅荔支根，得核小，宫人呼为丁香子。（《闽中荔枝通谱》卷四）

　　按，此又见《绿萝山庄文集》卷七。

李卫公砚，名结邻，言结为邻好。(《五车韵瑞》卷十六)

陈彭年，时人称为"一条冰"。(《五车韵瑞》卷二十七)

按，此宋时事，非《开元天宝遗事》文。

贺怀智善琵琶，以石为槽，鹍鸡筋为弦。(《五车韵瑞》卷三十一)

岭南献白鹦鹉，呼雪衣女。上令以诗词授，数遍可诵。上与诸王及贵妃博戏，上稍不胜，左右呼雪衣娘，必飞入局中，啄嫔御及诸王手。一日，语曰："雪衣娘夜梦为鸷鸟所搏。"使贵妃授以多心经，若惧祸难有所禳者。后为鹰搏之。(《五车韵瑞》卷三十六)

按，又见《五车韵瑞》卷六十和《五车韵瑞》卷八十五。宋代《施注苏诗》卷三十六引此而更简短：杨贵妃鹦鹉名雪衣娘。

明皇幸蜀，问黄幡绰曰："车上铃声颇似人言语。"对曰："似言三郎，三郎，三郎，三郎。"《五车韵瑞》卷三十七。

益州献三熟蚕。(《五车韵瑞》卷四十九)

玄宗待李白，降辇而迎。(《五车韵瑞》卷七十)

天宝年，改门下省为黄门省，掌出纳。(《五车韵瑞》卷七十七)

明皇幸蜀，霖雨涉旬，悼念贵妃，因为雨霖铃曲，以寄恨焉。(《五车韵瑞》卷一百二十八)

明皇令无畏三藏求雨，以一钵水，小刀搅之，须臾有龙如指大入钵，复搅咒之，白气自钵中出，大风雨。(《五车韵瑞》一百三十六)

宁王宅畔有卖饼者妻甚美，王厚遗其夫而娶之。经岁，问曰："颇忆饼师否？"召之使见，泪下如雨，遂遣还之。(《古今记

林》卷七）

玄宗御案上墨曰龙香剂。一日，墨上有小道士如蝇行，上叱之，呼万岁，奏曰："臣墨之精，黑松使者，世人有文章者，皆有龙宾十二随之。"上神之，乃以墨分赐掌文官。（《古今记林》卷二十三）

唐天宝间，宫中养鹦鹉数百。一日，问之曰："思乡否？"对曰："思乡。"遂遣中贵送还山中。后数年，有使臣过陇山，鹦鹉问曰："上皇安否？"使臣曰："崩矣。"鹦鹉皆悲鸣不已。使赋诗曰："陇口山深草木荒，行人到此断肝肠。耳边不忍听鹦鹉，犹在枝头说上皇。"（《古今记林》卷二十七）

宁王春时纽红丝为绳，编金铃系花上以惊鸟雀，名护花铃。（《绿萝房庄诗集》卷二十）

按，此又见《绿萝山房文集》卷六。

玄宗命相，皆先书其名置案上。会太子入，上举金瓯覆之曰："此宰相名也。"太子曰："非崔琳卢从愿乎？"上曰然。（《绿萝山房文集》卷十二）

唐宰相火域皆用桦烛。（《绿萝山房文集》卷十二）

唐含元殿前龙尾道，诘曲旋转，宛如龙尾。又安禄山逆谋日炽，每至殿前龙尾道睥睨久之乃去。（《绿萝山房文集》卷十四）

长安女子郭绍兰适任宗，贾于湘中，数年不归。绍兰睹堂中有双燕戏于梁间，长呼而语于燕曰："我闻燕子自海东来，往复必经湘中。我婿离家数岁，蔑有音耗，欲凭尔附书，可乎？"言讫泪下。燕飞鸣上下，似有所诺，兰复问曰："尔若相允，当泊我怀中。"燕遂飞于膝上，兰遂吟诗一首，小书系于足上，燕遂飞鸣去。任宗时在荆州，忽见一燕飞鸣于头上，诧之，燕遂泊肩上，见有一小封书系足，解而视之，乃妻所寄诗，宗感而泣下，

次年归。(《玉芝堂谈荟》卷六)

按，此又见《山堂肆考》卷二百十五。

　　明皇宫中养鸽，号曰半天娇。(《说略》卷二十四)

　　又大理丞郑复礼言波斯舶上多养鸽，鸽能飞行。数千里辄放一只至家以为平安信。(《骈志》卷十八)

按，此则又载《酉阳杂俎》卷十六。

　　北朝妇人五日进五时图、五时花施之帐上。(《山堂肆考》卷十一)

卢氏杂说

　　《唐两京城坊考》卷四引作《卢氏小说》，《事词类奇》卷十九作《卢氏杂录》，《事文玉屑·服饰》卷二十二引作《卢氏说苑》。《中国古代小说总目·文言卷》据《太平广记》辑六十五条(今复按原书，为六十六条)，复据《绀珠集》《类说》辑佚而未作具体考索，此复作辨析。《绀珠集》卷九凡引十一条，不见于《太平广记》所引者有《鹅腿》《涂归》《诸王修事》三则。《类说》卷四十九引三十三条，不见于前两书者有《不食菜心》《避世术》《碌石吟》《黄贼打黑贼》《押山字》《金盏玉盏地》《四六》《炼腿》《蜀葵》《饼卷冰切》十则作品。

　　侯君集破高昌。所得金簟甚精。御府所无。(《事词类奇》卷十八)

　　按，此又见《类隽》卷三十、《谷玉类编》卷三十六、《异物汇苑》卷四、《汇苑详注》卷二十五。

贺铸字方回，工于词，有东山乐府，妙绝一世。因词中有
"梅子黄时雨"之句，人呼为贺梅子。山谷尝赠以诗曰："解道江
南断肠句，只今惟有贺方回。"其为前辈推重可知。（《广事类赋》
卷十二）

按，此宋时事，非《卢氏杂说》作品。

哥舒翰与安禄山、安思顺不协，帝每欲和释之。会三人同来
朝，命高力士宴于城东。又诏尚食，生击鹿取血，沦肠为热洛河
以赐之。（《广事类赋》卷二十八）

番禺有菜，四叶相对，昼开夜合，名合欢菜。（《类腋》卷
一）

按，此又见《异物汇苑》卷三。

妇人歌曲之妙，有永新妇、御使娘、柳青娘、张红红，皆一
时之妙也。（《奁史》卷五十五）

关中下俚人言音，谓水为霸。（《事物异名录》卷三）

李吉甫宅，泓师谓其地形为玉杯。牛僧孺宅为金杯。云：
"玉杯一破无复全，金杯或伤重可完。"僧孺宅在新昌里，本天宝
中将作大匠康巩宅。巩自辨图阜，以其地当出宰相。每命相，巩
必引颈望之，宅卒为僧孺所得。吉甫宅，至德裕贬，其家灭矣。
（《唐两京城坊考》卷三）

按，此可补《卢氏杂说》。

长安永宁坊东南王锷宅，地形金盏。安邑里西马燧宅为玉
杯。后入官，王宅赐袁弘及史宪诚等。所谓金盏破犹可载。成马
燧宅为凤城园，所谓玉杯破则不复完也。（《汇苑详注》卷二十
三）

按，《事词类奇》卷十五也载此。

寒食内宴宰相赐酴醿酒。(《五车韵瑞》卷八十)

明皇杂录

《韵府大全》《事词类奇》卷二十六等数引作《明皇录》。该书完备者有丁如明辑校《开元天宝遗事十种》本。卷上十四则，卷下十四则，《明皇杂录补遗》十二则，《逸文》三十一则，《补遗》四则，举凡七十五则作品。又中华书局 1994 年田廷柱点校本，《辑佚》部分有十三条作品，其中四条同于丁如明辑校《开元天宝遗事十种》本《补遗》四则，然此四则中"玄宗幸东都至绣岭宫"条田廷柱点校本更详细。唯田廷柱点校本"玄宗命进碧芬之裘"乃据清《唐人说荟》辑，然明代《香乘》卷七已引之。

乐器名，方响以直板声，不应诸调，惟太宗内库片铁，方响应二十八调。(《增修埤雅广要》卷三三)

按，《新镌古今事物原始全书》卷一三、《循陔纂闻》卷一、《五车韵瑞》卷七十六、《新增埤雅广要》卷三十三都载此则。

上元夜登楼，贵戚例有黄柑相遗，谓之传柑。(《事词类奇》卷四)

按，又载《类隽》卷三。

上与太真、叶法静八月望日游月宫，少顷见龙楼雉堞金阙玉扉，冷气逼人。后西川奏，其夕有天乐过。(《类隽》卷四)

按，又《广事类赋》卷三、《广事类赋》卷二十六、《事词类奇》卷四、《五车韵瑞》卷七十六载此。

禄山犯阙，王维数人为贼执，一日逆党会饮凝碧池，以梨园

数百人奏乐。维闻赋诗："万户伤心生野烟"，书于壁。贼平，维以此诗得免。(《类隽》卷七)

春秋使后宫各插花，上亲于蝴蝶，随蝶所止幸之，谓之蝶幸。(《事词类奇》卷七)

上幸蜀传位，贾至撰册，上曰："昔先王诰命，汝父为之。今兹辞命，乃出尔手，两朝盛典出卿父子，可谓继美。"(《类隽》卷九)

按，此则又见《事词类奇》卷八。

上皇每置酒晏长庆楼，南俯大道，因徘徊观览，或父老过之，皆拜舞乃去。(《类隽》卷十一)

按，此又见《事词类奇》卷十五。

玄宗贵妃杨氏，每十月，帝幸华清宫，五宅车骑皆从国忠，导以剑南旗，即遗钿坠舄狼藉于道。(《类隽》卷一六)

同昌公主有鹧鸪枕，其枕以七宝合成为鹧鸪枕。(《类隽》卷二十)

按，《汇苑详注》卷二十五、《事词类奇》卷十八、《广韵藻》卷五和《文苑汇隽》卷十八皆载此则。

罗公远与明皇游月宫，初取拄杖向空掷之，化为大桥，色如白金。上与之同行数十里，见大城阙，罗曰："此月宫也。"仙女数百，素衣飘然，舞于广廷中。上问此何曲，曰霓裳羽衣曲也，上密记其声调，及归即喻伶人象其音节，制为霓裳羽衣曲。故白公长恨歌有"惊破霓裳羽衣曲"之句。(《东莱先生分门诗律武库》卷七)

按，此则《类隽》卷二十七引作：罗公远引明皇游月宫，掷一枝竹于宫中为桥，色如白金，行数里，至一大城阙，曰："此月宫也。"又《备史》卷九十七引作：明皇游月宫，有素娥十余人皆乘白鸾，舞于广庭桂树之下。

帝使中官辅璆林赐安禄山大柑，因察其非常。（《汇苑详注》卷三十二）

按，又《类隽》卷二八也载此。

唐玄宗八月五日降诞，是日宴宰相于花萼楼，源干曜请以是日为千秋节，休假三日。长庆七年十月十五，穆宗诞日，合天下府州县，置宴圣节，置宴始于此也。（《新镌古今事物原始全书》卷四）

唐玄宗八月五日降诞，是日宴宰相于花萼楼，源干曜请以是日为千秋节，群臣献万岁寿酒，其后天子诞日节号，自兹始也。穆宗诞日，令天下府州县置宴，文宗诞日始禁屠宰，宋循用。国朝万寿圣节，百官朝贺致词。（《强识略》卷十三）

按，《原始秘书》卷一、《事物考》卷三也载此。内容显然已经后人改窜。

五月五日，明皇避暑游兴庆池，与妃子昼寝于水殿中。宫嫔辈凭栏倚槛，争看雌雄二鸂鶒戏于水中，帝时拥贵妃于绡帐内，谓宫嫔曰："尔等爱水中鸂鶒，争如我被底鸳鸯。"（《刘氏鸿书》卷八九）

张说母梦玉燕入投怀，因而有孕生说，后为相。（《类腋》卷七）

明皇时宫中嫔妃辈投金钱赌侍帝寝，以亲者为胜，召入妃子，遂罢此戏。（《庋史》卷五十二）

交趾贡龙脑香，有蝉蚕之状，禁中呼为瑞龙脑，上赐贵妃十枚，妃私发明驼使，持三枚遗禄山。（《庋史》卷九十）

明皇赐虢国夫人红水仙十二盆，盆皆金玉七宝所造。（《佥史》卷九十二）

许子和娼家女，能变新声，临卒谓其母曰："阿母，钱树子倒矣。"（《事物异名录》卷九）

按，又见《群书通要》乙集卷九、《五车霏玉》卷十和《五车韵瑞》卷九十三。

开元三年，玄宗建斜阳楼于骊山上，古词云："斜阳楼上凭栏杆，望长安。"（《类编长安志》卷三）

清华宫津阳门，天宝六载，诏建瑶光楼。（《类编长安志》卷三）

开元间，初种木芍药，得四本，上移于兴庆池东，沉香亭前。（《类编长安志》卷四）

天宝元年，韦坚为陕郡太守，水陆运使。以汉有运渠，起门西抵长安，引山东租赋，及隋常治之，坚为吏雍渭为堰，绝霸浐而东注永丰仓下，与渭合。初浐水苑左有皇春楼，坚于楼下凿为潭而运漕，一年而成。明皇升楼，诏群臣临观，名潭曰广运。宝历中，敕太仓广运潭，今后令司农寺收管。（《类编长安志》卷七）

明皇所教舞象，天宝之乱，安禄山大宴诸酋，出象给之曰："此自南海奔至，以吾有天下。虽异类必拜舞。"因令左右命之舞，象努目不从，禄山怒，杀之。（《谷玉类编》卷四十六）

明皇游后苑，有竹发密笋，不相离。顾谓诸王曰，父子兄弟相亲当如此，因号义笋。（《闲书》卷二）

拾遗蔡孚进《龙池篇》，其词甚美，上为八分书，赐岐王。王因制龙池曲，以其篇为乐章。（《玉海纂》卷三）

　　唐明皇时，民有以此花上进者，值妃子正作妆，偶以妆指捻之，嬿脂之痕染焉。植之，明年花开，具有其迹。（《原始秘书》卷九）

　　叶法善，处州人，唐开元中正月望日，玄宗谓叶仙师曰："四方何处灯极丽？"对曰："无踰广陵。"帝曰："何法以观之？"俄而虹桥起于殿前，师奏："桥成，但勿回顾。"帝与太真、高力士、黄幡绰乐官数人从行，俄至广陵，灯火士女陈设华丽。帝大悦，命伶官奏霓裳羽衣曲。数日奏："仙人现五色云中。"（《姓源珠玑》卷五）

按，此又见《五车韵瑞》卷四十三。

　　唐右拾遗张方回，每朝政有失，便抗疏论，精神昂然，进不惧死，明皇尝曰："张方回，忠言人也。"（《汇苑详注》卷十三）

　　杨国忠侍郎韦见素、张倚与本曹郎趋走殿下，抱案牍，忠顾女弟曰："紫袍二主事何如？"皆大噱。（《汇苑详注》卷二十七）

　　玄宗贵妃杨氏每十月幸华清宫，五宅事骑，皆从国忠，导以剑南旗节，遗钿坠舄狼藉于道。（《汇苑详注》卷二十七）

　　照夜白、玉花骢并玄宗所乘良马，尝命曹将军霸画以为图。杜甫《画马图引》："曾观先帝照夜白，龙池十日飞霹雳。"又《丹青引》："先帝天马玉花骢，画工如山貌不同。"（《续名马记》卷上）

　　玄宗与贵妃避暑兴庆宫，饮宴于灵阴树下，寒甚。玄宗命进碧芬之裘。碧芬出林氏国，乃骒虞与豹交而生，此兽大如犬，碧于黛，香闻数里。太宗时，国人致贡，上谓妙于貂鼠，不啻天壤，因名之曰鲜渠上沮，鲜渠华言碧，上沮华言芬芳也。（《广物异名疏》卷二十七）

按，此则又见《虫荟》卷二。

永新娼家女，入宫因名永新。永新能变新声，临卒谓母曰："钱树子倒矣。"（《群书考索古今事文玉屑》卷八）

饰四以朱者，明皇与贵妃采戏，将北唯重四，转败为胜，上掷连呼叱之，骰子宛转而成重四，上大悦。（《五车韵瑞》卷八十八）

按，此又见《五车韵瑞》卷八十九。

明皇沉香亭召贵妃，时卯酒未醒，真海棠花，睡未足尔。（《五车韵瑞》卷八十八）

明皇沉香亭前花盛开，曰："赏明花，对妃子，焉用旧词！"命李龟年持金花笺，宣赐翰林李白，进《清平调》词三章。（《五车韵瑞》卷一百十七）

觱栗本龟兹国乐，亦曰悲栗，德宗时有尉迟青者善此。（《五车韵瑞》卷百三十）

按，《新镌古今事物原始全书》卷一三也载此，而内容为略。

杨妃忤旨，送归私第中。使赐以御膳，妃泣，剪发一缭献之，上召还。（《五车韵瑞》卷一百三十四）

杨贵妃得宠，兄铦、锜、国忠、诸姨五家第舍联亘，治锦绣琢金玉者，大抵千人，变化若神仙。每帝幸华清宫，五家扈从，每家为一队，着一色衣，五家合照映，如万花焕发川谷，成锦绣。遗钿坠舃珠翠狼藉于道，香闻数十里。（《文苑汇隽》卷十六）

虢国夫人创一堂，价费万金。堂成，工人征价之外，更邀赏伎之直。复赐绛罗数十疋，工者嗤而不顾。虢国诃之，问其由，公曰："某生平之能殚于此矣，苟不之信，顾将蝼蚁、蜥蜴、蜂虿之类，数其目而投于堂中，使有间隙得亡一物，即不论工直也。"于是又以缯彩珍奇与之。后鲁有暴风拔树委其堂上，已而

视之略无所损。既撤瓦以观之，皆乘以木瓦，其制作精绝，皆此类也。(《文苑汇隽》卷十七)

唐明皇命射上林鹿，取血和鹿肠为羹，谓之热河洛。(《文苑汇隽》卷二十二)

唐人钟馗，终南山人，武德中应举不第，触殿阶而死。一夕明皇昼寝，梦一小鬼衣绛犊鼻，跣一足，履一足，腰悬一履，搢一筠扇，盗太真绣香囊。上叱问之，鬼曰："臣乃虚耗也。"上怒，欲呼力士。俄见一大鬼，顶破帽，衣蓝袍，系鱼带，靸朝靴，径捉小鬼，刳其目，擘而啖之。上问尔为谁，奏曰："臣钟馗也，今得为终南进士。愿除天下虚耗之孽。"后人以为镇宅之神。(《古今记林》卷十九)

李白玄宗时召见金銮殿，论当世事，奏颂一篇，帝赐食，亲手为调羹。(《古今记林》卷二十)

李白召对便殿，撰诏诰，时十月大寒，笔冻，帝敕宫嫔十人侍白左右，令各执牙笔呵之。(《古今记林》卷二十三)

长安有安氏者，家藏唐明皇髑髅，作紫金色，事之甚谨，因而致富。有数子，得官，遂为今族。后拆居，各争髑髅，乃斧为数片，人分一片而去。张文潜闻之曰，明皇生死为姓安人激恼也。(《是庵日记》卷十一)

千秋节上宴勤政楼，大陈声乐。(《读杜诗愚得》卷十七)

按，又《杜诗注解》卷二十载此。

上尝于华清宫下置长汤数十赐从臣浴。(《杜诗会粹》卷四)

按，又见《读杜心解》卷一之一。

时公孙大娘为邻里曲，及裴将军满堂势、西河剑器、浑脱舞，妍妙皆冠绝于时。(《杜诗会粹》卷二十)

按，此可补《明皇杂录》。

制新曲四十余，又新制乐谱，每初年望夜，御楼观灯作乐。夜阑悬散乐毕，遣宫女于楼前缚架出眺，歌舞以娱之。（《读杜心解集》卷三之五）

开元中，房管宰卢氏，有真士邢和璞出游，入废佛寺，坐古松下。和璞使人凿池，得瓶中所藏娄师德与永禅师书，笑谓管："颇忆此否？"管怅然悟前生之为永禅师也。管字次律。（《精华录训纂》卷十下）

杨妃琵琶以龙香板为拨，拨，所以挥弦。（《唐诗解》卷二十）

穷神秘苑

《唐五代志怪传奇叙录》据诸书辑有佚文十二条，辨伪两条。

占城国王当贺日，以人胆沐浴，将领献人胆为寿。其国人非至午不起，非至子不睡。见月则歌舞为乐。王死七日而葬，百官三日，庶民一日，皆以匣盛尸，积薪焚之。其王骨则内金瓮中，沉之于水。（《玉芝堂谈荟》卷十）

按，也见《玉芝堂谈荟》卷十一。

平帝元始元年二月，朔方女子赵病死，敛之棺已六日。忽出棺外，自言见其已死夫翁，言己不当，死遂归。（《玉芝堂谈荟》卷十一）

窦建德发邺中一墓，见妇人颜色如生，可二十余，似有气息。乃收养之，三日而生，能言曰："我魏文帝宫嫔。"说甄后见害，了了分明。其后建德为太宗所灭，帝将纳之，辞曰："妾幽闭黄壤已六百年，非窦公何缘复见天日，死可再也。"遂饮恨卒。（《夏史》三十四）

戎幕闲谈

《唐五代志怪传奇叙录》据诸书辑有佚文十九条，辨伪四条。

茅山龙池中，其龙如蜥蜴而五色，自若严奉。贞观中，敕取龙子以观，御制歌送归。黄冠之徒，竞诧其神。李德裕恐其惑，尝捕而脯之，亦竟不能神也。（《俨湖樵书》二编卷十一）

剧谈录

据《中国古代小说总目·文言卷》李剑国考："《广百川学海》所收《剧谈录》，题宋郑景璧撰，实际是取《古今说海》之《蒙斋笔谈》（题宋郑景璧撰）而窃康书之名。"而其《唐五代志怪传奇叙录》据清陶澍集注《靖节先生集》所收"渊明所记桃花源"条佚文，实也为《古今说海》之《蒙斋笔谈》的作品，当剔除。

元载有紫龙髯拂，色如烂椹，长三尺，水晶为柄，红玉为环钮。或风雨晦冥，临流沾湿则光彩动摇。置于堂中，蚊蚋不敢进。拂之为声，鸡犬牛马无不惊逸。若垂于池潭，鳞甲之属，俯伏而至。引水于空中，则成瀑布三五尺。元戏自云："得之于洞庭道士张知和。"后进于内。（《典籍便览》卷八）

按，《埤雅广要》卷三十一、《诗学事类》卷十九、《汇苑详注》卷二十五、《事文玉屑·器用》卷十七也载此。

吴保安，字永固，河北人，任遂州方义尉。其乡人郭仲翔，即元振从侄也。会南蛮作乱，以李蒙为姚州都督，临辞元振，谓曰："弟之孤子，未有名宦。子行破贼立功，当接引之，俾其廪薄俸也。"蒙诺之。仲翔颇有干用，乃以为判官，委之军事。至蜀，保安寓书于仲翔曰："幸共乡里，籍甚风猷。虽旷不展拜，而心常慕仰。吾子国相犹子，幕府硕才。李将军秉文兼武，受命专征。以将军英勇，兼足下才能，师之克殄，功在旦夕。保安才乏兼人，官从一尉，僻在剑外，地迩蛮陬。况此官已满，后任难期。以保安之不才，厄选曹之格限，岂有望焉。侧闻君子急人之急，忧人之忧，不遗乡曲之情。忽垂特达之眷，使保安得执鞭弭，以奉周旋，禄及细微，薄沾功效，承兹凯入，得预末班，是吾子丘山之恩，即保安铭镂之日。唯照其款诚，而宽其造次，专策驽蹇，以望招携。"仲翔得书，深感之，即言于李将军，召为管记。未至而蛮贼转逼，李将军至姚州，与战破之，乘胜深入。蛮覆而败之，李身死军没，仲翔为虏。蛮夷利汉财物，其没落者，皆通音耗，令其家赎之，人绢三十四。保安至姚州，适值军没，迟留未返。而仲翔于蛮中，间关致书于保安曰："永固无恙保安之字。顷辱书未报，值大军已发，深入贼庭，果逢挠败。李公战没，吾为囚俘。假息偷生，天涯地角，顾生世已矣。念乡国宵然，才谢钟仪，居然受絷。身非箕子，日见为奴。海畔牧羊，有类于苏武。宫中射雁，宁期于李陵。吾自陷蛮夷，备尝艰苦。以中华世族，为绝域穷囚。思老亲于旧国，望松槚于先茔。忽忽发狂，腷臆流恸，不知涕之无从。昨蒙枉问，承间便言。李公素知足下才名，则请为管记。大军去远，足下来迟，乃足下自后于戎行，非仆遗于乡曲也。足下门传余庆，无祚积善，果事期不入，而身名并全。向若早事麾下，同参幕府，则绝域之人，与仆何异。愿足下早附白书，报吾伯父，宜以时到，得赎吾还，使亡魂复归，死骨更肉，唯望足下耳。今日之事，请不辞劳。若吾伯父已去庙堂，难可咨启，即愿足下，亲脱石父，解夷吾之骖，往赎华元。类宋人之事，济物之道，古人犹难，以足下道义素高，名节特着，故有斯请，而不生疑。若足下不见哀矜，猥同流俗，则仆生为俘囚之竖，死则蛮夷之鬼耳。更何望哉？已矣吴君，无落吾事。"保安得书，甚伤之。时元振已卒，保安乃倾其家，得绢二百匹往。因住巂州，经营十年不归。其妻乃率弱子，驾一驴，自往泸南，求保安所在。于途中粮尽，因哭于路左，哀感行人。时姚州都督杨安居乘驿赴郡，见保安妻哭，异而访之。妻曰："妾夫遂州方义尉吴保安，以友人没蕃，丐而往赎，因住姚州，弃妾母子，十年不通音问。妾今贫苦，往寻保安，粮乏路长，是以悲泣。"安居大奇之，谓曰："吾前至驿，当候夫人，济其所乏。"既至驿，安居赐保安妻钱数千，给乘令进。安居驰至郡，先求保安见之，执其手升堂，谓保安曰："吾常读古人行事，不谓今日亲睹于公。何侠义情深，妻子意浅！捐弃家室，求赎友朋，而至是乎？愿假官绢四百匹，济公此用。待友人到后，吾方徐为填还。"保安喜，取其绢，令蛮中通信者持往。向二百日而仲翔至姚州，形状憔悴，殆非人也。方与保安相识，语相泣也。安居曾事郭尚书，则为仲翔洗沐，赐衣装，引与同坐，宴乐之。安居重保安行事，甚宠之，于是令仲翔摄治下尉。仲翔久于蛮中，且知其款曲，则使人于蛮洞市女口十人，皆有姿色。既至，因辞安居归北，且以蛮口赠之。安居不受，曰："吾非市井之人，岂待报耶？钦吴生分义，故因人成事耳。公有老亲在比，且充甘膳之资。"仲翔谢曰："鄙身得还，公之恩也。微命得全，公之赐也。翔非瞑目，敢忘大造？但此蛮口，故为公求来。公今见辞，翔以死请。"安居曰："虽违公雅意，今为公受一小口耳，因辞其九人。"而保安亦为安居厚遇，大获资粮而去。仲翔到家，辞亲凡十五年矣。却至京，以功授蔚州录事参军。则迎亲到官。两岁，又以优授代州户曹参军。秩满内忧，葬毕，因行服墓次。乃曰："吾赖吴公见赎，故能拜职养亲。今亲殁服除，可以行吾志矣。"乃行求保安，而保安自方义尉选授眉州彭山丞，仲翔遂至蜀访之。保安秩满，不能归，与其妻皆卒于彼，权窆寺内。仲翔闻之，哭甚哀，因制缞衣，环经加杖，自蜀郡徒跣，哭不绝声。至彭山，设祭酹毕，乃出其骨。每节皆墨记之，盛于敛囊。又出其妻骨，亦墨记贮于竹笼，而徒跣亲负之，徒行数千里。至魏郡，保安有一子，仲翔爱之如弟。于是尽以家财二十万厚葬保安，仍刻石颂美。仲翔亲庐其侧，行服三年。既而为岚州长史，又加朝散大夫。携保安子之官，为娶妻，恩养甚至。仲翔德保安不已，天宝十二年，诣阙，让朱绂及官于保安之子以报。时人甚高之。初，仲翔之没也，赐蛮首为奴，其主爱之，饮食与其主等。经岁，仲翔思北，因逃归，追而得之，转卖于南洞。洞主严恶，得仲翔，苦役之，鞭笞甚至。仲翔弃而走，又被逐得，便卖南洞中。其洞号菩萨蛮，仲翔居中经岁，因厄复走，蛮又追而得之，复卖他洞。洞主得仲翔，怒曰："奴好走，难禁止耶？"乃取两板，各长数尺，令仲翔立于板，以钉其足背钉之。钉达于木，每役使，常带二木行。夜则纳地槛中，亲自锁闭。仲翔二足，经数年疮方愈。木锁地槛，如此七年。仲翔初不堪其忧，保安之使人往赎也。初得仲翔之首主，展转为取之，故仲翔得归焉。（《鸿书》卷三十七）

明世庙大金吾陆公炳居密室，与赵夫人玩雪。忽于雪上见人影子，诧问曰："而人耶？"遽至前，金吾公心知为剑侠、红线之流，即命夫人避去，呼酒酌五人，亲致杓曰："仆为人主守三尺，正为公等。今乃相逼，置仆何地。若金币惟所欲。"五人曰："金币何庸？"一人袖出一石，乃异宝，以视公曰："此宝本一双，其一在公，愿以相假。"盖皆外国贡上方者，一为大总戎仇公鸾所得。鸾死，归其人，而一在陆也。公曰："诚有之，亦不为公惜。不记得置在何地，非可造次索者，奈何？"其人曰："已知在某姬第几箱缇囊金盒中。"如言呼取便以相赠。五人致谢且曰："愿公忘情于我辈。不然，恐于公不利。"公唯唯，即跃高扆，升屋去。其行如飞，屋瓦无声。时赵夫人已暗集外宅儿逻护，无所见。后六载，有直指使出按某藩，公耳语，以五人名相属。是夜，前一人复至，色甚怒，持短匕如秋水，曰："公竟不忘情我辈耶？即直指何能？"公佯应曰："否否。"其人曰："我已心许不杀公矣。"复去，公吐舌，食不下咽者数日。时陆负上宠，着声武健，长安探丸盗侠，诛击殆尽，而累劫于盗。语曰："密网漏于吞舟，张火飞蛾反集。"信然。（《鸿书》卷六十）

按，此明时事，非佚文。

马援好骑，善别名马。于交趾得骆越铜鼓，乃铸为马式，表曰："臣尝师事子阿，受相马骨法。孝武皇帝时，善相马者，东门京铸作铜马法献之。有诏立马于鲁班门外，则更名鲁班门曰金马门。臣谨依仪氏羁中、帛氏口齿、谢氏唇鬐、丁氏身中，借此数家骨相以为法。马高三尺五寸，围四尺五寸，有诏置于宣德殿下，以为名马式。马援铜马相法曰："水火欲分明，水火在鼻两孔间也。上唇欲急而方，口中欲红而有光，此马千里。颔下欲深，下唇欲缓，牙欲前向，牙欲去齿一寸，则四百里。牙韧锋，则千里。目欲满而泽，腹欲充，膁欲小，季肋欲长，悬薄欲厚而缓。悬薄，股也。腹下欲平满，汗沟欲深长而膝欲起，肘腋欲开，膝欲方，蹄欲厚三寸，坚如石。"刘仕义曰："武事尚强，而马之用为急，则援之相法不可不知也。虽然，有说焉。相其形，尤当相其神者。伯乐使九方皋求天下马，得之沙丘，反报曰牝而黄。使人往取之，牡而骊。或以让乐，乐曰："否，皋所观天机也。"所谓天机，其神之谓乎。故曰，世上岂无千里马，人中难得九方皋。通于此说者，可以尽相法矣，是又不可不知也。(《鸿书》卷一百零八)

隋炀帝征琉球，得金荆榴数十片，木色如真金，文采盘蹙，甚香。作枕及案，沉檀不及也。(《广事类赋》卷三十一)

杜怀谦，唐贞观中居华山石室，偃息，累月不动，断谷不食。好吹长笛，令人多买笛至室。偶一吹之，即投岩下，号长春先生。(《六岳登临志》卷四)

唐京城兴庆池西，明皇为王时故宅，后废为开元坡。元稹诗曰："开元坡下日初斜，拜扫归来走细车。可惜树枝红艳好，不知今夜落谁家。"(《类编长安志》卷七)

唐吕太一拜监察御史，咏丛竹诗曰："擢擢堂轩竹，青青耐岁寒。心贞徒见赏，箨小未成竿。"(《骈语雕龙》卷二)

杜子美客耒阳，一日过江上，舟中饮醉。是夕江水暴涨，子美为惊涛漂泛，其尸不知落于何处。元宗思子美，诏求之。聂令乃积空土于江上曰："子美为白酒牛炙胀而死。"(《楮记室》卷八)

汉高后求三寸珠，仙人朱仲在会稽市贩珠，乃献之，赐金百斤。鲁元公主私以金七百斤求珠，复献四寸者。不知此仙人须金何用？岂以布惠贫乏耶？又何不以大还点化？岂厌守丹繁琐，炼珠以化金耶？(《暇老斋杂记》卷七)

谈　绮

　　秘监曰大蓬。(《五车韵瑞》卷三)

按，此又见《事物异名录》卷十四。

　　大理曰大棘。(《新锲簪缨必用增补秘籍新书》卷五)

按，此又见《群书考索古今事文玉屑》卷十、《称谓录》卷十七。

　　谏议曰纳诲。(《汇苑详注》卷十三)

　　祭酒曰大均。(《汇苑详注》卷十四)

　　刍，马革也。(《永乐大典》卷二千四百六)

　　戎门谓中府也。(《永乐大典》卷三千五百二十七)

　　户部侍郎曰小司徒民曹。(《永乐大典》卷七千三百四)

　　玄穹、上苍并天也。(《永乐大典》卷七千五百十八)

　　脂车有油，言下两轴有油将行。(《永乐大典》卷八千八百四十一)

　　饿死者谓之殍。(《永乐大典》卷一万三百一十)

　　外府谓外库也。(《永乐大典》卷一万一千一)

　　司农寺曰泉府、农府、帑藏。(《永乐大典》卷一万一千一)

　　戎府谓军门也。(《永乐大典》卷一万一千一)

　　应制谓人臣应天子言也。(《永乐大典》卷一万三千四百九十七)

馆谓馆给熟食也。（《永乐大典》卷一万三千九百九十二）

宰相曰宰辅。（《永乐大典》卷一万四千九百一十二）

瞋目，怒也。（《永乐大典》卷一万九千六百三十七）

反目，夫妻不和也。（《永乐大典》卷一万九千六百三十七）

郄克之疾，谓跛也。（《永乐大典》卷二万三百一十一）

续幽冥录

　　唐韦固旅次宋城，遇老人向月检书，谓固曰："此天下婚姻牍。"又曰："囊中赤绳系夫妇足。此足一系，虽仇家异域。终不可易。尔妻乃店北卖菜陈妪女耳。"翌日，固往视之，见妪抱二岁女甚陋，遂使人刺之，中眉。后十四年，相州刺史王泰妻以女，姿容甚丽。眉间常贴花钿，逼问之，女曰："妾郡守侄女也，父卒于宋城。襁褓时乳母鬻蔬以给。尝抱于市，为贼所刺，痕尚在耳。"宋城宰闻之，名其店为定婚店。（《古今记林》卷七）

　　崔元徽月夜见青衣女子，曰："每岁花开，苦风家十八姨。"（《绿萝山房文集》卷六）

玄怪录

乌山下无水，魏末有人掘井五丈，得一石函，函中得一龟，大如马蹄，积炭五枝于函。旁复掘三丈遇盘石，下有水流汹汹然，遂凿石穿水，比流甚驶。俄有一船触石，而匠人窥船上得一杉木板，板刻字曰："吴赤乌二年八月十日，武昌王子义之船。"（《鸿书》卷五）

徽歙黄墩湖，一名蛟湖，其湖有蜃，常与吕湖蜃斗。程灵铣好勇而善射，梦蜃化人告之曰："吾为吕湖蜃厄，君若助吾，必厚报。束帛练者我也。"明日灵铣弯弓射之，正中后蜃。后有一道教，灵铣求善墓地。灵铣随陈武帝有功，为佐命功臣。（《刘氏鸿书》卷五）

五胡时慕容隽梦石虎啮其臂，寤而恶之，购求其尸而莫知之。后宫嬖妾言，虎丧东明观下，于是掘焉。下度三泉得其棺，剖棺出尸，尸僵不腐，隽骂之曰："死胡安敢梦生天子也。"使御史中尉杨约，数其罪而鞭之。（《鸿书》卷五）

晁错为汉武所诛，葬于苍目之山。其精魂不灭，尝为青猿，号叫于岩中，土人目为错鬼。（《兰雪堂古事苑定本》卷八）

黎丘有奇鬼，善效人之子侄，扶丈人而迫苦之。黎丘丈人之市，醉而归，遇奇鬼扶而苦之。归责其子，子曰："孽无苦也。"丈人悟曰："是必奇鬼也。明日复饮于市，刺杀之。"其子恐父之不及，近而救之。丈人望见其子，拔剑杀之。（《兰雪堂古事苑定本》卷八）

石崇有妾曰仙娥娘，名称亚于绿珠。（《奁史》卷一九）

贾秋壑侍女少善弈棋，年十五以棋童入侍。每秋壑回朝，宴坐半间堂，必召侍奕，备见宠爱。（《奁史》卷五一二）

按，此宋时事，非《玄怪录》文。

巴邛人家有橘园，霜后诸橘尽收。余二大橘，如三斗盎，巴人异之，剖开，每橘有二叟，皆相对象戏，一叟曰："我输瀛洲玉尘九斛。"一叟曰："橘中之乐不减商山，但不得深根固蒂，为愚人摘下耳。"（《祝氏事偶》卷十四）

按，此又见《文苑汇隽》卷二十三、《倘湖樵书》初编卷三、《续同书》卷十六。

元和初，建阳县界山中坠仙人棺，棺中胫长六尺青莹如玉。（《倘湖樵书》二编卷一二）

按，此又载《汇苑详注》卷十六。

华州刘参军见崔氏女容色绝代，浼其青衣轻红，欲结姻亲，不受。他日，崔有疾，其舅王金吾为子纳崔，母诺曰："续纳彩焉。"崔女曰："但得如柳生足矣。"其母乃命轻红达意柳生，曰："小娘子不乐适王家，欲偷成亲。"柳生乃备财礼内婚，便挈妻于金城里居。王氏告俎，柳生同妻赴丧，金吾即擒柳生，诉于官。公断合归王家。经数年，崔氏不乐，一日，与轻红同抵柳生。后王生迹寻崔氏，复讼取之，柳生以罪流江陵。后崔氏与轻红具俎，柳生追念，忽闻叩门，见崔氏入曰："吾与王生诀矣。"自此二人尽平生之爱。无何，王生苍头过门见轻红，说于王生，王生怪之，到柳生门下窥之，见柳生坦腹，轻红捧镜于其侧，崔氏匀妆。王生大叫，镜遂坠地，崔与轻红具失所在。王生入见柳生因言其事，相与发瘗所视之，肌肉衣服俱未腐，共掩其坟，入终南山访道。（《续同书》卷六）

张镒家于衡阳，幼女倩娘端妙绝伦，见外甥王宙美容范，尝戏曰："后当以小女妻君。"会镒有宾僚之选，女闻不乐，宙亦生恨，情赴上国。登舟数里，夜半有一人岸上来，乃倩娘也。宙喜，倍道入蜀。居数年，生二子，倩娘想其父母，遂命舟，俱归衡阳。至州，宙因诣镒，镒愕然曰："倩娘病在闺中数年。"促使验之，见倩娘在舟中，家人以告室中女，女喜而起。倩娘下车，家中为出，即翕然合为一体。（《续同书》卷六）

五代人与桑维翰有怨，翰为相，召之为官，诬其谋反，杀之。他日翰坐小轩，岫来诣曰："贵公报怨何深。"未几翰卒。（《姓源珠玑》卷二）

按，此与《玄怪录》创作时间不符合，非佚文。

王玄谟南朝宋将军，迁徐州刺史。弟玄象为下邳守，好发冢，或告墓有一女子，近视则无，即掘之。有女子可二十，质若生，引而言曰："我东海王家女，应有相奉，幸勿见害。"臂有王钏，断臂取之，女复死。（《姓源珠玑》卷二）

刘交居若耶溪，忽闻有人采莲喧笑声。交以溪左右无人居，甚讶之，乃断柳枝蔽身视之，忽见十余女子从一华林而出，皆衣青绿，年十六七，入丛莲相对而歌。交乃棹舟以逼之，诸女皆化为龟入水。（《新纂事词类奇》卷二十九）

按，此又见《文苑汇隽》卷二十四。

海陵王寻家贫困，大风雨，散飞钱至其家，触后园，误落无数，余处各皆拾得。后富至数千万，极名江北。（《群书考索古今事文玉屑》卷十八）

昔有逃死者，寄魂于蜂窠中，鬼寻不见。（《五车韵瑞》卷三十三）

元延佑间，天水赵源侨寓葛岭，其侧即贾似道旧宅也。日晚徙倚门外，忽有一女子从东而来，绿衣佩环，年可十五六，源注目久之。明日出门又见，如此凡数度，源戏问之曰："姐姐家居何处，暮暮来此。"女笑而拜曰："儿家与君家为邻，君自不识尔。"源挑之，女子欣然而应，遂留宿焉。明旦辞去，夜则复来，如此月余。问其居止姓名，女子终不告，但曰："儿常衣绿，但呼我为绿衣人可矣。"源一夕被酒戏之曰："绿兮衣兮，绿衣黄裳。"女子有惭色，数夕不至，及再来，源扣之乃曰："本欲与郎偕老，奈何以婢妾待之，然君已知之矣，不敢复隐。"源问其故，女惨然曰："得无难乎？儿实非今世人，亦非有祸于君者，但冥数当然耳。"源大惊曰："愿闻其详。"女子曰："儿故宋平章秋壑之侍女也，本临安良家子，少善奕棋，年十五以棋童入侍。每秋壑朝，同宴坐半间堂，必召二侍奕，备见宠爱。是时君为其家苍头，职主煎茶，每因供进茶，驱得至后堂，君时年少，美姿容，儿见而慕之，尝以绸罗钱篚乘暗投君，君亦以玳瑁指盒为赠。彼此虽觉有意，内外严密，莫得其便。后为同辈所觉，谗于秋壑，遂与君同赐死于断桥之下。君今已再世为人，而儿犹在鬼录，得非命与！"言讫呜咽泣下。源亦为之动容，久之乃曰："审如此，则君与我乃再世因缘也，当更加亲爱以偿畴昔。"因曰："汝之精气能久存于世耶？"女曰："数至则散矣。"源曰："何时？"女曰："三年耳。"及期，卧病不起，曰："囊固与君言矣。"面壁而化。源大恸，举衣衾而葬之，感其情不复娶，投灵隐寺为僧。（《行年录·前后身》）

按，此元时事，非佚文。

续玄怪录

　　杜兰香者，有渔父于湘江洞庭之岸，闻儿啼声，四顾无人，惟三岁女子在岸侧，渔父怜而举之。十余岁，天姿奇伟，灵颜姝莹，迨天人也。忽有青童灵人自空而下，来集其家，携女而去。临升天，谓其父曰："我仙女杜兰香也，有过谪于人间，玄期有限，今去矣。"自后时亦还家。其后于洞庭包山降张硕家，盖修道者也。兰香降之三年，授以举形之坐内握手慰之，谌曰："吾与山中之友市药于广陵，亦有息肩之地。青园桥东有数里樱桃园，园北车门即吾宅也。子公事少隙当寻我于此。"遂翛然而去。敬伯到广陵十余日，事少闲，因出寻之。果有车门，试问之，乃裴宅也。人引以入，初尚荒凉，移步愈佳，行数百步方及大门，楼阁重复，花木鲜秀，似非人境。既而稍闻剑佩之声，二青衣出曰："裴郎来。"俄而有一人衣冠伟然，仪貌奇丽。敬伯前拜之，乃谌也。裴慰之曰："尘界仕官，旧食腥膻，愁欲之火焰于心中，负之而行，固甚劳困。"遂揖以入，坐于中堂，窗户栋梁饰以异宝，屏帐皆画云崔。有顷四青衣捧碧玉台盘而至，器物珍异，皆非人世所有，香醪嘉馔，目所未窥。既而日将暮命其促席，燃九光之灯，光华满座。女乐二十，人皆绝代之色，列坐其前，裴顾小黄头曰："王评事者，吾山中之友，道情不固弃吾下山。别近十年，才为廷尉属，今俗心已就，须俗妓以乐之，顾伶家女无足召者，当召士大夫之女已适人者，如近无姝丽，五千里内皆可择之。"小黄头唯唯而去，诸妓调碧玉筝，调未谐而黄头已复命，引一妓自西阶登拜裴席前，指曰："参评事。"敬伯答拜。细视之乃敬伯妻赵氏，而敬伯惊讶不敢言，妻亦甚骇，目之不已。遂令坐玉阶下。一青衣捧玳瑁筝授之，赵素所善也。因令与坐妓合曲以送酒。敬伯潜系于衣带。妓奏之曲，赵皆不能逐，裴令随赵所奏时时停之，以呈其曲，其歌虽非云霄九韶之乐，而清亮婉转，酬献极欢。天将曙裴召前黄头曰："送赵夫人。"且谓曰："此堂乃九天画堂，常人不到，今日之会诚再难得，亦夫人宿命，劳苦无辞也。"赵拜而去，敬伯亦拜谢而去。复五日将还，潜诣取别其门，不复有宅，乃荒凉之地，烟草极目，惆怅而返。（《剑筴》卷十九）

吴商学通五经百氏，四方学者担囊负笈不可胜数。（《五车韵瑞》卷三十八）

宣室志

辟邪香，唐李辅国玉名也。长一尺五寸，奇巧非人间所有，其香可闻数百步。虽藏于金函石匮，光色照烂，寒气入骨。（《增修埤雅广要》卷三一）

长庆中有王先生者，弘农晦之闻其有术，往谒焉。王留之宿，乃八月十二也。先生招其女七娘谓之曰："汝为吾刻纸，状今夕之月，置于室东之垣上。"有顷，七娘以纸月施于垣上，忽月光洞然一室，毫发尽辨，晦之惊叹不测。（《倘湖樵书》二编卷七）

按，此又见《奁史》卷六十一、《古今谭概》卷三二、《祝氏事偶》卷八和《五车韵瑞》卷一百三十四。

唐元宗时，西蜀有尼，造掠鬖香油，本州岛岛进之宫中，谓之锦里油。油，音游，乃幸蜀之谶。(《焱史》卷七四)

垂拱中，郑生晓度洛桥，见一艳女，遂载归，号曰汜人。能诵楚词、九歌、招魂、九辨之书，亦常拟为怨歌，其词艳丽。生居贫，汜人常出轻绡一端卖之，有胡人酬以千金。一夕谓生曰："我湖中蛟室之妹也，谪而从君。今岁满矣。"乃与生诀。后十余年，生兄为岳州刺史，会上巳日，与家徒登岳阳楼，望鄂渚有画舫浮漾而来，中为彩楼，高百余尺。有弹弦鼓吹者，皆神仙蛾眉。中一人起舞，含嚬怨，类汜人。须臾风涛崩怒，遂不知所在。(《焱史》卷八七)

邠公杜悰，福寿少伦，日食五飱，一飨之费皆至万钱。(《祝氏事偶》卷十)

津阳门诗长生鹿瘦铜牌垂注，上尝于芙蓉园获白鹿，惟王昊山人识之，曰："晋时鹿也。"上异之，令左右周视之，乃于角际雪毛中得铜牌子，刻之曰："宜春苑中白鹿。"上由是愈爱之，移于北山，字之曰山客。(《事言要玄》物集卷二)

李愚万相，以迂阔废，帝曰为粥饭僧。(《五车韵瑞》卷四十三)

何以偕乐，命赤虬之驾注籍仙坛。(《茹古略集》卷一)

北庭西北沙州有黑河，中巨龙为患，吏兹土者必先往祀。开元中，张嵩为都护，即命致祭，密令左右絜弓矢侍其侧。俄有巨龙自波跃出，委首于席，伸其舌，且长数尺。将食未及，为矢所毙，遽伏于地，声若山崩。于是俱表以献，上壮之，断其舌以赐嵩，因锡号龙舌张氏。(《文苑汇隽》卷二十四)

北庭西北沙洲有黑河，深可驾舟。其水往往泛滥荡室庐，坏禾稼，人多远徙。开元中，南阳张嵩为都护，召吏讯其事，云黑河中有巨龙，嗜羔特犬豕，故漂浪腾水，望祀河浒。乃命致牢醴布筵席，密以弓矢俟其侧。及至河上，有龙长百尺，自波中跃出。俄然升岸，渐近渐缩，至于几筵，才长数尺。嵩发一矢，众矢并集，龙遂死焉。上壮其果断，诏断龙舌函以赐嵩，子孙且承袭沙州刺史。（《异林》卷十四）

唐张果隐中条山，往来汾晋间。耆老云为儿童时见之，自言数百数矣。尝骑一白驴，日行数万里，休则重叠之如纸，置巾箱中。乘则以水噀之，复成驴矣。尝云："我生尧丙子岁。"太宗、高宗征之不起。武后召之，佯死于妒女庙前。玄宗召之，辄气绝，仆久乃苏。复玺书邀礼乃至，欲以玉真公主降，果恳辞还山。出《明皇杂录》《宣室志》《续神仙传》。（《行年录·数百岁》）

唐刑部员外邢群，大中二年以前歙州刺史居洛中，疾甚。群素与御史朱管善，时管自淮海从事罢居伊洛，病卒，而群未知。尝昼卧，忽闻叩门者，令视之，见管骑而来，群即延入坐。先是群闻管病，及见来甚喜，曰："向闻君疾，亦无足忧？"管曰："某尝病，今则愈矣。然君之疾亦无足忧，不一二日当闻耳。"言笑久之方去。后始知管访群之时，乃管卒之日也。（《奇闻类纪》卷十）

因话录

周勋初《唐代笔记小说叙录》据《永乐大典》卷二千六百六辑有佚文一则，并据此推论传世本已小有残缺。

李约，汧公子也，一生不近粉黛，性嗜茶。曰："茶须缓火炙，活火煎。"活火谓炭火之有焰者，当使汤无妄沸，庶可养茶。始则鱼目散布，微微有声；中则四边泉涌，累累连珠；终则腾波鼓浪，水气全消，谓之老汤。三沸之法，非活火不能成也。（《刘氏鸿书》卷一百八）

按，此又见《骈语雕龙》卷一。

陵夷州堂下红梨盛开，欧阳修造饮，有绛雪尊前舞之句，因名绛雪堂。（《广事类赋》卷二十六）

按，以时间而论，此非《因话录》佚文。

韩魏公琦居第名昼锦堂。欧阳修记，蔡襄书石。（《广事类赋》卷二十六）

按，以时间而论，此非《因话录》佚文。

宋廷芬五女，长若莘，次若昭，若伦，若宪，若句。若莘诲诸妹如严师。（《奁史》卷一六）

郢中倡女常择一人，名以莫愁，永存古意。（《奁史》卷二十一）

汉书有比疏，注以为辫发之饰，则今女子首饰所著金翠珍异之梳耳。（《奁史》卷六十八）

籨，古乐也。今不曰播籨，而曰捻梢子，世俗之陋也。（《事物异名录》卷一一）

近岁衣制有一种如旋袄，长不过腰，仅掩肘。以最厚之帛为之，仍用夹里。或其中用绵者，以紫皂缘之，名曰貉袖。起于御马范围人，其短前后襟者，坐鞍上不妨脱着。短袖者，便控驭也。按此即今之马镫子也，特当胸用纽及无紫皂缘为异耳。（《循陔纂闻》卷一）

按，此又见《事物异名录》卷一六。

云水人以小竹揉之，下为方逯，上为方盖。逯之中置衣裘之属，盖之下藏药物之属，负之于背以行，名曰避秦。按，此如今人出行所负行箱是也。（《事物异名录》卷一九）

唐许允宗善医，或劝其着书，答曰，医言意也，思虑精则得之，吾意所解，口不能宣也。（《群书通要》乙集卷七）

张嘉贞子延赏，延赏子弘靖三代掌书命，在台座，前代未有。杨巨源赠诗曰："伊陟无闻祖，韦贤不到孙。"时称其能与张家说家门。（《事言要玄》人集卷四）

按，又《广滑稽》卷二十七载此。

常煟辞判户部，归谓甥侄曰："已让版使矣。"（《事言要玄》人集卷五）

昔有德音搜访不求闻达者，有一书生，奔驰入京，人问何事，答云："将应不求闻达科。"（《五车韵瑞》卷三十三）

王文穆夫人悍妒。后圃作堂，名三畏。杨文公戏曰："改作四畏。"公问，曰："兼畏夫人。"（《五车韵瑞》卷三十七）

晋以顾长康、张僧繇、陆探微为画家三祖。（《五车韵瑞》卷六十）

余幼曾居山，多疾，亲友党命授道箓，师之戒约不得入神祠，食神饭，受巫觋之约，唯共事家祭则听依礼。及长从官，凡此有不可不为者，或有一皆禁绝，既妨于事，且为不知者所嗤。余则临事酌之，所谓祠者，若五岳四海四镇四渎，名山大川，古之圣帝名王所在，先贤有益于人，有裨于教者，安得鬼神待之。且居士人之佐，奉公之事，自当致敬，安得辄，若妖神淫祀，无名而设，有职者，固当远之。虽岳海镇渎，名山大川，帝王先贤，不当所立之处，不在典籍，则淫祀也。昔之为人，生无功德可称，亡无节行可奖，则淫祀也，当斧之火之，以示愚俗，又何为而祀之哉。神饭在礼宜拜受，其他则以巫觋之馂，可挥而去也，为吏宜鉴之。（《永乐大典》卷二千九百四十九）

原化记

　　吴富阳董昭之曾乘舡过钱塘，江中央见一蚁，着一短芦，走一头，回复向一头，甚惶遽畏死。因以绳系芦着船，船至岸，蚁得出。其夜梦一乌向其人谢云："仆是蚁中之王也。感君见济之恩，君后有急难，当相告语。"历十余年，时所在劫盗，昭之被横录为劫主。系岁余，昭之忽思蚁王之梦，结念之际，被禁者问之，昭之具以告，其人曰："但取三两蚁着掌中语之。"昭之如其言，夜果梦乌衣云："可急投余杭山中。天下既乱，赦令不及也。"既窹，蚁啮械巳尽，因得出狱，过江投余杭山，旋遇赦。（《刘氏鸿书》卷九十三）

　　韦丹未第时，旅洛阳中桥，见渔者得一大鼋，长数尺，系之桥柱，引头四顾，有求救之意。丹以乘驴赎之，放于水中，徒步而归。后数日韦诣葫芦生问命，生与共往元长史家，有老人元浚之，向韦尽礼款待，怀中出文字一通授之，曰："此公一生官禄行止，聊报活命之恩。"即前鼋也。（《事言要玄》物集卷三）
按，此又见《谷玉类编》卷四十九。

　　杨国忠自入市，袖中盛胡饼。（《新攥事词类奇》卷十九）

　　开元中，吴郡士人入京，应明经举。至京因闲步坊曲，忽逢二少年着大麻布衫，揖士人便行，虽甚疑怪，然强随之。抵数坊于东市，一小曲内，有临路店数间，相与直入，舍宇极整。二人携引升堂，列筵甚盛。二人与客据绳床对坐，席前更有数少年各二十余，礼颇谨，数出门，若伺贵客。及午后方云："至矣。"闻一车直门来，数少年拥后，直至堂前。乃一钿车，卷帘见一女子从车中出，年十七八，容色甚佳，花梳满髻，衣服纨素。二人罗拜，此女亦不答，士人拜之，女乃答拜。遂揖客，入宴升床当席而坐，二人及客乃拜而坐。又有十余后生，皆衣服轻新，各设拜列坐于客之下，陈以品味，馔至精洁。酒数巡，女子捧杯问曰："久问君有妙技，今烦二君奉屈，喜得展见，可赐观乎？"士人卑逊辞让云："自幼至长，惟习儒经。弦管歌声，实未曾学。"曰："所习非此也，君熟思之，先所能者何事？"客又寻思良久，曰："某为学堂中，着靴于壁上行得数步。自余戏剧，则未曾为之。"女曰："然矣，请君试之。"乃起行于壁上，不数步而下。女曰："亦大难事。"乃回顾坐中诸少年，各令呈技，具起设拜，然后有于壁上行者，有手撮椽子行者，轻捷之戏，各呈数般，状如飞鸟。此人拱手惊惧，不知所措。少顷，女子起辞出，士人惊叹，恍然不乐。经数日，途中复见二人曰："欲假骏骑，可乎？"士人曰："唯。"至明日，闻宫苑中失物，掩捕失贼，唯收得马，是将驮物者。验问马主，遂收士人入内侍省勘问。驱入小门，吏自后推之，倒落深坑数长，仰望屋顶七八丈，唯见一孔，缝开尺余。自旦入，至食时，见一绳缒一器食下，士人饥甚，急取食之，食毕绳又引去。深夜悲惋之极，忽见一物如鸟飞下，经念咒余无它也。峰不信，恳诘，隐娘曰："真说又恐不信，如何？"峰曰："但真说之。"曰："隐娘初被尼挈，不知行几里，及明至大石穴之嵌空，数十步寂无居人，猿狖极多，松萝益邃，已有二女亦各十岁，皆聪明婉丽不食，能于峭壁上飞走若捷猱，登木无有蹶失。尼与我药一粒，兼令长执宝剑一口，长二尺许，锋利吹毛，令专逐二女攀缘，渐觉身轻如风，二年后刺猿狖百无一失，后刺虎豹皆决其首而归。三年后能飞使刺鹰隼，无不中，剑之刃渐减五寸，飞禽过之不知其来也。至四年，留二女守穴，挈我于都市，不知何处也，指其人者一一数其过，曰："为我刺其首来，无使知觉。"定其胆若飞鸟之容易也，授以羊肉，匕首，刀广三寸，遂白日刺其人于都市，人莫能见。以首入囊返主。觉至身边，乃人也，以手抚士人曰："计甚惊怕，然某在无虑也。"听其声则向所遇女子也。云："共君出矣。"以绢重系士人胸膊讫，绢一头系女子身，女子纵身腾上飞出宫城，去门数十里乃下，云："君且便归江淮，求仕之计，望俟它日。"士人幸脱大狱，乞食而归，后竟不敢求名西上矣。（《剑筴》卷二十七）

王播客扬州木兰院，僧厌苦之，饭后击钟．后二纪，镇扬州，访旧诗，有曰："上堂已了各西东，惭愧阇梨饭后锺。"碧纱笼之矣。续云："三十年来尘扑面，如今始得碧纱笼。"（《五车韵瑞》卷三十四）

刘无名常食雄黄，后见鬼使曰，我奉山直符来探君，见君项上黄光数尺，不可久得，非雄黄之功乎。（《五车韵瑞》卷三十八）

异　录

《中国古代小说总目·文言卷》之《异录》条宁稼雨以为唐代志怪小说集，并据《太平广记》卷一三四辑《竹永通》一则。

庐陵欧明商行，经彭泽湖，每以物投湖中为礼。后见湖中有吏，着单衣，乘马，云青湖君使要明，过至一府舍，吏曰："青洪感君以礼，必有重送者，皆勿取，但求如愿。"明从之，青洪君不得已，呼如愿送明去。如愿者，神婢也，所愿辄得，数年大富。（《太平御览》卷五百）

容、管、廉、白州产秦吉了，大约似鹦鹉，嘴脚皆红，两眼后夹脑有黄肉冠，善效人言语，音雄大分明于鹦鹉。以熟鸡子和饭如枣饲之。或云容州有纯白色者，俱未之见也。（《太平御览》卷九百二十四）

唐杭州狱吏凌华，遇相者曰："能舍吏，当为上将军。"华为吏酷暴，取于贿。元和初病，一夕死，见黄衣使宣牒云："华昔宰剧县，甚着能绩。付司追凌凿玉枕骨送上。"俄有执刀斧凿其脑。华既醒，扪其脑而骨亡。后十五年暴卒。（《类聚古今韵府续编》卷十三）

鹤林寺杜鹃花，忽见女子游花下。周宝宝镇浙西，谓七七曰："此花可副九日乎？"七七曰："可。"（《汇苑详注》卷之四）按，又《诗学事类》卷四也载此。

崔元谅任益州参军，欲娶妇，忽梦人云："此家女非君之妇，君妇今日方生。"乃梦中相随到东京履信坊，道一屋下，见妇人生女，曰："是君妇。"崔悟，殊不之信。俄而议之女暴亡。后官至四品，年五十八，乃婚韦涉妹，年始十九，乃履信坊居。寻勘岁月，正所梦月生。（《汇苑详注》卷二十）

慕容垂喻鹰也，饥则附人，饱则飞去。遇风尘之会，必有凌云之志。唯当急其羁绊，不可任其所欲。（《汇苑详注》卷三十三）

鲍生多蓄声妓，外弟韦生好乘骏马，游行四方，各求所好。一日，相遇于山寺，两易所好。有客赋曰："望新恩具非吾偶也，恋旧主疑借人乘之。"（《群书考索事文玉屑》卷八）

尹吉甫家富，时岁大饥，鼎锅作粥，啜声若闻数里之远。（《群书考索事文玉屑》卷二十一）

唐林蔼为高州太守，乡有牧儿闻田中蛙鸣，遂捕之。蛙跳入一穴，即掘之，乃蛮首家也。得一铜鼓，其色翠绿，数处损缺。其上隐起多铸蛙黾之状。疑其鸣蛙，即铜鼓精也。（《文苑汇隽》卷二十四）

主要参考书目 （以书名音序排列）

［宋］叶寘撰：《爱日斋丛钞》，孔凡礼点校，中华书局 2010 年版。

［唐］白居易撰：《白居易集笺校》，朱金城笺校，上海古籍出版社 1988 年版。

［宋］陈思撰：《宝刻丛编》，十万卷楼刊本。

《北京图书馆古籍善本书目》，书目文献出版社版。

［唐］虞世南辑：《北堂书钞》，上海古籍出版社《续修四库全书》本。

［明］李时珍撰：《本草纲目》，人民卫生出版社 1977 年版。

［唐］孟启等撰：《本事诗·续本事诗·本事词》，李学颖标点，上海古籍出版社 1991 年版。

［晋］张华撰，范宁校证：《博物志校证》，中华书局 1980 年版。

［唐］谷神子撰：《博异志》，中华书局 1980 年版。

［隋］杜公瞻：《编珠》，四库全书本。

［宋］王钦若等编纂：《册府元龟》，周勋初等校订，凤凰出版社 2006 年版。

［清］刘源长撰：《茶史》，余怀补，上海古籍出版社《续修四库全书》本。

［清］俞樾撰：《茶香室丛钞·续钞·三钞·四钞》，上海古籍出版社《续修四库全书》本。

［清］方旭撰：《虫荟》，上海古籍出版社《续修四库全书》本。

［唐］徐坚等撰：《初学记》，中华书局 1962 年版。

［清］孙承泽撰：《春明梦余录》，王剑英点校，北京古籍出版社 1992

年版。

［明］周瑛撰：《翠渠摘稿》，四库全书本。

《大宋重修广韵》，南宋宁宗年间杭州翻刻本。

［唐］刘肃撰：《大唐新语》，许德楠、李鼎霞点校。中华书局1984年版。

［明］范泓辑：《典籍便览》，齐鲁书社《四库全书存目丛书》本。

《滇略》，四库全书本。

［题宋］吕祖谦辑：《东莱先生分门诗律武库》，上海古籍出版社《续修四库全书》本。

［清］浦起龙撰：《读杜心解》，齐鲁书社《四库全书存目丛书》本。

［唐］杜甫撰：《杜诗会粹》，张远笺，齐鲁书社《四库全书存目丛书》本。

［唐］李冗撰：《独异志》，张永钦、侯志明点校，中华书局1983年版。

［清］蒋超撰：《峨眉山志》，曹熙衡撰，齐鲁书社《四库全书存目丛书》本。

［唐］释道世撰，周叔伽、苏晋仁校注：《法苑珠林校注》，中华书局2003年版。

［宋］祝穆撰：《方舆胜览》，祝洙增订，施和金点校中华书局2003年版。

［唐］释道世撰：《分门古今类事》，丛书集成初编本。

［唐］封演撰：《封氏闻见记校注》，赵贞信校注，中华书局2005年版。

［唐］袁郊撰：《甘泽谣》，李宗为校点，上海古籍出版社1991年版。

李浩、贾三强主编：《古代文献的考证与诠释》，上海古籍出版社2006年版。

［清］汪士汉辑：《古今记林》，齐鲁书社《四库全书存目丛书》本。

［清］陆绍曾辑：《古今名扇录》，齐鲁书社《四库全书存目丛书》本。

［明］陆楫辑：《古今说海》，上海文艺出版社1989年版。

［明］顾充辑：《古隽考略》，齐鲁书社《四库全书存目丛书》本。

《古小说钩沉》，鲁迅校录，齐鲁书社1997年版。

程毅中撰：《古小说简目》，中华书局1981年版。

［清］汪兆舒辑：《谷玉类编》，《四库未收书辑刊》本。

［明］陈禹谟辑：《广滑稽》，齐鲁书社《四库全书存目丛书》本。

[清]华希闵辑:《广事类赋》,上海古籍出版社《续修四库全书》本。

[明]曹学佺撰:《广西名胜志》,上海古籍出版社《续修四库全书》本。

[唐]戴孚撰:《广异记》,方诗铭辑校,中华书局1992年版。

[明]方夏辑:《广韵藻》,齐鲁书社《四库全书存目丛书》本。

[宋]叶廷珪撰:《海录碎事》,李之亮点校,中华书局2002年版。

[唐]韩愈撰:《韩昌黎文集》,马其昶校注,马茂元整理,上海古籍出版社1986年版。

影印明刊《罕传本绀珠集》,台湾商务印书馆1970年版。

[明]程荣纂辑:《汉魏丛书》,吉林大学出版社1992年版。

《汉武帝别国洞冥记》,中华书局1991年版。

[题汉]班固撰:《汉武帝内传》,钱熙祚校,中华书局1985年版。

王国良撰:《汉武洞冥记研究》,文史哲出版社1989年版。

[清]王谟辑:《汉唐地理书钞》,中华书局1961年版。

[南朝·宋]范晔撰《后汉书》,中华书局1965年版。

[明]蒋以化辑:《花编》,姚宗仪增辑:《四库未收书辑刊》本。

[明]《花史》,佚名撰,上海古籍出版社《续修四库全书》本。

[唐]李德裕撰:《会昌一品集》,《丛书集成新编本》。

[明]王世贞辑:《汇苑详注》,齐鲁书社《四库全书存目丛书》本。

[宋]徐铉撰:《稽神录》,中华书局1996年版。

[唐]薛用弱撰:《集异记》,中华书局1980年版。

[清]赵吉士辑:《寄园寄所寄》,上海古籍出版社《续修四库全书》本。

[宋]潘自牧撰《记纂渊海》,北京图书馆古籍珍本丛刊。

[宋]《嘉泰吴兴志》,谈钥撰修,上海古籍出版社《续修四库全书》本。

[明]钱希言撰:《剑筴》,齐鲁书社《四库全书存目丛书》本。

[五代后蜀]何光远撰:《鉴诫录》,刘石点校,杭州出版社2004年版。

[南唐]刘崇远撰:《金华子》,上海古籍出版社1958年版。

[宋]《锦绣万花谷》,宋·无名氏辑,《中华再造善本》版。

[明]沉沉撰:《酒概》,上海古籍出版社《续修四库全书》本。

吴曾祺编:《旧小说》,上海书店 1985 年版。

[唐]康骈撰:《剧谈录》,古典文学出版社 1958 年版。

[明]杨慎辑:《均藻》,齐鲁书社《四库全书存目丛书》本。

晁公武撰:《郡斋读书志》,孙猛校证,上海古籍出版社 1990 年版。

[五代]王仁裕等撰:《开元天宝遗事十种》,上海古籍出版社 1985 年版。

[清]邓志谟撰:《兰雪堂古事苑定本》,上海古籍出版社《续修四库全书》本。

[元]骆天骧撰:《类编长安志》,上海古籍出版社《续修四库全书》本。

[元]骆天骧撰:《类编长安志》,黄永年点校,中华书局 1990 年版。

[明]包瑜辑:《类聚古今韵府续编》,齐鲁书社《四库全书存目丛书》本。

[宋]曾慥辑:《类说》,北京图书馆古籍珍本丛刊。

[明]郑若庸辑:《类隽》,上海古籍出版社《续修四库全书》本。

[清]姚培、张卿云辑:《类腋》,上海古籍出版社《续修四库全书》本。

《历代笑话集》,王利器辑录,上海古籍出版社 1981 年版。

[明]林兆珂撰:《李诗钞述注》,齐鲁书社《四库全书存目丛书》本。

[清]王初桐辑:《奁史》,上海古籍出版社《续修四库全书》本。

[明]陈霆撰:《两山墨谈》,上海古籍出版社《续修四库全书》本。

杨伯峻撰:《列子集释》,中华书局 1979 年版。

王国良撰:《六朝志怪小说考论》,文史哲出版社 1988 年版。

[明]刘仲达辑:《刘氏鸿书》,上海古籍出版社《续修四库全书》本。

[明]龚黄撰:《六岳登临志》,上海古籍出版社《续修四库全书》本。

[清]宋广业撰:《罗浮山志汇编》,上海古籍出版社《续修四库全书》本。

[清]胡浚撰:《绿萝山房诗集》,齐鲁书社《四库全书存目丛书》本。

[清]胡浚撰:《绿萝山房文集》,齐鲁书社《四库全书存目丛书》本。

[明]张凤翼撰:《梦占类考》,上海古籍出版社《续修四库全书》本。

[唐]唐临撰:《冥报记》,方诗铭辑校,中华书局 1992 年版。

[唐]郑处诲撰:《明皇杂录》,田廷柱点校,中华书局 1994 年版。

[明]郭子章、李承勋撰:《名马记·续名马记》,上海古籍出版社《续修四

库全书》本。

王国良撰:《冥祥记研究》,文史哲出版社1999年版。

[明]陈士元撰:《名疑》,四库全书本。

[明]江瓘撰:《名医类案》,四库全书本。

[宋]钱易撰:《南部新书》,黄寿成点校,中华书局2002年版。

[宋]陈田夫撰:《南岳总胜集》,上海古籍出版社《续修四库全书》本。

[宋]吴曾撰:《能改斋漫录》,上海古籍出版社1979年版。

[清]赵翼撰:《廿二史札记校证》,王树民校证,中华书局1984年版。

《佩文韵府》,上海古籍出版社1983年版。

[唐]裴铏撰:《裴铏传奇》,周楞伽辑注,上海古籍出版社1980年版。

[明]许自昌辑:《捧腹编》,上海古籍出版社《续修四库全书》本。

[后魏]贾思勰著,缪启愉校释:《齐民要术校释》,中国农业出版社1998年版。

[明]施显卿辑:《奇闻类纪》,齐鲁书社《四库全书存目丛书》本。

[明]夏树芳辑:《奇姓通》,齐鲁书社《四库全书存目丛书》本。

曹林娣、李泉辑注:《启颜录》,上海古籍出版社1990年版。

[明]郭子章辑:《黔类》,齐鲁书社《四库全书存目丛书》本。

[明]吴楚材辑:《强识略》,齐鲁书社《四库全书存目丛书》本。

[清]佚名撰:《钦定鸟谱》,上海古籍出版社《续修四库全书》本。

《钦定钱录》,四库全书本。

[明]张大命辑:《琴经》,上海古籍出版社《续修四库全书》本。

[清]王欣撰:《青烟录》,四库未收书辑刊。

[清]蔡云撰:《清白士集》,《四库未收书辑刊》本。

[清]孙之騄辑:《晴川蟹录·后蟹录·续蟹录》,上海古籍出版社《续修四库全书》本。

[清]王欣撰:《青烟录》,《四库未收书辑刊》本。

[明]李肇亨辑:《清异续录》,齐鲁书社《四库全书存目丛书》本。

《全唐诗》,中华书局1960年版。

［明］杨淙辑:《群书考索古今事文玉屑》,齐鲁书社《四库全书存目丛书》本。

［明］王鏊辑:《群书类编故事》,上海古籍出版社《续修四库全书》本。

［宋］陈元靓等编:《群书类要事林广记》,上海古籍出版社《续修四库全书》本。

［元］佚名撰:《群书通要》,上海古籍出版社《续修四库全书》本。

［宋］洪遵撰:《泉志》,上海古籍出版社《续修四库全书》本。

［明］游日章撰:《骈语雕龙》,明·林世勤注,齐鲁书社《四库全书存目丛书》本。

［明］徐应秋辑:《骈字冯霄》,齐鲁书社《四库全书存目丛书》本。

［宋］洪迈撰:《容斋随笔》,上海古籍出版社1978年版。

［明］程良孺撰:《茹古略集》,齐鲁书社《四库全书存目丛书》本。

［明］汪宗姬辑:《儒函数类》,齐鲁书社《四库全书存目丛书》本。

［明］吴琠辑:《三才广志》,上海古籍出版社《续修四库全书》本。

［宋］陈葆光撰:《三洞群仙录》,上海古籍出版社《续修四库全书》本。

［唐］王悬河辑:《三洞珠囊》,上海古籍出版社《续修四库全书》本。

何清谷撰:《三辅黄图校释》,中华书局2005年版。

［晋］陈寿撰:《三国志》,陈乃干校点,中华书局1959年版。

［清］张宗法撰:《三农纪》,上海古籍出版社《续修四库全书》本。

［唐］皇甫枚撰:《三水小牍》,中华书局1960年版。

［清］《三余杂志》,张定鋆辑:《四库未收书辑刊》本。

《陕西通志》,四库全书本。

［宋］胡仔纂集:《苕溪渔隐丛话》,廖德明校点,人民文学出版社1962年版。

［明］胡应麟撰:《少室山房笔丛》,中华书局1958年版。

［明］胡应麟撰:《少室山房集》,上海书店出版社2001年版。

［题汉］东方朔撰:《神异经》,中华书局1991年版。

王国良撰:《神异经研究》,文史哲出版社1985年版。

[南朝·宋]刘义庆撰:《世说新语汇校集注》,刘孝标注,朱铸禹汇校集注,上海古籍出版社 2002 年版。

徐震堮:《世说新语校笺》,中华书局 1984 年版。

[清]杨雍辑:《是庵日记》,齐鲁书社《四库全书存目丛书》本。

[明]徐常吉辑:《事词类奇》,齐鲁书社《四库全书存目丛书》本。

阮阅编:《诗话总龟》,周本淳校点,人民文学出版社 1987 年版。

[宋]《事类赋》,吴淑撰并注,北京图书馆古籍珍本丛刊。

[明]王三聘辑:《事物考》,上海古籍出版社《续修四库全书》本。

[清]厉荃辑:《事物异名录》,关槐增辑,上海古籍出版社《续修四库全书》本。

[明]李攀龙辑:《诗学事类》,齐鲁书社《四库全书存目丛书》本。

[明]陈懋学辑:《事言要玄》,齐鲁书社《四库全书存目丛书》本。

[晋]王嘉撰:《拾遗记》,[梁]萧绮录,齐治平校注,中华书局 1981 年版。

[清]张澍撰:《蜀典》,上海古籍出版社《续修四库全书》本。

[明]陈懋仁撰:《庶物异名疏》,齐鲁书社《四库全书存目丛书》本。

[明]《水经注笺》,朱谋㙔辑:《四库未收书辑刊》本。

昌彼得撰:《说郛考》,文史哲出版社 1979 年版。

[明]陶宗仪等编:《说郛三种》,上海古籍出版社 1988 年版。

王文濡辑:《说库》,浙江古籍出版社 1986 年版。

[南唐]徐锴撰:《说文系传》,四库全书本。

[汉]刘向撰,向宗鲁校证:《说苑校证》,中华书局 1987 年版。

李裕民撰:《四库提要订误增订本》,中华书局 2005 年版。

[清]永瑢等撰:《四库全书总目》,中华书局 1965 年版。

[唐]李浚等撰:《松窗杂录·杜阳杂编·桂苑丛谈》,中华书局 1960 年版。

[宋]赞宁撰:《宋高僧传》,中华书局 1987 年版。

[明]傅梅撰:《嵩书》,上海古籍出版社《续修四库全书》本。

[晋]陶潜撰:《搜神后记》,汪绍楹校注,中华书局 1981 年版。

［晋］干宝撰：《搜神记》，汪绍楹校注，中华书局 1979 年版。

［唐］韩鄂撰：《岁华纪丽》，齐鲁书社《四库全书存目丛书》本。

［宋］陈元靓撰：《岁时广记》，续修四库全书本。

［清］袁枚撰：《随园随笔》，上海古籍出版社《续修四库全书》本。

李昉等编：《太平广记》，中华书局 1961 年版。

［宋］乐史撰：《太平寰宇记》，中华书局 2000 年版。

［宋］乐史撰：《太平寰宇记》，王文楚等点校，中华书局 2007 年版。

李昉等编：《太平御览》，四部丛刊本。

［清］来集之辑：《倘湖樵书》，上海古籍出版社《续修四库全书》本。

傅璇琮主编：《唐才子传校笺》，中华书局 1987 年版。

宋敏求编：《唐大诏令集》，商务印书馆 1959 年版。

周勋初撰：《唐代笔记小说叙录》，凤凰出版社 2008 年版。

李肇撰：《唐国史补》，上海古籍出版社 1957 年版。

王溥撰：《唐会要》，中华书局 1955 年版。

［唐］瞿昙悉达撰：《唐开元占经》，四库全书本。

［明］俞安期撰：《唐类函》，四库存目丛书本。

［清］徐松撰：《唐两京城坊考》，上海古籍出版社《续修四库全书》本。

王梦鸥撰：《唐人小说研究三集·本事诗校补考释》，艺文印书馆 1974 年版。

《唐诗纪事校笺》，计有功，王仲镛校点，中华书局 2007 年版。

［明］《唐诗解》，唐汝询选释，齐鲁书社《四库全书存目丛书》本。

《唐五代笔记小说大观》，上海古籍出版社 2000 年版。

李剑国撰：《唐五代志怪传奇叙录》，南开大学出版社 1993 年版。

［宋］王谠撰：《唐语林校证》，周勋初校证，中华书局 1987 年版。

［五代］王定保撰：《唐摭言》，中华书局 1959 年版。

［清］游艺撰：《天经或问前集》，四库全书本。

［明］陈耀文撰：《天中记》，四库全书本。

［宋］袁枢：《通鉴纪事本末》，中华书局 1964 年版。

[清]王廷灿辑:《同姓名录》,齐鲁书社《四库全书存目丛书》本。

[明]杨慎撰:《通雅》,四库全书本。

[宋]郑樵撰:《通志》,中华书局1987年版。

[明]郭良翰辑:《问奇类林》,《四库未收书辑刊》本。

[元]马端临撰:《文献通考》,中华书局1986年版。

[宋]李昉等编:《文苑英华》,中华书局1966年版。

[宋]魏仲举撰:《五百家注昌黎文集》,中华再造善本。

《五朝小说大观》,上海文艺出版社1991年版。

[明]吴昭明辑:《五车霏玉》,[明]汪道昆增订,齐鲁书社《四库全书存目丛书》本。

[明]凌稚隆辑:《五车韵瑞》,齐鲁书社《四库全书存目丛书》本。

[宋]普济撰:《五灯会元》,苏渊雷点校,中华书局1984年版。

[明]方以智撰:《物理小识》,四库全书本。

[宋]王益之撰:《西汉年纪》,丛书集成初编本。

[晋]葛洪撰:《西京杂记》,中华书局1985年版。

[清]程作舟撰:《闲书》,《四库未收书辑刊》本。

[唐]王松年撰:《仙苑编珠》,上海古籍出版社《续修四库全书》本。

《香乘》,四库全书本。

[晋]干宝撰:《新辑搜神记·新辑搜神记》,李剑国辑校,中华书局2007年版。

[明]徐炬辑:《新刊古今事物原始全书》,上海古籍出版社《续修四库全书》本。

[宋]杜门撰:《新刻锦带补注》,齐鲁书社《四库全书存目丛书》本。

[汉]刘向编著,石光瑛校释,陈新整理:《新序校释》,中华书局2001年版。

陈茂仁:《新序校证》,花木兰文化出版社2007年版。

[清]魏方泰辑:《行年录》,齐鲁书社《四库全书存目丛书》本。

[明]杨信民辑:《姓源珠玑》,齐鲁书社《四库全书存目丛书》本。

［宋］晁载之辑：《续谈助》，丛书集成初编本。

［唐］李复言编：《续玄怪录》，程毅中点校，中华书局 1982 年版。

［清］徐寿基辑：《续广博物志》，上海古籍出版社《续修四库全书》本。

［清］福申辑：《续同书》，《四库未收书辑刊》本。

［唐］牛僧孺撰：《玄怪录》，程毅中点校，中华书局 1982 年版。

［唐］张读撰《宣室志》，张永钦，侯志明点校，中华书局 1983 年版。

［清］周广业撰：《循陔纂闻》，上海古籍出版社《续修四库全书》本。

［明］罗曰褧辑：《雅余》，《四库未收书辑刊》本。

佚名撰：《燕丹子》，中华书局 1985 年版。

［宋］程大昌撰：《演繁露》，四库全书本。

［宋］晏殊撰：《晏公类要》，齐鲁书社《四库全书存目丛书》本。

［明］顾元庆编：《阳山顾氏文房小说》，北京图书馆古籍珍本丛刊。

［宋］王楙撰：《野客丛书》，上海古籍出版社 1991 年版。

［明］朱谋撰：《异林》，齐鲁书社《四库全书存目丛书》本。

［唐］欧阳询撰：《艺文类聚》，汪绍楹校，上海古籍出版社 1999 年新 2 版。

《异物汇苑》，《四库全书存目丛书》本。

［南朝·宋］刘敬叔撰：《异苑》，中华书局 1991 年版。

黄怀信等撰：《逸周书汇校集注》，上海古籍出版社 1995 年版。

赵璘撰：《因话录》，上海古籍出版社 1957 年版。

［明］穆希文撰：《蟫史集》，上海古籍出版社《续修四库全书》本。

［南朝·梁］殷芸编纂：《殷芸小说》，上海古籍出版社 1984 年版。

刘义庆撰：《幽冥录》，中华书局 1991 年版。

［明］解缙，姚广孝等纂：《永乐大典》，齐鲁书社《四库全书存目丛书》本。

［宋］欧阳忞撰：《舆地广记》，李勇先，王小红校注，四川大学出版社 2003 年版。

［宋］王象之撰：《舆地纪胜》，上海古籍出版社《续修四库全书》本。

［宋］王应麟辑：《玉海》，江苏古籍出版社、上海书店 1987 年版。

[明]刘鸿训辑:《玉海纂》,齐鲁书社《四库全书存目丛书》本。

[唐]阙名撰:《玉泉子》,上海古籍出版社1958年版。

蒲向明撰:《玉堂闲话评注》,中国社会出版社2007年版。

《渔洋山人精华录训纂》,齐鲁书社《四库全书存目丛书》本。

《庾子山集》,四库全书本。

[宋]王存撰:《元丰九域志》,中华书局2004年版。

[唐]李吉辅撰:《元和郡县图志》,贺次君点校,中华书局1983年版。

[唐]林宝撰:《元和姓纂》,岑仲勉校记,郁贤皓,陶敏整理,孙望审定,中华书局1994年版。

罗国威撰:《冤魂志校注》,巴蜀书社2001年版。

[明]朱权辑:《原始秘书》,齐鲁书社《四库全书存目丛书》本。

[宋]郭茂倩编:《乐府诗集》,中华书局1998年版。

陈启天:《增订韩非子校释》,台湾商务印书馆1969年版。

[宋]陆佃撰:《增修埤雅广要》,[明]牛衷增辑,上海古籍出版社《续修四库全书》本。

[汉]刘向集录,范祥雍笺证:《战国策笺证》,上海古籍出版社2006年版。

[明]朱存理撰:《赵氏铁网珊瑚》,四库全书本。

[南北朝]戴祚撰:《甄异记》,中华书局1991年版。

[宋]孙逢吉撰:《职官分纪》,四库全书本。

[宋]陈振孙撰:《直斋书录解题》,上海古籍出版社1987年版。

[宋]司马光:《资治通鉴》,中华书局1956年版。

[唐]佚名撰:《中朝故事》,中华书局1958年版。

宁稼雨撰:《中国文言小说总目提要》,齐鲁书社1996年版。

石昌渝主编:《中国古代小说总目·文言卷》,山西教育出版社2004年版。

《中国古籍善本书目》,上海古籍出版社1990年版。

魏嵩山主编:《中国历史地名大辞典》,广东教育出版社1995年版。

《杼山集》,《禅门逸书初编本》,明文书局股份有限公司 1981 年版。

[明]祝彦辑:《祝氏事偶》,齐鲁书社《四库全书存目丛书》本。

[唐]李玫撰:《纂异记》,李宗为校点,上海古籍出版社 1991 年版。

附录：唐五代部分小说及作者生平辩证

江积《八仙传》

作者江积，《中国古代小说总目·文言卷》谓："著者江积生平事迹不详，据《新唐书》注，知为大中（847—859 年）以后人。"即据《新唐书》注谓《八仙传》乃载大中后事而推断江积为大中以后人。笔者复考宋陈思撰《宝刻丛编》卷十三"唐大梅山常祖师还源碑"谓"唐江积撰并正书开成（836—840 年）五年七月"，《宋高僧传》卷十一《唐明州大梅山法常》文末谓"进士江积为碑云尔"，则开成年间即已有文名。故定江积为开成、大中前后人更为恰当。

《中国古代小说总目·文言卷》谓："《八仙传》，《新唐书·艺文志》道家类著录一卷。注云大中后事。原书已佚，未见佚文。据书名知为与后代八仙传说有关故事，为较早的八仙事迹记载。"明胡应麟观点与此不同，《少室山房笔丛正集》卷二十四谓："按《通志》有《八仙图》，又有《八仙传》一卷，注唐江积撰，则此目唐时已似有之。然徐神翁宋世甚明，则唐时或他有其人如所谓五真之属，且《太平广记》收神仙类事迹殆尽，而钟吕显著若斯，绝不见采，并唐诸小说亦罕谈及，则唐人所谓《八仙传》者，决非钟吕之俦明矣。"胡应麟认为《八仙传》所载之八仙绝非我们现在熟知的吕洞宾等八人，惜无显著证据以论定之。此考宋谢维新编《古今合璧事类备要》前集卷五引"崔文子，太山人，潜居山下，好黄老术，常卖药。《八仙传》"，则知崔文子为《八仙传》书中仙人之一，可证《八仙传》所载之八仙非我们现在熟知的吕洞宾等八人。

《般若经灵验》的作者萧瑀

萧瑀的生卒，《中国古代小说总目·文言卷》谓为 574—647 年。考之《旧唐书》卷三太宗本纪谓"（贞观）二十二年……六月癸酉，特进、宋国公萧瑀薨"，《资治通鉴》卷一百九十九也谓"贞观二十二年……六月……癸酉，特进宋公萧瑀卒"，《旧唐书》本纪及《资治通鉴》皆按年编述其先后发生的历史事件，较其他人物传记在时间的准确性上更高，则其卒年在贞观二十二年，即 648 年。《新唐书》卷一百一萧瑀本传谓"卒年七十四"，则其生年在 575 年。《中国古代小说总目·文言卷》之所以致误，殆据《旧唐书》卷六十三萧瑀本传谓："（贞观）二十一年，征（萧瑀）授金紫光禄大夫，复封宋国公。从幸玉华宫，遘疾薨于宫所，年七十四。"连带前文，认为其乃于贞观二十一年去世。然据文意，实不能以此确凿证其于贞观二十一年去世。《册府元龟》卷二百六十谓"萧瑀贞观十六年为太子太保，后授金紫光禄大夫，二十一年卒"，也当是误解《新唐书》卷一百一萧瑀本传文意。而《新唐书》萧瑀本传谓享年七十四也可进一步证明萧瑀生卒为 575—648 年。

四库本《旧唐书》卷六十三考证萧瑀本传文字"遘疾薨于宫所，年七十四。太宗闻而辍膳，高祖为之举哀"谓："按瑀之薨在贞观二十一年，时高祖崩久矣，安得为之举哀？此必高宗之误也。"其推论殊为有理。此复据他书以证之，《册府元龟》卷二百六十谓："萧瑀贞观十六年为太子太保，后授金紫光禄大夫，二十一年卒，太子为之举哀，遣使吊祭。"此"太子"则高宗也。可证四库本之推测无误。

萧瑀死后的谥号，诸书所载亦复歧异。四库本《贞观政要》卷一注谓瑀"卒，谥曰'恭'，帝以性忌，改谥'贞褊'"，《资治通鉴》卷一百九十九谓："癸酉，特进宋公萧瑀卒，太常议谥曰'德'，尚书议谥曰'肃'，上曰：'谥者，行之迹，当得其实，可谥曰"贞褊公"。'"

萧瑀的仕履，诸书记载也不尽相同。其在投靠李渊时所任隋朝官职，

《新唐书》卷一百三十二谓吴兢上书："隋炀帝骄矜自负……萧瑀谏无伐辽，出为河池郡守。"后以郡投靠唐高祖李渊。《册府元龟》卷七谓义宁元年十二月"丁酉，扶风太守窦琎、阿池太守萧瑀，并以郡来降"。《册府元龟》卷一百六十四谓："义宁元年十二月，河北郡守萧瑀与梁泉令豆卢宽率郡内文武官归国，授瑀光禄大夫、上柱国，封宋国公，食邑三千户。加宽银青光禄大夫，仍还遣河池抚慰。"其所任职，有河池太守、河北郡守之异。然《隋书》卷七十九谓："（萧）瑀，历内史侍郎、河池太守。"《唐创业起居注》卷下谓："义宁元年……十二月……琎及河池郡守萧瑀，相继归京师。"《旧唐书》卷一谓为"河池太守"，《资治通鉴》卷一百八十二载隋炀帝责萧瑀"遽相恐动，情不可恕"，出为河池郡守。则此时萧瑀所任官职以"河池太（郡）守"为准确。

《太平广记》卷一百二引《报应记》谓："萧瑀，梁武帝玄孙，梁王岿之子。梁灭，入隋，仕至中书令，封宋国公。女炀帝皇后。"笔者按，考之史籍，未有言瑀在隋代为中书令者。《隋书》卷七十九载："瑀，历内史侍郎、河池太守。"《旧唐书》卷六十三萧瑀本传历谓其所任官职："炀帝为太子也，授太子右千牛。及践祚，迁尚衣奉御，检校左翊卫鹰扬郎将……累加银青光禄大夫、内史侍郎……出为河池郡守……高祖定京城，遣书招之。瑀以郡归国。授光禄大夫，封宋国公，拜民部尚书。"《新唐书》卷一百一萧瑀本传也相同。《唐大诏令集》卷四十四引武德六年四月诏书谓："中书令宋国公萧瑀志怀贞确，业履冲素，历居显要，砺精治术，献纳惟允，周慎有闻，宜穆彝章，允釐庶政。"《册府元龟》卷七十八谓："唐高祖武德元年，以萧瑀为中书令。"则瑀之中书令一职，乃入唐以后之官职。

又《太平广记》卷一百二引《报应记》谓隋炀帝皇后为瑀之女一说也不正确。考之《旧唐书》卷六十三萧瑀本传，谓："萧瑀字时文。高祖梁武帝。曾祖昭明太子。祖詧，后梁宣帝。父岿，明帝。瑀年九岁，封新安郡王，幼以孝行闻。姊为隋晋王妃，从入长安……炀帝为太子也，授太子右千牛。及践祚，迁尚衣奉御，检校左翊卫鹰扬郎将……累加银青光禄大夫、内史侍郎。既以后弟之亲，委之机务。"晋王即隋炀帝，可见隋炀帝皇后乃瑀之姐，隋炀帝也因其乃皇后亲兄弟而委以重任。复考《新唐书》卷一百一瑀本传谓："萧瑀字时文，后梁明帝子也。九岁，封新安王。国除，以女兄为隋晋王妃，故入长安。"则知《报应记》作者很可能是误将与《新唐书》类似之前代典籍之"女兄"误会为"女"以致误。

萧瑀归顺李渊在义宁元年十二月，而在十二月的具体哪一天，上引《册府元龟》卷七谓义宁元年十二月丁酉，《通鉴纪事本末》卷二十六下也谓义宁元年十二月"丁酉，河池太守萧瑀及扶风、汉阳郡相继来降"。《旧唐书》卷一谓义宁元年十二月"癸巳，太宗大破薛举之众于扶风。屈突通自潼关奔东都，刘文静等追擒于阌乡，虏其众数万。河池太守萧瑀以郡降。丙午，遣云阳令詹俊、武功县正李仲衮徇巴蜀，下之。"谓为义宁元年十二月癸巳。

萧瑀在唐高祖武德九年七月为上书左仆射的时间，诸书也微有不同。《新唐书》卷一谓："七月辛卯，杨恭仁罢。太子右庶子高士廉为侍中，左庶子房玄龄为中书令，萧瑀为尚书左仆射。癸巳，宇文士及为中书令，封德彝为尚书左仆射①。"《资治通鉴》卷一百九十一谓："武德九年……秋，七月……壬辰，以高士廉为侍中，房玄龄为中书令，萧瑀为左仆射。"

萧瑀与陈叔达忿争被罢职一段时间后，朝廷复起用而被任命之官职，《旧唐书》卷六十三瑀本传谓："与侍中陈叔达于上前忿净，声色甚厉，以不敬免。岁余，授晋州都督。明年，征授左光禄大夫，兼领御史大夫。与宰臣参议朝政。"《新唐书》卷一百一瑀本传谓："与陈叔达忿争御前不恭，免。岁余，起为晋州都督。入拜太常卿，迁御史大夫，参预朝政。"

另萧瑀同房玄龄之间的是非对错，新旧《唐书》也有不同表述，《旧唐书》卷六十三谓："瑀多辞辩，每有评议，玄龄等不能抗。然心知其是，不用其言，瑀弥怏怏。玄龄、魏征、温彦博尝有微过，瑀劾之，而罪竟不

---

① 笔者按，此处"尚书左仆射"为"上书右仆射"之误，《新唐书纠谬》卷六辨之："《高祖本纪》：'武德九年七月癸巳，封德彝为尚书左仆射。'今案宰相表，乃是右仆射。况是月辛卯方命萧瑀为左仆射，至此止隔两日尔。而德彝本传亦止云拜右仆射，且云是时瑀为左仆射。然则德彝此拜实右仆射，而高纪书为左则误也。"

问，因此自失。由是罢御史大夫，以为太子少傅，不复预闻朝政。"则房玄龄也是金无足赤。《新唐书》卷一百一谓："瑀论议明辩，然不能容人短，意或偏驳不通，而向法深，房玄龄、魏征、温彦博颇裁正之。其言多黜，瑀亦不平。会玄龄等小过失，瑀即痛劾，不报，由是自失，罢为太子少传。"则萧瑀为心胸不宽广之人。

《旧唐书》卷六十七载李靖打败突厥："御史大夫温彦博害其功，谮靖军无纲纪，致令房中奇宝，散于乱兵之手。"《新唐书》卷九十三谓："御史大夫萧瑀劾靖持军无律，纵士大掠，散失奇宝。"《资治通鉴》卷一百九十三于正文"丁亥，御史大夫萧瑀劾奏李靖破颉利牙帐，御军无法，突厥珍物，虏掠俱尽，请付法司推科"后载司马光考异谓："《旧传》：'御史大夫温彦博害其功，谮靖军无纲纪，致令房中奇宝散于乱兵之手。'据《实录》，彦博二月已为中书令，三月始禽颉利。今从《实录》。"司马光之意，谓颉利既三月才成擒，则上书谮言者必在三月或以后，故此人必非温彦博。考之《旧唐书》卷二谓贞观三年十一月，"以并州都督李世勣为通汉道行军总管，兵部尚书李靖为定襄道行军总管，以击突厥"，《旧唐书》卷三谓："（贞观）四年春正月乙亥，定襄道行军总管李靖大破突厥，获隋皇后萧氏及炀帝之孙正道，送至京师。癸巳，武德殿北院火。二月己亥，幸温汤。甲辰，李靖又破突厥于阴山，颉利可汗轻骑远遁。"则战况于贞观一、二月间温彦博为御史大夫时传到京城，温遂上书太宗。李靖凯旋回京城，唐太宗严厉责让之，亦或前有温彦博之上书，后有萧瑀之上书，遂致太宗信之不疑也未可知。要之，司马光考异结论仅为猜测之词，并无让人信服的证据。

《报应录》的作者王毂

宋代《类说》卷五十五引《渔樵闲话》谓："唐末，有宜春人王毂者，以诗擅名。尝作《玉树曲》，其词云：'君臣犹在醉乡中，一面已无陈日月。'尝于市廛遭无赖辈殴击，毂大呼曰：'尔辈莫无礼，吾便是吟《玉树曲》者。'无赖辈惭谢而退。"《唐诗纪事校笺》卷七十也谓："彀未及第时，轻忽，被人殴击，扬声曰：'莫无礼！吾便是君臣犹在醉乡中，一面已无陈日月。'殴者敛衽惭谢而退。彀，唐末为尚书郎中，致仕。"皆言被殴者为王彀。

《诗话总龟》前集卷二十九引《百斛明珠》谓："唐末，有宜春人王彀者，以歌诗擅名于时。尝作《玉树曲》云：'璧月夜夜琼树春，莲舌泠泠词调新。当时狎客尽丰禄，直谏犯颜无一人。歌舞未终乐未阕，晋王剑上粘腥血。君臣犹在醉乡中，面上已无陈日月。'此词大播于人口。彀未第时，尝于市廛中忽见闻人被无赖辈殴打。彀前救之，扬声曰：'莫无礼，识吾否？吾便是解道"君臣犹在醉乡中，面上已无陈日月"者。'无赖辈闻之，敛耻惭谢而退。"遭殴者为王之同人。

《类说》标明该条引自《渔樵闲话》，考之《丛书集成新编》本题为苏轼作的《渔樵闲话录》，并无该条作品。或该版本偶有遗漏。又《类说》引书，每好删节，此则亦或如此。《巩溪诗话》卷二引有此则内容，出处也作《渔樵闲话》，然文字较《类说》为详，且也言遭殴者为王彀同人。则知《类说》为引文错误，《唐诗纪事》卷七十承其误。《诗话总龟》卷二十七所引《百斛明珠》及《巩溪诗话》卷二的记载是可信的。

释法海

《中国古代小说总目·文言卷》之唐释法海《报应传》条下谓："法海字文允，俗姓张氏。丹阳丹徒（今属江苏镇江）人。少出家于丹徒鹤林寺。后往韶州，师禅宗六世祖慧能。天宝中预扬州慎律师讲肆。"笔者认为，往韶州师禅宗六世祖慧能的法海与俗姓张氏的天宝中预扬州慎律师讲肆丹阳丹徒法海是不同的两个人。禅宗六祖慧能的生卒年为 638—713 年，《五灯会元》卷二载："韶州法海禅师者，曲江人也。初见六祖，问曰：'即心即佛，愿垂指喻。'祖曰：'前念不生即心，后念不灭即佛。成一切相即心，离一切相即佛。吾若具说，穷劫不尽。听吾偈曰："即心名慧，即佛乃定。定慧等持，意中清净。悟此法门，由汝习性。用本无生，双修是正。'师信受，以偈赞曰：'即心元是佛，不悟而自屈。我知定慧因，双修离诸物。'"其能与慧能就佛学进行对话，自是修为到了相当高的境界，至少当为四十岁左右的人。作为慧能的学生，师徒年龄相差最多也不过三四十岁。

再看《杼山集》卷九《报应传序》所记载的《报应传》的作者法海："沙门法海，字文允，俗姓张氏……尝谓予曰：'佛法一门，独开心地，皆推轮也。于戏，天造溟涬，惑网高张。非大圆真诠，曷能示明明之业，俾群生知正修之路哉！日者象季之数，吾道陵夷，朋溺妄空，谓无因果。'公乃救将弛之教，哀弱丧之子，其报应昭验，见闻可凭者，因采而记之，编为三卷。鳞羽有性之类，亦皆附焉，以为动物尚尔，而况于人乎？况于鬼神乎？下以轨正于邪宗，上以禆益于真理。若佛日未坠于地，庶几将有证焉。"《宋高僧传》卷六之《唐吴兴法海传》载其生平谓："释法海，字文允，姓张氏，丹阳人。少出家于鹤林寺。"

由上可见往韶州师禅宗六祖慧能的法海乃曲江人，《报应传》的作者法海乃丹阳人，显系两个不同的人。《宝刻丛编》卷七载有开元三年利法师撰僧静藏书之"唐泾阳太一寺法海禅师塔铭"，则此去世于开元三年的法海当即禅宗六祖慧能的徒弟，在其师傅辞世三年后去世，并非后来活动于天宝年间及以后的撰写《报应传》的法海。

孙棨《北里志》

《北里志》的创作时间，马良春、李福田主编《中国文学大辞典》第四卷（天津人民出版社 1991 年版）谓孙棨"中和四年（884 年），撰成《北里志》1 卷，记述长安城北平康里妓女生活及文人狎妓之事……（孙棨）唐昭宗干宁年间与郑谷同为谏官，后任侍御史，郑谷有《偶怀寄台院孙端公》诗。"认为《北里志》撰成于中和四年。

陶珽重编《说郛》卷七十八上有《北里志序》一篇，文末附有陈继儒识语一篇，说明该书为继儒收藏或校辑，序文谓："自大中，皇帝好儒术，特重科第，故其爱婿郑詹事再掌春闱。上往往微服长安中，逢举子则狎而与之语，时以所闻质于内庭，学士及都尉皆耸然莫知所自。故进士自此尤盛，旷古无俦。然率多膏粱子弟，平进岁不及三数人，由是仆马豪华，宴游崇侈，以同年俊少者为两街探花使，鼓扇轻浮，仍岁滋甚。自岁初等第于甲乙，春闱开送天官氏，设春闱宴，然后离居矣。近年延至仲夏，京中饮妓，籍属教坊，凡朝士宴聚，须假诸曹署行牒，然后能致于他处。惟新进士设宴顾吏，故便可行牒，追其所赠之资，则倍于常数。诸妓居平康里，举子、新及第进士，三司幕府但未通朝籍、未直馆殿者，咸可就诣。如不吝所费，则下车水陆备矣。其中诸妓，多能谈吐，颇有知书言话者。自公卿以降，皆以表德呼之。其分别品流，衡尺人物，应对非次，良不可及。信可辍叔孙之朝，致杨秉之惑。比常闻蜀妓薛涛之才辩，必谓人过言。及睹北里二三子之徒，则薛涛远有惭德矣。予频随计吏，久寓京华，时亦偷游其中，固非兴致。每思物极则反，疑不能久，常欲纪述其事，以为他时谈薮。顾非暇豫，亦窃俟其叨忝耳。不谓泥蟠未伸，俄逢丧乱，銮舆巡省崤函，鲸鲵遁窜山林，前志扫地尽矣。静思陈事，追念无因，而久罹惊危，心力减耗，向来闻见，不复尽记。聊以编次为太平遗事云。时中和甲辰岁，孙棨序。"

上序文可证《中国文学大辞典》成书时间之说，复于文中见其对平康狎妓事之津津乐道，故《北梦琐言》卷四谓："孙棨舍人著《北里志》，叙朝贤子弟平康狎游之事，其旨似言卢相携之室女失身于外甥郑氏子，遂以妻之，杀家人而灭口。是知平康之游，亦何伤于年少之流哉"，也可复证作者的意识取向。

对于《北里志》的作者，前代典籍互有异同。《唐摭言》卷十谓："赵光远，丞相隐弟子，幼而聪悟。咸通、乾符中，以为气焰温、李，因之恃才不拘小节。常将领子弟，恣游狭斜，著《北里志》，颇述其事。"《唐才子传》卷八也谓："光远，丞相隐之犹子也。幼而聪悟。咸通、乾符中，称气焰。善为诗，温庭筠、李商隐辈梯媒之。恃才不拘小节，皆金鞍骏马。尝将子弟恣游狭斜。著《北里志》，颇述青楼红粉之事，及有诗等传于世。"则认为《北里志》的作者为赵光远。

此说之误，《北里志》内容可证之。首先，该书《杨妙儿》篇谓："长妓曰莱儿，字蓬仙，貌不甚扬，齿不卑矣。但利口巧言，诙谐臻妙。陈设居止处，如好事士流之家，由是见者多惑之。进士天水（光远），故山北之子，年甚富，与莱儿殊相悬，而一见溺之，终不能舍。莱儿亦以光远聪悟俊少，尤谄附之，又以俱善章程，愈相知爱。天水未应举时，已相昵狎矣。及应举，自以俊才，期于一战而取。莱儿亦谓之万全，是岁冬大夸于宾客，指光远为一鸣先辈……光远尝以长句诗题莱儿室曰：'鱼钥兽环斜掩门，萋萋芳草忆王孙。醉凭青琐窥韩寿，困掷金梭恼谢鲲。不夜珠光连玉匣，辟寒钗影落瑶樽。欲知明惠多情态，役尽江淹别后魂。'"复考晚唐五代时人韦縠撰《才调集》卷四，也收录有这首赵光远题莱儿室之诗，可证确实为赵光远作。如果赵光远是《北里志》作者，显然不会在自己书里以第三人称介绍游狎之事。

其次，《北里志》之《王团儿》篇谓："次曰福娘，字宜之，甚明白，丰约合度，谈论风雅，且有体裁。故天官崔知之侍郎尝于筵上与诗曰：'怪得清风送异香，娉婷仙子曳霓裳。惟应错认偷桃客，曼倩曾为汉侍郎。'次曰小福，字能之，虽乏风姿，亦甚慧黠。予在京师，与群从少年习业，或倦闷时，同诣此处，与二福环坐，清谈雅饮，尤见风态。予尝赠宜之诗曰：'彩翠仙衣红玉肤，轻盈年在破瓜初。霞杯醉劝刘郎饮，云髻慵邀阿母梳。不怕寒侵缘带宝，每忧风举倩持裾。谩图西子晨妆样，西子元来未得如。'得诗甚多，颇以此诗为称惬。持诗于窗左红墙，请予题之。及题毕，以未满壁，请更作一两篇，且见戒无艳。予因题三绝句，如其自述。其一曰：'移壁回窗费几朝，指环偷解薄兰椒。无端斗草输邻女，更被拈将玉步摇。'其二曰：'寒绣红衣饷阿娇，新团香兽不禁烧。东邻起样裙腰阔，刺蹙黄金线几条。'其三曰：'试共卿卿戏语粗，画堂连遣侍儿呼。寒肌不奈金如意，白獭为膏郎有无？'"显然，此篇以第一人称介绍作者自己狎游之事，考晚唐五代时人韦縠撰《才调集》卷四，四首诗歌俱被收录，而四首诗的作者则是孙棨，可进一步证明《北里志》的作者确为孙棨无疑。

关于本书的内容，《郡斋读书志》卷三下谓："《北里志》一卷，右唐孙棨撰，记大中进士游狭邪杂事。"认为全书乃记大中（847—860年）年间之事。考前引陶珽重编《说郛》卷七十八上有《北里志序》谓："自大中，皇帝好儒术，特重科第……（进士）以同年俊少者为两街探花使，鼓扇轻浮……近年延至仲夏……时中和甲辰岁，孙棨序。"我们仅可知其乃叙大中以来之事，至于是否仅大中年间事，则无从得知。复考该书《郑举举》篇，载有"孙龙光为状元"事，据注释，其"名偓，文府弟，为状元在乾符五年"，可知该篇记载了大中以后乾符（874—879年）的事情。《天水仙哥》篇载"刘覃登第，年十六七，永宁相国邺之爱子，自广陵入举，辎重数十车，名马数十驷，时同年郑賔先辈扇之"，注释谓"郑賔本吴人……乾符四年，裴公致其捷，与覃同年，因诣事覃"，则知此部分内容乃记载的是乾符四年及以后之事。如此之类，可证该书内容非仅记大中年间之事。

宋代《寓简》卷七论"世有非要而著书者"之例子，列有"韩渥《北里志》。"以韩渥为《北里志》之作者，不知其何据。复考《云仙杂记》卷九谓："王勃所至，请托为文，金帛丰积，人谓心织笔耕。《北里志》。"若《云仙杂记》卷九引书未误注出处，据前引陶珽重编《说郛》卷七十八上有《北里志序》，其所记乃大中及以后之晚唐世事，不可能有初唐王勃之内容。据此而言，或确有另一部非孙棨所撰之《北里志》存在。然此毕竟为孤证，要不以为定论也。

文谷《备忘小钞》

《备忘小钞》，《中国古代小说总目·文言卷》收录有其书。陶珽重编《说郛》卷三十一上收有该书作品十五则。微有小说意味者两篇，一曰"蔡邕能饮一石，人名之曰醉龙"，二曰"王恺作紫拖布障四十里，石崇乃作锦步障五十里敌之"。其他作品如"毛诗'报之以琼玖',玖,黑色玉""虞世南行秘书,杨虞卿行中书""伏腊,伏者金气伏藏之日也,冬至后祀百神曰腊"之类,皆历史掌故内容。唐宋时期也是文言小说的成熟时期,此类简括(重编《说郛》所引的篇幅最长的作品也仅二十五个字)且大部分无人物、情节之作,不当裁之于小说为是。正如《郡斋读书志》卷第十四谓"《备忘小抄》十卷,右伪蜀文谷撰,杂抄子史一千余事,以备遗忘。其后题'广政三年','广政',王衍号也。"可见只是作者杂抄子史掌故见闻之作,与有意为小说实不相同。从此复可知本书成于后蜀广政(938—965年)年间。

《中国古代小说总目·文言卷》谓:"《十国春秋·文谷传》称本书杂抄子史文字共一千余事,世多传写。则今所存者不过百分之一。也可见《宋志》所录二卷本恐为删节之本。"如前引《郡斋读书志》卷第十四谓"《备忘小抄》十卷",《十国春秋·文谷传》也谓"谷所撰《备忘小抄》十卷",或可证《中国古代小说总目·文言卷》之说。唯宋以后书目皆不收录此书,或至元代时即已部分散佚,故《宋史》修撰者所见之本仅存两卷,也未可知。

孟棨《本事诗》

《本事诗》的作者,诸书记载不同,以早期典籍而言,《唐摭言》卷四谓:"孟棨年长于小魏公。发榜日,棨出行曲谢。沆泣曰:'先辈,吾师也。'沆泣,棨亦泣。棨出入场籍三十余年。"《新唐书》卷六十谓:"孟启《本事诗》一卷。"一以其名"棨",一以其名"启"。清代《皇朝通志》卷一百十二谓:"唐孟棨《本事诗》,诸家称引并作'棨'字,唐志误作孟启,今校正。"《四库全书总目》卷一百九十五谓:"《新唐书·艺文志》载此书,题曰'孟启',毛晋《津逮秘书》因之。然诸家称引,并作'棨'字,疑唐志误也。"

笔者按,清代两书谓诸家称引并作"棨"的说法不妥当,如《直斋书录解题》卷十五载："《本事诗》一卷……唐司勋郎中孟启集。"《直斋书录解题》卷二十二谓："《续广本事诗》五卷，聂奉先撰。虽曰广孟启之旧，其实集诗话耳。"引作"孟启"者还如宋代《绀珠集》卷九、《施注苏诗》卷十二等，唐宋典籍引作"孟启"或"孟棨"的典籍约略相当。以时代论，《唐摭言》早于《新唐书》约一百年。以典籍性质论，《唐摭言》属杂史笔记，《新唐书》属典正史籍，后者应更具权威性。又台湾学者王梦鸥《本事诗校补考释》（《唐人小说研究》三集，台北艺文印书馆1974年版）之《前言》谓："孟棨，《新唐书·艺文志》《宋史·艺文志》《直斋书录解题》《全唐文》及顾氏毛氏刊本《本事诗》，皆书为'孟启'。倘以罗隐《续本事诗序》之语，称孟棨为'孟初中'，衡以名字相符之例，则作'启'字似是也。"又现存《本事诗》的最早版本顾氏文房本亦题作"孟启"，故笔者认为《本事诗》作者姓名以"孟启"更为恰切。

王梦鸥《本事诗校补考释》之《前言》谓："《本事诗》自唐末传至北宋，可知者，盖分两支流行：一为单行之本，一为辑入类书之本。沈括（1029—1093年）似曾并见此两种本：其《梦溪笔谈》卷十四艺文一云：'唐人以诗主人物，故虽小诗，莫不埏蹀极工而后已，所谓句锻月炼者，信非虚言。小说：崔护题城南诗，其始曰：去年今日此门中，人面桃花相映红。人面不知何处去，桃花依旧笑春风。后以其意未全，语未工，改第三句曰：人面祇今何处在。至今所传此两本，唯《本事诗》作祇今何处在。'依沈氏所见者而复按之，今本《太平广记》卷二七四所载崔护此诗正作'何处去'，因疑其所谓'小说'者，或即指《太平广记》，故与当时单行本之《本事诗》不同。"

笔者按，上述证据实不足以证其观点。《梦溪笔谈》前文谓"去年今日此门中"一诗有两种版本，一种版本第三句为"人面不知何处去"，为流行之本；一种版本第三句为"人面祇今何处在"，但此种版本并不流行，仅《本事诗》一书如此。证之以典籍，在《梦溪笔谈》之前，北宋前期文言小说家张君房之作品《丽情集》即收有此作，《古今合璧事类备要》别集卷二十六引《丽情集》此作："清明日，崔护独游都城南。得居人庄，叩门求饮，有女子开门，以盂水至。及来岁清明，护往，则门已扃锁。题曰：'去年今日此门中，人面桃花相映红。人面不知何处去，桃花依旧笑春风。'后日复往，闻哭声，一老父曰：'子非崔护耶？吾女比见桃花诗句，绝食而卒。'崔亦感动，大呼曰：'某在此！'女遂复生。"《全芳备祖集》前集卷八亦引此，文句一致，出处也作《丽情集》。较之《本事诗》之崔护篇，行文简洁明了，几乎无铺张排比之处，质实无华，是典型的宋代文言小说的特征。《梦溪笔谈》之后，如宋代《万首唐人绝句》卷三十九也收有此诗，标题作《题都城南庄》，文曰："去年今日此门中，人面桃花相映红。人面不知何处去，桃花依旧笑春风。"崔护此作，在唐诗中无愧名篇，是经典中的经典，唐宋以来各种著述收录之，自是情理之中。《梦溪笔谈》就记载了此类情况。不过在沈括看来，还是《本事诗》所收录的版本更好，故有以上论证。诗无达诂，以情而论，"人面不知何处去"强调的是一种物是人非、落寞空寂之情，"人面祗今何处在"强调的是一种寻寻觅觅、望眼欲穿的相思怀人之意。两种文句各有千秋，而以前一种情怀为更多人所体验，故流行本一般皆作"人面不知何处去"。

又《梦溪笔谈》谓"唯《本事诗》作'祗今何处在'"也不够准确。考之沈括之前，《诗话总龟》前集卷五所引之《古今诗话》①也收录有此则作品，文谓："崔护作《城南诗》，其始云：'去年今日此门中，人面桃花相映红。人面不知何处去，桃花依旧笑春风。'以意未完谓未工，改云'人面祗今何处在'。"可见，《梦溪笔谈》之前，除《本事诗》外，至少还有《古今诗话》也作"人面只今何处在"，沈括检书未周。

如王梦鸥之论，《梦溪笔谈》卷十四所言载"人面不知何处去"这一版本的"小说"或即指《太平广记》，而《太平广记》引崔护此篇已标明

---

① 《古今诗话》的创作时间，学者有论争。郭绍虞《宋诗话考》卷中之上之《古今诗话》条谓："案《宋诗话考》之称，不见诸家著录，但时见《诗话总龟》《苕溪鱼隐丛话》《全唐诗话》及《优古堂诗话》《竹坡诗话》诸书称引，则其时代当在北宋之季。"认为是北宋末年之作。后亦有学者提出异议，认为是南宋晚期的作品。然《南唐近事》附录已引《古今诗话》，《南唐近事》作者郑文宝生活于953—1013年，沈括生活于1031—1095年，则《古今诗话》至少应该是北宋前期的作品。又此书南宋典籍也颇有引用，更不可能为南宋末期之作。

出自《本事诗》，《梦溪笔谈》卷十四随即复言"唯《本事诗》作祗今何处在"，岂非行文前后矛盾？

一种典籍有数种版本，原非异事，然王之论据实不能证明《本事诗》在北宋有两种版本。唯传世之《本事诗》确实有时或作"人面不知何处去"，或作"人面祗今何处在"，这既可能是《本事诗》创作之时即已标明《题都城南庄》之异文，也可能是后世引用者改窜了《本事诗》原作抑或其他情况，致其引文互有参差。

陆长源《辨疑志》

陆长源，撰有史书《唐春秋》六十卷，小说《辨疑志》三卷，二书《新唐书》卷五十八及卷五十九著录。《旧唐书》卷一百四十五本传谓其字"泳之"，《新唐书》卷一百五十一本传谓其字"泳"，莫详所是。其士履，宋王象之撰《舆地碑记目》卷一婺州碑记谓："《杜叔伦去思碑》，《晏公类要》云在东阳县前，达州刺史陆长源文"，考《旧唐书》卷一百四十五、《新唐书》卷一百五十一陆长源本传，谓其历建信二州刺史、汝州刺史，则此"达州刺史"当为字形相近之"建州刺史"之讹。陶珽重编《说郛》卷三十四下引《谐噱录》谓："陆长源以旧德为宣武军行司马，韩愈为巡官，同在使幕。或讥年辈相悬，陆曰：'大虫老鼠，俱为十二属，何怪之有？'"则诙谐者为陆长源。《唐国史补》卷上谓："陆长源以旧德为宣武军行军司马，韩愈为巡官，同在使幕，或讥其年辈相辽。愈闻而答曰：'大虫老鼠，俱为十二相属，何怪之有！'旬日传布于长安。"则诙谐者为韩愈。以时代先后及重编《说郛》实多讹误而言，则《唐国史补》记载更为可信。

陆长源去世前后的官职，诸书也有歧异。《旧唐书》卷十三载贞元十五年二月，"丁丑，宣武军节度使、检校左仆射、平章事、汴州刺史董晋卒。乙酉，以行军司马陆长源检校礼部尚书、汴州刺史、御史大夫、宣武军节度支营田、汴宋亳颍观察等使。"《旧唐书》卷一百四十五陆本传也谓：“长源死之日，诏下以为节度使，及闻其死，中外惜之。”则知陆死之日朝廷方下诏以陆为检校礼部尚书、汴州刺史、御史大夫、宣武军节度等官职。《旧唐书》卷一百四十五载：“（陆长源）出为汝州刺史。贞元十二年，授检校礼部尚书、宣武军行军司马，汴州政事皆决断之。”则载陆去世数年前即已任检校礼部尚书。《却扫编》卷下载：“唐诸镇节度使皆有上佐，副使、行军长史、司马之类是也，名位率与主帅相亚，往往代居其任。董晋以故相在宣武，陆长源以御史大夫为之司马。”也言御史大夫一职陆去世数年前即已任之。《韩昌黎文集》第八卷韩愈文谓：“贞元十二年……八月，上命汝州刺史陆长源为御史大夫，行军司马。”韩愈与陆长源在陆因汴州军乱被杀时同为汴州刺史董晋下属官吏，其所载内容应准确无误。《白居易集笺校》卷四十悼陆长源等的《哀二良文》载：“丞相陇西公出镇于汴州，军司马、御史大夫陆长源实左右之。”记述与韩愈同，且白居易也是与陆长源是同时代的人，则宋徐度撰《却扫编》言御史大夫一职陆去世数年前即已任之是正确的。

其卒后所赠官职，《旧唐书》卷十四谓：元和元年二月“癸卯，赠宣武军节度使陆长源为右仆射。”《新唐书》卷一百五十一本传谓：“军乱，杀长源及叔度等……死之日，有诏拜节度使，远近嗟怅，赠尚书左仆射。”也未知孰正孰误。

对于陆长源一生的评价，新旧《唐书》也有不同。《旧唐书》本传指其性格之失：“性轻佻，言论容易，恃才傲物，所在人畏而恶之。”认为是陆自身的性格缺陷导致军乱被杀。《新唐书》卷一百五十一仅微言其失谓：“长源好谐易，无威仪，而清白自将。去汝州，送车二乘，曰：‘吾祖罢魏州，有车一乘，而图书半之，吾愧不及先人。’”也言其廉洁无私。汴州军乱，据新旧《唐书》，有陆同僚腐败堕落以激众怒的原因，也有刺史董晋唯施恩以待骄兵悍将，未能宽猛相济，当陆锐意革除弊端，遂被其祸。唐代之藩镇割据，实骄兵悍将为之。陆之改弦更张，可谓切中肯綮，而《旧唐书》无视此点，反谓其失。《明一统志》卷七十六载陆为政之得民心：“陆长源建中初建州刺史，民歌之曰：‘令我州郡泰，令我户口裕，令我活计大，陆员外。'又曰：'令我家不分，令我马成群，令我稻满囷，陆使君。'"可谓其时不可多得之能臣，岂轻佻者能为之？《封氏闻见记校注》卷五载："御史陆长源性滑稽，在邺中，忽裹蝉翼罗幞尖巾子。或讥之。长源曰：'若有才虽以蜘蛛罗网裹一牛角，有何不可；若无才，虽以卓琰子裹一簸箕，亦将何用。'"，《旧唐书》指其性格之失："性轻佻，言论容易，恃才傲物。"其此之谓乎？可谓颠倒衣裳者也。

《中国古代小说总目·文言卷》谓："原书已佚，《太平广记》引十条，涵芬楼本《说郛》引五条，共十五条。"笔者按，《太平广记》引十条分别为卷二百四十二计一条，卷二百八十八计两条，卷二百八十九计五条，卷四百九十三计一条，卷四百九十五计一条。涵芬楼本《说郛》卷三十四引五条，此五条陶珽重编《说郛》卷二十三下也载之。除此十五条外，宋代《苏诗补注》卷三十一引："陆长源《辨疑志》：（鬼车）又名渠逸鸟，世传此鸟血滴人家能为灾咎，闻之者必叱犬灭灯以速其过。风雨之夕，往往闻之。身圆如箕，十脰环簇，其九有头，其一独无，而鲜血滴。每胫各生翅，飞时十翼竞进，不相为用，至有争拗相伤者。"《齐东野语》卷十九也引此，然文字为略。宋代《爱日斋丛钞》卷五引："陆长源《辨疑志》载：唐天宝中，有李旺称善相笏，验之以事，卒皆无验。"

何光远《宾仙传》与《鉴诫录》

《宾仙传》，《中国古代小说总目·文言卷》辑有佚文四则，谓其一曰："《分门古今类事》……卷二《杨勋吟诗》，《四库全书》本注作《宾仙传》，《十万卷楼丛书》本作《洞微志》（北宋钱易撰），考其时代地域内容均与上三事相合，其出本书无疑，可能后又载《洞微志》，故出处两歧。"此将《分门古今类事》之《杨勋吟诗》录于下：

杨勋者，前蜀后主乾德中，世号杨仆射，不知何处人。变化无常，为后主召群仙于薰风殿。刑部侍郎潘娇奏其妖怪，帝命武士于西市戮之，随刃化为草。人未至行法处，仆射吟诗曰："圣主何曾识仲都，可怜社稷在须臾。市西便是神仙窟，何必乘楂汎五湖。"其年冬，后主失国，果如其言。此亦可以知兴废之有前定也。

笔者按，考之何光远另一部小说《鉴诫录》卷三《妖惑众》篇谓："王蜀有杨迁郎叔杨勋者，自号仆射。能于空中请自然还丹，其丹立降。又能召九天玄女、后土夫人，悉入簾帷，经宿而去。及折其一足，西市斩之，药亦无征，术亦无验，尸骸臭秽，观者笑焉。"《杨勋吟诗》赞杨为真神仙，《鉴诫录》谓杨为假神仙，如出一人之手，不可能相互舛谬如是。故《十万卷楼丛书》本《分门古今类事》引作《洞微志》之《杨勋吟诗》，不可能是何光远的作品。

《四库全书总目》卷一百四十之《鉴诫录》提要谓："《鉴戒录》十卷……蜀何光远撰。光远字辉夫，东海人。孟昶广政初，官普川军事判官。其书多记唐及五代间事，而蜀事为多，皆近俳谐之言，各以三字标题，凡六十六则。赵希弁读书后志以为辑唐以来君臣事迹可为世鉴者，似未睹其书，因其名而臆说也。旧本前有刘曦度序，亦见希弁志。《宋史·艺文志》遂以刘曦度《鉴戒录》三卷、何光远《鉴戒录》三卷，分为二书，益舛误矣。"

笔者按，提要以为其书内容"皆近俳谐之言"不确。其书作品六十六篇，内容较驳杂，然以嘲戏为主题者不到十篇。宣扬天命论者如《瑞应谶》《走车驾》《御赐名》，以及逸闻奇事、历史掌故、文人诗赋等。阐释人生及国家鉴戒者如《诛利口》《知机对》《九转验》《逸士谏》等近二十篇，又有嘲戏中有规谏者如《戏判作》等。以鉴诫为主题的作品占的比例是最大的。故《郡斋读书志》后志卷二等谓其"纂辑唐以来君臣事迹可为世鉴者"的观点也大体不错，不可谓其臆说。

四库提要复谓《宋史》因何光远《鉴戒录》前有刘曦度序，遂臆造出刘曦度也撰有《鉴戒录》。考之《宋史》卷二百六小说类，先后收录有"刘曦度《鉴诫录》三卷……何光远《鉴诫录》三卷"。但笔者认为根据古代典籍，确实有两种《鉴诫录》的存在。据历代著录，今传六十六篇作品为完足本，陶珽重编《说郛》收有《鉴戒录》一书，其中"俗云楼罗，骡之大者""司马温公《考异》云""《史记》甘罗者""前史称腰带十围者"
"《南史·文学传·周兴嗣传》云"等五篇作品皆非传世本何光远《鉴戒
录》所有，其中"司马温公《考异》云"条引自司马光《资治通鉴考异》，
则其成书显然在《资治通鉴考异》之后。何光远为五代十国时人，司马光
为北宋中期人，显然此篇作品绝非何光远《鉴戒录》作品，而是出自另一
个人所作《鉴戒录》。又"前史称腰带十围者"条作品引有"沈存中《笔
谈》云杜甫武侯庙柏诗……"，即引用了沈括《梦溪笔谈》的内容，沈括
也是北宋中期人，此所引《鉴戒录》也必非何光远之作。明曹学佺撰《蜀
中广记》卷一百三载："孟蜀每岁除日，诸宫门各给桃符，书元亨利贞四
字。时昶子善书札，取本宫策勋府符书云：'天垂余庆，地接长春。'乾德
中伐蜀，明年蜀除。二月，以兵部侍郎吕余庆知军府事，以策勋府为治
所。太祖圣节又号长春，此天垂地接之兆也。出《鉴戒录》"，也不见何
光远《鉴戒录》。《艺林汇考·称号篇》卷一谓："《鉴戒录》：宋子京《春
词》云：'新年十日逢春日，紫禁千筋献寿觞。寰海欢心共萌达，宅家庆
祚与天长。'"此之宋子京也是北宋人，显然也不是何光远《鉴戒录》之
作品。要之，以上论据都说明，确实有两种《鉴戒录》的存在，只不过在
后来流传过程中，只有何光远的《鉴戒录》得以保存到现在。

谷神子《博异志》

作者谷神子，未知其姓名。《四库全书总目》卷一百四十二谓："《博
异记》一卷，旧本题唐谷神子还古撰，不著姓氏。考晁公武《读书志》载
《老子指归》十三卷，亦题谷神子注，不著姓氏，而《唐书·艺文志》有
冯廓注《老子指归》十三卷，与公武所言书名卷数皆合，则谷神子其冯廓
欤？胡应麟《二西缀遗》则曰：'唐有诗人郑还古，尝为殷七七作传，其
人正晚唐而殷传文与事皆类是书，盖其作也。'其说亦似有依据，然古无
明文，阙所不知可矣。"

笔者按，谷神子之名，源自《老子》"谷神不死，是谓玄牝"，后成为

道教长生理论的重要基础。故古之道教信仰者或传说中的神仙，往往以"谷神子"自名。明代《道藏目录详注》卷四有"《龙虎还丹诀颂》一卷，谷神子注"，此谷神子多半为道士身份。明代《斗南老人集》卷一作品《赠张炼师》"东海有仙人，云是谷神子。饥餐旸谷日，渴饮玉池水"云云，此谷神子则为古之仙人。即以中晚唐小说家而论，《通志》卷六十七载："《道生旨》一卷，谷神子撰，或云裴铏"，《云笈七签》卷八十八则明确记载："《道生旨》，谷神子裴铏述"，则裴铏亦名谷神子。六朝以前以谷神子自名者如《宋史》卷二百五载："《谷神子注经诸家道德经疏》二卷，河上公、葛仙公、郑思远、睿宗、玄宗疏"，故四库提要因冯廓又名谷神子，而推测其为《博异志》作者，显然缺乏说服力。此论证的另一个不合理之处还体现在，冯廓是否为唐代人并无论据以证明之。况且即使是唐人，但是否是《博异志》成书时的晚唐人，俱不可知。

另一种观点则认为《博异志》的作者为郑还古。明代《少室山房笔丛》正集卷二十谓："《博异志》称谷神子纂，而无名姓。或曰名还古，此《通考》晁氏说。今刻此书，于谷神子下注此三字，盖本晁氏说，非本书旧文也……陈氏但言名还古，竟亡其姓。唐有诗人郑还古，尝为殷七七作传。其人正晚唐，而殷传文与事皆类是，书盖其作也"。《少室山房笔丛》谓宋陈振孙《直斋书录解题》载作者名"还古"，考《直斋书录解题》卷十一，仅谓"《博异志》一卷，称谷神子，不知何人，所记初唐及中世事"，则胡应麟误引证据。元代马端临《文献通考》卷二百十五载："《博异志》一卷，晁氏曰：'题曰谷神子纂'……或曰名还古，而竟不知其姓，志怪之书也"，则载作者名"还古"实始自《郡斋读书志》及马端临《文献通考》。然《少室山房笔丛》谓其时传刻本于"谷神子"下注"名还古"三字"非本书旧文"的判断则是正确的，考之本书谷神子自序谓："只求同已，何必标名，是称谷神子"十数字，知本书撰作时作者是特意不标明自己的姓名的。

然以本书作者为郑还古仍然有商榷的余地。考之《太平广记》卷七十九引《博异志》作品《许建宗》条谓："唐济阴郡东北六里左山龙兴古寺前，路西第一院井，其水至深，人不可食，腥秽甚，色如血。郑还古太和初与许建宗同寓佐山仅月余，闻此井，建宗谓还古曰：'可以同诣之。'及窥其井，曰：'某与回此水味何如？'还古及院僧曰：'幸甚。'遂命朱瓯纸笔，书符置井中，更无他法。遂宿此院。二更后，院风雨黯黑，还古于牖中窥之，电光间，有一力夫，自以钩索于井中，如有所钓。凡电三发光，洎四电光则失之矣。及旦，建宗封其井。三日后，甘美异于诸水，至今不变。还古意建宗得道者，遂求之。云：'某非道者，偶得符术。'求终不获。后去太山，不知所在。"此作品之郑还古即马端临《文献通考》所言之郑还古，但是小说通篇以第三人称记载郑还古所经历之事①。如果郑还古是作者，显然应该以第一人称记载此事。以此而论，郑还古非《博异志》作者。

《四库全书总目》卷一百四十二谓其题谷神子而不书姓名之原因："陈振孙《书录解题》谓语触时忌，故隐其名"，考之《直斋书录解题》卷十一载该书谓："《博异志》一卷，称谷神子，不知何人，所记初唐及中世事"，并未言语触时忌等语。复考《博异记序》，语谓该书"非徒但资笑语，抑亦粗显箴规，或冀逆耳之辞，稍获周身之诫"，则知四库提要为误引。

郑还古所任之最后官职，《中国古代小说总目·文言卷》谓"后闲居东都，入为国子博士（一作太学博士）"，考《太平广记》卷一百五十九引《逸史》谓："太学博士郑还古，婚刑部尚书刘公之女"，而《太平广记》卷一百六十八引《卢氏杂说》谓："及郑入京不半年，除国子博士"，《诗话总龟》卷二十三引《古今诗话》也谓为国子博士。

《中国古代小说总目·文言卷》又推测本书的创作时间谓："考《李全

---

① 笔者按，《中国古代小说总目·文言卷》谓《博异志》作品《许建宗》条是作者第一人称自述之词。《博异志》一书确实有以第一人称自述之作，《太平广记》卷三百四十八引该书《李全质》条作品谓："会昌壬戌岁，济阴大水，谷神子与全质同舟，讶全质何惧水之甚，询其由，全质乃语此。又云本性无惧水，紫衣屡有应，故兢栗之转切也，"言作者谷神子与李全质之对话。可见作者不但在书首末标明自己的姓名，即使是以第一人称自述的作品中，也不标明自己的真实姓名。如果《许建宗》条为作者自述，显然应该以"谷神子"自称而非"郑还古"自称。

质》事及会昌二年（842年），时作者在济阴，大约会昌大中间为国子博士而著此书。"笔者按，据《太平广记》卷一百六十八引《卢氏杂说》谓柳将军许诺一旦郑还古入京任官，即将郑属意之柳之爱妓送郑作贺礼，"及郑入京，不半年，除国子博士。柳见除目，乃津置入京。妓行及嘉祥驿，郑已亡殁，旅榇寻到府界。柳闻之悲叹不已，遂放妓他适"，《天中记》卷十九引北宋早期小说《丽情集》也谓郑所属意之柳将军之爱妓名曰沈真真，"柳谓郑曰：'此沈真真，本良家子，颇好文辞，请赋诗以定情。候博士拜命，即当送贺。'……还古抵京，旋拜伊阙令，得重疾，驰书告柳，柳即送真真赴京迎郑。请出相见，真真饰容致拜，还古起前，遽执真真之手，长吁而卒"。《全唐诗》卷四百九十一也谓"郑还古，元和中，登进士第，终国子博士"，可证郑任国子博士后不久旋即病卒，故即使郑还古为《博异志》作者，《中国古代小说总目·文言卷》谓其"大约会昌大中间为国子博士而著此书"的说法是不准确的。

温庭筠与《采茶录》《干𦠿子》

夏承焘《温飞卿系年》（《唐宋词人年谱》）引《北梦琐言》卷四飞卿甥吴兴沈徽云："温舅曾于江淮为亲表槚楚，由是改名焉"，推论谓："案游江淮在开成四年（839年）前，《唐摭言》二等第罢举条：开成四年下，载温岐。若岐是本名，则此时实未改。开成四年后之二十载，大中十三年（859年），裴坦作飞卿贬随县制云，'勒乡贡进士温庭筠'，岂中年后改名耶？不然，本名庭筠或庭云；字飞卿，则当作'云'；被辱后乃改名岐，旋复本名。飞卿弟名庭皓，其一证也。"笔者按，夏承焘推测其改名在中年以后，其论甚确。考之北宋初《南部新书》丁卷谓："大中好文，尝赋诗，上句有'金步摇'，未能对。命进士温岐续之，岐以'玉跳脱'应之，宣皇赏焉。令以甲科处之，为令狐绹所沮，遂除方城尉"。据钱明逸序，《南部新书》乃其父钱易"潜心国史"以成编轴，则其记载之事据依前代史籍，知宣宗大中年间温庭筠犹名温岐。复考《北梦琐言》卷二载："（令狐绹）曾以故事访于温岐，对以其事出南华，且曰'非僻书也。'或冀相公燮理之暇，时宜览古。绹益怒之，乃奏岐有才无行，不宜与第。会宣宗私行，为温岐所忤，乃授方城尉"，据作者序，《北梦琐言》也是孙光宪"每聆一事，未敢孤信，三复参校，然始濡毫。"可再证宣宗大中年间温庭筠犹名温岐，则推知其改名乃在宣宗大中年间。

然此结论复与夏承焘认为温庭筠游江淮在开成四年（839 年）前相矛盾，因为既然开成四年（839 年）前已游江淮，改名自然在开成四年前，而不可能迟至大中年间仍名温岐。故夏有本名庭筠或庭云，被辱后乃改名岐，旋复本名之猜测。然新旧《唐书》俱言其"本名岐，字飞卿"，则在无确凿证据的情况下，不能轻易否定。又且其游江淮之时间，不同人观点亦复不同。《温庭筠传论》谓"游江淮约在大和末"。

考之唐《玉泉子》载："温庭筠有词赋盛名。初从乡里举，客游江淮间"。刘学锴《温庭筠传论》考其实际出生地当为吴中，与《玉泉子》所载客游路线也符合。其作于开成五年（840 年）冬之《书怀百韵》谓："是非迷觉梦，行役议秦吴"，言从长安到吴中老家。作于会昌元年（841年）之《春日将欲东归寄新及第苗绅先辈》也言其东归吴中。其路线经历江淮，也为情理中事。又且每一次来往于长安与吴中，未必都见诸诗歌。故开成四年及以后，温庭筠仍有时间来往于江淮之间，非仅开成四年前也。如《新唐书》卷九十一本传谓："大中末，试有司，廉视尤谨，廷筠不乐，上书千余言，然私占授者已八人。执政鄙其为，授方山尉。徐商镇襄阳，署巡官。不得志，去归江东，令狐绹方镇淮南，廷筠怨居中时不为助力，过府不肯谒"，即又一次游江淮之事。

关于温庭筠之名为庭筠还是庭云，前夏以其字飞卿则当作庭云。《温庭筠传论》也谓："古人名与字每相关，其字'飞卿'，似作'云'为是"。笔者按，其本名岐，与飞卿之联系殆因凤鸣岐山之意，凤为飞鸟之首。字庭筠，与飞卿之联系在于梧桐、竹林皆为凤凰栖息之处，且凤凰非竹不食。故仅凭字而推测其名，未为允当。又且怀疑温庭筠生肖为"鸡"，以古人命名，往往与生肖有关联，如唐之大臣张文瓘，生于 605 年，即乙丑年，五行属土，"瑾"为美玉，即土之最上乘者。唐代将领李怀光，生于729年，即己巳年，五行属火，火与其名之"光"是相应的。唐代大臣樊泽，生于748年，即戊子年，五行属水，与其名之"泽"相应。温庭筠生年历来颇多争论，有812年、801年、817年、798年、824年、816年诸说，若以上之五行而论，则生于817年即丁酉年最恰切，酉属鸡，鸡为凤属，与温庭筠之名与字无一不合。然此等论据，只可作为辅证的材料，要不以为定论也。

拾凌《〈全唐诗·温庭筠集〉补佚一首》（《西北大学学报》1993年第2期）谓："高棅《唐诗品汇》卷44选温庭筠《桂州经佳人故居》云：'桂水依旧绿，佳人今不还。只应随暮雨，飞入九嶷山。'题下注云：'一作李群玉诗。'经检，《全唐诗·温庭筠集》未录此诗，《全唐诗》卷570《李群玉集》收有此诗。'佳人今不还'的'今'作'本'，注云：'一作今'。按《全唐诗》编纂体例，一诗两传者，均按互见处理，则此诗自可补入《温庭筠集》，至于此诗究系谁作，尚须进一步考证。"

笔者按，考之《李群玉诗集》卷下，收有《桂州经佳人故居》一诗，对于晚唐诗人李群玉的诗歌，宋代以来如《崇文总目》《郡斋读书志》《直斋书录解题》《新唐书》具有著录，则知其诗集渊源有自。而温庭筠现存作品集中并无此首诗歌，只是迟至明代，高棅编《唐诗品汇》，才将此诗归于温庭筠作，况且高棅编《唐诗品汇》所收其他诗人的作品也有张冠李戴的情况。故此诗应以李群玉撰为是。可以辅证的是，《李群玉诗集》卷下之《桂州经佳人故居》这一标题下有两首诗歌，第一首诗歌"种树人何在……"，《文苑英华》卷三百二十六收之，作者也作李群玉，可进一步证明"桂水依旧绿"一诗非温庭筠之作。

《温飞卿诗集笺注》卷五收有《伤温德彝》一诗："昔年戎虏犯榆关，一败龙城匹马还。侯印不闻封李广，他人丘垄似天山。"笔者按，《文苑英华》卷三百引此诗，名《伤边将》，作者标为"前人"，即佚名作者所作。此诗前一首即温庭筠之《赠蜀府将蛮入成都颇着功劳》诗；《文苑英华》卷三百四复引此诗，作者标为"前人"，此诗前二首即温庭筠之《哭卢处士》诗。《文苑英华》作于北宋初年，其时温庭筠诗歌尚保留完整，若《伤温德彝》一诗确为温庭筠作品，《文苑英华》似不可能在两个紧邻温庭筠诗歌的地方犯同一个错误。更为合理的解释是此诗确为无名氏之作，而后人在整理温庭筠诗歌时误混入集中者。

《采茶录》，《中国古代小说总目·文言卷》著录谓："《新唐书·艺文志》小说家类著录，一卷。今有重编《说郛》本。"笔者按，考之《通志》卷六十六载："《采茶录》三卷，唐温庭筠撰"，卷数不同于《新唐书·艺文志》。又《崇文总目》卷六载："《采茶录》一卷，阙"，则其书北宋时即已散佚，重编《说郛》本乃是辑佚而成者。

复考重编《说郛》本《采茶录》，收有作品六则，其第二则谓："李约，汧公子也。一生不近粉黛，性辨茶，尝曰：'茶须缓火炙，活火煎。活火谓炭之有焰者。当使汤无妄沸，庶可养茶。始则鱼目散布，微微有声；中则四边泉涌，累累连珠；终则腾波鼓浪，水气全消，谓之老汤三沸之法。非活火不能成也。'"然考之载籍，宋祝穆撰《古今事文类聚》续集卷十二引此，文字一致，出处为《因话录》，宋元载籍也无引作《采茶录》者。迟至重编《说郛》以后，方以之为《采茶录》作品。则此篇之归属，有进一步考证之必要。

重编《说郛》本《采茶录》第三则谓："甫里先生陆龟蒙嗜茶，荈置小园于顾渚山下，岁入茶租薄，为瓯牺之费。自为品第书一篇，继《茶经》《茶诀》之后。"考之唐陆龟蒙《笠泽丛书》卷一，载有其所作《甫里先生传》谓："甫里先生者，不知何许人也。人见其耕于甫里故云……先生嗜茶荈，置园于顾渚山下，岁入茶租十许簿，为瓯牺之实。自为品第书一篇，继《茶经》《茶诀》之后。"陆龟蒙别号甫里先生，故重编《说郛》谓"甫里先生陆龟蒙"。宋陈景沂撰《全芳备祖集》后集卷二十八引上之重编《说郛》本《采茶录》第三则，出处作《茶谱》；宋谢维新编《古今合璧事类备要》外集卷四十二引此篇也作《茶谱》。迟至重编《说郛》以后，方以之为《采茶录》作品。则此篇之归属，也有进一步考证之必要。

重编《说郛》本《采茶录》第四则谓："白乐天方斋，禹锡正病酒，禹锡乃馈菊苗薗芦菔鲊换取乐天六班茶二囊以自醒酒"，此则作品唐宋典籍《云仙杂记》卷二、《白孔六帖》卷十五、《百菊集谱》卷三、《古今事文类聚》续集卷十二等俱称出自《蛮瓯志》，而未作出自《采茶录》者，故其归属也有进一步考证之必要。

重编《说郛》本《采茶录》第五则谓："王蒙好茶，人至辄饮之，士大夫甚以为苦，每欲候蒙，必云今日有水厄"，《事类赋》卷十七、《太平御览》卷八百六十七、《海录碎事》卷六等引此则作品出处作"《世说》"，《山谷内集诗注》卷八、《韵府群玉》卷六、《古今合璧事类备要》外集卷四十二、《绀珠集》卷四、《类说》卷六引此则作品出处作"《洛阳伽蓝记》"，唐宋典籍引时未有作《采茶录》者，故其归属有进一步考证之必要。

郑还古《蔡少霞传》

《蔡少霞传》为郑还古所撰之单篇传奇。《中国古代小说总目·文言卷》谓："卢肇《逸史》载元和中青州张及辅、陈幼霞梦至一处，道士令书碑上苍龙溪主欧阳某撰《太皇真诀》，醒后记得四句。情事仿佛，当是此事之讹传"。笔者按，谓卢肇《逸史》载元和中青州张及辅事为《蔡少霞传》事之讹传，未为允当。为叙述方便，此将两篇作品移录于下，并作分析。

一为《逸史》之《张及甫》篇，载《太平广记》卷四十九：

> 唐元和中，青州属县有张及甫、陈幼霞同居为学。一夜俱梦至一处，见道士数人，令及甫等书碑，题云"苍龙溪主欧阳某撰太皇真诀"，字作篆文，稍异于常。及甫等记得四句云云："昔乘鱼车，今履瑞云。蹑空仰途，绮错轮囷。"后题云："五云书阁吏陈幼霞、张及甫。"至晓，二人共言，悉同。

一为《集异记》之《蔡少霞》：

蔡少霞者，陈留人也。性情恬和，幼而奉道。早岁明经得第，选蕲州参军。秩满，漂寓江淮者久之，再授兖州泗水丞。遂于县东二十里，买山筑室，为终焉之计。居处深僻，俯近龟蒙，水石云霞，境象殊胜。少霞世累早祛，尤谐夙尚。于一日沿溪独行，忽得美荫，因就憩焉。神思昏然，不觉成寐。因为褐衣鹿帻人之梦中召去，随之远远，乃至城郭处所。碧天虚旷，瑞日瞳曈，人俗洁清，卉木鲜茂。少霞举目移足，惶惑不宁，即被导之令前。经历门堂，深邃莫测。遂见玉人当轩独立，少霞遽修敬谒。玉人谓曰："愍子虔心，今宜领事。"少霞靡知所谓。复为鹿帻人引至东廊，止于石碑之侧，谓少霞曰："召君书此，贺遇良因。"少霞素不工书，即极辞让。鹿帻人曰："但按文而录，胡乃拒违！"俄有二青僮，自北而至。一捧牙箱，内有两幅紫绢文书，一赍笔砚，即付少霞曰："法此而写。"少霞凝神搦管，顷刻而毕。因览读之，已记于心矣。题云："苍龙溪新宫铭，紫阳真人山玄卿撰。良常西麓，源泽东瀍。新宫宏宏，崇轩峣峣。雕珉盘础，镂檀竦棼。壁瓦鳞差，瑶阶肪截。阁凝瑞雾，楼横祥霓。骁虞巡徼，昌明捧闑。珠树规连，玉泉矩泄。灵飙遐集，圣日俯晰。太上游储，无极便阙。百神守护，诸真班列。仙翁鹄驾，道师冰洁。饮玉成浆，馔琼为屑。桂旗不动，兰屋互设。妙乐竞臻，流铃间发。天籁虚徐，风箫泠澈。凤歌谐律，鹤舞会节。三变玄云，九成绛阙。易迁虚语，童初浪说。如毁乾坤，自有日月。清宁二百三十一年四月十二日建。"于是少霞方更周视，遂为鹿帻人促之，忽遽而返，醒然遂窹。急命纸笔，登即纪录。自是兖豫好奇之人，多诣少霞，询访其事。有郑还古者为立传焉。用弱亦常至其居，就求第一本视之，笔迹宛有书石之态。少霞无文，乃孝廉一叟耳，固知其不妄矣。少霞尔后修道尤剧，元和末，已云物故。

两篇作品相较，除人物及身份有显著差异外，如前篇为道士让书碑，后篇为仙人。另外就是前篇言如梦者仅记得四句诗歌,后篇则整篇约四十句并皆记得。且前后篇之四言诗歌并无相互重复者,并可证其非讹传而是各有渊源。两篇作品在情节上尤异之处是前篇通过张及甫、陈幼霞两人在同一时间梦见同一事情以突出其怪异之处,后篇则仅谓蔡少霞一人入梦。《中国古代小说总目·文言卷》谓为讹传,主要还是认为《蔡少霞传》篇既然为纪实,《张及甫》篇也当如此。然唐代志怪传奇作品,虽往往自谓史笔,而实多虚构。前者成篇时间在后,有可能是模仿后篇情节又加以变换者。此类作品在历代文言小说中作品尤夥,不胜枚举。

柳珵《常侍言旨》

《中国古代小说总目·文言卷》谓:"原书已佚,涵芬楼本《说郛》卷五引一条,记李辅国迁玄宗于西内事,较简略。末云:'此事本在朱厓太尉所续《柳史》第十六条。'按《柳史》即李德裕《次柳氏旧闻》。重编《说郛》卷四九收此书六条,除沿录原本《说郛》一条外,余五条系出《因话录》卷上,非柳所作。"周勋初《唐代笔记小说叙录》(凤凰出版社2008年版)谓:"《说郛》(宛委山堂本)卷四九有《常侍言旨》,共录《李辅国》《杨妃好荔枝》《安禄山心动》《玄宗思张公》《玄宗幸长安》《李唐讽肃宗》六条,其中第一条并见张宗祥辑明钞本《说郛》卷五,当为原书所有,其他五条则均见李肇《国史补》卷上,显非原书所有。"笔者按,二书在重编《说郛》后五条作品的归属上存在异议,《中国古代小说总目·文言卷》谓为《因话录》作品,周勋初谓为《国史补》作品。今复按《因话录》一书,并无以上五条作品,此五条作品实在《国史补》卷上。

张鷟《朝野佥载》

周勋初《唐代笔记小说叙录》之《朝野佥载》条谓:"《朝野佥载》卷一曰:'率更令张文成,枭晨鸣于庭树,其妻以为不祥,连唾之。文成曰:

"急洒扫，吾当改官。'言未毕，贺客已在门矣。'此文原出《太平广记》卷一三七，原注出《国史纂异》，其下有又一说，记'文成景云二年'事，下注'出《朝野佥载》'。《宝颜堂秘籍》本遂一并录入。实则前一说中之张文成，实为张文收之误写。《隋唐嘉话》卷中收此文，文字无大异，正作率更令张文收事。张文收占事灵验，咸亨元年迁太子率更令，见《旧唐书》卷八五、《新唐书》卷一一三本传。《隋唐嘉话》中还记载着他的同类故事。《朝野佥载》叙事时自称张鹭，故前文实系《太平广记》之误写而《宝颜堂秘籍》本又沿误。"

笔者按，周勋初谓"张文成"为"张文收"之误，其言甚确。然《朝野佥载》卷一所载"枭晨鸣于庭树"条是否为《朝野佥载》作品，则还有进一步讨论的必要。《太平广记》卷一三七所引《国史纂异》此条原文为"唐率更令张文成，枭晨鸣于庭树，其妻以为不祥，连唾之。文成云：'急洒扫，吾当改官。'言毕，贺客已在门矣。"然《太平广记》卷四百六十二引《朝野佥载》作品谓："有枭晨鸣于张率更庭树，其妻以为不祥，连唾之。张云：'急洒扫，吾当改官。'言未毕，贺客已在门矣。"可证《朝野佥载》确有此条作品，然《宝颜堂秘籍》本确实乃据《太平广记》卷一三七所引《国史纂异》文字以为《朝野佥载》作品，而未据《太平广记》卷四百六十二引《朝野佥载》辑为该书之作。前后两卷所引内容一致，仅文字小有异同。《分门古今类事》卷十五引文有"唐率更令张文成，一旦有枭晨鸣于庭木上，其妻以为不祥，连唾之。文成云：'急洒扫，吾当改官。'言未毕而贺客已在门矣。景云二年为鸿胪寺丞，帽带及袍并被鼠啮，有蜘蛛大如粟，当寝门，缘丝上，经数日，加阶授五品官。男不幸，鼠啮带欲断，寻授博野尉。"作者注明该条作品出处为《异纂》及《朝野佥载》，此之《异纂》即《国史异纂》，亦名《国史纂异》《隋唐嘉话》等，以及《白孔六帖》卷二十四引此条作品，出处亦作《朝野佥载》，皆可证该条作品为两书所共有。此类情况在唐代笔记小说中并非鲜见，如《隋唐嘉话》（刘𫗧撰，程毅中点校，中华书局1979年版。）卷中"李太史与张文收率更坐，有暴风自南而至，李以南五里当有哭者，张以为有音乐。左右驰马观之，则遇送葬者，有鼓吹焉。"程毅中注明《太平广记》卷七十六引此条作品出处为《异纂》及《纪闻》，可知此则作品为两书所共有。此类例子尚多，无烦多引。

又周谓《朝野佥载》叙事时自称张鷟而非张文成以证成"文成"乃"文收"之误，未为允当。如《太平广记》卷一百八十五引《朝野佥载》谓："唐张文成曰：'乾封以前，选人每年不越数千……'"，《太平广记》卷二百四十引《朝野佥载》谓："唐赵履温为司农卿，谄事安乐公主，气势回山海，呼吸变霜雪。客谓张文成曰：'赵司农何如人？'曰：'猖獗小人……'"，可证现存《朝野佥载》作品也有以张文成称张鷟者，尽管大多数情况作者是以"张鷟"或"鷟"自称。张文成因其文才而影响甚广，后世编撰或抄写雕刻典籍者不知有张文收其人而熟知有张文成其人，遂臆改"枭晨鸣于庭树"条之文收为文成而致误。

现有赵守俨点校本，发明宏多，然微有不足者。《宝颜堂秘籍》本据《太平广记》辑佚而成，学界已有共识。然如《太平广记》所引《朝野佥载》作品往往所据并非仅《朝野佥载》一书，而点校本未为注明。如点校本《朝野佥载》卷二《稠禅师》，《太平广记》卷九十一出处为"《纪闻》及《朝野佥载》"，点校本《朝野佥载》卷五《丰都冢》，《太平广记》卷三百九十一作"出《朝野佥载》《两京记》"。又正如周勋初《唐代笔记小说叙录》之评《宝颜堂秘籍》本《朝野佥载》："《秘籍》本之编纂工作极为草率，全部文字实从《太平广记》中辑出。《太平广记》引《朝野佥载》中文共四百十六条，《宝颜堂秘籍》本仅辑入三百七十条，不仅大量遗漏，且文字也乱作改动，实是一种粗糙的辑本。"《宝颜堂秘籍》本《朝野佥载》辑佚之草率，还体现在其任意将他书文字辑为《朝野佥载》之作品。而赵守俨点校本未能删除。《太平广记》卷二百十六依次有四篇作品《王子贞》《张璟藏》《凑州筮者》《蔡微远》，第一、二、四篇作品出处为《朝野佥载》，第三篇作品《凑州筮者》出处为《御史台记》，而《宝颜堂秘籍》本依次将这四篇作品辑入《朝野佥载》卷一，辑入的《凑州筮者》文字也与《太平广记》卷二百十六一致，而此《凑州筮者》显系误辑，应予剔除。与此类似的其他因紧邻前后文有《朝野佥载》作品而致《宝颜堂秘籍》本误辑其为《朝野佥载》的情况还有《太平广记》卷二百二十引《蛇毒》未标明出处，被辑入《宝颜堂秘籍》本《朝野佥载》卷一。《太平广记》卷一百六十三引《李蒙》，出处为《独异志》，被辑入《宝颜堂秘籍》本《朝野佥载》卷一。《太平广记》卷三百二十九引《张希望》，出处为《志怪》，被辑入《宝颜堂秘籍》本《朝野佥载》卷二。《太平广记》卷二百三十八引《胡延庆》，出处为《国史补》，被辑入《宝颜堂秘籍》本《朝野佥载》卷三；赵守俨注谓："此条见《广记》卷二三八，云出《国史补》。按，今本《国史补》无此文。"笔者按，周勋初《唐代笔记小说叙录》谓《国史补》"此书传世各本有残佚者"，可知《国史补》一书并未完整保存下来，不可因今本《国史补》无此文而判其为《朝野佥载》作品。《太平广记》卷二百五十三引《侯白》，出处为《启颜录》，被辑入《宝颜堂秘籍》本《朝野佥载》卷四。《太平广记》卷一百七十一引《李杰》，出处为《国史异纂》，被辑入《宝颜堂秘籍》本《朝野佥载》卷五。《太平广记》卷三百九十一引《樊钦贲》，出处为《宣室志》，被辑入《宝颜堂秘籍》本《朝野佥载》卷五。《太平广记》卷三百九十八引《走石》，出处为《朝野佥载》，被辑入《宝颜堂秘籍》本《朝野佥载》卷五，然此作品第一句为"宝历元年乙巳岁"，宝历为唐敬宗年号，为张鷟去世后一百余年之事，显系《太平广记》误注出处，应该删除。《太平广记》卷二百四十引《程伯献》，出处为《谈宾录》，被辑入《宝颜堂秘籍》本《朝野佥载》卷五。以上诸条，皆应一一删除出《朝野佥载》一书。

对《朝野佥载》一书之辑佚，赵点校本以前，余嘉锡《四库提要辨证》卷十七之"《朝野佥载》"条已广有搜集。赵点校本所辑佚文，多为嘉锡已辑者。此后，陆续有为《朝野佥载》收集佚文者，刘真伦《〈朝野佥载〉点校本管窥》（上、下），载《书品》1989年第1、2期，中华书局1989年3、6月。刘真伦《〈隋唐嘉话〉〈朝野佥载〉拾补》，载《书品》1989年第4期，中华书局1989年12月。程毅中《〈朝野佥载〉拾遗》，载《书品》1998年第6期，中华书局1998年12月。另周勋初《唐代笔记小说叙录》之《朝野佥载》条和上海师范大学2009年盛亮硕士学位论文《〈朝野佥载〉研究》也辑有部分佚文。

《朝野佥载》卷一有作品"韦庄颇读书，数米而炊，秤薪而爨，炙少一脔而觉之。一子八岁而卒，妻敛以时服，庄剥取，以故席裹尸，殡讫，擎其席而归。其忆念也，呜咽不自胜，惟悭吝耳。"赵守俨注谓："按，晚唐诗人韦庄与张鹫时代不相及，此或同姓名之别一韦庄；或本非《佥载》之文，《广记》误注出处，《宝颜堂》本沿误。"笔者按，元代《唐才子传》之晚唐韦庄传谓："韦庄少孤贫力学，才敏过人。庄应举时，正黄巢犯阙，兵火交作，遂着《秦妇吟》，有云'内库烧为锦绣灰，天街踏尽却重回。'乱定，公卿多讶之，号为'《秦妇吟》秀才'。庄自来成都，寻得杜少陵所居浣花溪故址，虽芜没已久，而柱砥犹存，遂诛茅重作草堂而居焉。性俭约，称薪而爨，数米而炊，达人鄙之"，《记纂渊海》卷四十八引《唐书》也谓："韦庄性悭，数米而炊，秤薪而爨。"此则作品辑自《太平广记》卷一百六十五，可知为《太平广记》误记出处，而《宝颜堂》本沿其误。

《四库全书总目》该书提要谓："《宋史·艺文志》作《佥载》二十卷，又《佥载补遗》三卷，《文献通考》则但有《佥载补遗》三卷……考莫休符《桂林风土记》，载鹫在开元中，姚崇诬其奉使江南，受遗赐死。其子上表请代，减死流岭南。数年起为长史而卒。计其时尚在天宝之前，而书中有宝历元年资阳石走事，宝历乃敬宗年号。又有孟宏微对宣宗事，时代皆不相及。案尤袤《遂初堂书目》亦分《朝野佥载》及《佥载补遗》为二书，疑《佥载》乃鹫所作，《补遗》则为后人附益。凡阑入中唐后事者，皆应为补遗之文。"

余嘉锡《四库提要辨证》卷十七之《朝野佥载》条也赞同《四库提要》的观点，并作了进一步引证："《提要》所举宝历元年资阳石走事，见本书卷五。按之时代，诚为不合。（此条《广记》卷三百九十八亦引作《朝野佥载》，当是《佥载补遗》中语）惟所谓孟宏微对宣宗事，则遍检文津阁本、秘籍本、影钞本皆无此条，不知《提要》所据何本，岂其误记耶？（此事见《北梦琐言》卷九）书中卷一云：开元五年春，司天奏玄象有眚，玄宗震惊。卷四云：李宜得当玄宗起义，与王毛仲等立功。（此条《广记》卷一百六十七，亦引作《朝野佥载》，当是《补遗》中语）又卷五云：将军高力士特承玄宗恩宠。（此条《广记》卷二百四十引作《谈宾录》）鷟既卒于开元时，不应知玄宗之谥。又卷二有阳城拜谏议大夫事，卷六有天宝中韩朝宗入冥事，（此条《广记》卷三百八十亦引作《朝野佥载》）时代皆不相及，不只如《提要》所举二条。盖其中有系《佥载补遗》之文，有系后人取他书窜入也。"

对这一观点，赵守俨在《张鷟和〈朝野佥载〉》（《文史》第八辑）一文进行了逐一的有力反驳，其中一条论据是针对《朝野佥载》卷六"天宝中，万年主簿韩朝宗尝追一人"而阐述的，"天宝"为张鷟身后之事，赵文谓："关于'天宝中，万年主簿韩朝宗'的故事，问题并不在于韩朝宗其人。据王维所作韩朝宗墓志铭（《全唐文》卷三二七），朝宗天宝九载（750年）卒，年六十五，依此上推，当生于垂拱二年（686年）。此人年纪虽比张鷟轻，行辈也晚些，但两人基本上同时，张书中出现韩的事迹，这完全可能。但此条所指的特定时间——'天宝中'，确有问题。张鷟没有赶上天宝时代，固不待言，甚至本条叙事的情节，与韩朝宗的经历也不相合。按，朝宗为韩思复子，《新书》卷一一八记其士履云：'朝宗初历左拾遗，睿宗诏作乞寒胡戏，谏曰……累迁荆州长史。开元二十二年初，置十道采访使，朝宗以襄州刺史兼山南东道……坐所任吏擅赋役，贬洪州刺史。天宝初，召为京兆尹……'由此可见，韩朝宗早在开元以前，就做了高级地方官，天宝初年，又由洪州刺史召回长安，擢为京尹要职。《佥载》此条却说他在'天宝中'还屈居万年县主簿，这当然是不可能的事。这一条的问题，可能就错在'天宝中'三字上……只是一时无法证实这种推论罢了。"

笔者按，赵守俨之推论甚为有理，此考《新唐书》卷一百二十七《张嘉贞传》谓张嘉贞"引万年主簿韩朝宗为御史，卒后十余岁，朝宗以京兆尹见帝曰：'陛下待宰相，进退皆以礼，身虽没，子孙咸在廷。张嘉贞晚一息宝符，独未官。'帝恻然，召拜左司御率府兵曹参军，赐名曰延赏。"

则韩朝宗为万年主簿，最迟在嘉贞去世之年，考之载籍，嘉贞生于唐高宗麟德二年（665年），死于唐玄宗开元十七年（729年），则"天宝中，万年主簿韩朝宗"条作品之"天宝"实为"开元"之误，致误原因则未知，要不能以之证明四库提要所谓"《补遗》则为后人附益"之观点。

《郡斋读书志校证》卷十三已载"《朝野佥载补遗》三卷，右唐张鷟文成撰。分三十五门，载唐朝杂事"，《宋史》卷二百三载："张鷟《朝野佥载》二十卷，又《佥载补遗》三卷"，俱谓作者为张鷟，则不应轻易否定。又《古今事文类聚》之《遗集》卷十引"高宗命英公勣伐高丽，既破，上于苑中楼上望，号望英楼"，注出《佥载补遗》，也非如《四库提要》所谓《佥载补遗》记载者为中唐以后事。又宋人撰《山谷外集诗注》卷一注引："张鷟《佥载补遗》云：王能为洛阳令，判妇人阿孟状云：'阿孟身年八十，鬓发早巳苍浪'"，都可证《佥载补遗》实为张鷟所作。《直斋书录解题》卷十一载："《朝野佥载》一卷，唐司门郎中饶阳张鷟文成撰，其书本三十卷"，颇疑其版本中有一种为三十卷本，在流传过程中部分散佚，故后人在遗存的二十卷的基础上复作辑佚而成补遗三卷，故目录学者收录时此三卷补遗作者仍题为张鷟。

张鷟应科举的情况，诸书记载也微有不同。唐时典籍《大唐新语》卷八谓："文成凡七应举，四参选，其判策皆登甲第科"，唐代《桂林风土记》也谓"文成凡七举四参选，皆中甲科"，南宋《直斋书录解题》卷五也谓唐代《翰林盛事》一书"首载张文成七登科"。而《旧唐书》卷一百四十九则谓："鷟凡应八举，皆登甲科"，《新唐书》卷一百六十一也谓张鷟"八以制举皆甲科"。笔者按，《天中记》卷三十七引《朝野佥载》佚文谓："张鷟凡应入举，皆登甲科。四参选，判策为诠府之最。员半千谓人曰：'张子之文如青钱，万选万中，未闻退时。'时流重之，目为青钱学士。"如果此条佚文准确，则作为张鷟自记之文，应该准确无误。两《唐书》之记载或据张鷟自撰之文也未可知。

张鷟之撰作，《新唐书》卷六十收录有《才命论》一卷，注谓"张鷟撰，郜昂注。一作张说撰，潘询注"。《宋史》卷二百五也收录有"张说

《才命论》一卷"，则似乎该书为张说撰作的可能性也不小。然复考唐莫休符撰《桂林风土记》谓："文成以五为县尉，因著《才命论》以适志，盛行于世。有李季孙者注《才命论》，言是燕公词，盖不览唐史，率意纪文，大惑，时人一向纰缪。"表明唐代时此书即有误传为张说作的情况。复考《因话录》卷四谓："元和中，僧鉴虚本为不知肉味，作僧素无道行。及有罪伏诛，后人遂作《鉴虚煮肉法》，大行于世。不妨他僧为之，置于鉴虚耳。亦犹《才命论》称张燕公，《革华传》称韩文公，《老牛歌》称白乐天，《佛骨诗》称郑司徒，皆后人所诬也。"也同样辨明了《才命论》确非张说之书。

佚名《乘异集》

《中国古代小说总目·文言卷》谓："宋戴埴《鼠璞》卷下《蚕马同体》云：'唐《乘异集》载：蜀中寺观多塑女人披马皮，谓马头娘，以祈蚕。'蚕马神话初载于《搜神记》卷一四，至唐犹传，民间祀奉马头娘，杜光庭《墉城集仙录》卷六及《仙传拾遗》（《太平广记》卷四七九引，讹作《原化传拾遗》）均有记。《古今事文类聚》前集卷三六引《图经》亦载，末节与《乘异集》文字大同。'乘异'盖取史乘之异，意思是载录异闻。"《蜀中广记》卷七十一载："按唐《乘异集》云：蜀中寺观多塑女人披马皮，谓之马头娘以祈蚕事。今有蚕女冢在什邡绵竹德阳三县界，而新繁蚕丛祠中旧亦塑女像，皆本此云。'乘异'一作'集异'。"论该作品收录之书名，与《中国古代小说总目·文言卷》微有不同。

卢光启《初举子》

《中国古代小说总目·文言卷》谓："卢光启字子忠，进士及第。为张浚所厚，累擢兵部侍郎。唐昭宗幸凤翔时曾举以为相。后坐事赐死。事迹见《新唐书》本传。原书已佚，未见佚文。孙光宪《北梦琐言》卷四谓卢光启先人伏刑后，其兄弟皆修饰赴举，所著《初举子》一卷，皆入举诸事。又洪迈《容斋续笔》卷一三'贻子录'条载《贻子录·修进》一章云咸通年中卢子期着《初举子》一卷，中有入试避讳事。可知本书为记唐代科举故事之书，子期当为子忠之误。《新唐书·艺文志》小说家类著录一卷。《崇文总目》注云：'阙。'似至北宋时已亡。但《宋史·艺文志》又著录本书三卷，似宋代又有传本。"

笔者按，卢光启，生年不可知。《容斋随笔》续笔卷十三引五代《贻子录》载："咸通年中，卢子期著《初举子》一卷"，咸通为860—874年。《新唐书》卷十载："（天复）三年……二月，雨土。甲戌，贬陆扆为沂王傅，分司东都。丙子，王溥罢。朱全忠杀苏检、吏部侍郎卢光启。"《资治通鉴》卷二百六十四载："天复三年二月……丙子，工部侍郎、同平章事苏检，吏部侍郎卢光启，并赐自尽"，则知光启卒于天复三年（903年）二月。

该书佚文可见者如《墨池编》卷六引："《初举子》云：宣赍入词场以护试纸，恐他物所污。"《文房四谱》卷五载："《初举子》云：凡入试，题目未出，间豫研墨一砚。盖欲其办事，非主于事笔砚之妙者也。"可知是对科举考试之过程的记载，而非以人物及事件为中心之虚构之作，故不可裁之为小说作品。

该书之卷本流传，考之《四库全书总目》之《崇文总目》提要谓："又《续宋会要》载大观四年五月，秘书监何志同言庆历间集四库为籍，今按籍求之，十才六七。宜颁其名数于天下，总目之外，别有异书，并借传写。绍兴十二年十二月，权发遣盱眙军向子固言，乞下本省以唐《艺文志》及《崇文总目》所阙之书，注'阙'于其下，付诸州军照应搜访云云。今所传本每书之下多注'阙'字，盖由于此。"可知《崇文总目》注'阙'者，并不能证明《初举子》至北宋时已亡。而后之《宋史·艺文志》载之，也可进一步证明在宋元时期，其书犹存。

对于该书的作者，《通志》卷六十五载："《初举子》一卷，后唐同光时人记当时举进士礼部试之式，《唐志》作卢光启"，后唐同光时乃五代时之 923—926 年，则宋时对该书之作者已有不同记载。唯其谓该书乃载"举进士礼部试之式"，与前列佚文内容一致，可再证该书实非小说。

杜确《楚宝传》

《少室山房笔丛》卷十八载"两杜确，一见《莺莺传》，一为岑参集序，见《文献通考》、晁公武《读书志》"，认为此两杜确为不同历史人物。杜确一名于唐传奇《莺莺传》文曰："唐贞元中……有中人丁文雅不善于军，军人因丧而扰，大掠蒲人。崔氏之家财产甚厚，多奴仆，旅寓，惶骇不知所托。先是，张与蒲将之党友善，请吏护之，遂不及于难。十余日，廉使杜确将天子命以统戎节，令于军，军由是戢。"此言贞元中杜确将天子命以统戎节于蒲。《中国古代小说总目·文言卷》介绍杜确生平谓："大历二年举茂才异行科，授职京兆府属县。贞元中为兵部员外郎。后除太常卿，十四年迁同州刺史，兼防御使、长春宫使，明年调河中尹、河中绛州观察使。"考之唐代历史地图，《莺莺传》中所谓"蒲"，正是属于河中，贞元这一时间也符合。可知《楚宝传》之杜确与《莺莺传》之杜确为同一个人。

《中国古代小说总目·文言卷》谓《楚宝传》之作者杜确"曾为岑参文集作序（序载《全唐文》卷四五九）"，则认为《莺莺传》文中之杜确与序岑集之杜确为同一个人，观点与《少室山房笔丛正集》不同。考之岑参集序，末题"京兆杜确序"。《元和姓纂》卷六之杜氏之"偃师"条载："状云本京兆人。唐礼部侍郎嗣光；孙溱之，兵部郎中；溱之生长文。溱之堂侄确，河中节度。"考之《全唐文》卷四五九杜确《岑嘉州集序》，谓岑参"不禄岁月逾迈殆三十年，嗣子佐公复纂前绪，亦以文采登名翰场，有公遗文贮之筐箧，以确接通家余烈，忝同声后辈，受命编次，因令缮录，区分类聚，勒成八卷。"岑参卒于 770 年，此言参去世殆三十年复编其文集，时间约在贞元十六年，也与杜确之生卒（733—802 年）相符合。则知序岑参集之杜确与任河中节度（尹）之杜确为同一人。《少室山房笔丛正集》观点错误。

《唐五代志怪传奇叙录》之《楚宝传》条论本书的影响谓："《直斋书录解题》典故类、《通考》故事类有《八宝记》一卷，陈氏曰：'无名氏。大观二年。'《遂初堂书目》谱录类亦有《八宝记》，当即此本。此乃北宋人作，非杜确之作，然其命意，似本杜作。"《中国古代小说总目·文言卷》也谓："北宋大观二年无名氏作《八宝记》一卷（《直斋书录解题》典故类），疑仿杜作。"

北宋大观二年所作之《八宝记》，《玉海》卷八十四记载详细："神宗是正典礼，诏侍臣作天子皇帝六玺，追琢未就。崇宁五年，有献玉印方寸者，其文曰'承天福，延万亿，永无极。'遂以九字为文，命工更刻，螭纽方盘，上圆下方，名为镇国宝。又作受命宝，皆方四寸，有奇篆，以虫鱼，帝自为记，并元丰六玺通为八宝。大观元年，遂黜皇祐镇国、元符受命二宝不用。二年正月壬子朔，御大庆殿，受八宝。"并注谓"置符宝郎四员，隶门下省，二员以中人，掌宝于禁中，内外各二员，亲制《八宝九鼎记》"，是徽宗亲自撰有《八宝九鼎记》以纪此盛事。《昌谷集》卷二十二注谓："朱丞相《秀水闲居录》云，靖康京城失守，八宝悉为金人劫取矣。但八宝既失而镇国宝独存，其文所谓'范围天地，幽赞神明，保合太和，万寿无疆'者，则又朱丞相误也。镇国宝文九字曰'承天福，延万亿，永无极'，而'范围天地'以下十六字者，谓之定命宝，乃朱丞相维扬所见者也。合定命宝言之，谓之九宝。靖康八宝皆失，而定命宝独在。蔡绦《国史后补》载九宝甚详，与御制《八宝记》及要诸书皆相表里，当以绦说为正。"此言蔡绦《国史后补》与徽宗御制《八宝记》等书对八宝之记载一致，当为正论。则可知《八宝记》乃宋徽宗在大观二年制作。《直斋书录解题》等题作无名氏作，偶未考也。

然该书是否如学者所谓，乃模仿唐代《楚宝传》之小说作品呢。宋杨仲良《皇宋通鉴长编纪事本末》卷第一百二十八"八宝"条载："大观二年正月，御制《八宝记》，其略曰：'我神考以圣德嗣兴，讲修百度，考昔验今，是正典礼。爰诏侍臣，作天子、皇帝六玺，追琢其章，未克有就。

永惟盛德洪烈，夙夜钦翼，父作子述，敢忘厥志　观之载籍，考之前世，六玺之外，有镇国、受命二宝，宝而不用。在皇佑中，有进镇国宝，文曰"镇国之宝"，镂以黄金，书以小篆，制作非古，工亦不良。在绍圣中，得受命宝，其文曰"受命于天，既寿永昌"。其玉蓝田，其制秦也，盖不可以传示将来，贻训后世。方参稽宪度，自我作古。有以古印献者，方不及寸，纽以寿龟，文曰"承天福，延万亿，永无极"。有以宝玉献者，色如截脂，气如吐虹，温润而泽，其声清越。有以古篆进者，龙蟠凤翥，鱼跃鸟流，奇偶相生，纵横得所。有以善工进者，雕琢众形，如切如磋，分毫析缕，不见其迹。四者既备，于是揭而玺之，乃以"受命于天，既寿永昌"之文作受命宝，其方五寸有奇；以"承天福，延万亿，永无极"之文作镇宝，其方五寸有奇，皆螭纽五盘，篆以虫鱼，贯以丝组，上圆下方，盖合如契。又以元丰所作天子皇帝行信六玺继而成之，通而为八。正月元日，端命于上帝，祗受于路寝，华裔耸闻，中外称庆。于以修未备之典，成一代之器。顾何德以堪之！'"可知其乃是对历史故实的记载，《八宝记》不是小说作品，并非仿杜确《楚宝传》之作。

裴铏《传奇》

《唐五代志怪传奇叙录》述其生平谓："裴铏，号谷神子。《云笈七签》卷八八载《道生旨》，题谷神子裴铏述。首云：'钟陵郡之西山有洪崖坛焉，坛侧有栖真子杨君，知余有道，诣予，请述道生之宗旨。'是则铏曾修道于洪州西山，道号谷神子。"笔者按，据所列《道生旨》内容，仅谓栖真子杨君住在西山有洪崖坛坛侧，实不足以证明铏曾修道于洪州西山。谷神子也未必是道号，如唐代文言小说家郑还古也号谷神子，而身份并非道士。《道生旨》一文，也不足以证明裴铏为道士，类似文章，历代文士颇有为之者，与作者是否为出家人的身份无必然联系。

《唐五代志怪传奇叙录》论及裴铏《题石室诗》创作时间谓："乾符元年十二月（高骈）奉命诣西川制置蛮事，明年正月为西川节度使，此间

（裴）铏当从行。《唐诗纪事》卷六七云：'乾符五年，铏以御史大夫为成都节度副使。《题石室诗》曰："文翁石室有仪形，庠序千秋播德馨。古柏尚留今日翠，高岷犹蔼旧时青。人心未肯抛镡蚁，弟子依前学聚萤。更叹沱江无限水，争流袛愿到沧溟。"时高骈为使，时乱矣，故铏诗有"愿到沧溟"之句，有微旨也。铏作《传奇》，行于世。'高骈于乾符五年正月改任荆南节度使，铏之初为节度副使加御史大夫，当在乾符五年前，必得力于高骈荐举。铏诗盖作于乾符五年正月骈离成都之后。"

笔者按，《唐诗纪事》既谓《题石室诗》为高骈任西川节度使时所作，在无确凿证据的情况下，不宜断为作于乾符五年正月骈离成都之后，尽管《宝刻类编》卷六载《题石室诗》等三篇作品刻石立碑时间为乾符五年，然作品创作与立碑时间原是二事，其间或有长短不一的时间间隔，不可据此论定诗歌的创作时间。

唯《唐诗纪事》及《唐五代志怪传奇叙录》判定此诗为乾符五年作品，皆以高骈乾符五年为西川节度使一事为立论依据。然高骈乾符五年是否仍为西川节度使，典籍有不同记载。《旧唐书》卷十九下载："乾符……四年……六月以宣歙观察使高骈检校司空、兼润州刺史、镇海军节度、苏常杭润观察处置、江淮盐铁转运、江西招讨等使。"《旧唐书》卷一百八十二载："南诏蛮寇嶲州，渡泸肆掠。乃以骈为成都尹、剑南西川节度观察等使。蜀土散恶，成都比无垣墉，骈乃计每岁完葺之费，甃之以砖甓，雉堞由是完坚。传檄云南，以兵压境，讲信修好，不敢入寇，进位检校尚书右仆射、江陵尹、荆南节度观察等使。乾符四年，进位检校司空、润州刺史、镇海军节度、浙江西道观察等使，进封燕国公。"这都说明早在乾符四年，高骈即已离任西川节度使。

《唐诗纪事》及《唐五代志怪传奇叙录》判定高骈离任时间为乾符五年，当是依据《资治通鉴》卷二百五十二及卷二百五十三，其谓："乾符元年……仍命天平节度使高骈诣西川制置蛮事……二年春，正月，丙戌，以高骈为西川节度使。辛巳，上祀圆丘，赦天下。高骈至剑州，先遣使走马开成都门……五年春，正月……庚戌，以西川节度使高骈为荆南节度使兼盐铁转运使。"司马光《考异》谓："《锦里耆旧传》：'郓州节度使高相公骈，乘急诏，除剑南西州节度副大使。乾符元年，正月二十一日，行李到剑州，先遣使走马开城门，并令放出百姓。二月十六日，至府，豁开城门，并放人出。'今从《实录》置今年（笔者按，此指乾符二年）。"《资治通鉴》卷二百五十三记载高骈到任及离任西川节度使皆迟《旧唐书》一年，即司马光认为《锦里耆旧传》等记载高骈到任及离任西川节度使为乾符元年到四年的记载是错误的，而采信于《实录》的记载。然据《廿二史札记》卷十六"唐实录国史凡两次散失"条考证谓："宣宗以后无实录……广明乱后，书籍散亡，五代修唐书时，因会昌以后事迹无存，屡诏购访。据《旧唐书·宣宗纪》论云'宣宗贤主，虽汉文、景不过也，惜乎简籍遗落，十无二三。'又《五代会要》所云'有纪传者惟代宗以前，德宗亦只存实录，武宗并只实录一卷。'则虽有诏购访，而所得无几。此五代时修唐书之难也。新唐书韦述等传赞云'唐三百年，业巨事丛，其间巨盗再兴，国典焚逸。大中以后，史录不存。故圣主贤臣、叛人佞子、善恶汩汩，有所未尽。'然则不惟《旧唐书》多所阙漏，即《新唐书》搜采极博，亦尚歉然于文献之无征也。"据此可知乾符年间唐僖宗时实录等唐人撰作之史料并未保存后世，不知《资治通鉴》卷二百五十三所采用的《实录》为何人所撰。以理推之，高骈事在国史中仅朝廷众多历史大事之一件，然在蜀地地方史料中却是难得的重大事件，故《锦里耆旧传》记载应更具准确性。况且《锦里耆旧传》作者为五代北宋初年人，其时离晚唐不远，可信度较高。

据上言之，《题石室诗》是否为乾符五年作品，还有进一步考究的必要。

李德裕《次柳氏旧闻》

李德裕之妻妾中，刘致柔之身份，学者互有争议。陈寅恪《金明馆丛稿二编》（生活·读书·新知三联书店 2001 年版）之《李德裕贬死年月及归葬传说辨证》一文谓刘致柔为李德裕之妾。封野《李德裕夫人刘氏考》（《江海学刊》1996 年第 3 期）谓："对于刘氏身份向来有妻、妾两种意见。分歧的原因是李德裕在《唐茅山燕洞宫大洞炼师彭城刘氏墓志铭并序》中虽然提到他与刘氏共同生活并且生子育女，但对刘氏的身份没有作出明确交代。刘氏是哪一年、多大岁数时嫁给李德裕的，《墓志》中没有直接说明，只说她'言行无玷，淑慎其身，四十一年于兹也'，'己巳岁八月二十一日终于海南旅社，享年六十有二'。由此推算，她应该是在元和四年嫁给李德裕，时年二十二岁。对于当年迎娶刘氏的情况，《墓志》里没有任何反映。唐人撰写已婚女子墓志通常对两项内容从不含糊：一是对女子出阁年龄的交待；二是选用'聘''嫔''归'等字样表示正当迎娶关系。李德裕懂得这些规矩，他为徐夫人撰写墓志就遵循了这些规矩，其云：'余自御史台丞出镇金陵，徐氏年十六，以才惠归我。'徐盼只是李德裕的妾，因是正式纳聘，故其墓志里有对关键内容的说明。再看刘氏夫人，她与李德裕共同生活长达四十一年，并且生有三子二女，大中初李德裕被贬崖州，刘氏以花甲之年，携重病之躯，毅然随夫同行，死于客乡。李德裕在墓志中称刘氏'言行无玷，淑慎其身'，'念子之德，众姜莫援'，痛言自己'愧负淑人，为余伤寿'。但是，对最重要的内容却缄口不言。显然，这不是撰写中的疏忽，而是另有原因。唐代法律为解释刘氏墓志令人费解的情况提供了根据。唐律认为'人各有偶，色类须同'（《唐律疏议·户婚下》），以家庭而言，婢女不得嫁给主人为妻为妾，如果'婢为主人所幸因而有子……听为妾'（《唐律疏议·户婚中》）。幸婢有子进而纳婢为妾，虽然不犯法，但在良贱禁婚的社会里总不大光彩，所以，唐人墓志对由婢为妾者总是隐讳不言的。另一方面，唐律还规定，'奴婢贱人，律比畜产'。因此，主人幸婢是在使用自家财物，不属于一般意义上的婚姻，也不需要有'聘''嫔'之礼。及至婢有子，因子而为庶妾，这已经不是闺女出阁了，所以没法说清其出阁时间，只好含糊其辞。依照唐律对由婢而妾者的婚姻所作的特殊规定，刘氏身份便水落石出了。事实上，李德裕很清楚在刘夫人墓志里应该写进哪些内容，他如实地写明了刘氏衰落的家世、双亲早逝的遭际以及与自己存在的夫妇关系和深厚感情，只是顾忌时人对良贱通婚的歧视，没有明言刘氏婚前是婢女，后来被自己纳为庶妾。因此，刘氏夫人确切身份应该是李德裕之妾。"

对刘致柔之身份，岑仲勉《唐史余沈》（《中华书局》2004 年版）之《李德裕妻刘氏及其子女》有详细讨论，其最确凿无疑之证据，在于李德裕《唐茅山燕洞宫大洞炼师彭城刘氏墓志铭并序》一文将非刘致柔亲生的"烨""钜"二人称作"幼子烨、钜，同感顾复之恩"，即称烨、钜二人为刘致柔之幼子。按照封建社会的妻妾制度，妾所生子女以父亲之正妻为嫡母，故《红楼梦》中探春虽为赵姨娘所生，但其是以王夫人为嫡母，认为贾宝玉的舅舅王子腾才是自己的舅舅，而不认为赵姨娘的兄弟是自己的舅舅。上引《李德裕夫人刘氏考》一文并无确凿证据而只是根据其时社会常理以立论，说服力不够。与岑仲勉论据类似者，如《唐茅山燕洞宫大洞炼师彭城刘氏墓志铭并序》谓"七子均养，人靡间言，百口无怨，加之以恩"，此言除刘致柔亲生三子外，对另外四个妾所生之儿子也同样尽心抚养①，只有正妻才可能将妾所生之儿子称为己子。而所谓"百口无怨，加之以恩"，显然指刘氏管理百口之家这样一个大家庭而言，显然不是在妾的墓志铭中所能说的。又李德裕在墓志铭中有"愧负淑人，为余伤寿"，"淑人"之称呼，较早的如周穆王钟爱盛姬，在其死后以皇后礼葬之，谥曰"哀淑人"，则此"淑人"是以穆王正妻的身份为谥号的。复考历代典章，宋代规定凡尚书以上官未至执政者，其母、妻封为淑人。则就夫妻关系而言，"淑人"这一称呼在在唐代前后皆谓正妻而言，这也可间接证明刘氏当为德裕之正妻。

李德裕之交游，《唐语林》卷二《文学》载："上元瓦官寺僧守亮，通《周易》，性若狂易。李卫公镇浙西，以南朝旧守多名僧，求知《易》者，因帖下诸寺，令择送至府。瓦官寺众白守亮曰：'夫夫取解《易》僧，汝常时好说《易》，可往否？'守亮请行。众戒曰：'大夫英俊严重，非造次

---

① 笔者按，岑仲勉《李德裕妻刘氏及其子女》一文考定德裕有六子曰椅、浑、佚名、多闻、烨、钜，据上引德裕墓志之内容，则知德裕有子七人，非六子也。

可至，汝当慎之。'守亮既至，卫公初见，未之敬。及与言论，分条析理，出没幽赜，公凡欲质疑，亮已演其意。公大惊，不觉前席。命于甘露寺设官舍，自于府中设讲席，命从事已下皆横经听之，逾年方毕。既而请再讲。讲将半，亟请归甘露。既至命浴，浴毕，整巾履，遣白公云：'大期今至，不及回辞。'言讫而终。公闻惊异，明日率宾客至寺致祭。适有南海使送西国异香，公于龛前焚之，其烟如弦，穿屋而上，观者悲敬。公自草祭文，谓举世之官爵俸禄，皆加于亮，亮尽受之，可以无愧。"

《李德裕年谱》于"长庆四年"条谓："按此处称德裕为大夫，德裕此次出镇浙西，即带御史大夫衔。则所记当是第一次为浙西观察使时。事之有无，无可佐证。"笔者按，此事更早见于《金华子杂编》卷下，文曰："僧守亮，受业上元古瓦官寺，学行无所闻，而好言《周易》中彖象。赞皇李公之镇浙右，以南朝众寺方袍且多，其中必有妙通易道者，因帖下诸寺，令择一人，送至府中。瓦官纲首见亮，因戏谓之曰：'大夫取一解易僧，吾师常时爱说易，可能去否？'亮闻之，遂请行。既至，赞皇初见仪容村野，未之加敬。及与论易道，亮乃分条析理，出没幽赜，凡欲质疑，亮乃敷衍，出人意表。"《金华子杂编》作者刘崇远为晚唐五代时人，其时去李德裕之世未远，所记当有据依。《四库全书总目》卷一百四十评论《金华子杂编》谓："多足与正史相参证，观《资治通鉴》所载……司马光亦极取之。"可见其书富于史料价值，其记载应该具有可信性。

《李德裕年谱》于"开成五年"条谓："《唐语林》卷一《政事》上：'开成中，李石作相，兼度支。一日早朝中箭，遂出镇江陵。自此诏宰相坐檐子，出入令金吾以三千（琼按"千"字疑误，应作"十"字）人宿直。李卫公复相，判云："在具瞻之地，自有国容；居无事之时，何劳武备？所送并停。"'按李石罢相出镇长陵在开成三年，德裕复相在开成五年，而此处所载判词乃大和七年德裕第一次入相之事。《唐语林》合二者为一，记事有误。"笔者按，以士兵卫从宰相事，考之《旧唐书》卷一百七十二载："（开成）三年正月五日，石自亲仁里将曙入朝，盗发于故郭尚父宅，引弓追及，矢才破肤，马逸而回。盗已伏坊门，挥刀斫石，断马尾，竟以马逸得还私第。上闻之骇愕，遣中使抚问，赐金疮药，因差六军兵士三十人卫从宰相。"《旧唐书》卷一百七十七载："（开成）三年正月，盗发亲仁里，欲杀宰相李石。"《新唐书》卷一百三十一载："（开成）三年正月，将朝，骑至亲仁里，狙盗发，射石伤，马逸，盗邀斫之坊门，绝马尾，乃得脱。天子骇愕，遣使者慰抚，赐良药，始命六军卫士二十人从宰相。"《唐会要》卷六十七载："（开成）三年正月，盗发亲仁里，欲杀宰相李石。其贼出于禁军，珙捕之不获，坐夺俸。"据此可知，以士兵卫从宰相事，实肇因于开成三年李石为丞相被盗伤一事，之前并无以士兵卫从宰相上朝之事。则可知德裕之废除以士兵卫从宰相上朝事必在开成三年之后，而《唐语林》卷一《政事》上谓为李卫公复相之时，是合情理的，并无不当之处。

学者之所以谓李石罢相出镇长陵在开成三年，德裕复相在开成五年，而此处所载判词乃大和七年德裕第一次入相之事。《唐语林》合二者为一，记事有误，殆因《类说》卷七引《献替记》谓："德裕初作相，两街使请准例每早朝令兵卫送，予判云：'在具瞻之地，自有国容；当无事之时，何劳武备。卫送宜停。"《献替记》为李德裕自己所撰之书，所记当然最具说服力。理解《献替记》这段文字之关键，在于对"初作相"三字之解释，其一方面可以理解为大和七年第一次作宰相，也可以理解为开成五年复相朝廷之刚上任时。据前段文字，显然第二种理解才符合历史实际。也就是说，在《献替记》这段文字"德裕初作相"之前，应该是"开成五年九月，德裕初作相"一类的文字。由于《类说》卷七引《献替记》时省略了"开成五年九月"一类的文字，遂造成后世之歧疑。

《旧唐书》卷一百七十四《李德裕传》载："（会昌）五年，武宗上徽号后，累表乞骸，不许。德裕病月余，坚请解机务，乃以本官平章事兼江陵尹、荆南节度使。数月追还，复知政事。宣宗即位，罢相，出为东都留守、东畿汝都防御使。"《李德裕年谱》于"会昌六年"条下辩证谓："按德裕在会昌末虽累表求退，但终未出朝，至宣宗即位初，始出镇江陵，史籍所载甚明。《唐大诏令集》所载德裕荆南节度使制，所署年月即会昌六年四月，且文中有'克荷先朝之旨'语，'先朝'即指武宗。《旧传》之误似有所本。《文集》外集卷四之《冥数有报论》，中有云：'余乙丑岁，自荆楚保厘东周'。乙丑为会昌五年，即所谓会昌五年出镇荆南。但《冥数有报论》又云余乙丑岁自荆楚保厘东周，又与《旧传》所载宣宗立出为东都留守矛盾。总之，《旧纪》记德裕于会昌五年出镇荆南有误，《冥数有报论》叙乙丑岁为东都留守亦误。"

笔者按，《冥数有报论》一文亦载《文苑英华》卷七百四十，作者为李德裕，则此文实为李德裕作，毋庸置疑。《李德裕年谱》谓德裕在会昌末虽累表求退，但终未出朝，并无文献证明此点。至于《唐大诏令集》所载德裕荆南节度使制，所署年月即会昌六年四月，只能证明其会昌六年四月诏令任荆南节度使制，但不能否认其会昌五年亦曾出镇荆南。《冥数有报论》文中所谓"克荷先朝之旨"，考之《唐大诏令集》卷五十三原文谓："契合彝矩，丙吉馨安边之术；虏寇殄夷，张华兴伐叛之谋。壶关洞契，克荷先朝之旨，弼成底定之功。布在册书，辉映前古，而能处剧不懈，久次弥勤。朕以嗣位之初，懋勤在念，宜先硕望，以表优恩。荆部雄藩，地惟西楚，总五都之要会，包七泽之奥区。"则所谓"克荷先朝之旨"，乃赞其勋业卓著，非谓诏令任荆南节度使乃先朝之旨意。《李德裕年谱》之所以谓《旧纪》和《冥数有报论》有误，乃据会昌六年有诏令德裕任荆南节度使制之故。然多次到同一地为官，在唐代并非鲜事。以德裕而言，即数次任浙西观察使。据《冥数有报论》谓："余乙丑岁自荆楚保厘东周，路出方城，闻有隐者居于泥涂，不知其所如也。往谓方城长曰：'居守后二年，南行万里。'则知憾余者必因天谴潜余者，必自鬼谋，虽抱至冤不以为恨也。"复言其前三遇异人以预告之后来士履，后皆一一应验。而谓"唯再谪南服未尝有前知者为余言之，岂祸患不可移者，神道所秘莫得预闻？"则知此文作于大中元年十二月贬谪之后。德裕于此文中记载近两三年来发生之事，应该是不可能错误的。故《旧唐书》卷一百七十四之记载并无错误，德裕当于会昌五年、六年之间两任荆南节度使及东都留守，应该是在现有资料基础上更为合理的结论。况德裕文内容所谓"居守后二年，南行万里"也与会昌五年的时间相契合。

李德裕之小说作品《次柳氏旧闻》（又名《明皇十七事》），《开元天宝遗事十种》（王仁裕等撰，丁如明辑，上海古籍出版社 1985 年版）本辑有其书佚文七则，周勋初之《唐人笔记小说考索》（见《周勋初文集》第五册，江苏古籍出版社 2000 年版）之《〈明皇十七事〉考》一文辨此七条佚文之据《类说》所辑后五条佚文非《次柳氏旧闻》作品，乃《戎幕闲谈》混入者，今录其文约 3000 字于后并作辨析。

　　曾慥《类说》卷二一的《明皇十七事》中，比起其他的本子，如《顾氏文房小说》本《次柳氏旧闻》，多出了五条文字，因此有的研究者认为此书所记不止十七事。丁如明辑《开元天宝遗事十种》，所录《次柳氏旧闻》之后附《补遗》七则，后面五则即从《类说》中补入。这种混乱的情况，应该加以澄清。

　　《类说》卷二一《明皇十七事》中多出来的这五则故事，实际上是《戎幕闲谈》中的文字。因为《明皇十七事》出于李德裕自撰，《戎幕闲谈》出于李德裕口述，二者篇幅都很小，所以宋人刻书时也就合在一起，但他们又不加以说明，这才发生了上述混乱的情况。

　　今将这五条文字逐一考核。第一条《阿瞒》曰：

李辅国矫迁上皇于西内。中路见兵攒耀日，上皇惊顾，高力士在左右，到内，称平安。上皇泣曰："微将军，阿瞒已为兵死鬼矣！"

　　大家知道，《类说》或《绀珠集》中转录他书文字，大加删节改写，但把这条文字和上引《太平广记》卷一八八所录《戎幕闲谈》中的文字比较，那么此文原出后者，却不难看出。

　　第五条《客土无气》曰：

泓师与张说相宅，戒勿动西北土，以损旺气。后见气索，果掘三坑，说欲填之。泓曰："客土无气，与地脉不相连。"

　　察《太平广记》卷七七《泓师》条，原"出《大唐新语》及

《戎幕闲谈》"。此文前半叙张敬之忠于唐室事，泓师预言其弟讷之当得三品，"皆如其言"，见《大唐新语》卷五《忠烈》第九；后半叙泓师与张说卜宅事，文字甚详，兹录引前面一部分如下：

> 泓复与张燕公说置买永乐东南第一宅，有求土者，戒之曰："此宅西北隅最是王地，慎勿于此取土。"越月，泓又至，谓燕公："此宅气候忽然索漠甚，必恐有取土于西北隅者。"公与泓偕行，至宅西北隅，果有取土处三数，坑深丈余。泓大惊曰："祸事！令公富贵止一身而已。更二十年外，诸郎君皆不得天年。"燕公大骇曰："填之可乎？"泓曰："客土无气，与地脉不相连。今总填之，亦犹人有疮痏，纵以他肉补之，终无益。"

接着叙述张说之子均、垍二人投降安禄山。其后张均弃市，张垍长流远恶处，竟终于岭表，"皆如其言"。两相比较，也可看出《类说》中的这条引文是从《戎幕闲谈》中节录出来的。

第四条《颜郎衫色如此》曰：

> 颜真卿问范氏尼曰："吾得五品否？"尼指坐上紫丝布云："颜郎衫色如此。"

查《太平广记》卷二二四《范氏尼》条，原"出《戎幕闲谈》"，文曰：

> 天宝中，有范氏尼，乃衣冠流也，知人休咎，鲁公颜真卿妻党之亲也。鲁公尉于醴泉，因诣范氏尼问命曰："某欲就制科，再乞师姨一言。"范氏曰："颜郎事必成，自后一两月必朝拜，但半年内慎勿与外国人争竞，恐有谴谪。"公又曰："某官阶尽，得及五品否？"范笑曰："邻于一品。颜郎所望，何其卑耶？"鲁公曰："官阶尽，得五品，身着绯衣，带银鱼，儿子补斋郎，某之望满也。"范尼指坐上紫丝布食单曰："颜郎衫色如此，功业名节称是，寿过七十，已后不要苦问。"鲁公再三穷诘，范尼曰："颜郎聪明过人，问事不必到底。"逾月大酺，鲁公是日登制科高等，授长安尉。不数月，迁监察御史。因押班，中有喧哗无度者，命

吏录奏次，即哥舒翰也。翰有新破石堡城之功，因泣诉玄宗，玄宗坐鲁公以轻侮功臣，贬蒲州司仓。验其事迹历历如见。及鲁公为太师，奉使于蔡州，乃叹曰："范师姨之言，吾命悬于贼必矣！"

前者出于后者，也是不容置疑的。

《戎幕闲谈》一书，《文渊阁书目》卷八"子杂"内尚见记载，后来可就散佚了。而从《太平广记》中的引文来看，李德裕曾经集中讲述过几个著名的长篇故事，如卷七七《泓师》中的泓师故事，卷四六七《李汤》中的巫支祁故事，而卷三二《颜真卿》、二二四《范氏尼》中的颜真卿故事，更是铺叙详尽，为唐代的这位名臣提供了不少生动有趣可补正史不足的材料。

《戎幕闲谈》中的这个范氏尼故事，还曾为《唐语林》所转录，见今本卷六《补遗》。而在这条文字之前的第二条文字，也记颜真卿事，文曰：

颜鲁公尝得方士名药服之，虽老，气力壮健如年三四十人。至奉使李希烈，春秋七十五矣。临行，告人曰："吾之死，固为贼所杀必矣。且元载所得药方，亦与吾同，但载贪甚，等是死，而载不如吾。吾得死于忠耶？"于是命取席固围其身，挺立一跃而出。又立两藤倚子相背，以两手握其倚处，悬足点空，不至地三二寸，数千百下。又手按床东南隅，跳至西北者，亦不啻五六。乃曰："既如此，疾焉得死吾耶？异日幸得归骨来秦，吾侄女为裴郇妻者，（原注：郇，即鲁公之亲表侄）此女最仁孝，及吾小青衣剪彩者，颇善承事；是时汝必与二人同启吾棺，知有异于常人之死尔！如穆护，（原注：穆护，即鲁公男硕之小名也）天性之道，难言至此。"至秦州，责希烈反逆无状。竟不取以面目相见，亦不敢以兵刃相恐，潜命献食者馈空器而已。翌日，贼令官翌来缢之。鲁公曰："老夫受箓及服药，皆有所得。若断咽，道家所忌。今赠使人一黄金带。吾死之后，但割吾他支节，为吾吮血以给之，死无所恨。”且曰：“使人悟慧如此，不事明天子，反事逆贼，何所图也?”官翌从其言。至明年，希烈死，蔡使陈仙奇奉鲁公丧归京。犹子颜岘实从柳常侍与裴氏女及剪彩同迎丧于镇国仁寺。咸遵遗旨，启棺如生。（原注：柳制鲁公挽歌词曰：“杀身终不恨，归丧遂如生。”）

再来看《类说》中《明皇十七事》的异文，即第二条《翦彩》曰：

颜真卿小鬟青衣名翦彩。

不难发现，这条文字正是由《唐语林》所从出的原文中节录出来的，而《唐语林》中的这个故事，又正是李德裕所叙述的颜真卿生平事迹完整故事中的一个部分。不论从《唐语林》中文字的性质来看，还是从《类说》中的引文来看，均可确定这一“翦彩”故事原出《戎幕闲谈》。

……

第三条《颜真卿地仙》曰：

颜真卿尝得神丹服之，后为李希烈所杀。希烈平后，欲改葬，发其棺，瞑目如生。隐士曹庸山曰：“后三十年，必飞腾而去，被羽衣，行山泽间，即所谓地仙也。”

不难明白，嵌在前后四条《类说》引文中的这一文字，也是李德裕在《戎幕闲谈》里所讲述的颜真卿故事中的一个部分了。《永乐大典》卷之七千七百五十六·十九庚“形·死后全形”引唐《柳常侍言旨》，叙颜鲁公奉使李希列为贼缢死事，后面接着说：

……蔡帅陈仙奇奉鲁公丧归京师，犹子颜岘启棺，瞋目如生，两手拳握，十指陷掌，爪出手背。肌体完全，悉无败坏，时隐士唐若山闻言曰：“道流中以形全为上，气全次之。颜公能全其形，此后三二十年，纵藏于铁石中，必能擘裂飞腾而去，被羽衣裘于山门间，所谓地仙也。”

　　两相比较，这段文字与《颜真卿地仙》同出一源，应当是不成问题的；和前引《唐语林》卷六《补遗》中的文字同出一源，也应当是不成问题的。《永乐大典》编者以为上文原出《柳常侍言旨》，《常侍言旨》中的故事与《戎幕闲谈》同出一源，因而记载类同，可知《类说》中的《颜真卿地仙》一文决非《明皇十七事》中之"事"。

　　《绀珠集》卷五《明皇十七事》中也先后录有《翦彩》《真卿地仙》《客土无气》《颜郎衫色如此》四条，今知三、四两条均出《戎幕闲谈》，一、二条与第四条叙同一故事，不但傲诡周折，文风一致；而且首尾贯通，浑然一体。《太平广记》卷三二《颜真卿》条，原出《仙传拾遗》及《戎幕闲谈》《玉堂闲话》，相当于"及"下二书的位置内有"别传"云云的两段文字，至"自当擘裂飞去矣"为止，显然就是概括《戎幕闲谈》中《翦彩》《真卿地仙》两条文字而成的。那么《绀珠集》中的这四条文字均出《戎幕闲谈》，或可成为定论。

　　总结上言，可知附在《类说》卷二一《明皇十七事》之后的五条异文，都是《戎幕闲谈》中的文字，后人不应该把它们作为"补遗"而附入《明皇十七事》。

　　以上周勋初以三千余字的篇幅，主要从文字雷同的角度论证了附在《类说》卷二一《明皇十七事》之后的五条异文为《戎幕闲谈》中的文字而非《明皇十七事》作品。

　　笔者认为，认定此五则文字非《明皇十七事》作品是正确的，但是此五条作品也不一定为《戎幕闲谈》之作品。

　　首先，看第一条《阿瞒》，《太平广记》卷一百八十八引《戎幕闲谈》文字作："李辅国……下矫诏迁太上皇于西内……及中途，攒刃耀日，辅国统之。太上皇惊，欲坠马数四，赖左右扶持乃上……（太上皇）平安到西内。辅国领众既退，太上皇泣持力士手曰：'微将军，阿瞒已为兵死鬼矣！'"涵芬楼本《说郛》（中国书店1986年影印本）卷五载《常侍言旨》

一则作品，文字同于《太平广记》卷一百八十八引《戎幕闲谈》文字，则第一条《阿瞒》既有可能出自《戎幕闲谈》，也有可能出自《常侍言旨》。

再看另外四条作品《翦彩》《真卿地仙》《客土无气》《颜郎衫色如此》，一方面《类说》卷二十一有之，另一方面《绀珠集》卷五也有此四条作品，《绀珠集》与《类说》俱成书于南宋初年，而《翦彩》等四条作品在两书中文字完全一致。那么如果能确定其中一部书的作品来源，另一部书的问题就可迎刃而解。考之《绀珠集》卷五引《明皇十七事》时注谓："柳珵《常侍言旨》附"，即《绀珠集》卷五引《明皇十七事》一书时，其中还包含了《常侍言旨》的作品（揆其用意，《明皇十七事》资料来自柳冕，《常侍言旨》资料来自柳登，柳冕为柳登弟，由于两书皆出自史学世家柳氏，故编为一书）。《唐代笔记小说叙录》及《中国古代小说总目·文言卷》之宁稼雨所作《常侍言旨》提要据此判定以上四篇俱为《常侍言旨》作品。既然《绀珠集》卷五所载之《翦彩》《真卿地仙》《客土无气》《颜郎衫色如此》为《常侍言旨》作品，与此文字完全一致的《类说》所载《翦彩》《真卿地仙》《客土无气》《颜郎衫色如此》也当然为《常侍言旨》作品，而非《戎幕闲谈》作品。宁稼雨所作《常侍言旨》提要谓"《绀珠集》卷五《明皇十七事》下注云：'柳珵《常侍言旨》附。'所引十四条中，后八条见今本《明皇十七事》，似前六条应属本书。其中三条（笔者按，"三条"当为"四条"之误）又见《类说》卷二一引《明皇十七事》，而未言附《常侍言旨》，当为编者疏忽。"这一推测是完全正确的。

又是否有可能《常侍言旨》作品资料来源于《戎幕闲谈》呢？《常侍言旨》成书尽管在《戎幕闲谈》之后，然据《郡斋读书志校证》卷十三载该书乃"柳珵记其世父登所著"，陈振孙《直斋书录解题》卷十一该书提要谓："唐柳珵撰，常侍者，其世父芳也。"周勋初《唐代笔记小说叙录》之"《常侍言旨》"条辨正谓："陈氏此说实误。柳芳从未任过散骑常侍之职。河东柳氏一门为史学世家，其中只有柳登尝官散骑常侍，见《旧唐书》卷一四九、《新唐书》卷一三二《柳登传》。柳芳子二人，长子柳登，次子柳冕。柳登子柳璟，柳冕子柳珵。"又李德裕于《次柳氏旧闻》序谓该书乃其父李吉甫与柳芳之子柳冕贞元中俱为尚书郎，后李谪官，与柳俱东出，柳对李吉甫言及玄宗事，李德裕复据其父言写成《次柳氏旧闻》一书。据此李德裕与柳珵为同辈人，虽柳珵《常侍言旨》成书在《戎幕闲谈》后，但由于其资料来源于其伯父柳登，自小耳濡目染，是很有可能早于《戎幕闲谈》的资料来源的。况且河东柳氏既为史学世家，而又与李德裕一家世代交好，李德裕所提供给韦绚的《戎幕闲谈》一书的资料，部分出自河东柳氏也是完全可能的。且据《郡斋读书志》及《直斋书录解题》，《常侍言旨》之资料直接来源于柳登而非《戎幕闲谈》。

周勋初论述的不够有说服力的地方，其一是判定"《类说》卷二一《明皇十七事》中多出来的这五则故事，实际上是《戎幕闲谈》中的文字。因为《明皇十七事》出于李德裕自撰，《戎幕闲谈》出于李德裕口述，二者篇幅都很小，所以宋人刻书时也就合在一起，但他们又不加以说明，这才发生了上述混乱的情况。"只是一种推测，并没有证据证明此点，相反，宋人将《明皇十七事》与《常侍言旨》刻书时合在一起，导致两书在《类说》之《明皇十七事》中的混乱情况，倒是有前引之《绀珠集》卷五作为证据。

另一不够有说服力的地方，还在于将与颜真卿相关的三则作品推论为《戎幕闲谈》作品时，以《戎幕闲谈》与《唐语林》皆同样记载的是颜真卿事迹为立论基础，论证前文所引的《唐语林校证》卷六的"颜鲁公尝得方士名药服之，虽老，气力壮健如年三四十人"这篇作品为《戎幕闲谈》作品，认为"《唐语林》中的这个故事，又正是李德裕（于《戎幕闲谈》中）所叙述的颜真卿生平事迹完整故事中的一个部分"，只是一种假设，并没有确凿文献证明。其进而以此为据推论《翦彩》《真卿地仙》为《戎幕闲谈》作品也就不能成立。

相反，《翦彩》《真卿地仙》《客土无气》《颜郎衫色如此》为《常侍言旨》作品，皆可以找到证据。明代《天中记》卷十九引《常侍言旨》："颜真卿奉使李希烈，谓柳常侍世父曰：'吾知此行必不回，吾小青衣双鬟名剪彩者，颇善承吾，吾幸得归骨，其时汝必与之同启吾棺，知吾有异常人之死。"《真卿地仙》条即周勋初前文引《永乐大典》载《常侍言旨》佚文有之。在《戎幕闲谈》中是没有此两条作品的内容的。《客土无气》条见《天中记》卷七引出《常侍言旨》。《颜郎衫色如此》条《白孔六帖》卷三十三引出《常侍言旨》，文曰："天宝初，有范氏居者能知人休咎，颜鲁公尉醴泉日，诣范居问命曰：'神巫，某官阶尽五品否？'居曰：'几邻于一品，所望何其卑耶？'鲁公曰：'官阶尽五品，著绯衫，带银鱼，儿子补斋郎，某之望满矣。'范指座上紫丝布食箪曰：'颜郎于衫色如此，其功劳名节皆称是'云。"以上诸书引此四条出自《常侍言旨》的作品时，文字皆大异于《绀珠集》与《类说》中文字，可知其别有所据，很可能就出自传世本之《常侍言旨》。明英宗时所编之《文渊阁书目》都尚收录有《常侍言旨》一书，则即使迟至编《天中记》时，也是很有可能看到《常侍言旨》一书的。

李德裕之著作，《直斋书录解题》卷五之"《太和辨谤略》三卷"[①]条载："唐宰相李德裕撰。初，宪宗命令狐楚等为《元和辨谤略》十卷，录周、秦、汉、魏迄隋忠贤罢谗谤事迹。德裕等删其繁芜，益以唐事，裁成三卷，太和中上之。集贤学士裴潾为之序。元和书今不存，邯郸书目亦止有前五卷"，则《太和辨谤略》作者为李德裕。复考《新唐书》卷五十九，著录有"裴潾《太和新修辨谤略》三卷"，《宋史》卷二百三著录同于《新唐书》卷五十九，则《太和辨谤略》作者似乎为裴潾。复考《四部丛刊》本《李文饶文集》据《全唐文》李德裕文补入《太和新修辨谤略序》谓："臣等将顺天聪，缀辑旧典，发东观藏书之室，得元和辨谤之文，辞过万言，书成十卷。以其广而寡要，繁而易芜，方镜情伪之源，尤资详略之当，遂再加研考……于是征之周秦，覃及圣代，必极精简，有合箴规，特立新编，裁成三卷，谨缮写封进。"记载与《直斋书录解题》卷五一致。然何以陈振孙记载之作者与《新唐书》和《宋史》相互歧异呢？笔者以为，《太和辨谤略》非李德裕一人之功，成乎众手，故《直斋书录解题》

---

① 笔者按，"太和"当作"大和"，钱大昕《廿二史考异》卷四十二及《江苏镇江甘露寺铁塔基发掘报告》（《考古》1961年第6期）已有辨正，兹不赘。

卷五谓"德裕等删其繁芜"，李德裕文《太和新修辨谤略序》也谓"臣等将顺天聪"，都可证删改《太和辨谤略》者非德裕一人。由于德裕总领其事，故后世将之视为德裕之作。又裴潾于《太和辨谤略》一书之改订出力甚多，故后世文献又往往以《太和辨谤略》为裴潾作。至元代编撰《宋史》时，史迹已经模糊，故其在著录"裴潾《太和新修辨谤略》三卷"的同时，又在李德裕名下重复著录了"《大和辨谤略》三卷"。

李德裕文《圯上图赞》，《御定佩文斋书画谱》卷二十八谓："《圯上图赞》，元和五年李德裕撰，齐推正书。"《李德裕年谱》之"元和五年"条谓："宋赵明诚《金石录》卷九《目录》'第一千六百九十六唐圯上图赞'下注曰：'唐李德裕撰，齐推正书。元和五年三月。'则此文当作于本年，为现存李德裕所作最早之文。"笔者按，宋陈思撰《宝刻丛编》卷一载："唐《圯上图赞》，唐李德裕撰，沈传师正书，永贞元年。《诸道石刻录》。""唐《圯上图赞》，唐李德裕撰，齐推正书，元和五年三月。《金石录》。"则知李德裕文《圯上图赞》曾两次刻石，第一次刻石时间据《诸道石刻录》记载是在永贞元年（805 年），石上文字为沈传师正书。第二次刻石据《金石录》记载是在元和五年（810 年），石上文字为齐推正书。故此篇作品至迟应该系于永贞元年而非元和五年。

刘法绥《"鬼门关"诗非李德裕所作》（《江汉论坛》1983 年第 7 期）谓："唐代'鬼门关'诗云：'一去一万里，千至千不还。崖州在何处？生度鬼门关。'鬼门关在今广西北流县，《新唐书·地理志》：'容州北流县南，有两石相对，迁谪至此者，罕得生还，俗称鬼门关。'唐宋间贬至海南者多取道经此，故而官名、诗名皆颇着。此诗多以为李德裕作。如上海辞书出版社《中国名胜辞典》'广西北流县，鬼门关'条：'唐宋诗人迁谪蛮荒，经此而死者迭相踵接。唐李德裕贬崖州诗："千至千不还。崖州在何处"。'其他如《天津散文》1980 年第 4 期《天涯海角》、《中国青年报》1981 年 6 月 7 日《'鬼门关'在什么地方?》、同报同年 7 月 5 日《天涯海角在哪里》等文，均云李德裕作。其实，这首诗的作者是比李德裕早几十年的杨炎。《全唐诗》卷 121 载杨炎《流崖州至鬼门关作》：'一去一万里，千知千不还。崖州何处在？生度鬼门关。'杨炎在唐德宗建中元年（781年）十月被贬崖州，到达崖州之前就被缢死了。《全唐诗》卷475所收李德裕之诗，并无此首。《全唐诗》为清人编刻，会不会有误呢？这首诗的作者是无误的。宋朝计有功《唐诗纪事》卷32'杨炎'条下，即载此诗。而王谠《唐语林》卷7载李德裕贬崖州的行第时，只提到'独上江亭望帝京'之七绝，而无'鬼门关'诗。所以，这首诗的作者是杨炎而非李德裕。"

笔者按，《唐诗纪事》于杨炎名下确实载有此诗，作者计有功南宋初年编定此书。然此诗是否李德裕作，与王谠《唐语林》卷七载李德裕贬崖州行第时是否收有此诗并无必然关系，王谠不可能将贬崖州期间李德裕所作之诗全部载入《唐语林》。确定此诗之归属，关键在于最早的古籍记载之作者为谁。考之北宋初年典籍《太平寰宇记》卷一百六十七载："唐宰相李德裕贬崖州，日经此关（指鬼门关），因赋诗云：'一去一万里，千去千不还；崖州在何处，生度鬼门关'"，指实作者为李德裕。同样是北宋典籍的《舆地广记》卷三十六载："（北流）县南三十里，两石相对，中阔三十步，俗号鬼门关。汉马援讨林邑，经此，刻石纪事，龟趺尚存。唐李德裕谪崖州，过关，诗云：'一去一万里，千知千不还。崖州在何处，生度鬼门关'"，南宋时期的《方舆胜览》卷四十二记载亦同。相较于《唐诗纪事》，此三书皆更为雅正之史书，况且前两书时间皆在《唐诗纪事》之前，记载更具权威性，因此将此诗著作权系于李德裕，才更为合理。

李德裕《会昌一品集》别集卷七有《元真子渔歌记》，文曰："德裕顷在内庭，伏睹宪宗皇帝写真，求访元真子渔歌，叹不能致。余世与元真子有旧，早闻其名，又感明主赏异爱才，见思如此，每梦想遗迹，今乃获之，如遇良宝。于戏，渔父贤而名隐，夷智而功高，未若元真，隐而名彰，显而无事，不穷不达，其严光之比欤？处二子之间，诚有裕矣。长庆三年甲寅岁夏四月辛未日，润州刺史兼御史大夫李德裕记。"对此文《李德裕年谱》于"长庆三年"条考证谓："文末署曰'长庆三年甲寅岁夏四月辛未日，润州刺史兼御史大夫李德裕记'。按长庆三年岁在癸卯，此处甲寅当误；又本年夏四月，乙酉朔，无辛未，当亦有误。文当作于本年四月。"

笔者按，考之明陈耀文编《花草粹编》卷一载："李德裕《玄真子渔歌记》云：'德裕顷在内庭，伏睹宪宗皇帝写真，访求玄真子渔歌，叹不能致。余世与玄真子有旧，早闻其名，又感明主赏异爱才，见思如此，每梦想遗迹，今乃获之，如遇良宝。于戏，渔父贤而名隐，鸱夷智而功高，未若玄真，隐而名彰，显而无事，其严光之比与？处二子之间，诚有裕矣。'"正好没有"长庆三年甲寅岁夏四月辛未日，润州刺史兼御史大夫李德裕记"一句，复据《李德裕年谱》所指出的此句两处错误，则此句必为后世妄人所加，李德裕不可能在作文时连当年的干支纪年都弄错。复考《新唐书》卷一百九十六《张志和传》载张志和自号玄真子，复谓其"尝撰渔歌，宪宗图真求其歌，不能致。李德裕称志和'隐而有名，显而无事，不穷不达，严光之比'云"，则玄真子为张志和，其约810年卒，德裕文谓"每梦想遗迹"，则德裕文作于张志和身后。又称宪宗庙号，则不当作于宪宗为帝之元和（806—820年）时期。然是否作于长庆（821—824）年间，由于最后一句为妄人所加，其记载时间显然不能作为依据，故《李德裕年谱》谓本文作于长庆三年四月的结论还有斟酌的必要。

《李德裕年谱》于"长庆二年"条载："文集补遗有《荐处士李源表》……《旧纪》及《册府元龟》卷四六八台省部荐举条载征诏李源在长庆二年七月，或德裕此文作于七月。"考之《旧唐书》卷十六穆宗本纪谓长庆二年七月："辛亥，以赠司徒、忠烈公李憕子源为谏议大夫赐绯鱼袋。"《册府元龟》卷四百六十八载有李德裕《荐处士李源表》，但并未标明具体年月，唯《册府元龟》卷九十八载："穆宗长庆二年七月，以前河南府参军李源为谏议大夫。"然《唐会要》卷五十五谓："长庆二年三月，以处士李源为谏议大夫"云云，《四库全书总目》之《唐会要》提要谓："初，唐苏冕尝次高祖至德宗九朝之事，为会要四十卷。宣宗大中七年，又诏杨绍复等次德宗以来事为续会要四十卷，以崔铉监修。段公路《北户录》所称会要，即冕等之书也。惟宣宗以后记载尚缺，溥因复采宣宗至唐末事续之，为《新编唐会要》一百卷。"可知《唐会要》卷五十五的内容乃据宣宗令杨绍复等编次之会要，可靠性自然更高。又且穆宗下诏书官李源是因李德裕所上之《荐处士李源表》，此点《旧唐书》及《册府元龟》皆并无异词，故《荐处士李源表》必在诏书之前，系于长庆二年二三月间更为恰当。

又《李德裕年谱》于"长庆二年"条之辨正《旧唐书·李源传》之谓李德裕表荐李源系于长庆三年为非，因新旧《唐书》俱言为德裕在御史大夫任上荐李源，而"德裕于本年（长庆二年）二月至九月为御史中丞，九月以后及长庆三年均在浙西观察使任"，其说甚确。此复据五代宋初之《宋高僧传》卷二十载："相国李公德裕表荐之，遂授谏议大夫。于时源已年八十余矣，抗表不起，二年而卒，长庆二年也"，《白孔六帖》卷六十也载："李源，帝自遣使者持诏书袍笏即赐，又赐绢二百匹，源顿首授诏，谓使者：'伏疾年耄，不堪趋拜。'即附表谢，辞吐哀愍，一无受，寻卒。"可知李源卒于长庆二年，自然不可能有长庆三年李德裕荐举而穆宗任之为谏议大夫之事。

《会昌一品集》别集卷三有《秋日登郡楼望赞皇山感而成咏》一诗，《李德裕年谱》于"大和四年"条下首先考定《东郡怀古二首》作于大和四年，复辨析《秋日登郡楼望赞皇山感而成咏》一诗谓该诗在作品集中"系于《东郡怀古》诗之后，当皆为大和四年秋在滑州作。"然并无直接证据。此考《金石录》卷九"第一千七百九十七唐《秋日望赞皇山》诗"条下注载："李德裕撰，并八分书，太和四年八月。"可证《李德裕年谱》的推测是完全正确的。

德裕又有《汉州月夕游房太尉西湖》及《重题》两首诗歌，《李德裕年谱》于"大和四年"条推测"此当是德裕赴成都，经汉州，游西湖时所作。后一首《重题》有云：'晚日临寒渚，微风发棹讴。'其时当在大和四年十一、十二月间。"德裕又有诗歌《房公旧竹亭闻琴缅慕风流神期如在因重题此作》一诗，《李德裕年谱》推测："此诗系于《汉州月夕游房太尉西湖》之后，当为同时所作。"即《李德裕年谱》推测以上三首诗歌皆为

大和四年作品。考之宋计有功撰《唐诗纪事》卷四十八，谓："汉州日夕
游房公西湖云：'丞相鸣琴地，何年黯玉徽。偶因微月夕，重敲故楼扉。
桃李蹊空在，芙蓉客暂依。唯怜济川楫，长与夜舟归。'《重题》云：'晚
日临寒渚，微风发櫂讴。凤城波自阔，鱼水运难留。亭古思宏栋，川长忆
济舟。想公高世志，只似化城游。'《房公旧竹亭闻琴缅慕风流神期如对有
作》云：'流水音长在，青霞意不传。独悲形解后，谁听广陵弦。'"可证
以上三首诗歌确实为德裕赴成都，经汉州，游西湖时所作，《李德裕年谱》
的推测是完全正确的。

李德裕又有《题剑门》一诗，《李德裕年谱》"大和四年"条辩证谓：
"亦为大和四年入蜀途中所作。清赵绍祖《古墨斋金石跋》卷六有《唐李
德裕剑阁诗》，云：'八分书，无年月。'又云：'大和四年，德裕为牛、李
所挤，出为剑南节度使，此诗当是其时所作也。八分书板重而呆滞，不称
其豪迈俊爽之气。'"笔者按，考之《会昌一品集》别集卷四，诗末注谓：
"顷岁入蜀，偶题此诗，马上所成，数字未稳，今凭连帅尚书卢公再换旧
石。会昌三年四月一日，守司空兼门下侍郎平章事李德裕。"则知此诗初
稿确实如《李德裕年谱》所谓完成于大和四年，然定稿却是在会昌三年四
月一日完成的。

《会昌一品集》别集卷三收有德裕诗歌《故人寄茶》一首，此首诗歌
也见晚唐诗人曹邺《曹祠部集》卷一，对其作者，《李德裕年谱》于"大
和四年"条下谓："似以作德裕诗为是。"然晚唐五代人韦縠撰《才调集》
卷三，以该诗作者为曹邺，曹邺较李德裕晚出生约三十年，时间上与晚唐
五代人韦縠相去不远，其记载应该是可信的。又宋末元初人方回编《瀛奎
律髓》卷十八，亦以此诗作者为曹邺，故以其作者为曹邺是更为合理的。

后记

  本选题得以成稿，首先得感谢我的导师黄霖先生。在两年多的博士后学习期间，先生总是非常及时地帮助我解决在研究中遇到的问题，纠正我写作中的偏差。特别是在本选题开题前后，凝聚了先生的很多心血。正是由于先生的指导，本选题得以成功申请到国家社科基金项目，并获得第四十四批博士后基金二等资助。

  其次，感谢为本选题提出宝贵意见、付出心血的陈思和老师、朱立元老师、陈正宏老师、戴耀晶老师、吴金华老师、龚群虎老师、张德兴老师、陈广宏老师、刘钊老师、张业松老师。

  另外，何宗美教授等文学院的同仁也为本选题提出了不少宝贵意见。我所指导的部分硕士生业参加了部分工作，在此一并致谢。

  本书于2011年结题，获得"良好"的鉴定等级。现在得以顺利出版，还要感谢西南大学文学院的经费资助以及占如默老师付出的辛勤劳动，感谢人民出版社的陈寒节先生、孟令堃先生的全力支持。

赵章超

二零一七年三月于西南大学